马卫中——著

走在理想和现实的边上
晚近的人、事、诗

Between Ideal and Reality
Modern Poets, Events and Poems

江西教育出版社
JIANGXI EDUCATION PUBLISHING HOUSE

·南昌·

赣版权登字-02-2025-057

图书在版编目（CIP）数据

走在理想和现实的边上：晚近的人、事、诗 / 马卫中著 . -- 南昌：江西教育出版社，2025.4. -- ISBN 978-7-5705-4194-2

Ⅰ . I207.227.5-53

中国国家版本馆CIP数据核字第2025DX6569号

走在理想和现实的边上——晚近的人、事、诗
ZOU ZAI LIXIANG HE XIANSHI DE BIANSHANG——
WANJIN DE REN、SHI、SHI

马卫中　著

江西教育出版社出版
（南昌市学府大道 299 号　邮编：330038）

出 品 人：熊　炽
策划编辑：陈　骥
责任编辑：田　远
装帧设计：纸上 / 光亚平　涂欣怡

各地新华书店经销
江西赣版印务有限公司印刷
965 毫米 ×635 毫米　　16 开本　　31.75 印张　　412 千字
2025 年 4 月第 1 版　　2025 年 4 月第 1 次印刷

ISBN 978-7-5705-4194-2
定价：98.00 元

赣教版图书如有印装质量问题，请向我社调换　电话：0791-86710427
总编室电话：0791-86705643　　编辑部电话：0791-86705903
投稿邮箱：JXJYCBS@163.com　　网址：http://www.jxeph.com

和钱仲联先生合影

工作近影

2024 年暑假，在河南大学中国近代文学第二届暑期青年讲习班

撰写和主编的部分著作

序 言

一

所谓晚近，其实就是近代。只是近代的时间，已经被历史学家所限定，即从鸦片战争的爆发到五四运动的兴起，而晚近的边界则相对模糊，对文学的研究特别合适。因为社会的发展与文学之变化，并不完全同步，其间存在着不平衡性。马克思《政治经济学批判导言》即言："关于艺术，大家知道，它的一定的繁盛时期决不是同社会的一般发展成比例的，因而也决不是同仿佛是社会组织的骨骼的物质基础的一般发展成比例的。"[1] 史学可以就事论事，而文学则是人学，人之现实，既受过去影响，人之理想，又面向未来。

所以，我们称晚近的诗人，是走在理想和现实的边上。论到这一时期，人们常用李鸿章所谓"数千年来未有之变局"[2] 来加以形容。鸦片战争以后的中国，积贫积弱，已经沦为西方列强刀俎之下任意宰割的鱼肉。但是，仁人志士并不屈服，他们顽强抗争，汇成了波澜壮

---

[1] 《马克思恩格斯选集》（二），人民出版社，1972，第112—113页。

[2] 李鸿章：《筹议海防折》，载顾廷龙、戴逸主编《李鸿章全集》（六），安徽教育出版社，2008，第159页。

阔的近代历史。而诗人的吟唱，或高亢，或低沉，奏响了惊天地、泣鬼神的交响乐。诚如钱仲联先生《近代诗钞前言》所云："正是顺应着这动荡剧变的时代，产生了从内容到形式都有了新的变化的近代诗歌。近代诗歌，以它鲜明的时代色彩、突出的爱国主义精神和艺术形式的刻意创新、风格流派的争奇斗妍，在中国诗歌史上，划出了一个全新的发展时期。"①

在"现实中交织理想"，这是近代的文学思潮所决定的，并且成为近代诗歌的标志。晚近出现了众多的文学流派，就诗歌而言，其中影响最大的是湖湘派、同光体和诗界革命派。当然还有一些诗歌风格并无明确的界定，诗人之间亦无许多的交往，只是宗趣相近，而被后人汇集并冠以诗派的称谓，譬如道咸时期的宋诗派。也有称其为宋诗运动，因其人员之众之杂，似乎"运动"二字更为贴切。如果考其渊源，则发轫于清中叶的肌理派、桐城派和秀水派。即使是溯源到宋代，亦并非全学江西派。如何绍基更多是学习苏轼，金天羽《艺林九友歌序》，即称之为"晚清诗人学苏最工者"。②但梅曾亮序其诗，则言"吾友子贞，自贵州考官归，以所得诗见示，读之求其专似一古人者，而不得也"。故梅氏感叹曰："其所谓不专于诗者之诗乎？故不知其为汉魏，为六朝，为唐宋，自成为吾之诗而已。不必其诗之古宜似某，诗之律宜似某，自适其适而已。"③而被陈衍、郑孝胥等同光体闽派诗人推崇备至的江湜，其明白如话的诗歌风格，叶廷琯《感逝集》以为"其于古人宗派，评之者或以为专法昌黎、山谷，然亦时有似东野、后山处。逮后诗境益熟，渐趋平易，遂大类诚斋、石

①　钱仲联编著《近代诗钞》，江苏古籍出版社，1993，"前言"第 1—2 页。

②　金天羽著，周录祥校点《天放楼诗文集》，上海古籍出版社，2007，第 220 页。

③　梅曾亮：《使黔草叙》，载何绍基著，曹旭校点《东洲草堂诗集》，上海古籍出版社，2012，第 891 页。

湖手笔"。^① 至于钱仲联先生《近代诗评》所谓"无分唐宋，并咀英华，要以敷腴为宗，不以苦僻为尚。抱冰一老，领袖群贤；樊易呈之，拓为宏丽"，^② 其与宋诗派、湖湘派和诗界革命派并举的"唐宋兼采派"，其实是因张之洞的政治地位，吸引了一批诗人在其周围，特别是在他担任湖广总督期间。但无论宗趣，还是诗风，他们多不相类而异彩纷呈。唐宋兼采，其实是"唐宋各采"。"同光体"之名的见诸文字，就在武昌。光绪二十七年（1901），时客张之洞幕府的陈衍撰《沈乙庵诗序》，即称沈曾植为"同光体之魁杰"。而同样是同光体诗人的陈三立和陈衍，对张之洞的诗歌却有着不同的评价。陈衍说陈三立"不甚喜广雅诗"，所谓"伯严论诗最恶俗、恶熟，尝平柔也'纱帽气'，某也'馆阁气'"，这是针对张之洞的。但陈衍不以为然，称"即如张广雅之洞诗，人多讥其念念不忘在督部（时督武昌）。其实则何过哉？此正广雅诗长处"。^③ 他们讨论张之洞诗歌的着眼点，都是其官场做派对诗风的影响。但各执一端，故所见则分别为正面和负面。

二

当然，晚近之诗歌作为历史的回响，我们更多要考虑"现实中的诗人"和"理想中的诗歌"。前面谈到了社会发展与文学变化的不平衡性，晚近诗人所面临的现实，在乾嘉之时，即已开启了渐趋昏暗的黑幕。我们溯源舒位，并将其与后来的贝青乔进行比较，就是出于这样的原因。两人都出生在富庶的苏州，也都到过贫困的贵州。但他

① 叶廷琯辑选《感逝集》卷四，潘氏滂喜斋光绪六年刊本，第 15 页。
② 钱仲联：《梦苕庵诗文集》，黄山书社，2008，第 511 页。
③ 陈衍：《石遗室诗话》，朝华出版社，2017，第 19—20 页。

们西去的理由，却不是社会的责任，而是自己的生活所迫。是与今日苏州众多的旅行者去贵州欣赏旖旎风景不同，更与肩负使命被派往铜仁扶贫的官员迥异。陈裴之为舒位所作行状，称其"贫无以养，去客河间太守王朝梧幕中。太守擢黔西观察，要君同行"。[①] 而贝青乔去贵州也是"囊笔依人"，充当幕客。其离开苏州之前所作《将之黔南留别》，即称"吹箫难忆十年事，负米俄成万里身"。[②] 如果说舒位去到贵州还心存一丝通过自己的努力来改变个人命运的侥幸，故其《瓶水斋诗集》留有不少镇压苗民起义的诗歌。其歌颂清军，主要是寄托了自己建功立业的追求。但随着时序的变迁，到贝青乔已经没有了多少幻想，他的诗歌因此更具现实性和批判性。《半行庵诗存》有大量的作品，描述了西南山区采矿和运矿工人艰苦的生活条件和危险的工作环境，如《砂厂》《五砂吟》《自毕节以西五六百里间男妇以驮负为业背盐入黔背铅入蜀一路往来如织也戏赠以诗》《盐井》《运铅船》。这还不包括峡江覆舟遗失的《铅船杂事诗》等。其实，早期的贝青乔也是有志青年。鸦片战争时期，他曾追随路过苏州的扬威将军奕经来到浙东前线。可军中所见的咄咄怪事，让他明白，打败清军的不是英军，而是清军自己。其所作《咄咄吟》，即是记述此等怪事。

严迪昌《清诗史》曾以"风雨飘摇的苍茫心态"为标题来论述"晚近诗潮"。其所列举的这一时期的诗人，籍贯多为江浙。究其原因，则与本是"金粉东南十五州"的繁华之地，沦为鸦片战争和太平天国的主战场有关。就苏州的诗人而言，舒位、贝青乔都属于"诗潮"中的"浪花"。当然还有江湜。在严先生的笔下，他们分别代表着"昏沉时世中的悲怆诗群""鸦片战争时期的忧愤心史"和"太平

①　舒位撰，崔光甫点校《瓶水斋诗集》，上海古籍出版社，1991，第801页。

②　贝青乔著，马卫中、陈国安点校《贝青乔集》（外一种），上海古籍出版社，2013，第45页。

天国的幽苦诗心"。其实，无论"悲怆""忧愤"，还是"幽苦"，苏州
的布衣诗人沈谨学也很有代表性。严先生最早发表的有关清代诗学
的学术论文，即为 1962 年刊载于《江海学刊》的《清代江苏诗人沈
谨学》。但不知何故，《清诗史》于沈谨学只字未及。而沈氏《贫况》
一诗，脍炙人口，已然成为当时底层知识分子生活的真实写照："遮
穷讳苦亦徒然，欲诉还休更可怜。昨夜举家聊啜粥，今朝过午未炊
烟。强颜且去赊升合，默计都无值一钱。谁信先生谁不信，御寒无被
已三年。"[①] 读书人过清贫的日子，本无需大惊小怪。孔子《论语·雍
也》赞其学生颜渊，就说"在陋巷，人不堪其忧，回也不改其乐"。
但颜渊的箪食瓢饮，对沈谨学而言，或许也成了奢求。所以，江湜在
诗中也屡屡提到《贫况》，如《读沈山人诗感赋》，其有诗序称沈氏
之作"词意凄恻，读之令人不欢。因思山人殁已四年，其家益寒馁
可念，愧窘甚，无以计之也"。[②]"无以计之"，说明在饥寒中煎熬的，
并非沈谨学一人，至少还有江湜。

　　讨论"现实中的诗人"，不能不说王闿运和陈三立。汪辟疆《光
宣诗坛点将录》尊王闿运为"诗坛旧头领"，以"托塔天王晁盖"当
之，而奉陈三立为"诗坛都头领"，并以"及时雨宋江"当之。可见
二人在晚近诗坛的地位。王闿运自咸丰初年与邓辅纶等在长沙结社吟
唱，以"骚心选理"为诗歌宗趣，倡导"缘情绮靡"的创作风格。其
所创立的湖湘派，风靡诗坛几近一个甲子。而所谓湖湘派，其实是
以"湖湘"为大本营，辐射则影响了整个中国。钱仲联先生《近代诗
评》论及湖湘派，即称其"远规两汉，旁绍六朝，振采斐英，骚心选
理，白香、湘绮风鸣于湖衡，百足、裴村鹰扬于楚蜀"。[③] 王闿运生

---

① 贝青乔著，马卫中、陈国安点校《贝青乔集》（外一种），第 468 页。
② 江湜著，左鹏军校点《伏敔堂诗录》，上海古籍出版社，2008，第 128 页。
③ 钱仲联：《梦苕庵诗文集》，第 511 页。

于道光十二年十一月二十九日，即 1833 年 1 月 19 日，卒于民国五年九月二十四日，也就是 1916 年 10 月 20 日。故其几乎是中国近代所有重大历史事件的见证人。但王闿运的诗歌是否真实和全面地反映了历史风貌，论者多有争议。胡适《五十年来中国之文学》称"太平天国之乱是明末流寇之乱以后的一个最惨的大劫，应该产生一点悲哀的或慷慨的好文学"。可胡适以为，"王闿运为一代诗人，生当这个时代，他的《湘绮楼诗集》卷一至卷六正当太平天国大乱的时代（一八四九——一八六四）；我们从头读到尾，只看见无数《拟鲍明远》《拟傅玄麻》《拟王元长》《拟曹子建》……但竟寻不出一些真正可以纪念这个惨痛时代的诗"。[①] 而胡先骕加以反驳，其《评胡适〈五十年来中国之文学〉》先是承认"王氏之诗以模拟为目的，胡君訾之，未尝不是"，但似是而非，又说"然即王氏之诗，尚有不可磨灭者在，如《圆明园词》是也"。其实，拟作只是湖湘派在形式方面的特征，邓辅纶《白香亭诗》凡三卷，其中有一卷全是"和陶诗"。胡先骕以为胡适有此见解，因其"文学造诣之浅薄"。而胡先骕的意见，则偏重于同光体赣派的诗歌主张。因为同样是湖湘派代表诗人的高心夔，却得到了胡先骕的高度评价："其诗虽取法汉魏，然非如王氏之徒事模仿，其夐夐独造处，远在王氏之上。"[②] 高心夔是江西湖口人，故更推崇陶渊明。从其诗集取名《陶堂志微录》，就可想而知。而同样宗奉赣派的汪辟疆，其《近代诗派与地域》论及邓辅纶，亦称其"和陶尤工"。只是对王闿运没有那样苛求，以为他和邓辅纶"沆瀣一气，笙磬同音，皆一时麟凤也"。[③]

而取代王闿运成为诗坛领袖的陈三立，虽然是同光体的大纛，

① 胡适：《胡适古典文学研究论集》，上海古籍出版社，1988，第 95—96 页。
② 胡先骕著，熊盛元、胡启鹏编校《胡先骕诗文集》，黄山书社，2013，第 440 页。
③ 汪辟疆：《汪辟疆文集》，上海古籍出版社，1988，第 295 页。

在学习宋代江西派的同时，也上溯到陶渊明。陈氏曾有《漫题豫章四贤像拓本》，第一首咏陶渊明，所称"此土不在世，饮酒竟谁省？想见咏荆轲，了了漉巾影"，[1] 按照钱仲联先生的理解，是"特别强调陶诗于平淡中郁风雷之声的特点，诗作与政治紧密结合的特点，实际就是三立点明自己作诗的宗趣"。[2] 陈三立曾经是维新变法的干将，曾辅助其父亲、湖南巡抚陈宝箴在湘中率先推行新政。梁启超即云："陈伯严吏部，义宁抚军之公子也，与谭浏阳齐名，有'两公子'之目。义宁湘中治迹，多其所赞画。"[3] 谭嗣同的父亲为谭继洵，时任湖北巡抚。故陈三立论诗，特别强调社会和政治功用。其序《梁节庵诗》即云："梁子之诗既工矣，愤悱之情，噍杀之音，亦颇时怀呈露而不复自遏。吾不敢谓梁子已能平其心一比于纯德，要梁子志极于天壤，谊关于国故，掬肝沥血，抗言永叹，不屑苟私其躬，用一己之得失进退为忻愠。此则梁子昭昭之孤心，即以极诸天下后世而冘许者也。"[4] 只是经历过戊戌政变，陈氏父子遭受了清廷的严厉处分。据陈宝箴《沥陈悚感下忱并交卸湘抚日期摺》所引光绪二十四年八月二十二日上谕："湖南巡抚陈宝箴，以封疆大吏滥保匪人，实属有负委任。著即行革职，永不叙用。伊子吏部主事陈三立，招引奸邪，著一并革职等因。"[5] 当陈宝箴与同样遭受处分而回到长沙的谭继洵会面、两人相拥而哭的时候，他们个人的危险和灾难，远远没有结束。有关陈宝箴庚子年死于清廷加害的传言，至今尚有学者信以为真。但亦绝非空穴来风。所以，陈三立以后的处事，应该是慎之又慎。今所

---

① 陈三立著，李开军校点《散原精舍诗文集》(增订本)，上海古籍出版社，2014，第119页。
② 钱仲联：《梦苕庵论集》，中华书局，1993，第423页。
③ 梁启超：《饮冰室诗话》，人民文学出版社，1959，第10页。
④ 陈三立著，李开军校点《散原精舍诗文集》(增订本)，第824—825页。
⑤ 陈宝箴著，汪叔子、张求会编《陈宝箴集》，中华书局，2003，第862页。

见陈三立手自厘定的《散原精舍诗》之存诗，始于庚子以后，大概也有这方面的考量。而"掬肝沥血，抗言永叹"，即现实性很强的诗歌，也删除殆尽了。

三

现实虽更趋黑暗，理想却逐渐光明。划定的中国近代史凡80年，而甲午战争应该是一个转折点。新旧之争，此前"新"的代表，主要是洋务派，即魏源所倡导的"师夷长技以制夷"。此后则主要是维新派。及至戊戌变法失败，又经历庚子事变，则革命党逐渐崛起，成为引导中国走向未来的中坚。张之洞站在保守的立场上看待时事。《新旧》所谓"璇宫忧国动沾巾，朝士翻争旧与新。门户都忘薪胆事，调停头白范纯仁"。[①] 而其《学术》，则将中国衰弱的责任，全都归于新派所倡导的变革："理乱寻源学术乖，父仇子劫有由来。刘郎不叹多葵麦，只恨荆榛满路栽。"自注云："二十年来，都下经学讲《公羊》，文章讲龚定庵，经济讲王安石，皆余出都以后风气也。遂有今日，伤哉！"[②] 故其在戊戌变法风起云涌、如火如荼之际，推出了"中学为体、西学为用"的口号。不过，时代的生命力在于创造新世界，而绝非维护旧秩序。

选择袁昶来论述"理想中的诗歌"，是因为他是维新变法最后的牺牲者。从早年的总理衙门章京，到后来的总理衙门行走，长期的洋务生涯，袁昶相对当时的多数官员，更熟悉西方，也就更了解中西方的政治和文化差异。所以，袁昶虽然是张之洞的门生，但他倾向维

---

① 张之洞著，庞坚校点《张之洞诗文集》，上海古籍出版社，2008，第 146 页。

② 张之洞著，庞坚校点《张之洞诗文集》，第 153—154 页。

新，和当时的维新派人士诸如文廷式、黄遵宪、张荫桓等交往甚密。尽管张之洞与翁同龢不相能，但当光绪二十三年（1897）翁氏以户部尚书协办大学士，在中枢主持变法，袁昶曾上诗十二章，力主维新。作为同光体浙派的代表诗人，他在诗歌的形式方面并没有突破传统的藩篱。然诗歌中所表达的理想和追求，时有对民主和科学的向往，如《送张樵野太常奉使墨利加洲长句三首》《寄酬张通副时奉使俄德诸国》《送黄公度再游欧西绝句十首》等。外交使臣的送往迎来，本是总理衙门的工作职责。而袁昶的诗歌绝非泛泛而论的应酬之作，是从其篇幅即可得知。至其《送许竹篔侍讲奉使日本》，对日本在明治维新以后出现的欣欣向荣的气象，也大加赞赏。正是这样的经历和思想所造就的立场，当义和团起事，袁昶力主镇压。后来又坚决反对围攻外国驻华使馆等过激行动，最终招致杀身之祸。可以说，袁昶之死，宣告了中国的维新之路走到尽头。此后非革命已经无法改变中国的命运。

有关革命党先驱的政治理想，柳亚子《十一日得小进来弓以陈巢南高天梅二君遗墨索题并賸一诗次韵奉和》有云："巢南得一天梅二，道统三民怅独存。"其自注言"时论谓章太炎先生为一民主义者，巢南似之；黄克强先生为二民主义者，天梅似之"。[1] 所谓一民主义，主要是民族；二民主义则增加民生。其实，理想是反思历史的结果，也建立在现实的基础上。就地域而言，孙中山倡导三民主义，是因为鸦片战争以后，广东最早接受了西方文化乃至政治的辐射和影响。黄兴作为湖南人，民众对土地的依赖，要强于中国的其他地方。以后毛泽东发动农民运动，也是以斗地主、分田地、均贫富相号召。至于江浙，宋室南渡以后的文化道统，强调夷夏之辨，至清军南下而登峰造极。扬州、江阴和嘉定的屠城，既表明了清军之残忍，也反映了抵抗

---

① 柳亚子：《磨剑室诗词集》，上海人民出版社，1985，第924页。

之激烈。其所造就的一大批遗民，杰出的代表即为顾炎武和黄宗羲。而许承尧、黄宾虹和陈去病发起黄社，柳亚子、陈去病和高旭创立南社，均以遗民为旗帜。他们所倡导的"驱除鞑虏，恢复中华"，实质就是反清复明的翻版。黄社成立之时，许承尧创立新安中学堂、紫阳师范学堂，延请黄宾虹、陈去病等执掌教席。他们以明末清初遗民黄宗羲相号召，其《盟词》即称"尊梨洲之旨，取新学以明理，忧国家而为文"。① 而南社，陈去病《在南社长沙雅集宴会上的讲话》时的解释，则是"南者，对北而言，寓不向满清之意"。② 近有论者以为陈、黄等借黄社从事革命活动，许承尧没有参与，甚至并不知晓。但许承尧身为学校之监督，他与陈、黄等人又朝夕相处，岂有不察之理？许承尧还是黄社的理事，而具有革命倾向的盟词，即出自许氏之手。吴孟复作为许门弟子，其《简论许际唐先生（承尧）的疑庵诗》所云"先生还与黄宾虹丈等，据黄宗羲之《非君论》，秘密组织'黄社'，鼓吹革命，自任理事，而黄为助理"，③ 是可以征信的。

　　现在认定，南社的第一次雅集是 1909 年 11 月 13 日在苏州虎丘山附近的张国维祠。但此前已有南社之名，也有雅集。柳亚子在 1908 年的春天，有《海上题南社雅集写真》诗，所云"别有怀人千里外，罗兰玛利海东头"，其自注"谓刘申叔、何志剑伉俪"，是知刘师培夫妇也是南社最早的策划和参与者。柳亚子以为南社的筹备可追溯到 1907 年的冬天，即因此次雅集。《磨剑室诗初集》卷五还有《偕刘申叔何志剑夫妇暨杨笃生邓秋枚黄晦闻陈巢南高天梅朱少屏沈道非张聘斋酒楼小饮约为结社之举即席赋此》，而其《南社纪略》则称"我家里还藏着一张照片，上面正是我诗题中的几个人。这样，南社

---

① 　陈去病著，张夷主编《陈去病全集》（六），上海古籍出版社，2009，第 70 页。
② 　陈去病著，张夷主编《陈去病全集》（二），第 537—538 页。
③ 　许承尧撰，汪聪、徐步云点注《疑庵诗》，黄山书社，2014，"代前言"第 2 页。

之名目，开始于一九〇七年冬天，是没有疑义的了"。[1] 是诗有"慷慨苏菲亚，艰难布鲁东"[2] 句，也是指刘师培夫妇。刘师培投身革命，当在 1903 年。章士钊《孤桐杂记》称："夫申叔于光绪癸卯夏间，由扬州以政嫌遁沪，愚与陈独秀、谢无量，在梅福里寓斋闲谈。见一少年短襟不掩，仓皇扣门趋入，嗫嗫为道所苦，则申叔望门投止之日也。时年且不足二十耳。"[3] 是时的刘师培也充满着革命的理想，其更名"光汉"，寓意非常明确，就是"驱除鞑虏，恢复中华"。他自称"激烈派第一人"，甚至还参加了革命党组织的暗杀清廷官员的行动。这一时期的刘师培，写作了大量宣扬革命主张、记录革命历程的诗歌。但是，狂热是无法持久的，特别是遇到挫折之后。其后投靠端方，成了革命的叛徒，说明了革命的艰巨性和复杂性。

章太炎是刘师培的引路人，也是至交。尽管刘师培背叛革命，章太炎痛心疾首，甚至希望通过孙诒让劝其回首。但当刘师培随端方入川处理路权运动，辛亥革命爆发之后端方被杀、刘氏亦有性命之忧的时候，章太炎还是致电四川都督尹昌衡，保释刘师培。章太炎的投身革命，是经过深思熟虑的，不似刘师培的一时冲动。就革命的坚定性而言，章太炎一以贯之的坚持民族革命的主张。这是章太炎自己审定、收入浙江图书馆刊印之《太炎文录初编》中的"古诗十九题"最重要的主题。所以，鲁迅《关于太炎先生二三事》就说："我以为先生的业绩，留在革命史上的，实在比在学术史上还要大。"[4] 后来有人据鲁迅《趋时与复古》中所谓"孙传芳大帅也来请太炎先生投壶了。原是拉车前进的好身手，腿肚大，臂膊也粗，这回还是请他拉，拉还

① 柳亚子：《南社纪略》，上海人民出版社，1983，第 3 页。

② 柳亚子：《磨剑室诗词集》，第 56 页。

③ 章士钊：《章士钊全集》（六），文汇出版社，2000，第 340 页。

④ 鲁迅：《鲁迅全集》（六），人民文学出版社，2005，第 565 页。

是拉，然而是拉车屁股向后"，来说明章太炎的趋于保守。其实，推动时代的进步是永无休止的接力赛。章太炎是打完了该打的仗，走完了该走的路，也守住了该守的道。所以，他是无可指摘的。鲁迅也承认："清末，治朴学的不止太炎先生一个人，而他的声名，远在孙诒让之上者，其实是为了他提倡种族革命，趋时，而且还'造反'。"[1]而《关于太炎先生二三事》，鲁迅又说："革命之后，先生亦渐为昭示后世计，自藏其锋铓。"[2]章氏更名绛，别号太炎，其对顾炎武的倾慕，除了种族革命，还有朴学。其营救刘师培，也有学术方面志同道合的原因。章太炎当时发表的《章太炎宣言》即称："昔姚少师语成祖云：'城下之日，弗杀方孝孺。杀孝孺，读书种子绝矣。'今者文化陵迟，宿学凋丧。一二通博之材如刘光汉辈，虽负小疵，不应深论。若拘执党见，思复前仇，杀一人无益于中国，而文学自此扫地，使禹域沦为夷裔者，谁之责耶？"[3]当革命成功以后，革命者并不去追求享受革命的成果，而是选择自己所擅长的一技为社会、为国家作出新的贡献，这是要有博大的胸襟的。所以，我们今天所知道的章太炎，多是作为国学大师的一面。

"理想中的诗歌"以陈寅恪殿后，其实是对整个晚近历史的总结。过去言"富不过三代"，但义宁陈氏家族自陈宝箴追随曾国藩镇压太平天国而崛起，由从政的陈宝箴，到写诗的陈三立，再是治学的陈寅恪，三代人贯穿了整个晚近时期。其所成就虽各不相同，但就积累的精神财富而言，都足以浇铸在青铜器上，或者镌刻在大理石上。是在陈寅恪《寒柳堂记梦》的残存稿中，可窥得一二。关键的一点，他们都有自己的社会责任，也都寄托了政治理想。有学者将钱锺书与

---

① 鲁迅：《鲁迅全集》（五），第 565 页。

② 鲁迅：《鲁迅全集》（六），第 567 页。

③ 章太炎撰，马勇整理《章太炎全集·太炎文录补编》，上海人民出版社，2017，第 390 页。

陈寅恪相提并论，二人都学贯中西。我丝毫没有冒犯钱先生的意思。或许钱先生也有所长，譬如会写小说，其诙谐的文笔甚至运用到学术研究中也挥洒自如。以及钱先生中西合璧的学问，在其文章中最显性的特征便是中西文字的交替使用。有人以为是卖弄，其实是吃不到葡萄的狐狸心态。只是，我更钦佩陈寅恪。他所研究的学问，都有现实的意义。从笺证元白诗，到为柳如是作传，陈寅恪所书写的历史，是从遥远的天边，铺排到了眼前的地上，有着极其广阔的背景，也有着不可分割的联系。其《论再生缘》还没有出版的时候，就引发关注，康生甚至亲自下令封杀，即缘于此。而陈寅恪所倡导的"独立之精神，自由之思想"，成为几代学人努力追求的理想、积极实践的箴言。其实和今天所归纳的"爱国、进步、民主、科学"之五四精神，也是基本一致的。这是中国朝向更光明之方向的路标。

四

汪辟疆《光宣诗坛点将录》论湖湘派，说王闿运"学赡才高，一时无偶"，但"门生遍湘蜀，而传其诗者甚寡"。所以，"迄同光体兴，风斯微矣"。[①]而柳亚子在《介绍一位现代的女诗人——为双五新诗人节作》时回顾过去，也说"从晚清末年到现在，四五十年间的旧诗坛，是比较保守的同光体诗人和比较进步的南社派诗人争霸的时代"。[②]只是南社并非诗派，而是社团，其所谓"保守"或者"进步"，只是就南社诗人所具有的共同之政治理想而言。至于南社内部的诗学宗趣，则分歧很大。这种分歧，甚至导致了南社的终结。孙之梅《南

① 汪辟疆：《汪辟疆文集》，第327页。
② 柳亚子：《磨剑室文录》，上海人民出版社，1993，第1414页。

社研究》即称："南社解体最表面和最直接的原因是 1917 年的唐宋诗之争，因此几十年来的南社论者都会把主张宋诗的胡先骕、朱玺等人和企图把柳亚子拉下马的蔡守等人当作分裂南社的罪魁祸首加以指责，似乎没有这些人和事，南社就会长久存在下去。"① 南社当然不会长久存在下去，但不同的诗学观所引发的矛盾，加速了南社的解体。

所以，讨论晚近"实践中的诗学"，就诗派之理论而言，影响最大的就是同光体。汪辟疆《光宣诗坛点将录》以同光体诗人为班底，将陈衍点为"一同参赞诗坛军务头领"，并以"地魁星神机军师朱武"当之，主要是强调其在理论指导方面的造诣。故谓其"中年以诗名，顾非甚工。至说诗，则居然广大教主矣。朱武在山寨中，虽无十分本事，却精通阵法，广有谋略"。② 而钱仲联先生以为"汪国垣先生《光宣诗坛点将录》，以'同光体'为极峰之点将录也。鄙意不能苟同，因别为《近百年诗坛点将录》"。③ 另起炉灶的钱先生，以陈三立为"诗坛旧头领"，当之以"托塔天王晁盖"，是将其排斥在 108 将之外。而倡导诗界革命的黄遵宪和丘逢甲，则为"诗坛都头领"，分别以"天魁星呼保义宋江"和"天机星玉麒麟卢俊义"当之。但是，陈衍的地位却大大提升，成了水泊梁山的第三把手：掌管机密军师的"天机星智多星吴用"。并称其"选《近代诗钞》，著《石遗室诗话》及《续编》，虽以'同光体'诗为主，然亦广涉各种流派，如湖湘派之王闿运、邓辅纶，诗界革命派之黄遵宪、康有为、梁启超、金天羽，南社之黄节、诸宗元、沈宗畸、林学衡等亦皆涉及，盖尚非墨守门户之见者"。④

---

① 孙之梅：《南社研究》，人民文学出版社，2003，第 360 页。
② 汪辟疆：《汪辟疆文集》，上海古籍出版社，1988，第 333—334 页。
③ 钱仲联：《梦苕庵诗词点将录合集》，华东师范大学出版社，2021，第 95 页。
④ 钱仲联：《梦苕庵诗词点将录合集》，第 96—97 页。

　　陈衍对同光体最大的理论贡献是提出了"三元说"，以及倡导所谓"合学人诗人之诗二而一之"。"三元说"是言同光体的诗学宗趣。陈衍所谓"三元"，是指"上元开元、中元元和、下元元祐"。即从盛唐到中唐，而落脚点是北宋。在中国诗歌史上，倡导学习汉魏六朝而贬低唐诗者，有之。譬如湖湘派的王闿运，其以汉魏六朝为职志，因近体诗发轫于唐代，故其编纂《湘绮楼诗》，就把近体诗打入另册。持同样态度的还有章太炎，他也创作了不少近体诗，但在他看来这是笔墨游戏，是不登大雅之堂的。所以，其身前厘定《太炎文录初编》，仅收古体诗十九题。然倡导学宋的诗人，几乎没有自称专宗宋人，而与唐诗撇清关系的。陈衍学宋的借口，是"今人强分唐诗宋诗，宋人皆推本唐人，而力破余地耳"。好像其学宋，非但是上溯唐人，还体现了自己的创造发明。陈衍是语，出自与沈曾植讨论诗歌的对话。沈曾植一方面承认"三元皆外国探险家觅新世界、殖民政策、开埠头本领"，[①] 另一方面又另起炉灶，倡导所谓"三关说"。其《与金潜庐太守论诗书》即称："吾尝谓诗有元祐、元和、元嘉三关。公于前二关均已通过，但着意通第三关，自有解脱月在。"[②] 是将学习古人的重点，上溯到了六朝。二者之区别，作个通俗的比方，"三元说"是下里巴人，比较容易上手，所以陈衍可以成为诗坛的广大教主，而其推广的闽派，也能够在同光体中成为影响最为广泛的分支。"三关说"则不易做到，应该属于阳春白雪，曲高和寡，故钱仲联先生《论同光体》谈到浙派，也只列举了三人："沈的同派是袁昶，继承者是金蓉镜。"[③]

　　至于"合学人诗人之诗二而一之"，钱仲联先生认为是陈衍的自我标榜，其《论同光体》曾云："在旧社会，一般文人却怀有学人高

①　陈衍：《石遗室诗话》，第10页。
②　沈曾植著，钱仲联编校《海日楼文集》，广东教育出版社，2019，第29页。
③　钱仲联：《梦苕庵论集》，第424页。

出一筹的偏见。陈衍正是用这样的眼光来谈什么'学人之诗'以抬高'同光体'诗人的地位。"钱先生甚至以为"'同光体'诗人，只有沈曾植是著名学人"，除此以外，"或是以政治活动家而为诗人，或是从事文学专业的诗人，在那些代表人物中，却举不出学人"。① 其所指，前者的代表应该是陈三立，后者的代表则是陈衍。所以，如果将其拆分一下，沈曾植当仁不让是"学人之诗"，而陈三立作为政治活动家，继承了《诗经》的传统，讲求"兴观群怨"之社会功用，堪称"诗人之诗"。但如果我们将"学人之诗"的"学"稍作变通，并不局限于古人所谓的经史之学，那么，陈衍所追求的"合学人诗人之诗二而一之"，似乎也不是高不可攀。钱锺书《谈艺录》谈到乾隆年间钱载和戴震之间有关"学"的不同理解所引发的争论，说"箨石处通经好古、弃虚崇实之世，而未尝学问，又不自安于空疏寡陋。宜其见屈于戴东原，虽友私如翁覃谿，亦不能曲为之讳也"。但又说钱载诗中引用典故，"原本经籍，润饰诗篇，与'同光体'所称'学人之诗'，操术相同，故大被推挹。夫以箨石之学，为学人则不足，而以为学人之诗，则绰有余裕"。而在随后的论述中，钱锺书将"同光而还，所谓'学人之诗'"，戏称为"诗人之学"。② 确实，时代是在不断地进步，人们所理解的近代学术之内涵，比之乾嘉学派，也有了很大的拓展。这在民国之时，即有变化。钱穆所为《中国近三百年学术史》，尚专论经学，而此前梁启超的同名之作，则已经涉及西学，甚至还有自然科学。如果依照乾嘉之时"通经好古、弃虚崇实"的标准来衡量"学人之学"，及至 20 世纪，从事文学研究者即如钱锺书本人，亦不能以学人相称了。

---

① 钱仲联：《梦苕庵论集》，第 422 页。
② 钱锺书：《谈艺录》(补订本)，中华书局，1984，第 176—177 页。

五

谈到"实践中的诗学"，那一定是善作诗者在创作诗歌的实践活动中，对诗学的理解和总结。否则，如陈衍也只是"无十分本事"的朱武。洪亮吉《北江诗话》即称欧阳修"善诗而不善评诗"。而在当代，善诗又善评诗者，则非钱仲联先生莫属。今天讨论 20 世纪的旧体诗创作，公推钱先生为大纛。钱先生常以"诗坛点将录"的方式评论诗人。华东师范大学出版社曾经出版《梦苕庵诗词点将录合集》，收录有《浣花诗坛点将录》《顺康雍诗坛点将录》《道咸诗坛点将录》《近百年诗坛点将录》《南社吟坛点将录》等。而后人对钱先生的诗歌创作之成就，也运用"点将录"的方式予以高度评价。同样是华东师范大学出版社出版的冯永军之《当代诗坛点将录》，"天魁星呼保义宋江"就是钱仲联，而陈寅恪为"天罡星玉麒麟卢俊义"，钱锺书则是"天机星智多星吴用"。冯永军赞钱仲联先生诗歌创作，以为"《梦苕庵诗》广益多师，于历代大家皆有所取，且不贵远贱近"，"而能入能出，所谓不取一法，不舍一法，自成其一家之面目，与古今诗人争雄，不负天放楼所期"。[1] 所谓"天放楼所期"，是指金天羽序《梦苕庵诗》，其言"仲联之诗，其骨秀，其气昌，其词瑰玮而有芒"，以及"异日者图王即不成，退亦足以称霸"。[2] 其实，按照梁山泊论定英雄好汉的方式，以创作特点和创作成就来安排诗人的座次，并不是一件容易的事情。因为见智见仁，很难一致。洪亮吉言欧阳修"不善评诗"的理由就是"如所推苏子美、梅圣俞，皆非冠绝一代之才。又自诩《庐山高》一篇，在公集中，亦属中下"。[3] 而钱先生除了诗歌创

---

①　冯永军：《当代诗坛点将录》，华东师范大学出版社，2011，第 7 页。

②　金天羽著，周录祥校点《天放楼诗文集》，第 1006 页。

③　洪亮吉：《北江诗话》，人民文学出版社，1983，第 36 页。

作以外，其诗歌研究也成就斐然。所以，冯永军戏言钱先生"身材五短"，而"所作诸点将录及诗话、论文，包罗万象，古今诗人皆在品评之列。呼群保义，及时之雨，矮宋江非此莫属"。①

　　只是冯永军在讨论钱先生诗歌研究之成就时，没有涉及钱先生用力最勤的诗集笺注。好在胡文辉所撰《现代学林点将录》以此为专论而加以强调，故而得以弥补。胡氏是书，网罗现代新旧学者。其所涉领域，涵盖文史哲等人文学科。而以胡适与王国维为宋江和卢俊义，引领 20 世纪之学界。然钱先生尚在天罡之列，被当以"天寿星混江龙李俊"，可见其学术地位之崇高。胡氏先言"笺注学在今世已成存亡继绝之业，非可以小技视之"，而后通过与陈寅恪、钱锺书的比较，介绍了钱先生在诗歌笺注方面之成就："晚近的笺诗大家，陈寅恪有《元白诗笺证稿》《柳如是别传》，善作发覆，由诗入手，而以史为归；钱锺书有《宋诗选注》，侧重评点，对诗语源流的追溯最为所长；钱仲联尤专于此道，大抵述其背景、释其古典、证其本事，虽发明不及陈寅恪，精赅不及钱锺书，然得其大体，最近于传统笺注学的正宗"。故称钱先生之笺注，"论数量论质量，无疑是近代第一人"。②

　　其实，钱仲联先生最初的治学目的，就是为了更好地掌握写诗的艺术。他说自己"在学诗与治学、做诗人或是当学者的选择中，青年时代的我似乎更倾向于前者。因此，我早年的学问研究都和诗歌艺术密切相关。而就我本人的初衷而言，治学的动机恐怕在很大程度上是为了借鉴前人创作经验，直接服务于自己的创作实践"。他早年选择笺注黄遵宪的《人境庐诗草》，作为自己治学的第一个目标，究其原因，则是"不仅由此可以探索诗家的用典奥秘，具体了解中国近代

　　① 冯永军：《当代诗坛点将录》，第 8 页。
　　② 胡文辉：《现代学林点将录》，广东人民出版社，2010，第 129 页。

历史的发展过程，并可借鉴黄诗，使自己写出反映同样国难深重年头的作品来"。^①其《人境庐诗草笺注》1936 年由上海商务印书馆出版，立刻引起学界的强烈反响。钱锺书先生曾称"钱君仲联笺注《人境庐诗》，精博可追冯氏父子之注玉溪、东坡"。^②而我在一篇小文章中谈到"钱先生是'余事作学者'，不想竟成了著名学者"，^③他看到后非常高兴，表扬我"话虽说得俏皮，却不无道理"。^④

六

回顾在 1981 年的春天，当江苏师院成立明清诗文研究室的时候，我还是一名大四学生。但被主持研究室工作的钱仲联先生确定留校、选为研究人员，从此随侍先生、忝列门墙 20 多年。他选择编纂《清诗纪事》作为研究室的首个集体科研项目，"主要是通过实践，培养这一专业方向的研究人才和整理古籍人才"。^⑤所谓实践出真知，钱先生的育人方法非常有效。短短几年之中，就完成了《清诗纪事》的材料搜集和编辑出版工作。而我们通过抄写制作卡片，接触了大量有关清代诗歌的原始文献，也解决了阅读和标点古文的难题。钱先生每周又用整整两个半天，为我们讲课，内容涉及古代文学的方方面面，当然主要是清代。今所见钱先生的《清诗三百首》和《清文举要》，都是当年为我们选编的教材。如何做到出书又出人，钱先生曾在 1984 年 6 月 28 日在郑州举行的全国高校古籍整理研究工作会议

①　钱仲联著，周秦整理《钱仲联学述》，浙江人民出版社，1999，第 60—62 页。
②　钱锺书：《谈艺录》（补订本），第 347 页。
③　马卫中：《为霞尚满天——访钱仲联教授》，《苏州杂志》1996 年第 6 期。
④　钱仲联著，周秦整理《钱仲联学述》，第 60 页。
⑤　钱仲联著，周秦整理《钱仲联学述》，第 147 页。

上作了介绍，他称赞我们"目前的水平，与硕士研究生相比，毫不逊色，而且在知识面的广度上，还有所超过"。[①]这大概也是我能够以同等学力再追随钱先生攻读博士学位的原因。

"天意怜幽草"，或许是我天资顽钝、基础又差的缘故，自己总感觉是得到了先生的特别眷顾。记得在明清诗文研究室，钱先生第一次和我们几位年轻人交流。为了鼓励我，他说出了录取我的理由。主要是回答问题时谈到黄遵宪，非但讲了诗歌成就和诗坛地位，关键还能指出不足。而当其他同学还在抄写《清诗纪事》卡片的时候，钱先生交给了我另外的任务，是帮助他选编《近代诗钞》。先由钱先生拟出入选的100家近代诗人的名单，我按图索骥，负责找书。或借或买，然后交给先生。钱先生将入选的诗题写在纸条上，夹在书中，我再去复印、剪贴和标点，然后找抄工誊清。至于每位诗人的介绍，钱先生让我先拟好初略的生平事迹，然后由他仔细改定，并添加上亲自撰写的诗歌评论部分。是书后来由江苏古籍出版社出版，已经成为学习和研究近代诗歌的枕中鸿宝。毫不夸张地说，我是此书的第一位读者。随后，上海古籍出版社约请钱先生选编《清诗研究论文集》，以展示我国清诗研究之成果，同时方便阅读。钱先生拟纂上下两集，中间以1949年为界限。还是由我先去搜集文献，并作初步的整理，然后交他选定。但书稿交付出版社后，由于某种非学术的原因，最终没有刊印。但对我来说，因此读到了大量的清诗研究论文，还是收获满满。

回顾我的成长历程，是由钱仲联先生指引，甚至搀扶向前的。这本小册子之所以定名"走在理想和现实的边上"，是因为几十年中我读书和教书，以及思考和写作，又何尝不是如此？套用董其昌的说法，这些文稿记录了我读过的书、走过的路。我在选编的过程中，感

---

① 钱仲联著，周秦整理《钱仲联学述》，第147页。

觉自己早期的文稿非常稚拙，尽管作了筛选，但还是有些不堪卒读的感觉。不过，再回头一想，哪个人不是从蹒跚开始学会走路的。只是自己现在也不算走得太好。就坡下驴，我又找了一个安慰自己的理由，就是当时学界整体的研究水平也不算太高。这些论文也是经过编辑的认可，才予以公开发表，在当时也有一定的反响。所以，重刊也是"为了忘却的纪念"。需要说明的一点，是 20 世纪 80 年代，我和同事张修龄因倾慕老师范伯群和曾华鹏的合作，也约定共同撰写论文。所谓共同，就是先由一人执笔，写出论文的初稿。再交另一个人审读，并提出修改意见。然后由执笔人改定。当然，发表的时候，执笔人就署名在先。此次我挑选了几篇我署名在先的论文收入，以纪念那些快乐而美好的时光，同时缅怀已经逝去的好友。另外，《从胡湘派的兴衰看王闿运的诗坛地位》一文，我在完成初稿以后，曾寄给钱先生门下之同窗、时在上海师范大学任教的刘诚兄，请他提出修改意见。是因其硕士论文即以湖湘派为研究对象。刘诚兄不负我望，提出了非常中肯的修改意见。尽管刘诚兄一再谦让，最后我还是署以两人的名字发表在《文学遗产》1999 年第 5 期。这也是我"走在理想和现实的边上"的经历，收入并加以说明，也是历史的记录。

感谢策划和参与本书出版的所有朋友。编撰此书，我的学生是希望纪念我即将开启的退休生活。其实，除了看书和码字，我也没有其他放得上桌面的爱好。所以，我退休以后的生活大概也不会有大的改变，说"退而不休"也行。当然，作为书生，本来对社会提供的热量非常有限，也就没有资格说"发挥余热"之类的话了。只是信马由缰，由着自己的兴趣而已。

2023 年 12 月 31 日，寒山寺夜半祈年钟声敲响之际，草于姑苏城内风云一片楼

目录

后记

第一编

在现实中交织理想

光宣诗人的理想境界与政治追求

　　中国最早涉及诗歌理论的文字《尚书·尧典》，提出了"诗言志"的主张，朱自清先生认为这是中国历代诗论的"开山的纲领"。①所谓"志"，既是指诗人的思想情感，又包含着诗人对现实和未来所抱有的理想和抱负。光宣时期，黑暗的社会和腐败的政治充满着矛盾，充满着危机。生活在这一时期的诗人，在目睹惨绝人寰的人间悲剧甚至闹剧一幕幕不停搬演的时候，他们的思想情感激荡而痛苦，而在他们的内心深处又不断交织着希望和幻想，升腾着强国之梦。他们的诗歌，是言志的产物。也就是说，既反映了他们复杂的思想情感，又寄托了他们的理想和幻想。他们为实现其抱负而付出的一切努力，也在他们的诗歌里有着详尽的实录。

　　光宣前期，洋务派在中国政坛占据着重要位置。作为回应，当时的诗歌也表现了洋务派的政治理想。这一时期，吟咏西方新事物、新思想的诗歌作品连篇累牍，层出不穷。然而，值得注意的是，洋务派的领袖人物，如左宗棠、李鸿章和张之洞等，并没有在诗歌中对西

---

　　① 朱自清：《诗言志辨》，载《朱自清全集》（六），江苏教育出版社，1990，第130页。

方事物表现出热情。甚至除了少数送别出国使臣和题赠外国友人的诗歌以外，很少有与外国相关的作品。其实，洋务派倡导"中学为体，西学为用"，将诗歌作为中学的一部分，维护着其传统的观念和形态，不希望受到西方的影响和被其异化。因此，也就剥离了其与西学的联系。当然，他们的诗歌，表达他们参与洋务运动复杂的心境，即不但要引进西方先进的技术，又要不损害中国传统的统治基础和统治思想，其重重困难可想而知。以张之洞为例，黄濬谓"南皮之事功，不如文章。意存建树，而力希忠宠，故有创而鲜获。然其真性情，可从诗文字句里钩稽得之"。[①] "有创而鲜获"，是"中学为体，西学为用"的必然结果，而"真性情，可从诗文字句里钩稽得之"，则为我们从其诗歌作品中考察其推行洋务政策的思想基础，以及洋务运动失败后知国事之不可为又不得不为之的痛苦感伤的情绪，提供了便利条件。相似的议论，还见诸南社著名诗人林庚白的《丽白楼诗话》："同光诗人什九无真感，惟二张为能自道其艰苦与怀抱，二张者，之洞与謇也。之洞负盛名，领重镇，出将入相，而不作一矜夸语，处新旧变革之际，危疑绝续之交，其身世之感，一见于诗，视謇尤真挚。"[②] 强调"中学为体"，表明张之洞以传统儒学思想来维系清王朝的根本利益，他的这种思想，反映在他早年所作的《学署五箴》及晚年所作的《学术》诗中："理乱寻源学术乖，父仇子劫有由来。刘郎不叹多葵麦，只恨荆榛满路栽。"[③] 他对充斥学界的新异思想多持反对态度，"盖深恫乎学术之乖张，致召不虞之祸患，不觉形诸笔墨"。[④] 张之洞说"会

① 黄濬：《花随人圣庵摭忆》，上海古籍出版社，1983，第 258 页。

② 林庚白：《丽白楼诗话》，载《丽白楼自选诗》，开明书店，1946，第 107 页。

③ 张之洞著，庞坚校点《张之洞诗文集》，上海古籍出版社，2008，第 153 页。

④ 胡先骕：《读张文襄〈广雅堂诗〉》，《学衡》第 14 期，1923 年 2 月。

通中西，权衡新旧"，① 又说"旧学为体，新学为用，不使偏废"，② 而当为体的中学和为用的西学发生矛盾时，张之洞又希望能够加以调和："璇宫忧国动沾巾，朝士翻争旧与新。门户都忘薪胆事，调停头白范纯仁。"③ 其实，强调中学，还是强调西学，是保守或革新的标志，是将历史的车轮带向前进，抑或拉向倒退的重大问题，在此没有调和的余地。当新与旧的矛盾无法消止而日趋激化的时候，清王朝实际上就面临着覆亡的境地。是时，张之洞在诗中流露出一种"无可奈何花落去"的情绪："一夜狂风国艳残，东皇应是护持难。不堪重读元舆赋，如咽如悲独自看。"④ 张之洞感叹的花残，其实是洋务派救国梦想的破灭。

当时在诗歌中吟咏新事物和新思想的，主要是洋务运动中一批从事实际事务的外交家和实业家，如郭嵩焘、曾纪泽和郑观应等。他们是中国近代踏出国门、走向世界的先驱，闻所未闻的西方的新异思想和见所未见的异国风情，令他们大开眼界。他们似乎找到了能够炫人耳目的绝妙诗材，因此在诗中大加吟诵。郭嵩焘题曾纪泽诗集，谓"十洲天外一帆驰，踪迹同君两崛奇。万国梯航成创局，数篇云海发新诗"，⑤ 表达了对曾纪泽在外国所写的"新诗"，即以国外见闻为题材的诗歌的高度赞赏，同时也引以为同路和知己。曾纪泽"新诗"的代表作是《异俗》：

---

① 张之洞：《抱冰堂弟子记》，载《张之洞诗文集》，第553页。

② 张之洞：《劝学篇》外篇《设学》，1928，第10页。

③ 张之洞：《新旧》，载《张之洞诗文集》，第146页。

④ 张之洞：《四月下旬过崇效寺访牡丹花已残损》，载《张之洞诗文集》，第151页。

⑤ 郭嵩焘：《题曾劼刚归朴斋诗钞并以为别即效其体》，载《郭嵩焘全集》（十四），岳麓书社，2018，第127页。

> 讨论寒冰一夏虫，渐从文轨辨殊风。
>
> 夜兴夙寐民称便，女倨男恭礼所崇。
>
> 偶有朔朝逢月满，或瞻南极认天中。
>
> 惟余一物终难贬，囊有黄金处处通。①

是诗乃其在俄国所作，写了新鲜事物，诗歌也显得新鲜。曾纪泽类似的作品还有《十一月晦日泊红海尽处登舵楼乘凉见舟人所畜白鸬鹚占一律己卯元日补录之》《戊寅腊月至法兰西国谒其君长授受国书慰劳良厚颂及先人退为此诗》《谢智卿以西洋留影法照余蓄须髯小像刌题一律》《清臣约登南山俯瞰木司姑城应之而不果行为此诗》等数十首。其中写景和抒情结合较好，可称上乘之作的，是《八月十五夜森比德堡对月》：

> 祆庙园楼百仞高，梵钟清夜吼蒲牢。
>
> 见闻是处驼生背，官职无名马有曹。
>
> 明镜喜人增白发，奚囊搜句到红毛。
>
> 冰轮何事摇沧海，去作长天万顷涛。

诗前有小序，文字也非常优美："森比德堡为鄂罗思国所都，地濒北海。良天佳节，月明云散。是日国人顶礼祆神，钟声四起。耳目所触，感慨丛生。酒后成章，质诸寮友。西人谓海潮为月力吸引，结句采用其说，或者为后来诗人增一故实耶？"②同时满族诗人斌春亦尝奉使欧洲，林昌彝谓其"往返九万余里，诸国土俗民情，悉寄之于

---

① 曾纪泽著，喻岳衡点校《曾纪泽遗集》，岳麓书社，1983，第294页。

② 曾纪泽著，喻岳衡点校《曾纪泽遗集》，第278页。

诗",① 他的《海国胜游草》《天外归帆草》，是中国最早专咏西方风情的诗集。如《自云居平至俄都两旬之中夜半天色尚明闻仲夏终夜见日光信乎半年为昼不虚也》诗云：

> 才看夕照挂楼尖，倏见晨霞映画檐。
>
> 绣幄不须烧绛蜡，长空何处觅银蟾。
>
> 抱衾谁咏霄征速，击柝无劳夜禁严。
>
> 惟有冬来愁昼晦，可能天日总曦炎。

颔联有自注"夏间月行南陆，北地不见"。② 北极白夜的旖旎景色，以及诗人新奇的感觉，使作品染上了一层在中国古典诗歌中从未有过的异国情调。当然，由于对新事物缺乏科学的认识，以讹传讹，在他们的诗歌中也时有发生。只消读斌春这样的一个诗题：《地在赤道南天气极热而昼夜各六时无冬夏长短之分也》，就可知道其内容的荒诞不经。

如果我们以为洋务派的先驱们在诗歌中对西方新思想和新事物的态度停留在描述和羡慕之上，那么，我们就低估了洋务派鼓吹西方的真正目的。他们宣扬西方新思想和新事物，是为了实现他们救国和强国的梦想。他们是希望借鉴西方先进的科学技术，改变中国贫穷愚昧、落后挨打的被动局面，使中华民族也能自立于世界强国之林。所以，他们竭力歌颂的是这些新事物、新思想在中国的出现和扎根。曾纪泽在出使欧洲以前，就有《火轮船》诗句云："湿雾浓烟障碧空，奔鲸破浪不乘风。万钧金铁双轮里，千里江山一瞬中。"③ 这首被曾国

---

① 林昌彝著，王镇远、林虞生标点《海天琴思续录》，上海古籍出版社，1988，第444页。

② 曾纪泽著，喻岳衡点校《曾纪泽遗集》，第250页。

③ 曾纪泽著，喻岳衡点校《曾纪泽遗集》，第250页。

藩批为"有轩昂跌宕之致"的诗歌，对中国海疆出现的轮船，表现出了前所未有的热情，似乎启航的是把中国载向富强彼岸的巨轮。即使是如缝纫机之类先进的生产工具，他们也表现了极大兴趣。王韬《瀛壖杂志》载，王韬所居之南邻有一"美国妇秦娘者，国色也。家有西国缝衣奇器一具，运针之妙，巧捷罕伦。上有铜盘一，衔双翅针，下置铁轮，以足蹴木板，轮自转旋。手持绢盈丈，细针密缕，顷刻而成"。[①]王韬与孙瀞望观，孙瀞当场赋诗一首赠美国妇人：

> 鹊口衔丝双翅开，铜盘乍展铁轮回。
> 掺掺容易缝裳好，亲见针神手制来。[②]

由于郑观应是实业家，他对应用西方的先进生产技术，比之他人更有兴趣。他向往西方先进的通讯和交通手段："德律风传百里音，电杆线捷飞轮驶"，[③]是咏电话；"飞邮挟雷电，织轨走星虹"，[④]是咏电报和火车；"激轮飞电收权利，织雾开山救困贫"，[⑤]又是咏郑观应亲自经办的轮船招商局、电报局、织布局和开平采矿局四项实业。郑观应还有《劝农歌》"天时与地利，化学深研究。硗瘠变膏腴，肥料美称首。机器制新巧，便捷胜人手"，[⑥]俨然是科学种田的教科书。

由于李鸿章和张之洞对戊戌变法所持的反对态度，我们过云经常把洋务派和维新派当作两个对立的政治势力。其实，维新派中许多

---

① 王韬：《瀛壖杂志》卷五，光绪元年刻本，第 14 页。
② 王韬：《瀛壖杂志》卷五，光绪元年刻本，第 14 页。
③ 郑观应：《五十自述》，载《郑观应集》，上海人民出版社，1988，第 1289 页。
④ 郑观应：《上礼部尚书孙燮臣师四十韵》，载《郑观应集》，第 1294 页。
⑤ 郑观应：《上合肥傅相七排四十二韵》，载《郑观应集》，第 1331 页。
⑥ 郑观应：《郑观应集》，第 1397 页。

人最早都是赞成洋务运动甚至参与洋务运动的，只是洋务运动长期没有收到实效，而中国在甲午战争中又惨败于日本，因此，洋务派中一部分人在引进西方科学和生产技术的要求的基础上，又有了改革政治体制的愿望，他们加入了维新派的行列。其代表人物是黄遵宪和郑观应。在戊戌前后，他们创作了大量颂扬西方政治体制、希望变法图强的诗歌作品，如郑观应《罗浮偫鹤山人诗钞》中的《阅万国史记感作》《读盛太常请变法自强疏》《列国兴革大势歌》《与潘兰史典籍论泰西专制共和立宪三政治演而为诗》《驻俄法日各公使奏立宪法不成有感》《读泰西新史感言》等诗作，都抒发了维新派的政治理想。其《阅俄彼得变法记日明治变法考有感》诗云：

> 证今考古事推评，英主何曾泥守成？
> 天以艰难资振奋，世将中外合升平。
> 卧薪尝胆师勾践，涤旧维新企汉京。
> 此际朝廷求变法，可如俄日力经营。[①]

这与康有为劝光绪皇帝"择法俄、日以定国是"的主张是相符合的。

真正在诗歌中竭力讴歌维新理想，并记录了他们变法历程的重要诗人，还是康有为、梁启超、谭嗣同等维新派的领袖人物和得力干将。康有为《万木草堂诗集》卷首第一篇即为《大同书成题词》："千界皆烦恼，吾来偶现身"，"万年无进化，大地合沉沦"，"先除诸苦法，渐见太平春"，"大同犹有道，吾欲度生民"。[②] 除了宣扬维新主张以外，还隐然以维新变法之救世新主自诩。应该说，在投身

---

① 郑观应：《郑观应集》，第1311—1312页。

② 上海市文物保管委员会文献研究部编《万木草堂诗集——康有为遗稿》，上海人民出版社，1996，第4页。

戊戌变法的志士仁人中，康有为是较早形成维新思想者。光绪十五年（1889），康有为有《出都留别诸公》诗，自序云："吾以诸生上书请变法，开国未有，群疑交集，乃行。"[1] 这与郭则沄所说的"康长素……抗言新政，固不自戊戌始。光绪己丑，方为诸生，即累草万言书，诣都察院上之"，[2] 是一致的。其诗云：

> 沧海惊波百怪横，唐衢痛哭万人惊。
>
> 高峰突出诸山炉，上帝无言百鬼狞。
>
> 岂有汉廷思贾谊，拼教江夏杀祢衡。
>
> 陆沉预为中原叹，他日应思鲁二生。[3]

因康有为"所言多主变法，老成斥为狂謷"。[4] 他在诗中抒发了自己愤郁不满的情绪。当是时，梁启超在《自励》诗中也表达了他除旧布新的理想以及为之奋斗的决心："献身甘作万矢的，著论求为百世师。誓起民权移旧俗，更搴哲理牖新知。十年以后当思我，举国犹狂欲语谁。世界无穷愿无尽，海天寥廓立多时。"[5] 袁祖光说康、梁是二诗，"沆瀣一气，同一用意。康则激烈于梁矣。'他日应思鲁二生''十年以后当思我'云云，予智自雄，宛然屈灵均天下非我莫能为之意"。[6]

在戊戌百日维新拉开帷幕前夕，维新党人将湖南作为变法的实

---

① 《万木草堂诗集——康有为遗稿》，第50页。

② 龙顾山人（郭则沄）纂，卞孝萱、姚松点校《十朝诗乘》，福建人民出版社 2000，第931页。

③ 《万木草堂诗集——康有为遗稿》，第51页。

④ 龙顾山人（郭则沄）纂，卞孝萱、姚松点校《十朝诗乘》，第931页。

⑤ 梁启超：《自励》，载《饮冰室合集》文集之四十五（下），中华书局，1989，第16页。

⑥ 袁祖光：《绿天香雪簃诗话》，载张寅彭选辑《清诗话三编》（十），上海古籍出版社，2014，第7425页。

验基地。是时，黄遵宪、梁启超、谭嗣同、陈三立等都聚集在湘中，试验他们的新政举措。曾广钧以后有《天运篇》七古一首，对此作了回忆："一别湘州事势新，其间岁月颇嶙峋。前辈将才余几个，义宁孤立古君臣。我时谒告游巡署，日接黄（遵宪）梁（启超）一辈人。健者谭（嗣同）唐（才常）时抵掌，论斤麻菌煮银鳞。廖（树蘅）梁（焕奎）诗伯兼攻矿，一洗骚人万古贫。沅水黄（忠浩）熊（希龄）来应梦，双珠（朱萼生、鞠生兄弟）盐铁佐经纶。"① 所谓"岁月颇嶙峋"，指湖南反对维新的保守势力也非常强大。王先谦曾有《纪事》诗痛诋谭嗣同：

> 适足以杀盆成括，此复欲为新垣平。
> 辟眤两宫幸有变，沆瀣一气还相生。
> 风元不竞海氛恶，澜岂容狂湘水清。
> 圣学依然揭日月，春秋始信非纵横。②

而他在《赠叶德辉奂彬》诗自序中则云："戊戌秋八月，康有为谋逆事觉，其党康广仁等皆伏诛。先一岁，湖南创设时务学堂，大吏延康弟子梁启超为教习。学使徐仁铸相与主张其说，一时风靡。独奂彬辞而辟之……尝论康一生险诐，专以学术佐其逆谋。托经学似樊并，能文章似崔浩，议改制度似新垣平，广招党羽似王叔文。借兵外臣，倚重邻敌，以危宗社，又兼崔胤、张邦昌而有之，诚乱臣贼子之尤也。湘人不幸被害者多矣，微奂彬，谁与摧陷而廓清之者？"③ 王先谦的赠叶氏的这四首绝句，可算是湘中保守派的宣言：

---

① 曾广钧：《天运篇》，《学衡》第33期，1924年9月。

② 王先谦：《纪事》，载《虚受堂诗存》卷十五，光绪二十八年刻本，第14页。

③ 王先谦：《赠叶德辉奂彬》，载《虚受堂诗存》卷十五，第14—15页。

曲士思偷造化权，戏书容易发争端。

此曹但可供谈笑，早作妖要乱领看。

自古当仁不让师，放淫拒诐复奚疑？

奸言已息佗嚣子，后学争呼韩退之。

荒唐我亦怕新书，一任摧烧不愿余。

鲁国闻人真再世，孔门今见四盈虚。

江河当日塞涓涓，闻道秦安御史贤。

近事输君探讨熟，觚棱回首十三年。[①]

新旧两党斗争之激烈，可见一斑。郭则沄《十朝诗乘》叙述湘中当时情况也说："戊戌新政，基于湘省之南学会。时陈右铭抚湘，江建霞、徐研甫先后为学政，创行《湘报》，延梁卓如主之，风气一变。然湘绅守旧者隐不相容。王祭酒先谦、孔观察宪教为之砥柱。"[②]并引章士钊《题徐善伯见视戊戌湘报全册四十韵》诗，谓"言其事历历"。有关章士钊是诗，王揖唐《今传是楼诗话》亦引及，说"纪述綦详，足征信史，实为近数十年极有关系之作"。[③]

　　如果说戊戌政变以前维新党人的诗歌主要是以变法的理想相号召、相砥砺，那么，政变以后的诗作，主要是记载了他们英勇斗争的光辉历史。其中最不朽的诗作当是谭嗣同的《狱中题壁》："望门投

---

① 王先谦:《赠叶德辉奂彬》，载《虚受堂诗存》卷十五，第15—16页。

② 龙顾山人（郭则沄）纂，卞孝萱、姚松点校《十朝诗乘》，第947页。

③ 王揖唐著，张金耀校点《今传是楼诗话》，辽宁教育出版社，2003，第367页。

止思张俭，忍死须臾待杜根。我自横刀向天笑，去留肝胆两昆仑。"①
麦若鹏先生论道："这首诗是政变后被系狱时写的，充分表现一个爱
国志士坚贞不拔的人格与矢死不渝的信念。像这样高傲地蔑视死亡威
胁，从内心深处迸发出来的音响，本身就是一首完美的诗，用不着多
余的修饰，也不能拿烦琐的音节韵律的固定法则来衡量。这是当时旧
诗所能达到的最高成就。"②戊戌变法的失败，对于当时许多知识分子
是一个理想的破灭。因此，他们的诗歌，表达了在躲避杀身之祸中对
保守势力的强烈反抗以及对前途渺茫的灰心情绪。这种诗歌在当时诗
人的集子里连篇累牍，比比皆是。经常被人引用的有严复《戊戌八月
感事》、康有为《戊戌八月国变纪事》、丁叔雅《将归岭南留别》等。
而黄遵宪是时刚被任命为驻日公使，"养疾上海，淹留未行。而党祸
卒起，缇骑绕先生室者两日，几受罗织。事虽得白，使事亦解"。③
因此，其《纪事》诗以隐含的笔触，写了愤懑的感情：

> 贯索星连熠熠光，穹庐天盖暮苍苍。
>
> 秋风鼓吹妃呼豨，夜雨铃声劬秃当。
>
> 十七史从何处说，百年债看后来偿。
>
> 森森画戟重围柝，坐觉今宵漏较长。④

记政变前后过程较为详尽者，是唐烜的《戊戌纪事八十韵》，郭

---

① 谭嗣同：《狱中题壁》，载《谭嗣同全集》，生活·读书·新知三联书店，1954，第
496页。

② 麦若鹏：《戊戌维新时期的文学》，载中国社会科学院文学研究所近代文学研究组编《中
国近代文学论文集（1949—1979）概论卷》，中国社会科学出版社，1981，第226页。

③ 梁启超：《嘉应黄先生墓志铭》，载《饮冰室合集》文集之卷四十四（上），第5页。

④ 黄遵宪：《纪事》，载黄遵宪著，钱仲联笺注《人境庐诗草笺注》，上海古籍出版社，1981
年，第775页。

则澐谓其"时官刑部，目睹戊戌政变，痛六君子之骈僇，作纪事诗云……'二杨'皆照青同年，裴村同官久，尤契，故其诗有激而发"。[1]徐世昌也说"其《戊戌纪事》一首，得自亲见，故摹写逼真"。[2]

戊戌政变以后，诗歌创作的一个重要题材，便是对牺牲的"六君子"的悼念。康有为《戊戌八月纪变八首》缅怀康广仁云："夺门白日闭幽州，东市朝衣血倒流。百年夜雨神伤处，最是青山骨未收。"[3]哀婉至深。另如程甘园《次梁节庵哭亡友杨三》、严复《哭林晚翠》、夏曾佑《吊谭复生》、曾远夫《舟泊汉口过武昌访傅肖岩丈座间闻刘杨事为五言哭之》，作者都是朋友的身份，感情之真挚，是他人无法企及的。其中曾氏是诗作于从北京参加会试后返蜀途中，他从此绝意仕进，在家课徒以终。悲观消极的心情，在诗中表露无遗：

> 古无终沉冤，是非理自彰。死后望昭雪，言之断人肠！
> 平居感时艰，相见每慨慷。义气凛照人，历历宛在旁。
> 都门别几日，一日一沧桑。噩耗武昌来，惊魂四飞扬。
> 白日忽无色，天地为之荒。钩党及清流，群阴疑汉唐。
> 宵人取快意，国是非所量。天下累卵形，所忧在萧墙！
> 鲰生欲何为？一粟渺太仓。只有无穷泪，洒之江汉阳。[4]

只有蒋智由的《挽古今之敢死者》，意境高旷，笔力豪迈，气韵充沛，以前赴后继、视死如归的态度，表现了与旧制度和旧制度的卫

---

①　龙顾山人（郭则澐）纂，卞孝萱、姚松点校《十朝诗乘》，第939—940页。

②　徐世昌：《晚晴簃诗汇》卷一百七十七，民国十八年刻本，第1页。

③　《万木草堂诗集——康有为遗稿》，第91页。

④　曾远夫：《舟泊汉口过武昌访傅肖岩丈座间闻刘杨事为五言哭之》，载《刘光第集》编辑组编《刘光第集》，中华书局，1986，第446页。

道者抗争到底的决心。这在所有的悼念之作中别具一格，是境界最高者。诗凡八章，今录其二：

> 男儿抱热血，百年待一洒。一洒夫何处，青山与青史。
> 青山生光彩，煌煌前朝事。青史生光彩，飞扬令人起。
> 后日馨香人，当日屠醢子。屠醢时一笑，一笑宁计此。

> 病死最不幸，吾昔为此语。瞀儒列五福，考终世所与。
> 儒者重明哲，后人若昼鼠。君子养浩然，明神依大宇。
> 强释生死名，生死去来尔。①

　　戊戌变法的失败，让中国的许多知识分子认识到，不从根本上改变中国的封建统治制度而要实现救国强国之梦，无异于天方夜谭。这就促进了以推翻清王朝为目的的中国资产阶级民主主义革命的蓬勃兴起。其中，一部分维新派人士跟上了时代进步的步伐，他们在诗歌中开始否定过去的保皇观点。黄遵宪《病中纪梦述寄梁任父》有云：

> 乌知当是时，东海波腾沸。攘夷复尊王，佥议以法治。
> 立宪定公名，君民同一体。果遵此道行，日几大平世。
> 我随使槎来，见此发深喟。呜呼专制国，今既四千岁。
> 岂谓及余身，竟能见国会。以此名我名，苍苍果何意。
> 人言廿世纪，无复容帝制。举世趋大同，度势有必至。
> 怀刺久磨灭，惜哉吾老矣。日去不可追，河清究难俟。

---

① 蒋智由：《挽古今之敢死者》，《新民丛报》第 30 期，1903 年 4 月。

　　倘见德化成，愿缓须臾死。①

此诗是《人境庐诗草》中的最后一首，没有多久，黄遵宪就离开了人世。我们从诗的内容看，如果天假其年，他也不是没有可能投身于资产阶级民主革命的。

　　光宣诗坛，对政治理想的执着追求，并最终得以实现的，是以南社为代表的属于资产阶级民主革命派的诗人。他们的救国强国梦，是与粉碎旧的政治制度和建立新的政治体系紧密联系在一起的。柳亚子17岁时所为《放歌》，无疑是其当时政治理想的宣言。在诗中，诗人泣诉了中国政治之黑暗："听我前致辞，血气同感伤。上言专制酷，罗网重重强。人权既蹂躏，天演终沦亡。众生尚酣睡，民气苦不扬。豺狼方当道，燕雀犹处堂。天骄闯然入，踞我卧榻旁。瓜分与豆剖，横议声洋洋。世界大风潮，鬼泣神亦瞠。盘涡日以急，欲渡河无梁。沉沉四百州，尸冢遥相望。他人殖民地，何处为故乡？"②而改变现状的唯一办法，是从西方引进自由的思想和民主的政治：

　　　　我思欧人种，贤哲用斗量。私心窃景仰，二圣难颉颃。
　　　　卢梭第一人，铜像巍天闾。《民约》创鸿著，大义君民昌。
　　　　胚胎革命军，一扫秕与糠。百年来欧陆，幸福日恢张。
　　　　继者斯宾塞，女界赖一匡。平权富想像，公理方翔翔。
　　　　谬种辟前人，妄诩解剖详。智慧用益出，大哉言煌煌。
　　　　独笑支那士，论理魔为障。乡愿倡謷言，毒人纲与常。
　　　　横流今泛滥，洪祸谁能当？安得有豪杰，重使此理彰。③

---

① 黄遵宪著，钱仲联笺注《人境庐诗草笺注》，第1075页。
② 柳亚子：《磨剑室诗词集》，上海人民出版社，1985，第17页。
③ 柳亚子：《磨剑室诗词集》，第17—18页。

尽管诗中所言理想，并非柳亚子毕生奋斗的目的，但是，诗中所表现的向往光明、追求真理的精神，却是贯穿其一生的可贵品质。并且，为了实现其政治理想，他们甘愿赴汤蹈火，不惜一切代价。他们在许多诗歌里，表现了这样的决心。高旭《读谭壮飞先生传感赋》云：

> 斫头便斫头，男儿保国休。无魂人尽死，有血我须流。
> 伟略华盛顿，通谭黄梨州。春秋在邻境，名姓丽千秋。[1]

请再看周实《拟决绝词》：

> 卷葹拔心鹃叫血，听我当筵歌决绝。信有人间决绝难，一曲歌成鬓飞雪。鬓飞雪，拼决绝，我不怨尔颜色劣，尔无怨我肠如铁。请决绝，如雷之奋如电掣，如机之断如帛裂。千古万古，惩此复辙。惩复辙，长决绝，海枯石烂乾坤灭，无为瓦全宁玉折！[2]

同时，南社诗人的救国强国梦，还与改造人的社会观念和道德风尚密切相关。歌颂人权，是他们诗歌的一个重要主题。高旭在《愿无尽庐诗话》中明确表示诗歌应该"鼓吹人权，排斥专制。唤起人民独立思想，增进人民种族观念"。[3] 他在著名的《海上大风潮起放歌》中激昂慷慨地说："做人牛马不如死，滴淋血灌自由苗。独立檄文《民约论》，谁敢造此无乃妖。少所见应多所怪，狺狺跖犬纷纷吠

---

① 高旭著，郭长海、金菊贞编《高旭集》，社会科学文献出版社，2003，第333页。
② 周实：《拟决绝词》，载《无尽庵遗集》，陕西人民出版社，2008，第111页。
③ 高旭：《愿无尽斋诗话》，载《高旭集》，第545页。

尧。"① 而在《爱祖国歌》中则向往着祖国美好的未来："汝苟能亝平等之乐园兮，斯皆尧兄而舜弟。汝之前途当腾一异彩兮，汝之福命仿如得饮甘醴。"② 其中也是以人的平等作为首要的理想。当时人权的一个重要问题，便是维护在封建礼教残害之下的妇女权益。上引柳亚子《放歌》中，就谈到了女权问题。而在柳亚子《磨剑室诗集》中，以男女平等为主题的诗作还有不少。如《神州女报题词为陈志群作》云："腐儒偏喜谈家政，贤母良妻论可嗤。是好儿女能独立，何须雌伏让须眉。"③ 追求妇女解放，在南社一些女诗人如徐自华、吕碧城等笔下，尤为渴望。吕碧城《书怀》云：

> 眼看沧海竟成尘，寂锁荒陬百感频。
> 流俗待看除旧弊，深闺有愿作新民。
> 江湖以外留余兴，脂粉丛中惜此身。
> 谁起平权倡独立，普天尺蠖待同伸。④

读是诗可以看出，在诗人心中升腾着做与男子平等的新女性的强烈愿望。

与维新派主张循序渐进不同，革命党人倡导用暴力的手段达到激进的政治变革的目的。因此，其与清王朝的冲突尤为激烈，而其牺牲较维新派亦更为众多、更为惨烈。悼念这些牺牲的烈士，便成了当时诗歌的又一个重要主题。我们翻开参与革命的任何一位诗人的诗集，几乎都可以找到这样的诗篇。如章太炎的《狱中闻沈禹希见杀》

---

① 高旭：《海上大风潮起作歌》，载《高旭集》，第36页。
② 高旭：《爱祖国歌》，载《高旭集》，第24页。
③ 柳亚子：《磨剑室诗词集》，第54页。
④ 吕碧城：《书怀》，《大陆报》第3年第14号，1905年8月。

悲悼沈荩，《山阴徐君歌》痛哭徐锡麟，《鹓鹐案尸鸣》为刘道一作；再如陈去病《江上哀》有自序云："为徐（锡麟）、秋（瑾）、陈（伯平）、马（宗汉）作也。初，诸子创光复会于江户，以企图革命。徐先率陈、马二子入皖起事。秋于浙中应之。五月二十六日，徐以事泄，立刺杀皖抚恩铭于座，己与陈、马殉焉。又十日，秋亦在越被逮死。"[1]而邹容在狱中瘐死，陈曾以书抵刘三乞墓地安葬，并有《稼园哭威丹》诗二首悲吊邹容：

> 半春零雨落缤纷，烈士苍凉赴九原。
> 正是家家寒食节，冬青树底赋招魂。

> 怜君慷慨平生事，只此寥寥革命军。
> 一卷遗书今不朽，诸君何以复燕云。[2]

　　即使是一些没有直接参与革命活动的诗人，他们鉴于清王朝统治者对革命志士令人发指的残害，也写下了不少同情、哀悼为国牺牲的革命者的诗歌。如王闿运《湘绮楼说诗》曾录己作《咏秋瑾烈女》诗，而曾广钧集中有《和秋璇卿遗墨并序》诗云：

> 蕊珠仙客白鸾衫，云笈流传碧玉簪。
> 残锦仙机唐韵府，练裙家法卫和南。
> 沧波并叹人琴逝，光岳长留鬼斧镵。
> 一样井华埋铁史，千年碧血在瑶函。

---

① 陈去病著，张夷主编《陈去病全集》（一），上海古籍出版社，2009，第59页。

② 陈去病著，张夷主编《陈去病全集》（一），第26页。

由于秋瑾曾随曾广钧学诗，因此，诗中透露着浓浓的师生情谊。所谓秋瑾遗墨，是指其所作《赠曾筱石夫妇并呈馘师》。曾广钧在是诗自序中称"时正中日战后，师夷舰熠，而江海市场，繁华日盛，璇卿新嫁，赀妆过十万，池馆甲潭州，乃系怀家国，情见乎词，知其初心不减少陵忠爱，及后绝望，乃谋舍身救世，芳心曲折，竟陷于难，尤可悲也"。[①]曾广钧尚有《过昭潭经秋璇卿故宅》诗，也褒扬了秋瑾的忠爱之心。

我们读光宣时期的诗歌，不时会被其中救国强国的崇高理想吸引，也不时会被其为实现理想而牺牲的精神感染。这种现实和历史的意义，就是光宣诗歌的价值，也是这一时期诗歌的重要特征。

———————————

① 曾广钧：《环天室诗支集》，《学衡》第35期，1924年11月。

西方文学思想的冲击下的近代诗歌

——近代诗歌流派繁荣原因探寻

西方文学思想的涌入，是光宣诗坛流派繁荣的重要原因之一。总体而言，受外来文学思想影响最深的，当数"诗界革命"。

那么，光宣时期诗人接触的西方文学思想主要有哪些内容呢？

首先，在文学观念方面，进一步拓展了诗歌的功用。在中国古代，谈诗歌的功用主要有"诗言志"和"诗缘情"二派，孔子言"兴、观、群、怨"，不失是较为完备的诗歌功用说。至《毛诗序》说："治世之音安以乐，其政和。乱世之音怨以怒，其政乖。亡国之音哀以思，其民困。故正得失，动天地，感鬼神，莫近于诗。先王以是经夫妇，成孝敬，厚人伦，美教化，移风俗。"① 诗歌的功用已空前强调。而罗根泽甚至将郑玄《诗谱序》所说的"论功颂德，所以将顺其美；刺过讥失，所以匡救其恶"，理解为"则美刺的作用，不仅在美刺过去的事实，而要顺匡未来的行动，诗之功用的价值更崇高，诗之文学的旨趣更泪没

---

① 《毛诗注疏》，上海古籍出版社，2013，第9—12页。

了"。① 但是，无论他们将诗歌的功用抬高到怎样的地步，他们都是把诗歌当作巩固封建统治的工具和手段的。不管是"诗言志"，还是"诗缘情"，都不能脱此窠臼。而倡导维新的诗人，认为西方的民主主义者是把诗歌当作推翻封建统治制度的战斗武器。梁启超在戊戌变法之前的光绪二十三年（1897）就说："日本之变法，赖俚歌与小说之力。"② 因此，梁启超以为"欲改造国民之品质，则诗歌音乐为精神教育之一要件"。③ 他在提出这一观点时，又流露出了对西方诗人的崇拜："苟能为索士比亚、弥儿顿，其报国民之恩者，不已多乎？"④ 蒋智由为诗赞扬法国启蒙主义文学家卢梭，也是从其作品的战斗功用入手："力填平等路，血灌自由苗。文字收功日，全球革命潮。"⑤ 而黄遵宪《致丘菽园函》亦称"诗虽小道，然欧洲诗人出其鼓吹文明之笔，竟有左右世界之力"，⑥ 同样表现了对西方宣扬民主革命的诗歌功用观的追求和向往。黄遵宪还曾表示要"扫去词章家一切陈陈相因之语，用今人所见之理，所用之器，所遭之时势，一寓之于诗"。⑦ 黄遵宪还是这种诗歌功用观的实践者。他曾直接以诗歌作为国民教育的手段，创作了中国诗歌史上从无先例的《军歌》二十四章，《小学校学生相和歌》十九首。梁启超《饮冰室诗话》说"近世诗人能镕铸新理想以入旧风格者，当推黄公度"，⑧ 所谓的"新理想"，就是指他的这种诗歌之中的民主革命的理想。尽管以中国传统的文学观念论，黄遵宪此类作品不登大雅之堂，

---

① 罗根泽：《中国文学批评史》，上海人民出版社，2015，第 78 页。
② 梁启超：《〈蒙学报〉〈演义报〉合叙》，《时务报》第 44 册，1897 年 10 月。
③ 梁启超：《饮冰室诗话》，人民文学出版社，1959，第 58 页。
④ 梁启超：《饮冰室诗话》，第 59 页。
⑤ 蒋智由：《卢骚》，《新民丛报》第 3 号，1902 年 2 月。
⑥ 黄遵宪：《致丘菽园函》，载陈铮编《黄遵宪全集》，中华书局，2005，第 440 页。
⑦ 黄遵楷：《先兄公度先生事实述略》，载《黄遵宪全集》，第 1582 页。
⑧ 梁启超：《饮冰室诗话》，第 2 页。

他亲自编定的《人境庐诗钞》，也没有收入这些诗歌。然而，如此激励人心、宣扬理想，从内容至形式，均给人以耳目一新的感觉，故梁启超论《军歌》，便以为"诗界革命之能事至斯而极矣。吾为一言以蔽之曰，读此诗而不起舞者，必非男子"。[①] 类似黄遵宪此类作品者，尚有杨度《湖南少年歌》、曾志忞《教育唱歌集》等。

在光宣诗坛，能将诗歌作为武器而与中国旧制度进行殊死斗争的，无疑是以南社诗人为代表的民主革命者。1923年，当新南社成立之时，据说是出自叶楚怆手笔的《新南社发起宣言》称，"南社是应和同盟会而起的文学研究机关"，[②] 所以，南社从成立伊始，革命性就超过了文学性："它底宗旨是反抗满清，它底名字叫南社，就是反对北庭的标识了。"[③] 南社诗人创作诗歌，特别重视诗歌的政治作用。宁调元说："诗坛请自今日始，大建革命军之旗。"[④] 柳亚子说："思想界中初革命，欲凭文字播风潮。共和民政标新谛，专制君威扫旧骄。误国千年仇吕政，传薪一脉拜卢骚。寒宵欲睡不成睡，起看吴儿百炼刀。"[⑤] 高旭更是主张诗歌应该"鼓吹人权，排斥专制。唤起人民独立思想，增进人民种族观念"。[⑥] 南社诗人这种以诗为武器的诗歌功用观，同样采自西方，即如马君武所云"文明开发真吾事，欧墨新潮尽向东"。[⑦] 当时南社一批诗人于欧洲诗人最推崇的，是拜伦。鲁迅探

---

① 梁启超：《饮冰室诗话》，第43页。

② 《新南社发起宣言》，《新周庄》1923年5月1日。

③ 柳亚子：《南社纪略》，上海人民出版社，1983，第100页。

④ 宁调元：《文渠既与余次定朗吟诗卷复惠题词奉酬五章即题绉秋兰集》，载杨天石、曾景忠编《宁调元集》，湖南人民出版社，1988，第135页。

⑤ 柳亚子：《岁暮述怀》，载《磨剑室诗词集》，上海人民出版社，1985，第1823页。

⑥ 高旭：《愿无尽斋诗话》，载郭长海、金菊贞编《高旭集》，社会科学文献出版社，2003，第545页。

⑦ 马君武：《变雅楼三十年特征题词》，载莫世祥编《马君武集》，华中师范大学出版社，1991，第430页。

讨当时他们崇拜拜伦的原因，说："其实，那时 Byron 之所以比较的为中国人所知，还有别一原因，就是他的助希腊独立。时当清的末年，在一部分中国青年的心中，革命思潮正盛，凡有叫喊复仇和反抗的，便容易惹起感应。"① 苏曼殊自称"丹顿裴伦是我师"，② 翻译了大量拜伦的诗歌，而宣扬诗歌的战斗性，是其目的之一："善哉，拜伦以诗人去国之忧，寄之吟咏，谋人家国，功成不居，虽与日月争光可也！"③

其次，在文学风格方面，造就一种前所未有的意境。中国自宋代以后，诗人的目光总是停留在宗唐和学宋之间。明七子的"诗必盛唐"，不仅形成了"称诗者必曰唐诗，苟称其人之诗为宋诗，无异于唾骂"④ 的宗唐诗风，还让诗人过于关注唐诗和宋诗在风格上的差异，人为地使之判若泾渭，有唐而无宋，有宋而无唐。清代尽管也有诗人说"论诗区别唐宋，判分中晚，余雅不喜"，⑤ 也不过是"越三唐而事两宋"，⑥ 最多是"合汉、魏、六朝并后代千百年之诗人而陶铸之"，⑦ 而将唐宋视为不可逾越的鸿沟各执一端者仍为多数。在近代，继承传统者诗歌创作不免桃唐祢宋，或者融会唐宋。但是，从西方的诗歌理论和诗歌创作中汲取营养，创造一种崭新的意境，从而炼就一种亘古未有的诗歌风格，这是光宣诗坛的新气象，也是当时的主流。梁启超在《夏威夷游记》中曾经谈到：

---

① 鲁迅：《杂忆》，载《鲁迅全集》（一），人民文学出版社，2005，第 233—234 页。

② 苏曼殊：《本事诗十章》，载《苏曼殊全集》，北京市中国书店，1985，第 45 页。

③ 苏曼殊：《拜伦诗选自序》，载《苏曼殊全集》，第 125 页。

④ 叶燮：《原诗》，丁福保辑《清诗话》，上海古籍出版社，1978，第 567 页。

⑤ 袁枚著，顾学颉校点《随园诗话》，人民文学出版社，1982，第 242 页。

⑥ 俞兆晟：《渔洋诗话序》，丁福保辑《清诗话》，第 162 页。

⑦ 叶燮：《原诗》，丁福保辑《清诗话》，第 570 页。

今日不作诗则已，若作诗，必为诗界之哥仑布、玛赛郎然后可。犹欧洲之地力已尽，生产过度，不能不求新地于阿米利加及太平洋沿岸也。欲为诗界之哥仑布、玛赛郎，不可不备三长：第一要新意境，第二要新语句，而又须以古人之风格入之。然后成其为诗。①

事实上，有了新意境即新的内容，新语句即新的形式，已很难有旧的风格。因为风格是建筑在内容和形式的基础之上的。有人以为"梁启超所津津乐道的'新意境'，未见他有展开而又深入的论述"，②究其原因，正是梁氏所谓新意境和旧风格之间有着无法调和的矛盾。

"诗界革命"倡导的新意境源自西方，康有为有自白。他在写给梁启超等人的诗中说"新世瑰奇异境生，更搜欧亚造新声"，③这二句诗一直作为康有为提倡"诗界革命"的纲领而被广泛引征。其实，"诗界革命"的创造新意境，一是以谭嗣同、夏曾佑为代表的"喜捃扯新名词以自表异"，④他们的新名词，也就是西方意译甚至音译的新词。另一是以黄遵宪为代表的表现新思想、新事物。梁启超《夏威夷游记》在论诗歌创作新的三要素时认为，宋、明诗人能够"以印度之意境语句入诗"，算是具备"三长"者，但时至今日，"又已成旧世界。今欲易之，不可不求之于欧洲。欧洲之意境语句，甚繁富而玮异，得之可以陵轹千古，涵盖一切，今尚未有其人也"。而时彦中能

---

①　梁启超：《夏威夷游记》，载《饮冰室合集》专集之二十二，中华书局，1989，第189页。

②　陈良运：《中国诗学批评史》，江西人民出版社，2001，第608页。

③　康有为：《论诗示菽园兼寄任公孺博弟》，载上海市文物保管委员会文献研究部编《万木草堂诗集——康有为遗稿》，上海人民出版社，1996，第288页。

④　梁启超：《饮冰室诗话》，第49页。

"锐意欲造新国者，莫如黄公度"。[①] 梁启超《饮冰室诗话》举了黄遵宪《今别离》四首，说："度曾读黄集者，无不首记诵之；陈伯严推为千年绝作，殆公论矣。"[②] 黄氏此诗分咏轮船、汽车、电信、照相等新事物，以及地球东西两半球昼夜相反的科学道理，实际上在当时诗坛已经开创了新的境界。杨香池《偷闲庐诗话》说："《今别离》四首，首首俱以新思想入诗。"[③] 陈三立推尊此诗，可见当时诗歌的新意境，是可以跨越不同的古风格的。而最能体现黄遵宪诗歌表现新思想特长的，还有其《以莲菊桃杂供一瓶作歌》，是诗"半取佛理，又参以西人植物学、化学、生理学诸说，实足为诗界开一新壁垒"，[④] 梁启超读后也有一种"女娲炼石补天处，石破天惊逗秋雨"的感觉。

事实上，如同"诗界革命"的诗人在仿效欧洲诗歌意境特点的同时，还在借鉴传统的诗歌长处，即所谓"以新意境含旧风格"一样，一些被认为是传统保守的诗人也在开创着新的诗歌风格。同光体诗人规模宋诗，看中的就是宋诗相对唐诗所具有的独特风格和独特面貌。陈衍提出"三元"之说，沈曾植便云"三元皆外国探险家觅新世界、殖民政策、开埠头本领"，此语与"诗界革命"者所云，几无差别。而陈衍则说"今人强分唐诗宋诗，宋人皆推本唐人诗法，刁破余地耳"。[⑤] 因此，汪辟疆评论当时的宋诗运动，说："道咸以后，丧乱云臑。诗人吟咏，固尝取径宋贤……迹其所诣，取拟宋贤，实多不类。"[⑥] 突出了他们的独创性，有关诗歌的创新，陈衍曾经表白这心迹：

① 梁启超：《夏威夷游记》，载《饮冰室合集》专集之二十二，第189页。

② 梁启超：《饮冰室诗话》，第22页。

③ 杨香池编《偷闲庐诗话》，张寅彭主编《民国诗话丛编》（三），上海书店出版社 2002，第703页。

④ 梁启超：《饮冰室诗话》，第30—31页。

⑤ 陈衍：《石遗室诗话》，朝华出版社，2017，第10页。

⑥ 汪辟疆：《汪辟疆文集》，上海古籍出版社，1988，第286页。

> 汉魏至唐宋，大家诗已多。李杜韩白苏，不废皆江河。
> 而必钞近人，将毋好所阿。陵谷且变迁，万态若层波。
> 情志生景物，今昔纷殊科。染采出闲色，浅深千绮罗。
> 接木而移花，种样变刹那。爱古必薄今，吾意之所诃。①

他的反对爱古薄今，已经和梁启超同调：

> 中国结习，薄今爱古，无论学问文章事业，皆以古人
> 为不可几及。余生平最恶闻此言。窃谓自今以往，其进步
> 之远轶前代，固不待蓍龟，即并世人物，亦何遽让于古所
> 云哉？②

其实，陈衍和梁启超的观点，都是受了晚清风靡一时的西方进化论思想的影响。西方进化论的流入中国，鼓励诗人勇于突破前人藩篱，去创造前所未有的新风格和新成就。这又涉及光宣诗坛诗歌得以繁荣的思想基础方面的原因。

还有，在文学方法方面，有了许多变通。这些变通，主要表现在格律语言方面。中国古典诗歌的创作，强调诗歌的格律。而中国诗歌的格律，即便是所谓近体诗，自唐初沈佺期、宋之问"研练精切，稳顺声势"，③加以完备之后，至清末，已经延续了一千余年而基本未变。如声韵所依，是金代刘渊有所修改刊定的平水韵。由于语言变化

---

① 陈衍：《近代诗钞刊成杂题六首》，载钱仲联编校《陈衍诗论合集》，福建人民出版社，1999，第 1123 页。

② 梁启超：《饮冰室诗话》，第 4 页。

③ 元稹：《唐故工部员外郎杜君墓系铭并序》，载元稹撰，冀勤点校《元稹集》，中华书局，1982，第 600—601 页。

极快，不仅初学者极难掌握，甚至有著名的诗人也因作诗出韵而陷入窘境。李慈铭记湖湘派著名诗人高心夔逸事：

> 朝考以诗出韵，置四等归班。先以己未会试中式，覆试诗亦出韵，置四等，停殿试一科。其出韵皆在十三元，湖南王闿运嘲以诗云："平生双四等，该死十三元。"①

因此，当时诗人提出了文学语言和生活语言一致、书面语和口头语一致的要求。黄遵宪《日本国志》云：

> 文字者，语言之所从出也。虽然，语言有随地而异者焉，有随时而异者焉，而文字不能因时而增益，画地而施行。言有万变，而文止一种，则语言与文字离矣。②

他的这种要求，又是据西方学者的观点提出的："泰西论者，谓五部洲中以中国文字为最古，学中国文字为最难，亦谓语言文字之不相合也。"黄遵宪认为，欧洲各国古代通用拉丁语，及以后"法国易以法音，英国易以英音，而英法诸国文学始盛"，③ 所以，黄遵宪在诗歌创作方法上，就有了改革"古文与今言，旷若设疆圉。竟如置重译，象胥通蛮语"的奇怪现象，提出"我手写我口"的口号：

> 左陈端溪砚，右列薛涛笺。我手写我口，古岂能拘牵。

---

① 李慈铭著，由云龙辑《越缦堂读书记》，上海书店出版社，2000，第1176页。

② 黄遵宪：《日本国志》卷三十三《学术志二·文学》，光绪富文斋刻本，第5页。

③ 黄遵宪：《日本国志》卷三十三《学术志二·文学》，第6页。

　　即今流俗语，我若登简篇。五千年后人，惊为古斓斑。①

　　黄遵宪这样的诗歌主张，其实是开了稍后新文学运动的先河。早期的新文学运动，一言以蔽之，就是白话文学运动。就诗歌而言，就是提倡白话诗。胡适谈倡导新文学的宗旨，说："我的'建设新文学论'的唯一宗旨只有十个大字：'国语的文学，文学的国语。'我们所提倡的文学革命只是要替中国创造一种国语的文学，有了国语的文学，方才可有文学的国语。有了文学的国语，我们的国语才可算得真正国语。"②胡适在纪念《申报》创刊五十周年所作的《五十年来中国之文学》中对黄遵宪竭力推尊，说"黄遵宪是一个有意作新诗的，故我们单举他来代表这一个时期"，③可见他们之间的暗通声息。但是，即使是主张诗歌革命的诗人，在当时也不一定能够接受黄遵宪的观点。高旭就在提出"世界日新，文界诗界当造出一新天地，此一定公例也"的命题后，一方面说"黄公度诗独辟异境，不愧中国诗界之哥伦布矣"，另一方面却又说"然新意境新理想新感情的词，终不若守国粹的用陈旧语句为愈有味也"。④而章太炎在此问题上更是表现了政治的革命和文学的保守之间的矛盾。他说自己"近操觚牍，悉在清彻，然综合字句，必契故训"，他甚至以为"古今语言，虽递相嬗代，未有不归其宗，故今语犹古语也"，⑤因此，章太炎认为白话文虽以今语为之，但作者也必须知晓小学。但是，针对陈望道转述的章太

---

　　① 黄遵宪：《杂感》，载黄遵宪著，钱仲联笺注《人境庐诗草笺注》，上海古籍出版社，1981，第40—43页。

　　② 胡适：《建设的文学革命论——国语的文学，文学的国语》，《新青年》第4卷第4号，1918年4月。

　　③ 胡适：《五十年来中国之文学》，载《胡适文存》(二)，华文出版社，2013，第182页。

　　④ 高旭：《愿无尽斋诗话》，载《高旭集》，第544页。

　　⑤ 章太炎：《自述学术次第》，载张九思编《章太炎自述》，上海人民出版社，2021，第16页。

炎所谓的"你们说文言难，白话更难"，理由是"现在的口头语，有许多是古语，非深通小学就不知道现在口头语的某音，就是古代的某音"，^①鲁迅在《名人和名言》中对曾经的老师章太炎的这一论点作了批判：

> 太炎先生的话是极不错的。现在的口头语，并非一朝一夕，从天而降的语言，里面当然有许多是古语，既有古语，当然会有许多曾见于古书，如果做白话的人，要每字都到《说文解字》里去找本字，那的确比做任用借字的文言要难到不知多少倍……太炎先生是革命的先觉，小学的大师，倘谈文献，讲《说文》，当然娓娓可听，但一到攻击现在的白话，便牛头不对马嘴。^②

如果我们站在探讨光宣诗坛流派繁荣的原因的立场上来考察对白话入诗的不同看法，可发现近代诗人在此问题上的态度差异，实质衍化成了这一时期诗歌语言风格的差异，或晓畅，或奥涩，甚至俚俗，这对当时众多诗歌流派的出现，无疑是有益的。

---

① 陈望道：《保守文言的第三道策》，载焦扬主编《陈望道文存全编》（四），复旦大学出版社，2021，第111页。

② 鲁迅：《名人和名言》，载《鲁迅全集》（六），人民文学出版社，2005，第373—374页。

"诗界革命"新论

　　清代，中国古典诗歌经历了一系列摹古与变古、学唐与学宋的理论纠缠和创作实践，进入同、光以后，随着原有生活秩序的打乱，变法维新运动的崛起，一些具有改良革新的政治愿望和文学思想的知识分子，打出了"诗界革命"的旗号，形成了争写"新派诗"的风尚。"诗界革命"的出现，是纵向发展的古典诗歌与剧烈变动的社会生活相碰撞的产物。它集中暴露出古老的文学样式反映全新的客观对象时或相容或矛盾的种种现象。对这一场深刻的诗歌革新运动，有必要把握它的本质特点，理解它的实际内涵，才能正确认识"诗界革命"在诗歌史上的地位和作用。

　　"诗界革命"的界定，无法完全以诗人的政治倾向或派别划分。"诗界革命"作为一种新的诗歌思潮和流派，并无特定的组织形式。梁启超称"吾党近好言诗界革命"，[①]"吾党"，无疑是指维新派人士，这种说法揭示了"诗界革命"与维新改良运动的天然联系。事实上，热衷变法的志士如谭嗣同、康有为、梁启超、黄遵宪、夏曾佑、蒋智

---

　　① 梁启超：《饮冰室诗话》，人民文学出版社，1959，第51页。

由等，均为"诗界革命"中坚。但是，"诗界革命"的提出与进行，不仅是社会现实、政治思想、文化走向等多种因素作用的结果，又与倡导者的诗学宗趣、艺术素养、友朋交游等紧密相关。因此，维新派并不尽属"诗界革命"，如刘光第、林旭、陈三立、严复等都为戊戌变法运动作出了很大贡献，而他们的诗歌理论与实践却与"诗界革命"相去甚远。相反，像丘逢甲、金天羽等虽未直接参与变法运动，却是"诗界革命"巨子。

　　"诗界革命"的界定，也不能以"新派诗"作者个人及作品数量为依据，就"诗界革命"倡导者本身而言，多为旧式文人跨入"过渡时代"，他们的政治立场、文学观念表现为动态的变化过程，如谭嗣同就有"三十以前旧学"与"三十以后新学"之别。他在创作"新派诗"之前有一段论述自己诗学道路的自白："嗣同于韵语，初亦从长吉、飞卿入手，旋转而太白，又转而昌黎，又转而六朝。近又欲从事玉溪，特苦不能丰腴……今时拟暂辍不为，别求所以养之者，久之必当有异。"[①] 因此，其集中堪称"诗界革命"之作只是一小部分。一些人因政治或文学上的倒退，并没有始终如一地将"革命"的愿望贯穿于创作实践，往往会借助他们日趋深厚的驾驭传统诗歌的功力，写出与"诗界革命"主旨相背的诗作。如蒋智由，在政治上逐渐转向保守，自编诗稿竟将早年所为"新派诗"全部删去，唯存"严个坚卓，攀追古人"[②]之诗，因此还博得陈三立、陈衍、陈曾寿、夏敬观等"同光体"诗人的赞赏。此外，新派诗人又受到旧式题材的限制，大量的排遣个人情怀和记述日常琐事的作品，是不能为"诗界革命"充数的。所以，尽管"诗界革命"影响巨大，但与当时并存的各复古

---

　　①　谭嗣同：《报刘淞芙书二》，载《谭嗣同集》，浙江古籍出版社，2018，第16页。

　　②　陈三立：《蒋观云先生诗序》，载《散原精舍诗文集》（增订本），上海古籍出版社，2014，第1423页。

诗歌流派相比，无论理论的建树，还是创作的实绩，均不占优势。像黄遵宪这样以较大心力投入"诗界革命"者，仅属少数，正如他所自叹，"不过独立风雪中清教徒之一人耳"。①

梁启超曾经论及"诗界革命"的特征："当时所谓新诗者，颇喜捃扯新名词以自表异。"② 这是梁氏对"诗界革命"早期形态的概括。他又在《夏威夷游记》中提出："欲为诗界之哥仑布、玛赛郎，不可不备三长：第一要新意境，第二要新语句，而又须以古人之风格入之。然后成其为诗。"③ 这可视作他对"诗界革命"的理想要求。黄遵宪的《人境庐诗草自序》，是代表"诗界革命"最高成就的诗歌作者的经验之谈，但也不能以此作为对"诗界革命"本质特点的全面总结。

"诗界革命"作为近代诗坛的客观存在，有何基本特点？它的具体标准又是什么？这是研究"诗界革命"的前提，也是本文的中心所在。

一、革新图强的思想性

"诗界革命"伴随着维新变法运动而兴起，它首先以其前所未有的思想锋芒见长，给清末诗坛吹进一股清新之风。

晚清西学东渐，西方资产阶级的进化论、民权学，以及先进的科学技术进入闭关自锁的封建帝国，给了意在变法图强的维新派知识分子极大的启示，也给"诗界革命"倡导者们灌注了思想养料。以诗歌鼓吹西方文明，阐发新兴学理，一时为新派诗人所热衷。他们

---

① 黄遵宪：《致丘菽园函》，载陈铮编《黄遵宪全集》，中华书局，2005，第440页。
② 梁启超：《饮冰室诗话》，第49页。
③ 梁启超：《夏威夷游记》，载《饮冰室合集》专集之二十二，中华书局，1989，第189页。

崇仰欧美资产阶级思想家、政治家，推为创世纪的伟人："孕育今世纪，论功谁萧何？华（华盛顿）拿（拿破崙）总余子，卢（卢梭）孟（孟的斯鸠）实先河。赤手铸新脑，雷音殄古魔"，[①]"力收墨雨卷欧风，余事当筵顾曲工。谁遣拿破仑再出，从来岛上有英雄"。[②] 他们对西方学术著作也倍加赞赏，康有为有诗寄邱菽园，即称"我兰思想皆天演，颇妒严平先译之"。[③] 夏曾佑对严复的转译之功亦表倾慕："英英严夫子，先觉开愚蒙"，[④]"一旦出数卷，万怪始大呈"。[⑤] 新异的政治体制和学术思想一时便成了维新派人士"拯治"中国的依凭，他们将进化论观点、民主意识渗透在诗中。康有为断言："万年无进化，大地合沉沦。"[⑥] 梁启超坚信"世界进步靡有止期，吾之希望亦靡有止期"。[⑦] 谭嗣同在《金陵听说法诗》中则称"纲伦桔以喀私德，法会极于巴力门"，[⑧] 谭嗣同此诗意在反对封建等级制度，提倡议会立宪。而黄遵宪在他的《己亥杂诗》中也以亲身经历，指出"百年前亦与华同"的泰西各国，"强由法变通"，渴望中国出现"万法从新要大同"的一天。海内外政治、经济、文化的强烈反差，使"诗界革命"的倡导者们对"阐哲理指为非圣""倡民权谓曰畔道"[⑨] 的混浊世情表现出极度不满，以至于一遇上闻所未闻的域外新学，便产生了"涉海得舟

---

① 梁启超:《壮别二十六首》，载《饮冰室合集》文集之四十五（下），第 7 页。

② 丘逢甲:《饮新加坡觞咏楼次菽园韵四首》，载黄志平、丘晨波主编《丘逢甲集》（增订本），广东人民出版社，2019，第 226 页。

③ 上海市文物保管委员会文献研究部编《万木草堂诗集——康有为遗稿》，上海人民出版社，1996，第 119 页。

④ 夏曾佑:《寄严又陵》，载杨琥编《夏曾佑集》，上海古籍出版社，2011，第 430 页。

⑤ 夏曾佑:《寿严又陵六十》，载《夏曾佑集》，第 439 页。

⑥ 康有为:《大同书成题词》，载《万木草堂诗集——康有为遗稿》，第 4 页。

⑦ 梁启超:《志未酬》，载《饮冰室合集》文集之四十五（下），第 16 页。

⑧ 谭嗣同:《金陵听说法诗》，载《谭嗣同集》，第 189 页。

⑨ 梁启超:《举国皆我敌》，载《饮冰室合集》文集之四十五（下），第 16 页。

梁"①之感，并不加掩饰地反映在诗作中。

以爱国主义作为诗歌的主题，是屈原以来中国古典诗歌的优秀传统。近代帝国主义列强入侵带来的耻辱，激发了"诗界革命"诗人们的爱国情绪。面对"弱肉供强食，人人虎口危"②的严峻事实，他们发出了"四万万人齐下泪，天涯何处是神州"③的悲诉。他们没有停留在对山河残破、满目疮痍的现状作客观描述和感情宣泄，更多的是理性的剖析，明智的思索，使爱国主义主题得到了深化。爱国不是排外，"诗界革命"摆脱了狭隘的华夷之辨和妄自尊大的天国王朝意识，重新审视古老的中华民族在国门打破后的现实地位。康有为认为中国的受人凌辱，原因在"腐儒不通时势变，泥古守经成弱孱"④。梁启超也在"尽瘁国事不得志"的境况下，出亡海外，"问政求学观其光"，几千年优胜劣汰的世界发展史，触发了他呼吁同胞效仿学习"海国民族思想高尚以活泼"，来改变"东亚老大帝国"砧上之肉的命运。⑤黄遵宪更是带着"独有兴亚一腔血"，⑥周游各国，一反盲目自尊的迂腐见解，疾呼"休唱攘夷论，东西共一家""万方今一概，莫自大中华"。⑦

爱国应求治国方。"诗界革命"诗人除了感慨政府腐败、武备不修等表面现象外，还将社会的病根推究到基本国策、政治体制和国民素质这一层面。他们或抨击闭关自守："惜哉闭关守长夜，竟尔绝海

① 夏曾佑：《寿严又陵六十》，载《夏曾佑集》，第439页。

② 黄遵宪：《书愤》，载黄遵宪著，钱仲联笺注《人境庐诗草笺注》，上海古籍出版社，1981，第772页。

③ 谭嗣同：《有感一章》，载李敖主编《谭嗣同全集》，天津古籍出版社，2016，第480页。

④ 康有为：《睹荷兰京博物院古今制船式长歌》，载《万木草堂诗集——康有为遗稿》，第198—199页。

⑤ 梁启超：《二十世纪太平洋歌》，载《饮冰室合集》文集之四十五（下），第17—19页。

⑥ 黄遵宪：《奉命为美国三富兰西士果总领事留别日本诸君子》，载《人境庐诗草笺注》，第342页。

⑦ 黄遵宪：《大狱四首》，载《人境庐诗草笺注》，第194页。

召强敌。"① 或强调民权意识："每惊国耻何时雪，要识民权不自尊。"② 或感叹国中无人："神州大陆殊可哀，纷纷老朽无人才。"③ 这与"药方只贩古时丹"④ 的道光旧儒相比，认识上无疑有了极大进步。丘逢甲鉴于中日海战失利，大胆提出"我不能工召洋匠，我不能军募洋将"的设想，指望"购船购炮"，"再拼一掷振海军"。⑤ 许多人在诗中赞叹机器、铁路、电力、汽车、火轮的奇效，以之为强国的手段。更三要的是，他们还呼吁加强培养强国人才。虽然废除科举、改书院为学堂之举完成在戊戌政变以后，但其有关改革学制的诏书早已由光绪帝在"百日维新"期间颁发，且草自谭嗣同之手。而在这以前，一些"诗界革命"诗人也有这方面的实践。康有为设万木草堂闻名于时，丘逢甲在甲午战争后也曾"主持岭南教育者十数年，专以培植后进，灌输革命为宗旨"。⑥ 梁启超、黄遵宪同样都以教育为己任。黄遵宪在与梁启超的通信中探讨教育问题，以为"普及教育……乃救中国之不二法门"。⑦ 光绪七年（1881），当刚愎自用的留美学生监督吴惠善奏请裁撤留学生得准后，黄遵宪不禁赋诗感叹道："矧今学兴废，尤关国盛衰。十年教训力，百年富强基。"⑧ 表现了作者教育救国的急切愿望。

　　"诗界革命"的变法图强思想，自然有其缺陷，诗人们往往离开

---

①　康有为：《巴黎博物院睹圆明园春山玉玺思旧游感赋》，载《万木草堂诗集——康有为遗稿》，第 188 页。

②　梁启超：《书感四首寄星洲寓公仍用前韵》，载《饮冰室合集》文集之四十五（下），第 10 页。

③　丘逢甲：《赠谢生逸桥》，载《丘逢甲集》（增订本），第 259 页。

④　龚自珍：《己亥杂诗》，载《龚自珍全集》，上海人民出版社，1975，第 513 页。

⑤　丘逢甲：《海军衙门歌同温慕柳同年作》，载《丘逢甲集》（增订本），第 114 页。

⑥　丘瑞甲：《岭云海日楼诗钞跋》，载《岭云海日楼诗钞》，上海古籍出版社，1982，第 433 页。

⑦　黄遵宪：《致梁启超函》，载《黄遵宪全集》，第 454 页。

⑧　黄遵宪：《罢美国留学生感赋》，载《人境庐诗草笺注》，第 318 页。

中国国情，生吞活剥地将西方新思想移植在诗中。但他们能够突破传统观念的桎梏，开始有意识地"镕铸新理想以入旧风格"了。

二、堪称诗史的纪实性

晚清时期，由国内外深刻矛盾引发的政治、军事、外交种种事件，国门洞开后令人眼花缭乱的异国情状，提供了众多现实的诗歌题材。"诗界革命"的倡导者们以其敏锐的观察能力和丰富的个人经历，发现、利用这些诗材，创作了大量的叙事诗，形成了鲜明的纪实特征。

自鸦片战争后，清政府与外国列强战事不断，每次都以割地赔款，丧权辱国告终。国家的奇耻大辱毕竟给他们留下了刻骨铭心的痛苦，促使他们用诗笔为近代中外战争书写一幅幅悲壮的历史画卷。以反映中法甲申战争而传诵一时的著名诗篇有黄遵宪的《冯将军歌》《越南篇》，梁启超的《游台湾追怀刘壮肃公》等。其中《冯将军歌》放言赞颂爱国将领冯子材率军"十荡十决无当前，一日横驰三百里"，[1] 再现了谅山之捷的决胜场景。而梁诗记载了刘铭传"跣足督战，忍饥冒雨"，[2] 死守台湾的动人战迹。十年以后，随着"诗界革命"渐成风气，更多的诗人将目光投注到战场内外的屈辱与抗争，诞生了一首首以中日战争为背景，充满硝烟和血泪的纪实史诗。梁启超的《甲午十月纪事诗》，丘逢甲的《有书时事者为赘其端》《往事》《闻海客谈澎湖事》《有感书赠文军旧书记》等，都从各个侧面勾画出侵略者的蛮横、求降者的怯懦和反抗者的凛然正气。尤其是黄遵宪的

---

① 黄遵宪著，钱仲联笺注《人境庐诗草笺注》，第 379 页。

② 龙顾山人（郭则澐）纂，卞孝萱、姚松点校《十朝诗乘》，福建人民出版社，2000，第883 页。

《悲平壤》《东沟行》《哀旅顺》《哭威海》等长篇组诗，全都以真人真事描述中日战争中的历次战役，精细刻写战将、降臣在强敌面前的各种情态，深入探究清廷节节败退的历史原因，为近代甚至整个中国古典诗歌的叙事色彩添上重要的一笔。

"诗界革命"诸诗人，大多是晚清重大政治事件的参与者或见证人。身有所历，情有所感，率笔成诗，便可作为后人回观近代史实的佐证。康有为有诗言及围绕兴修颐和园一事的朝廷争执；黄遵宪《逐客篇》为美国议院禁止华工而作，备述华工渡海赴美始末；丘逢甲作为台湾义军统领，以大量诗歌反映台湾人民抗议割台、组织义军、拥立"台湾民主国"这一段史实。当然，戊戌变法运动的风行与失败，无疑是"诗界革命"纪实诗的重要内容，谭嗣同、梁启超、黄遵宪等，曾将戊戌变法的早期准备、会党活动、新政措施以及西后镇压、志士罹难整个过程记载入诗。而康有为所写的《出都留别诸公》《东事战败联十八省举人三千人上书次日美使田贝索稿为人传抄刻遍天下题曰公车上书记是时主和者为军机大臣孙毓汶众怒其孙畏不朝遂辞位》《戊戌八月纪变八首》《戊戌八月国变纪事》等，简直就是一部戊戌变法简史。

叙说异域史事，是"诗界革命"诗歌纪实性又一显著特点。"诗界革命"诗人有着一定的洋务经历和向西方求得真理的强烈欲望，促成他们的叙事之笔伸向了海外。黄遵宪有感于"中国士夫，闻见狭陋，于外事向不措意"，[①]志在介绍日本经验，使中国走上维新自强之路。其《日本杂事诗》二百首，"上自神代，下及近世，其间时世沿革，政体殊异，山川风土、服饰技艺之微，悉网罗无遗""字字征

---

①　黄遵宪：《日本杂事诗自序》，载《人境庐诗草笺注》，第 1095 页。

实，无一假借"。[①] 出于对国运的关心，他们特别注意那些与中国相关的国际争端。朝鲜覆亡，有识之士以为殷鉴不远，多有咏及此事者。梁启超的《秋风断藤曲》和《朝鲜哀词》最称代表之作。戊戌变法失败后亡命海外的生活，又使他们对国外史事有了更为直接的接触和深刻的体会。康有为"戊戌后周历欧美各国凡十余年，其诗多言域外古迹，恢诡可喜"。[②] 此外，北美独立，俄、土交兵，荷兰称霸海上，越南受并法国，均成了他着笔的对象。

不同题材的大量纪事诗，充实了"诗界革命"的内涵，成为"新派诗"得以立足近代诗坛的重要方面。时事的繁复，政局的动荡，是"新派诗"内容广度的客观基础，而诗人们史识的精邃，体验的真切，也使其达到了同类诗前所未有的深度。

三、求用于世的功利性

"诗界革命"诗歌具有较强的思想性和诗史性，固然与当时复杂的现实世界有关，与作者的社会经历、政治理想有关，而很重要的一点，还与他们求用于世的诗学观念有关。

中国传统的诗学观念，一向讲求诗歌的社会功用，自孔子倡"兴、观、群、怨"之论后，延至近代，"经世致用"的哲学观影响到文学领域，龚自珍、包世臣、姚莹、冯桂芬、王韬等一大批诗文作者，在理论和创作上都十分重视文学的功利性。由于在中国诗歌史上，有人片面理解陆机《文赋》"诗缘情而绮靡"的观点，有的诗偏离社会现实，好发个人幽情，往往无病呻吟、矫揉造作，助长了诗

---

① ［日］三河石川英：《日本杂事诗跋》，载黄遵宪《日本杂事诗》卷末，光绪十一年刊本。
② 徐世昌编《晚晴簃诗汇》卷一百八十二，1929，第 15 页。

歌的形式主义倾向。与"诗界革命"同时代的湖湘派诗人就提倡"以词掩意"，反对"意多于词"。而近代宋诗派诗人力图借助"江西派"诗歌特具的涩语僻典、瘦硬风格，另开诗歌新路，结果只能造成诗歌与现实的脱离。

"诗界革命"继承、拓展了鸦片战争以来的经世风气，将诗歌看作唤起民众，为现实政治服务的有效手段，康有为尖刻批评"吟风弄月"之诗，视同"覆酱烧薪"一般无补于世。[①] 谭嗣同把 30 岁以前之作称之为"旧学"，也因其是"无用之呻吟"。他们从西方国家诗歌作用于社会的事实中得到借鉴，意识到"诗虽小道，然欧洲诗人，出其鼓吹文明之笔，竟有左右世界之力"，[②] 并主动以诗歌为宣传工具，为维新变法呼号。梁启超致力于诗歌写作，可以说正是受了这种功利目的的驱动。他曾在《饮冰室诗话》中谈到："余向不能为诗，自戊戌东徂以来，始强学耳。"[③] 梁启超学诗，旨在重振民族精神，再造国魂。他还认为："欲改造国民之品质，则诗歌音乐为精神教育之一要件，此稍有识者所能知也。"[④]

"诗界革命"诗学观念的功利性，决定了它具有直接为现实政治、为维新变法服务的特点，其总体的起落过程几乎是与改良主义运动同步进行的。所以，当"诗界革命"诗人感到他们的政治理想已几乎幻灭时，便不但在思想上趋于消沉或保守，诗歌中所反映的功利特点也明显减弱。梁启超出国探求变法新路因不见成效而告罢休，其诗也随之失去了昔日的锋芒。汪辟疆说他："壬子（1912）返国，乃从

---

① 康有为：《论诗示菽园兼寄任公孺博弟》，载《万木草堂诗集——康有为遗稿》，第288页。

② 黄遵宪：《致丘菽园函》，载《黄遵宪全集》，第440页。

③ 梁启超：《饮冰室诗话》，第52页。

④ 梁启超：《饮冰室诗话》，第58页。

赵熙、陈衍问诗法，始稍稍敛才就范。"① 梁向"同光体"靠拢，不再高言"诗界革命"，也从反面说明"诗界革命"与其政治上的功利目的有着密不可分的关系。同样，黄遵宪眼见"生平怀抱，一事无成"，也把自己的古近体诗当作"无用之物"了。②

道咸时期的经世派诗人，通过其对腐败社会的深层揭示和强烈批判，已经发展强化了传统诗歌的功利内涵，而"诗界革命"则在突破旧的美刺模式，提供新的治国良策方面，给传统诗歌的功利说带来了质的变化与提高。

"经世致用"是今文经学的观点，道、咸时期的一些诗人将其移植到诗论领域，意在让诗歌去影响社会政治，即龚自珍《夜直》诗所谓"安得上言依汉制？诗成侍史佐评论"。③ 但是，他们既没有找到新的政治典范供参照，又缺乏高远的政治眼光，因而看待诗歌的功利作用，只能局限在"宣上德而达下情，导其郁懑，作其忠孝"④ 等旧的道德规范中。"诗界革命"诗人们则不然，他们虽然同样"浸淫于西汉今文家言，究心微言大义"，⑤ 但其文学功利观念却比较贴近19世纪末叶中国的实际状况，饱含着社会责任感。他们向民众灌输"民主""自由""君主立宪""大同世界"等思想，即资产阶级改良派的政治纲领，直言了当地将诗歌看作宣传的工具。诚如黄遵宪所称："草完明治维新史，吟到中华以外天。"⑥ 而丘逢甲的"展卷重吟《民主》

---

① 汪辟疆：《近代诗派与地域》，载《汪辟疆文集》，上海古籍出版社，1988，第317页。
② 黄遵宪著，钱仲联笺注《人境庐诗草笺注》，第1255页。
③ 龚自珍：《龚自珍全集》，第455页。
④ 魏源：《御书印心石屋诗文录叙》，载《魏源全集》（十四），岳麓书社，2011，第269页。
⑤ 叶景葵著，顾廷龙编《卷庵书跋》"志庵诗稿"条，古典文学出版社，1957，第167页。
⑥ 黄遵宪：《奉命为美国三富兰西士果总领事留别日本诸君子》，载《人境庐诗草笺注》，第340页。

篇"、^①"应有新诗写新政",^②也明白表达了这种全新的诗歌功利观。

诗歌功利内容上的差异，决定了"诗界革命"不同于前人的表现风格。道、咸的经世派诗人继承了传统诗学以"温柔敦厚"为诗教的观点，提倡"清真雅正"的诗风，他们认为诗歌应"感人心而天下和平"，^③所以，如有过多的激越亢进之词，他们便斥之为噍杀之音。"诗界革命"诗人旨在以诗歌激励民气，因此，他们往往在诗中发出慷慨赴战的呼唤。同样是反映战争之作，如果说道咸诸贤重在展示战争所造成的国敝民疲，显得深沉，那么，"诗界革命"诸贤则以表现尚武精神为主，显得高昂。杨香池《偷闲庐诗话》称梁启超"欲借诗歌鼓吹民气，尊崇尚武，好为雄壮之词，对于杜子美之《兵车行》及伤乱诸作，亟力痛诋。至谓吾国数千年来民志卑弱，皆由是类诗歌阶之厉也"。^④梁氏确曾认为"诗界千年靡靡风"导致了"兵魂销尽国魂空"，因而对陆游宣扬从军乐的诗什大加赞赏，称之"亘古男儿一放翁"。^⑤可见，"诗界革命"雄迈高昂的诗风在很大程度上取决于它特殊的功利要求。

四、炫人耳目的新奇性

就"诗界革命"的表现形式而言，其明显标志在于词语、格局和意境的新奇。

---

① 丘逢甲：《论诗次铁庐韵》，载《丘逢甲集》（增订本），第 254 页。

② 丘逢甲：《东山寄怀南海裴伯谦县令》，载《丘逢甲集》（增订本），第 245 页。

③ 魏源：《御书印心石屋诗文录叙》，载《魏源全集》（十四），第 269 页。

④ 杨香池：《偷闲庐诗话》，张寅彭主编《民国诗话丛编》（三），上海书店出版社，2002，第 681 页。

⑤ 梁启超：《读陆放翁集》，载《饮冰室合集》文集之四十五（下），第 4 页。

　　"诗界革命"倡导者们在改良主义文学观的指导下，摆脱了"同光体"上承江西派"无一字无来历"戒律的束缚，直接以新名词入诗。这样虽被恪守传统诗法者视为不经，但恰恰是"诗界革命"、特别是它初期的基本特征。梁启超在谈到"吾党数子""颇喜捃扯新名词以自表异"时，曾以夏曾佑、谭嗣同作诗多"无从臆解之语"为例，指出"当时吾辈方沉醉于宗教，视数教主非与我辈同类者，崇拜迷信之极，乃至相约以作诗非经典语不用"，而"所谓经典者，普指佛、孔、耶三教之经"。①梁记载的"诗界革命"形成之初好用新名词"一段因缘"，无疑是异域宗教思想进入传统的诗歌领地的极好背景材料。如果说谭、夏辈诗中多捃扯新名词乃出自一时游戏，那么，博览群书，学有渊源的康有为未能免此，就更能说明此风之盛。尽管梁启超以为过渡时代之革命，"当革其精神，非革其形式"，反对"以堆积满纸新名词为革命"，并说夏、谭所为"至今思之，诚可发笑"，但还是没有排斥"间杂一二新名词"。②他后期诗作，也不时能见"波罗的""阿剌伯""帝国主义""国民责任""版权所有"一类词语。诗采新名词而运用较得当者，应数黄遵宪。他作为"诗界革命"巨擘，自称欲造新诗国，主要成就虽在以旧风格含新理想、新意境，但由于剪裁妥帖，安排费心，许多时尚新词、外国译名熔铸入诗，也能显示出特有的神采。如他的《日本杂事诗》，掺入日本词汇，有助于准确如实地反映东国的政治历史、风土习俗。

　　"诗界革命"在诗歌体制方面，也有独到之处。"诗界革命"倡导者是一批深赜穷变的思想家和热衷改良的政治活动家，大都有着丰富的生活经历和深厚的诗学修养，他们能够自然地运用古诗、排律等

---

① 梁启超：《饮冰室诗话》，第49页。
② 梁启超：《饮冰室诗话》，第49—50页。

诗歌形式，创作出前所未有的鸿篇巨制。康有为《南海先生诗集》中百韵以上之古风比比皆是，陈衍《近代诗钞》选其《耶路撒冷观犹太人哭所罗门城壁男妇百数日午凭城泪下如縻诚万国所无也惟有教有识故感人深远吾念故国辄为怆然赋凡百一韵》，称为"奇作"，表明其长诗成就已被诗坛公认。康氏《开岁忽六十篇》竟得二百三十三韵，篇幅之长，堪称空前绝后，章士钊曾给以"黄河千里势无回，雨挟泥沙万斛来"①的评价。再如黄遵宪，论者谓其诗"以铺叙为长"，②甚至有"读黄公度诗，如闻广长饶舌"③之说，《罢美国留学生感赋》《流求歌》《逐客篇》《越南篇》《番客篇》，都是著名的长篇文字。梁启超存诗虽不多，但也不乏长篇大作，《去国行》《二十世纪太平洋歌》《秋风断藤曲》《南海先生倦游欧美载渡日本同居须磨浦之双涛阁述旧抒怀敬呈一百韵》等诗，可为代表。"诗界革命"诸子还好作组诗，或律诗，或绝句，每题十数首至上百首不等，多侧面、多角度地咏唱重大史事，抒写复杂心态。

随着时间的推移，"诗界革命"诸子，特别是梁启超一方面对"诗界革命"早期的"徒摭拾新学界之一二名词"，"以骇俗子耳目"④深表不满；另一方面，他们更强调"新意境"对"诗界革命"的决定意义。的确，时值"诗之境界，被千余年来鹦鹉名士占尽"⑤的晚清，别开古典诗歌的新天地，实非易事，但"诗界革命"在"以旧风格含新意境"方面所作的努力，功不可没。

---

① 汪辟疆撰，王培军笺注《光宣诗坛点将录》"康有为"条引章士钊《论近代诗家绝句》，中华书局，2008，第635页。

② 黄遵宪著，钱仲联笺注《人境庐诗草笺注》"附录"引夏敬观《映庵臆说》，第1308页。

③ 袁祖光：《绿天香雪簃诗话》，张寅彭选辑《清诗话三编》(十)，上海古籍出版社，2014，第7368页。

④ 梁启超：《新中国未来记》，载《饮冰室合集》专集之八十九，第56页。

⑤ 梁启超：《夏威夷游记》，载《饮冰室合集》专集之二十二，第189页。

　　所谓"以旧风格含新意境"，一般指效仿学习古人诗风，袭用古人诗法，来反映现实世界，书写时代风貌。如康有为在戊戌政变前后所作诗歌，固然实录了当时史事并寄托了变法者怀抱，就风格而言，则以学杜甫为主。梁启超说他"最嗜杜诗，能诵全杜集，一字不遗，故其诗虽非刻意有所学，然一见殆与杜集乱楮叶"。① "诗界革命"其他诗人在后期也大抵作了这方面的尝试。与晚清的学古、复古流派的专崇某一朝代、甚至某一诗人不同，他们的旧风格，几乎包容了中国历代诗歌的各种风格。黄遵宪《以莲菊桃杂供一瓶作歌》，仿苏轼、王安石以禅语入诗，"又参以西人植物学、化学、生理学诸说"，② 钱仲联以为是"寄托其种族团结思想"。③ 丘逢甲七律组诗"皆杜陵《秋兴》《诸将》之遗"，④ 极言台湾人民奋起抗敌的战斗经历和必胜信心。狄葆贤《感事》四绝，摹晚唐温、李之艳词，借思妇之口，咏日俄战争之际的外交、内政。金天羽《虫天新乐府》，取新乐府之体，以各种动物为喻，叙述欧战期间发生的重大事件。

　　综上所述，可知"诗界革命"的旧风格，已经不再单一、刻板地重现古人面目，而是创造性运用旧诗体的形式，自觉为描写"新意境"服务。"诗界革命"诗人们深谙六经子史，又神往西方学说，他们植根于中华古国，又得以领略异国风光习俗；他们对《诗》《骚》《乐府》之神理，李、杜、韩、苏之风格都烂熟于胸，又鼓吹"意境几于无李杜，目中何处着元明"，⑤ 祈望熔入"欧洲之意境语句"、⑥ "泰

① 梁启超：《饮冰室诗话》，第19页。
② 梁启超：《饮冰室诗话》，第31页。
③ 黄遵宪著，钱仲联笺注《人境庐诗草笺注》，第606页。
④ 钱仲联：《论近代诗四十家》，载《梦苕庵论集》，中华书局，1993，第349页。
⑤ 康有为：《论诗示菽园兼寄任公孺博弟》，载《万木草堂诗集——康有为遗稿》，第288页。
⑥ 梁启超：《夏威夷游记》，载《饮冰室合集》专集之二十二，第189页。

西文豪之意境之风格"。① 他们的诗笔几乎无所不及：总统选举，议会立宪；欧美风情，海外奇观；太阳地球，东西昼夜；汽车电信，火炮战舰……但大多数是以古人字句、前人技法出之，那些精当的运典、巧妙的比兴，传递出新世界形形色色的人事物理。由于是旧瓶装新酒，有些诗尚欠含蓄醇雅，也难免牵强附会，这正是"诗界革命"追求新奇所带来的负面结果。

五、明白易传的通俗性

中国古典诗歌历来被封建统治阶级及其文人视为文学正宗，决定了历代诗人大多专注于模仿古人，追求诗歌的典雅有则。这样，中国古典诗歌往往给人以古奥难懂、缺乏时代气息的印象。一些现实主义诗人，如白居易、陆游等，要求诗歌反映生活，能够做到文从字顺，这曾给中国诗坛吹进了缕缕清风，使之不时有反映人民的劳动、生活及愿望的作品出现，这类作品正是以浅显生动而见长。可惜，明白易传的诗作不仅量少，还常被斥为俚俗和肤浅。因此，"诗界革命"在诗歌通俗化方面所作的努力，就更显难能可贵。

当"诗界革命"诗人把新事物、新理想、新意境熔入诗歌时，创作便得到了活力。但任何文学形式的生存发展，离不开与人民的互通，还须赢得广阔的读者面。"诗界革命"倡导者们要当诗国的哥伦布、玛赛郎，理所当然注意到诗歌的明白晓畅，可感易传，使之为广大民众所接受。诗歌在"诗界革命"诗人那里，被看作是表达新思想、实现其功利目的的工具，这更要求诗歌内容得到极大的传播空

---

① 梁启超：《新中国未来记》，载《饮冰室合集》专集之八十九，第56页。

间。黄遵宪提出的"我手写我口，古岂能拘牵"的口号，^①也是对中国传统诗歌正宗地位的有力冲击，代表了诗人追求形式解放的呼声。

"诗界革命"诗歌的通俗性，首先表现为对诗歌谚语的借鉴。歌谣谚语，源于民间，自然而富有天趣，又为百姓所喜闻乐见。"诗界革命"或效其形式，或采其入诗，以求作品的广泛流行，黄遵宪称"即今流俗语，我若登简编，五千年后人，惊为古斓斑"。^②他从幼便受到家乡山歌的影响，深赏民歌的妙处，其《拜曾祖母李太夫人墓》说："牙牙初学语，教诵《月光光》。一读一背诵，清如新炙簧。"^③他早年的作品《山歌》九首，就是在民歌基础上加工写成的。黄遵宪44岁时，还在伦敦续写了6首，并且在题记中说："十五国风妙绝古今，正以妇人女子矢口而成，使学士大夫操笔为之，反不能尔。以人籁易为，天籁难学也。"^④对民间文学有这样的认识，能"尽糅方言俗谚以入篇章"，^⑤在封建士大夫中，是极为罕见的。除《山歌》外，他的《都踊歌》《五禽言》诸诗，无论在格调声韵，遣词造句上，都带有民间口头创作的印记。此外，丘逢甲《己亥秋感》"遗偈争谈黄檗禅"一首，被梁启超看成是"以民间流行最俗最不经之语入诗，而能雅驯温厚"^⑥的佳作，它如《游姜畲题山人壁》《台湾竹枝词》均充满浓郁的民歌风味、乡土气息。梁启超、金天羽亦同样有采山歌民谣入诗的篇目。

诗歌的散文化，导源于唐代韩愈，而大倡于宋代。韩愈的以文

---

① 黄遵宪：《杂感》，载《人境庐诗草笺注》，第42页。
② 黄遵宪：《杂感》，《人境庐诗草笺注》，第42—43页。
③ 黄遵宪著，钱仲联笺注《人境庐诗草笺注》，第427页。
④ 黄遵宪：《山歌题记》，载《人境庐诗草笺注》，第54—55页。
⑤ 李渔叔：《鱼千斋随笔》，文海出版社，1981，第102页。
⑥ 梁启超：《饮冰室诗话》，第30页。

为诗，以诗中常用佶屈聱牙的词语为特征。宋代诗歌的散文倾向，以苏、黄为代表，分别表现为笔力意境的开阔宏大和瘦硬盘空。"诗界革命"诗人也以散文笔法写诗，则主要是企图少受格律限制，以利于诗意的晓达流畅。"诗界革命"诗歌的通俗与此也不无关系。黄遵宪"以单行之神，运排偶之体"，[①] 其《逐客篇》《罢美国留学生感赋》等犹如明白如诉的叙事文，《拜曾祖母李太夫人墓》"曲折详尽，语皆本色"，《冯将军歌》"连用将字，此《史》《汉》文法，用之于诗，壁垒一新"。[②] 而丘逢甲有"长篇通首数十韵，竟至无一偶句"[③] 者，他的《汕头海关歌》《东山松石歌和郑生》等诗，都不难窥见其中含蕴的散文特点。梁启超更以大量单行句式入诗，《雷庵行》《去国行》《老未酬》《举国皆我敌》等都是以诗歌散文化求通俗易懂的尝试。

　　"诗界革命"诗歌的通俗性还因其注意到了诗歌与音乐的结合，使诗歌能铿锵上口，宣传鼓动民众。如梁启超的《爱国歌》四章一经谱曲，"其音雄以强"，《黄帝》四章在音乐会上演奏，"和平雄壮，深可听"。[④]

　　总之，"诗界革命"诗人不是优游世外的名士，更不是附庸风雅的高官，他们在早年的乡村生活中，在长期的政治、教育活动中，与中下层社会有不少接触，了解民众的感情和追求，这些正是"诗界革命"产生通俗性特点的基础，也是反过来用通俗化诗歌影响民众的动因。

---

① 黄遵宪著，钱仲联笺注《人境庐诗草笺注》，"自序"第3页。
② 钱仲联：《梦苕庵诗话》，齐鲁书社，1986，第7—8页。
③ 丘炜萲：《挥麈拾遗》，厦门大学出版社，2017，第202页。
④ 梁启超：《饮冰室诗话》，第96—97页。

湖湘派的诗学宗趣：骚心选理

罗根泽《中国文学批评史》用西方的文学理论界说文学批评（Literary Criticism），将其分为文学裁判、批评理论和文学理论三个部分。湖湘派是一个复古的诗派，我们解读湖湘派之理论，首先要从其崇古的文学裁判，以及他所依据的复古的批评理论入手。其实，中国的传统文化，讲求的就是传承。没有传承，便不能称之为正统。《文心雕龙》就有"通变"一篇，强调"望今制奇，参古定法"。[①] 而"骚心选理"，出自钱仲联《近代诗评》对湖湘派的评价。钱仲联将清末民初之诗歌分为四派，其中湖湘一派"白香、湘绮凤鸣于湖衡"，论其宗趣，则言"远规两汉，旁绍六朝，振采蜚英，骚心选理"。[②] 这显然是对湖湘派之文学传承所作的定位。湖湘派的复古，主要是尊奉汉魏六朝之诗。但同样是追求"骚心选理"，在湖湘派诗人中间也存在着差异。钱仲联列举的白香、湘绮，即邓辅纶和王闿运二人，他们有关"骚心选理"的理解也不尽相同，更不必言湖湘派众多的其他诗

---

① 刘勰著，范文澜注《文心雕龙注》，人民文学出版社，1958，第521页。

② 钱仲联：《近代诗评》，载《梦苕庵诗文集》，黄山书社，2008，第511页。

人。并且，即使是同一位诗人，其诗学宗趣随时间的推移也会发生或多或少的变化。

一、"骚心选理"的肇始

如果用历史唯物主义的观点来考量，我们就会发现，"骚心选理"的肇始，即湖湘派诗人最初选择汉魏六朝之诗作为摹学对象，是和他们的身世有关的。而王闿运作为湖湘派的首领，他的选择，是最为典型的。王闿运早年出入肃顺、曾国藩幕府，曾经也是怀有政治抱负和经济才干的青年才俊。但几经磨难，王闿运对晚清混乱的政局逐步丧失了信心，在精神和理想方面与当时的官场渐行渐远，甚至有点格格不入。蔡冠洛《清代七百名人传·王闿运》详细记述了他与晚清重臣肃顺和曾国藩之交往始末：

> （闿运）中咸丰癸丑举人，应礼部试，入都。时肃顺柄政，待以上宾，为草封事上之，文宗叹赏焉。文宗崩，孝钦皇后骤用事，而闿运方客山东，得肃顺书召，将入都，闻肃顺诛，临河而止。后数十年，老矣，为人说肃顺故事，泪涔涔下，曰："人诋逆臣，我自府主。"走京师，阴以卖文所获数千金恤其家云。旋参两江总督曾国藩军。国藩，闿运通家也。其初简屏仪从，延纳士人，重法以绳吏胥，严刑以殛奸宄，皆纳闿运议。与论文，谓国藩之文，"欲从韩愈以追西汉，逆而难，若自诸葛忠武、曹武王以入东汉，则顺而易"。是时，天下大乱，将帅各开幕府，招致才俊。曾国藩尤称好士，贱人或起家为布政，闿运独为客，不受事，尝往来军中。后国藩益贵，宾客皆折节称弟子，闿运

仍为客。尝至江宁谒国藩，国藩未报，遣使招饮，闿运笑曰："相国以我为餔啜来乎？"即携装乘小舟去。国藩追谢之，则已归矣。①

王闿运作为肃顺的门客，在慈禧当道之时，政治上一定是受到控制而无法进入官场施展怀抱的。曾国藩当用人之际，招其入幕，但对其使用也是小心翼翼，所谓"曾国藩尤称好士，贱人或起家为布政，闿运独为客，不受事，尝往来军中"，即可得知。所以，在平定天下后，曾国藩非但弃之不用，甚至连见其一面，也不甚情愿。汪辟疆《近代诗人传稿》也说"闿运自负奇才，所如多不合，乃退息，无复用世之志，惟出所学以教后进"。②在中国历史上，魏晋是一个能让封建士大夫张扬个性的时代，这至少是《世说新语》留给大家的印象。而正是对现实，特别是对当时官场的失望，王闿运于是对生活在魏晋南北朝的士人心生羡慕：虽然有才者不一定能够得其所用，但至少还可以表现自我。当然，身处晚清乱世，他也追寻着汉、唐所谓的盛世之音、强国之梦。我们读王闿运的著作，能够真切地感受到这一点。同治三年（1864）秋天，他在刚刚被湘军攻占的南京城内独自游览鸡鸣山麓的妙相庵，看到刻有道光、咸丰时期各位重臣姓名的石碑，感慨万千，曾经赋诗一首，题为《独游妙相庵观道咸诸卿相刻石》：

> 成败劳公等，繁华悟此间。依然一片石，长对六朝山。
> 花竹禅心定，蓬蒿战血殷。谁能更游赏，斜日暮鸦还。③

① 蔡冠洛编纂《清代七百名人传》，世界书局，1937，第1833页。
② 汪辟疆：《汪辟疆文集》，上海古籍出版社，1988，第423页。
③ 王闿运：《湘绮楼诗文集》，岳麓书社，1996，第1342—1343页。

这首诗后来成为王闿运诗歌的名篇。其首先说"成败劳公等，繁华悟此间"，经历了鸦片战争和太平天国的内忧外患，能够收拾残局确实不是一件容易的事。而当众人沉浸在欢呼中兴，甚至弹冠相庆的时候，王闿运在诗中却说"依然一片石，长对六朝山"。他所想到的，或许是周瑜、谢安、刘裕、萧衍等叱咤风云、改写历史的六朝人物，现如今都成了历史的陈迹。他把现实世界与之联系起来，于是无心游赏，而且感叹"斜日暮鸦还"。这一方面是感慨眼前所见的"蓬蒿战血殷"，胜利的果实乃血拼所得，来之不易；另一方面，是他从六朝的殷鉴中，感悟出"同治中兴"可能只是昙花一现，甚至只是一个美丽的幻境。所以，整首诗歌笼罩着悲凉的格调。

当时肃顺门下与王闿运合称"肃门五君子"的，还有高心夔、龙汝霖、李寿蓉和黄锡焘，他们都是湖湘派诗人，也都蹇于仕途。而湖湘派另外一位重要诗人邓辅纶，涉足政坛之路也是极不顺。钱仲联《近代诗钞》说邓辅纶"以助饷叙内阁中书。太平军攻江西，假归佐父守南昌，为人中伤，引疾去。用城工劳叙浙江道员，杭州城破，被免归里"。① 故王闿运《邓弥之墓志铭》谓其"凡两从官，再挂吏议，知者以为诗人之穷也"。② 他们之所以能够和王闿运在追求"骚心选理"方面产生共鸣，正是因为有这样相同的政治基础。但是，历史的政见对于后世的文学之影响，毕竟是一种潜在的、无形的力量，或许深远，终究有限。而他们之间的直接联系则是文学的渊源。

"骚心选理"是指湖湘派所受汉魏六朝文学的影响，其实也就是湖湘派所选择的文学创作之要求和文学批评之标准。但我们发现，王闿运论诗明显缺失了中国诗论一直当作源头的《诗经》。在他看来

---

① 钱仲联编著《近代诗钞》，江苏古籍出版社，2001，第524页。
② 王闿运：《湘绮楼诗文集》，第426页。

《诗经》就是"经",至于"诗"在文学方面表现的特征,并不典型,故其在文学方面的影响,也不直接,更不显现。其《湘绮老人论诗册子》云:

> 近人论作诗,皆托源《三百篇》,此巨谬也。《诗》有六仪,今之诗乃兴体耳,与《风》《雅》分途,亦不同貌。苏、李以前,则《卿云》《麦秀》《暇豫》《猗兰》是其先行;至汉则大开法门,演其章句,参以比赋之体,乃成一篇。离合回互,起承转结,作者斐然,互相师化。经数万人之才智,数千年之陶冶,分五、七、长、短、古、律,遂成六体;而四言、六言不预焉,绝无词意可通《风》《雅》。盖《风》《雅》国政,兴则己情;《风》《雅》反复咏叹,恐意之不显;兴则无端感触,患词之不隐。若其温柔言诗者,动引《三百篇》,此大误也。①

我们要特别留意其所言"《风》《雅》国政,兴则己情;《风》《雅》反复咏叹,恐意之不显;兴则无端感触,患词之不隐"。在王闿运看来,既然"今之诗乃兴体",则与《诗经》中《风》《雅》之体在功能以及表现形式上,绝非同类。而《诗经》中《风》《雅》之体的功能,过去一直以为是"言志"。朱自清在《诗言志辨序》中曾言:"我们的文学批评似乎始于论诗,其次论'辞',是在春秋及战国时代。论诗是论外交'赋诗','赋诗'是歌唱入乐的诗。论'辞'是论外交辞命或行政法令。两者的作用都在政教。从论'辞'到论'文'还有一段曲折的历史,这里姑且不谈;只谈诗论。'诗言志'是开山

---

① 王闿运:《湘绮楼诗文集》,第 2376 页。

的纲领，接着是汉代提出的'诗教'……这时候早已不歌唱诗，只诵读诗，'诗教'是就读诗而论，作用显然也在政教。"①王闿运不认可《诗经》在文学方面开创性的传统地位，恰恰也是因为其"言志"，或者说是后来的"诗教"。其《湘绮楼说诗》卷七所谓"史迁论诗，以为贤人君子不得志之所为，即汉后诗矣"，②我们可以从中看出端倪，找到答案，即"汉后诗"既然是"不得志之所为"，那就一定是情感的宣泄，而不会去奢谈"言志"和"诗教"。

　　我们不要怀疑王闿运在诠释《诗经》方面的能力，从而简单地论定是他的理解出了偏差。王闿运是通儒硕学，在晚清是经学的一代宗师。其注解经籍，既不仿照乾嘉学者专尊古注，也不效尤宋代儒者侈谈义理，而是尽量发挥自己的心得。故蔡冠洛《清代七百名人传·王闿运传》说他任四川尊经书院山长之时，"乃教诸生读《十三经注疏》《二十四史》及《文选》之法。诸生日有记，月有课，暇则习礼，若乡饮投壶之类，三年皆彬彬进乎礼乐矣。厥后廖平治《公羊》《穀梁春秋》《小戴记》，戴光治《书》，胡从简治《礼》，刘子雄、岳森通诸经，皆有师法，能不为阮氏经解所囿，号曰蜀学。"③在晚清独树一帜的所谓蜀学，后来也成为王闿运在经学研究方面特立独行的戏称。正是因为不拘泥于古人，他对《诗经》的理解相比其他专家，不能说是更通透、更深入、更精准，但至少有更多个人的见解。王闿运曾著有《诗经补笺》二十卷，又有周逸辑成的《湘绮楼诗经评点》二十卷，稿本今藏湖南图书馆。就是今天所见的《湘绮楼说诗》，最后还收录了王闿运晚年课孙的《诗经》评语百余条。

---

① 朱自清：《诗言志辨》，载《朱自清全集》（六），江苏教育出版社，1990，第129页。
② 王闿运：《湘绮楼诗文集》，第2328页。
③ 蔡冠洛编纂《清代七百名人传》，第1834页。

二、"骚心选理"的初旨

"骚心选理"的初旨，就是"白香、湘绮凤鸣于湖衡"之时，他们对诗学宗趣的最初选择。其中包含着他们对诗学观念和诗学方法所进行的理论探索和创作实践。

所谓骚心，盖指对"楚骚"在精神层面的认可，而不是形式层面的学习。王闿运与人论诗，谈到自己 15 岁开始就研读《离骚》。其所作《忆昔行与胡吉士论诗因及翰林文学》诗，即云："我年十五读离骚，塾师掣卷飘秋叶。"[①] 而其日后对《楚辞》研究之深入，同样为世所重。王闿运著有《楚辞释》，姜亮夫《楚辞书目五种》以为"清人《楚辞》之作，以戴东原之平允、王闿运之奇邃，独步当时，突过前人，为不可多得云"。所谓"奇邃"，当是与其论述《诗经》一样，多振聋发聩之说。 正因为是精神层面的追寻，其对《楚辞》的诠释也多系宏大叙事的理解，其中不免穿凿附会。故姜亮夫又谓其"然篇篇求与时世相应，句句关切怀襄两世，遂至附会过多，不足以服人。尤以《天问》所指为尤甚，则又贤者好为深密之一过也"。[②] 其所附会，有时也是借以抒写自己的身世。其《湘绮楼说诗》卷四即云："重读《九章》，知屈子再谗而知己非，深悟释阶登天之必败。余近岁沉思乃觉焉，幸不以独清见尤，盖有味乎其言也。"又说自己"余既非宗臣，又蒙宠妒，往来湘、蜀，备睹灵奇，欲作《广远游》以慰之，但未暇耳。既恨屈原不见我，又恨我不见屈原，长吟舟中，心飞岩壑矣"，[③] 是典型的"借他人之酒杯，浇自己之块垒"。

前面谈到，王闿运认为古诗起源于没有收入《诗经》、因而也就

---

① 王闿运：《湘绮楼诗文集》，第 1588 页。
② 姜亮夫：《楚辞书目五种》，中华书局，1961，第 247—248 页。
③ 王闿运：《湘绮楼诗文集》，第 2203—2204 页。

不是儒家经典的《卿云》等上古歌谣。其所言"参以比赋之体"，就是"骚心"：辞赋同义，今言屈、宋之作，亦有称"赋"者。而"乃成一篇"，显然是指汉代诗人所开创的五言诗。诗和赋都是韵文，虽然它们相近，或许还相互影响，但毕竟是两种不同的文体。陆机《文赋》言"诗缘情而绮靡，赋体物而浏亮"，王闿运亦承认他们之间的区别。不过，他的《论诗文体式答陈复心问》，在论诗以后，又称"赋者，诗之一体，即今谜也，亦隐语而使人自悟，故以谕谏"。他甚至以为《文赋》中所论的"碑""诔""铭""箴""颂"等，皆"有韵之文，诗之支流，专主华饰"。[1]但王闿运是将赋一分为二，其《答陈完夫问》有云："赋以荀子为正体。宋玉《大（言）》《小言》犹近之，《高唐》《好色》则学楚词。汉人遂纯乎词矣。骚之正宗，后无作者，东方、刘向皆拟《九章》耳。"[2]在王闿运看来，荀子所作赋为正体，那么屈原所作赋自然是变体，而宋玉所作，则既有正体，亦有变体。变体之赋虽不能等同于诗，但也接近于诗。个中标准，则是屈赋同样具有"缘情而绮靡"的倾向。罗根泽《中国文学批评史》即称"辞人自言作辞的动机与目的，则在发愤抒情"，又说《诗经》中的诗并不是没有文学之美，但我们不能名之为唯美的文学。辞赋则的确是唯美的文学"。而其所举例证，都采自屈赋。罗根泽的结论是"我们知道了辞赋作家有抒情与唯美的倾向，则后来的辞赋评论容易了解了"。[3]据《湘绮楼说诗》卷四记载，当唐凤廷问及汉唐诗家流派时，王闿运再一次驳斥了中国的诗歌起源于《诗经》之说，也再一次把荀子、宋玉之赋排除在诗歌源头之外："今之诗歌，六义之兴也，与《风》《雅》《颂》异体，论者动言法《三百篇》，亦可法荀、

---

[1]　王闿运：《湘绮楼诗文集》，第545页。
[2]　王闿运：《湘绮楼诗文集》，第552页。
[3]　罗根泽：《中国文学批评史》，上海人民出版社，2015，第89—90页。

宋赋乎？"可他并未抹杀屈赋。随后，王闿运又告诫唐凤廷："上古之诗，即《喜起》《麦秀》之篇。具有章法，唯见枚、苏，皆在汉武之世。则学古必学汉也。汉初有诗，即分两派：枚、苏宽和，李陵清劲，自后五言莫能外之。"①

"学古必学汉"，这就涉及"选理"。"选理"不同于"骚心"，更多是形式层面的学习。湖湘派被人诟病，关键在于"选理"方面的偏差。前引蔡冠洛《清代七百名人传·王闿运传》，说他任四川尊经书院山长之时教诸生"《文选》之法"。《文选》所选诗，绝大多数是汉魏以后的五言诗。也可以这样说，汉魏五言诗的许多经典之作，都是依赖《文选》保留下来的，包括被王闿运推崇的苏武和李陵存世的七首诗歌，尽管学术界对其真伪尚有存疑。我们现在将《古诗十九首》等汉魏五言诗的代表作称为"选体"，就是由于它们被萧统收入《文选》。既然汉魏诗在形式方面的主要特征是五言，湖湘派作家学习汉魏，他们创作诗歌，最早也是以五言为主的。《湘绮楼说诗》卷六之《论诗示黄缪》，记王闿运诫人写诗，就说："不先工五言，则章法不密，开合不灵，以体近于俗，先难入古，不知五言用笔法，则歌行全无步武也。既能作五言，乃放而为七言易矣。切记！"王闿运还特意强调，加了"切记"二字。然后，他又说："作诗必先学五言，五言必读汉诗。而汉诗甚少，题目种类亦少，无可揣摩处，故必学魏、晋也。诗法备于魏、晋，宋、齐但扩充之，陈、隋则开新派矣。"②他认为学习五言古诗最多只能止于宋、齐，而陈、隋的五言诗已经阑入近体，即所谓"开新派"。在王闿运看来，诗格已经代降。其《湘绮楼说诗》卷四《论汉唐诗家流派答唐凤廷问》亦云：

①　王闿运：《湘绮楼诗文集》，第2218页。

②　王闿运：《湘绮楼诗文集》，第2273页。

五七言诗乃有门径，唐人初不能为五言。杜子美无论矣，所称陈子昂、张子寿、李太白，才刘公幹之一体耳，何足尽五言之妙？故曰唐无五言。学五言者，汉、魏、晋、宋尽之。齐、梁至隋，别创律诗一派，即杜所云"庾、鲍、阴、何，清逸苦心"者也。杜五言律克尽其变，而华秀未若王维，则五律亦分两派矣。[1]

由于是与人论诗，信口而出，前后稍有出入，譬如前言"宋、齐但扩充之"，后者则将宋、齐分开，称"学五言者，汉、魏、晋、宋尽之，齐、梁至隋，别创律诗一派"，但总体的精神是一致的。毋庸置疑，王闿运的这种观点是非常保守的。所以，胡适《五十年来中国之文学》会说"王闿运为一代诗人，生当这个时代，他的《湘绮楼诗集》卷一至卷六正当太平天国大乱的时代（一八四九———八六四），我们从头读到尾，只看见无数《拟鲍明远》《拟傅玄麻》《拟王元长》《拟曹子建》……一类的假古董"，这不无道理。至于是否真的"寻不出一些真正可以纪念这个惨痛时代的诗"，[2] 也不尽然。如《发祁门杂诗二十二首寄曾总督国藩兼呈同行诸君子》《酒集忆甲寅岁潭岳战事感旧有作赠彭侍郎玉麐》等，仅观诗题，即知其所咏之事。再如《铜官行寄章寿麟题感旧图》记咸丰四年（1854）靖港之役，徐一士《一士谈荟》述之甚详。而《独行谣三十章赠示邓辅纶》，尽管诗句非常艰涩，但王闿运自己加了许多夹注，其《湘绮楼说诗》卷三则自称是诗"盖明于得失之迹，达于事变，怀其旧俗，国史之志也。故综述时贤，详纪大政，俟后世贤人君子"。[3] 因此，钱仲联《论近代

---

① 王闿运：《湘绮楼诗文集》，第2218页。

② 胡适：《胡适古典文学研究论集》，上海古籍出版社，1988，第95—96页。

③ 王闿运：《湘绮楼诗文集》，第2177页。

诗四十家》谓"湘绮拟古，内容亦关涉时事"，并言陈衍《近代诗钞》批评王闿运"墨守古法，不随时代风气为转移，虽明之前后七子无以过之也"，是因为"盖其宗法八代，下及盛唐，与晚清同光体一派分道扬镳"①所致。其实，这又涉及"骚心选理"的祈向。

三、"骚心选理"的实践

　　湖湘派之所以称之为"派"，其强调"骚心选理"的诗学宗趣，就不可能局限于王闿运一人。钱仲联既然说"白香、湘绮风鸣于湖衡，百足、裴村鹰扬于楚蜀"，就是将邓辅纶和王闿运作为湖湘派本土诗人之代表。钱仲联甚至将邓辅纶置于王闿运之前，这当然有年龄方面的考量：王闿运生于道光十二年，邓辅纶稍长，生于道光八年。但他俩都出生在年末，对应公历，分别为1833年和1829年之年初。另外，王闿运家贫，少年之时曾得到邓氏兄弟的资助，感恩戴德，故其对邓辅纶敬重始终。王闿运《邓弥之墓志铭》称其"诗廑数百首，卓然大家。出手成名，一人而已"。②也正因为王、邓二人一起学诗，相互切磋，所以，"骚心选理"应该是他们的共同追求。王闿运《湘绮楼说诗》卷七有《论作诗之法》一篇，则言："不失古格，而出新意，其魏源、邓辅纶乎？两君并出邵阳，殆地灵也。零陵作者，三百年来，前有船山，后有魏、邓，鄙人资之，殆兼其长，比之何、李、李、王，譬如楚人学齐语，能为庄岳土谈耳。此诗之派别，自汉至今之雅音也。"③这里谈到"此诗之派别，自汉至今之雅音也"，是将邓辅纶与王夫之、魏源诸人，一起纳入"骚心选理"。不论清初的王夫

① 钱仲联：《梦苕庵论集》，中华书局，1993，第338页。

② 王闿运：《湘绮楼诗文集》，第426页。

③ 王闿运：《湘绮楼诗文集》，第2327页。

之，即便是魏源，也要长王闿运、邓辅纶等近 40 岁。故王闿运在同辈的诗人中，最钦佩的还是邓辅纶。在湖湘派诗人看来，五言诗是"骚心选理"最理想的载体，而邓辅纶最擅长的诗歌体裁即为五言诗。王闿运《湘绮楼说诗》卷三讲过这样一个故事："余廿年与龙六、邓二登祝融，相角为诗，弥之每出益奇，余心懘焉。其警句今了不记，但记'土石为天色'，可谓一字千金矣。"[①] 龙大为龙汝霖，邓二则为邓辅纶。他们与李寿蓉、邓绎以及王闿运并称"湘中五子"，其实是湖湘派最早的诗人。而王闿运序李寿蓉《天影庵诗存》，回忆湘口五子早年"皆喜为诗篇。邓弥之尤工五言，每有作，皆五言，不取宋、唐歌行近体，故号为学古。其时，人不知古诗派别，见五言则号为汉魏"。[②] 可见，湖湘派又被称为汉魏六朝派，最初与邓辅纶有很大关系。所以，邓辅纶与王闿运一样，也是倡导"骚心选理"的代表作家。当然，邓辅纶更多是体现在创作实践之中。

我们查阅邓辅纶《白香亭诗集》，其所存三卷诗中，卷一录道光二十五年（1845）到咸丰七年（1857）间诗 222 首。而其中四言 13 首、六言 12 首、七言 6 首、杂言 3 首，余 188 首皆为五言。又杂言《休洗红》二首仿沈约《六忆诗》例，首句三字，后五句皆五字，故也可看作五言。卷二录诗 96 首，观其内容，所作时间当在卷一之后，其中七言 30 首，余则为五言。卷三为"和陶诗"，凡 38 题 76 首，除《归鸟》《停云》《劝农》三题依陶渊明原作为四言外，其余也都是五言。由此可见，邓辅纶早年虽不至"每有作，皆五言"，伹确实是以五言为主的。五言为主，在王闿运他们看来就是学习汉魏六朝。王闿运最早刊印《湘绮楼诗集》，凡十四卷，也不收七言近体诗，这是因

---

① 王闿运：《湘绮楼诗文集》，第 2165 页。

② 王闿运：《湘绮楼诗文集》，第 385 页。

为汉魏六朝并无七言近体诗，就体制而言，其不合"骚心选理"的论诗宗旨。但作为笔墨游戏，王闿运还是写了大量的七言近体诗。今保留在《湘绮楼日记》中的，数量就远远超过邓辅纶所作。所以，如果我们仅从表面形式来看，邓辅纶似乎更称得上是汉魏六朝派。

擅作五言诗的邓辅纶也确实表现出了师摹汉魏六朝的倾向。观其所作诗题，秦嘉、傅玄、刘琨、阮籍、鲍照、江淹、张华、谢灵运、沈约、颜延年、谢瞻、曹植等许多汉魏六朝诗人，都是邓辅纶拟作的模仿对象。而《游仙诗》《思公子》《日出东南隅行》《从军诗》等六朝古题，也不时出现在他的诗笔之下。当然，邓辅纶更执着于学习陶渊明，堪称"陶粉"。正如我们前面介绍的，《白香亭诗集》卷三全是"和陶"之作。除此以外，他还有《拟渊明咏贫士》《拟陶彭泽山泽久见招》等诗，这在其留存下来的数量不算很多的诗歌作品中，占了很大的比例。对陶渊明近乎痴迷的崇拜，也表现在湖湘派的另一位代表诗人身上，高心夔干脆将其诗集命名为《陶堂志微录》，而其中拟陶之作也占据了相当的篇幅。尽管陈衍《近代诗钞》说"弥之诗全学选体，多拟古之作。湘潭王壬秋以为一时罕有其匹，盖与之笙磬同音也。但微觉千篇一律耳"，[①] 然钱仲联《梦苕庵诗话》却说"晚清诗人，多宗两宋。其不为风气转移，以八代为宗尚者，当推邓弥之、高陶堂为二杰。此外若王壬秋，虽名掩一时，然摹仿之意多，自得之趣少"。[②] 可见，同样是"骚心选理"，邓辅纶较之王闿运，更注重精神层面的学习与追求。其胞弟邓绎序其《白香亭和陶诗》，亦云：

> 吾兄少年豪酒，其诗磊砢雄桀，得陶之肆；中岁以后闭

---

① 陈衍编辑《近代诗钞》，商务印书馆，1935，第297页。
② 钱仲联：《梦苕庵诗话》，齐鲁书社，1986，第130页。

关弦诵，不问当世事，杯斝罕御，其诗斧落华藻，得陶之醇。醇者，人知之，其醇之出于肆，而以肆为醇者，人不知也。

所谓肆，是外在的形式；所谓醇，是内在的涵养。故而邓绎又说："其言之有物，而至于有序；言之有序，遂造于有物者耶？"因此，在邓绎看来，邓辅纶之学陶，已经达到了炉火纯青的地步，甚至超越了唐代许多学陶的诗人："庶几兼储、王、韦、柳之能事，升匋、杜之堂，而含激其芬豳也已。"[①]

只是后来邓辅纶的堂庑，比较之前也有所阔大。其"旅寓曾文正祠"有《和移居》诗二首，之一云："吾闻柴桑翁，卜邻非小宅。啸歌丞相祠，聊可娱日夕。湘乡故吾师，愿执扫除役。遗风起顽懦，已据百世席。犹忆知己言，古谊感在昔。忠恕先师传，一贯讵难析。"这也是一首"和陶"之作，风格上模仿陶渊明，惟妙惟肖。但其内容，则对曾国藩充满知遇之恩，邓辅纶称之为老师，甚至流露出愿意执箕帚，为奴役，甘当扫地僧的意思。而在"犹忆知己言，古谊感在昔"句下，作者有自注，记载二人交谊，也包括诗歌的切磋：

> 公帅江西，辅纶持诗为质，数荷称赏。咸丰十年，纶由江西入都，及同治初元，自浙脱难赴衢，先后谒公行营，两蒙百金厚赆，且训令善自韬晦，并隐以节钺相期，属望甚厚。顾纶急于省父，投劾竟归。家居十余年，迄无一字干渎于公。恩知不能无负，然富贵有命，斯亦辅纶命之穷也。[②]

---

① 邓辅纶：《白香亭诗集》，岳麓书社，2012，第 97 页。
② 邓辅纶：《白香亭诗集》，第 101 页。

　　相比王闿运来说，邓辅纶与曾国藩的关系要亲近许多。尽管曾国藩倡学江西，邓辅纶追摹汉魏，但两人的诗学主张也有通声气的地方，譬如表现在学习陶渊明的方面。陶渊明生活在六朝，但又是江西人，邓辅纶作为湖湘派诗人，固然倡导学陶，而以后推尊江西派者，一般也不排斥陶渊明。同光体代表诗人陈三立《漫题豫章四贤像拓本》，就有一首咏陶诗："此士不在世，饮酒竟谁省。想见咏荆轲，了了漉巾影。"①对陶渊明可算是顶礼膜拜。这就是湖湘派与江西派的契合之处。我们可以想见，如果曾国藩不喜好陶渊明，邓辅纶是不会用"和陶"的形式来缅怀曾国藩的。比之《湘绮楼说诗》卷六论及曾国藩，王闿运仅言"曾文正公经济文章冠绝一时。诗学昌黎，间衍溢为山谷。谓山谷得杜之神理"，②邓辅纶的《和移居》诗有一种主观的情愫在。而邓辅纶和曾国藩"持诗为质，数荷称赏"，说明他们讨论诗歌，相互之间有着很大的公约数。《白香亭诗集》中七言近体寥寥可数，而邓辅纶又有《曾文正忠襄二公祠成仙帅有修祀敬述诗八首仍敬次原韵奉酬》。因是奉和许振祎之作，亦为八首，颇有杜甫《秋兴》余韵。我们可举其一首：

　　　　墨绖能兴十万师，孤忠幸遇圣明时。

　　　　当态（熊）忽壮风云气，命虎长留江汉诗。

　　　　国难直拚同气尽，主恩宁许夺情辞。

　　　　饥军猛士频年困，讵料平吴尚有碑。③

---

　　①　陈三立著，李开军校点《散原精舍诗文集》（增订本），上海古籍出版社，2014，第119页。

　　②　王闿运：《湘绮楼诗文集》，第2278页。

　　③　邓辅纶：《白香亭诗集》，第93页。

许振祎是江西奉新人，徐世昌《晚晴簃诗汇》卷一六一称其"少负隽才，见赏于湘乡相国，招佐戎旃，遂自监司洊建疆节，所至皆有政声"，故曾国藩对其有知遇之恩。其所作受曾氏影响，亦与江西诗派为近。只是许振祎原作已不复见。徐世昌在编纂《晚晴簃诗汇》之时，就感叹其"诗不多见，惟邓弥之《白香亭诗稿》前有题辞十六律，述交念旧，情文兼深"。① 能为亡友诗稿一下子题诗 16 首者，古往今来并不多见，而许振祎是时已经官至东河河道总督，可见其与邓辅纶交谊匪浅，更何况许振祎此诗有自序亦称："孤怀易感，迸泪长谣。凤契既深，词无诠次。聊备本末，俾览者知此两人。"② 既然是知己，也一定体现在诗歌方面的相互理解。许振祎还撰有《邓弥之同年诗集序》，谈到两人咸丰二年（1852）结识之初，邓辅纶"以诗雄年少才俊间，顾实深守杜法，语多幽愤沉郁，人窃怪之"。其后又云"君诗本自杜出，其自得深浅处，缀文之士当知之"，③ 至少在许振祎的心目中，邓辅纶的诗歌具有学杜倾向，这当然更多体现在内容方面，否则就不会说"语多幽愤沉郁，人窃怪之"。曾国藩、许振祎为诗取径江西，实质也都是根柢杜甫，即所谓"一祖三宗"。邓辅纶周旋其中，又是奉和之作，这八首诗即使从形式上看，也确有异乎读者习见之邓诗面貌。当然，从根本上说，诗歌所体现的现实主义精神，从陶渊明到杜甫，再到邓辅纶，也是一脉相承的。故邓辅纶的宗学陶渊明，也是以杜诗为阶梯的。即便是王闿运，以后论邓辅纶诗，也修正了"每有作，皆五言，不取宋、唐歌行近体，故号为学古"的说法，而是将其下移至杜甫。其《论诗绝句廿二首》咏邓氏即云："颜

---

① 徐世昌纂《晚晴簃诗汇》（四），中国书店，1988，第 156 页。
② 邓辅纶：《白香亭诗集》，第 7 页。
③ 邓辅纶：《白香亭诗集》，第 5—6 页。

谢风华少陵骨,始知韩愈是村翁。"① 而其《论同人诗八绝句》虽说邓辅纶"风格翩翩晋宋间,亦饶妩媚亦萧寒",但自注则称其"诗学杜甫,体则谢、颜,至其《东道难》《鸿雁篇》,古人无此制也"。② 当然,王闿运还是要说其"体则谢、颜"。而王、邓二人的分歧,或许在汉魏六朝诗人的选择上,已经存在。如夏敬观序陈锐《抱碧斋集》,便说:"咸同间,湘人能诗者,推武冈邓先生弥之、湘潭王先生壬秋。邓先生祖陶祢杜,王先生则沉潜汉魏,矫世风尚,论诗微抑陶。"③ 相比"沉潜汉魏","祖陶祢杜"或许更容易为湖湘派以外的诗人所接受。夏敬观作为江西人,又是同光体江西派的后起之秀,和陈三立一样,其对乡贤陶渊明也是恭敬有加的。

四、"骚心选理"的修正

既然是"骚心选理",湖湘派诗人是将"选体诗"作为自己创作的矩矱。但王闿运自己也意识到,在五言诗的创作方面,他与邓辅纶相比似乎还有差距。在《湘绮老人论诗册子》中,他还讲过这样两个故事,其一是:"廿年前梦邓弥之,论余五律不过平稳而已。梦中甚怃,醒而思之,余五律实不如邓,邓之佳者似杜,可乱真;余之佳者似王维,未能逼肖。乃知五律尤不易为也。"④ 另一是:"张孝达盛称吾歌行而不知吾五言。邓弥之,吾所师也。自知才力不逮,恒以为歉。及登泰山,得一篇,喜曰:'压倒弥之矣!'即石上写稿寄之,以

---

① 王闿运:《湘绮楼诗文集》,第 2158 页。
② 王闿运:《湘绮楼诗文集》,第 1729—1730 页。
③ 陈锐:《抱碧斋集》,岳麓书社,2012,第 1 页。
④ 王闿运:《湘绮楼诗文集》,第 2378 页。

为必蒙奖赏，其回信乃漠然若未见也。嗟乎，知音之难如此。"[1] 穷则思变，所以王闿运也开始突破五言的藩篱，阑入七言近体诗的创作。如果我们研读王闿运现存的全部诗作，包括那些最早保留在《湘绮楼日记》之中、后来又被辑成专收七律之《杜若集》和七绝之《雪夜集》者，就会发现，其七言近体诗还真不算少。况且，这还不是其全部。《杜若集》第一篇《六云生日与非女同辰诗以为贺》，题下有王闿运自注云："同治八年（己巳）八月十一日，为长姜莫六云和长女非同生日作。时三十七岁，始立日记。三十七岁前七律不存稿，是岁起间或存之，后从日记中录存，取前句首二字，名《杜若集》。"[2] 而《雪夜集》之成书情况与之略同。王闿运尝撰自序，其中有云：

> 七言绝句……余初学为诗即惮之，故集中无一篇。间有所感，寄兴偶吟，旋忘之矣。既过强仕，阅世学道，上说下教，意所不能达者，辄作一绝句，等之牌（稗）官小说，取悟俗听。其词存日记中，暇一披吟，颇有可采，乃令儿子录之。[3]

从"旋忘之矣"到"暇一披吟，颇有可采"，其接受七言近体诗的态度几乎有了根本性的转变。这种转变，是其诗学观发生变化的真实反映。况且，王闿运最负盛名的诗歌作品，便是七言歌行《圆明园词》。作者对此诗也很自负，结语云"相如徒有上林颂，不遇良时空自嗟"，[4] 既是感叹圆明园之毁于一旦，而其恢宏堪比汉武帝所建上林

---

① 王闿运：《湘绮楼诗文集》，第 2380 页。

② 王闿运：《湘绮楼诗文集》，第 1662 页。

③ 王闿运：《湘绮楼诗文集》，第 1710 页。

④ 王闿运：《湘绮楼诗文集》，第 1411 页。

苑，又暗喻自己所作可媲美司马相如之《上林赋》，是其将学古源头再一次上溯推尊。但谭献《复堂日记》卷三言及此诗，则说："《帝京》《连昌》，谈何容易！不知于《津阳门》何如耳。"[①]这是针对当时有论者以为此诗夺胎骆宾王《帝京篇》和元稹《连昌宫词》。按照谭献的看法，似乎只能比肩郑嵎的《津阳门诗》，而王闿运《论七言歌行流品答完夫问》，曾批评"郑嵎、陆龟蒙等为之，而木讷纤俗"，[②]诚所谓己所不欲，却被人所施。其实，钱仲联《近百年诗坛点将录》的评价应该是比较公允的。钱仲联称王闿运"标榜八代，一意摹拟，为世诟病久矣。然七古《圆明园词》，实为长庆体名作。五律学杜陵，亦不仅貌似，七律学玉溪生者亦可爱，不能一笔抹倒也"。[③]"长庆体名作"，就是元稹《连昌宫词》的翻版。"五律学杜陵，亦不仅貌似，七律学玉溪生者亦可爱"，平心而论，其律诗还是有可取之处的。

　　这里谈到了王闿运学习杜甫和李商隐，他好像也并不专注于汉魏六朝诗歌的学习。其实，他将诗学宗趣的上限设置在汉，而其下限则是三唐。他曾经选编过《八代诗选》和《唐诗选》。光绪二十七年（1901）四月，王闿运重刊《唐诗选》，其自叙曾收入《湘绮楼说诗》卷一，其中有云：

　　　　小年读汉以来五七言诗，辄病选本之陋。尔时求书籍至难，不独不见善本，且不知名。年廿余，乃得《古诗纪》《全唐诗》。旅京师，合同人钞选《八代诗》。还长沙，录选唐诗，皆刻于成都官局。《八代诗选》先成，《唐诗选》未上板，而余送妾丧归，留二百金令弟子私刻之。主者以意

---

①　范旭仑、牟晓朋整理《谭献日记》，中华书局，2013，第60页。

②　王闿运：《湘绮楼诗文集》，第2161—2162页。

③　钱仲联：《梦苕庵论集》，第373—374页。

去取，讹误甚夥。及刻成印来，盖不可用。《八代诗》则官钱所刻，版固不宜致也。 保山刘景韩昔应秋试，在京师见《八代诗选》，便欲任剞劂，及蜀刻成，刘权苏藩，又令官局雕版。同县胡子夷又别有校本。唯《唐诗选》但蜀缪本，逡巡便五十年矣。《唐诗》首卷，余仲子手钞，近岁有张生专学孟郊诗，原选本孟诗仅两首。余恐专家病其隘，乃更自补入孟诗卅首。余仍无所增，以不能出八代外也。[①]

在这一大段话里面，我们要注意的是：王闿运说自己"小年读汉以来五七言诗"，"小年"就是少时，这里明谓"五七言诗"。而"汉以来"，"以来"的下限，王闿运没有交代截止到哪朝哪代，按常规我们可以理解为迄今。作为《唐诗选》的自叙，他又说"年廿余，乃得《古诗纪》《全唐诗》"，那就是在年岁很轻之时已经读遍《全唐诗》。还有就是谈到《八代诗选》一版再版，而《唐诗选》50年来仅有蜀刻本，说明大家认可王闿运的，还是其对于汉魏六朝诗的倡导，但王闿运希望自己在唐诗领域也能够引领读者。另外，新版《唐诗选》所选孟郊诗，在"原选本孟诗仅两首"的基础上，增补了30首。究其原因，是因为有学生专学孟郊诗，"余恐专家病其隘"。说明晚年的王闿运，对中唐韩、孟诗，态度也有很大转变。前面谈到王闿运赞赏邓辅纶的"不取宋、唐歌行近体"，其实，诗家主观的宗趣与客观的诗风，往往也会有差异，明七子强调"诗必盛唐"，但何景明《与李空同论诗书》也承认"今仆诗不免元习，而空同近作，间入于宋"。[②]

当然，王闿运认为，唐诗成就的取得，还是与"骚心选理"、即

---

① 王闿运：《湘绮楼诗文集》，第 2125—2126 页。

② 郭绍虞主编《中国历代文论选》（一卷本），上海古籍出版社，2001，第 238 页。

学习汉魏六朝有关。所以，他谈唐诗选编的时候，还强调"余仍无所增，以不能出八代外也"。严羽《沧浪诗话》以禅喻诗，说："汉、魏、晋与盛唐之诗，则第一义也"，"学汉、魏、晋与盛唐诗者，临济下也"。[①] 王闿运则更进一步，以为汉、魏、晋是第一义，而盛唐学汉、魏、晋之诗就是临济下。其《论唐诗诸家源流答陈完夫问》，曾谓"三唐风尚，人工篇什，各思自见，故不复摹古"。虽然是"各思自见"，是"不复摹古"，但渊源还都在汉魏六朝：

　　陈、隋靡习，太宗已以清丽振之矣。陈子昂、张九龄以公幹之体，自抒怀抱，李白所宗也。元结、苏涣加以排宕，斯五言之善者乎？刘希夷学梁简文，超艳绝伦，居然青出，王维继之以烟霞，唐诗之逸，遂成芳秀。张若虚《春江花月》，用《西洲》格调，孤篇横绝，竟为大家。李贺、商隐挹其鲜润，宋词、元诗盖其支流，宫体之巨澜也。杜甫歌行自称鲍、庾，加以时事，大作波澜，咫尺万里，非虚夸矣。五言惟《北征》学蔡女，足称雄杰。他盖平平，无异时贤。韩愈并推李、杜，而实专于杜，但袭粗迹，故成枯犷。卢仝、刘叉得汉谣之恢奇，孟郊瘦刻，赵壹、程晓之支派。白居易歌行纯似弹词，《焦仲卿妻诗》所滥觞也。五言纯用白描，近于高彪、应璩，多令人厌，无文故也。储光羲学陶，屈侠气于田间，后人妄以柳、韦配之，殊非其类。应物《郡斋忆山中》诗，淡远浅妙，亦从陶出。他不称是，非名家也。

---

① 何文焕编《历代诗话》，中华书局，1981，第686页。

尽管王闿运论唐诗，多有指摘，但他接着还是说"读唐诗宜博，以充其气，唯五言不须用功，泛览而已"，[①]教人学诗，并没有完全废弃唐诗。这也就是他选编《唐诗选》的初衷。陈完夫，名兆奎，是王闿运学生，故能推心置腹。钱基博《现代中国文学史》言王闿运"教人亦从摹拟入手"，[②]然后也引了一段王闿运的文字作为佐证。这段文字见诸"答张正旸问"，今存《湘绮楼说诗》卷四："诗则有家数，易摹拟，其难亦在于变化。于全篇摹拟中能自运一两句，久之可一两联，又久之可一两行，则自成家数矣。"可当我们考察王闿运这一段文字的时候，似乎并非强调字摹句拟。他所针对的，是以炫人耳目的所谓创新来求得诗名。因为在钱基博所引用的文字之后，王闿运还言"自齐、梁以来，鲜能知此，其为诗不过欲得名耳。杜子美诗圣，乃其宗旨在以死惊人，岂诗义哉？"[③]据说王闿运学生有所谓"三匠"，即木匠齐白石、铁匠张正旸和铜匠曾招吉。这一段话既然是回答张正旸问诗之语，应该是引导初学者入门之诲语，如同发蒙不会写字者，则使其描红，故云"诗则有家数，易摹拟"，但强调的是"其难亦在于变化"。在王闿运看来，"三匠"写诗，都在门外，非摹拟不能入门。其《湘绮楼日记》光绪二十五年（1899）十月十八日曾有记载："齐璜拜门，以文诗为贽，文尚成章，诗则似薛蟠体。"[④]另外，王闿运还是风趣幽默之人。入民国，王闿运被袁世凯聘为国史馆馆长，但他在日记中屡称其为"袁世兄"。而其《湘绮楼说诗》卷七记云："尝戏赠民国总统一联云：'民犹是也，国犹是也；总而言之，统而言之。'

---

① 王闿运：《湘绮楼诗文集》，第 2107—2108 页。

② 钱基博：《现代中国文学史》，商务印书馆，2011，第 75 页。

③ 王闿运：《湘绮楼诗文集》，第 2219 页。

④ 王闿运：《湘绮楼日记》，岳麓书社，1997，第 2249 页。

偶过新华门，误认为'新莽门'，时人目余为东方曼倩一流云。"① 王
闿运是故意误读为"新莽门"以讽袁氏。"新莽"者，新朝之王莽也。
所以，王闿运教人诗法，也常有调侃语。其与张正旸论诗，也就是
寓教于乐之言。并且《湘绮楼说诗》卷七说学诗："但有一戒，必不
可学，元遗山及湘绮楼。遗山初无功力而成大家，取古人之词意而
杂糅之，不古、不唐、不宋、不元，学之必乱。余则尽法古人之美，
一一而仿之，熔铸而出之。功成未至而谬拟之，必弱必杂，则不成章
矣"。② 其自负如此，诙谐亦如此。而钱基博在言其"教人亦从摹拟
入手"之前，还有"闿运则自以尽古人之美，熔铸而出"之语，③ 便
是以此为依据的。"尽法古人之美"，是需要"摹拟入手"，但还需要
"熔铸而出"，以自成面貌。

　　王闿运的"尽法古人之美"，仅止于三唐，宋以后则一概弃之。
王闿运学生王简编纂其论诗之语，之所以没有冠以《诗话》之名，其
《湘绮楼说诗序》就解释道："以师不用唐后名名书，改为《说诗》，
盖传述师说，非助名士之清谈，实启学人之愤悱，固不必与《诗人玉
屑》、《历代诗话》、魏庆之、吴景旭争名也。"④ 所谓"非助名士之清
谈"，是颠覆了欧阳修《六一诗话》开创的"居士退居汝阴，而集以
资闲谈"⑤ 的诗话传统，而欧阳修甚至被认作是杜、韩与黄庭坚之间
的桥梁。王闿运有关"骚心选理"的修正，当然不会认可江西派。湖
湘派初始，就是希望摆脱此前湘中诗坛学宋之窠臼的。王代功《湘绮
府君年谱》说："先是，湖南有'六名士'之目，谓翰林何子贞、进

---

①　王闿运：《湘绮楼诗文集》，第 2330 页。

②　王闿运：《湘绮楼诗文集》，第 2327—2328 页。

③　钱基博：《现代中国文学史》，第 75 页。

④　王闿运：《湘绮楼诗文集》，第 2099 页。

⑤　何文焕编《历代诗话》，第 264 页。

士魏默深、举人杨性农、生员邹叔绩、监生杨子卿、童生刘霞仙。诸先生风流文采，倾动一时，李丈乃目兰林词社诸人为'湘中五子'以敌之。自相标榜，夸耀于人，以为湖南文学尽在是矣。"① 何绍基、魏源均被陈衍归入近代宋诗运动，而杨彝珍、邹汉勋、杨季鸾、刘蓉等人，也是有着学宋倾向的。

五、"骚心选理"的变调

王代功所言李丈为李寿蓉，是兰林词社的发起者。兰林词社成立于咸丰元年（1851），王代功《湘绮府君年谱》是年有记："李丈篁仙既耽吟咏，遂约同人倡立诗社，龙丈皞臣年最长，次李，次二邓，次府君。每拟题分咏，各赋一诗，标曰兰林词社。邓丈弥之尤工五言，每有所作，不取唐宋歌行近体。"② 此五人是湖湘派早期的成员，他们后来的诗坛地位，以最年轻的王闿运为最高。而仅次于王闿运者，则是邓辅纶。邓辅纶的"尤工五言""不取唐宋歌行近体"，应该是湖湘派在学古方面最初的理想境界，这也奠定了湖湘派诗学宗趣的基础。但是，在"汉魏六朝"的大纛之下，即使是不偏离"骚心选理"的航向，涉及具体的学习对象和创作方法，他们也或多或少存在着差异。是或为合唱的不同声部。当然，其与湖湘派的主旋律还是合拍和一致的。

除了王闿运的《湘绮楼说诗》以外，邓绎的《藻川堂谭艺》是"湘中五子"之中仅有的另外一部诗话著述。在湖湘派诗人中，邓绎是王闿运最早的知音，也是他遇到的第一个贵人。据《清稗类钞·知

---

① 王代功：《湘绮府君年谱》，文海出版社，1970，第17页。

② 王代功：《湘绮府君年谱》，第17页。

遇类》介绍："邓绎字保之，湖南武冈人。少有大志，不屑屑章句，喜访求才俊，尝谓求才为经济第一事。湘潭王壬秋检讨闿运幼时读书村塾，绎闻人诵其诗，有'月落梦痕'之句，喜曰：'此妙才也。'即往访订交。王故贫，绎资之，使学于名师，又逢人誉荐之，由是闿运学益精，声名大昌。"① 可以这样说，邓绎改变了王闿运的命运，而王闿运则改变了邓绎的爱好，使其从"不屑屑章句"，走上文学之路。《藻川堂谭艺》凡四卷，分为《比兴》《唐虞》《日月》《三代》四篇，是仿上古著述之例，用每卷首二字命其篇，此可见其崇古之倾向。只是邓绎虽亦赞同王闿运的"骚心选理"，也以倡导学习汉魏六朝诗歌为己任，但还是信奉《诗经》在中国诗歌史上的正统地位，及其对汉魏六朝诗歌的引领作用。其《藻川堂谭艺·比兴》有云："汉魏六朝诸诗，佳者譬如朱弦疏越，一唱三叹，窈然有《风》《雅》之遗音焉。正不独《离骚》之嗣音未远也。"② 具体而言，则谓"苏、李、曹、陶、李、杜之为诗，皆出于《诗三百篇》"。③ 在邓绎看来，汉魏诗人上承《诗》《骚》之传统，下启六朝、初盛唐，是中国诗歌通变之关键，故其《藻川堂谭艺·日月》亦云："有《三百篇》《离骚》之气脉，然后可以为真汉魏诗。有真汉魏诗之气脉，然后可以为六朝、初盛唐人之诗。"④ 相对于王闿运的初旨，邓绎可算变调。

受湖湘文化传统的熏染，邓绎对"楚骚"也是情有独钟。从他强调真汉魏诗之关键"有《三百篇》《离骚》之气脉"，可见其并没有偏离"骚心选理"的大方向。而其《藻川堂谭艺·三代》又云："《离

---

① 徐珂编撰《清稗类钞》，中华书局，1984，第 1431 页。

② 邓绎：《藻川堂谭艺》，蔡镇楚编《中国诗话珍本丛书》（十九），北京图书馆出版社，2004，第 649 页。

③ 邓绎：《藻川堂谭艺》，蔡镇楚编《中国诗话珍本丛书》（十九），第 654 页。

④ 邓绎：《藻川堂谭艺》，蔡镇楚编《中国诗话珍本丛书》（十九），第 799 页。

骚》之思洁以幽,《国风》之思正而绮,《诗》《骚》不亡,乐心不可得而息也。"在此,邓绎虽然将《诗经》与《楚辞》并举,但给人的感觉,却是汉诗与《楚辞》之间的关系似乎更为密切,因为其随后又说:"两汉之古诗、乐府,为三代以来仅存之元气也有故,盖高、武二君诗歌皆楚风之遗,而武帝君臣尤尚《离骚》之学,《乐府》诸篇缠绵婀娜。"[①]

因为王闿运是湖湘派的旗手,其倡言汉魏六朝诗的城头大王旗,是不能随便变幻的。故其于"骚心选理"的修正,也不能有太出格的幅度。而湖湘派的其他诗人,则相对约束较小。我们可以发现,邓绎的《藻川堂诗集》,与王闿运相比,很少有《拟鲍明远》《拟傅玄麻》《拟王元长》《拟曹子建》一类的诗题,也不像邓辅纶、高心夔那样创作了大量的"和陶"之作。关于学古,邓绎《藻川堂谭艺·唐虞》云:

> 文章之妙,貌异而心同者,上也;或取古人之辞而变其意,或取古人之意而变其辞,次也。明人拟古辞意俱司,雕龙不成遂至画虎,宜其为钟、谭之所窃笑欤?[②]

这里所说的"或取古人之辞而变其意,或取古人之意而变其辞",有点类似黄庭坚所说的"点铁成金"和"夺胎换骨"。所谓"点铁成金",出自黄庭坚《答洪驹父书》:"虽取古人之陈言入于翰墨,如灵丹一粒,点铁成金也。"[③]而"夺胎换骨",惠洪《冷斋夜话》引黄庭坚语曰:"诗意无穷,而人之才有限,以有限之才,追无穷之意,虽渊明、少陵,不得工也。然不易其意而造其语,谓之奂骨法;

---

① 邓绎:《藻川堂谭艺》,蔡镇楚编《中国诗话珍本丛书》(十九),第900页。

② 邓绎:《藻川堂谭艺》,蔡镇楚编《中国诗话珍本丛书》(十九),第720—721页。

③ 郭绍虞主编《中国历代文论选》(一卷本),上海古籍出版社,2001,第185页。

窥入其意而形容之，谓之夺胎法。"[①] 出于湖湘派的诗歌宗趣，在邓绎看来，江西派类似道士把戏的作诗之法，肯定不属上乘。上乘者，当为"貌异而心同"，其主要体现在精神方面，实则就是我们所说的"骚心"。这里的明人，乃指明七子，他们是"拟古辞意俱同，雕龙不成遂至画虎"。

邓绎《藻川堂谭艺》所论，涉及唐代和唐代以后的诗歌，能够以一种客观的、理性的态度进行分析和评价。首先是对杜甫的尊崇。其《藻川堂谭艺·比兴》即云："韩昌黎有杜之骨而无其韵，李玉溪有杜之巧而无其雅，白香山有杜之真而无其大，李昌谷有杜之怪而无其学，元遗山有杜之气而无其才，吴梅村有杜之俊而无其雄，其他具体者已鲜矣，而皆自负为能。"[②] 当然，作为湖湘派代表人物的邓绎，他将杜甫巨大成就的取得，也归功于对汉魏六朝诗人的学习。《藻川堂谭艺·比兴》说："杜陵论诗，尊四杰而取齐梁，虚以受人，大成之所由以集也。"[③] 而在《藻川堂谭艺·唐虞》，邓绎再一次表达了类似的看法："王子安胜温飞卿处不止寻丈。正由去《风》《骚》之情韵近耳。庾、鲍辈皆知此意者。集大成如杜甫氏，每以屈、宋、齐、梁并称，而不敢循流俗嗤诋之论，良以此。"[④] 这与我们前面所引王闿运《论唐诗诸家源流答陈完夫问》所言是一致的，只是邓绎一如既往地强调了《诗经》和《楚辞》具有同样的源泉力量。而其肯定杜甫学古态度之正确、成就取得之巨大，以为非但超越同时代之李白、王昌龄等，也影响了后来近千年诗人之创作，《藻川堂谭艺·唐虞》云：

---

① 释惠洪：《冷斋夜话》，中华书局，1988，第15—16页。

② 邓绎：《藻川堂谭艺》，蔡镇楚编《中国诗话珍本丛书》（十九），第657页。

③ 邓绎：《藻川堂谭艺》，蔡镇楚编《中国诗话珍本丛书》（十九），第657页。

④ 邓绎：《藻川堂谭艺》，蔡镇楚编《中国诗话珍本丛书》（十九），第717—718页。

少陵为诗，凌云健笔，气横九州，初不屑为缥缈附俗之辞，而辄称道齐梁不置，亦有时为新句，侧媚轻纤而不挺风骨，太白、龙标诸人不能及也。商隐视杜体小才劣，而思致幽刻，时或蹈其藩篱，与元、白之轻俗不侔矣。遗山起于数百载后，独能高挹其风，怀抱绝伟，神契不凡，非偶然耳。何、李刻意求工，诚为貌似，然未免以刻鹄贻讥。凤洲、于鳞、渔洋诸子，或猎其词采，肖其音声，偏趋孤韵，才力益非何、李敌矣。[①]

邓绎论诗，屡用杜甫《戏为六绝句》诗意，所谓"尊四杰而取齐梁"，为"王杨卢骆当时体"；"每以屈、宋、齐、梁并称"，乃是"窃攀屈宋宜方驾，恐与齐梁作后尘"；"少陵为诗，凌云健笔'，则是"凌云健笔意纵横"。而此处对元遗山的高度评价，是言其实践了杜甫的"不薄今人爱古人"。但我们前面所引王闿运之语，中云"遗山初无功力而成大家，取古人之词意而杂糅之，不古、不唐、不宋、不元，学之必乱"，则与邓绎此处对元遗山的评价截然不同，可见王、邓二人的分歧。而《湘绮楼说诗》卷二又有介绍邓绎评价明代前后七子的论述："邓辛眉，弥之仲弟也。聪悟尤过其兄。下笔千言，清谈娓娓。自明后论诗，率戒模仿，辛眉独谓七子格调雅正，由急于得名，未极思耳。自学唐而进之至于魏晋，风骨既树，文彩弥彰。及后大成，遂令当世不敢以拟古为病。"[②]细细品味，感觉也和前引邓绎《藻川堂谭艺·唐虞》对明七子的评价，有所不同。既言"七子风格雅正"，则是从大处着眼，加以肯定。而小处着手，只是有点"急于

---

① 邓绎：《藻川堂谭艺》，蔡镇楚编《中国诗话珍本丛书》（十九），第722—723页。

② 王闿运：《湘绮楼诗文集》，第2160页。

得名，未极思耳"。而"自学唐而进之至于魏晋"的诗学路径，其实就是王闿运认定的湖湘派之康庄大道。故其结果，必然是"风骨既树，文彩弥彰"。而"及后大成，遂令当世不敢以拟古为病"，则是王闿运的愿望。

其实，邓绎于宋人也不反感。其《藻川堂谭艺·比兴》曾云："唐宋两朝，韩、柳、欧、苏数人，能言文章肯綮，上掩陆机、刘勰。其他文人，至明代王、李辈，已不能道其本末，或心知其失，而耻讳不言，为盗声饰外计耳。"[1] 他在肯定宋人的同时，对明七子的抨击不遗余力。可见邓绎倡导的是创新，而其所反对的则是剿袭。邓绎所言，或为文章。但在晚清，诗文之祈向也往往会有关联。与学宋的同光体相契合的古文流派是桐城派，而湖湘派不仅在诗歌方面的宗趣是汉魏六朝，其古文也崇尚六朝。邓绎对桐城派奉为偶像的唐宋八大家的高度评价，谓其"能言文章肯綮，上掩陆机、刘勰"，似乎也突破了王闿运之平常所论。我们前引蔡冠洛《清代七百名人传·王闿运传》，其中王闿运与曾国藩论文，即谓国藩之文"欲从韩愈以追西汉，逆而难，若自诸葛忠武、曹武王以入东汉，则顺而易"。

六、"骚心选理"的维新

在《近代诗派与地域》中，被汪辟疆纳入湖湘派阵营的杨度、杨叔姬、曾广钧、程颂万、饶智元、陈锐和释敬安等，入民国还都在世，可算是湖湘派的新生代。他们多从王闿运学，故并不否定湖湘派"骚心选理"的传统。但对于宗学汉魏六朝，较之王闿运和邓氏兄弟等前辈作者，却有更大程度的自由裁量权，他们的所言和所为，堪称

---

① 邓绎:《藻川堂谭艺》，蔡镇楚编《中国诗话珍本丛书》(十九)，第 651 页。

"骚心选理"之维新。其中在诗坛影响较大、成就较高的，则是陈锐和曾广钧。

　　称陈锐为"骚心选理"的维新，是因为他还坚守着传统的诗学阵地。只是他从湖湘派"守八代初唐不变"的阵地，逐步向同光体江西派的"祖宋祧唐"靠拢。汪辟疆《近代诗派与地域》称其"初为选体，中岁以后，乃不为湘绮所囿，而以苍秀密栗出之，体益坚苍，味益绵远"。[①] 这于王闿运而言，似乎有背叛的嫌疑。夏敬观《抱碧斋集序》云：

　　　　咸、同间，湘人能诗者，推武冈邓先生弥之、湘潭王先生壬秋……武陵陈君伯弢从两先生游。始在湘中，专攻五言，魁冠侪辈。及来江南，谒南皮张文襄，座上论诗，以王派见薄。顾其时君诗体已稍变，门存倡和，遍及海内，而王先生方且虑君见异而迁。仆时纵谈君斋，以为陈古刺今，等于心作，后之所至，前者授之。文襄不喜人言汉魏，王先生不许人有宋，皆其隘也。君诺诺题吾言。[②]

　　可见，夏敬观是劝其改弦更辙、投靠同光体的说客。夏敬观先是交代了陈锐的学诗过程和已经取得的诗歌成就，所谓"始在湘中，专攻五言，魁冠侪辈"，是言其得湖湘派之真传。后到江南，"谒南皮张文襄，座上论诗，以王派见薄"，张之洞明确表示不能接受王闿运"沉潜汉魏"的诗学宗趣，这让陈锐感到左右为难。此时，夏敬观现身，他"纵谈君斋"，说"文襄不喜人言汉魏，王先生不许人有宋，

---

① 汪辟疆：《汪辟疆文集》，第 295 页。

② 夏敬观：《抱碧斋集序》，载陈锐《抱碧斋集》，第 1—2 页。

皆其隘也"。其实，夏敬观更要强调的，是"不许人有宋"之谬。而陈锐的"诺诺韪吾言"，说明其已经与同光体接近。在这里，夏敬观称陈锐"诗体已稍变"，原因是"门存倡和，遍及海内"，以致王闿运"虑君见异而迁"。所谓"门存倡和"，当时即有多种刊本，其中以陈锐所编《门存唱和诗钞》十卷、又续三卷收诗最夥，凡62位诗人、580首诗作。其《抱碧斋诗集》亦有《门存诗》一卷，凡38首。据陈锐《门存集序》称：

> 余不工七言律诗，偶作辄弃去。辛丑，需次白门，曾赋一律赠陈伯严，彼此旋叠韵至数十首，海内和者殆千数百首不止。伯严拈诗中起结韵，题为《门存集》，梓而行之，亦一时之盛也。①

可见，陈锐为自己能够首倡《门存诗》、并得到陈三立推波助澜的响应而沾沾自喜。他首倡之诗为《辛丑之秋试令江宁僦居乌衣巷一夕陈伯严见过谈次出所藏书牍伯严为多相与展玩咨嗟伤今触往既去作此奉酬》，今存《抱碧斋集》："楚天凉雨照吾门，黄叶声中又一村。钟鼎薜萝人寂寂，江山鼓角鸟喧喧。英雄尽卷前朝浪，灯火疑招隔世魂。知有高轩相过意，廿年纸墨为君存。"②正是这首诗，引发了"海内和者殆千数百首不止"的壮观场面，也激起了王闿运的担忧。那么，王闿运"虑君见异而迁"，《门存诗》相对湖湘派的诗学传统，究竟"异"在哪里呢？首先，《门存诗》的形式，是王闿运摒弃在汉魏六朝之外的七言律诗。尽管王闿运也写作七言律，但他是将其视为不

---

　① 陈锐：《抱碧斋集》，第70页。
　② 陈锐：《抱碧斋集》，第70页。

登大雅之堂的游戏文字。其次，王闿运创作七言律诗，更接近于晚唐温李的细腻纤秾，而不同于追求瘦硬奥涩的江西派。汪辟疆《光宣诗坛点将录》则谓陈锐所作"不拘拘于汉魏，亦不拘拘于三唐"，[①] 言外之意则是与宋人为近。再次，门存唱和的发起人是陈锐和陈三立，而主导者应该是陈三立。王闿运是忧其投入宋诗派阵营。我们查陈三立手自厘定的《散原精舍诗》，收录门存唱和之作 9 题 11 首，最早的一首为与陈锐呼应之作《过伯弢出示所藏旧札有诗志感次韵答之》。而潘益民、李开军编《散原精舍诗文集补编》，又从《门存诗录》中辑出 21 首。陈三立的门存唱和之作，不少是写在雅集场合，与其酬唱的诗人非常之多，其中如范当世、俞明震、姚永概、梁鼎芬等都力主学宋。陈三立是利用门存唱和来助推其宗宋诗风的扩散，也无意之中使得自己成了同光体的代表诗人，甚至逐步取代王闿运而成为清末民初诗坛之第一人，至少汪辟疆撰《光宣诗坛点将录》，以旧头领晁盖当诸王闿运，而以都头领宋江当诸陈三立，就是这样认为的。而陈锐《题伯严近集》五首，其一先说陈三立诗歌"气骨本来参魏晋，灵魂时一造黄陈"，是阐述其诗学之路，陈锐当然也认同，所以他接着说"故知文字通三昧，可向金茎认化身"。其二则是借褒扬陈三立，宣布了自己与湖湘派的决裂："诗到乾嘉界说芜，咸同作者各矜殊。踢翻高邓真男子，不与壬翁更作奴。"[②] 当然，钱仲联《近百年诗坛点将录》谓陈锐"诗学《选》体，不失师门矩矱。与散原诸人酬唱诸作，则出入他派矣"，[③] 似乎还是将其视作湖湘派"骚心选理"的维新。

曾广钧和另一位湖湘籍的晚清诗人李希圣，已经被钱仲联归入当时活跃在北京的西昆派诗群。《梦苕庵诗话》在回顾了《近代诗评》

---

① 汪辟疆：《汪辟疆文集》，第 385 页。

② 陈锐：《抱碧斋集》，第 67 页。

③ 钱仲联：《梦苕庵论集》，第 374 页。

将近代诗歌"括以四派"之后，又云：

> 实则近代诗派，此四者外，尚有西昆一派。此派极盛于光绪季年。尔时湘乡李亦元希圣、曾重伯广钧、吴县曹君直元忠、汪衮甫荣宝、我乡张璚隐鸿、徐少逵兆玮诸公，同官京曹，皆从事昆体，结社酬唱，相戒不作西江语。稍有出入，辄用诟病，一以隐约穠丽为工。亦元有《雁影斋诗》，重伯有《环天室诗》，俱惊才绝艳，名重艺林。①

当时在北京的吴下诗人相约以昆体为尚。因张鸿寓所在西砖胡同，故名其酬唱为"西砖"，以示宗趣。只是目前没有更多的文献资料可以证明，曾广钧、李希圣曾经参与吴下诗人在北京的"结社酬唱"。李希圣英年早逝，卒于光绪三十一年（1905），但他同样是湖湘派后期的中坚。汪辟疆《光宣诗坛点将录》即称："近诗人多祖宋祧唐，惟湖湘守八代初唐不变，湘绮而外，若重伯、实甫、陈梅根、饶石顽、李亦元、寄禅诸家，多尚唐音。"②

王闿运是将曾广钧当作湖湘派的后起之秀。《湘绮楼说诗》卷七谓其诗"浸淫六朝，格调甚雅，湘中又一家也"，③后题《环天室诗集》，又称："重伯圣童，多材多艺，交游三十余年，但以为天才绝伦，非关学也。今观诗集，蕴酿六朝三唐，兼博采典籍，如蜂酿蜜，非沉浸精专者不能。异哉，其学养之深乎！湖外数千年，唯邓弥之得成一家，重伯与骖而博大过之，名世无疑。"④"浸淫六朝""蕴酿六朝

① 钱仲联：《梦苕庵诗话》，第75页。
② 汪辟疆：《汪辟疆文集》，第370页。
③ 王闿运：《湘绮楼诗文集》，第2324页。
④ 王闿运：《环天室诗集题词》，载曾广钧《环天室诗集》卷首，宣统二年刻本。

三唐"是王闿运对曾广钧的评价，也是一种期许。而其所作近体诗与西昆为近，其实也是王闿运"骚心选理"阑入近体以后自我修正的特征之一。陈衍《近代诗钞》即云："湖外诗，古体必汉魏六朝，近体非盛唐则温李，王壬叟所为以湘绮自号，而呼重伯为圣童也。"[①]

但是，曾广钧作为曾国藩的孙子，其宗尚温李，也与家学渊源有关。曾国藩《读李义山诗集》云"渺绵出声响，奥缓生光莹。太息涪翁去，无人会此情"，[②] 既总结和赞叹了李商隐诗歌的特点与妙处，也交代了北宋以黄庭坚为代表的江西派与摹学李商隐的西昆体之间的契合。所以，汪辟疆《近代诗派与地域》尽管将曾广钧列为湖湘派诗人，但也说："曾重伯则承其家学，始终为义山，沉博绝丽，又出入于牧斋、梅村之间。"[③] 所谓"出入于牧斋、梅村之间"，倒是将其与吴地作者联系到了一起。因为张鸿、徐兆玮等都是常熟人，故他们又号虞山派，即以钱谦益为宗祖。当然，正是受家学的影响，曾广钧也有接受宋诗的倾向。故陈衍《近代诗钞》又言："然重伯阅书多、取材富，近体时溢出为排比铺张，不徒高言复古。句如'酒入愁肠惟化泪，诗多讥刺不须删''已悲落拓闲清昼，更著思量移夕晖''宅临巴水怜才子，村赴荆门产美人'，又作宋人语矣。"[④]

我们可以说，学习温、李，尚没有突破王闿运"骚心选理"的底线，而学宋，则是湖南之地在湖湘派之前的一时风尚。陈衍心目中道、咸时期宋诗派之代表诗人，其中何绍基、魏源、曾国藩都是湖南人，而郑珍、莫友芝则是毗邻湖南的贵州人。我们特别要关注的，是曾广钧与晚清新派诗人黄遵宪、梁启超等的交往和交流。受其影响，

---

①　陈衍编辑《近代诗钞》，第 1136 页。

②　曾国藩著，王澧华校点《曾国藩诗文集》，上海古籍出版社，2005，第 40 页。

③　汪辟疆：《汪辟疆文集》，第 295 页。

④　陈衍编辑《近代诗钞》，第 1136 页。

他与被称为"旧派"的王闿运等湖湘派诗人渐行渐远。他们致力于政治维新，同时也将维新的内容写入诗中。因此，曾广钧对"骚心选理"的湖湘派也施行了"诗界维新"。光绪二十三年（1897），黄遵宪有《酬曾重伯编修》二首：

> 诗笔韩黄万丈光，湘乡相国故堂堂。
> 谁知东鲁传家学，竟异南丰一瓣香。
> 上接孟荀骈论纵，旁通《骚》赋楚歌狂。
> 澧兰沅芷无穷竟，况复哀时重自伤。
>
> 废君一月官书力，读我连篇新派诗。
> 《风》《雅》不亡由善作，光丰之后益矜奇。
> 文章巨蟹横行日，世变群龙见首时。
> 手撷芙蓉策虬驷，出门惘惘更寻谁？①

　　第一首叙述曾广钧之家学。但次联所云，则是曾广钧并不恪守曾国藩学习江西派的传统。东鲁，曾参之谓也，而南丰，是言曾巩。其中也谈到了湘中"骚心选理"的诗学传统，即所谓"上接孟荀骈论纵，旁通《骚》赋楚歌狂"。第二首曾在梁启超主编、日本出版的《新民丛报》第三年（1904）第4号率先发表，所谓"《风》《雅》不亡由善作"，"作"在《新民丛报》为"变"。黄遵宪在此诗《自序》中说："重伯序余诗，谓古今以诗名家者，无不变体，而称余善变，故诗意及之。"可惜曾广钧此序已散佚，只是徐仁铸在《人境庐诗草跋》中谈到"曾重伯论诗之变，纵横上下，实大声宏，洵诗序中奇

---

① 黄遵宪著，钱仲联笺注《人境庐诗草笺注》，上海古籍出版社，1981，第761—762页。

作"。① 晚清以新学为诗，当时所称，则有"新派诗""新学之诗"和
"诗界革命"等。一般认为，当以"新派诗"为最早，而且就是见之
于黄遵宪此诗。但是，黄遵宪是否采自"曾序"，就不得而知了。其
实，黄遵宪等新派诗人论诗，也没有撇开中国所有的诗学传统而另起
炉灶，他们追求的是新意境和新语句融入古风格，所以与湖湘派诗人
还是有通声气的地方。当时名家跋黄遵宪《人境庐诗草》，如何藻翔
谓其"五古奥衍盘礴，深得汉魏人神髓"，而俞明震更言其"七古沉
博绝丽，然尚是古人门径。五古具汉魏人神髓，生出汪洋诙诡之情"，
且称这竟是其新派诗"能于杜韩外别创一绝大局面"的重要原因。②
因此，我们好像只能以"维新"、而不能以"革命"来称呼黄遵宪、
曾广钧在此方面的努力。须知，钱仲联、钱锺书等都曾以"诗界维
新"来称呼当时的诗歌新变。

当然，维新只是尝试，只是前奏。中国之社会，在维新之后必然
迎来一场革命，无论是政治，还是文学。20 世纪的社会翻天覆地，已
经充分证明了这一点。它改变了中国的历史，也改变了中国的现状。

---

① 黄遵宪著，钱仲联笺注《人境庐诗草笺注》，第 1087 页。
② 黄遵宪著，钱仲联笺注《人境庐诗草笺注》，第 1084—1085 页。

"同光体"兴起的时代背景和反映的时代精神

    19世纪末至20世纪初，中国社会经历了强烈的震荡与深刻的变化，由于民族危机的刺激，西方思潮的影响，以及历史进步的要求，伴随思想文化领域内的除旧布新，各种新兴文学样式不断萌生、成长。在新派小说、散文、戏剧渐露代兴之势的同时，旁观年届垂暮的中国古典诗歌，竟也出现了流派纷呈、诗作繁富的场面。"诗界革命"独树一帜，自然令人耳目一新，而作为晚清宋诗运动余响的"同光体"，并未让位于新派诗，相反却兴盛一时，也为近代诗坛增色不少。

    "同光体"以效学宋诗为主，提倡学人之诗与诗人之诗合一，代表人物有陈衍、陈三立、沈曾植、郑孝胥等，大都成名于光绪年间，并以诗学相传，延及民国。"同光体"在其发展过程中，与政治改良不尽合拍，更与社会革命发生抵牾，即文学圈内，也时招非议：梁启超有"只益生硬，更无余味"[1]之评，章炳麟有"歌诗失纪"[2]之讥，

---

[1]　梁启超：《清代学术概论》，上海古籍出版社，1998，第101—102页。

[2]　章太炎：《国故论衡》，上海古籍出版社，2003，第90页。

柳亚子至以"嫠妇""驴夫"比之"同光体"诗人。① 但这些并未致"同光体"于死地，它是与古典诗歌乃至整个旧文学同步趋衰的。正视"同光体"称盛近代这一客观现象，探寻其社会的、文学的原因，给予公正恰当的评价，是近代诗歌研究的一大课题。

一、暗通时代气运

"同光体"兴起的年代，正是帝国主义列强瓜分中国、社会矛盾日见尖锐、晚清时局急转直下的光绪年间，康有为称"四千年中二十朝未有之奇变"，② 严复惊呼道："观今日之世变，盖自秦以来未有若斯之亟也。"③ 维新派人士正是因世变而提出了改良变法的政治要求。梁启超断定唯有主动变法，方"可以保国，可以保种，可以保教"。④ 谭嗣同思"别开一种冲决网罗之学"，⑤ 黄遵宪主"大开门户，容纳新学"，⑥ 而各体新派文学的相继崛起，可以说正顺应了举国上下的变法潮流。活跃于此时的"同光体"，以学宋为职志，思考其与社会亟变、人心思改的晚清世运存在的内在联系，是正确认识这一诗歌流派的关键所在。

光绪间，尽管有梁启超、黄遵宪等倡导的"诗界革命"，有王闿运、邓辅纶的汉魏六朝派，张之洞、李慈铭的唐诗派，但"这个时

① 柳亚子：《妄人谬论诗派书此折之》，载《磨剑室诗词集》，上海人民出版社，1985，第256页。

② 康有为：《京师保国会第一次集会演说》，载《康有为全集》（四），中国人民大学出版社，2007，第57页。

③ 严复：《论世变之亟》，载《严复集》（一），中华书局，1986，第1页。

④ 梁启超：《变法通议》，载《饮冰室合集》文集之一，中华书局，1989，第8页。

⑤ 谭嗣同：《与唐绂臣书》，载《谭嗣同集》，浙江古籍出版社，2018，第194页。

⑥ 黄遵宪：《致梁启超函》，载《黄遵宪全集》，中华书局，2005，第433页。

代之中，大多数的诗人都属于'宋诗运动'"。①汪辟疆在认为"同光体"不过近代诗之一派的同时，也指出"其诗流布至广，影响至深"。②"同光体"以宗宋为主，自可视为复古诗派。但简单的归类无补于对这一诗派的深刻了解。"同光体"使宋诗重炽，必有其时代原因，所谓"文变染乎世情，兴废系乎时序"，③是古人早已通晓的道理，而考察宋诗本身的成因及其时代特点，则有助于发现"同光体"与宋诗的契合之处。

　　历史往往会出现相似的一幕，在封建王朝的兴亡更迭中尤其突出。如果从清末回溯到11世纪、12世纪，就会看出，宋代也处在急剧动荡变化的历史时期，外战不断，内乱不已，与国力强盛的唐代相比，明显呈下落之势。时代人心的转变，必然促使诗歌发生内容或者形式上的变化。建安之乱，孕育出"五言腾踊"的局面，东晋偏安，推动了"庄老告退，而山水方滋"，继唐诗而兴盛的宋诗，同样是宋代时世变局的产物。世道既变，诗亦因之，明袁宏道论及宋诗时就指出："至其不能为唐，殆是气运使然，犹唐之不能为《选》，《选》之不能为汉、魏耳。"④如果没有宋代党争激烈、官吏倾轧和中原失地、百姓多难种种社会现象，就不会出现王安石、苏轼、黄庭坚、陆游等命运坎坷、时现不平情志的诗人；如果没有宋代道学的笼盖，就不会有宋诗的重理尚学、好作说教，而疆域内缩、情欲受抑，文人心胸气局在限制中求伸展，又造成了宋诗深折奇崛、细微密栗的诗色。缪钺先生在《论宋诗》一文中说：

---

① 胡适：《五十年来中国之文学》，载《胡适文存》（二），华文出版社，2013，第186页。

② 汪辟疆：《近代诗人述评》，《南京大学学报》1962年第1期。

③ 刘勰著，范文澜注《文心雕龙注》，人民文学出版社，1962，第675页。

④ 袁宏道：《丘长孺》，载袁宏道著，钱伯城笺校《袁宏道集笺校》，上海古籍出版社，2008，第284页。

> 各时代人心力活动之情形不同，故其表现于诗者风格
> 意味亦异也。宋代国势之盛，远不及唐，外患频仍，仅谋
> 自守，而因重用文人故，国内清晏，鲜悍将骄兵跋扈之祸，
> 是以其时人心，静弱而不雄强，向内收敛而不向外扩发，喜
> 深微而不喜广阔。①

这正是从诗歌与时代的特殊关联这一角度，来论证宋诗自成面
目的缘由。

进而对照光绪年间，清王朝已从康、乾"盛世"跌入谷底，外患
内忧，国势衰颓，较赵宋更甚。清末维新派的变法与王安石的变法，
在"变"的对象和方法上，虽有区别，但都体现了改革弊政、扫转厄
运的社会要求。"同光体"与宋诗一脉相承，也同各自的时代背景相
似有关。"同光体"诗人在时代精神的感召下，早期大都卷入了维新变
法运动：林旭倡建闽学会，参加保国会，为戊戌殉难"六君子"之一；
陈三立列名上海强学会，助父陈宝箴推行新政，使湖南领全国风气之
先；沈瑜庆好言新政，还送子赴欧留学。他如沈曾植、陈衍、袁昶等，
或研究新学，或筹设报馆，或创办铁路，都不同程度地在改良活动中
一显身手。连身为帝傅的陈宝琛，也有过加入强学会、出资助刻译书
的经历。可见，政治上求改良与艺术上学宋诗在"同光体"诗人邪里
得到了统一。尽管这些学宋诗人是被时代潮流裹挟着向前去的，但无
论如何不能因其学宋而将他们置于历史的对立面。其实，即使是激进
的维新派人士，在当时也并没有排斥宋诗，更没有视"同光体"诗人
为敌。由云龙《定庵诗话》称："戊戌六君子所为诗歌，皆近宋体。"②

---

① 缪钺：《论宋诗》，载《缪钺全集》(二)，河北教育出版社，2004，第 165 页。
② 由云龙：《定庵诗话》，张寅彭主编《民国诗话丛编》(三)，上海书店出版社，2002，第
583 页。

谭嗣同《报刘淞芙书二》云："即有宋儒先以性理为诗，至为才士深诟，然平心论之，惟《击壤集》中有过于俚率者，至于宋之朱子，明之陈白沙，在声调排偶之中，仍不乏超然自得之致，此诣又何易几及也。"[①]其他如翁同龢瓣香苏、黄，力倡宋调；严复心仪荆公，多有和作；张荫桓接武东坡，歌行尤肖。许多维新干将与"同光体"首领保持着密切关系，康有为数造沈曾植，沈曾植规其"再读十年书"，[②]康则赞沈"识抱奇特，好学深思"，为"一时寡俦"。[③]黄遵宪与陈三立结有深交，尝寄诗称陈"雁行我兄弟"。[④]梁启超早年应陈宝箴之聘，主讲湖南时务学堂，与陈三立堪称同道，后又问诗法于陈衍，并在自己主编的《庸言杂志》上，为陈衍刊行《石遗室诗话》。如果"同光体"与所处的时代毫无相通之处，是不可能出现上述情形的。当然，一些"同光体"诗人最终未能顺应历史发展的方向，违背了政治上的初衷，但我们不能据此否定他们曾经与时代的脉搏产生过共振。

众所周知，晚清宋诗运动并不发轫于光绪年间，而始于道光、咸丰朝。陈衍《石遗室诗话》云："道、咸以来，何子贞绍基、祁春圃寯藻、魏默深源、曾涤生国藩、欧阳磵东辂、郑子尹珍、莫子偲友芝诸老，始喜言宋诗。"[⑤]而这时期不仅是宋诗运动的开端期，也正是时势衰变的转折期。龚自珍觉察到这是一个"士不知耻"的年头，"封疆万万之一有缓急，则纷纷鸠燕逝而已"。[⑥]魏源担心乱世将临，到

---

① 谭嗣同：《报刘淞芙书二》，载《谭嗣同集》，第15页。

② 王蘧常编著《沈寐叟年谱》，商务书馆，1938，第23页。

③ 康有为：《与沈刑部子培书》，载《康有为全集》(一)，第236页。

④ 黄遵宪：《寄题陈氏崝庐》，载黄遵宪著，钱仲联笺注《人境庐诗草笺注》，上海古籍出版社，1981，第1065页。

⑤ 陈衍：《石遗室诗话》，朝华出版社，2017，第5页。

⑥ 龚自珍：《明良论二》，载《龚自珍全集》，上海人民出版社，1975，第32页。

了"心之忧矣，不遑假寐"①的地步。王韬认为鸦片战争后，西方列强"航海东来，聚之于一中国之中，此固古今之创事，天地之变局"。②光绪时的亟变，是道、咸变局恶化的后果，也是旨在"扶持纲常、涵抱名理"③的近代早期宋诗运动的继响。维新变法的失败，丝毫没能遏止国家颓势，社会危机更加深重，适合宋诗生长的土壤依然存在，使"同光体"得以步道、咸时期宋诗运动后尘而再放异彩。这种诗歌与时代共向发展的现象，既说明了"同光体"产生于特定的社会背景，又预示着必然遭到的悲剧命运。对此，陈衍倒是看得很清楚的："（祁）文端、（曾）文正时，丧乱云臲，迄于今变故相寻而未有届，其去《小雅》废而诗亡也不远矣。"④

"同光体"的时代特点，还表现在它与晚清早期宋诗运动的风格差异。道、咸时期国力尚未衰竭，故胸存扭转世运之志，诗亦常露奇雄兀傲之态。程恩泽诗"排奡妥帖，力健声宏，琅琅乎若鸾凤之唳于穹霄也"。⑤何绍基诗"横览万象，兀傲雄浑"。⑥尤其是肩负"中兴"大任的曾国藩，忧名位声响，自称："恨当世无韩昌黎及苏、黄一辈人可与发吾狂言者。"⑦所为诗如"共扶元气回阳九，各放光明照大千"、⑧"大开户牖吐真气，倒决江河放清辩"，⑨都带有这一时期宋派诗人指望有

---

① 魏源：《治篇二》，载《魏源全集》（十三），岳麓书社，2011，第 36 页。

② 王韬：《变法上》，载《弢园文录外编》，上海书店出版社，2002，第 10 页。

③ 何绍基：《题冯鲁川小像册》，载《何绍基诗文集》（二），岳麓书社，2008，第 730 页。

④ 陈衍：《近代诗钞述评叙》，载钱仲联编校《陈衍诗论合集》，第 875 页。

⑤ 张穆：《程侍郎遗集初编序》，载《程侍郎遗集》，道光二十五年刻本，"序"第 2 页。

⑥ 苗夔：《使黔草叙》，载何绍基著，曹旭校点《东洲草堂诗集》，上海古籍出版社，2012，第 893 页。

⑦ 曾国藩：《曾文正公家书》，团结出版社，2015，第 82 页。

⑧ 曾国藩：《次韵何廉昉太守感怀述事十六首》，载《曾国藩全集》（十四），岳麓书社，2011，第 81 页。

⑨ 曾国藩：《送周文泉大令之官城武》，载《曾国藩全集》（十四），第 55 页。

用于世的所谓"雄直之气,驱迈之势",[①] 而"同光体"诗人,大都在改良大潮中急流勇退,他们看到了专制王朝难以为继的总趋势,却又对黑暗现实无可奈何,"凭栏一片风云气,来作神州袖手人",[②] 便是他们的真实写照。本已位卑,更遭落魄,虽未泯济世之志,总嫌底气不足。陈衍深感"时既非天宝,位复非拾遗",作出了"所以少感事,但作游览诗"的自我表白。[③] 沈曾植的"浩劫微生聚散看,空江老眼对辛酸"、[④] 陈宝琛的"入峡海潮还出峡,和沙淘尽可怜生",[⑤] 痛定思痛,哀婉凄切,都不难看出气数将尽的清末社会在"同光体"诗人身上留下的阴影。惨佛《醉余随笔》议论郑孝胥诗时所作的分析,也正觉察到了这一点:"郑诗境界太狭,无复雄博气象。则亦时代为之乎?"[⑥]

二、力应学古变机

"世运有治乱,文运有盛衰。"[⑦] 每一种形态的文学艺术本身,在与社会政治、思想文化等外部因素的交互作用下,有其不断盛衰递交的过程,诗歌也不例外。清人于诗,以学古为尚,祖唐祧宋,争奇角胜,贯穿于有清一代。"有明之际,凡称诗者,咸尊盛唐,及国初

---

① 曾国藩:《复吴敏树》,载《曾国藩全集》(三十一),第563页。

② 陈三立:《高观亭春望》,载陈三立著,李开军校点《散原精舍诗文集》(增订本),上海古籍出版社,2014,第737页。

③ 陈衍:《杂感十七首》,载《陈衍读本》,福建教育出版社,2017,第50页。

④ 沈曾植:《石遗书来却寄》,载沈曾植著,钱仲联校注《沈曾植集校注》,中华书局,2001,第323页。

⑤ 陈宝琛:《沧趣楼杂诗》,载陈宝琛著,刘永翔、许全胜校点《沧趣楼诗文集》,上海古籍出版社,2006,第63页。

⑥ 惨佛:《醉余随笔》,《民权素》第7集,1915年6月。

⑦ 叶燮:《百家唐诗序》,载陈伯海主编《历代唐诗论评选》,河北大学出版社,2003,第855页。

而一变，诎唐而尊宋。"①清初钱谦益首先力主兼采中晚唐、宋元，汪琬、宋荦、查慎行等更极力为宋诗张目。"神韵说"代表王士禛虽近唐之王、孟，却也取法宋之欧、苏、黄、陆诸家。康熙中叶后，沈德潜不满"竞尚宋元"之风，企图重振"鲸鱼碧海""巨刃摩天"的盛唐气象，打出"格调"旗号，紧继沈氏而起并风靡诗坛者，有袁枚为首的"性灵派"，这一派不分古今、不判唐宋，专以性情求高下。"性灵派"勇于冲击正统的诗学观念，但不免有纤巧浮薄之习，迁延至嘉庆年间，其弊愈甚，使清诗又面临不得不变的转折关头。金天羽回顾总结，有云：

> 诗至嘉、道间，渔洋、归愚、仓山三大支，皆至极敝，文敝而返于质。曾文正以回天之手，未试诸功业，而先以诗教振一朝之坠绪，毅然宗师昌黎、山谷，天下向风。②

晚清宋派诗便在清初以后再度出现高潮，这个高潮以其强大的惯性，流波及于同、光、民初。由云龙《定庵诗话》云：

> 洎祁文端、曾文正出，而显然主张宋诗。其门生属吏遍天下，承流向化，莫不瓣香双井，希踪二陈。迄于同、光之交，郑子尹、莫子偲倡于前，袁渐西、林晚翠暨散原、石遗、海藏诸公继于后，他如诸贞壮、李拔可、夏剑丞，皆出入南北宋，标举山谷、荆公、后山、宛陵、简斋以为宗尚，清新警拔，涵盖万有。③

---

① 叶燮：《三径草序》，载《己畦集》卷九，康熙二弃草堂刻本。
② 金天羽：《答苏戡先生书》，载《天放楼诗文集》，上海古籍出版社，2007，第796页。
③ 由云龙：《定庵诗话》，《民国诗话丛编》（三），上海书店出版社，2002，第563页。

可见，"同光体"在清代宋派诗升降演化过程中，正处于另一个高峰，这里除了时代赋予的契机外，还是各学古诗派相互纠偏，彼此消长的结果。"同光体"的出路只有扬长避短，翻新应变，才能最大限度地维持宋派诗的地位，避免过早趋衰。而宋诗的特质和学宋诗人的个性，正为"同光体"利用学古变机，作时间、空间上的扩展，提供了有利条件。

唐代是中国古典诗歌的鼎盛期，也是诗歌艺术的成熟期。从诗歌发展的要求看，宋诗唯有变唐，才能别开一路，再得生机；同时，又须在变唐的前提下形成自身的风格特征，才能使这种要求变为可能。钱锺书先生在解释叶燮《原诗》论述何景明《与李空同论诗书》，有关李梦阳诗"入宋调"时指出，叶燮对唐宋诗的划分，"亦本乎气质之殊，非仅出于时代之判"。[1] 可见，清初诗论家叶燮已经注意到了宋诗和唐诗不仅产自异代，而且各有异质，否则李梦阳"不读唐以后书"，是不可能与宋人"遥契吻合"的。一般认为，宋诗"气质之殊"，在于重事理、多议论、好故实、喜奇字，在于导源前代、博采众家而各成面目。袁宏道称宋诗"于物无所不收，于法无所不有，于情无所不畅，于境无所不取"；[2] 翁方纲论"宋人精诣，全在刻抉入里，而皆从各自读书学古中来"；[3] 陈衍谓"唐诗至杜、韩而下，现诸变相，苏、王、黄、陈、杨、陆诸家，沿其波而参互错综，变本加厉耳"；[4] 以上各家所论，从不同角度对宋诗特质作了说明，并在客观上成为学宋诗人的理论依据。

---

[1]　钱锺书：《谈艺录》(补订本)，中华书局，1984，第313页。

[2]　袁宏道：《雪涛阁集序》，载袁宏道著，钱伯城笺校《袁宏道集笺校》，上海古籍出版社，1981，第710页。

[3]　翁方纲：《石洲诗话》，人民文学出版社，1981，第120页。

[4]　陈衍：《石遗室诗话》，第256页。

此外，专尚或兼容宋诗者，大凡为负奇善变之人。钱谦益有"天巧星"①之目，且"教人作诗惟要识变"；②汪琬"性狷介"，"不合于流俗"；③曾国藩"要其天资，亟功名善变人也"。④而"同光体"诗人亦多此类，袁昶"负奇秉"，"蓄敏锐之气"；⑤陈三立"才识通敏，倜傥有大志"；⑥范当世"平生兀傲颇放类阮嗣宗"；⑦郑孝胥"自负经世之略，好奇计"。⑧他们生有奇赋，身历奇境，与宋诗的特殊气质能产生自然的互通。"宋人无不可状之景，无不可罄之情，故负奇之士，不趋宋不足以泄其纵横驰骤之气，而逞其赡博雄悍之才。"⑨"同光体"诗人正是朝着趋宋的方向，扩大题材、锤炼功力、变换手法，探索旧体诗的变古之路。

将前所未闻未见的域外事物、西方思想入诗，为宋派诗注进点滴新鲜血液。陈衍曾在诗中反映资本主义经济学观点："窃思挽时局，财政宜秩秩。硬货定本位，纸币相辅弼。中央集散法，制限曲伸律。股券若泉流，国事理如栉。"⑩袁昶将欧人的天文学知识写进其《地震诗》："又闻欧罗巴人，算天九，算地九。又测五纬之外新五大星，地圜如大球。"⑪陈宝琛政治上是清朝遗老，诗中却并非全为迂论。

①　参见王绍徽《东林点将录》，清抄本。

②　冯班：《钝吟杂录》，商务印书馆，1937，第46页。

③　陈廷敬：《翰林编修汪先生琬墓志铭》，载钱仪吉纂，靳斯标点《碑传集》（四），中华书局，1993，第1264页。

④　章太炎：《訄书》（重订本），载《章太炎全集》（三），上海人民出版社，1984，第335页。

⑤　谭献：《浙江乡人诗序》，载《复堂文续》卷二，《清代诗文集汇编》（七二一），上海古籍出版社，2010，第218页。

⑥　吴宗慈：《陈三立传略》，载《散原精舍诗文集》（增订本），第1509页。

⑦　狄葆贤：《平等阁诗话》，西北大学出版社，2019，第4页。

⑧　钱基博：《现代中国文学史》，商务印书馆，2011，第316页。

⑨　邵长蘅：《研堂诗稿序》，载《青门剩稿》卷四，《常州先哲遗书》本。

⑩　陈衍：《太息一首送河漱如侗归日本》，载《陈衍读本》，第84页。

⑪　袁昶：《地震诗》，载《渐西村人初集》诗四，光绪二十年避舍盖公堂刻本，第13页。

《送复儿游学日本》一诗告诫其子："古书新法泱泱风，今日一家孰胡汉"，"出门攻错慎自求，开卷精华要常玩"。① 另如《十一月十五日夜舟行缅甸海》《舟行南海》《自巴达威至茂物》《归乘英邮船戏作》等，对异国风情表现了浓厚的兴趣。陈三立更是直接肯定资产阶级的"民主自由"："卓彼穆勒说，倾海挈众派"，"萌芽新道德，取足持善败"。② 这类诗在"同光体"诗人集中并不多见，对西方学说的理解也不完全确切，但是，他们不囿于旧学，试图将古老的艺术形式去包容全新的思想内容，显示出一定的胆识和变革精神。此外，"同光体"诗歌尽含从国家朝政、中外战局到地方风物、身边琐事等各种内容，并时时杂以对人生的咏叹、对朋友的追怀以及对学问的卖弄，但毕竟少有越出宋人范围者。

"同光体"诗人创变古新路，主要反映在艺术追求上的苦心孤诣，他们对前人的学古得失——眼观心照，深知专尚某派某家，终将因取径太狭而难去模拟之迹，所以"同光体"诸家都能运用宋人变古手段，转益多师。陈衍标榜"于诗不主张专学某家"，对日本铃木虎雄所论"专主张江西派"，以为"大不然"，重申"大家诗文，要有自己面目，决不随人作计。自《三百篇》以逮唐宋各大家，无所不有，而不能专指其何所有"。③ 陈衍弟子黄曾樾推其诗"不唐不宋不汉魏不六朝，亦唐亦宋亦汉魏亦六朝"。④ 陈三立"得力固在昌黎、山谷，而成诗后，特自具一种格法，精健沉深，摆脱凡庸，转于古人全无似

---

① 陈宝琛著，刘永翔、许全胜校点《沧趣楼诗集》，第80页。

② 陈三立：《读侯官严复氏所译英儒穆勒约翰群己权界论偶题》，载《散原精舍诗文集》（增订本），第83页。

③ 钱基博：《现代中国文学史》，第298—299页。

④ 黄曾樾：《陈石遗先生谈艺录序》，载刘逸生《诗话百一抄》，中国青年出版社，2016，第160页。

处"。① 范当世"其诗有得于小雅，能奄有宋诸大家之胜"。② 正因为"同光体"诗人深谙兼收并蓄的学古之道，并在诗歌实践中竭力脱化古貌，才确立了个人的诗歌地位。

为使"同光体"有更大的回旋余地，陈衍等"同光体"首领甚至不以宋诗派自命，而打出"不专宗盛唐"的旗号，明言不必强分唐、宋，因"宋人皆推本唐人诗法，力破余地"。③ 无论是陈衍的诗莫盛于开元、元和、元祐的"三元"说，还是沈曾植的学诗须通元祐、元和、元嘉的"三关"说，都企图在理论上广开门径，避免学古走入偏执一端的歧路。"同光体"诗人广泛的艺术宗趣，加以各人师承、地域、学养、交游等因素，形成了"同光体"派内有派、风格多样的格局。与晚清早期宋诗派相比，照陈衍的说法，除有陈三立、沈曾植为代表的"生涩奥衍"派外，另开出道光以来"颇乏其人"的"清苍幽峭"一派，此派以郑孝胥为首，其实陈衍本人亦为头领。④ 如果以学江西派作为道、咸时期宋诗运动的主要标志，那么显然无法囊括"同光体"的各派各家了。对此，钱仲联先生《论同光体》一文，曾作过详尽精到的分析。

就诗家个人而言，大多"同光体"诗人都难与某一种具体的前人风格相提并论，因为他们在变古的路上左冲右突，作过多种尝试。陈衍在谈论己作《石遗室诗续集》时说："鄙人续刻诗二卷，足下当已有之？似近来之我，颇非昔时之我。形容变尽，语音亦变。"⑤ 其诗

---

① 李渔叔：《鱼千里斋随笔》，文海出版社，1981，第52页。

② 狄葆贤：《平等阁诗话》，第88—89页。

③ 陈衍：《石遗室诗话》，第10页。

④ 陈衍：《石遗室诗话》，第57—58页。

⑤ 陈衍：《致陈柱》，载刘小云编著《陈柱往来书信辑注》，广西师范大学出版社，2015，第77页。

主要有会于梅尧臣、陈师道、杨万里、陆游等宋贤诸家，而上窥唐韩愈，[1] 风格原属"清苍幽峭"一路，但"晚近颇喜用俗语俚字搀入"，[2] 则为学白居易所致。陈三立"少时学昌黎、学山谷，后则直逼薛浪语"，[3]"辛亥乱后，则诗体一变，参错于杜、梅、黄、陈间矣"。[4] 沈曾植初喜张籍、李商隐、黄庭坚，继学梅尧臣、王令，晚出入杜、韩、梅、王、苏、黄间。[5] 其中以郑孝胥尤称多变，"三十以前，专攻五古，规橅大谢，浸淫柳州，又洗炼于东野"，"三十以后，乃肆力于七言，自谓为吴融、韩偓、唐彦谦、梅圣俞、王荆公，而多与荆公相近"。[6]"同光体"诗人从个体到群体几乎都存在前后诗风不一的现象。他们在几十年内，使出浑身解数，重演千百年来前人的神态，并不时变换艺术套路，直至古典诗歌落下大幕的一刻。

三、难脱没落命运

"同光体"受时代触动、应诗变要求，在近代诗坛有声有色地表演了一阵，而随着封建专制王朝的走向覆灭，旧文学的渐趋式微，终于未能摆脱没落的历史定数。"同光体"的兴盛并不决定于一批学宋诗人的主观臆造，同样，它的衰落也非人力所能阻止。

晚清经历了剧烈的政治、思想动荡，但没有使中国社会改变半殖民地、半封建性质。早期的维新志士和接受改良思想的知识分子，

①　参见钱基博《陈石遗先生八十寿序》，《光华大学半月刊》第 3 卷第 7 期，1935 年 3 月。

②　由云龙：《定庵诗话》，《民国诗话丛编》（三），第 585 页。

③　陈衍编辑《近代诗钞》，商务印书馆，1935，第 984 页。

④　陈衍：《石遗室诗话》，第 359 页。

⑤　参见陈衍《沈乙庵诗序》、汪辟疆《光宣诗坛点将录》。

⑥　陈衍：《石遗室诗话》，载陈衍撰，钱仲联编校《陈衍诗论合集》，第 9 页。

随着改良运动的失败而转向消沉，甚至抗拒革命新潮的到来。"同光体"诗人也成了落伍者，而且在政治方向和人生前途的选择上出现了分化。陈宝琛废居乡里二十余年，辛亥后怂恿溥仪复辟，以遗老终身；陈三立戊戌后筑室南昌，卜居宁、沪等地，一生未竟功业；沈曾植流寓沪渎，除张勋复辟时诏授学部尚书外，终老以著述为事；郑孝胥入民国，由追随废帝而变为叛国蟊贼。他们本没有钱谦益的声响、曾国藩的高位，又销蚀了早年的胸襟锐气，必然缺乏号召力，难以吸引后起诗人聚集在宋诗的旗帜下。因师承、地域以及相互影响等关系结成的诗歌流派，随着领袖人物的分化和自然衰老，未能产生新的掌印者，"同光体"全盛局面的不得为继，也就势所难免。从诗人角度而论，"同光体"没落的偶然性因素或许仅在上述所言。"同光体"诗人到了后期，确实不代表历史前进的方向，但如果以"同光体"诗人的政治身份来断定"同光体"必入穷途，就无法解释以进步人士为主干的"诗界革命"和南社，同样在诗歌史上匆匆一过。

我们认为，"同光体"衰亡的深层原因在于：

旧格难容新世。"五四"前的中国社会虽然仍有"同光体"存在的土壤，但并不等于旧体诗还有长久兴盛的天地。内外矛盾的运动，中西文化的交会，新旧观念的碰撞，波及社会的各个方面，引发出无数的新现象、新事物。倾向于"同光体"的南社诗人林庚白曾云：

> 清戊戌维新，迄于民国，远沿五口通商之旧，近经辛亥与丁卯革命之变，文物典章，几于空前，生活之因革，虽或矛盾杂陈，要其于人情与风俗之推移，实为有史以来之创局。[①]

---

① 林庚白：《丽白楼诗话》，载《子楼随笔 庚甲散记》，浙江大学出版社，2018，第184页。

　　这样的局面，本来应是诗家之幸事，清末民初的旧体诗歌也部分地反映了这个新异复杂的现实社会，其中以"诗界革命"、南社诗歌尤为突出，而"同光体"也利用宋诗的特质对种种新现象、新事物作了最大限度地包容。但是，以儒家学说为精神内核、以载道劝化为功利目的、以古雅守律为语言特征的旧体诗歌，却从根本上阻碍了诗材的发掘，窒息了诗歌的生机。"同光体"为近代传统诗歌的重要流派，无疑也有这样的致命伤。陈宝琛"所为诗终始不失温柔敦厚之教"，[①] 郑孝胥"得风人之旨"，[②] 沈曾植主张诗可为"见道因"，[③] 陈衍"诵诗如闻政，尤能振纪纲"。[④] "同光体"诗作中还时常流露出对上古政治的仰慕，对统一王朝的依恋，对"达则兼善天下，穷则独善其身"处世哲学的肯定。这些不但与礼崩乐坏、封建独裁政权内外交困的严酷现实相凿枘，为明涨暗涌、逐渐壮大的革命潮流所不容，更因其在新形势下走向自我封闭，而失去了传统诗歌赖以生存、传远的要素——真情。另外，"同光体"以学问为诗料，执着于格律的精细，词句的雕琢，也与新兴文学的通俗化、平民化要求格格不入。

　　化古而不前瞻。纵观清代诗歌发展的历史，几乎每个流派、每种风格都交织着学古前提下的承与变的矛盾。贯穿着学唐与学宋的争执，这对再现古典诗歌的形神风貌、丰富传统诗学的理论建树，是有利的。但是，清人的通病也正在只善于盯着古人换花样，而不愿意朝前看，"同光体"诗人未能免于此病。他们认为"天地英灵之气，古之人盖先得取精而用宏矣"，[⑤] 后人须"导引自具之性情，以与古之能

①　陈三立：《沧趣楼诗集序》，载《散原精舍诗文集》（增订本），第1112页。
②　由云龙：《定庵诗话》，《民国诗话丛编》（三），第562页。
③　沈曾植：《与金潜庐太守论诗书》，载《海日楼文集》，广东教育出版社，2019，第30页。
④　陈衍：《石遗室诗话》，朝华出版社，2017，第723页。
⑤　陈衍：《剑怀堂诗草叙》，载《陈衍读本》，第225页。

者相迎"。[①] 同时，学古贵在"至"字，应避"呆"字。基于这样的认识，"同光体"学宋可以惟妙惟肖，变古堪称出神入化，然而"行今人之行，而言古人之言"，[②] 终究是没有出路的。变对新现象、新事物的有限容纳，创对当代社会的全面反映；变陈旧僵滞的体制格调，创全新明白的表意形式：唯以新瓶装新酒，才能使诗歌活力长在。随着时间的推移，"五四"新文化运动代表了文学发展的方向，旧体诗已成新文学矫枉之的。可悲的是，传统包袱重压下的"同光体"诗人视而不见，他们学古化古而没有迈出诗歌"革命"这一步，终于带着旧文学的余馨，成了宋派诗的殉道者。

阵地日益见窄。"同光体"活动的后期，是旧文学发生蜕变，新文学酝酿、崛起的转换时期，包括新传奇杂剧、话剧、新民体、白话散文、翻译小说、谴责小说、革命派小说在内的各体文学逐渐流行，使得诗歌的领地相对缩小。报刊的兴盛，为新文体的传播，起了催化作用。而在诗歌领域内，先后有"诗界革命"和南社的分流，白话诗的崭露头角，还有其他复古流派的并存，都影响了"同光体"的生长空间。"同光体"诗人不愿意向前看，甚至不屑在文学的整体发展中作横向的观察比较，坚持孤芳自赏于旧体诗之一隅，最终没有汇入新文学的历史洪流。

---

① 陈三立：《蒿庵类稿序》，载《散原精舍诗文集》（增订本），第895页。
② 林庚白：《丽白楼诗话》，载《子楼随笔 庚甲散记》，第184页。

新旧文学交替的牺牲品

——"五四"时期宋诗评价的思索

　　"五四"前后，伴随着新文学的兴起，展开了一场激烈的关于文学革命的论争。其结果，"便是扑灭了许多想做遗少的青年人们的'名士风流'的幻想，同时也更确切的建立了关于新诗的理论"。[①] 无疑，这场论争促进和推动了新文学的发展，同时也摧垮了落后的、保守的，乃至是反动的中国的旧文学。因此，倡导文学革命，本身就是一场思想的革命、社会的革命，在当时具有相当的进步性。

　　但是，因为是革命，并且是缺乏正确的指导思想、理论体系和实践经验的革命，矫枉过正，不能区分精华和糟粕，毫不顾惜地抛弃旧文学中一部分有价值的遗产，便随之不可避免地发生了。而宋诗，则蒙受了灾难性的厄运。其地位一蹶不振，以致今天尚有许多研究者不屑一顾，认为断然不能与唐诗相提并论。所以，探讨宋诗在现代新文学崛起时悲剧命运产生的原因，是正确评价宋诗的关键所在。

---

　　① 郑振铎：《〈文学论争集〉导言》，载《中国新文学大系》第 2 集，上海良友图书印刷公司，1935，"导言"第 13 页。

一

可以说，反对旧文学，反对旧诗，是提倡新文学的必然结果。陈独秀倡"文学革命"论，便言"凡属贵族文学、古典文学、山林文学，均在排斥之列"。[①] 然而，值得注意的是，排斥古典文学，宋诗为什么会首当其冲？

这与近代诗坛声势浩大的宋诗运动有关系。

自清初钱谦益为反对明七子"诗必盛唐"的模拟诗风而开出学宋之新格局后，围绕着宗宋还是宗唐，清代诗学家一直在争论。到鸦片战争前后，宗宋一派渐趋得势。陈衍《石遗室诗话》卷一云："道、咸以来，何子贞绍基、祁春圃寯藻、魏默深源、曾涤生国藩、欧阳碬东辂、郑子尹珍、莫子偲友芝诸老，始喜言宋诗。"[②] 他们所谓喜言宋诗，主要是推崇黄庭坚，倡言江西派诗歌，这荡涤了清中叶袁枚以后专讲性灵的浮滑诗风。当时诗坛景象，有如施山所云："今曾相国酷嗜黄（庭坚）诗，诗亦类黄，风尚一变。黄诗价重，部值千金。"[③] 当然，黄诗地位的提高，绝非曾国藩一人喜爱所能决定，但是，由此可见江西派诗的风靡。光绪、宣统年间，陈三立、郑孝胥、陈衍、沈曾植等创"同光体"，名谓不专宗盛唐，实质上发扬光大了道光以来学宋之余绪。钱基博论"同光体"说："'同光体'者，闽县郑孝胥之伦，所为题目同、光以来诗人，不专宗盛唐者也；出入南北宋，标举梅尧臣、王安石、黄庭坚、陈师道、陈与义以为宗尚，枯涩深微，包举万象。"[④] 尽管柳亚子把近代诗坛说成是"'同光体'诗人和比较进

---

① 陈独秀：《文学革命论》，《新青年》第 2 卷第 6 号，1917 年 2 月。
② 陈衍：《石遗室诗话》，朝华出版社，2017，第 5 页。
③ 施山：《望云楼诗话》卷二，光绪年间抄本。
④ 钱基博：《现代中国文学史》，商务印书馆，2011，第 242 页。

步的南社派诗人争霸的时代"，^① 其实，这种争霸从一开始就不是势均力敌的。"同光体"诗人无论是地位，还是旧体诗的造诣，都远在南社一般诗人之上。且南社不少诗人后来在艺术倾向上也投入了"同光体"的怀抱。如郑逸梅先生在《南社丛谈》中誉为巨擘的诸宗元，就因为诗学黄庭坚、陈与义，而被梁鸿志目为"所诣与范肯堂（当世）为近"，梁氏且称说"同光体"诗人陈三立、郑孝胥、俞明震、夏敬观、李宣龚等皆"交口称之"。^② 因此，胡适认为："这个时代之中，大多数的诗人都属于'宋诗运动'。"^③

当新文学倡导者力图通过批判近代的旧体诗歌以开创出一种全新的诗体时，他们理所当然地要批判宋诗运动，因而也要否定宋诗运动崇拜的偶像——宋诗。陈独秀就从"今日吾国文学，悉承前代之敝"的观点出发，认为"所谓西江派者，山谷之偶像也"，并将其纳入"阿谀的虚伪的铺张的贵族古典文学"。^④ 以后陈子展撰《最近三十年中国文学史》，继承此说，他认为陈三立"作诗恶俗恶熟，不肯作一习见语，颇有矫揉造作之处"，又举袁昶"日铸半瓯南埭汲，风漪八尺北窗凉""神禹久思穷亥步，孔融真遣案丁零""大千人为物之盗，十二辰虫如是观"等诗句，说"此种诗真是走入魔道！"而究其源流，则云"'其父杀人，其子必且行劫'。追寻祸首，当然不会忘记江西派的初祖黄庭坚"，^⑤ 进而否定了宋诗。

当然，文学的改造往往带有政治的目的。新文学倡导者批判宋

① 柳亚子：《介绍一位现代的女诗人——为双五新诗人节作》，载《磨剑室文录》，上海人民出版社，1993，第1414页。

② 梁鸿志：《大至阁诗序》，载诸宗元《大至阁诗》，《爱居阁丛书》本，第1页。

③ 胡适：《五十年来中国之文学》，载欧阳哲生编《胡适文集》（三），北京大学出版社，1998，第227页。

④ 陈独秀：《文学革命论》，《新青年》第2卷第6号，1917年2月。

⑤ 陈炳堃：《最近三十年中国文学史》，太平洋书店，1930，第30—31页。

诗运动，也有同样的原因。钱仲联先生论述"同光体"诗人，说他们"除少数曾参加维新运动以外，不少人都是封建统治阶级的高级官吏和封建文人，在近代尖锐复杂的政治斗争中，思想保守，有的在清亡后以遗老自命，有的在政治上堕落成为人们所不齿的反动派"。^① 因此，这场文学论争，即新文学和宋诗运动的撞击，实质上是新和旧、进步和保守、革命与反动之间的政治斗争。当政治上处于你死我活的境地时，那么，文学上就没有调和的余地了。

辛亥革命后，日新月异的思想大解放和社会大进步，使得一部分青年萌发了创造全新的散文形式来表达思想和创造全新的诗歌形式来抒写情感的强烈愿望。但是，新诗的出现，对当时被宋诗运动垄断的诗坛来说，有如平静的湖面投入了一块石头，虽泛起阵阵涟漪，而湖水依然涨满。宋诗那种在字句上见功夫的形式主义的艺术主张，更是迎合了"同光体"诗人的需要。显然，借名士风流来抵抗民国后疾风暴雨般的社会进步，是倡导文学革命以推进社会革命的新文学者所不能容忍的。他们必然对此发动强有力的攻击。这在沈雁冰的另一篇文章《"大转变时期"何时来呢》中有所记述："所以近来论坛上对于那些吟风弄月的，'醉罢美呀'的所谓唯美文学的攻击，是物腐虫生的自然的趋势。这种攻击的论调，并不单单是消极的，他们有他们的积极的主张：揭倡激厉民气的文艺。"^②"同光体"诗人在攻击中土崩瓦解，宋诗则成了殉葬品。

二

宋诗遭贬，与宋诗的艰涩难懂也有关系。

---

① 钱仲联：《近代诗坛鸟瞰》，《社会科学战线》1988 年第 1 期。
② 沈雁冰：《"大转变时期"何时来呢》，《文学旬刊》第 103 期，1923 年 12 月。

　　早期的新文学运动，一言以蔽之，就是白话文学的运动。就诗歌而言，就是提倡白话诗，以文言合一、晓白流畅为宗旨。胡适云："我的'建设新文学论'的唯一宗旨只有十个大字：'国语的文学，文学的国语。'我们所提倡的文学革命只是要替中国创造一种国语的文学，有了国语的文学，方才可有文学的国语。有了文学的国语，我们的国语才可算得真正国语。"① 宋诗，特别是江西派诗，与唐诗相比，由于更注重刻画与雕琢，提倡"无一字无来历"，喜于在使事、对偶、句法、用韵等艺术手段上追求新巧，因此更为艰涩，更趋深奥，更难于理解。赵翼论黄庭坚诗，即言："山谷则专以拗峭避俗，不肯作一寻常语，而无从容游泳之趣……山谷则书卷比坡更多数倍，几于无一字无来历；然专以选材庀料为主，宁不工而不肯不典，宁不切而不肯不奥，故往往意为词累，而性情反为所掩。"② 因此，新文学倡导者必然批判宋诗以推出浅显的、易懂的、自由的白话诗。

　　钱玄同在提倡白话诗的同时，首先向江西派诗重重一击。其《与陈独秀书》中有云："语录以白话说理，词曲以白话为美文，此为文章之进化，实今后言文一致之起点，此等白话文章，其价值远在所谓'桐城派之文''江西派之诗'之上，此蒙所深信而不疑者也。"③ 不过，为满足国人的好古心理，他在序胡适《尝试集》的时候，曾旁征博引说明白话诗非今日所创。他将中国历史上自《诗经》开始出现的诗词曲几乎都说成是"白话韵文"，最后甚至说"还有那宋明人的诗，也有用白话做的"，④ 不觉在宋诗和新诗中间画了等号。因此，为提倡

<hr>

① 胡适：《建设的文学革命论》，《新青年》第 4 卷第 4 号，1918 年 4 月 15 日。
② 赵翼著，霍松林、胡主佑校点《瓯北诗话》，人民文学出版社，1963，第 168 页。
③ 钱玄同：《与陈独秀书》，《新青年》第 3 卷第 1 号，1917 年 3 月 1 日。
④ 钱玄同：《〈尝试集〉序》，载林文光选编《钱玄同文选》，四川文艺出版社，2021，第 24 页。

白话诗而对宋诗进行彻底收拾的还是胡适。他论中国的古典诗歌，认为："简单说来，自从《三百篇》到于今，中国的文学凡是有一些价值、有一些儿生命的，都是白话的，或是近于白话的。其余的都是没有生气的古董，都是博物院中的陈列品！"① 宋诗在他看来，理所当然地应该归入这种陈列品。他说："唐代的诗也很多白话的……晚唐的诗人差不多全是白话或近于白话的了……诗到唐末，有李商隐一派的妖孽诗出现，北宋杨亿等接着造为'西昆体'，北宋的大诗人极力倾向解放的方面，但终不能完全脱离这种恶影响，所以江西诗派，一方面有很近白话的诗，一方面又有很坏的古典诗。"② 他希望"在三五十年内替中国创造出一派新中国的活文学"，以取代包括了"江西派"在内的"死文学"。③ 这次，胡适的理想超乎寻常地很快实现，在二三十年代，当白话新诗笼罩中国诗坛的时候，"江西派的诗"，甚至更大范围的宋诗，真成了"死文学"而消逝了。

有趣的是，在胡适等诅咒"江西派的诗"的同时，明明是继承了"江西派"衣钵的"同光体"后一辈诗人，居然也有大谈宋诗过于艰涩难懂之人在。想借此表白自己比宋诗的高明之处，以期在白话新诗淹没宋诗的时候给自己留下一席之地。当他们的努力被事实证明是徒劳时，宋诗却因为深知自己弱点的模仿者的反戈一击，而迅速沉沦了。

当然，"同光体"诗人在刚遭新文学倡导者的批判时，还是在为宋诗和近代宋诗运动辩护。胡先骕《评胡适〈五十年来中国之文学〉》

---

① 胡适：《建设的文学革命论》，《新青年》第 4 卷第 4 期，1918 年 4 月 15 日。
② 胡适：《五十年来中国之文学》，载欧阳哲生编《胡适文集》（三），第 250—251 页。
③ 胡适：《建设的文学革命论》，《新青年》第 4 卷第 4 期，1918 年 4 月 15 日。

中有云："近年来皆尚宋诗，为他体者，多无足称。"[①] 他只是将宋诗和近代宋诗运动都打扮成白话诗的先驱。他引胡朝梁《岁暮杂诗》，说"家常琐事，写来历历如绘，此正诗庐诗之能事，亦正宋诗之能事。浅识者见之，又将引为'我手写我口'之同调矣"。[②] 只是在白话新诗的洪流滚滚而来的时候，"同光体"中的一些人才解开了与宋诗的缆绳。最有代表者就是那位曾经将陈三立、郑孝胥奉为光宣诗坛都头领的汪辟疆先生。他在《近代诗派与地域》中说："道咸以后，丧乱云谲。诗人吟咏，固尝取径宋贤……迹其所诣，取拟宋贤，实多不类。"其所谓不类，列举有四，实质上都谈了宋诗追求生新不熟而造成的晦涩。如首言"宋诗承三唐之后，力破余地，务为新巧，大家如东坡、临川，亦复时弄狡狯，以求属对之工，使事之巧，如鸭绿鹅黄、青州从事、乌有先生之伦，已肇其端。南宋诸贤，迭相祖述，益趋新巧"。再如三言"宋人……专事拗捩，其运古入律者，往往古律不分。山谷、师川，以力避谐熟之故，间为此体，末流所届，逮于余杭二赵、上饶二泉、江湖末派之伦，钩章棘句，至不可读，则力求生涩之过也"。[③] 无疑，这为本来就要置宋诗于死地的倡导白话新诗的新文学者提供了理论依据。

三

"五四"时期，思想界弥漫着达尔文的生物进化学说。鲁迅曾发表《人之历史》《科学史教篇》等文进行介绍。影响到文学领域，新

---

① 胡先骕：《评胡适〈五十年来中国之文学〉》，载熊盛元、胡启鹏编校《胡先骕诗文集》，黄山书社，2013，第445页。

② 胡先骕：《评胡适〈五十年来中国之文学〉》，载《胡先骕诗文集》，第447—448页。

③ 汪辟疆：《汪辟疆文集》，上海古籍出版社，1988，第286页。

文学倡导者以进化论的观点期待着白话文学能够作为新生事物脱颖而出，取代过去的旧文学。如胡适在《文学改良刍议》中就说："以今世历史进化的眼光观之，则白话文学之为中国文学之正宗，又为将来文学必用之利器。"[①] 当进化论和中国传统的"一代有一代之文学"的观点糅合在一起的时候，就成了否定在形式上继承了唐诗而缺少变化的宋诗的理论根据。鲁迅说："我以为一切好诗，到唐已被做完，此后倘非能翻出如来掌心之'齐天大圣'，大可不必动手。"[②] 闻一多在《文学的历史动向》中也说："从西周到宋，我们这大半部文学史，实质上只是一部诗史。但是诗的发展到北宋实际也就完了。南宋的词已经是强弩之末。就诗本身说，连尤、杨、范、陆和稍后的元遗山似乎都是多余的，重复的，以后的更不必提了……到此，中国文学史可能不必再写，假如不是两种外来的文艺形式——小说与戏剧，早在旁边静候着，准备届时上前来'接力'。"[③]

传统的"一代有一代之文学"的观点并没有使宋诗遭到贬斥；相反，宋诗与唐诗同样在清诗坛起着左右风会的作用。原因就在于这种观点不过是一种复古的论调。持这种观点的人或认为宋诗在横向上不应当与同时的词相提并论，或认为其在纵向上不可能超越过去的唐诗。说宋诗应该禅位于词者，并没有把词当作是一种诗体的进步，如黄宗羲所称"诗降而为词，词降而为曲"，[④] 其中一"降"字，足见其贬抑之意和无可奈何之情。正因为这样，词被看作是诗的退化，是"诗余"，这就事实上使得宋词不可能取代宋诗的地位。至于认为宋诗必须向唐

---

① 胡适：《文学改良刍议》，《新青年》第 2 卷第 5 号，1917 年 1 月。

② 鲁迅：《致杨霁云》，载《鲁迅全集》（十三），人民文学出版社，2005，第 307 页。

③ 闻一多：《文学的历史动向》，载《闻一多全集》（十），湖北人民出版社，1993，第 18 页。

④ 黄宗羲：《胡子藏院本序》，载《黄宗羲南雷杂著稿真迹》，浙江古籍出版社，1987，第 265 页。

诗俯首称臣者，更不过是主张写诗要学唐而废宗宋。如王国维说："诗至唐中叶以后，殆为羔雁之具矣。故五季北宋之诗（除一二大家外），无可观者。"[①] 他自己从事旧体诗创作，便模仿着唐人的一颦一笑，《民权素》所载南村《撼怀堂诗话》论其代表作《颐和园词》，就有"以长庆之清词，写开元之艳迹"[②] 的评价。而当学唐并没有能够开创出诗歌创作的新路时，人们又不免在学习宋诗中汲取养分。

我们说新文学倡导者将"一代有一代之文学"的观点与进化论结合，主要是他们都找到了替代旧体诗歌的新的文学形式。并且，这种新的文学形式在他们看来是进步的，充满着生机和活力，鲁迅说"一切好诗，到唐已被做完"，他所追求的是"能翻出如来掌心之'齐天大圣'"的本领，也就是他在《摩罗诗力说》中所说的"且置古事不道，别求新声于异邦"，[③] 这实质上就是后来所出现的白话新诗。就文学史观论，鲁迅是想通过否定宋以后的诗歌来肯定这一时期出现的词、戏曲和小说的积极意义，他在研究中国古典小说的领域里做了大量工作，可见他将小说放在超越当时诗歌的位置上。而闻一多所说的"诗的发展到北宋实际也就完了"，言外之意是北宋的词是诗体的最后进步，下句"南宋的词已经是强弩之末"就是注释。他又谈到小说和戏剧"准备届时上前来'接力'"，这说明他也是用进化的眼光来对待词、小说和戏剧的出现，来叙述他的宋诗多余、重复的观点的。并且，和鲁迅一样，他的这种进化的眼光也把"五四"前后发生的文学革命与宋诗连到了一起。在《〈女神〉之地方色彩》一文中，闻一多说道："我们的旧诗大体上看来太没有时代精神的变化了，从唐朝起，我们的诗发育到成年时期了，以后便似乎不太肯长了，直到这回革命

---

① 王国维：《文学小言》，载《王国维文学论著三种》，商务印书馆，2010，第 220 页。

② 王培军、庄际虹校辑《校辑民权素诗话廿一种》，凤凰出版社，2016，第 31 页。

③ 鲁迅：《摩罗诗力说》，载《鲁迅全集》（一），第 68 页。

以前，诗的形式同精神还差不多是当初那个老模样。（词曲同诗相去实不甚远，现行的新诗却不大同了。）"[1] 当他欲将白话新诗直接唐诗的时候，宋诗当然找不到自己的位置了。

四

以上，我们从当时诗坛的状况、新文学倡导者的目的，以及他们所依照的理论根据等三个方面探讨了"五四"时期随着文学革命论争的展开，宋诗遭受贬斥的必然趋势。我们现在应该认识的是，这场文学革命论争，固然开创了一个写作白话新诗的局面，但是，在古典文学研究领域中，毕竟导致了把宋诗放在一个并不符合其本身价值的位置上。这种失误，同样可以在以上三个方面找到缘由。

首先，宋诗和近代宋诗运动不能混为一谈。近代宋诗运动作为一个学古、甚至是复古的诗派，他们没有注意到清末民初的社会历史条件和文学环境已不同于宋代，没有注意到自己的身世经历和个性特征也不同于宋代的诗人，以至一厢情愿地、鹦鹉学舌般地模仿创作着貌似宋人的诗歌。这在新文学运动以前就遭到了批评，如林纾在翻译小说《文家生活》的识语上就委婉地指出："吾尝持论，谓诗者，称人之性情，性情近开元、大历者，开元、大历可也；近山谷、后山者，山谷、后山可也。必扬麾举纛，令人望影而趋，是身为齐人，屈天下均齐语；身为楚产，屈天下皆楚语。此势所必不至者也。"[2] 但是，必须明白，学古者的弊病，问题出在学上，而不在古上。正因为

---

[1] 闻一多：《〈女神〉之地方色彩》，载《唐诗杂论 诗与批评》，生活·读书·新知三联书店，2021，第166页。

[2] 林纾：《〈文家生活〉篇识语》，载许桂亭选注《林纾文选》，百花文艺出版社 2006，第45页。

宋诗和近代宋诗运动所处的社会历史条件和文学环境不同，所以就不能用相同的尺度来衡量他们的高下，如同古玩店里的真品和赝品，是永远无法具有同一价值的。明末清初，许多人批评明七子"诗必盛唐"的不良风尚，说他们模仿唐诗以至达到了"剽贼于声句字之间，如婴儿之学语，如桐子之洛诵，字则字、句则句、篇则篇，毫不能吐其心之所有"的地步，①但是，并没有人因此"迁怒"唐诗，而把唐诗加以贬斥。新文学倡导者在批判近代宋诗运动时恰恰犯了前人尚能避免的这种错误。

　　其次，诗歌有特殊的表现手法，应该追求诗意。所谓诗意，就是含不尽之意于言外，留给读者以想象的回旋之地。清吴乔曾这样解释诗和散文的区别："意喻之米，文喻之炊而为饭，诗喻之酿而为酒，饭不变米形，酒形质尽变。"②新文学倡导者在倡言白话新诗而贬斥宋诗的时候，恰恰没有注意诗歌的这一规律。他们把宋诗曲折表现诗意的长处也认作是晦涩难懂而加以否定，因此，他们所创作的白话新诗就给人以一览无余的感觉。当时闻一多对此就有朦胧的认识，但是，他把白话新诗缺乏诗意归咎于诗人没有幻想力："现今诗人除了极少数的——郭沫若君同几位'豹隐'的诗人梁实秋君等——此外，都有一种极沉痼的通病，那就是弱于或竟完全缺乏幻想力，因此他们诗中很少浓丽繁密而且具体的意象。"归咎于诗人的追求平民精神："作者或许就宁肯牺牲其繁密的思想而不予以自由的表现，以玉成其作品的平民的风格吧！只是得了平民的精神，而失了诗的艺术。"③其实，这是诗人无视甚至无知诗歌创作的特殊规律而造成的。借鉴宋诗在这方面的优点，或许能避免白适新诗的这一缺点。

---

① 钱谦益纂《列朝诗集小传》丙集《李副使梦阳》，上海古籍出版社，1983，第311页。

② 吴乔：《答万季野诗问》，载丁福保辑《清诗话》，上海古籍出版社，1978，第27页。

③ 闻一多：《〈冬夜〉评论》，载《唐诗杂论 诗与批评》，第114页。

再次，某种文学形式的定格，不是死亡的标志。有如人类经过青春发育后的定型，只是进入了具有旺盛生命力的成熟期，并不意味着衰老马上来临。因此，唐诗虽然在形式上完成了中国旧体诗的茁长过程，而宋代诗人恰恰可以利用这种日臻成熟的形式来反映宋代特定的社会环境，创造出优秀的作品。

宋代与唐代相比，主要的特征是国势较弱，中原面临着外族入主的威胁。"国家不幸诗家幸，赋到沧桑句便工"，宋诗，特别是南宋诗中所喷涌出的爱国主义热情，诸如陆游的"僵卧孤村不自哀，尚思为国戍轮台"、文天祥的"人生自古谁无死，留取丹心照汗青"，真挚激昂，乃是空前绝后的大手笔。诚如钱锺书先生在论及陆游诗中投笔从戎的气概时所说的："李白、王维等等的《从军行》讲的是别人……这也正是杜甫缺少的境界。"① 因此，在中国过去的历史中，当社会处于相对稳定的时期，往往有人提倡唐诗，渲染那种国泰民安、升平歌舞的气氛。而当民族矛盾尖锐、社会动荡不已的时代，就有人想起宋诗，想起那些抒发悲愤的爱国诗。从这种意义上讲，宋诗有超越唐诗的地方在。这是传统的"一代有一代之文学"论者和持"进化论"的新文学倡导者所略去的。如果我们今天要说"一代有一代之文学"，那么，宋代自有宋代的诗歌。

宋诗比唐诗的进化之处，还表现在诗歌的艺术手法上。尽管在唐代旧体诗歌的格律已成定式，但是，艺术手法的运用，却是层出不穷的。这有如围棋的规则虽然不变，而高超的棋手可以在不变的棋枰上下出变化不尽的妙着。宋诗与唐诗在艺术追求上的不同，主要是以下几个方面：唐诗主情，宋诗主理，而情趣和理趣是诗歌同样应该追求的艺术趣味。唐代诗风华丽，宋代诗风恬淡，华丽和恬淡是美的两

---

① 钱锺书:《宋诗选注》，生活·读书·新知三联书店，2002，第271—272页。

个不同侧面。唐诗重篇章的布局，宋诗重字句的锤炼，好的诗歌在篇章和字句上都必须达到完美。唐代诗人以才力为诗，故多用白描，宋代诗人以功力为诗，故多用典故，优秀的诗人必须同时具备这两方面的气质，即陈衍所说的"合学人诗人之诗二而一之"。[①] 可见，宋代诗人在唐诗灿烂辉煌的前提下走了自己的路，尽管这些方面所取得的成就不一定都可以和唐诗媲美，但是，宋诗对中国旧体诗歌的发展所尽的努力、所作的贡献，却是不可磨灭的。新文学倡导者如果能够看到这些，那么，他们就必须承认旧体诗歌在宋代的"进化"。

---

① 陈衍编辑《近代诗钞》，商务印书馆，1935，第1页。

第二编

现实中的诗人

从苏州出发：诗人眼中的苗乡

——舒位、贝青乔旅黔诗之比较

　　道光二十七年（1847）中秋后两天，苏州诗人贝青乔（1810—1863）远赴黔南，依贵阳通判吴广生幕。尽管是生活所迫，他自己说"久拼温饱违初志""负米俄成万里身"，[①] 但是，在贵州的三年中，除思乡、思亲等人之常情外，贝青乔也深深地被云贵高原壮丽的山川美景以及奇异的民风民俗所吸引。贝青乔在返程途经峡江时，遇到覆舟之险，自己虽死里逃生，可丢失了所有行李，包括全部诗稿。我们现在所见，是诗人劫后"竭思省录，十仅存五"的作品。贝青乔自序其诗，说"所幸半生游迹尚可仿佛得之"。[②] 饶是如此，其旅黔诗还是具有很高的艺术价值和史料价值。钱仲联《近代诗钞》谓其"游云南、贵州、四川时，诗境得江山之助，刻画奇险，独辟蚕丛，显得能手的无所不有"。[③]

　　① 贝青乔：《将之黔南留别》，载贝青乔著，马卫中、陈国安点校《贝青乔集》（外一种），上海古籍出版社，2013，第45页。

　　② 贝青乔：《半行庵诗存稿自序》，载《贝青乔集》（外一种），第3页。

　　③ 钱仲联编著《近代诗钞》，江苏古籍出版社，2001，第317页。

过去论诗，说贝青乔"平日于本朝诗人中，最服膺蒋心余、黄仲则、舒铁云三家，故其诗气息自近之"。[①]舒铁云，即舒位（1765—1816），乾嘉时期著名诗人，虽籍贯直隶大兴，然出生在苏州城内大石头巷，又长期寄居吴门，并卒于斯，应该是三家中对贝青乔影响最大者。无独有偶，嘉庆二年（1797），也就是贝青乔入黔之前整整半个世纪，舒位亦曾追随王朝梧镇压苗民起义而至贵州。军旅之余，也留下了大量吟咏黔中风土人情的诗篇。

中国古代讨论诗歌风格，往往在时间上强调前后诗人的继承，在空间上则突出同地诗人的交融。所谓乡贤，总是成为模仿和学习的表率。那么，舒位和贝青乔之间，又有何等渊源呢？我们通过解读他们创作的同一个主题——描摹苗地山水、记述苗民生活以及反映苗乡风俗的诗歌，来解析他们之间的因变关系。因为从文艺心理学的角度进行考察，生活的环境如果是共同熟悉的，文学的创作也往往表现出趋同性，而同在一个陌生的世界里，观察的角度和思维的过程在趋同的前提下，则会更多地表现出因人而异。

一

初来乍到，首先映入诗人眼帘的，是自然风貌，也就是贵州独特的地理环境。当年徐霞客进入贵州的第一印象，是"其石板嵯峨，其树极蒙密，其路极崎岖，黔、粤之界，以此而分，南北之水，亦由此而别"。[②]当然，徐霞客是从广西南丹入黔的，而舒位、贝青乔都是由湘西进入贵州。他们到达贵州的第一站是玉屏县。贵州完全不同

---

① 张炳翔《留月簃诗话》评语，见《贝青乔集》（外一种），第 393 页。

② 徐宏祖著，朱惠荣校注《徐霞客游记校注》，云南人民出版社，1985，第 647 页。

于江南的地貌特征，让二位诗人产生强烈的看风景的好奇心。在去贵阳的路上，他们都兴奋不已，吟咏不断，舒位作诗凡十八题，贝青乔诗散佚后存十二题。两人题材完全相同的，舒位有《玉屏山看晚霞》《相见坡》《飞云洞作》《重安江雨渡》《抵贵阳日作》等诗，贝青乔则有《玉屏县》《相见坡》《飞云岩》《晓渡重安江》《初抵贵阳》。他们的诗风也一改过去抒写江南水乡的温文尔雅，表现出为眼前的黔中山水所震撼、所激动的突兀粗犷。舒位《青溪》诗云：

> 小县天南近，轻舟拍拍来。城依山势转，花听水声开。
> 古道人烟少，微波鸥鹭猜。难寻云客宅，石壁绿封苔。①

青溪镇属湘黔边界的镇远县，这是舒位进入贵州后作的第二首诗。偏远、宁静，是诗人的最初感受。颔联"城依山势转，花听水声开"，幽默诙谐，充满智慧，当然还是典型的舒式拟人笔法。类似者如吴下所写《花生日诗魏塘道中作》"愿取鸳鸯湖里水，酿成春酒寄花尝"，以及《六月二十四日荷花荡泛舟作》"应是花神避生日，万人如海一花无"。②而贝青乔在贵州写的第二首诗也是五律，题目是《镇远》：

> 距陆忽无路，潕阳开奥区。城围云满壑，市接栈成衢。
> 纳浸防春涨，禳灾警夜呼。何人雄作镇，笳鼓靖边隅。③

观察非常细致，但没有舒位空灵。舒位是著名的性灵派诗人，而贝青乔则游离于格调与性灵之间。两人的诗都写出了镇远依山傍水

---

① 舒位著，曹光甫点校《瓶水斋诗集》，上海古籍出版社，1991，第 234 页。
② 舒位著，曹光甫点校《瓶水斋诗集》，第 125 页、第 490 页。
③ 贝青乔著，马卫中、陈国安点校《贝青乔集》（外一种），第 54 页。

的地理特点——水是沅江支流的㵲阳河，山是逶迤二省的武陵山。

　　舒位到达贵阳前在贵州境内所作诗，除《吉祥寺吊甘尚书作》是怀古外，其余均为写景之作，且十八题中十一题是近体。可见，近体是舒位模山范水的最好载体，这和他崇尚性灵的诗学观有关。当然，舟马之劳，旅途困顿，选择短小精悍的体裁，也是原因。贝青乔十二题诗则全是山水诗，其中古体占了一半，其余六题也都是律诗，而非绝句。钱仲联先生《近代诗钞》选录了《相见坡》《夜抵狼洞》《晓渡重安江》《陇耸塘纪事》《初抵贵阳》五首，比例之高，绝无仅有。古体诗篇幅较长，可恣意写尽黔中山水之险峻。如《晓渡重安江》：

　　　　滚滚重安江，群山莽回互。麻哈与瓮城，下流共奔骛。
　　　　禹迹所未经，郦元曷由注？沧江万里流，或一滥觞处。
　　　　有时春涨起，顶没岩上树。黑蛟驱风雷，崩厓抶成路。
　　　　即今冬水涸，惊泷尚含怒。长栿椓山根，人马援之渡。
　　　　裘揽霜威厉，蹄蹴冰棱冱。忍待日高舂，迤逦上山去。①

　　舒位《重安江雨渡》："重安江口绿烟生，饭讫江头打桨迎。著一渔蓑渡江去，果然三日雨无晴。"相比之下，贝青乔诗歌生涩奥衍的文字，让人览其文而思其意，可以想象水急山陡、峰回路转的自然景观。行走在山川之间，探险汲幽的追寻，也驱使他们去探求黔中文化。舒位此诗有注："'天无三日晴，地无三里平。'黔谚。"②贝青乔《相见坡》诗亦有序云："黔人谓峻岭曰'坡'，谓石磴曰'坎'，字义每相反。"③

　　到达贵阳之后，舒位和贝青乔的行迹有所不同。看的风景不一

---

①　贝青乔著，马卫中、陈国安点校《贝青乔集》（外一种），第55—56页。

②　舒位著，曹光甫点校《瓶水斋诗集》，第238—239页。

③　贝青乔著，马卫中、陈国安点校《贝青乔集》（外一种），第55页。

样，写的风景当然也不一样，可是，看风景的心情却大致一样。龚自珍《己亥杂诗》谓"诗人瓶水与谟觞，郁怒清深两擅场"，又自注："郁怒横逸，舒铁云瓶水斋之诗也。"[1] 郁怒横逸，更体现在山水诗的风格中，而黔中山水，正与此种诗歌风格相契合。舒位离开贵州时所作《重过飞云洞寄仁甫》诗云：

> 暗泉涓涓流古洞，洞口飞云白如瓮。我往之日云相迎，今我来思云亦送。云非昨日云，客是去年客。客归云不归，飞去飞来荡无迹。客休笑云云笑人，云即是客客亦云。百年三万六千日，问客年来年去羌何因。去年看云云满衣，今年云冻云不飞。千山万水岁聿莫，夕鹃啼罢朝乌啼。山亦为云遮，水亦为云渡。思公子兮云外路，可惜同来不同去。指此空林片石中，与君旧坐看云处。[2]

写景之作，情景交融，而更突显的是情。"昔我往矣，杨柳依依，今我来思，雨雪霏霏"，归家的路，特别是凯旋之路，照理应该有愉快的心情。但是，诗人踏上了旅途的归程，却看不见人生的前程。所以此诗充满龚自珍所说的"郁怒横逸"之气。"一切景语皆情语"，寓情于景，也是贝青乔黔中诗作的特点。如其《宿兔场石龙寺》：

> 重岩豁焉裂，枯刹结岩根。凿雪僧开路，敲云客唤门。
> 佛香沉梦冷，石气逼灯昏。他日留题处，何人剔藓论？[3]

---

① 龚自珍：《龚自珍全集》，上海人民出版社，1975，第520页。

② 舒位著，曹光甫点校《瓶水斋诗集》，第272页。

③ 贝青乔著，马卫中、陈国安点校《贝青乔集》（外一种），第67页。

　　此诗的写作，已在岁暮。思乡、思亲之情绪，通过颈联的两个形容词"冷"和"昏"隐约表露，但非常凄清。这种凄清，是和诗人前面烘托的环境相一致的。作者远赴边疆，究其原因，也是仕途不畅，家境所迫。所以，尾联也反映了贝青乔对未来的迷茫。龚自珍《己亥杂诗》说舒位"如此高材胜高第，头衔追赠薄三唐"，[①] 而舒位《向读文选诗爱此数家不知其人可乎因论其世凡作者十人诗九首》咏陶渊明则谓"仕宦中朝如酒醉，英雄末路以诗传"，[②] 其实是舒位、贝青乔这一类寒士诗人的真实写照。

二

　　到贵州后，生活还需要继续。舒位和贝青乔都不是来旅游的。他们开始履职，尽管都是橐笔依人、充人幕府。

　　舒位此去，按陈文述《舒铁云传》的说法，"既从王朝梧观察之黔，值南笼仲苗不靖，威勤侯勒保统兵征之。观察身在行间，君为治文书，勒侯见而器之，恒与计军事"。[③] 此言不虚，林昌彝《论诗一百又五首》咏舒位诗自注亦可佐证："立人从威勤侯勒保征南笼种苗，又攻白莲贼，治三省军书，百函并发，勒侯以傅修期、马宾王目之。所至皆有诗，超越变化，无意不奇。"[④] 因此，舒位旅黔诗，就有一些记军中之事，如《南笼凯歌三台》，分为《解围》《擒渠》《奏捷》《策勋》四章，虽是极精简的三台体诗，但也反映了战争的全过程。[⑤] 特别是诗人所撰长

---

① 龚自珍：《龚自珍全集》，第520页。

② 舒位著，曹光甫点校《瓶水斋诗集》，第314—316页。

③ 陈文述：《舒铁云传》，载《瓶水斋诗集》，第798页。

④ 林昌彝著，王镇远、林虞生校点《林昌彝诗文集》，上海古籍出版社，2012，第184页。

⑤ 舒位著，曹光甫点校《瓶水斋诗集》，第248—249页。

序，可作为了解此次战争的重要的参考史料，故被郭则沄录入《十朝诗乘》。而舒位《幺妹诗》尤其脍炙人口。作者自序交代了此诗的写作缘起：幺妹为水西土司龙跃之女，当黄囊仙、韦七绺须等起事，时龙跃病，"乃遣其幺妹率屯练二百人驰诣军门从征。前后凡二十余战，禽馘最夥。岁除葳事，赏以牛酒银牌，令还本寨，而加跃军功一级。妹年十有八岁，形貌长白，结束上马，出没矢石间，指挥如意，亦绝徼之奇兵也。时王备兵留后兴义，属不佞为诗送之，以焜耀其归"。是诗凡二首，不但歌颂了幺妹的骁勇善战，也赞美了她的娇艳容貌。其一云：

> 健妇犹当胜丈夫，雍容小字彼尤姝。
>
> 然脂暝写蒋三妹，歃血请行唐四姑。
>
> 上马一双金齿屐，乘鸾十八玉腰奴。
>
> 不须更结鸳鸯队，白练裙开笔阵图。[①]

飒爽英姿的龙幺妹跃然纸间。正是在贵州参与军事的经历，也使舒位的诗风发生变化。谭献说他"冠剑远游，与奇气相发，诗篇雄峻，畦町独辟"，[②] 而其友人宋思仁在读了他"黔南戎幕往还时作"后，称其"助之以江山，习之以军旅，则又如少陵入蜀后诗之一变"。[③]

贝青乔赴黔，是在地方长官的衙门里谋事，他更多关注的是民生。贵州拥有丰富的矿藏，开矿是发展经济、强国富民的重要途径，贝青乔对此有充分的认识。在贵州日，贝青乔曾经写过一组诗，题为《五砂吟》，分咏采砂、运砂、拣砂、淘砂和烧砂。编入诗集时，作者另外加了一个很长、甚至有点不像诗题的题目："黔山开矿者不

① 舒位著，曹光甫点校《瓶水斋诗集》，第252页。
② 谭献：《重刻瓶水斋集序》，载《瓶水斋诗集》，第814页。
③ 舒位著，曹光甫点校《瓶水斋诗集》，第810页。

下数百厂，硃砂砆砋所在多产，而金银矿只威宁、天柱一二处而已。余前曾入咏，意未征实。今与程生沛设鳌大文山，凡所见闻，颇资谈助。故复作《五砂吟》。"① 但采矿是双刃剑，贝青乔也认识到其对环境和资源的破坏作用，当然还有劳动条件的艰苦以及矿难的频频发生，对矿工身体健康和生命安全造成的极大威胁。其《砂厂》诗即云："开矿无银苗，采砂有丹汞。黔山此宝藏，冥搜竞凿空。"又云："入此宝山回，忘却祸水涌。我思石髓虚，泰华势难巩。压顶坎时陷，抉脉波倏汹。生埋亦何辜，埋作万人冢。"当然，官和商既钩心斗角，又相互利用，中间的支点便是利益的输送和分配："微命纵非恤，蕴孽尤可恄。夺灶结讼烦，抽税任吏董。公私互居奇，左右各登垄。金穴郭况豪，铜山邓通宠。怨府咸眈眈，兵衅恒讻讻。"②

　　贝青乔在黔之日，已是道光末年，经历了鸦片战争，比之舒位的年代，所谓乾嘉盛世的浮华，早已褪去了虚假的光环。天灾人祸的肆虐，此时的晚清社会已是千疮百孔，而自然条件和经济基础原本差一些的西南边陲的老百姓，更是生活在水深火热之中。贝青乔有《鬻女谣》，其自序云："程生买婢贵筑，有杨姓携女至，貌若甚戚者。问之，曰：'今遇科场，细民皆有徭役，即担粪奴亦不免。吾业种菜，例输十余金，家贫无以应，故鬻女也。'余闻而恻然，诗之，以为当事告。"可见，借办社会事业而强行摊派，并非当今某些官员的发明。在贝青乔生活的将近二百年前，就有人借此或中饱私囊，或建枉政绩。"官中一粒谷，民间一块肉。官中一把蔬，民间一女奴。嗟尔菜佣甚矣惫，何堪官帖遭苛派。"③ 诗人是何等的愤怒，何等的同情，又何等的无奈。三年后返家的途中，还没出贵州之境，贝青乔根据沿路

----

①　贝青乔著，马卫中、陈国安点校《贝青乔集》(外一种)，第75页。

②　贝青乔著，马卫中、陈国安点校《贝青乔集》(外一种)，第64页。

③　贝青乔著，马卫中、陈国安点校《贝青乔集》(外一种)，第83—84页。

所见所闻，又写下《舆夫叹》《官肉谣》二诗，讲的都是官府欺压百姓的故事。且看《官肉谣》：

> 县堂鼛鼛擂大鼓，县官朝衙谕屠户。尔设屠肆利万千，宜有赢余献官府。朝献生羵肩，暮献烂羊头。此是公膳有常例，今当日献银一流。犬惊嚎，牛觳觫，日炙县堂风肃肃。屠户夜起四脱逃，县官亲自操屠刀。县门快大嚼，县署盈大庖，买肉勿嫌官价高。尔民三月不知味，尝及一脔恩已叨。我过山城偶驻马，闻此堂堂肉食者。是时四野方啼饥，草根掘尽土如赭。①

这出名副其实的鱼肉民众的闹剧，发生在毕节县——诗人离开贵州的最后一站。贝青乔辛辣的讽刺，继承了其在鸦片战争中所作《咄咄吟》的传统。《舆夫叹》云"听此舆夫言，宛似诗人讽"，②作者写诗的功利目的是很明确的。这与舒位幻想通过自己的建功立业来实现治国平天下的理想，有了很大不同。

借旅途之便，或乘工作之余，舒位和贝青乔都参观游览了不少贵州的古迹，留下许多怀古之作。借古讽今，历来是中国诗学的传统，舒、贝二人也不例外。因此，他们所选择的咏古对象，其实也反映了他们的心志。和舒位赴黔的使命相关，《瓶水斋诗集》中存有《甲秀楼诸葛武侯祠》《汉将军关索庙下作》等作品，吟咏诸葛亮收服孟获时所留存遗迹。前首云："七禽七纵非游戏，要使南人知此意。南人怀德兼畏威，长戈利刃何当挥。"③征服当恩威并施，征服需文韬武略。

---

① 贝青乔著，马卫中、陈国安点校《贝青乔集》(外一种)，第88页。
② 贝青乔著，马卫中、陈国安点校《贝青乔集》(外一种)，第86页。
③ 舒位著，曹光甫点校《瓶水斋诗集》，第242页。

后首有自序言："庙在岭绝顶，岭从将军姓也。碑称将军为前将军之子，当武乡侯征南蛮时，将军先驱至此，遂俎豆焉。"①《阳明书院怀古》赞王阳明"完人得忠孝，绝技综文武"，其对贵州的贡献，就是荒蛮之地"始知讲学事"。②表彰先烈，弘扬正气，也是感化边民的重要手段。《十八先生墓》诗，是缅怀在孙可望反叛时牺牲的南明永历朝十八位忠贞义士，而《坠马石歌》为纪念明代巡抚姚启盛而作：

> 坠马石，鸡场路，大书深刻坠马字，云是前明黔抚姚公坠马处。黔山高，役者劳，上山复下山，跬步俯仰如桔槔。公为民牧爱民力，骑马登山堕山石。噫嘻马足尚难停，何况肩承踵接重行行。君不见驱五丁，鸣八骏，坐者乐，行者愁。石头路滑风雨秋，燕然之铭无人修。坠马石，心悠悠。③

据《贵州通志》记载，当姚启盛行进在黔南崎岖山路之间时，"悯站夫之苦，乘马而行，路滑坠马，土人铭石以志其德"。④舒位此去，旨在解决民族矛盾，而民族矛盾，说到底是人群与人群的矛盾，是统治者与被统治者的矛盾。或和谐，或紧张，与官员的道德操守和治政方略有莫大关系。

贝青乔在贵州时，也曾寻访过诸葛亮南征踪迹。因黔地在道光时并无战事，所以诸葛亮的形象在贝青乔的诗歌中现实感不强。他去武侯祠瞻仰，可他写诗的侧重点是考求一个传说的真实与否："蛮

---

① 舒位著，曹光甫点校《瓶水斋诗集》，第 245 页。

② 舒位著，曹光甫点校《瓶水斋诗集》，第 242—243 页。

③ 舒位著，曹光甫点校《瓶水斋诗集》，第 239 页。

④ 鄂尔泰等监修，靖道谟等编纂《贵州通志》，《景印文渊阁四库全书》（五七一），台湾商务印书馆，1986，第 186 页。

酋济火从武侯征孟获有功，封罗施国王，相传遗象附祀南明河上武侯祠。"[1]而《关将军索庙》诗所关心的，主要是有无关索其人："史册之可考者，并无所谓索也。乃前明谢肇淛谓将军曾为李恢先锋，诸葛元声又合将军与兴为一人，不知所据何书？"在贝青乔参观了关索庙后，他找到了一个成为写诗理由的推测："然庙貌飒爽，祀事修明，世奉为顺忠王，谅必有所以慑伏蛮髳者，故诗之。"[2]即使是访古，贝青乔也关心民生。在遵义陈公祠，作者曾题七言绝句一首，然诗题之长，远超乎诗："遵义府，古为播州地。柳子厚所谓非人可居者。乾隆时，陈公玉璧来守是郡，令妻女教民蚕织，民始知有生业。迄今茧丝盛行海内，而遵义遂为黔中沃土矣。蚕种来自山左，长五六寸，粗如指，人称为太守蚕。余道出公祠下，钦仰久之，为题一绝。"诗云：

> 簇簇人烟隐翠岚，谁留宦迹在西南？
> 绳牵橡槲张如网，争饲山东太守蚕。[3]

晚清政治弛废、经济萧条，而本来就比较贫穷落后的边远地区，更是民不聊生。贝青乔的主观愿望是期待着有陈玉璧这样的循吏出现，能拯救民众于水火之中。

三

舒位和贝青乔旅黔诗中最炫人耳目者，是描写苗族生活风俗的诗歌。其中舒位有《黔苗竹枝词》五十四首，而贝青乔则有《苗妓

---

① 贝青乔著，马卫中、陈国安点校《贝青乔集》(外一种)，第84页。

② 贝青乔著，马卫中、陈国安点校《贝青乔集》(外一种)，第78页。

③ 贝青乔著，马卫中、陈国安点校《贝青乔集》(外一种)，第82页。

诗》七律六首，均被收入清人所编《香艳丛书》。由于此二组诗都有详细的自注，可作了解苗地风土人情的翔实可征的史料。特别是《苗妓诗》，其注之长，被辑出后另成《苗俗记》一书，收入《小方壶斋舆地丛钞》和《丛书集成续编》。舒位《黔苗竹枝词》自序云："夫古者辅轩采风，不遗于远。而刘梦得作《竹枝词》，武陵俚人歌之，传为绝调。余诚乏梦得之才，又所记谀琐，无足当于采录。而以一书生万里从征，往来柳雪，横槊而赋，磨盾而书，将以是为铙歌一曲之先声焉。"① 俨然是以竹枝词咏苗家风俗第一人自居。其实，在舒位之前，康熙年间就有田榕《黔苗竹枝词》，乾隆年间又有齐周华《苗疆竹枝词》和余上泗《蛮峒竹枝词》。当然，舒位诗名大，故知之者亦众。

　　有关苗族早期的史书记载，可追溯到《史记》和《汉书》之《西南夷列传》。而范晔《后汉书·南蛮西南夷列传》由于对少数民族的歧视，再交织古代神话传说，故所记有关苗族起源，多荒唐和污蔑之言，不能采信。舒位《黔苗竹枝词》照搬《后汉书》之说，主要是因其"横槊而赋，磨盾而书"，是作为一曲铙歌而作，而战斗的对象便是苗民。

　　剔除糟粕，舒位《黔苗竹枝词》分咏苗族四十一个分支，对他们生活的地理环境、饮食服饰、节令风俗、婚丧礼仪等都做了介绍。相对内地汉民族保守的婚姻观，苗族的自由恋爱和自主婚姻，在当时让人倍感新奇。故舒位许多诗篇，都津津乐道于此，当然，多为对美好爱情的向往和歌颂。可见，与正襟危坐、道貌岸然的乾嘉官员和学者相比，舒位受理学熏染并不深，这也是其仕途坎坷曲折和热衷性灵诗歌的重要原因。《黔苗竹枝词》以后编入《香艳丛书》，亦缘于此。我们举其《白苗》诗：

---

① 舒位著，曹光甫点校《瓶水斋诗集》，第 772—773 页。

　　　　折得芦笙和《竹枝》，深山酣唱《妹相思》。

　　　　蜡花染袖春寒薄，坐到怀中月堕时。

　　诗后自注云："芦笙者，编芦管为笙，有簧。男女相会，吹以倚歌。歌曲有所谓《妹相思》《妹同庚》者，率淫奔私昵之词。贵定、龙里皆有。衣尚白，故曰白苗。"[1] 而《西苗》谓"一曲山谣两鬟花，月球抛后女归家"，自注则谓："凡苗，类有跳月之习。西苗制花球，于唱歌时掷所欢以结昏，亦非生子弗归也。"[2] 最近几十年间，学术界对舒位《黔苗竹枝词》的研究非常之多，也很深入，这得益于贵州地方对乡邦文献发掘的重视。所以我们无需赘言。如果要对舒位《黔苗竹枝词》作一提纲挈领的总体评价，那么郭则沄《十朝诗乘》所言则非常恰当："黔苗之类别甚繁，大兴舒立人早岁游黔，作《黔苗竹枝词》多首，分类赋之……皆以雅辞道俗，耐人吟讽。"[3]

　　郭则沄在讨论舒位《黔苗竹枝词》后，紧接着便论述贝青乔《苗妓诗》，称"亦足供谈助"。[4] 贝青乔此诗有借鉴舒位诗歌的痕迹，特别是自注的内容，有时几乎不易一字照单全搬。如第一首"却在夭家问野楼"句下注："夭苗一名夭家，云出自周后，故多姬姓。女子十三四，构竹楼野外处之，苗童聚歌其上，情稔则合。"[5] 与舒位《夭苗》二首注大同小异："夭苗一名夭家，多姬姓，自以为周之后。在广平州，人死不葬，以藤蔓束之树间。"又："其在夭坝者，女子年近

---

①　舒位著，曹光甫点校《瓶水斋诗集》，第 780 页。

②　舒位著，曹光甫点校《瓶水斋诗集》，第 780 页。

③　龙顾山人（郭则沄）纂，卞孝萱、姚松点校《十朝诗乘》，福建人民出版社，2000，第 554—555 页。

④　龙顾山人（郭则沄）纂，卞孝萱、姚松点校《十朝诗乘》，第 556 页。

⑤　贝青乔著，马卫中、陈国安点校《贝青乔集》（外一种），第 68 页。

十三四，即构竹楼野外处之，闻歌而合。此较黑苗之马郎房更奇。"[1]
前后之承袭，一目了然。再如第二首"问是槃瓠几派分"句下注：
"槃瓠，高辛氏之蓄狗也。衔犬戎吴将军头献阙下，帝酬其功，妻以
少女。槃瓠负女入南山，生六子六女，自相夫妇，此群苗鼻祖也。详
见范史《西南夷列传》。"[2]除"蓄狗"，舒位作"畜狗"，其余与舒位
《西南夷》首注完全雷同。如此者在《苗妓诗》自注中尚多。其实，
类似情况在贝青乔其他作品中亦有。如《关将军索庙》序，前段文字
与舒位《汉将军关索庙下作》也基本一样。因是研究诗歌，就诗而
言，贝青乔《苗妓诗》与舒位《黔苗竹枝词》，无论体裁、布局，抑
或语言、修辞，均呈现迥异的风格。与《黔苗竹枝词》分述苗族各部
不同，《苗妓诗》六首是把苗族作为一个总体加以吟诵。其三云：

> 跳花坡抱月场南，拉到春阳正十三。
>
> 解语略嫌音带鸩，劝餐还怕蛊藏蚕。
>
> 佯牵芦被情何昵？偷结瓜球性亦憨。
>
> 作戛恐防归路晚，补笼药箭满林岚。[3]

　　凡择偶之仪、语言之异、辟邪之术、御寒之具、狩猎之法、风
俗之奇，一寓于诗。因竹枝词创自民间，自古以来较少用典，舒位又
热衷性灵，故以白描为主。贝青乔则不然。律诗肇源于六朝永明体，
好绮靡、善用典是其特点。以后杜甫、李商隐、宋初"西昆体"所赋
律诗，均以此见长。贝青乔此诗，其自注标明就引有《黔书》、《说
铃》、潘岳《闲居赋》、陆次云《峒溪纤志》，及杜甫《岁晏行》诗句。

---

① 舒位著，曹光甫点校《瓶水斋诗集》，第781页。
② 贝青乔著，马卫中、陈国安点校《贝青乔集》（外一种），第68页。
③ 贝青乔著，马卫中、陈国安点校《贝青乔集》（外一种），第69页。

就内容和形式的完美合一，《苗妓诗》应该是代表了贝青乔旅黔诗的最高成就，是最有价值者。

贝青乔抒写苗族风情的诗歌，除《苗妓诗》外，尚有《磨石关苗寨作》《跳月歌》等。特别是《跳月歌》，七言歌行的复沓吟唱，充分反映了苗族青年在月场男欢女爱的热烈场面和憧憬未来的美好愿望："新正初三至十三，女伴呼女男呼男。联臂顿足到场上，男情女态皆狂憨。两男作对跳场内，群女四五围场外。合围群女千百围，作对群男千百对。男跳迟，群女四围都矜持。男跳速，群女四围共笑逐。是时芦笙吹作鸳鹅鸣，众跳应节谐其声。声中自有月老在，天作之合凭一笙。"[①] 青春的快乐，爱情的甜蜜，不是今天少男少女的专利。贝青乔诗中所描述的将近二百年前的苗家青年，他们享受青春、享受爱情，又何异于今天。舒位的贵州岁月因在战争环境中，和苗民深入接触和广泛交往的机会不多。但是，他除《黔苗竹枝词》而外，在贵州所写的一些吟咏风物的诗歌也值得寻味。《苦雨》《憎蚊》写生活条件之艰苦，《藏书叹》写文化基础之匮乏。难解其真实写作意图的是《磷祭行》和《卧闻蟋蟀偶成》。此二诗均为七言古风，字面意思并不复杂，但借题发挥，抑或暗喻黔中何人何事。汪佑南《山泾草堂诗话》录舒位并非作于黔中的《蜘蛛蝴蝶篇》，引黄人评论："静里澄机，闲中观物，此君终得最上乘。此篇当与《听蟋蟀》参看。"汪佑南画蛇添足，加以按语："此篇或有此意，似四人牵连，同罹一狱，不知当时所指何事。然即无此意，却有此种实景，非妙笔写不出也。"[②]《听蟋蟀》者，即《卧闻蟋蟀偶成》。高人自有高处，我们读舒位类似《蜘蛛蝴蝶篇》《卧闻蟋蟀偶成》等诗歌，大可不必作微言大

---

① 贝青乔著，马卫中、陈国安点校《贝青乔集》(外一种)，第74页。
② 舒位著，曹光甫点校《瓶水斋诗集》附录三"序跋评论"，第821页。

义、皮里阳秋的过度解读，只需记住黄人的话便可。

一方山水养一方人。人到了一方山水也会有所改变，而诗人改变最大的莫过于影响诗歌创作的性情。舒位、贝青乔旅黔诗，在交通落后、信息闭塞的清中叶，呈现边陲之地的自然环境、风土人情和社会现实的全真影像。可以说，当时读者是怀着好奇心来阅读、欣赏他们的作品的，如同我们今天聆听一位饱经风霜的旅行家或者是经历了一辈子惊涛骇浪的老船长讲述传奇又刺激的故事。而且，他们也喜欢有人阅读，有人聆听，甚至有人传播。当时吴中诗人赵函并元踏足贵州，却也写了篇幅很长的《么妹歌》，序称"大兴舒孝廉位在军中，目击其事，索余作歌"。① 如果我们再将舒位、贝青乔旅黔前后作品进行比较研究，首先的感觉一定是变化。前引宋思仁和谭献对舒位诗的评价，大抵如此。而过去臧否贝青乔，亦相当。黄富民序《半行庵诗存稿》有一段话评论贝青乔，但似乎也可以移说舒位：

> 幕游滇、黔，梯空缒幽，星饭水宿，不废铅椠。境苦而诗益工，实能锤凿天险，雕镌世态。倚船唇而构想，磨盾鼻以呕心。语奇而卓，笔纤能达。言之有物，义归劝惩。不戾于风人之旨，不乖乎古作者之心。②

当然，我们仔细考量，他们对共同事物的反映又不尽相同，甚至是有很大差异的。这取决于他们的经历，也取决于他们的性情。我们在本文的叙述，对此只是作了轮廓的勾勒。

---

① 钱仲联主编《清诗纪事》（十五），江苏古籍出版社，1989，第10858页。
② 贝青乔著，马卫中、陈国安点校《贝青乔集》（外一种），第377页。

道咸诗坛吴门寒士群体的代表诗人沈谨学

　　清代道光、咸丰年间，苏州有一批文士，他们出身寒门，一直在为生活愁苦，为生活奔波。但是，他们又胸怀理想，有着救国救民的抱负，只是政治之黑暗，以致怀才不遇，报国无门。他们被学术界称为"吴门寒士群体"，这其中有人们所熟知的江湜、贝青乔等。当然，还有更多者，因为是寒士，根本不为当时人所知晓，更为今天研究者所忽略，如沈谨学、徐宝浣、徐晋镕、张鸿基、管兰滋等。贫困的际遇迫使他们抱团取暖，经常聚在一起，既交流思想、切磋艺文，亦互相接济生活。徐晋镕曾经如此回忆他和沈谨学的友谊："是年值水荒，我贫室如洗。手贻十饼金，令我免罍耻。是虽友谊常，难君亦贫士。"[1] 沈谨学生活之艰辛，在贝青乔诗中亦有反映，其《题沈四山人遗诗》谓："一种田家野趣饶，忘饥忍冻任逍遥。能安耕凿贫非病，此是先民《击壤谣》。"[2]

　　与徐宝浣、张鸿基等相比，沈谨学的诗歌创作成就要高出许多。

---

　　① 徐晋镕：《手钞亡友沈山人诗竟题后》，载贝青乔著，马卫中、陈国安点校《贝青乔集》（外一种），上海古籍出版社，2013，第477页。

　　② 贝青乔著，马卫中、陈国安点校《贝青乔集》（外一种），第137页。

他与江湜、贝青乔一样，堪称"吴门寒士群体"的诗人代表。六十年前，严迪昌先生曾在《江海学刊》发表学术论文《清代江苏诗人沈谨学》，称沈谨学"是个毕生躬耕的诗人。然而一百年来，身'贱'名微，向不为人们所注视"，"沈谨学以新颖的诗格，为清中叶诗坛带来了生气。这些带着泥土香的诗篇，是应该在我国诗史上占有一席地位的"。① 是为最早论述沈谨学诗歌之专文。然而沈谨学应该占有的"一席地位"，依然被研究者所忽略，数十年来，沈谨学还是继续"不为人们所注视"。严迪昌先生之文，至今尚是研究沈谨学绝无仅有的专论之文。当然，在一些综述性的研究文字中，也有学者提及沈氏之名。杨箫《历朝田园渔樵诗》甚至认为沈谨学的诗歌是中国田园诗的绝响："随着古代文学的终结，田园诗也逐渐收起了它那耀人光焰，钱大昕与沈谨学为它画上了圆满的句号。"②

因此，我们今天应该继续讨论沈谨学及其诗歌创作，以期引起更多学者进一步关注沈谨学，关注他所代表的吴门寒士群体的诗歌创作。

沈谨学（1800—1847），字诗华，又字秋卿，江苏元和（今苏州）人，著有《沈四山人诗录》六卷。沈谨学一生躬耕，贫病以卒。我们说其是寒士，其贫寒之窘境，只消读其《贫况》一诗便可知晓：

> 遮穷讳苦亦徒然，欲诉还休更可怜。
> 昨夜举家聊啜粥，今朝过午未炊烟。
> 强颜且去赊升合，默计都无值一钱。
> 谁信先生谁不信，御寒无被已三年。③

---

① 严迪昌：《清代江苏诗人沈谨学》，《江海学刊》1962 年第 11 期。
② 杨箫选注《历朝田园渔樵诗》，华夏出版社，1999，"前言"第 6 页。
③ 贝青乔著，马卫中、陈国安点校《贝青乔集》（外一种），第 468 页。

是诗写于道光丁未，也就是诗人辞世之年，为反映当时落魄知识分子生活之名篇。读此诗，仿佛将读者带到了那苦难岁月之苦难人士的苦难历程。江湜在《伏敔堂诗录》中曾屡次提及此诗，其《贫况效沈山人体》云："三间屋底无薪火，十月风前有葛衣……便怀七十二奇策，难救残年八口饥。"[①] 可见，道咸时期痛苦忍受饥寒交迫的，尚有江湜。贝青乔也说江湜"一样途穷行脚债，万分才短折腰官"。[②] 他们是心心相印的一个群体。而江湜亦自称："独念山人行谊始末，唯余知之最详。"[③] 江湜还有《读沈山人诗感赋》，也将他们的贫困生活，书写得淋漓尽致：

> 八口只今计岂完，当时贫况有余酸。
> 更怜诗里其人在，独可灯前与我看。
> 吾道非耶良友尽，秋风起矣壮心寒。
> 孰知广厦成虚愿，衾冷多年自少欢。

江湜在此诗自序中称沈谨学诗"词意凄恻，读之令人不欢。因思山人殁已四年，其家益寒馁可念，愧窘甚，无以计之也"。[④] 惺惺相惜，借他人之酒杯，浇自家之块垒，这是当时吴门寒士群体的集体写照。

沈谨学与吴门寒士群体中的其他诗人相比，其功名心不强，在政治上没有太多的理想。他从未参加过科举考试，也没有像江湜那样，因科举之途不畅，便援例捐赀得官，钱不多，当然只能是最低的从九品，还为"分浙试用"。同时，他也没有贝青乔的"经济才"，

---

① 江湜著，左鹏军校点《伏敔堂诗录》，上海古籍出版社，2008，第134页。

② 贝青乔：《赠江少尉湜时有栝苍之役即以志别》，载《贝青乔集》(外一种)，第154页。

③ 江湜：《沈山人事略》，载《贝青乔集》(外一种)，第409页。

④ 江湜著，左鹏军校点《伏敔堂诗录》，第127—128页。

所以不能，大概也不愿囊笔依人、充人幕府。他只有通过农耕劳作，来满足自己的物质需要；而其写诗，也只是为了满足自己的精神需要，即其所谓"别无消遣只吟诗"。① 潘曾沂序《沈四山人诗录》，谓"沈四山人者，余所称也"。何以称之？潘氏解释："唐沈千运尝曰：'衡门之下，可以栖迟。有薄田园，男稼女织。偃仰今古，聊足此生。'当时士流敬慕，号为'沈四山人'。今山人亦行四，而志趣相类，宜以为称。"并说："山人自少力田甫里，人称其孝弟，偶为诗，自怡悦而已，不求人知。"② 沈谨学曾和潘曾沂讨论，说自己的追求就是"稻田卅亩蔬半亩，松竹三分水二分"。当然，他自己并无实现的能力，故他又说"此愿未知何日遂，君能成我即成君"。③ 只是通过农耕很难满足起码的生活需求，其《岁暮感怀四首次冶伯韵》谓"近知菜味甘于肉，已识人情薄似罗"，可知其饥渴已从物质层面蔓延到了精神层面。不过沈谨学还是沉醉于我行我素的自我追求中：'只合读书求我志，功名待举力田科。"④

早些时候，沈谨学对乡居生活还是深感惬意的。其《幽居吟》云：

> 幽居远城市，野旷非山深。仄径界桑麻，绕庐多绿阴。
> 野花不知名，疏香长满襟。野鸟不避人，时来送清音。
> 眼前无机事，何处生机心？性情淡流水，风月闲黄金。
> 野人耕钓余，聊为幽居吟。⑤

---

① 沈谨学：《春尽》，载《贝青乔集》(外一种)，第 414 页。
② 潘曾沂：《沈四山人诗录序》，载《贝青乔集》(外一种)，第 407 页。
③ 沈谨学：《呈小浮山人潘功甫曾沂》，载《贝青乔集》(外一种)，第 466 页。
④ 贝青乔著，马卫中、陈国安点校《贝青乔集》(外一种)，第 455 页。
⑤ 贝青乔著，马卫中、陈国安点校《贝青乔集》(外一种)，第 411 页。

　　这样的满足，和他从小接受的教育有关。传统的儒家思想，倡导的是耕读人家的耕读生活。其《新春言怀》称自己"岂无干进心"，但是，既然已经"结庐依陇亩"，所以"此心复何有"，而现实的一切，均是祖上的安排："力耕先人遗，今已数世守。黾勉及子孙，相期保淳厚。"于是他勤心农务："新岁农务闲，茅檐聚邻叟。纵论田野事，肥瘠分某某。旁及相牛法，指画定好丑。"[1]和邻里讨论农事，非常投入，也非常开心。

　　"家业世传耕种法，头衔天与太平民。"[2]正因为满足于在家乡业农，沈谨学几乎一生足不出里。他创作诗歌，似乎成了农事的记述。其《田园杂兴四首》之二云：

> 东风蔼然至，杨柳春鸠鸣。徘徊以相对，动此安居情。
> 薄田二十亩，及时自须耕。浸谷不数日，谷芽亦已生。
> 微云酿成雨，阴阴渐为晴。[3]

　　由于当时农耕技术的落后，种田基本上是靠天吃饭。因此，沈谨学情绪的喜怒哀乐，也随之变化。《获稻归有作》云："三日不出门，我稻熟如此。况值天气晴，收获及时矣。"眼见丰收，其抑制不住的喜悦，跃然字里行间。但是，回首"当其八月时，衣食何以恃？牛力尽不继，稻苗干欲死"，诗人也曾经充满焦虑。"稻今获归来，牛见亦欢喜。"[4]最后是拟人的手法：牛欢喜，实质是人欢喜，"欢喜"二字是神来之笔，可谓画龙点睛。诗人愉快的心情甚至无需丰收的到

---

① 贝青乔著，马卫中、陈国安点校《贝青乔集》(外一种)，第437—438页。

② 贝青乔著，马卫中、陈国安点校《贝青乔集》(外一种)，第439页。

③ 贝青乔著，马卫中、陈国安点校《贝青乔集》(外一种)，第426页。

④ 贝青乔著，马卫中、陈国安点校《贝青乔集》(外一种)，第434页。

来才有，只要风调雨顺即可，其《初夏即事二首》之一云："家家晒麦趁天晴，耞拍声连笑语声。昨夜东风吹过雨，新秧竟与岸齐平。"[1]农家的满足，实在是容易得到。《沈四山人诗录》中同为《喜雨》的诗题就不止一首，无非该雨即雨便喜形于色。

但是，惬意的心情也不是常有的，因为惬意需要惬意的环境：自然环境，还有社会环境。首先是天灾的不可避免。旱、涝、风、雹等自然灾害频频光顾，时常给沈谨学的农耕生活带来烦恼和绝望。其诗作涉此甚多，如《五月二十七日纪龙墩龙阵》，是记突然来临的龙卷风："游龙快意有如此，尽攫风云作驱使。风扶摇，云飞扬。游龙弄之犹未足，更挟急雨来茫茫。龙尾一掉万瓦舞，列屋乃遭逆鳞怒。居民数十家，何罹兮何辜。粮为之罄兮，屋为之无。"[2]而其《复水》云：

> 稻田复没尽，苍茫转无极。饿死自有命，我不愧我力。
> 彼苍亦何心？尔水太相逼。既没我稻田，又来漂我宅。
> 初才四五寸，渐渐欲盈尺。抠衣时一涉，寒气凛至腋。
> 谁能度晨昏？架板以休息。老母终日坐，无言但默默。
> 老母勿默默，忧心我已识。天岂无晴时？水当有去夕。
> 家储冬春米，计之可接麦。阿兄瀹荡人，以酒乐其适。
> 欢然持一觞，劝母亦我及。逃出风雨声，醉乡徐引入。[3]

另外，《彻夜大风雨》《水势渐退小雨即晴》等诗均是记述水灾。

其实，对于百姓而言，更恐怖的，还是人祸。因为比之天灾，

---

① 贝青乔著，马卫中、陈国安点校《贝青乔集》(外一种)，第450页。
② 贝青乔著，马卫中、陈国安点校《贝青乔集》(外一种)，第420页。
③ 贝青乔著，马卫中、陈国安点校《贝青乔集》(外一种)，第447页。

面对无时无处不在的人祸，百姓无能为力，更无法抗拒，因此也更显无奈："官长开仓庆丰熟，小民计食费营谋。"① 其《村邻失稻歌以纪事》更是叙述了辛劳一年总算盼来丰收，但丰收之年农民并没有多获、甚至没有收获的悲惨故事：

> 一家五口田八亩，竭力耕田债还负。
>
> 那有余钱更买牛？两脚踏车当牛走。
>
> 人脚不如牛脚强，脚底血出筋骨僵。
>
> 不惜血出筋骨僵，但愿苗比人身长。
>
> 稻苗日长人日槁，秋风瑟瑟吹行道。
>
> 比邻老翁走相庆，今年稻比去年好。
>
> 雄鸡膈膊天朦胧，倾家获稻趋田中。
>
> 张眼各各面如纸，上塍下塍一望空。
>
> 一望空，无余谷，泪雨纷纷眼中落。
>
> 一年辛苦饱他腹，赢得归家放声哭。
>
> 放声哭兮门不开，又闻门外催租来。②

地主的贪婪肆虐，以及朝廷的狂征暴敛，农民哪里有活路？忙活一年，依然是竹篮打水一场空！诚如同时代龚自珍所云："国赋三升民一斗，屠牛那不胜栽禾！"③ 而沈谨学自己的命运，也不见得强于这位比邻而居的老翁多少。其《述怀一首寄冶伯》首先表白："志士凛名节，达人略行藏。同此耿耿在，不以困厄移贞刚。"然实际的情况则是"倾家力作不稍惰，但有歉岁无丰年"，于是"儿啼

---

① 沈谨学：《秋晚书感》，载《贝青乔集》（外一种），第440页。

② 贝青乔著，马卫中、陈国安点校《贝青乔集》（外一种），第418页。

③ 龚自珍：《己亥杂诗》，载《龚自珍全集》，上海人民出版社，1975，第521页。

饥，妻忍冻。不生内愧非人情"。① 又《岁暮即事二首》谓逼债人之多，以致"吠瘦吾家犬，朝朝索债人"，而诗人解决的办法也只是拆东墙补西墙："移新填旧债，此举觉安便。"② 年关难过，每到岁暮，沈谨学便面临窘境，《沈四山人诗录》中类似作品甚多。《岁暮述怀》云：

> 不信竟如此，纷纷债莫偿。何颜对亲友？留眼看沧桑。
>
> 喜捧毛生檄，羞垂杜老囊。长贫终未必，强健祝高堂。③

虽然沈谨学祈祷着"长贫终未必"，但他又有什么能力改变呢？他甚至绝望地哀叹，或许唯有一死，方是目前生活的解脱办法，其《乙未九月初七日哭六儿宝进》三首之三即云："世途逼仄我怀宽，家计凭教稼穑难。浅土薄棺安著汝，悦从一死省饥寒。"④ 生不如死，那是怎样的一种感受啊！

身居乡村，为生活忙碌，外面的世界似乎与沈谨学是隔绝的。其诗歌吟咏的题材，仅是发生在方圆几十里的苏州一带，且以乡间每天习见的生活琐事为主。但这并不等于沈谨学就不关心国家发生的大事。贝青乔奔赴浙东前线的那一年，也就是道光壬寅，即1842年，沈谨学诗歌屡屡提到英军入侵而引发的海氛。"近传海上多兵甲，别有心期与子深。"⑤ "比逢夷作逆，奔避惊江乡。是皆财为患，贪涎引

---

① 贝青乔著，马卫中、陈国安点校《贝青乔集》(外一种)，第465页。

② 贝青乔著，马卫中、陈国安点校《贝青乔集》(外一种)，第434页。

③ 贝青乔著，马卫中、陈国安点校《贝青乔集》(外一种)，第472页。

④ 贝青乔著，马卫中、陈国安点校《贝青乔集》(外一种)，第458页。

⑤ 沈谨学：《春日同冶伯登中立阁》，载《贝青乔集》(外一种)，第462页。

饿狼。"①"近闻夷逆无常处，才定惊魂有几家。"②而其《五月九日山民先生招同汝梦塘沈愚亭镐陈雨亭福畴汝寅斋鸣球宴集种瑶斋时夷匪自乍浦犯上海兵民逃徙苏郡戒严率赋以纪》云：

> 菖蒲挺剑森绿锋，石榴炎火烧晴空。
> 徐丈斋中集群彦，展对令我开心胸。
> 雄飞雌伏飞者伏，何以解忧一林属。
> 纷纷肉食何为乎？有感八公间草木。③

可见当时吴门寒士诗人群体在大敌当前下的同仇敌忾，这也就是他们"位卑未敢忘忧国"的精神所在。④

沈谨学在吴门寒士群体诗人中的地位，是由其诗歌创作之成就所决定的。这种成就，不仅仅体现在诗歌内容的现实性，还在于诗歌艺术的创造性。所以，我们还须讨论一下沈谨学诗歌在艺术方面的价值。

古人论诗，有主学识和主才情之分。主学识者，往往倡导读书，即杜甫所谓"读书破万卷，下笔如有神"也，其所为诗表现出生涩奥衍之风格，一般以用典见长。而主才情者往往矜才使气，直抒胸臆，其所为诗则表现出淋漓尽致之风格，一般又以白描见长。孰优孰劣，孰高孰下，其实难分伯仲，但是，自严羽《沧浪诗话·诗辨》提

---

①　沈谨学：《冶伯令子仲宝宝浣惠诗次韵呈山民先生》，载《贝青乔集》(外一种)，第462页。

②　沈谨学：《壬寅重五前二日汝梦塘谐携酒仁寿祠小饮即事有作》，载《贝青乔集》(外一种)，第462页。

③　贝青乔著，马卫中、陈国安点校《贝青乔集》(外一种)，第462页。

④　陆游：《病起书怀》，载陆游著，钱仲联校注《剑南诗稿校注》，上海古籍出版社，1985，第578页。

出"夫诗有别材,非关书也;诗有别趣,非关理也",[①]后世则将其衍化成诗学理论中最核心的标准之一,假以区别格调与性灵,甚至划分唐宋。其实,无论是格调,还是性灵,都是诗歌真实反映现实、抒发情感的载体。缘此,诗人主学识抑或主才情,应该选择与诗人个性、经历相适应者,而非将其作为纯粹的形式追求。沈谨学生活在乡村,业耕之暇以写诗为乐,诗歌是其平时生活的反映,寄托了他所有的喜怒哀乐。所以,沈谨学写诗强调性情,其论诗有谓"性情不死即神仙",[②]而江湜亦谓其"不喜举子章句之学。独为歌诗以陶冶风物,发抒襟抱,盖其天性能之,故终其身,虽穷不废,且益工也"。[③]在《简徐冶伯晋镕即题诗稿后》一诗中,沈谨学自己也说"浪分格调或唐宋"并无实际意义,这是因为"毕竟性情无古今"。[④]但是,主才情并不等于草率写诗。《沈四山人诗录》所收诗,起自嘉庆十九年(1814)沈谨学15岁时,而迄于道光二十七年(1847)其云世之前,三十四年仅有327首,平均每年存诗不足10首,其创作态度之严肃可见一斑。沈谨学自己也说:"野人近来减苦吟,偶然得句不足成。苦吟自写性情耳,陶诗一卷即性情。"[⑤]并且,"不喜举子章句之学"不等于不读书,江湜就还说:"初,山人之孤也,醉余肩农业而委之于学,故其诗长而益高。"[⑥]醉余为沈谨学兄长沈立学的字。只是沈谨学以为读书要能出新,要不为书囿而形成自己的见解:"读书不能出己见,徒于故纸穷钻研。"当然,读书还要能致用:"男儿目是贵

---

① 严羽著,郭绍虞校释《沧浪诗话校释》,人民文学出版社,1983,第26页。
② 沈谨学:《题唐诗选本后》,载《贝青乔集》(外一种),第432页。
③ 江湜:《沈山人事略》,载《贝青乔集》(外一种),第408页。
④ 贝青乔著,马卫中、陈国安点校《贝青乔集》(外一种),第442页。
⑤ 沈谨学:《连日风雨遣怀》,载《贝青乔集》(外一种),第441页。
⑥ 江湜:《沈山人事略》,载《贝青乔集》(外一种),第408页。

实学，虎皮羊质何有焉？"①

所以，沈谨学好友徐晋镕《手钞亡友沈山人诗竟题后》言其诗歌之特点，说是"结习耽苦吟，淡如秋潭水"，究其原因，便是学陶渊明，甚至学杨诚斋："陶公五字诗，超超寓名理。少小师诚斋，七言盖胎此。"②徐晋镕是言深为徐世昌首肯，《晚晴簃诗汇·诗话》说明了吴门寒士诗群的人员组成是沈谨学的一批朋友——"秋卿与吴江徐达源及同郡杨白、刘泳之、江湜善"，接着便引徐晋镕此诗句，最后得出结论，谓沈谨学"当时畸行，雅擅名篇，其人为足传也"。③

"淡如秋潭水"，是谓其诗风的清新自然。沈谨学诗歌往往是娓娓道来，明白如话。我们试举其《秋日漫兴》：

> 小小一村三十家，家家结个竹篱笆。
> 田角绿擎芋头叶，豆棚黄上丝瓜花。
> 老牛虽瘦不偷力，浊酒譬无聊免赊。
> 最是网船相识熟，寻常买得贱鱼虾。④

诗歌完全是白描，生动描绘了一幅恬淡的乡村生活场景，诗风和内容高度融为一体。不仅如此，沈谨学还擅长以白话、甚至苏州的方言入诗，更增添乡土气息。如《老农》："稻今收获了，安稳度朝昏。"《春日杂诗》之二："谷种从邻换，瓜秧带雨移。"《雨后》："正好田间水薄添，稻苗会见森森长。"《夜窗读书有述》："一月不落雨，

---

① 沈谨学：《简芝田》，载《贝青乔集》（外一种），第 430 页。
② 贝青乔著，马卫中、陈国安点校《贝青乔集》（外一种），第 478 页。
③ 徐世昌：《晚晴簃诗汇》卷一百四十八，民国十八年刻本，第 13 页。
④ 贝青乔著，马卫中、陈国安点校《贝青乔集》（外一种），第 439 页。

农事殊苦辛。"① 这样的田园诗仿佛出自农民的手笔，给人留下的深刻
印象就是农民的对话成了诗语。他记自己二十四岁生日，诗最后说：
"居然廿四回，三月廿一日。"② 又送朋友诗，结尾则云："道光癸卯仲
春月，记取吴江相送时。"③ 虽都是记以日期，但却彰显真实、亲切。
故徐达源《题沈山人诗录即用集中韵》论其诗云：

> 自君客黎里，两遇花生辰。得酒意真率，每自称野人。
> 暇日弄柔翰，独哦佳句新。淡然味无味，如食秋湖莼。
> 卷中田家语，仿佛图绘陈。坡公和陶作，并足垂千春。
> 所嗟工诗者，境遇多艰辛。工甚必穷甚，此例君乃循。
> 安得数弓地，种梅兼种筠。与君岁寒共，乐善终其身。④

　　"坡公和陶作，并足垂千春"，评价之高，也不全是妄誉之辞。
究其所以，则是江浩所谓"古人作诗重性情，今人作诗惟钓名"，而
沈谨学注重性情，因此"公诗一出百家废，有如皓月开新晴"。⑤ 沈
谨学说"性情何必深谈见"，⑥ 见性之语就是平常之语，确实无需改作
奥涩。

　　在嘉道年间以程恩泽、祁寯藻为代表的宋诗派崛起、诗坛弥漫
着生涩奥衍风气之时，并不反对学宋的沈谨学等却身体力行地创作着
平淡、流畅的诗歌，这和吴门寒士群体的整体诗风是一致的。如沈谨

---

① 贝青乔著，马卫中、陈国安点校《贝青乔集》(外一种)，第434页、第453页、第453页、第429页。

② 沈谨学：《生日作》，载《贝青乔集》(外一种)，第446页。

③ 沈谨学：《送江弢叔湜北行》，载《贝青乔集》(外一种)，第463页。

④ 贝青乔著，马卫中、陈国安点校《贝青乔集》(外一种)，第473页。

⑤ 江浩：《题沈丈秋卿遗集》，载《贝青乔集》(外一种)，第477页。

⑥ 沈谨学：《寄琴香》，载《贝青乔集》(外一种)，第441页。

学的好友江湜，叶廷琯辑《感逝集》谓"其所为诗不假雕饰，纯用白描"，[①] 夏承焘《天风阁学词日记》亦谓其"以手写口"。[②] 江湜把通俗作为自己的追求，其《小湖以诗见问戏答一首》，与李联琇论诗，也建议其"何如学我作浅语，一使老妪皆知音。读上句时下句晓，读到全篇全了了。却仍百读不生厌，使人难学方见宝。此种诗以人合天，天机到得写一篇"。[③] 只是这种看似通俗的白描，也是体现功力之追求的。彭蕴章序《伏敔堂诗录》，即云："叕叔诗，则古体皆法昌黎，近体皆法山谷，无一切谐俗之语错杂其间。"[④] 近代同光体诗人如陈衍等，将江湜作为近代宋诗运动清苍幽峭一派的代表诗人，而与郑珍等生涩奥衍一路诗人各领风骚，不无道理。我们所论述的沈谨学倡导读书，创作诗歌又力主清新自然，缘此，我们同样可以将其纳入道咸年间清苍幽峭诗人的行列。

---

① 叶廷琯辑《感逝集》卷四，光绪六年潘氏滂喜斋刻本，第15页。

② 夏承焘：《天风阁学词日记》. 浙江古籍出版社，1984，第367页。

③ 江湜著，左鹏军校点《伏敔堂诗录》，第228页。

④ 江湜著，左鹏军校点《伏敔堂诗录》，第460页。

贝青乔新论

在讨论"苏州地方文献丛书"选题时，我自然而然地想到了晚清苏州诗人贝青乔。有先生问及贝青乔入选的理由，我说很简单，在改变中国历史的鸦片战争时期，贝青乔是苏州最著名的诗人。所谓著名，是其名声已经远远超越了苏州的地域范畴。中华人民共和国成立以来，国内学术界讨论鸦片战争时期的文学，几乎都会提到贝青乔的名字，提到他的大型七言组诗《咄咄吟》。钱仲联先生认为《咄咄吟》："反映鸦片战争时期敌寇之横暴、清政府官吏之昏聩、将帅与人民之英勇抗敌，字字为血泪凝成。不特思想性强，艺术性亦高"，"同时则龚自珍《己亥杂诗》亦其类也"。① 近代诗歌，能与龚自珍《己亥杂诗》媲美者，多乎哉？不多也。而对《咄咄吟》的高度评价，甚至可以追溯到更久远的年代。晚清思想家王韬便说《咄咄吟》是贝青乔亲赴前线，佐扬威将军奕经幕府，浴血枪林弹雨，"不避艰险，冀有所树立，顾卒无所成功"，于是在磨盾草檄之暇，

---

① 钱仲联：《论近代诗四十家》，载《梦苕庵论集》，中华书局，1993，第338页。

"具载当时军中利病，识者以为不愧少陵诗史"。①

贝青乔的成就与地位，不仅体现在文学方面，还表现在史学研究领域。贝青乔留给后人的，除《咄咄吟》以外，还有其他诗歌和著述，都具有十分重要的文学和历史价值。罗尔纲先生主编的《中国近代史资料丛刊续编·太平天国》，就收有贝青乔的笔记著作《爬疥漫录》。因此，编纂"苏州地方文献丛书"，系统整理、出版贝青乔的诗文稿，是非常有意义的。

一

贝青乔（1810—1863），字子木，号无咎，又自署木居士。江苏吴县（今苏州）人。恽世临被劾侨寓苏州，序《半行庵诗存稿》时曾询得其生平，并作简单概括，称贝青乔"具有干济才，壮年尝佐扬威奕将军戎幕，不避艰险，冀有所树立。既而无成功，乃往游京师。归，复之浙，又尝之黔、之滇、之蜀，足迹半天下，而卒穷愁落寞、患难颠倒，以底于死。初，庚申之变，子木自浙迎母以去。越岁，杭城再陷，母子相失。子木出没死生，寻母不获，负罪引慝，无地自容。不得已就直隶制军刘公之聘，未及相见，道卒旅邸。呜呼！文人之穷一至此哉！"② 当然，我们还可以依据贝青乔自己以及当时人著述，钩稽其更多的生平事迹，所得结论，按叶廷琯《感逝集》所言，也只是"橐笔依人"。③

"橐笔依人"而奔走四方，是因为生活所迫。对此，贝青乔在诗中无奈述之：

---

① 王韬：《瀛壖杂志》，上海古籍出版社，1989，第83页。

② 贝青乔著，马卫中、陈国安点校《贝青乔集》（外一种），第376页。

③ 叶廷琯辑《感逝集》卷一，光绪六年潘氏滂喜斋刻本，第135页。

> 飞飞幕间燕，扰扰盘中蝇。饥趋谋一饱，百族相频仍。
> 橐笔事奔走，憔悴嗟可矜！磨砻腐儒骨，百年犹有棱。
> 逝将息吾影，归治田几畦。联床接吟侣，着屐呼酒朋。
> 潇潇风雨夜，兀守南濠灯。①

其实，贝青乔早年虽不富贵，也并不潦倒，可算是安逸。严迪昌《清诗史》谓其家族属于"吴中新兴文化世族，其父贝廷煦（1784—1818），字春如，号梅泉，又号三泉；六叔贝廷点（1793—1847），字孝存，号若泉，又号六泉，均为著名文士诗人。堂兄贝墉（1780—1846），字既勤，号简香，是袁绶阶长婿，系一代著名藏书家"。② 近年书画拍卖市场，时有贝廷点（即贝点）画作出现，贝青乔亦有《六泉叔命题钟进士出猎图》诗。现存贝青乔早年诗作，有不少是追随杖履徜徉吴中山水之间的诗篇，如《家大人邀集同人游西山夜宿法螺寺作》《宿环山阁》《觉海寺探桂》《暮至花山寺上莲峰顶》《家大人暨六泉叔邀同印丈康祚叶丈廷琯程丈庭鹭往游阳山大石归命作诗即步程丈原韵》等。当然，其父辈虽优处林下，亦以国运民生为己任。贝青乔决定投笔从戎、作《将从军之甬东纪别》，所述告别时父亲的态度便是佐证。又贝青乔《悲厂民》诗自序云："癸巳冬，吾郡大水，既荒且疫，道殣相望。家大人悯之，倡捐设厂东虹桥侧，衣之粥之，越明年三月乃止，凡活千余人。呜呼，天灾流行，虽曰代有，

---

① 贝青乔：《为管兰滋题寓楼听雨图》，载《贝青乔集》（外一种），第 35 页。

② 严迪昌：《清诗史》，浙江古籍出版社，2002，第 1041 页。按，是处贝廷煦卒年有误。贝青乔《将从军之甬东纪别》诗，有"晨兴上堂上，长跪别阿父。阿父顾而喜，双眉色轩举。为儿治戎装，检视到干橹"句，知道光二十一年，即 1841 年贝廷煦尚存。又叶廷琯《感逝集》谓贝青乔"癸卯北上，应京兆试，到京三日，闻父讳归"，则贝廷煦应卒于道光二十三年，即 1843 年。

亦人自取也。听睹所及，辄形于诗。"① 受此影响，贝青乔早年便对下层百姓的苦难生活深感同情，其《流民谣》云：

> 江北荒，江南扰。流民来，居民恼。前者担，后者提。老者哭，少者啼。爷娘兄弟子女妻，填街塞巷号寒饥。饥肠辘辘鸣，鸣急无停声。昨日丹阳路，今日金阊城。城中煌煌宪谕出，禁止流民不许入。②

同情的同时，贝青乔还在思考，寻究其原因。其《悲厂民》四首之四云：

> 愁霖恣凋瘵，惟农实受之。三时筋力尽，收获乃若斯。输纳罄其室，追比还遭笞。振城不振野，何以补疮痍？农民罹其困，惰民蒙其施。窃恐畎亩间，游惰日以滋。区区设厂心，耿耿良在兹。愿奢力弗继，坐卧成叹咨。从容遍抚恤，是在良有司。巨室竞捐助，胥吏皆仁慈。分彼饱者饱，惠此饥者饥。嗷嗷千万户，沾被庶无遗。③

"天灾流行，虽曰代有，亦人自取也。"如何的自取法，贝青乔在诗中发掘得非常深刻。我们现在强调农业、农村、农民所谓"三农"问题，其实古已有之。是诗对此的叙述，可谓切中时弊：水灾造成的祸害，"惟农实受之"。虽然遭到水灾，但税赋、地租等一点也没有减少，"输纳罄其室，追比还遭笞"，经济和肉体承受着双重折磨。水灾

---

① 贝青乔著，马卫中、陈国安点校《贝青乔集》(外一种)，第 10 页。
② 贝青乔著，马卫中、陈国安点校《贝青乔集》(外一种)，第 22 页。
③ 贝青乔著，马卫中、陈国安点校《贝青乔集》(外一种)，第 11 页。

引发了饥荒和瘟疫，朝廷考虑救济，但却是"振城不振野"，到了救命的境地，城乡之区别，竟然还让人有天壤之觉，冰炭之乖。其后果便是"农民罹其困，惰民蒙其施"。"区区设厂心，耿耿良在兹"，由此引出了其父亲开设粥厂的初衷："窃恐畎亩间，游惰日以滋。"然"巨室竞捐助"，或有可能，而"胥吏皆仁慈"，却是不可能的。"分彼饱者饱，惠此饥者饥。嗷嗷千万户，沾被庶无遗"，更只是诗人理想化的结果。

正是因为有了这样的思考，贝青乔在鸦片战争爆发时，才会将国家之兴衰存亡，放在首位，以致自己的生命也已经置之度外。其《将从军之甬东纪别》诗说"回头别阿母，阿母泪如雨。执裾哽不言，示意欲相阻"，好在"阿父促儿走，谓儿计非左。区区愁战死，死绥亦得所。生为虮虱臣，义当沥肝腑。授儿剑一握，入穴刺蛟虎"。而诗人两位女儿，更好像是和父亲到了生离死别的时刻：

> 膝前两娇女，辗转为父愁。孩心发危语，刺刺不能休。
> 长女胆尤怯，急泪承双眸。牵衣门前路，怨父何寡谋。
> 传闻郧山下，炮云若火流。迅雷一声落，轰散千兜鍪。
> 虫蚁有趋避，孰肯汤燖投？今父挺身去，岂与性命仇？
> 少女强解事，谓姊无烦忧。明年破敌返，看父当封侯。①

贝青乔义无反顾地追随奕经去了抗英前线——宁波。这其中，固然是与自幼所受教育有关。除了家庭的教育，还有老师的影响。《半行庵诗存稿》所存诗，有《林师则徐遣戍西口道出吾苏走送呈诗》，其中云"公昔抚吴日"，"阶前盈尺地，许我扬双眉"，可见林则徐对贝青乔的厚爱。他佩服林则徐销烟抗英的勇气："谓公镇南服，上契

---

① 贝青乔著，马卫中、陈国安点校《贝青乔集》（外一种），第25—26页。

天心知。岛烟流大毒，一炬良所宜。"也对林则徐所受不公正遭遇表
示愤慨和同情："何为罣吏议，褫职投边陲。颛蒙昧无识，未免生然
疑。"① 数年后，贝青乔尚有《林师书来存问兼赠白金诗以鸣谢》《寄
酬林师昆明节署》《白水岩观瀑侍林师作》《侍林师行辕谈宴翌日赋诗
呈谢即以告归》《得滇信闻林师因病谢政》等诗，知其师生交谊之深。
林则徐逝世后，贝青乔又有《林文忠公诔词》，洋洋六百言，寄托哀
思。其实，鸦片战争时期的贝青乔，始终心系国家之命运，试看其
《洞庭东山谒明路文贞公振飞墓》：

> 妖氛缠北极，逆党燔南都。竭力支淮甸，余生尽海隅。
> 香飞梅岭洁，霜染桂林枯。共抱厓山痛，风枝泣夜乌。②

这首写于游山玩水途中的诗歌，却充满借古讽今之意。在贝青
乔看来，南明的局势，与他所处的清道光年间，是何等的相似。路振
飞与林则徐，其抱负、其品格、其命运，也是何等的相似！只是时光
流转了二百年。

有关贝青乔鸦片战争时期创作的诗歌，最著名者无疑是《咄咄
吟》。其《咄咄吟自序》谓："道光二十一年十月二十日，扬威将军
奕经奉旨进剿宁波嗫夷，道出吾苏，驻节沧浪亭行馆。仆投效军门，
荷蒙收隶麾下。"而两岁以来，他除自愧"毫无建竖以为涓埃之报"
以外，更惊讶军中所见种种招致败绩的咄咄怪事。他说："仆本书生，
不习国家例案，何敢妄置一词！然军旅之中，听睹所及，有足长胆识
者，暇辄纪以诗，积久得若干首，加以小注，略述原委，分为二卷，

---

① 贝青乔著，马卫中、陈国安点校《贝青乔集》(外一种)，第23页。
② 贝青乔著，马卫中、陈国安点校《贝青乔集》(外一种)，第22页。

题曰《呫呫吟》，言怪事也。今军务既竣矣，回忆前事，历历具在，其果可解也耶？抑不可解也耶？姑笔诸书，以俟夫后之解之者。"① 而据《呫呫吟》所记诸事，得知此等官员、此等军队、又此等离奇怪事，战争焉有不败之理？得此等经历、此等见闻、此等血泪感触而成，诗歌焉能不沉痛之至？然自20世纪50年代阿英选编《鸦片战争文学集》，录入其中部分诗作后，《呫呫吟》已成近代文学研究之显学，无需我再赘言。《呫呫吟》成书后，贝青乔友朋辈多有题赠，诗人自己又成四绝赠答友人，其中有云："炮云三载结边愁，大纛临风带血收。重见吴姬村店里，太平军士满垆头。"真是痛定思痛。又谓"倘教诗狱乌台起，臣轼何妨窜海南"②，深知诗歌内容多有犯忌触讳，因此，诗人也做好了最坏的打算。

其实，贝青乔反映鸦片战争之诗歌，除《呫呫吟》120首外，其余尚有不少收录在《半行庵诗存稿》中。有些诗作于赴浙东前线之前，如《辛丑正月感事》《杂歌九章》等，可知贝青乔参军报国，并非一时冲动。而在浙东军中所写其他诗篇，如《过余姚县》《入宁波城》《骆驼桥纪事》《慈溪大宝山过金华协镇朱贵及其子昭南阵亡处》《过长溪寺投岭下农家宿》《归家作》《将重之浙营酬程丈庭鹭枉赠之作》《和银沆幕夜四绝》《咏宋史》《幽怀》等，或记述战事，或哀悼英烈，或感叹战争给人民带来的苦难，读后令人唏嘘。其《逾雁门岭》云：

> 天上下将军，衔枚走夜分。涧枯兵饮雪，山响虏烧云。
> 冻吹扬征鼓，寒棱掣战裙。明朝争献馘，几队策高勋？③

---

① 贝青乔著，马卫中、陈国安点校《贝青乔集》（外一种），第179—181页。

② 贝青乔：《自编军中记事诗二卷为呫呫吟朋旧多题赠之作赋此为答》，载《贝青乔集》（外一种），第36页。

③ 贝青乔著，马卫中、陈国安点校《贝青乔集》（外一种），第27页。

写战前军中之紧张、又看似宁静之氛围，激昂慷慨，堪比高适、岑参。而在浙东军中，贝青乔所见，也并非全是咄咄怪事。《半行庵诗存稿》中，有《军中杂诔诗》18 首，记述的便是可歌可泣的战死疆场的众多牺牲者的事迹。如其一云："膻碉腥峒郁嵯峨，万里迢遥赴敌来。奋取蛮弧夸捷足，百身轰入一声雷。"是诗自序谓："大金川八角碉屯土司阿木穰所帅屯兵，最勇猛，攻贼宁波西门，为头队，首当夷炮，与土守备哈克里及屯兵四卡松等百人骈死城内。"[1] 少数民族官兵奋不顾身、英勇杀敌的壮举，表明中华民族在生死存亡的危机面前，具有团结一心、同仇敌忾的气概和力量。《军中杂诔诗》其余篇章，大抵如此。

二

道光二十三年（1843），贝青乔父亲亡故。之后，贝青乔又依照传统礼制在家守孝。直至除孝服后，方真正开始了所谓"橐笔依人"的浪迹天涯、充人幕府的生活。是已为道光二十七年（1847），贝青乔"之黔、之滇、之蜀，足迹半天下"，凡三年后方返回苏州。如果我们一定要将贝青乔的诗歌创作按时间分期，是为中期。中期非常短暂，这是根据贝青乔诗歌创作风格的变化，以及留存作品的多寡而定的。中期三年，贝青乔创作了大量诗作，就数量而言，绝不逊于前、后期。《将之黔南留别》二首，是其这一时期诗歌的发轫之作。其二云：

> 吹箫难忆十年事，负米俄成万里身。
> 滚滚沧流催客去，茫茫世态向谁真？

---

[1]　贝青乔著，马卫中、陈国安点校《贝青乔集》（外一种），第 29—30 页。

> 久拼温饱违初志，终怪风霜炼此人。
>
> 道出湘中骚怨地，转须呵壁问灵均。①

　　诗中明确告诉读者，其"成万里身"是因为"负米"。而"久拼温饱违初志"，说明"负米俄成万里身"并非其初衷。所以，这次贝青乔的出行，与上次追随奕经奔赴浙东有了很大的不同，前次是为国赴死，现在是为家求活。正因为如此，贝青乔在这以后的纪行诗，便多了几分落寞。并且，他在诗中不时流露出此行目的。初抵贵阳的第一个除夕夜，通守吴广生设宴招饮，"四壁灯围一室春，乡情浓入绮筵新"，诗人为主人家中浓烈的过年气氛所陶醉，也为主人的热情好客所感动："严宣觞政僮旁笑，醉吐花茵主不瞋。"缘此，贝青乔甚至发出了"若果百年皆此夕，何妨万里作羁人"的感慨。但是，最后他又想到了远在家乡的亲人，想到他正在为亲人的生活奔波："酒酣忽忆茅衡畔，米券煤逋愿老亲。"②

　　当然，"百年皆此夕"绝无可能，于是"万里作羁人"便充满困苦。贝青乔为宣泄情绪，创作了大量诗歌。贝青乔"身行万里半天下"，其三年的"之黔、之滇、之蜀"期间所吟成、并保留至今的诗歌，在全八卷的《半行庵诗存稿》中，就占据了整整三卷。这些诗歌，首先是诗人心路历程的记载。其《初抵归化营程七钟英顾二文彬自里门书来问近况赋此答之》诗云：

> 如此天涯漫致询，却将何语为君陈。
>
> 沉沉瘴雨常疑夜，惨惨蛮花也算春。

---

① 贝青乔著，马卫中、陈国安点校《贝青乔集》（外一种），第45页。
② 贝青乔：《除夕吴通守广生招饮》，载《贝青乔集》（外一种），第57页。

> 山不成名偏遇我，魅犹遁迹况求人。
>
> 客愁都入高堂梦，莫过柴门话苦辛。①

　　"沉沉瘴雨常疑夜"，自然环境之恶劣姑且不论，"魅犹遁迹况求人"，心理的孤独，才是最不能忍受的。于是，思乡、怀人，便成了贝青乔此时诗歌的主题。他创作了《岁暮怀人》组诗，自序云："自游远服，岁将再更，二三故人，频入我梦。挑灯念之，各成小咏，漏四下，始罢吟。偻指数之，未尽所怀。"②诗凡 13 首，所咏怀者，多为贝青乔"吴门寒士群体"中朋友，可见平时他们交谊之深，深厚之交谊也只能来自志同道合。而其《得家书凄然有作》，想家的情绪，经作者渲染，令读者不禁潸然泪下：

> 慈帏色笑宛当前，一纸中含意万千。
>
> 翻作欢词来慰藉，愈知游迹误流连。
>
> 呕心有句儿徒苦，糊口无方弟可怜。
>
> 菽水全凭炊妇巧，岁饥何术灶生烟？③

　　类似的作品，尚有《作家书寄从弟清澜凄然有作》，五言古诗凡 7 首。"在家相对贫，出外相思苦"，虽然是因为生活的原因而奔走边陲之地，但贝青乔毕竟是有抱负之士，他牵挂家人的心中，更装载着国家的命运。其六云：

> 乡关困挽输，岁漕弊何底？大吏筹海运，岛夷睹之喜。

---

① 贝青乔著，马卫中、陈国安点校《贝青乔集》(外一种)，第 61 页。

② 贝青乔著，马卫中、陈国安点校《贝青乔集》(外一种)，第 65—66 页。

③ 贝青乔著，马卫中、陈国安点校《贝青乔集》(外一种)，第 84 页。

扼我吴淞口，恐又兵尘起。传闻到绝徼，讹言惊满耳。
但当寄我知，远人正翘企。①

遥望远方的家乡，贝青乔关注着因开启海运而可能引发的战争与动荡。

自己被生活所迫，贝青乔因此更注意百姓的生活。晚清社会早已是千疮百孔，在天灾人祸的肆虐下，说百姓挣扎在水深火热之中，一点也不为过。在贵阳时，贝青乔有《鬻女谣》，其自序记载了此诗的写作经过："程生买婢贵筑，有杨姓携女至，貌若甚戚者，问之，曰：'今遇科场，细民皆有徭役，即担粪奴亦不免。吾业种菜，例输十余金，家贫无以应，故鬻女也。'余闻而恻然，诗之，以为当事告。"知借举办社会事业而强行摊派，在贝青乔时代已大行其道。"官中一粒谷，民间一块肉。官中一把蔬，民间一女奴。嗟尔菜佣甚矣惫，何堪官帖遭苛派！"愤怒出诗人，此诗最后说"槐忙杏闹复何事，老圃西风愁杀人"②，诗人可谓愤怒至极。但是，除了愤怒，他还能有其他作为吗？如果能有作为，他自己也就不需要漂泊于穷山恶水、穷乡僻壤之间了。于是，诗人因其所见所闻，而日复一日的愤怒。《舆夫叹》《官肉谣》等都是愤怒的作品。令人愤怒的事，每时每刻，在全国各地都有发生。因此，贝青乔刚结束三年旅程回到苏州，就写下了《蠲振谣》：

饥户一箪粥，蠲户百石谷。朝闻饥户啼，暮闻蠲户哭。城中派蠲何扰扰？城外发振何草草！堂皇坐者顾而嘻，尽瘁民依心可表。心可表，情弗衿。蠲户含咽卖田产，饥户

①　贝青乔著，马卫中、陈国安点校《贝青乔集》（外一种），第 62 页。
②　贝青乔著，马卫中、陈国安点校《贝青乔集》（外一种），第 83—84 页。

糜骨填沟塍。明年荒政叙劳绩，拜章入奏官高升。①

草率、不切实际、甚至是杀鸡取卵式的决策，带来了更为严重的恶果。但说到底，不过是政绩工程。

贝青乔在西南游历时所作诗歌，其中反映当地民风民俗的作品，也非常有意思。在《半行庵诗存稿》中，附录其《苗妓诗六首》，是诗人亲历后所作。之所以是附录，是因为作者既不便堂而皇之收入，又不忍割舍。宣统年间张廷华编辑出版《香艳丛书》，也曾收录此组诗。其"香艳"的特点显而易见。但是，诗歌着重记载的，并不是青楼的荒淫场景，而是苗族女子较少儒家礼教约束——当时看来属于狂野、如今看来是自由的爱情生活。诗歌几乎每句都有长注。如其二"问是槃瓠几派分"句下注考述苗族渊源云：

> 槃瓠，高辛氏之蓄狗也。衔犬戎吴将军头献阙下，帝酬其功，妻以少女。槃瓠负女入南山，生六子六女，自相夫妇，此群苗鼻祖也。详见范史《西南夷列传》。唐宋以前曰"蛮"、曰"獠"而已。前明就三苗地设府、县、卫，支派遂分：花、白、青、黑、红，以色名；宋、蔡，以国名；龙、仲、韦、谢，以姓名；马镫、狗耳、锅圈，以饰名。又有犵狫、木老、紫姜、郎慈、八番、九股、六额子、棘、狖、猺、狪、狑、狄之属。种类虽蕃，风俗略同，故注中杂引诸书，不尽区别之。②

---

① 贝青乔著，马卫中、陈国安点校《贝青乔集》（外一种），第118页。
② 贝青乔著，马卫中、陈国安点校《贝青乔集》（外一种），第68页。

除略有贬低少数民族处，可作"苗族史"读。清代堪与媲美者，唯舒位《黔苗竹枝词》。贝青乔写少数民族习俗的诗歌尚有《磨石关苗寨作》《跳月歌》《松苓山廦杂诗》14 首等。所谓"跳月"，是苗女婚礼之古称，《跳月歌》写了苗族婚礼的热闹景象："新正初三至十三，女伴呼女男呼男。联臂顿足到场上，男情女态皆狂憨。两昊作对跳场内，群女四五围场外。合围群女千百围，作对群男千百对。男跳迟，群女四围都矜持。男跳速，群女四围共笑逐……声中自有月老在，天作之合凭一笙。一笙声催众笙急，场心众笙陡焉息。婚礼十日告无忒，于是男中翔，女侧睨，男前行，女后曳……绕场三匝牵而戏，选幽不知去何地？大体双双满山际，四山云雨皆为腻。"[1] 这在男女授受不亲、婚姻靠"父母之命、媒妁之言"成就的贝青乔家乡，是很难想象的。

"开矿无银苗，采砂有丹汞。黔山此宝藏，冥搜竞凿空。"[2] 西南地区有着丰富的矿藏资源，开矿是国计民生的需要。作者长期生活在自然资源相对贫乏的苏州，对采矿颇感新鲜。在黔滇川时，贝青乔留下不少吟咏矿山的诗歌，是对中国近代工业萌芽的原始记载。如《五砂吟》五首，分咏采砂、运砂、拣砂、淘砂和烧砂。相关的作品尚有《自毕节以西五六百里间男妇以驮负为业背盐入黔背铅入蜀一路往来如织也戏赠以诗》《盐井》《运铅船》等。当然，还应该包括在峡江覆舟中遗失的《铅船杂事诗》，可见其对此的浓厚兴趣。而此类作品最有价值者，是贝青乔对采矿工人的艰苦工作环境的关注，工人们甚至需要以命相搏，这在贝青乔诗中多有吟叹。其《砂厂》就记载了矿难的发生："入此宝山回，忘却祸水涌。我思石髓虚，泰华势难巩。压

---

[1]　贝青乔著，马卫中、陈国安点校《贝青乔集》(外一种)，第 74 页。
[2]　贝青乔：《砂厂》，载《贝青乔集》(外一种)，第 64 页。

顶坎时陷，抉脉波倏汹。生埋亦何辜，埋作万人冢。"但是，官和商互相勾结，都是唯利是图的："微命纵非恤，蕴孽尤可怵。夺灶结讼烦，抽税任吏董。公私互居奇，左右各登垄。金穴郭况豪，铜山邓通宠。怨府咸眈眈，兵衅恒讻讻。"①

三年的足迹所至，贝青乔也饱览了祖国的大好河山，并创作了大量山水诗加以讴歌。读《半行庵诗存稿》，仿佛是欣赏诗化的《徐霞客游记》。三年中，诗人自苏州出发，由长江溯流而上，经洞庭湖、沅江，假道湘西抵达贵阳。然后又去昆明，遍历贵州、云南。他的归程先是入川，再经三峡顺流而下。贝青乔说"屈指归程行半载，依然万里未归人"②，漫长的旅程，古老的交通工具，可容诗人细细品味沿途旖旎风光，每至一县，或每遇一名胜，他都有诗歌记之。并且，这些诗歌的艺术性也堪称一流，钱仲联称其"游云南、贵州、四川时，诗境得江山之助，刻画奇险，独辟蚕丛，显得能手的无所不有"。③其中价值尤高者，是吟咏云贵山区奇特景色以及叙述穿越三峡惊险历程的作品。

云贵地区，是贝青乔此行之目的地，他有较多时间亲近山水。而且，他在那里劳作，那里的山山水水寄托了他的主观情绪。《文德关》《相见坡》《飞云岩》《响琴峡》《牟珠洞》《酸枣坡》《关岭》《鸡弓背》《盘江老路》《铁索桥》《松坎驿》等黔滇的名胜，直接成了贝青乔的诗题。其咏《白云山罗永庵》诗："昔观《红罽记》，今上白云山。漫说亡人在，空传老佛还。洞寒流米竭，杉古罩庭闲。拄笏看新燕，飞飞暮霭间。"④据《徐霞客游记》记载，"白云山初名螺拥山，以建文

①　贝青乔著，马卫中、陈国安点校《贝青乔集》(外一种)，第64页。
②　贝青乔:《除夕》，载《贝青乔集》(外一种)，第106页。
③　钱仲联编著《近代诗钞》，江苏古籍出版社，2001，第317页。
④　贝青乔著，马卫中、陈国安点校《贝青乔集》(外一种)，第82页。

君望白云而登，为开山之祖，遂以'白云'名之"。① 明初皇族权位之争的一段传说，让白云山被誉为"万山之王"，平添几分神秘的色彩。贝青乔抚古伤今，在模山范水中，寄托情怀，可谓情景交融。又其《陇耸塘纪事》云：

> 陡绝陇耸塘，俯瞰四无地。下马阶而升，局步心惴惴。
> 一马偶脱缰，风鬟卷云坠。千仞不可踪，万方莫由缒。
> 须臾见群獠，肢解出岑翠。羶峒三日粮，骇仆一鞭泪。
> 此亦邛崃坂，何以叱吾骑？②

写贵州境内山势之险峻，几至出神入化之地步。

而在峡江，覆舟令诗人感到自己几乎已经与令人敬畏的崇山大川融为一体，他是倾注了全部的生命而尽情高唱。"千里江陵一日还"，穿越三峡也许无需很多时间，但是，贝青乔从离开重庆写下《铜锣峡吊前明巴县令王公锡》，至舟出夔门创作《枝江县》,《半行庵诗存稿》共留下了 55 首诗歌，这在贝青乔现存不超过 1000 首的诗作中占据了很大部分。其过三峡时所作《博望滩》云：

> 汉使寻河源，假涂走江峡。曾此覆其槎，鱼腹经一劫。
> 至今浊浪飞作堆，浪势撼山山扇开。舟人放胆不敢渡，恐
> 有蛟鳄掀春雷。独不见支矶石畔银河落，天上曾容客星托。
> 归来笑语严君平，风波毕竟人间恶。③

---

① 徐弘祖著，朱惠荣校注《徐霞客游记校注》，云南人民出版社，1985，第667页。
② 贝青乔著，马卫中、陈国安点校《贝青乔集》(外一种)，第56页。
③ 贝青乔著，马卫中、陈国安点校《贝青乔集》(外一种)，第95页。

读此诗，有身临其境的惶恐与震撼之感。其效果，丝毫不亚于观看现代科技条件下的"3D 电影"。

三

贝青乔从云贵川归来，已是道光三十年（1850）。"百蛮情态鬼盈纸，万里疮痍泪满船。"[①] 诗人是带着收获、也带着疲惫的身躯和受伤的心灵回到家乡的。是年岁末，中国爆发了太平天国起义。和鸦片战争一样，这也是近代影响历史进程的大事。由于东南一带是太平天国活动的中心，贝青乔此后的生活一直受此困扰。自此至同治二年（1863）贝青乔逝世，是其诗歌创作的后期。

最近几十年，历史学界一直责备 19 世纪中叶的中国知识分子对太平天国运动的敌对态度，甚至归结为阶级立场。我们不能否认，太平天国的爆发，其重要的原因是农民对不堪重负的压迫和剥削的反抗。但是，这种反抗的目的不过是建立另外一个同样剥削和压迫农民的政权。知识分子多数反对太平天国，毋庸置疑有受儒家忠君思想之影响的因素，他们并没有看到太平天国对百姓的普济，他们只是看到了另外一个君主，而且是并不高明的君主。儒家的道义告诉他们必须忠诚于过去的君主，不能背叛。而更主要者，是痛恨战争给人民带来的动荡，甚至是家破人亡。本来苦难的生活，变得愈发艰辛。特别是在太平军官兵不受纪律约束的暴行屡屡发生后，反对的情绪尤为激烈。我们可以从贝青乔《半行庵诗存稿》中找到依据，因为贝青乔的所作所为，代表了当时多数知识分子的想法。

---

① 贝青乔:《自题南游小草即示故园诸子》，载《贝青乔集》(外一种)，第 118 页。

"远游倏三载，里居仅两旬。"① 旧的征尘尚未洗去，便又踏上新的征程。他原本"在客只思归奉母"，但家道中落，他必须担起全家的生活重任。于是，"到家仍复出依人"②，归家 19 天后，他去了浙江，还是依人幕府的差事。他是在浙江听闻到太平天国举事的消息的。差不多同时，他也得到了老师林则徐的死讯。在《林文忠公诔词》中，他说林则徐"再起筹帷幄，初经耀火荼。旌麾新色变，铙吹故音喁。按部民歌裤，迎师路挈壶。敌惊才碎胆，天夺倏捐躯"，⑤ 对其"出师未捷身先死"深感惋惜。起初，烽火尚在遥远的南国，贝青乔关心太平天国，说"桂岭风烟百战中，苦无消息问南鸿"，或说"远服征兵倾列郡，中原转饷困司农"，④ 只是当时中国知识分子"家事国事天下事，事事关心"之政治原则在此问题上的普遍表述。当然，牵挂远在广西的朋友之安危，在贝青乔的诗歌中也有所流露。早年同在宁波追随奕经的生死与共的朋友银沆，此时尚在广西军幕中，其《忆银沆粤西戎幕》云：

> 狂歊蜃市愤难平，况复乡关苦战争。
> 万里弃官援故土，一家撄敌陷围城。
> 危疆愁绝苍梧野，坚壁惊摧细柳营。
> 莫怪笳声吹不竞，军威早挫在东瀛。⑤

---

① 贝青乔:《归自黔蜀阅十九日复有浙西之役慨成二诗》，载《贝青乔集》(外一种)，第 119 页。

② 贝青乔:《蓬门》，载《贝青乔集》(外一种)，第 129 页。

③ 贝青乔著，马卫中、陈国安点校《贝青乔集》(外一种)，第 125 页。

④ 贝青乔:《桂岭》，载《贝青乔集》(外一种)，第 130 页。

⑤ 贝青乔著，马卫中、陈国安点校《贝青乔集》(外一种)，第 130 页。

和鸦片战争时两人唱和的诗歌相比，显然缺少了那种即使是为国捐躯也在所不辞的豪迈之气。我们可以比较一下其当年在宁波抗英所为《和银沆幕夜四绝》，其三云："狼烽吹焰落江寒，检点征衣血未干。警枕频番常跃起，梦提长剑斩楼兰。"[1]情绪显然低落了许多。虽然有王寇之分，毕竟是自家同胞，也就是顾炎武所谓的亡国与亡天下之区别吧。

作为有良知的知识分子，贝青乔又长期参人幕府，参与政治，虽然有发言权而无决策权。所以，他思考着农民造反的原因。在《半行庵诗存稿》中，有《哀甬东》诗，其自序交代了作者在浙江日甬东一次农民起事的过程："鄞县赋额浮征逾倍，东乡众户哄求减价。当事谓为乱民，檄兵往剿。丁壮惧而逃，惟妇稚在室，淫掠之。于是四乡公愤，并力出拒，兵民互伤以千数。怪哉此事，爰记以诗。"由此可见，事件的发生完全是官逼民反所致，是百姓失去了基本生活保障后忍无可忍的铤而走险。诗歌对此又有进一步感叹：

> 海氛甫戢兵又起，只为官中急追比。
> 狼烽一夕红过江，血染连村成战垒。
> 耕男饁妇猛一省，髑髅饮冤死犹警。
> 往时催科笞在臀，今时催科刃在颈。
> 嗟尔不许官取盈，堂堂师出诚有名。
> 岛夷旁睨大惊诧，此军独敢锋镝撄。[2]

在官与民的对抗中，作者的倾向性是显而易见的。而此种思想

---

① 贝青乔著，马卫中、陈国安点校《贝青乔集》(外一种)，第29页。

② 贝青乔著，马卫中、陈国安点校《贝青乔集》(外一种)，第131页。

倾向如果移位至对太平天国的思考，或许也不会得出完全倒向清廷的结论。只是太平天国已被清廷定性，贝青乔也不会冒杀头的风险去公开表达自己的意见。另外，贝青乔有一首诗，是赠给其朋友、时任昌化县令的程钟英的。其诗题中言太平军抵近浙皖边界时，昌化"邻邑宣城、宁国、临安、新城、於潜诸令，或被民逐，或被民戕"，[①] 可见当时官民关系之紧张，同时也从侧面说明了老百姓在清廷与太平天国之间的选择。

　　随着太平军的渐行渐近，战火已经烧到其家乡的江南一带，特别是听到有关太平军一些负面新闻后，贝青乔对太平天国的态度有了明显的变化。贝青乔曾经写过两首诗，都是记太平军攻占金陵后妇女惨死之事。一首是《寒塘泣梦图》，说的是乾隆状元秦大士冢孙妇毕氏"癸丑二月，贼陷金陵，宜人率全家妇女十一人投东塘水死"事。[②] 另一首则是《朱九妹楚北才女被掳金陵贼酋将污之媚以毒酒谋泄遇害》，诗云：

> 须眉几辈愧青史，匍匐泥中欠一死。雌虹堕地霹雳鸣，乃有湖湘小女子。鸩贼进持酒一觞，愤拌弱质婉清扬。欧刀不惜遭寸磔，肉糜骨粉皆奇香。吁嗟落涸花，化作碎阶玉。荆州曼仙同一哭。澧兰沅芷赋《招魂》，合谱神弦荐芳醑。[③]

　　有关太平天国在金陵的所作所为，贝青乔还有诗歌记载。如《中

---

①　贝青乔:《赠昌化令程七时邻邑宣城宁国临安新城於潜诸令或被民逐或被民戕惟昌化帖然邻民并有借寇之请大府以於潜较近檄程七兼知二邑事故有此作也》，载《贝青乔集》(外一种)，第135页。

②　贝青乔著，马卫中、陈国安点校《贝青乔集》(外一种)，第137页。

③　贝青乔著，马卫中、陈国安点校《贝青乔集》(外一种)，第149页。

秋月夜感赋》，诗人首先是回忆"去年金陵当此夕，喧聚鹄袍秋试客。冶饮秦淮几酒狂，笙歌沸彻东方白"，彻夜狂欢，何等潇洒！而与之形成鲜明对比的，是"今年金陵又一秋，蚁贼窜据恣屠搜"。于是"士女几家经惨蹢，楼台几处遭焚摧。月中八万三千户，下视曾无干净土。大地高腾鼙鼓声，广寒惊断霓裳舞"。①这就是我们前面所说的太平天国不过是谋求建立另一个封建王朝。甚至在王朝政权立足未稳之时，其对百姓的残害已有肆虐的暴露。

　　这种肆虐，对贝青乔及其家庭的摧残，至杭州城被太平军攻陷而至极。甚至贝青乔之死，亦与此有一定关系。前引恽世临所作《半行庵诗存稿序》谈到贝青乔在咸丰庚申（1860）太平军占领苏州时，曾"自浙迎母以去。越岁，杭城再陷，母子相失。子木出没死生，寻母不获，负罪引慝，无地自容"，不得已，于是就直隶总督刘长佑之聘，赴保定参与幕府，然"未及相见，道卒旅邸"。②在《半行庵诗存稿》中，贝青乔屡屡抒发母子相失之沉痛："系累往迹思逾痛，负罪余生死亦非"，"可奈孽深终莫逭，海枯石烂总沉沉"。③其《辛酉除夜》云：

> 残灯愤焰兀相煎，惨境何期度此年。
> 为觅破巢乌重哺，先拚入穴虎同眠。
> 佯痴聊学王摩诘，远蹈宁忘鲁仲连。
> 折尽苦儿心一寸，尽人唾骂敢求怜？④

　　撕心裂肺的不幸不仅于此。我们看其《示长女楚姑》诗中的几

---

①　贝青乔著，马卫中、陈国安点校《贝青乔集》（外一种），第136页。

②　贝青乔著，马卫中、陈国安点校《贝青乔集》（外一种），第376页。

③　贝青乔：《过杭城旧寓》《重入杭城作》，载《贝青乔集》（外一种），第169页、第170页。

④　贝青乔著，马卫中、陈国安点校《贝青乔集》（外一种），第168页。

条自注："苏城陷时，见夫婿陈子庚被掳，愤投城濠，遇救得苏"，"前岁就余杭城，又罹一劫。女素体娇弱，乃能襁儿于背，先予乞食回苏"，"予前冬遭掠，几至裸体，仅一破絮袄尚为故物"，"仲弟镫、季弟坛，难后皆困顿以殁。嗣子元信，沦陷贼中，无计援出"，"次女寒姑，归王氏，遣嫁未及半载，避贼北渡，旅殁通州"。① 全家人几无幸免，诚可谓覆巢之下，安有完卵？

所以，贝青乔在诗中，对官兵的作战无能、扰民有方，已多有揭露，是亦"怒其不争"之意。其所作《感时述事九首》，分咏"征剿""防堵""征调""收复""团练""捐输""援纳""保举""赐恤"等军务，讽刺清军，和《咄咄吟》有异曲同工之妙。如《征调》有云："部曲不知谁素将？暂隶旄麾随所向。恣跳踉，过境蝗；潜溃走，丧家狗。传驿来，逃伍回，行间纪律何喧豗！"② 是无异于土匪的乌合之众。而歌颂胜利的《收复》亦谓："君不闻兵打城，坚如铁；贼扑城，脆如雪。一城未复一城亡，阃司芟舍多彷徨。"③

对太平天国的记述，贝青乔尚有笔记著作《爬疥漫录》，2004 年收入《中国近代史资料丛刊续编·太平天国》，由广西师范大学出版社出版。此前仅存有传抄本。惜该丛刊编者不知所署"吴郡木居士"即为贝青乔，其按语称"真姓名不详"。其实留意所述内容，与《半行庵诗存稿》完全吻合。如云"今上登极之岁，余从黔、蜀附运铅船泛大江以归"，我们前面根据其诗作，已经得知贝青乔道光三十年（1850）回到苏州。读《爬疥漫录》，对理解贝青乔这一时期的诗歌，很有帮助。贝青乔曾对《爬疥漫录》进行解题：

---

① 贝青乔著，马卫中、陈国安点校《贝青乔集》(外一种)，第 173 页。

② 贝青乔著，马卫中、陈国安点校《贝青乔集》(外一种)，第 140 页。

③ 贝青乔著，马卫中、陈国安点校《贝青乔集》(外一种)，第 140 页。

咸丰五年夏六月，侨寓徽州，左趾疹起成粒，爬之作痒。余嗜饮，以为酒湿下注。既渐延及两踝，或曰此疥疮也，延疡医治之，方药杂投，不数日疱绽脓流，滋蔓遍体，跣卧床者累月。伏枕无聊，愤怀莫释，因思蔡中郎所谓边陲之患，手足之疥痒；中原之困，胸背之瘭疽。近以取譬，而天下事可知也。

可见，该书标题所寓，是贝青乔对国家的担忧。其继而言："谁为医国者，而始焉养痈，继焉讳疾，卒至百孔千疮，溃败而不可救药如此哉？"丛刊编者曾概括《爬疥漫录》内容之有价值者："如记当时盐、茶、典三大商，徽州人居多，其社会贫富相悬太甚；记太平军从武昌东下，沿江郡县清朝官员，或乡居，或舟宿，十九弃城不顾，池州知府龚某见太平军到，设酒款待，铜陵知县孙仁投降任总制；记太平天国骁将铁公鸡石祥贞战死事；记四川兵都用红帛缠腰，预备败时用来扎头，冒充太平军逃生等。"[1]

贝青乔现存诗作中，最晚者是其同治二年（1863）赴保定就直隶总督刘长佑幕，途经上海与朋友唱和的两首七言古诗。其第一首有云：

> 辙环万里半中土，战尘逼处栖无所。
> 忽乘番舶狎鱼龙，海外游踪垂老补。
> 才离沟壑登衽席，又作诸侯老宾客。
> 此行共道望如仙，谁识中肠痛难白？
> 燕云吴树阻且长，春晖逝影天苍凉。

① 罗尔纲、王庆成主编《中国近代史资料丛刊续编·太平天国》（五），广西师范大学出版社，2004，第 439 页。

戈挥绳系莫由驻，空遗西嵫绚夕阳。①

　　诗人此时的心情是悲观失望，无可奈何。贝青乔中肠难白之痛，是"春晖逝影天苍凉"，寓意母亲的离世，典出唐诗"谁言寸草心，报得三春晖"。贝青乔还没有到达保定，便病逝旅途，结束了其报国无门、保家无能的艰辛贫穷的一生。

　　在贝青乔身后，朋友整理刊刻了《半行庵诗存稿》。即将竣工之日，雷浚感赋题诗，其中有云："文能草檄武刀槊，无命皇天底赋才。饱食太仓腾鼠子，饥驱歧路泣龙媒。"②用此概括其才丰命啬的一生，是再恰当不过了。表彰并不显达而卓有成就之乡贤，不仅是乡里后辈的职责，也是今天文史工作者义不容辞的使命。

四

　　我们应该讨论一下贝青乔在诗歌创作方面的艺术成就。

　　乾嘉时期，吴中诗坛，受沈德潜格调派和袁枚性灵派的影响，弥漫着追求形式主义的诗风。钱仲联《三百年来江苏的古典诗歌》批评沈德潜，说其"选了《唐诗别裁集》《国朝诗别裁集》，高举格调派的旗帜，在当时起了相当广泛的影响。而沈氏自己的诗，从体样到字句，都不脱模拟。明七子形式上摹古，但还能写出《袁江流》（王世贞作）那样现实性强烈的诗篇，沈氏集中却看不到这样的作品。在格调派主盟下的清中叶诗坛，是死气沉沉，充满了阴暗的迷雾的。"又借评价潘德舆之机，批评"性灵派所言性情，不过是嘲风雪，弄花

----

① 贝青乔：《就馆保阳将由海道北上留别沪渎诸友》，载《贝青乔集》（外一种），第175页。

② 雷浚：《子木遗集刻事将竣调生丈有诗题后即次原韵》，载《贝青乔集》（外一种），第384—385页。

草，叹老嗟卑，荒淫狎邪之语"。①

　　社会的变迁，从"乾嘉盛世"到道咸年间的衰世，甚至乱世，贝青乔不可能还沉醉在格调或者性灵之中，其诗风必须有大的转变与之相适应。张炳翔《留月簃诗话》云："子木尝问诗法于朱仲环绶。仲环卒后十余年，子木继起，称诗吴下。平日于本朝诗人中，最服膺蒋心余、黄仲则、舒铁云三家，故其诗气息自近之。"② 因此，我们可以考察一下贝青乔的学诗轨迹。

　　关于朱绶，叶廷琯辑《感逝集》如此评价：

　　　　吴中诗教，自沈宗伯以别伪亲雅之旨，提倡后学，遵守数十年弗替。其后作者惑于时贤专尚性灵之说，于是空疏不学者流，但以天趣相矜，而古人义法蔑弃无遗，柔媚纤佻，风雅几于扫地。有志者欲挽救之，而力或未胜。酉生天资开敏，幼即嗜诗。弱冠为诸生，益肆力于学，而能综大要，不事琐屑。于诗尤殚精竭虑为之，痛扫时调，力崇正声，以振兴诗学自任。所作扬忠表烈、感时吊古诸篇，芬芳恻悱，沉郁豪宕，视古名家可以抗手。③

　　根据叶廷琯此言，朱绶似乎是沈德潜格调说的继起者。其实，格调说强调诗歌的功用目的，如果此目的仅仅是维护封建皇权的一己之利，那其对社会的责任感和批判性就会大大削弱，此沈德潜格调说之谓也。而如果其功利目的扩大到关心民生疾苦，以改善统治、强国富民、缓和社会矛盾为己任，则可取多矣。朱绶表面上看似与沈德潜

---

　　① 钱仲联：《梦苕庵论集》，中华书局，1993，第230—233页。
　　② 转引自钱仲联主编《清诗纪事》(十五)，江苏古籍出版社，1989，第10820—10821页。
　　③ 叶廷琯辑《感逝集》卷四，第156页。

之说相合，而其根本之差异即在此。贝青乔受朱绶影响，自称"余初不解吟事，年二十八，遇朱丈绶，闻其绪论，始粗识师承"[1]，因此，其诗歌以现实性见长。前述钱仲联先生言同是格调的明七子与沈德潜之别，说王世贞"还能写出《袁江流》那样现实性强烈的诗篇，沈氏集中却看不到这样的作品"，贝青乔显然更接近明七子，叶廷琯《病中摘句怀人诗并序》"贝青乔"首自序就谓其"风格雅近大复"。[2]

但是，张炳翔谓贝青乔"平日于本朝诗人中，最服膺蒋心余、黄仲则、舒铁云三家"。蒋士铨、黄景仁、舒位，都是注重性灵的诗人。蒋士铨与袁枚、赵翼并称乾隆三大家，黄景仁为袁枚高度赞誉，袁氏《仿元遗山论诗》称："常州星象聚文昌，洪顾孙杨各擅场。中有黄滔今李白，看潮七古冠钱塘。"[3]性灵派的最高境界恐怕是李白，而不会是杜甫。而舒位，钱仲联先生则说他"是北方诗人受袁枚影响颇深的人"。[4]性灵派诗的共性特征就是吟咏性情。如果本身是卑猥琐屑之人，整天沉湎于酒色之中，所谓性灵诗，"实际只是凭借'灵犀一点是吾师'的聪明，闲扯一些无聊的生活琐事，歌咏一些风花雪月，思想性很差"，[5]是谓袁枚之性灵诗。而性灵出于真情，真情又源于生活，甚至是经历了苦难生活的磨砺，则蒋士铨、黄景仁、舒位之性灵诗也。钱仲联先生论及他们三人，都有与袁枚不同的评价。如云"袁、赵主张相同，诗的庸俗浮滑也相同……蒋诗沉雄，不同袁、赵"。又谓舒位"独张一帜，与袁（枚）、孙（原湘）辈不同"。[6]至

---

① 贝青乔：《半行庵诗存稿自序》，载《贝青乔集》(外一种)，第3页。
② 叶廷琯：《鸥陂渔话》外集，商务印书馆，1937，第92页。
③ 袁枚著，周本淳标校《小仓山房诗文集》，上海古籍出版社，1988，第690页。
④ 钱仲联：《清诗简论》，载《梦苕庵论集》，第178页。
⑤ 钱仲联：《三百年来浙江的古典诗歌》，载《梦苕庵论集》，第256页。
⑥ 钱仲联：《清诗简论》，载《梦苕庵论集》，第178页。

于黄景仁，钱仲联说其"一生潦倒失意，三十五岁即客死于山西。所为诗多哀怨之音，善于表达个人身世的感受"。[①] 可见，贝青乔好此三家，在于某种经历的相同，以及感情的相通。恽世临即云："昔乾隆中，吾乡诗人黄仲则，终身坎壈，殆与子木等。至于今《两当轩集》风行海内，子木之诗，时有与仲则相似，他日《半行庵集》当与并传不朽乎？"[②] 另外，贝青乔有诗题"叶丈廷琯甄录近人诗，谬赏余作，搜辑成编。盖其妇翁陈云伯先生提倡吟坛，夙推祭酒，丈固绰有外家风范也。感谢呈诗"，[③] 陈云伯即陈文述，袁枚诗弟子，为乾嘉时著名的性灵派诗人。叶廷琯是贝廷煦、贝廷点的朋友，与贝青乔之关系非常密切，可算亦师亦友。贝青乔写诗受其一定影响，特别是《半行庵诗存稿》，乃经叶廷琯整理校刊，存留性灵派余韵不足为奇。

贝青乔对笼罩在格调与性灵下的乾嘉诗坛曾有总结，其《为叶丈廷琯题诗坛点将录》云：

> 人才蔚起乾嘉会，盟主东南运不孤。
> 啸聚风云开笔阵，指挥坛坫下军符。
> 党分东厂翻新案，派衍西江列旧图。
> 回首词场成一喟，群英无复满江湖。[④]

乾嘉盛世，当然也包括诗歌之盛。就诗歌创作表面之繁荣气象，特别是艺术风格的多样性，贝青乔给予了充分肯定和嘉许。但是，此诗最后所云"群英无复满江湖"，是对乾嘉诗歌时过境迁，即当时的

① 钱仲联：《三百年来江苏的古典诗歌》，载《梦苕庵论集》，第 232 页。
② 恽世临：《半行庵诗存稿序》，载《贝青乔集》(外一种)，第 376 页。
③ 贝青乔著，马卫中、陈国安点校《贝青乔集》(外一种)，第 145 页。
④ 贝青乔著，马卫中、陈国安点校《贝青乔集》(外一种)，第 19 页。

追求形式、如今看来是有躯壳而无灵魂，并随着躯壳的腐朽而终止寂寥的最后喟叹，诚所谓"回首词场成一喟"。

当然，在特别注意传承的中国古典诗歌领域，贝青乔已有关于诗学宗趣的自己的看法。无疑，和中国历史上多数诗人一样，贝青乔也强调与杜甫的渊源。从屈原开始，从古到今，长江几乎留下了所有大诗人的行踪。贝青乔从四川顺流而下，其归途一路上参观、凭吊了许多古代诗人的遗迹。其中吟咏最多的是杜甫。其《瀼西访少陵草堂》云：

> 西阁东屯旧掩扉，饥吟心事未嫌非。
> 许身稷契村夫子，挥涕风尘老布衣。
> 一柄长镵公有托，万间广厦我何依？
> 锦袍何似骑鲸客，千古江楼逸兴飞。[①]

充满对中国古代这位诗圣的景仰之情，给人的印象是虔诚、崇拜。而且，贝青乔沿着当年杜甫的踪迹游览，其作品也往往翻用杜诗，如"三叠漫歌荒驿柳，两开深负故园花"[②]、"六尺藐孤高帝脉，三分炎祚老臣心。铜台一样传遗诏，未见英雄泪满襟"[③]、"惊弦困翼远投林，吊影风前泪满襟"[④]。当然，贝青乔学习杜甫，是学习杜诗之精神，也就是其诗歌反映艰难时世的需要。凡能以现实主义的态度创作诗歌者，都为贝青乔所肯定。他在高度赞扬杜甫的同时，亦高度赞

---

① 贝青乔著，马卫中、陈国安点校《贝青乔集》（外一种），第97页。
② 贝青乔：《夔府杂诗》，载《贝青乔集》（外一种），第97页。
③ 贝青乔：《永安宫怀古》，载《贝青乔集》（外一种），第98页。
④ 贝青乔：《旅感》，载《贝青乔集》（外一种），第103页。

扬了陶渊明。如《山衙》："乐命奚疑陶令酒，感时多难杜陵镵。"① 贝青乔甚至认为陶渊明在乱世中淡定处世的人生哲学，比之杜甫的孤愤愁郁，更为可取："乱世歌词能旷淡，杜陵毕竟让柴桑。"②

就艺术取向而言，贝青乔并没有像明七子、沈德潜那样囿于一家、一派或者一朝。其对七子的评价，可见其《漫兴》诗："居然吊古复伤今，少谷山人变雅音。海内谈诗王子在，不嫌无病强呻吟。"③ 王子，乃指王廷相，而少谷山人则是郑善夫之号。《四库全书总目》卷一七六云："廷相……诗文列名七子之中，然轨辙相循，亦不出北地、信阳门户，郑善夫诗所谓'海内谈诗王子衡，春风坐遍鲁诸生'，一时兴到之言，非笃论也。王士祯《论诗绝句》曰：'三代而还尽好名，文人从古善相轻。君看少谷山人死，独有平生王子衡。'盖善夫殁后，廷相始见是诗，赒恤其家甚至也，亦颇有微词矣。"④ 正是和明七子、沈德潜的异趣，贝青乔对中晚唐甚至宋代诗人多有肯定，如《三游洞》云："始游者三是某某，白傅兄弟及元九。继起三游出一门，苏家父子眉山叟。唐碑宋碣巍然存，费我摩挲千载后。"⑤ 其对白居易的崇仰之情，在诗中一再抒发，如《琵琶亭下作》怀古伤今，说："昔读白傅浔阳篇，兴发欲泛浔阳船……琵琶亭子屹然在，诗魂酒魂何处边？"⑥ 俨然是香山同道。不仅是白居易，中晚唐其他诗人诸如李贺、杜牧，都是其学习借鉴的对象。《自题南游小草即示故园诸子》即谓："奇句终惭李昌谷，罪言休比杜樊川。"⑦ 贝青乔曾有《桃

---

① 贝青乔著，马卫中、陈国安点校《贝青乔集》(外一种)，第 132 页。

② 贝青乔：《题管兰滋止泊斋诗钞》，载《贝青乔集》(外一种)，第 161 页。

③ 贝青乔著，马卫中、陈国安点校《贝青乔集》(外一种)，第 65 页。

④ 永瑢等撰《四库全书总目》，中华书局，1983，第 1567 页。

⑤ 贝青乔著，马卫中、陈国安点校《贝青乔集》(外一种)，第 104 页。

⑥ 贝青乔著，马卫中、陈国安点校《贝青乔集》(外一种)，第 112 页。

⑦ 贝青乔著，马卫中、陈国安点校《贝青乔集》(外一种)，第 118 页。

花夫人庙》诗："尽到新声泪几行，未亡人在息先亡。羞他花蕊深宫里，偷画张仙祀蜀王。"① 桃花夫人即息夫人，王士禛《渔洋诗话》卷下评价唐代咏息夫人诗，说："杜牧之：'至竟息亡缘底事？可怜金谷坠楼人。'则正言以大义责之。王摩诘：'看花满眼泪，不共楚王言。'更不著判断一语，此盛唐所以为高。"② 而贝青乔是诗则与杜牧一样，基本也是责以大义。虽然贝青乔以为王维诗是最能引起其共鸣者，如《除夕》诗即谓"每逢佳节倍思亲，摩诘新诗意最真"，③ 又《与陆廷英夜话》云"生还比似王摩诘，百日伴瘝泪欲干"。④

必须专门加以阐述的，是贝青乔对江西派的态度。因为贝青乔的朋友诸如江湜、沈谨学等，是以苏轼、黄庭坚等元祐诗人为号召，并由此变化吴中诗风。以后同光体诗人之所以对江湜有较高评价，也在于将其作为近代宋诗运动的中坚。贝青乔直接讨论黄庭坚不多，其较著名又较明确的，是其《涪江怀黄文节公》："诗到涪翁辟一涂，寻源几辈溯夔巫。拗滩涩涧支流杂，万古西江派有图。"⑤ 是褒多于贬。只是贝青乔写诗，并不像黄庭坚那样"拗滩涩涧支流杂"，究其原因，是贝青乔更侧重于从苏轼的诗歌中汲取营养。在《半行庵诗存稿》中，每每表达了对苏东坡的倾慕之情，如"我爱黄州守，风流玉局仙"、⑥ "羡他苏玉局，真个叩岩扃"、⑦ "髯苏去后林亭寂，禊事谁修曲水隈"。⑧

和贝青乔的诗学宗趣相一致，其诗歌创作最显著的艺术特点，

① 贝青乔著，马卫中、陈国安点校《贝青乔集》(外一种)，第110页。

② 丁福保辑《清诗话》，中华书局上海编辑所，1963，第212页。

③ 贝青乔著，马卫中、陈国安点校《贝青乔集》(外一种)，第106页。

④ 贝青乔著，马卫中、陈国安点校《贝青乔集》(外一种)，第148页。

⑤ 贝青乔著，马卫中、陈国安点校《贝青乔集》(外一种)，第94页。

⑥ 贝青乔：《赤鼻山下夜泊》，载《贝青乔集》(外一种)，第111页。

⑦ 贝青乔：《舟中望匡庐》，载《贝青乔集》(外一种)，第112页。

⑧ 贝青乔：《双溪》，载《贝青乔集》(外一种)，第122页。

就是继承了中晚唐和宋代诗人的以文为诗。过去比较苏轼和黄庭坚诗歌之同与不同，说苏诗似意气风发之议论文，黄诗如探幽汲险之游记文。而贝青乔则与苏轼相近。

　　首先，贝青乔诗歌表现为通俗性。其《琵琶亭下作》云："山歌村笛声四绝，况思纤手鸣幺弦。诗成姑俟老妪解，重与半格翻新编。"[1] 这既是对白居易诗歌的评价，也是其追求的自我表白。贝青乔诗歌的通俗性，在其现实性非常强的用乐府体创作的歌谣中表现得尤为明显，如反映太平天国时期战争给人民带来深重苦难的《马脯谣》《糠粥谣》《饿殍行》等。而五言古体诗，照例应较有文人气息，但在《半行庵诗存稿》中，亦有几近口语者，我们录其《归家作》：

> 昔归欢满室，今归影凄凄。襄帷宛言笑，神定茫若迷。
> 百年誓比翼，风吹倏中暌。穷悴损年命，百悔丛空闺。
> 往者误兵警，偕泛西溪西。比及遘家难，毁室无完栖。
> 同根不相庇，庭户生蒺藜。堂有七十姑，稚女甫及笄。
> 我夙走尘辙，内顾鲜愁凄。行复出门去，俯仰谁扶携。
> 御寒思故服，终窭思良妻。糟糠共作苦，渺矣难重稽。[2]

　　几乎全用白描，几近白话。夫妻间生离死别感情之深，跃然纸上。虽然个别处也用典，如"终窭"语出《诗经·邶风·北门》"终窭且贫"，但也不生僻。而其许多七绝，都是仿民间竹枝词为之，具有浓厚的民歌色彩，更是通俗易懂。如《蛮营竹枝词》："春至鸳鸯争避水，秋来翡翠暖依山。浮家莫笑妾无定，总在巫云十二间"，"望

---

① 贝青乔著，马卫中、陈国安点校《贝青乔集》（外一种），第113页。
② 贝青乔著，马卫中、陈国安点校《贝青乔集》（外一种），第146页。

郎妾如江上石，弃妾郎如江上潮。颠风三日断郎渡，隔着对城江一条"，"浪里惊看萍泛迹，林梢愁见柳吹绵。来时何缓去何速？郎似门前上峡船"。[1] 其他七绝组诗，虽未冠以"竹枝词"之名，但有其实。此类作品，历来有文人模仿创作。如汪元量《湖州歌》《越州歌》，贝青乔多有借鉴。钱仲联先生即谓："《咄咄吟》一百十七首……这种写法，在古典诗歌领域里，是宋末汪元量《湖州歌》《越州歌》以后所仅见的。"[2] 所谓"仅见"，是指其以组诗形式记述重大历史事件的诗史价值。又如清初朱彝尊《鸳鸯湖棹歌》描写乡土风俗，也为贝青乔所推崇，其《平望舟次》即云："棹歌唱暝出菰蒲，助我吟声入夜孤。谁补曝书亭里曲，莺湖原合配鸳湖。"[3] 上举《蛮营竹枝词》，以及《苗妓诗》等，则其类也。

其次，贝青乔诗歌表现为议论性。自严羽批评江西派，说："近代诸公乃作奇特解会，遂以文字为诗，以才学为诗，以议论为诗，夫岂不工，终非古人之诗也。"[4] 以议论为诗，便为人诟病。其实，抒情也好，议论也罢，都是诗歌的表现形式。并且，"终非古人之诗"，只是严羽复古的诗歌评价标准，不能成为判断诗歌优劣的定谳之论。宋诗之所以表现出议论为诗的特点，主要在于宋代的社会现实，以及要求诗歌对此的反映。钱锺书即云："宋的国势远没有汉唐的强大，我们只要看陆游的一个诗题：'五月十一日夜且半，梦从大驾亲征，尽复汉唐故地。'宋太祖知道'卧榻之侧，岂容他人鼾睡'，会把南唐吞并，而也只能在他那张卧榻上做陆游的这场仲夏夜梦。到了南宋，那张卧榻更从八尺方床收缩而为行军帆布床。……北宋中叶以后，内

---

① 贝青乔著，马卫中、陈国安点校《贝青乔集》(外一种)，第 97—98 页。

② 钱仲联：《三百年来江苏的古典诗歌》，载《梦苕庵论集》，第 234 页。

③ 贝青乔著，马卫中、陈国安点校《贝青乔集》(外一种)，第 120 页。

④ 严羽著，郭绍虞校释《沧浪诗话校释》，人民文学出版社，1983，第 26 页。

忧外患、水深火热的情况愈来愈甚，也反映在诗人的作品里。诗人就像古希腊悲剧里的合唱队，尤其像那种参加动作的合唱队，随着搬演的情节的发展，歌唱他们的感想，直到那场戏剧惨痛的闭幕、南宋亡国，唱出他们最后的长歌当哭：'世事庄周蝴蝶梦，春愁臣甫杜鹃诗！'"[①] 按照钱锺书先生的说法，"作品在作者所处的历史环境里产生，在他生活的现实里生根立脚"，[②] 而 "世事庄周蝴蝶梦，春愁臣甫杜鹃诗"，便是在宋代环境下，宋代诗人的哀叹。这种哀叹，便是议论。

　　内外交困，是宋代社会的特点，也是贝青乔所处时代的特征。正是基于此，贝青乔才表现出诗歌的议论性倾向。也正因为如此，其议论为诗的特点，在其反映重大历史事件的叙事诗中尤为突出。夹叙夹议，往往通过"叙"，来讲述事件的客观过程，又通过"议"，来表明作者的主观态度。我们举其太平天国时期的《感时述事九首》之《防堵》：

> 外寇防边隅，内变防环堵。两戒山河一统中，各展闿才严守土。积年征缮备贼来，几回无风自扬埃。一旦兵尘涨郊薮，仓卒登陴旋却走。记自梧野窥衡湘，争扼水隘防荆扬。水防既溃陆防急，防豫防冀防徐梁。坐令九州尽恒扰，贼梳兵枇无完疆。[③]

　　或许，议论为诗终不如文之议论直接有效，所以在贝青乔的许多诗歌里，往往又加以许多注释，最典型者，便是《咄咄吟》，贝青

---

① 钱锺书：《宋诗选注》，生活·读书·新知三联书店，2002，"序"第1—2页。
② 钱锺书：《宋诗选注》，"序"第3页。
③ 贝青乔著，马卫中、陈国安点校《贝青乔集》(外一种)，第139—140页。

乔自题所谓"底用名山贮石函，筹边策备此中参"，[①] 可见，贝青乔是将其作为抵御外侮之策论的。而其注释之文字，远远多于诗歌之字数。如其最后一首云：

> 终南翦崇志犹存，青坂吟成尽泪痕。
>
> 恰有边情难下笔，半关公论半私恩。

其注释云：

> 昔贤受人知遇，心感恩门，所作书文，往往词多回护。今仆不能稍事隐饰，有愧昔贤多矣，故于此书屡欲焚弃。乃朋好中有劝其存稿者，谓盛朝不严文禁，今者功罪既定，国法已伸，况人言籍籍，讳无可讳，不若直存之，为后之用兵者告，俾知军中之利病焉。姑从其言，录之如右。若非所见闻，概弗敢及也。仆始从军时，有以《钟进士杀鬼图》赠行者，故有首句云。[②]

诗歌本身是议论为诗，议论不足，故又有注释边叙边议。《咄咄吟》120首，大率如此。读者的感受，则是长歌当哭。

对贝青乔的研究，过去多局限于诗歌内容。就诗歌内容而言，又多局限于《咄咄吟》。其实，贝青乔是近代诗歌转型时期非常重要、堪称代表性的诗人。而这一时期诗歌的转型，不仅仅表现在中国诗人、同时也表现在中国知识分子对国运衰落的忧虑，这种忧虑引发

---

① 贝青乔：《自编军中记事诗二卷为咄咄吟朋旧多题赠之作赋此为答》，载《贝青乔集》（外一种），第36页。

② 贝青乔：《咄咄吟》，载《贝青乔集》（外一种），第282页。

的思考，以及他们付诸实践的行动，改变了知识分子在近代史上的角色和地位，也改变了中国社会的历史进程。并且，这一时期也是中国诗歌形式发生重大变化的时期。中国诗歌由古代而近代，进而现代，肇始于此。所以，我们应该对贝青乔的诗歌创作有更多的关注。这就是我们整理出版贝青乔诗文集的初衷，也是本文写作的目的。

从湖湘派的兴衰看王闿运的诗坛地位

以王闿运为代表的湖湘派是晚清诗坛主张复古、非常保守的诗歌流派。如果将其置之近代中国渐趋开放的文化背景下面，我们便不可否认这一点。陈衍以为当时的湖外诗人，"墨守《骚》、《选》、盛唐，勿过雷池一步"，[①]因此，即使在晚清众多的学古诗派中，湖湘派亦属循旧者。但是，某一文化现象的出现，受着政治、经济、文化等各方面因素的制约，总有其合理所在。更何况近代湖湘之地人才辈出，而不少俊杰之士创作诗歌，又是以王闿运以及湖湘派为标榜的。因此，探讨湖湘派的兴衰，从中认识王闿运的诗坛地位，对近代诗歌的研究，有着重要的意义。

一

湖湘派这一提法，是指地域而言。湖湘之地诗歌宗学汉魏六朝，自有其渊源。即在清代，也可上溯到王夫之。船山论诗，云："兴、

---

① 陈衍编辑《近代诗钞述评》，商务印书馆，1935，第75页。

观、群、怨，诗尽于是矣。"据此，便言："《诗三百篇》而下，唯
《十九首》能然。李、杜亦仿佛遇之，然其能俾人随触而皆可，亦不
数数也。"又以为"许浑允为恶诗……及宋人皆尔"，这是论诗学观
念。其言诗学方法，则谓："太白胸中浩渺之致，汉人皆有之，特以
微言点出，包举自宏。太白乐府歌行，则倾囊而出耳。如射者引弓极
满，或即发矢。或迟审久之，能忍不能忍，其力之大小可知已。要至
于太白止矣。一失而为白乐天，本无浩渺之才，如决池水，旋踵而
涸。再失而为苏子瞻，菱花败叶，随流而漾，胸次局促，乱节狂兴，
所必然也。"[①] 由于王夫之道德文章为一代楷模，因此，其诗学主张对
楚湘诗风产生了巨大影响。嘉、道年间，湖北陈沆为矫当时性灵派颓
靡浮滑之弊，撰《诗比兴笺》，以郑玄笺注《诗经》之方法，笺注汉
魏六朝及唐代诗歌。其选诗、评诗的角度、标准，以及其中包含的诗
歌祈向，多有继承王夫之衣钵之处，故吴嵩梁跋其《简学斋诗》推为
"船山劲敌"。[②] 从此，湖湘之地诗学汉魏六朝之风日炽。及咸丰初年
张金镛提学湖南，"以为湘人士文章如高髻云鬟，美而非时"，[③] 则已
蔚然成复古之势。尽管当时有曾国藩竭力提倡韩愈、黄庭坚，并以其
地位作号召，使得海内群士，一时向风，诚如施山《望云楼诗话》所
云："今日曾相国酷嗜黄诗，诗亦类黄，风尚一变。黄诗价重，部值
千金。"[④] 但是在曾国藩之家乡，绝非如此。与曾国藩同时，有湖南名
士吴敏树，不仅古文与曾国藩异趣，谓"桐城派名称不当"，[⑤] 为诗也

---

① 王夫之著，戴鸿森笺注《姜斋诗话笺注》，人民文学出版社，1981，第41页、第66
页。
② 吴嵩梁：《跋〈简学斋诗〉》，载宋耐苦、何国民编校《陈沆集》，湖北教育出版社，2002，
第502页。
③ 王闿运：《湘绮楼说诗》，载《湘绮楼诗文集》（五），岳麓书社，2008，第138页。
④ 施山：《望云楼诗话》卷二，光绪抄本。
⑤ 沃丘仲子：《近现代名人小传》，北京图书馆出版社，2003，第386页。

"取径陶、韦，间亦参以杜法"，① 全然不同曾国藩。其《孙芝房侍读苍莨集诗序》云："近时吾楚中独多诗人，仅吾湖湘间，专门擅声者，略可以十指数，其与吴越何异。"② 在数量上能与向来是人文荟萃的吴越匹敌的众多湖湘派诗人中，当然不乏和吴敏树志同道合者。如《苍莨集》作者善化孙鼎臣作诗，就是仿效汉魏六朝和唐人诗而为之。再如是时益阳汤鹏，乔松年序其诗，以为"由三唐以寻汉魏，由汉魏以涉风骚，由风骚而抗雅颂"。③

　　但是，狭义的、也就是我们今天所说的湖湘派，是以稍晚出之王闿运为领袖的。沈其光《瓶粟斋诗话》云："有清咸、同间，湘潭王湘绮闿运诗名倾朝野，世所称湖湘派者也。"④ 其实，与王闿运一起为湖湘派张目而摇旗呐喊的还有蔡毓春、邓辅纶、邓绎、李寿蓉、龙汝霖等。郭嵩焘《谭荔仙〈四照堂诗集〉序》："今天下之诗，盖莫盛于湘潭，尤杰者曰王壬秋、蔡与循。其言诗，取潘、陆、谢、鲍为准则，历诋韩、苏以降，以薪复古。"⑤ 如果说蔡毓春并无诗名而影响不大，邓辅纶等便有所不同。瞿兑之《杶庐所闻录》云："王壬秋闿运……道光之末，年甫弱冠，与邓弥之等结社长沙，作汉魏六朝诗，手抄《玉台新咏》，当时人皆异之，至今遂成湖南诗派。"⑥ 湖湘派的形成，以及王闿运得以成为湖湘派领袖，均与邓辅纶等有关。王闿运少年时，即与邓辅纶、邓绎兄弟同肄业并定交于长沙城南书院。邓氏

---

① 徐世昌辑《晚晴簃诗汇》（三），中国书店，1988，第608页。

② 吴敏树：《吴敏树集》，岳麓书社，2012，第319页。

③ 乔松年：《海秋诗集序》，载汤鹏《海秋诗集》卷首，清道光刻本。

④ 沈其光：《瓶粟斋诗话》，转引自钱仲联主编《清诗纪事》（十六），江苏古籍出版社，1989，第11199页。

⑤ 郭嵩焘：《谭荔仙〈四照堂诗集〉序》，载《郭嵩焘全集》（十四），岳麓书社，2018，第335页。

⑥ 瞿兑之：《杶庐所闻录 养和室随笔》，辽宁教育出版社，1997，第5页。

兄弟闻其"月落梦无痕"诗句，奇赏之，叹为妙才，因而造访。[①] 邓辅纶年稍长，咸丰初就以工五言得名，因此，邓辅纶与王闿运所尚相投，并非受王影响，而是气味相同、不谋而合。王闿运少时较贫，"（邓）绎资之，使学于名师，又逢人誉荐之。由是闿运学益进，声名大昌"。[②] 王闿运的成名，并进一步以复古号召湖湘甚至海内，形成颇有声望的重要诗歌流派，邓氏兄弟确有一份功劳。另外，王闿运、邓氏兄弟又与乡人李寿蓉、龙汝霖结社于长沙，"追踪曹、阮、二谢，以蕲复古"，[③] 诗社交往酬倡，也影响了湖湘诗风。

我们如果从诗人的崇尚和诗歌的学古特征来考察，湖湘派又可称之为"汉魏六朝派"或者《文选》派"。这样或可超越湖湘界域。事实也是如此：当时诗学汉魏六朝并有一定成就者，决不囿于湖湘一地，如生于江西湖口之高心夔。李慈铭曾云："（高心夔）诗文皆橅拟汉魏六朝，取境颇高，而炫奇襮采，罕所真得。自谓最喜渊明诗，故号陶堂，然其诗绝不相似……思苦词艰，务绝恒蹊，文采亦足相济，固近日之卓然者矣。"[④] 高心夔诗在学古之中，骛求新异，别具一格，就独创性而言，要高出湖湘派一般诗人。并且，高心夔与王闿运也属同时，故很难说高诗受王氏影响。当然，非湖湘籍而受王闿运诗风熏染者大有人在。王闿运一生，掌教于湖南船山、四川尊经、江西豫章等书院，培养了不少经史方面的人才。与之同时，也教授诸生学习诗赋。如在尊经书院山长任上数年间，"蜀才蔚起，骎骎与两汉同

---

① 参见徐珂编撰《清稗类钞》"知遇类"，中华书局，1984，第 1431 页。

② 朱克敬：《儒林琐记》，载周骏富辑《清代传记丛刊》（十三），明文书局，1985，第 18 页。

③ 郭嵩焘：《诗存序》，载《李寿蓉集》，岳麓书社，2011，第 287 页。

④ 李慈铭：《越缦堂读书记》，上海书店出版社，2000，第 1176 页。

风"，^① 尊经弟子中，能诗者不少，如"戊戌六君子"中的杨锐、刘光第。有人得王闿运作诗之法乳，诗学齐梁，近体似杜，据王代功《湘绮府君年谱》于光绪十三年十二月记：吕翼文"自成都来，尊经弟子也。问选八代诗之意，并问诗家流别"。蜀中诗派多少也受王闿运一些影响。王闿运居家时，"西江、苏、浙流寓衡、永、郴、桂人士往来受业者不可悉纪"^②。而他出外时，向他问诗者当然也不在少数。再如著名的同光体诗人陈三立，诗学黄庭坚，自不待言。陈锐说他的诗"气骨本来参魏晋"，只是以后才"踢翻高邓"，"不与壬翁更作奴"^③。"踢翻高邓"和"不与壬翁更作奴"的说法，表明陈三立早年作诗似乎亦曾步趋湖湘派。

既然王闿运与邓辅纶、高心夔齐名，为什么王闿运会领其风骚，成为湖湘派的魁首呢？汪辟疆《光宣诗坛点将录》在以托塔天王晁盖当王闿运时，曾申述理由："陶堂老去弥之死，晚主诗盟一世雄。"^④ 长寿当然是王闿运称霸诗坛的原因之一，如我们前面所说，当他成为诗坛前辈后，他能够奖励后学，扶植新秀，因此其诗学主张自然有人心摹手追，发扬光大。而更重要的原因是王闿运有较为完整的诗学理论和惊人的创作实践。他撰有《湘绮楼说诗》八卷，在评定古今诗人的同时建立了自己的学说，又选《八代诗选》，供人参照模仿。而他自己所为诗亦甚众，剔除了全部的七言近体，其《湘绮楼诗集》尚有十四卷之多。岳麓书社 1996 年新版《湘绮楼诗文集》，又搜集集外遗诗

---

① 易佩绅：《尊经书院课艺序》，载鲁小俊编《清代书院课艺总集叙录》，武汉大学出版社，2015，第 653 页。

② 王代功：《湘绮府君年谱》，熊治祁编《湖南人物年谱》(四)，湖南人民出版社，2013，第 548 页。

③ 陈锐：《题伯严近集》，载《抱碧斋集》，岳麓书社，2012，第 205 页。

④ 汪辟疆：《光宣诗坛点将录》，载《汪辟疆文集》，上海古籍出版社，1988，第 326 页。

四百多首。而其诗歌又是"佳句如林，美不胜收"，[①] 所以，就诗歌创作数量，甚至质量而言，王闿运之总体成就在邓辅纶、高心夔之上。

二

在湖湘派众多诗人中，唯王闿运有完整的诗学见解。因此，谈湖湘派的诗歌宗趣，主要是介绍王闿运的诗歌理论。

湖湘派的诗歌，基本特征是宗法汉魏六朝及初盛唐，这一点便规定了王闿运诗歌理论的方向和意义，它主要就是缘此而发，即围绕他们诗歌对汉魏六朝的学习、模仿，从而展开他的述说和探讨。如果要对王闿运的诗学精髓作一简单的概括，一言蔽之，则为"诗缘情而绮靡"。这是陆机《文赋》给诗歌立下的一个标准，也是陆机对汉魏以来诗歌发展趋势及表现手法、艺术风格方面一般情况的总结、概括。在六朝时期，这一趋势更加明显，形成那一时期诗风的重要特点，诗歌的抒情化方向在那时确定，诗歌追求藻采的形式也在那时泛滥。王闿运在《湘绮楼论诗文体法》中，答人问诗文作法，即取陆机语作诠释，表示他对陆机的赞同，其中亦参以己意作解。

先说缘情。

王闿运论诗主情，情在他的诗歌理论中占有核心地位。从对诗歌的根本看法出发，他说："诗，承也，持也。承人心性而持之。风上化下，使感于无形，动于自然。故贵以词掩意，托物起兴，使吾志曲隐而自达，闻者激昂而思赴。其所不及设施，而可见施行，幽窈旷朗，抗心远俗之致，亦于是达焉。"[②] 诗所起的"风""教"作用，并

---

① 杨香池编《偷闲庐诗话》，1934，第44页。

② 王闿运：《论诗文体式答陈复心问》，载《湘绮楼诗文集》（二），第46页。

不是直截了当地去说教，而是要使人不知不觉地、潜移默化地受到"感""动"，诚所谓"古之诗以正得失，今之诗以养性情"，"古以教谏为本""今以托兴为本"，[①] 因此，诗歌应该以情动人。在表运情的方法上，要"以词掩意，托物起兴"，这样，人所感受到的情，虽不是直接的，却更绵长、深远，这正是艺术特具的魅力。

"发乎情，止乎礼义"，是传统的诗学观点。在中国古典诗歌发展的初级阶段，人们已认识到诗与情有不解之缘：先有情，然后才有抒发情的诗歌。但是，"止乎礼义"对情起了限制的作用。王闿运在强调"诗贵情"时阐述到："诗贵有情乎？序《诗》者曰发乎情而贵有所止，则情不贵。人贵有情乎？论人者曰多情不如寡欲，则情不贵。不贵而人胡以诗？诗者，文生情。人之为诗，情生文。文情者，治情也。孔子曰：礼之以和为贵。有子论之曰：和不可行。和不可行而和贵，然则情不贵而情乃贵，知此者足以论诗矣。"[②] 在中国封建社会里，所谓情并不可随心所欲而发。它其实是被限定在一个统治者认可的范围里。所以，这个情实质上必须符合统治阶级的需要。这样，情就不贵，而贵在有所止。止便是不出一定的范畴。王闿运认为，在人们强调情贵有所止的时候，情显得更加可贵。用寡欲限制人情，用礼义限制诗情，无疑是一种束缚。要挣脱这种束缚，对封建统治阶级中的诗人来说，是难能可贵的。而王闿运则显然对限制诗情感到不满。"情生文"与"文生情"，用通俗的语言来诠解，是人之情通过文字凝结在诗中，诗又以蕴蓄其中的感情感染读者。也就是说，是情联结着作者、作品和读者三者。总而言之，王闿运对诗歌表情这一基本特征，有相当的把握。

---

① 王闿运：《论诗法答唐凤廷问》，载《湘绮楼诗文集》（二），第51页。

② 王闿运：《湘绮楼说诗》，载《湘绮楼诗文集》（五），第261页。

　　但是，情的内涵是什么？王闿运没有明说。当然，他所说的情不可能超越时代而摆脱封建阶级的烙印。然而，也绝不是有人所说的"他要求诗歌继续为腐朽没落的封建政治服务。无疑的是在当时通往旧民主主义革命道路上设置了障碍"，[①] 而与资产阶级鼓吹的个性解放没有丝毫关系。王闿运的情也带有个性色彩，他在《论诗示黄镠》中谈到"诗以养性，且达难言之情"。[②] 这里的情，如果对他本人而言，就是他在生活中所遭遇而产生的一种感情。"难言"则表示这是一种特殊的个人感情，如果与封建礼教丝毫不悖，是无须讳言的。

　　诗贵有情，且达难言之情，这是就诗歌的内涵及作用而言。对诗人本身来说，王闿运则主张"养性"，即必须涵养性情。这样，作者之情、作品之抒情，便可达到较高的境地而不显世俗。王闿运说："生今之世，习今之俗，自非学道有得，超然尘壒，焉能发而中、感而神哉？"又说："以三四十年之工力，治经学道必有成，因道通诗，诗自工矣。"[③] 这便是王闿运的养性之说。在《湘绮楼说诗》，王闿运还说过"情动于中而形于言""无所感则无诗"。而所谓"发而中、感而神"，自然是要求达到一种超乎仅仅是有所感之上的境界，即纳入一定的道德规范、理想准则。要做到"发而中、感而神"，这就需要治经学道，涵养诗人自己的性情。只有这样，诗所发之情就有了更深的根底和基础。这里，王闿运的所谓道，是对人的要求。而其情，既是对人又是对诗的要求。即诗人要把自己的情移注于诗。诗人"学道有得"之后，到达"超然尘壒"，他的情也就得到养育而符合一定规范了。这并不是说，王闿运是在用儒家的经和道来约束情。当然，正如其情有封建社会之烙印，王闿运养性说也不脱传统文化窠臼。他的

①　郭绍虞：《中国历代文论选》（三），上海古籍出版社，1980，第307页。

②　王闿运：《湘绮楼说诗》，载《湘绮楼诗文集》（五），第247页。

③　王闿运：《论诗法答唐凤廷问》，载《湘绮楼诗文集》（二），第51页。

所谓道，自然有孔孟之说的成分。但是，就像其情一样，他的养性，同样包括王闿运自己的认识和看法。"超然尘壒"云云，其实是他对"生今之世，习今之俗"的世道人情表示不满。而他解经，也常常以自己个人的理解为主，这表明他有意摆脱传统的约束。因此，他所说的"学道有得，超然尘壒"的养性，与他"难言之情"之缘情，是根本一致的。

再说绮靡。

诗贵有情，但是，诗人要具有相当高超的艺术才能，方可侭诗情给人以感染，起到动人的效果。这是如何表达情的问题。如前述，王闿运以为诗不是用来"正得失"、起"教谏"作用的，诗歌的抒情性决定了它的表达方式。在王闿运看来，"缘情"和"绮靡"不是不相干的两个方面，诗"绮靡"的外观和诗中洋溢或蕴藏的感情必须交融在一起。王闿运多次自称他喜爱绮文、绮语。他在为杨蓬海诗作序时称："读其诗，一往于情。情之绵邈，愈淡远而愈无际。情之宕逸如春云触石，时为惊雷。其往而复，如风止雨霁，云无处所。其往而不复，如成连泛舟，而涛浪浪。故其浩轶駊荡，知其能酒。其抑扬抗坠，知其能歌。"[①] 杨蓬海之诗能使人强烈地感受到其情的起伏变化。所以如此，在于杨诗不只有情，而且有文。从王闿运对杨诗的形容词语看，杨诗必定文采灿然，语言精妙。王闿运评陈锐诗时说：'陈伯弢诗学我已似矣，但词未妍丽耳。"[②] 可见，他自己作诗讲究文词的妍丽，对别人也这样要求。

王闿运主张绮靡，还表现在对六朝诗的评述。《论诗文体式答陈复心问》云："晋人浮靡，用为谈资，故入以玄理。宋、齐游宴，藻

---

① 王闿运：《湘绮楼说诗》，载《湘绮楼诗文集》（五），第 261 页。

② 王闿运：《湘绮楼说诗》，载《湘绮楼诗文集》（五），第 226 页。

绘山川。梁、陈巧思，寓言闺阃，皆言情之作。情不可放，言不可肆，婉而多思，寓情于文，虽理不充周，犹可讽诵……近代儒生深讳绮靡，乃区分奇偶，轻诋六朝。不解缘情之言，疑为淫哇之语，其原出于毛、郑，其后成于里巷。故风雅之道息焉。"[①] 南朝诗，是他重点模拟的对象。他所欣赏的是"寓情于文"。他论及唐代歌行，以为"直指时事"，"览之无余"，但"文犹足艳"。他甚至因此而抑杜褒李："李犹有词藻，杜乃纯露筋骨，故非正格。"[②] 这样，文不仅依附于情，寓情于其中，而且艳文本身也是值得欣赏的。且不论南朝梁、陈放荡浮华的宫体诗之类并不存在所谓"寓情于文"的现象和特点，仅就作为诗歌艺术的外观的文，而且主要是绮文，王闿运如此提高它，表现出了一种形式主义和唯美主义的倾向。

与"寓情于文""情不可放"相关，王闿运还主张"以词掩意，托物起兴"，其目的在于不直露张扬，而要含蓄委婉。词和意的关系，王闿运有较多论述。他论陶渊明诗时说："诗之旨，则以词掩意，如以意为重，便是陶渊明一派。"[③] 王闿运并不欣赏陶渊明诗，原因是陶诗"枯澹"，而且语言明白易晓，难以掩意。他认为今诗不及古诗，在于"意多于词"，诗人成不了大家，也说"词多于意"，这进一步反映出王闿运诗论中的形式主义倾向。诗以意为主，词从属于意，以词达意，可以有不少方法。作为一种特殊的手法，在特定环境中一个特定的诗人那里，"以词掩意"是可以的。但到了词多于意的地步，词再美好，也是空泛的。和意无关的词只是赘物。欲使词给人美感，关键在于怎样用它来准确、鲜明、生动、精妙地表达意，和意水乳交融地结合在一起，而不是片面强调词多还是意多。

---

① 王闿运：《论诗文体式答陈复心问》，《湘绮楼诗文集》（二），第46页。

② 王闿运：《湘绮楼说诗》，《湘绮楼诗文集》（五），第328页。

③ 王闿运：《湘绮楼说诗》，《湘绮楼诗文集》（五），第249页。

　　王闿运主张绮靡的主观目的，在于求得诗歌表现上的完美。另外，"寓情于文"和"以词掩意"，这和他的经历也有丝丝缕缕的关系。他有抱负，自视甚高，但种种遭遇使他得不到展示的机会，社会的种种变化，又难符合他的心愿，由此产生了失望和不满。现实生活他脱离不了。一方面，他想通过诗歌反映时事；另一方面，他又不愿意明白痛快地写出自己内心的感情，所以，他就把功夫较多地花在用词上。绮靡之说，也是这种思想在诗论方面的反映。

　　由此可见，王闿运的缘情说与绮靡说相比，具有更多的合理成分。但是因为缘情比较抽象，而绮靡却是具体可感的，再加王闿运诗论中本身的重绮靡而次缘情，因此，以后循王闿运模拟汉魏六朝诗者往往流于形式而遗其精神，徒有华丽藻采而成为仿古之赝品。

　　尽管宗学汉魏六朝诗歌是湖湘派共同的趋向，但是，由于作者各自经历、际遇和文学道路的差异，反映在诗歌理论上，也有分歧。夏敬观《抱碧斋集序》云："咸、同间湘人能诗者，推武冈邓先生弥之、湘潭王先生壬秋。邓先生祖陶祢杜，王先生则沉潜汉魏，矫世风尚，论诗微抑陶。两先生颇异趣。"[1]这是王闿运与邓辅纶的不同。至于王闿运与高心夔的差别，《湘绮楼说诗》言之甚明："高伯足诗少拟谢、陆，长句在王、杜之间。中乃思树帜，自异湘吟，尤忌余讲论，矜求新古。"[2]"祖陶祢杜"和"矜求新古"，一是要求诗歌具有强烈的现实意义，二是要诗歌雅淡古朴，并有新变。这和我们前面所论王闿运之"诗缘情而绮靡"完全相左。湖湘派如果按邓辅纶、高心夔的诗学理论指导创作实践，或能取得较高成就。只是邓、高并没有如王闿运那样以鸿篇巨制阐发，故当时一般湖湘派诗人多囿于王氏之说。当

---

① 夏敬观：《抱碧斋集序》，载陈锐《抱碧斋集》，第 1 页。

② 王闿运：《论同人诗八绝句》，载《湘绮楼诗文集》（四），第 419 页。

然，湖湘派中冲脱藩篱而有所建树者也大有人在。这种现象在湖湘派后期尤为明显。我们在后文论述湖湘派诗歌创作时再予介绍。

三

根据湖湘派诗人生活的时代，可把他们分成前后二期。前期诗人主要活动在咸、同年间，后期诗人则活跃于光、宣和民国初。而王闿运的长寿，使其成了贯穿前后的领袖人物。

晚清是中国的多事之秋。自鸦片战争以后，太平天国运动、中法战争、中日战争、戊戌变法、庚子事变，一个又一个浪潮的冲击，既动摇了清王朝的统治基石，又震撼了每一个中国士大夫的心灵。作为湖湘派主要活动场所的湖南一带，在前期是太平天国的主要战场，而后期又是戊戌变法的实验基地。因此，湖湘派诗人无一例外地卷入其间，他们的诗歌创作当然不脱历史的印记。那么，他们"以词掩意"的诗歌宗旨和诗歌创作中的风云之气又是如何设法统一的呢？

太平天国运动爆发的时候，以王闿运为代表的湖湘派前期诗人正当年少气盛，他们也希望在政治上有所建树。王闿运《生理篇》有云："置此家国事，努力欢娱时。欢娱不可求，家国常有忧。"[1] 邓辅纶《长山头守风严节羁情望月增思》则与之同调："珪组尚不顾，何必恤饥寒。但憾志莫遂，壮节凋危冠。"[2] 可见，他们是有经世之志的。鉴于思想和立场的限制，他们参加了镇压太平天国的战争。王闿运曾参曾国藩幕，"胡林翼、彭玉麟等皆加敬礼"，[3] 他在诗中也竭力攻击、诬蔑太平天国，如《闻三河军没》《喜闻官军收复九江寄胡巡

---

[1]　王闿运：《生理篇》，载《湘绮楼诗文集》（三），第21页。

[2]　邓辅纶：《长山头守风严节羁情望月增思》，载邓辅纶《白香亭诗集》，第49页。

[3]　赵尔巽等：《清史稿》卷四百八十二《儒林·王闿运传》，中华书局，1976，第13300页。

抚》《从长沙送曾郎出师援蜀》等。而其著名的《发祁门杂诗二十二首》，也是用与农民起义敌对的口吻写成，寄给正在和太平军对阵的曾国藩等人的。但是，王闿运"自负奇才"，其孤傲的性格，以致"所如多不合，乃退息无复用世之志，唯出所学以教后进"。[①] 后来他又自称"满腹经纶，一不得申，每嗟感遇"。[②] 实际上，王闿运的不为统治者所用，还由于政见的不同。他在诗中对当时吏治的昏庸无能进行了猛烈的抨击："国岂贫为患，民伤吏不廉。"[③] "官吏昏庸蕴灾孽，荆江水患重兵劫。"[④] 他与统治者之间的矛盾无法消解，自然会遭受排挤，无法涉足官场。

邓辅纶和高心夔的际遇与王闿运惊人地相似。高心夔十七岁便举于乡，后又为肃顺门客。太平军进攻江西时，他自北京归，"愤团义旅，投文正曾公，别属楚军五百"，[⑤] 但久无功，以后二次会试均以诗出韵置四等归班。中岁虽以佐李鸿章幕叙劳得候补知州，终憔悴以卒。邓辅纶在南昌危急时曾入"围城中省父，率江军击贼，复数县地。会有不嗛其父按察君者并中伤之，引疾去"。[⑥] 数年后，他"以道员将兵"，又被某御史"以风闻事劾罢"。[⑦] 他们在诗中也和王闿运一样表现出对农民凄惨生活的同情，但对农民起义却主张镇压的矛盾。邓辅纶《鸿雁篇》三首记道光己酉湖湘大水，"语特沉痛"。[⑧] 其

---

① 赵尔巽等：《清史稿》卷四百八十二《儒林·王闿运传》，中华书局，1976，第 13300 页。

② 王闿运：《致吴抚台》，载《湘绮楼诗文集》（二），第 100 页。

③ 王闿运：《登扬州城》，载《湘绮楼诗文集》（三），第 149 页。

④ 王闿运：《七夕湘东闻筝歌赠吴沈生》，载《湘绮楼诗文集》（四），第 318 页。

⑤ 汤纪尚：《高陶堂先生传》，载《盘薖文甲乙集》文甲上，光绪刻本，第 18 页。

⑥ 狄葆贤：《平等阁诗话》，西北大学出版社，2019，第 57 页。

⑦ 佚名：《清朝艺苑》，《笔记小说大观》第 33 编第 8 册，新兴书局有限公司，1983，第 179 页。

⑧ 梁鼎芬：《读邓辅纶之白香亭诗柬伯严三首》其二自注，载《节庵先生遗诗》卷三，民国十二年慎始基斋刻本，第 6 页。

《杂诗纪行》有云："日中何所见，卧路杂童叟。背焦发戴泥，感涕出残糗。非为发声苦，哀尔饥已久。去年千堤决，灾祲不偏受。步出墟巷间，露骨多掩首。"①触目惊心的灾情，令人不忍卒读。而其《哀临川》《经田家镇望塔忠武罗忠节战处》《题郭军门松林思亲释甲图》等，或哀悼战殒之清军将领，或为之歌功颂德、涂脂抹粉。高心夔与之大致相同。其被胡先骕誉为"一字一泪，气度格局直逼杜工部之《八哀》"②的著名诗作《鄱阳翁》，对毕金科等镇压太平军的刽子手竭尽歌颂之能事，但对清军的破坏也有所揭露："去岁始见防东军，三日筑城废耕牧。军中夜嚣昼又哗，往往潜占山村宿。"③

也许正是这样的矛盾，令王闿运他们茫然不知所措。他们或寄情山水，或啸咏田园，诗歌渐渐偏离现实的航标。他们大量的田园山水诗，迎合了"词多于意""以词掩意"的诗歌宗趣。而片面强调模仿汉魏六朝，又使他们在形式主义的道路上越走越远。即使是同样学古的同光体代表诗人陈衍也自叹不如："湘绮五言古沉酣于汉魏六朝者至深，杂之古人集中，直莫能辨。正惟其莫能辨，不必其为湘绮之诗矣。七言古体必歌行，五言律必杜陵《秦州》诸作，七言绝句则以为本应五句，故不作，其存者不足为训。盖其墨守古法，不随时代风气为转移，虽明之前后七子无以过之也。"④与邓辅纶、高心夔相比，王闿运的生活跨度较长，他有更多的时间徘徊于拟古的道路上，他在这方面遭受的非议也远远超过邓、高二人。胡适即云："王闿运为一代诗人，生当这个时代，他的《湘绮楼诗集》卷一至卷六正当太平天

---

① 邓辅纶：《杂诗纪行》，载邓辅纶《白香亭诗集》，第 14 页。

② 胡先骕：《评胡适〈五十年来中国之文学〉》，载《胡先骕诗文集》，黄山书社，2013，第441 页。

③ 胡先骕：《评胡适〈五十年来中国之文学〉》，载《胡先骕诗文集》，第 441 页。

④ 陈衍编辑《近代诗钞》，商务印书馆，1935，第 322 页。

国大乱的时代（1849–1864），我们从头读到尾，只看见无数《拟鲍明远》《拟傅玄麻》《拟王元长》《拟曹子建》……一类的假古董，偶然发现一两首'岁月犹多难，干戈罢远游'一类不痛不痒的诗，但竟寻不出一些真正可以纪念这个惨痛时代的诗。这是什么缘故呢？我想这都是因为这些诗人大都是只会做模仿诗的，他们住的世界还是鲍玥远、曹子建的世界，并不是洪秀全、杨秀清的世界。况且鲍明远、曹子建的诗体，若不经一番大解放，决不能用来描写洪秀全、杨秀清时代的惨劫。"[①] 此言不无偏颇，也不无道理。

但是，如果借用谢灵运、陶渊明的诗体来创作田园山水诗，还是能够达到较高的艺术水准。因为模山范水，其标准相对客观。且在田园山水诗中寄托诗人的主观情愫，更容易做到"以词掩意"。过去对高心夔的山水诗和邓辅纶的田园诗评价极高。钱仲联先生说高心夔《匡庐山诗》七首，"缒幽凿险，足使谢、柳却步"，[②] 狄葆贤《平等阁诗话》在摘录了邓辅纶《和陶移居》等诗后，也称其"写景得谢之秀，述事得陶之醇"。[③] 而就总体成就言，湖湘派中山水诗的代表作家应是王闿运。王闿运以五律写山水，清雅自然，不重雕炼。如《望庐山》《自龙江渡缘山至烟彭庵乘舟暮还》《城上月夜》等，云裹峰巅，天色染紫；轻舟落日，芳草春山；孤月渔火相映，江流浮烟一气，是富有生气和情趣而又平凡的意境。其大多数诗作则着意刻画，短幅之内，气势不凡。如《大雪夜渡黄河》《入观阳峡》《出洞庭西湖浮澧入江有作》等，有的借助奇特的想象和使用生动的比喻，使景色更加险峭奇丽，令人回味，或者用粗犷刻凿的笔调，展现出河山的开阔和突兀，又时寓一种主观的情感于大自然的气象之中。一般说来，山水诗

---

① 胡适：《五十年来中国之文学》，载《胡适文存》（二），华文出版社，2013，第166页。

② 钱仲联：《论近代诗四十家》，载《梦苕庵清代文学论集》，齐鲁书社，1983，第135页。

③ 狄葆贤：《平等阁诗话》，第58页。

能体现王闿运崇古特点的，还是其五言古诗，因为唯有古体，才是王闿运经意为之的。读其《晚登南天门宿上封寺》《过梅花渡山行作》，知其诗追踪谢灵运确实花了很大的工夫。他学谢诗，连每字每句都很讲究，不轻易落笔，通过研炼达到了工刻的地步。另外，他还看到谢诗的长处在于有"神韵"，所以力求笔下神生。

　　我们前面谈到，王闿运论诗恪守汉魏六朝，又崇尚"缘情而绮靡"，二者之间应该是大体一致的。林庚白《丽白楼诗话》云："后人喜为汉、魏、六朝之诗，有辞无意，触目皆是……王闿运五言律学杜陵，古体诗学魏晋六朝，亦坐此病。"[①] 但是，为追求绮靡，他也可能越出汉魏六朝的范畴。他创作七言近体，就效仿李商隐以求形式华丽、内容朦胧的境界。如七言律《游仙诗》五首、七言绝《七夕词》十五首，"词特蕴藉"，[②] 其风格与西昆为近。只是受其诗学观的影响，他对自己的七言近体诗并不重视，他说："七言绝句……别为一体。然其调哀急，唯宜筝笛，大雅弗尚也。"[③] 这些诗歌没有编入《湘绮楼诗集》，而是按体各自成集，曰《夜雪集》《杜若集》。即使是他自己十分珍重的七言歌行《圆明园词》，以元白长庆体记叙了皇家花园的兴衰，为世所传诵。但是，除此以外，王闿运再无类似诗篇。钱基博《现代中国文学史》便谓是诗"韵律调新，风情宛然。乃敩唐元稹之《连昌宫词》，不为高古，于《湘绮集》为变格"。[④] 王闿运之所以为此变格，也是取其深情绵邈，文采斐然。

　　王闿运的泥古而不能自拔，重辞藻而轻意境，就其诗歌创作成就而言，盛名之下，其实难副。湖湘派后期的许多诗人，虽曾从其学，

---

①　林庚白：《丽白楼诗话》，载《子楼随笔 庚甲散记》，浙江大学出版社，2018，第188页。

②　龙顾山人（郭则沄）纂《十朝诗乘》，福建人民出版社，2000，第1005页。

③　王闿运：《夜雪集序》，载《湘绮楼诗文集》（四），第405页。

④　钱基博：《现代中国文学史》，商务印书馆，2011，第65页。

但对王闿运的这一弊端却有清醒认识。如陈锐，作为湘绮门弟子，早年"诗学《选》体，不失师门矩矱"。[①] 但是，中年以后，随着与陈三立等同光体诗人的交往，使得他拓宽了诗学宗趣。我们前面谈到他题陈三立诗集，说"踢翻高邓真男子，不与壬翁更作奴"，[②] 这可从侧面见其要求挣脱王闿运束缚的愿望。而他与夏敬观论诗，闻夏敬观"文襄不许人言汉魏，王先生不许人有宋，皆甚隘也"之语，便"诺诺韪吾言"。[③] 因此，陈三立论其诗，则言"渐已出入湘绮翁，自名其体矣"。陈锐的出入湘绮翁，表现在以下几方面：首先，就诗歌形式而言，他写了大量的七言近体诗。仅与人以七律形式唱和的《门存集》，就多达三十八首，这在他流传下来的为数不多的诗歌中占去了一个相当的篇幅。其次，他在学习汉魏六朝的同时兼取宋人，特别是江西派，使其诗歌在讲求藻采和寄情的同时，也追寻一种清苍的风格和深入的意境。再次，王闿运论诗是重词轻义。而陈锐则在诗歌中表现了深湛之思。陈三立因此说他"渐已出入湘绮翁，自名其体"。[④] 而王闿运之所以说他"学我已似矣，但词未妍丽耳"，[⑤] 亦缘此。但是，陈锐的出入师门，是有限度的。他好写七言近体，却自称"不工七言律诗""七言律诗可存者最少"。[⑥] 尽管王闿运说他"词未妍丽"，但同时又说他"文词秀逸"。[⑦] 所以，谭延闿比较王闿运诸弟子时，谓奉王闿运之教，"惟陈伯弢尚有法度"，其他人如曾广钧"则放矣"。[⑧]

---

① 钱仲联：《近百年诗坛点将录》，载《梦苕庵论集》，中华书局，1993，第 374 页。

② 陈锐：《题伯严近集》，载《抱碧斋集》，第 67 页。

③ 夏敬观：《抱碧斋集序》，载《抱碧斋集》，第 2 页。

④ 陈三立：《抱碧斋集序》，载《抱碧斋集》，第 1 页。

⑤ 王闿运：《湘绮楼说诗》，载《湘绮楼诗文集》（五），第 226 页。

⑥ 陈锐：《抱碧斋集》，第 70 页。

⑦ 王闿运：《致端尚书》，载《湘绮楼诗文集》（二），第 256 页。

⑧ 谭延闿：《谭延闿手札》，载《谭延闿集》（二），湖南人民出版社，2013。

正是这种"放矣",一方面使得王闿运"门生遍湘蜀,而传其诗者甚寡",[①]另一方面,传统的湘湘派得到改造,学汉魏六朝诗者因此有了一丝新生的机会而具有较高价值。而"放"的代表人物是曾广钧。尽管王闿运称曾广钧"蕴酿六朝三唐,兼博采典籍,如蜂酿蜜,非沉浸精专者不能",[②]其实,与陈锐不同,曾广钧从一开始便没有完全按王闿运的路子去走。作为曾国藩的孙子,他自有其家学渊源。曾国藩主张熔玉溪、涪翁为一炉,炼就奥缓光莹的诗风。故曾广钧在宗学汉魏六朝的同时,能够兼取李商隐和黄庭坚。汪辟疆就说他"奥缓光莹称此词,涪翁原本玉溪诗。君家自有连城璧,后起应怜圣小儿"。[③]后来,曾广钧在与诗界革命诗人诸如黄遵宪、梁启超以及同光体诗人诸如陈三立、陈衍的交往中,又不断开拓视野。他们切磋诗艺,互相的感染是不言而喻的。其《天运篇》有忆维新党人在湖南试验新政时的情形:"我时谒告游巡署,日接黄(遵宪)梁(启超)一辈人。健者谭(嗣同)唐(才常)时抵掌,论斤麻菌煮银鳞。廖(树蘅)梁(焕奎)诗伯兼攻矿,一洗骚人万古贫。沅水黄(忠浩)熊(希龄)来应梦,双珠(朱萼生、鞠生兄弟)盐铁佐经纶。"[④]是诗杂之于诗界革命诸诗人集中,很难分辨。而陈衍《近代诗钞》"曾广钧"条引《石遗室诗话》论之亦云:"湖外诗,古体必汉魏六朝,近体非盛唐则温、李,王壬叟所为以湘绮自号,而呼重伯为圣童也。然重伯阅书多,取材富,近体时溢出为排比铺张,不徒高言复古。句如'酒入愁肠惟化泪,诗多讥刺不须删''已悲落拓闲清昼,更著思量移夕

---

① 汪辟疆:《光宣诗坛点将录》,载《汪辟疆文集》,第 327 页。

② 王闿运:《题环天室诗集》,载曾广钧《环天室诗集》卷首,宣统二年刊本。

③ 汪辟疆:《光宣诗坛点将录》,载《汪辟疆文集》,第 370 页。

④ 曾广钧:《天运篇》,《学衡》第 33 期,1924 年 9 月。

晖''宅临巴水怜才子，村赴荆门产美人'，又作宋人语矣。"①

　　至此，王闿运倡导的湖湘派，实质上已在其学生的理论探索和创作实践中发生异化。如果再用汉魏六朝派来别称湖湘派，已不能涵盖陈锐、曾广钧辈的全部诗学观。这是文学进步、历史发展的必然。但是，如果我们因此一笔抹杀王闿运在诗坛的应有地位，也不是公正的态度。遗憾的是，最近几十年的学术研究中，在这方面出现的偏差是显而易见的。游国恩先生主编的《中国文学史》，作为高校文科教材，在学界有广泛影响。但其对王闿运及其湖湘派在作了寥寥数笔的介绍之后，便得出了"这是一个极端腐朽的古董诗派"的结论。即使是新近出版的章培恒先生主编的《中国文学史》，也只有一百字的介绍，只是其"虽感觉陈旧，但造诣颇高"的评价，要比游先生略显客观、公允。因此，我们需要对王闿运和湖湘派作出实事求是的评价，但是，这必须建筑在深入的研究的基础之上。而这又不是我们在短短的一篇文章中所能解决的问题。我们期待着有更多的专家、学者能够参与到对湖湘派和王闿运的讨论之中。这其实也是本文的目的之一。

---

　　①　陈衍编辑《近代诗钞》，第1136页。

中国古典诗歌的末路英雄

——陈三立诗坛地位的重新评价

在中国近代诗歌史上，陈三立是一位举足轻重的人物。李之鼎说陈三立"天下久震矜其诗，以为足绍西江诗派"；[①] 杨声昭说"光宣诗坛，首称陈（三立）、郑（孝胥）"；[②] 而汪辟疆《光宣诗坛点将录》则以"都头领天魁星及时雨宋江"[③] 当之，可见陈三立诗坛地位之显赫。

但是，"五四"以后，特别是中华人民共和国成立以来，研究者一直将近代旧体诗歌作为现代新体诗歌的对立面而加以贬斥。而以陈三立为首的"同光体"，他们浓厚的学古倾向更招致一片否定，并缺乏应有的研究。其实，近代旧体诗歌作为中国文学遗产的一部分，同样有其灿烂之处，陈三立及其"同光体"在近代诗歌史上的影响、作用乃至成就，亦都不可低估，更不可抹杀，都有认真研究和深入探讨的价值。

---

① 李之鼎：《宜秋馆诗话》，张寅彭选辑《清诗话三编》（十），上海古籍出版社，2014，第7159页。

② 杨声昭：《读散原诗漫记》，《青鹤》第5卷第14期，1937年5月。

③ 汪辟疆：《汪辟疆文集》，上海古籍出版社，1988，第328页。

陈三立（1853—1937），[①] 字伯严，号散原，江西义宁〔今修水县）人。光绪十五年（1889）进士，[②] 授吏部主事。著有《散原精舍诗集》二卷、《续集》三卷、《别集》一卷、《文集》十七卷等。

一

要对陈三立的诗歌作出正确评价，首先涉及的问题是陈三立的思想倾向和政治态度，以及其诗歌作品对此的表述，即诗歌所包含的内容。

陈三立出生在封建士大夫家庭，自幼受中国传统的、正统的思想熏陶。他早年撰写的《读荀子五首》《读论语四首》等文章，其中所表达的观点，都说明其思想的主要成分是孔孟之学。但是，陈三立生活的时代毕竟已是 19 世纪末、20 世纪初西方近代思想大量输入的时代，而其父湖南巡抚陈宝箴又是比较开明的官僚，这使陈三立在接受儒家传统思想的同时，也有机会受到一些新思想的影响。如陈三立在湘中曾随郭嵩焘学，其子隆恪等撰《散原精舍文集识语》中就说："先君壮岁所为文，多与湘阴郭筠仙侍郎嵩焘、湘潭罗顺循提学正钧

---

① 陈三立之生年，《辞海》及游国恩主编《中国文学史》作 1852 年，而蒋天枢《陈寅恪先生编年事辑》、台湾版《中国近代学人象传》作 1853 年。陈三立《诰封一品夫人先妣黄夫人行状》称："咸丰三年，不孝三立生。"另邵祖平《无尽藏斋诗话》云："壬戌（1922）九月二十一日，义宁陈散原先生七十寿辰。"吴宗慈《陈三立传略》、陈诗《尊瓠室诗话》等均称三立丁丑（1937）年卒，年八十五。由此上推，三立生年亦应为 1853 年。

② 陈三立之进士科名，吴宗慈《陈三立传略》："（光绪）十二年丙戌成进士，授吏部主事。"袁师南《陈三立先生传略》："先生自丙戌成进士，以主事分吏部考功司。"但胡思敬《戊戌履霜录》称其"光绪己丑（十五年）进士，官吏部主事"。朱保炯、谢沛霖《明清进士题名碑录索引》亦作光绪十五年（己丑）进士。三立科名之有二说，原因在于三立丙戌（光绪十二年）虽会试中式，然是年未应殿试，己丑（光绪十五年）始成进士。徐一士《一士类稿》、陈隆恪等《散原精舍文集题识》均有明文言及。

辈往复商榷。"① 而郭氏曾出使英、法，主张学习西方科技，被王闿运目为"殆已中洋毒，无可采者"。② 因此，陈三立在阐述传统儒家思想时常进行一些变通，如他将儒道并举，且把二者糅合起来，使之有机统一。他认为老子之书表面上"言道言德，澹泊宁静，窅然无为"，其实是"老子盖睹周末之弊，道散礼崩，政俗流亡，莫知其终，于是发愤矫厉，寓之于言，刮磨人心，以冀其瘳"，因此，他说"孔子周流以明用，老子养晦以观变，其志一也"。③

陈三立在诗歌中，也直接表达了他对当时西方政治、哲学思想的理解。他有《送严几道观察游伦敦》一诗，对严复翻译西方学术名著，介绍和传播西方资本主义政治、经济和文化思想，作了充分肯定："餔啜糟醨数千载，独醒公起辟鸿濛。抚摩奇景天初大，照耀微尘日在东。聊探睡骊向沧海，稍怜高鸟待良弓。乘桴似羡青牛去，指点虚无意未穷。"④ 作者借用《楚辞·渔父》"众人皆醉，何不餔其糟而啜其醨"句，对几千年恪守中国传统思想不变的陋习进行抨击，并将严复比之"众人皆醉我独醒"的屈原，把他宣扬西方思想誉为开辟鸿蒙。陈三立还有《读侯官严复氏所译英儒穆勒约翰群己权界论偶题》和《读侯官严氏所译社会通诠讫聊书其后》二诗，评价了严译著作。英人约翰·斯图尔特·穆勒（John Stuart Mill）的《群己权界论》（今译《论自由》）是一部鼓吹资产阶级民主和自由的著作，陈三立读后叹为"卓彼穆勒说，倾海挈众派。砭懦而发蒙，为我斧天械。又无过物忧，绳矩极显戒。萌芽新道德，取足持善败"；说对"侵寻狙糟

---

① 陈三立著，李开军校点《散原精舍诗文集》（增订本），上海古籍出版社，2014，第1532页。

② 王闿运：《湘绮楼日记》，岳麓书社，1997，第569页。

③ 陈三立：《老子注叙》，载《散原精舍诗文集》（增订本），第751—752页。

④ 陈三立著，李开军校点《散原精舍诗文集》（增订本），第138页。

粕，滋觉世议隘。夭阏缚制之，视息偷以愒"的中国政治与学术，有"起死"之用。①

陈三立在其诗歌中还就女权和教育等所谓新文明问题发表了自己的意见，这些意见，同样可见他受到新思想的影响。其《题寄南昌二女士·周衍巽》首云："日手东西新译编，鸾姿虎气镜台前。家庭教育谈何善，顿喜萌芽到女权。"② 早在戊戌变法之前，陈三立就在湖南支持谭嗣同等创办不缠足会，反对封建的"三纲五常"对中国妇女的压迫。在这首诗中，他对周衍巽这位日手一本翻译著作，开口即言家庭教育的英姿勃发的时髦女性，大加赞赏，结句一"喜'字充分表现了他对妇女解放所抱的希望。必须指出，此诗作于光绪三十年（1904），女权在当时一般封建士大夫眼中尚不可思议，可见陈三立受新思想影响之程度和难能可贵之处。并且，陈三立对周衍巽的赞扬，丝毫没有讥讽的意思，因为他自己在送女儿入学的时候就说："安得神州兴女学，文明世纪汝先声。"③

光绪二十八年（1902）秋，日本人嘉纳治五郎来中国考察教育。在南京，江南陆师学堂宴请嘉纳，邀陈三立作陪。席间，陈三立作五言古风一首，洋洋数百言，把教育作为立国之本，对中国传统的教育方法、教育内容都加以否定。他认为当时中国教育之症结在："所恨益纷庞，末由基大命。去圣日久远，终古一陷阱。礼乐坏不修，侈口呓孔孟。譬彼涉汪洋，航筏失导迎。盲僮柎驹犊，旷莽欲何骋？"而

---

①　陈三立：《读侯官严复氏所译英儒穆勒约翰群己权界论偶题》，载《散原精舍诗文集》（增订本），第83—84页。

②　陈三立著，李开军校点《散原精舍诗文集》（增订本），第87页。

③　陈三立：《视女婴入塾戏为二绝句》，载《散原精舍诗文集》（增订本），第8页。

救治的办法只有"起死海外方，抚汝支那病"，[①] 即学习国外先进的教育方法。陈三立以后在江苏、江西等地办师范学校，可看作他此种思想的实践。

二

陈三立一生在政治上最辉煌、最值得称颂的有两件事。其一是在湖南辅助其父亲推行新政，很有建树。当时，湖南作为维新的实验基地，聚集了梁启超、黄遵宪、谭嗣同、唐才常等维新党人，他们创办南学会和时务学堂，刊行《湘学报》和《湘报》，并陆续筹办水陆交通、开矿、设武备学堂、练民团，使湖南成为当时"全国最富朝气的一省"。[②] 这当然与陈宝箴父子的积极赞助与活动分不开，梁启超即言："陈伯严吏部，义宁抚军之公子也。与谭浏阳齐名，有'两公子'之目。义宁湘中治迹，多其所赞画。"[③] 另一件事，是卢沟桥事变时，陈三立寓居北京城中，目睹山河沦亡，不胜悲愤，以八十五高龄绝食而死，晚节可重。由于陈三立诗集存诗始自光绪二十七年（1901），终于民国十九年（1930），因此，在这两事件中，作者如何借诗歌以抒写怀抱，已无法知晓。但是，一叶一世界，通过他集外的断简残篇，还可见这位诗人的浩然之气。如梁启超《饮冰室诗话》所录《赠黄公度》一律："千年治乱余今日，四海苍茫到异人。欲挈颓流还孔墨，可怜此意在埃尘。劳劳歌哭昏连晓，历历肝肠久更新。同

　①　陈三立：《日本嘉纳治五郎以考察中国学务来江南既宴集陆师学堂感而有赠》，载《散原精舍诗文集》（增订本），第51—52页。

　②　范文澜：《中国近代史》，人民出版社，1955，第301页。

　③　梁启超：《饮冰室诗话》，人民文学出版社，1959，第10页。

倚斜阳看雁去，天回地动一沾巾。"① 表现了作者面对动荡不安的政局和日益衰颓的国力、民风，所产生的烦闷和苦恼，以及他维新强国的政治抱负。

陈三立最遭人非议的，是戊戌变法失败后所持的超脱的人生观和淡漠的政治观。他不仅割断了与清王朝的瓜葛，而且与民国政府也始终不予合作。因此，过去的研究者大都以前清遗老目之。其实，这种观点并不十分正确，因为陈三立在民国后没有如陈宝琛、沈曾植、陈曾寿等积极谋划恢复帝制。最明显的例子是，辛丑张勋复辟，几乎纠集了所有遗老，而陈三立没有参与其事。

陈三立在经历了戊戌变法的重大挫折后，对魔方般变化无定的政坛心生厌恶。他说自己是："生涯获谤余无事，老去耽吟傥见怜。胸有万言艰一字，摩挲泪眼送青天。"② 因此，他无意再投身政治之中，正如我们前面所述，他的儒道混杂的思想引导他优游林泉，充当中国政局的"观弈人"。但是，作为有正义感的中国知识分子，目睹黑暗的社会和腐败的政治，尽管他"观弈不语"，内心绝非麻木不仁，他把自己的所见所闻和看法想法都实录在诗中。读其诗，可见其"百忧千哀在家国，激荡骚雅思荒淫"的风云之气。③

经历了中日甲午战争和戊戌政变，中国政治日趋黑暗，国力日益衰弱，而列强对中国的干涉和侵略也日甚一日。当然，中国人民对内外压迫势力的反抗也进一步强烈。矛盾的激化，终于酿成了光绪二十六年（1900）的庚子事变。陈三立诗集中连篇累牍地涉及此事，他着重写了八国联军在京畿一带烧杀抢掠的暴行，如《十月十匹夜饮

---

① 陈三立著，李开军校点《散原精舍诗文集》（增订本），第736页。

② 陈三立：《衡儿就沪学须过其外舅肯堂君通州率写一诗令持呈代柬》，载《散原精舍诗文集》（增订本），第8页。

③ 陈三立：《上元夜次申招坐小艇泛秦淮观游》，载《散原精舍诗文集》（增订本），第5页。

秦淮酒楼闻陈梅生侍御袁叔舆户部述出都遇乱事感赋》："狼嗥豕突哭千门，溅血车茵处处村。敢幸生还携客共，不辞烂漫听歌喧。九州人物灯前泪，一舸风波劫外魂。霜月阑干照头白，天涯为念旧恩存。"①侵略者屠刀下的惨象，令人不忍卒读。庚子事变的背景极为复杂，这种复杂性表现在以宗教形式出现的义和团暴动的正义性与愚昧性、反抗性与破坏性相掺和，表现在以慈禧为代表的统治者内部保守派，利用民众仇视洋人的狭隘复仇心理，欲剪灭得到列强同情的政治上的异己——戊戌维新余党，招致外国列强武力干涉，被迫西狩长安，后又赔款割地，卖国求和，使中国再次陷入危机。因此，庚子事变与戊戌政变有着内在的联系。这种联系在罗惇曧《庚子国变记》中阐述甚明，他认为庚子事变因戊戌政变后英人庇护康有为遁逃，各国公使反对废黜光绪而激怒慈禧、载漪等人而触发。作为戊戌维新党人，陈三立在庚子事变中对慈禧等人的态度不言而喻。读其《孟乐大令出示纪愤旧句和答二首》《次韵答义门题近稿》等诗，就可以感到，陈三立批判的锋芒直指慈禧。

　　不数年，在中国北方又爆发了一场战争——日俄战争。参战双方都不是中国人，战争却在中国境内进行，给中国人民带来了深重灾难。并且，双方开战的目的就是为争夺在华利益。可以说，稍有良心和自尊心的中国人都会因此感到奇耻大辱。但是，清政府却自欺欺人，宣布"局外中立"，理由是让其"鹬蚌相争"。对此，陈三立激愤不已。"早成鼾卧榻，弥恐祸萧墙。举国死灰色，流言缩地方。"②"鹬蚌傍观安可幸，豕蛇荐食自相寻。"③这些诗句鞭挞了政府的恐洋和某

---

① 陈三立著，李开军校点《散原精舍诗文集》（增订本），第33页。

② 陈三立：《小除后二日闻俄日海战已成作》，载《散原精舍诗文集》（增订本），第96页。

③ 陈三立：《园馆夜集闻俄罗斯日本战事甚亟感赋用前韵》，载《散原精舍诗文集》（增订本），第78页。

些国人的麻木。最堪称奇作的是《短歌寄杨叔玫时杨为江西巡抚令入红十字会观日俄战局》，这首诗写"黄人白人烹一盉"，无辜的中国百姓惨遭杀戮，而中国官员却"跃骑腥云但自呼，而忘而国中立乎"。[①]讽刺之辛辣、揭露之深刻，实在是淋漓尽致，直可振聋发聩。

陈三立诗歌还反映了民间疾苦。光绪二十七年（1901）春，江南大雨成灾，人民流离失所，哀鸿遍野。时陈三立往来南京、南昌之间，途次亲见水灾之惨，写下了一系列诗篇。如《次韵黄知县苦雨二首》之一："掀海横流谁比伦，拍天又见涨痕新。东南灾已数千里，寂寞吟堪三两人。坐付蛟鼍移窟宅，只余鸥鹊叫城闉。陆沉共有神州痛，休问柴桑漉酒巾。"[②]表达了作者对受灾百姓的怜悯和同情。即使在家中赏月游玩，他也无法排遣因水灾而产生的忧愁之思，其《十六夜水轩看月》就写道："掩映霜痕深竹丛，迷茫雾鬓画楼东。更堪玉笛关山上，照尽飘零处处鸿。"[③]并且，他把天灾与人祸联系了起来，《闵灾》三首有云："妖氛缠禹域，浲水警尧年。"又云："疮痍消息外，寇盗梦魂边。势欲亡无日，灾仍降自天。"[④]虽不无迷信色彩，但是，政治不善，致使水利失修，旱涝频频发作，这是事实。尽管自然灾害给人民造成空前苦难，但统治者在享用挥霍之余还要穷兵黩武，他们狂征暴敛以填欲海。对此，陈三立在诗中加以无情揭露："露筋祠畔千帆尽，税到江头鸥鹭无。"[⑤]沉痛之至，无以复加。

戊戌政变后，遭受清廷迫害的陈三立落魄江湖，交游的主要对象是一般旧时知识分子。对他们低下的地位和穷困的处境，陈三立深

---

① 陈三立著，李开军校点《散原精舍诗文集》（增订本），第107页。

② 陈三立著，李开军校点《散原精舍诗文集》（增订本），第22页。

③ 陈三立著，李开军校点《散原精舍诗文集》（增订本），第6页。

④ 陈三立著，李开军校点《散原精舍诗文集》（增订本），第23页。

⑤ 陈三立：《寄调伯弢高邮榷舍》，载《散原精舍诗文集》（增订本），第117页。

表同情。他在收到邹沅帆自武昌写给他的信后，曾感赋："嗟君横舍冷如水，寄食看人行老矣。乃敢张目论世事，弄笔渍泪洒此纸。"[①] 其他诗如《挽周伯晋编修》《哭季廉》《过天津戏赠瘿公》等，在叙述作者与他们的交往与情谊时，渲染了他们郁郁不得志，不为世重的坎坷际遇。当然，陈三立在诗中也寄托了自己被清廷罢黜后的孤愤情怀。这些诗，曾被一些评论者论为"感伤无力，曲折隐晦"，"对那些失望颓丧的士大夫是别具一种颇耐咀嚼的滋味"。[②] 其实，在令人失望的时代，能写出知识分子的失望，总比那些粉饰太平或沉湎纸醉金迷之中的诗歌要有力、有意义得多。

三

陈三立是"同光体"的领袖，其诗坛地位与"同光体"在清末民初的影响有关。当时，尽管诗歌流派复沓纷呈，但占主导地位的是"同光体"。林庚白在《今诗选自序》中说："民国诗滥觞所谓'同光体'，变本加厉，自清之达官遗老扇其风，民国之为诗者资以标榜，展转相沿，父诏其子，师勖其弟，莫不以清末老辈为目虾，而自为其水母，门户既张，于是此百数十人之私言，浅者盗以为一国之公言，负之而趋。"[③] 确实，"同光体"诗人在古人、古书中寻找创作灵感和创作源泉，导致了陈陈相因、追求在字句上见新巧，缺乏虎虎生气的弊病，当时即遭人非议。而在新文学出现后掀起的反对旧文学的浪潮中，由于"同光体"的地位，矛头所向，遂成众矢之的。作为"同光体"的大蠹，陈三立亦招致否定。否定陈三立虽顺应了文学发展的潮

---

① 陈三立：《得邹沅帆武昌书感赋》，载《散原精舍诗文集》(增订本)，第 7 页。

② 游国恩等主编《中国文学史》(四)，人民文学出版社，1964，第 350 页。

③ 林庚白：《丽白楼遗集》下卷，中国人民大学出版社，1996，第 978 页。

流，但对其评价却失之偏颇，多有不公。

说陈三立是"同光体"领袖，其诗歌风格代表了"同光体"内江西一派。所谓"同光体"，按陈衍的说法，就是指"同光以来诗人不墨守盛唐者"，① 钱仲联先生将"同光体"分为三派：闽派、浙派和江西派，② 他们的共同之处是不专宗盛唐，其实就是以学宋为主。但是，同样学宋，此三派各有侧重。

"同光体"江西派，学宋主要学黄庭坚，也就是说，他们继承了宋代江西派的传统。陈三立在其诗中屡屡表达对黄庭坚这位同乡先贤的倾慕，如《肯堂为我录其甲午客天津中秋玩月之作诵之叹绝苏黄而下无此奇矣用前韵奉报》："吾生恨晚生千岁，不与苏黄数子游。得有斯人力复古，公然高咏气横秋。"③ 苏黄并称，陈三立的重心在后者，因为他在其他许多诗篇里都大谈特谈黄庭坚诗的美妙之处，如云："驼坐虫语窗，私我涪翁诗。镂刻造化手，初不用意为。"④ 而陈三立自为诗，也往往神与黄合，陈锐评其诗，就说："气骨本来参魏晋，灵魂时一造黄陈。"⑤

所谓"气骨本来参魏晋"，是指其诗参学陶渊明。如"同光体"浙派沈曾植倡"三关说"，最后一关为元嘉，又如"同光体"闽派郑孝胥学王安石、梅尧臣，始自规橅谢灵运，陈三立同样将江西派的渊源前推至汉魏六朝。他对陶渊明的赞赏，已可见其之偏爱。如《漫题豫章四贤像拓本·陶渊明》云："此士不在世，饮酒竟谁省。想见咏荆轲，

① 陈衍：《沈乙庵诗叙》，载陈衍撰、陈步编《陈石遗集》，福建人民出版社，2001，第507页。

② 参见钱仲联《论同光体》，载《梦苕庵论集》，中华书局，1993，第415—436页。

③ 陈三立著，李开军校点《散原精舍诗文集》（增订本），第51页。

④ 陈三立：《漫题豫章四贤像拓本·黄山谷》，载《散原精舍诗文集》（增订本），第119页。

⑤ 陈锐：《题伯严近集》，载《抱碧斋集》，岳麓书社，2012，第67页。

了了漉巾影。"① 他推重陶诗，并不是出于标榜，而是有实在的内容，即特别强调陶诗于平淡中郁风雷之声、诗作与政治紧密结合的特点。

论述了陈三立的诗学宗趣，我们就可以比较容易地、清晰地把握其诗学理论，从而帮助我们认识陈三立诗歌的创作特色。尽管这些理论散见于其诗文集中，只是只言片语，并无系统性。

首先，陈三立重视诗歌的社会功用。在《廖笙陔诗序》中，他曾颇有感慨地说："余尝愤中国士夫耽究空文而废实用，骤临利害无巨细。及有四夷之变，一以意气论议排捍之，不则瞠目敛手，无以为计。"② 论诗及此，可见其对诗歌的要求。同时，他还强调诗歌必须反映社会现实。他赞瞿鸿禨诗，就说他"愤时伤乱，形诸篇什，神理有余，蕴藉而锋锟内敛"。③ 他序梁鼎芬诗，也说梁诗能表现纷然杂出的天下之变，称："梁子志极于天壤，谊关于国故，掬肝沥血，抗言永叹，不屑苟私其躬，用一己之得失进退为忻愵。此则梁子昭昭之孤心，即以极诸天下后世而犹许者也。"④ 尽管梁鼎芬在戊戌变法中首鼠两端，清亡之后又猥托攀髯之痛，有愧于陈三立的评价。而陈三立说自己"百忧千哀在家国，激荡骚雅思荒淫"，可见其写诗宗旨。

其次，陈三立主张诗歌要奇崛中见平淡，拙笨中藏灵巧。也就是说，要达到刻意造化而初见似漫不经心的境地，他说黄庭坚"镂刻造化手，初不用意为"，"奥莹出妩媚"，⑤ 就是强调这一观点。并且，他继承曾国藩的说法，以为黄庭坚这一特色是学杜甫、学李商隐而

---

① 陈三立著，李开军校点《散原精舍诗文集》（增订本），第119页。
② 陈三立著，李开军校点《散原精舍诗文集》（增订本），第831—832页。
③ 陈三立:《书善化瞿文慎公手写诗卷后》，载《散原精舍诗文集》（增订本），第948页。
④ 陈三立:《梁节庵诗序》，载《散原精舍诗文集》（增订本），第824—825页。
⑤ 陈三立:《漫题豫章四贤像拓本·黄山谷》《为濮青士观察丈题山谷老人尺牍卷子》，载《散原精舍诗文集》（增订本），第119页、第126页。

来的。陈三立也以此来衡量其他人的作品，如他读陈曾寿诗，评云："沉哀入骨，而出以深微澹远，遂成孤诣。"①

再次，陈三立为诗主张创新。黄庭坚曾说"文章最忌随人后"，②"自成一家始逼真"，③陈三立作为江西派的嫡传，理所当然地师承了这一学说。他在《顾印伯诗集序》中言："务约旨敛气，洗汰常语，一归于新隽密栗，综贯故实，色采丰缛，中藏余味孤韵，别成其体，诚有如退之所谓能自树立不因循者也。"④本此，他对采新异之语入诗的所谓诗界革命诗人，评价亦甚高。如他曾为黄遵宪诗题词，说黄"乃近大家，此之谓天下健者"。⑤而陈三立自己也被诗界革命的旗手梁启超称为"其诗不用新异之语，而境界自与时流异"。⑥近人论诗也多从创新方面对陈三立加以肯定，如李渔叔就说："《散原精舍诗》，其得力固在昌黎、山谷，而成诗后，特自具一种格法，精健沉深，摆落凡庸，转于古人全无似处。"又说："清代以朴学显，于诗则未越前规……自散原出，与海藏雁行，乃各携炉鞴，成一代之作矣。"⑦

四

沈曾植祝陈散原七旬寿诗云："诗句流传十洲遍，文心不立一言

---

① 陈三立：《陈曾寿苍虬夜课评语》，载《散原精舍诗文集》（增订本），第1416页。

② 黄庭坚：《赠谢敞王博喻》，载黄庭坚著，刘琳、李勇先、王蓉贵校点《黄庭坚全集》（三），四川大学出版社，2001，第1304页。

③ 黄庭坚：《题乐毅论后》，载《黄庭坚全集》（二），第712页。

④ 陈三立著，李开军校点《散原精舍诗文集》（增订本），第1090页。

⑤ 陈三立：《人境庐诗草跋》，载《散原精舍诗文集》（增订本），第1126页。

⑥ 梁启超：《饮冰室诗话》，第10页。

⑦ 李渔叔：《鱼千里斋随笔》，文海出版社，1981，第52页。

云。"① 尽管陈三立论诗有其独到之处，且持论公允，但正如我们前面所述，缺乏系统性和完整性，并不如陈衍那样有成套的理论著作行世。所以，据此难以确立其诗坛地位。陈三立作为同光诗坛的魁杰而备受推尊，主要是其独特的诗歌创作成就为人所重。

诚如陈三立论诗主张创新，其诗歌创作也以创新的面貌出现。陈衍在论其诗时有云："散原为诗，不肯作一习见语，于当代能诗巨公，尝云：某也纱帽气，某也馆阁气。盖其恶俗恶熟者至矣。"② 所谓"恶俗恶熟"，照传统的诗学术语来解释，就是独辟蹊径，以达到生新不熟的境地。由于陈三立的生新不熟是承江西派黄庭坚而来，因此，主要是在字句上见功夫，通过字句上的刻意求新，造成诗歌意境上的浑成和风格上的瘦硬。

首先，陈三立诗歌用字避熟求奇。刘成禺《世载堂杂忆》载："陈散老作诗，有换字秘本，新诗作成，必取秘本中相等相似之字，择其合格最新颖者，评量而出之，故其诗多有他家所未发之言。"③ 陈三立炼字最有成就者是将平时不能搭配的常用字放在一起，造成意想不到的新奇效果。其《园居看微雪》有云："冻压千街静，愁明万象前。飘窗接梅蕊，零乱不成妍。"④ 据郑逸梅《艺林散叶》载，王蘧常极推"冻压千街静"之"压"字，⑤ 它连结"冻"和"静"，这种奇特的手法产生了奇特的意境，烘托出了早春时节残雪尚未消融、依然十分寒冷的万籁皆寂的沉闷气氛。

---

① 参见蒋天枢《陈寅恪先生编年事辑》(增订本)，上海古籍出版社，1997，第47页。

② 陈衍：《近代诗钞述评》，载陈衍著、钱仲联编校《陈衍诗论合集》，福建人民出版社，1999，第907页。

③ 刘成禺：《世载堂杂忆》，中华书局，1997，第292页。

④ 陈三立著，李开军校点《散原精舍诗文集》(增订本)，第154页。

⑤ 郑逸梅：《艺林散叶》，中华书局，2020，第256页。

其次，陈三立诗歌在句式上常省略一些句子成分来增加其新奇感，即用跃动的语言强化诗意。陈衍《石遗室诗话》载："伯严在武昌，重九日，张文襄招同登高，伯严有诗，末二句云：'作健逢辰领元老，夕阳城郭万鸦沉。'元老自指文襄。文襄批驳'领'字，谓何以反见领于伯严也。"①其实，这是张之洞不喜陈三立诗而对其诗中句子成分的省略故作不解。陈三立的意思是：重阳佳节，精神作健，此引导张之洞雅兴勃发、登高望远，即是佳节"领元老"。虽省去了一些句子成分，但含义明了。从扩大诗句的容量而言，是可取的。因此陈三立"笑文襄说诗之固"，谓"领元老岂吾领之哉？"再如前所举《园居看微雪》末二句，虽未着一雪字，且缺少主语，但却写尽残雪纷飞之景象。

如果陈三立只是在字句上下功夫，即使他别有新创，也没有摆脱江西派黄庭坚的窠臼，甚至也没有高出那些民国以后对江西派亦步亦趋的诗人多少。陈三立诗歌之所以有较高成就，还在于他追求莽苍排奡的总体气势。这种气势造就了诗歌的奇美，并突破了江西派的樊篱，在黄庭坚诗集中很难找到与此相似之处。谈陈三立诗歌的艺术特色，首先应该肯定这一点。郑孝胥《散原精舍诗序》云："大抵伯严之作……源虽出于鲁直，而莽苍排奡之意态，卓然大家，未可列之江西社里也。"②所谓莽苍排奡之意态，在其所作山水诗中，表现尤为淋漓。如《夜舟泊吴城》："夜气冥冥白，烟丝窈窈青。孤篷寒上月，微浪稳移星。灯火喧渔港，沧桑换独醒。犹怀中兴略，听角望湖亭。"③写夜色中的鄱阳湖混茫之景，又交织了作者混茫的情感，产生了一种混茫的诗意。对陈三立这种诗境历来评价较高，陈衍说他"荒

---

① 陈衍:《石遗室诗话》，朝华出版社，2017，第448页。

② 郑孝胥:《散原精舍诗序》，载《散原精舍诗文集》（增订本），第1530页。

③ 陈三立著，李开军校点《散原精舍诗文集》（增订本），第15页。

寒萧索之景，人所不道，写之独觉逼肖"。[1]而胡先骕则说他的诗"如长江下游，烟波浩渺，一望无际，非管窥蠡酌所能测其涯涘者"。[2]

　　陈三立在诗歌形式上的追求创新，并不妨碍其诗歌的求真。过去一些评论者总喜欢把诗歌形式的新奇与性情的真实加以对立，并据此将陈三立的诗歌斥之为形式主义的典范。陈三立在诗歌中对社会政治、人民生活的反映，我们前面已有论述，即使是他抒写自己的怀抱，也丝毫没有虚假和造作。在陈三立的诗中，我们可以形象地见到陈三立的个性。吴宗慈说他"幽忧郁愤，与激昂磊落慷慨之情，无所发泄，则悉寄之于诗"。[3]

　　陈三立的求真意识，给其诗歌带来了艺术形式上的变化。为了抒写真情，或者说为真情所迫，陈三立有时可以全然不顾自己的艺术追求去下字句上的功夫，而是用白描的手法直接宣泄胸臆，这时陈三立的诗歌非但感情真挚，而且明白流畅，毫不见生涩奥衍之处。陈衍说他"佳语仍在文从字顺处"，[4]又说他"可以泣鬼神、诉真宰者，未尝不在文从字顺中也"，[5]均是就此而言。我们读其《渡湖至吴城》之二："钉眼望湖亭，烘以残阳柳。中兴数人物，都在啼鸦口。"[6]这是他在鄱阳湖中见清兵与太平军作战的旧战场，兴之所至，随口而吟的小诗，他触景生情，由清末政局的衰败不可收拾，联想到咸同时曾国藩、彭玉麟等人的号称"中兴"，以为他们的中兴不过徒有虚名。全诗仅二十字，但在十分简洁的语言中蕴藏着丰富的内涵。写这种诗，

---

①　陈衍：《近代诗钞述评》，载《陈衍诗论合集》，第907页。

②　胡先骕：《评胡适〈五十年来中国之文学〉》，《学衡》第18期，1923年6月。

③　吴宗慈：《陈三立传略》，《国史馆馆刊》创刊号，1947年12月。

④　陈衍：《石遗室诗话》，第359页。

⑤　陈衍：《近代诗钞述评》，载《陈衍诗论合集》，第359页。

⑥　陈三立著，李开军校点《散原精舍诗文集》（增订本），第203页。

除了要求作者有直抒胸见的勇气，还要求具有较深的艺术素养和功力。再读其《壬寅长至抵崝庐谒墓》如"几日酹春风，儿归又长至。荒茫五洲间，余此呼吁地"，"国家许大事，长跽难具陈。端伤幽独怀，千山与嶙峋"，[1] 同样有此感受。

如陈三立这样的诗人，代表了他那个时代，用他那种文学形式——旧体诗歌进行创作的最高成就。这一点，在 1936 年他和胡适分别代表中国的新旧文学准备参加远在伦敦举行的国际笔会时已经证明。

---

① 陈三立著，李开军校点《散原精舍诗文集》(增订本)，第 55 页。

杨圻诗歌的社会意义和艺术价值

杨圻是清末民初著名诗人。

杨圻生于光绪元年（1875），初名朝庆，更名鉴莹，又更名圻，字野王，一字云史。江苏常熟人。少年时与汪荣宝、何震彝、翁之润"皆以名公子擅文章，号江南四公子"。[①] 其父杨崇伊曾弹劾文廷式，又上疏讦告谭嗣同欲兵围颐和园，为戊戌党人之死敌。杨圻年十八娶李鸿章孙女李国香为妻，二十一岁以诸生录为詹事府主簿，后又为户部郎中。光绪二十八年（1902）应顺天乡试，中南元，官邮传部郎中，曾与表兄曾朴同入同文馆研习法语，后出任驻新加坡领事。入民国，先在南洋从事橡胶种植业，经营失败后回国，入吴佩孚幕府，任秘书长，为吴所倚重。抗战爆发，避走香港，并遣爱妾狄美男间关万里，携书至北京，劝阻吴佩孚出任日伪傀儡。民国三十年（1941），卒于香港。其《江山万里楼诗词钞》由吴佩孚醵资，交中华书局于民国十五年（1926）刊行，凡诗十三卷、词四卷，后附李国香《饮露词》一卷。晚年诗作尚多，曾厘为《江山万里楼诗续钞》四卷，杨圻

---

① 钱基博：《现代中国文学史》，商务印书馆，2011，第274页。

去世后狄美男携至重庆，不慎散佚。今仅见民国二十五年（1936）连载于《青鹤》杂志之《江山万里楼诗选》，为民国十六年（1927）后作品。抗战旅居香港时之部分诗作，则由陈文锺编入《杨云史先生侨港诗文钞》，抄本今存常熟市图书馆。2003年整理出版《江山万里楼诗词钞》，遂成缺憾。好在复旦大学周兴陆教授于上海图书馆发现了其第14卷至20卷续编誊清稿本，收入杨圻1927年至1937年诗歌530首。周兴陆专撰《从新发现的散佚诗稿解读晚年的杨圻——兼论上海图书馆藏＜江山万里楼诗钞＞续编稿本的文献价值》一文，发表在2016年出版的《中华诗词研究》（第一辑）。另外，香港中文大学的程中山教授，从香港的报刊上辑得杨圻晚年旅港时所作诗歌（也有一部分此前发表在其他刊物上的作品），成《江山万里楼诗词钞续编》，2012年由香港汇智出版有限公司出版。皆杨圻研究之功臣。杨圻生平事迹见陈灝一《杨云史先生家传》、李猷《杨圻传》。

近代诗坛，是创新的"诗界革命"与学宋的"同光体"互相争霸的时期，绝大多数诗人都属于此两大阵营。尽管杨圻与倡导"诗界革命"的诗人以及"同光体"诗人都有接触，但均和他们表现出了不同的诗学宗趣。

杨圻与"同光体"诗人的交往，最早可追溯至光绪十八年（1892）。其时他刚与李国香完婚，寄居在天津李鸿章的相府中，而"同光体"著名诗人范当世则为李鸿章幕府上客。范当世对年轻的杨圻非常器重，在读了杨圻诗后，曾数次为杨士骧道"杨郎清才"。[①]但是，从现存的资料看，杨圻并没有对范当世的诗歌创作进行评价。这说明杨圻并不满意范当世的诗学主张。或许"同光体"在当时尚只是陈衍等人的

---

① 杨士骧：《江山万里楼诗钞跋言》，载杨圻著，马卫中、潘虹校点《江山万里楼诗词钞》附录一，上海古籍出版社，2003，第682页。

私下戏言，旁人还不得而知，至少没有将范当世与日后影响巨大的诗歌流派联系在一起。十年后，当杨圻与范当世在京口再次相遇时，他曾赋诗二首，以示不忘当年交情，可还是没有肯定范当世的诗歌成就。

　　杨圻与"同光体"魁杰陈三立的交往，则发生在同光体逐步壮大之时。光绪二十八年（1902），杨圻在长江舟中得识陈三立，双方把酒纵论，颇相投合。至民国八年（1919）秋，杨圻游南京清凉山，再次拜访陈三立。《江山万里楼诗钞》中分别有诗记载此二次会晤。应该说，此时的诗人陈三立，已是名满天下，但杨圻同样没有表示出对其诗作的赞扬，只在后一次的诗中有"诗清风月好，端不换封侯"的不痛不痒的评价。① 可见，杨圻并不欣赏"同光体"。而"同光体"诗人在杨圻成名后，也没有对其给予很多的关注，至少没有很高的评价。陈三立在民国后作为诗坛泰斗式的人物，曾经为许多后辈诗人题词奖掖，而《江山万里楼诗钞》也请了不少诗坛前辈诸如康有为、易顺鼎评点，但陈三立却不在其列。"同光体"另一位著名诗人陈衍选编《近代诗钞》，没有收录杨圻的诗歌；其《石遗室诗话续编》虽称杨圻为"当代名诗人"，评价也只是"力振唐音，不落宋人哑涩之体"。② 故杨圻学生李猷日后论诗，也说："比先师老一辈如寐叟、石遗诸老，对先师之诗，亦颇有微辞，以为先师不做宋诗，不是彼等一派"。③

　　"诗界革命"倡导者基本上都是维新运动的中坚，由于杨崇伊的关系，杨圻在清末与他们没有多少来往。只是到了民国十二年（1923），吴佩孚五十寿辰，康有为赴洛阳祝寿，杨圻得以认识这位戊戌变法和"诗界革命"的巨子。尽管杨崇伊与戊戌党人之间有着不可

---

① 杨圻：《游金陵清凉山兼访陈伯严先生》，载《江山万里楼诗词钞》，第266页。

② 陈衍著，钱仲联编校《陈衍诗论合集》，福建人民出版社，1999，第582页。

③ 李猷：《先师杨云史先生之江山万里楼诗》，载《近代诗介》，台湾商务印书馆，1973，第89页。

调和的恩恩怨怨，但是，在《江山万里楼诗钞》中，杨圻所持的态度却要比对范当世、陈三立热忱得多。初次相见，杨圻便作《送南海先生》诗七律四首，又七绝四首；接着康有为招饮，杨圻又即席赋诗二首。以后送康有为西游关中，以及陪侍康有为游览嵩山，杨圻又有大量诗作。他说康有为"清诗满驿楼"，[①] 又称"一自香山人散后，中原寂寞已千秋"，[②] 俨然将康有为视作白居易后第一诗人。当然，这与康有为对杨圻所表现出的热情是相一致的。康有为曾书"风流儒雅"四字相赠，又"逢人誉我称诗史"，[③] 而且过去在政治上的分歧所造成的恩怨也因此互相消解了。当杨圻心有余悸，吞吞吐吐间"以戊戌政变，先公与先生政见不合，弹劾先生至出亡，未敢作深谈，且直告之"时，康有为表现得极为大度，说"此往事耳，政见各行其是，何足介意？况君忠义士，何忍失之？愿与君订交"；康有为还与他人评价杨圻"国士也，其诗海内一人，我至爱之，至敬之，是有缘焉"，[④] 且为其《江山万里楼词钞》作序，并在序中称杨圻为"吾门人"。[⑤]

但是，杨圻与此二派诗人的疏密，不能完全说明其诗学宗趣所在，其间还存在着政治和人际关系的缘故。杨圻在《江山万里楼诗钞》中偶有咏及前朝诗人，会谈到对其诗歌的看法，但论诗的文字存世不多。其有关的诗歌主张，现存的资料主要见民国二十六年（1937）刊于《学术世界》的《与钱仲联教授论诗书》。其中谈到"康南海目近代作风为珠钻美人，殊无真色；又目为死诗，为事类韵

---

① 杨圻：《洛阳秋晚送南海先生西游关中》，载《江山万里楼诗词钞》，第 382 页。

② 杨圻：《送南海先生》，载《江山万里楼诗词钞》，第 370 页。

③ 杨圻：《南海招饮游庐同坐者庐高一山积余惟病山夫子古微丈以事未至即席》，载《江山万里楼诗词钞》，第 376 页。

④ 杨圻：《送南海先生》，载《江山万里楼诗词钞》，第 369 页。

⑤ 康有为：《江山万里楼词钞序》，载《江山万里楼诗词钞》附录一，第 686 页。

编。仆则短于才而学不足，二十年来，戎幕倥偬，此事遂废。今且老而多忧，殊无进境。但平生不喜伪字，诗既不美，尤恶珠钻，尚能不作事类韵编，我行我素，不计工拙，存一真我耳"。① 可见，杨圻是同意康有为有关近代诗的看法的。而所谓的珠钻美人、死诗、事类韵编，则是暗指在"诗界革命"为新文学所取代后独霸旧诗坛的"同光体"。李猷《杨圻传》便说："其诗原本唐音，于江西诗派泛滥之际，独立支撑，自谓宋诗除东坡七言古诗外，概不入目。"② 如同宋代江西派在当时居于主流地位，以至过去论诗者往往将江西诗派视作宋诗之代表一样，在近代，江西派就是以学宋为宗的"同光体"的代名词。

当然，杨圻对"同光体"的看法与康有为一致，并不说明他在诗风上也与康氏趋同。与"诗界革命"在诗歌领域的西风东渐相比，杨圻基本上是恪守传统的。杨士骧即言："方今士子偏重西学，风雅沦亡，不绝如发。云史方学鲜卑之语，习娵隅之文，乃出其余力，清思独勤，原其风调，可风世矣。"③ 杨圻之所以能够成为近代诗坛学唐的一面旗帜、一位代表性的诗人，除了其创作成就在当时造成的影响外，其独树一帜的创作风格也是重要的原因。

认为杨圻诗歌学唐，有关的评论连篇累牍。最早的文字当是杨士骧作于光绪二十八年（1902）的《江山万里楼诗钞跋言》，其中谈到光绪十八年（1892）初次读到杨圻诗的印象是"惊才绝艳，出入温李家数"；十年后再读其诗，则有"语必惊人，言皆有物，诗格一变矣。清雄典雅，直逼唐人"的感觉。④ 此后，杨圻诗学唐人，遂成定论。张百熙作于光绪三十年（1904）的《江山万里楼诗钞跋言》，也

① 杨圻：《与钱仲联教授论诗书》，《学术世界》第 2 卷第 5 期，1937 年 6 月。

② 李猷：《杨圻传》，载《江山万里楼诗词钞》附录二，第 700 页。

③ 杨士骧：《江山万里楼诗钞跋言》，载《江山万里楼诗词钞》附录一，第 683 页。

④ 杨士骧：《江山万里楼诗钞跋言》，载《江山万里楼诗词钞》附录一，第 682—683 页。

说杨圻诗"脱胎唐人",并具体解释为"气息清厚,骨力雄秀,如昆仑出云,峨眉飞雪,其幽微深窅,则高僧怪石,动静无心,幽林远水,不可绘画也"。[①]钱仲联先生撰《近百年诗坛点将录》,更是以为"近代学唐而堂庑最大者,必推杨云史。《江山万里楼诗钞》,颇难求其匹敌。大声镗鞳,藻采纷披",[②]并以天立星双枪将董平当之。

杨圻在自己的诗歌中,对唐代诗人李白、杜甫、白居易等表现出空前的崇拜。《江山万里楼诗钞》中有《读太白集书后》五古一首,其诗风亦如李白:"我读李白诗,李白不我知。后人读我诗,我知其为谁。天上明月飞,万古不易轨。昔曾照李白,今也照杨子。"[③]充满着浪漫的气息。这种浪漫精神甚至还引导杨圻与李白的直接对话,于是又产生了一个更为浪漫的故事。民国十二年(1923)七月乘长江轮船赴汉口途中,舟泊九江,杨圻梦中得与李白讨论诗歌。当杨圻忧惚间存有"何得见古人"之疑虑时,李白谓"我知君诗,君与我语,何古今为",俨然是异代知己。事后杨圻有《浔阳梦李白》诗一首,并附记详叙其事。"宁知李太白,乃识杨圻名。吾从子美后,而闻謦欬声。慨叹不能已,怅望心怦怦。"[④]这当然不脱旧式文人标榜的习气,但是从中也可见杨圻诗学宗趣所在。而杨圻所言"宋诗除东坡七言古诗外,概不入目",也是与其宗尚李白的浪漫诗风一脉相承的。孙雄论杨圻诗,也曾移用杜甫对李白的评价而突出其浪漫的特点:"参军俊逸无凡响。"[⑤]如果说对李白诗歌的喜好主要是在形式方面,那么,杨圻对杜甫诗歌的传承,则重在其现实主义的精神和对国家与社会的

① 张百熙:《江山万里楼诗钞跋言》,载《江山万里楼诗词钞》附录一,第682页。

② 钱仲联:《梦苕庵论集》,中华书局,1993,第360页。

③ 杨圻著,马卫中、潘虹校点《江山万里楼诗词钞》,第160页。

④ 杨圻著,马卫中、潘虹校点《江山万里楼诗词钞》,第383—385页。

⑤ 孙雄:《题杨云史诗稿》,载《江山万里楼诗词钞》,第726页。

责任，也就是过去经常说的忠君爱国。尽管杨圻在诗中曾将读工部诗与煎江水茶、食鲥鱼当作一春最乐之事，表现出恬淡的闲情逸致。但是，《江山万里楼诗钞》中现存的两首直接吟咏杜甫的诗歌，都感叹了杜甫多难的时代和际遇。其《书工部集》云："此老盖忠孝，神交宁在诗。哀歌答君国，异代不同时。宇宙何多难，风流我所师。晚年下三峡，怀古动余悲。"[①] 又《谒杜子美墓》云："邈矣开天事，悲哉契稷臣。艰难生乱世，忠厚作诗人。得意洗兵马，输公见及身。壮年夸献赋，今古一伤神。"[②] 而杨圻对白居易的凭吊，与缅怀杜甫的诗歌贯穿着同一种精神内容："九老香山尚有堂，风流儒雅总堪伤。诗人际遇今何世，肠断江东杨野王。"[③] 杨圻所表现出的对杜甫、白居易的顶礼膜拜，既是因为现实主义诗学观的一致，更重要的是他与两位先贤所历时世和所处生活的相似：一介书生因生活所迫，不得不奔走于军阀混战的烽火之中；在感受个人际遇之无奈的同时，目睹世事之艰难与百姓在水深火热中的挣扎。因此，当有人称"云史诗如少陵"时，他悲叹"我又何不幸为诗人而为少陵也"。[④] 这种不幸，也就是赵翼所言之"国家不幸诗家幸，赋到沧桑句便工"。[⑤]

　　我们应该具体考察一下杨圻的诗歌创作。

　　杨圻在民国十五年（1926）刊行《江山万里楼诗词钞》时，将诗歌分为四集：光绪二十年（1894）至光绪三十二年（1906）所为诗收入卷一，为《少年集》；光绪三十三年（1907）至民国六年（1917）

---

① 杨圻著，马卫中、潘虹校点《江山万里楼诗词钞》，第271页。

② 杨圻著，马卫中、潘虹校点《江山万里楼诗词钞》，第395—396页。

③ 杨圻：《香山吊白太傅墓》，《江山万里楼诗词钞》，第350页。

④ 杨圻：《江山万里楼诗钞自叙》，《江山万里楼诗词钞》，第679页。

⑤ 赵翼：《题元遗山集》，载赵翼著，李学颖、曹光甫校点《瓯北集》，上海古籍出版社，1997，第772页。

夏所为诗收入卷二至卷六，为《壮年集》；民国六年（1917）秋至民国十一年（1922）所为诗收入卷七至卷十，为《中年集》；民国十二年（1923）诗阙如，民国十三年（1924）至民国十五年（1926）所为诗收入卷十一至卷十三，为《强年集》。根据杨圻的人生经历以及诗风所发生的变化，我们可以将其一生的诗歌创作分成以下五个阶段：

一、京居时期：自光绪二十三年（1897）至光绪三十三年（1907）。尽管《江山万里楼诗钞》目录标明的存诗时间为光绪二十年，但其实际的存诗始自光绪二十三年所作《檀青引》，这是目前所能见到的杨圻最早的诗歌。可能是对早年诗歌的不满而加以大量删削，这一时期杨圻保留下来的诗歌不算很多。

杨圻出身名门，又是李鸿章之孙婿，当时所谓"江南四公子"，都是在北京负文字誉者。光绪二十八年（1902）中南元后，更是名噪一时。是时杨圻诗歌也表现出了不羁的才情。其典型之作，便是《檀青引》。可以这样认为，是这首诗让杨圻蜚声近代诗坛。蒋檀青作为内廷供奉的昆曲伶工，在咸丰年间曾是乐部推第一的红角。由于社会的变迁、京剧的兴起，也由于个人年龄的衰老，在杨圻结识蒋檀青的时候，他已沦落江南，鬻唱为生。《檀青引》以蒋檀青之身世为线索，实际上是记载了一个朝代或者说一个时代的兴亡。因此，易顺鼎评价是诗，以为"煌煌巨制，包罗一代掌故，可作咸丰外传读。《长恨歌》《永和宫词》并此鼎足而三，称之诗史，洵无愧色"。[①] 可以这样说，《檀青引》引导了近代盛行的以"长庆体"或者"梅村体"吟咏重大历史事件的风气。此后，在庚子事变中的珍妃故事、赛金花故事，都被演绎成长篇叙事诗。前者如金兆蕃《宫井篇》、王景禧《宫井词》、薛绍徽《金井歌》，后者如樊增祥前后《彩云曲》、王甲荣《彩云曲》、

---

① 易顺鼎：《檀青引评语》，载《江山万里楼诗词钞》，第5页。

汤炳正《彩云曲》、薛绍徽《老妓行》。还有不少直接反映清王朝覆亡的七言歌行，如王国维、邓镕、张怀奇、饶智元、张鹏一等都题为《颐和园词》的诗篇。我们不能认为这些诗篇都受了《檀青引》的影响，但是这些诗歌都写在《檀青引》之后，却是不争的事实。

　　光绪二十七年（1901），杨崇伊外放陕安兵备道，杨圻奉母赴汉中，一路游览，留下许多写景诗。这些诗歌意境萧简，颇有王孟韦柳之遗韵。如《汉江》："张琴风露落，秋气满林皋。野岸江流急，孤舟山月高。"[①]实际上，这与杨圻以后的写景诗风格是基本一致的，只是之后在艺术上更趋成熟。

　　二、南洋时期：自光绪三十四年（1908）至民国三年（1914）。杨圻离开新加坡，是在辛亥革命爆发、清帝逊位后不久。但是，他在南洋经营的橡胶业，到民国四年（1915）方告破产。民国三年（1914）之前，杨圻一直怀有返回新加坡的打算。《江山万里楼诗钞》中录有作于民国元年（1912）的《春暖急欲南渡兵戈未息暂居淞北》和作于民国二年（1913）的《将赴南溟迟徊不果家居有感》等诗。甚至民国五年（1916）尚有《暮春酒楼怀南溟》。其《江山万里楼诗钞》自叙中，谈到橡胶业之损失，说："五年之内，数失巨万，余则稍稍苦矣。"[②]所谓五年，是自有经营橡胶之议，并成立大利树胶公司之宣统二年（1910）始。在这期间，杨圻有不少缅怀南洋的诗歌，还有许多以西事为题材的作品。

　　杨圻之奔赴南洋，缘于对晚清腐败政局的失去信心："吾惧夫习俗移人，既无以用，转失所抱。闻南夷岛国有海山之胜，中国人数十万居之，有子孙焉。心壮而慕之，乃于外部求为译吏于南溟之星

---

① 杨圻：《汉江》，载《江山万里楼诗词钞》，第13页。
② 杨圻：《江山万里楼诗钞自叙》，载《江山万里楼诗词钞》，第678页。

洲。"① 脱离了官场的尔虞我诈、明争暗斗，杨圻在南洋仿佛处身于世外桃源，过着悠闲恬淡的生活。《江山万里楼诗钞》中这一时期的不少小诗，都是诗人这样生活的写照。如《散衙归山众客必至妇自治酒食日以为常》："鸟下吏人散，停车水木边。夕阳闲洗马，新月乱鸣蝉。烧灶山中竹，煎茶屋后泉。殊方能健饭，调护觉妻贤。"② 家人、朋友之间的亲情，融化在充满画意的诗情之中。

　　但是，这些诗歌所记载的，只是诗人浅面的感受。出于本能，杨圻对清王朝的前途和命运，依旧十分关心。随着对南洋的历史和现状、特别是与中国的交往史的深入了解，诗人思索着清王朝在处置与南洋关系上的得与失。因为在杨圻看来，这些得失，影响了中国与西方列强在利益分割上的矛盾，从而也影响了近代中国的政局。杨圻认为，"我人之割据称雄，握海外霸权者，已非一人一日。其人类皆豪杰，不得志于中国，乃亡命入海，卒能驱策异族，南面称孤，不亦壮哉"；但是，由于他们与中国内地没有联系，"独其振臂孤往，无所凭藉，但奋其筋骨血汗，纵横于大海之中，不知其几费经营，成厥伟业，至今日而无人能言之矣"。而"当时中国全盛，四夷震慄，苟有人羁縻之，则若辈子孙，列若藩封，而今之英属五万方里，荷属七十三万方里，如荼如火之南洋群岛，为我中国有可也"；只是"南溟群雄，不幸而不遇高帝其人，以至湮没无闻"。诗人感叹"天与不取，时不再来，私心痛之"，③ 于是写下七言长篇古风《哀南溟》。《江山万里楼诗钞》中，还有一组诗，为《爪哇诗》《盘谷诗》《越南诗》《缅甸诗》《锡兰诗》，也表达了诗人对此的同样看法。推而广之，杨圻此组原本吟咏南洋诸国的诗歌，还兼及苗疆、金川、台湾，以此作

---

① 杨圻：《江山万里楼诗钞卷二卷三自跋》，载《江山万里楼诗词钞》，第683页。

② 杨圻：《散衙归山众客必至妇自治酒食日以为常》，载《江山万里楼诗词钞》，第51页。

③ 杨圻：《哀南溟》，载《江山万里楼诗词钞》，第68页。

为清廷征服藩邦的成功典范。

西方的强盛让中国的士大夫低下尊贵的头颅，开始研究西学，在近代蔚为风气。除了关注处身的南洋以外，杨圻在诗歌中也力图表现西方的文明："香车宝马来花中，粉颈坠香长发松。美人如云笑握手，巴黎春色浓于酒。"① 出于曾经是外交家的职业敏感，杨圻对第一次世界大战的爆发非常关注，《江山万里楼诗钞》对战争所造成的灾难有详尽的反映。"十万长平动地哀，闺中齐上望夫台。茶花不解封侯怨，犹傍春庭对月开。"② 当时德国报告有寡妇五百三十三万一千人，柏林街头已不闻叫卖声。"仓卒延秋万骑屯，天空甲马步虚尘。将军夜入淮阴市，月照千街不见人。"③ 德军飞机一日数至，巴黎迁移一空，繁盛街市仅有三五行人而已。可见，战争把双方人民都推到了苦难的深渊。值得注意的是，正是这些题材的诗歌，将杨圻与康有为以及"诗界革命"牵扯在一起了。

当此清王朝鼎革之际，杨圻的一些小诗，也隐含着对时局的忧患："千门灯火望琼楼，祇道繁华不道愁。墙里笙歌墙外月，十分富贵二分秋。"④ 隐含着对故国家乡的怀恋："数点家山万里春，珠崖南去暗伤神。可怜日近长安远，草暖云昏不见人。"⑤ 也隐含着生活的无奈："春来愁看柳如丝，自作商人轻别离。箧里黄金巾上泪，教人重利重相思。"⑥

三、家居时期：自民国四年（1915）至民国八年（1919）。南洋

---

① 杨圻：《巴黎花》，载《江山万里楼诗词钞》，第105页。

② 杨圻：《柏林怨》，载《江山万里楼诗词钞》，第139页。

③ 杨圻：《巴黎怨》，载《江山万里楼诗词钞》，第140页。

④ 杨圻：《戊申中秋夕值宿万寿山户部公所夜闻颐颐乐殿箫鼓声》，载《江山万里楼诗词钞》，第40页。

⑤ 杨圻：《星洲春感》，载《江山万里楼诗词钞》，第53页。

⑥ 杨圻：《得家书》，载《江山万里楼诗词钞》，第129页。

归来，杨圻也曾暂栖北京，但他还是有了更多的时间住在老家常熟。可以说，在杨圻一生中，唯有此时是真正的家居岁月。

家居，让杨圻有了接近平常百姓的机会。他称："平生误读书，日月但忧悚。所学惭耕织，劳力岂自奉？愿为田家儿，生涯百无恐"。① 非常羡慕自给自足的农家生活。他还创作了《渔唱》和《樵歌》七绝各十首，都是以渔民与樵夫的口吻，唱出了他们的逍遥："换得青蚨沽白酒，归来扶醉打柴关。"② 这是渔唱。"赤脚沽来酒一瓢，今宵醉饱再明朝。"③ 这是樵歌。在诗人眼里，无欲的生活甚至胜过公子王孙："公子王孙不值钱，看他恸哭走江边。锦衣垢面谁家子，到我家中草榻眠。"④ 但是，这种无欲，是建筑在无奈之上的："邻家有个种田翁，昨夜催租尽室空。羡我一贫寒彻骨，夫妻偕老此山中。"⑤ 而无奈，又归咎于动荡的岁月和腐败的政治，过去的"日日清晨万灶烟，进城一卖醉三天"，已变成"如今城里人家少，只见鱼儿不见钱"⑥。

杨圻在这一时期还有《农夫》《观讼》等诗，也是反映"乱余民益枯，兵后国益虚"的劫后余生，实际上还是民不聊生、痛不欲生的惨象。如《农夫》，诗人借农夫之口，"告余官如篦，不如盗如梳"；"余闻发浩叹，为言时世殊"，道出官有官的难处："在昔乾嘉际，承平物力纾。岁入六千万，减赋尚有余。百战输今孥，四邻索昔逋。求全非得已，司农仰屋吁。胡越方周急，剜肉忍须臾。"⑦ 连年征战，军费巨大，只能嫁祸百姓了。

---

① 杨圻：《观采桑》，载《江山万里楼诗词钞》，第153页。
② 杨圻：《渔唱》，载《江山万里楼诗词钞》，第165页。
③ 杨圻：《樵歌》，载《江山万里楼诗词钞》，第166页。
④ 杨圻：《渔唱》，载《江山万里楼诗词钞》，第165页。
⑤ 杨圻：《樵歌》，载《江山万里楼诗词钞》，第166页。
⑥ 杨圻：《渔唱》，载《江山万里楼诗词钞》，第165页。
⑦ 杨圻：《农夫》，载《江山万里楼诗词钞》，第189页。

　　四、军幕时期：自民国九年（1920）至民国十五年（1926）。由于没有经济收入，迫于生活的重压，杨圻先是在江西督军陈光远幕中，后赴洛阳吴佩孚军中为幕僚，并与吴佩孚渐成知己。由于杨圻这一时期的诗歌主要是随军征战的记载，其立场也是对军阀战争的颂扬，因此这些诗歌除对研究近代军阀混战之历史稍有价值，如《榆关纪痛诗》十七首记民国十三年（1924）直奉大战，冯玉祥兵变，并将溥仪赶出紫禁城，文学价值与社会意义都不大。

　　杨圻在军幕时期值得关注的诗歌是《天山曲》与《长平公主曲》。辛亥革命以后，杨圻一直在探究清廷覆亡的原因。先是，杨圻曾有《癸丑北游诗五十首》，对康熙以后清王朝所发生的重要事件，都在诗中加以思索，想方设法寻找历史的轨迹。因此，曾朴评论这组诗，说："清廷禅让，化帝国为民国，创千古未有之奇局。作者前《北游诗》视作诗如作史，亦开千古未有之巨制。至其格律、气魄、章法、笔法、句法、字法，直逼少陵，得正法眼藏，玉溪生后，作者其亚矣。"[1]《天山曲》以乾隆年间香妃故事演绎而成，是身处乱世而对乾嘉盛世的心灵依照，同样也有追寻清王朝强盛的原因。至于《长平公主曲》，《江山万里楼诗钞》诗后集评引退思斋主人谓："先生此篇，殆为取消清皇室优待条件而作，语赞清室待明之厚，意讥今代待清之薄，诗哀明社，心哀清室也。"[2]对清王朝的同情，在当时许多保守诗人的作品中都有所表示，王国维在其著名的《颐和园词》中，也谈到了清王朝对前明的宽厚："定陵松柏郁青青，应为兴亡一拊膺。却忆年年寒食节，朱侯亲上十三陵。"[3]杨圻对溥仪的同情，还在于溥仪是在冯玉祥背叛了吴佩孚之后将其赶出故宫的。

---

① 曾朴：《癸丑北游诗五十首评语》，载《江山万里楼诗词钞》，第152页。

② 退思斋主人：《长平公主曲评语》，载《江山万里楼诗词钞》，第464页。

③ 王国维著，陈永正校注《王国维诗词全编校注》，中山大学出版社，2000，第102页。

杨圻这时还用此种诗歌体裁写下叙述石崇与绿珠故事的《金谷园曲》。我们探讨这些诗歌，主要在于其在文学史上的艺术地位。钱基博认为"《天山曲》长数千字，纪香妃事，自有七古以来，无此长篇也"。[①] 除了篇幅，杨圻创作长篇七古叙事诗，还有其他的艺术特点，诸如文采、用典、格律，都很有独到之处。吴宓读罢《天山曲》，说："如见古锦百端，明珠十斛，令人动色。以龙门之史笔、太白之仙才、少陵之学力，温李之藻艳，合为一冶，自成大家。复取摩诘画中之神，以写湘灵弦外之怨，当使白傅、梅村，一齐拜倒。"[②] 如果说《檀青引》使杨圻在诗坛一举成名，而这一系列的诗歌则确立了其在近代诗歌史上的重要地位。

五、赋闲时期：自民国十六年（1927）至民国三十年（1941）。在吴佩孚战败退出政治舞台后，杨圻也再一次退处林下。尽管他在吴佩孚军中一再宣称"不入仕途，但为幕友"，[③] 但是吴佩孚对他的信任以及他在军中的地位，却是一般幕客无法企及的，因而杨圻一直深感吴佩孚知遇之恩。所以，除短暂入张学良军幕外，杨圻在这一时期大部分时间都是追随吴佩孚寄居北京，直至卢沟桥事变后移居香港。

由于在诗坛日益显赫的名声，慕名而求见者也日益增多。杨圻居北京日所为诗歌，多投赠应酬之作，尽管他自称"平生不喜酬和"，[④] 但应该说，这些诗歌并没有很高的价值。

抗日战争爆发后，杨圻作为中国传统知识分子，固有的民族自尊心和责任感让其晚节大放绚彩。除了众所周知的遣爱妾劝阻吴佩孚出任伪职外，他的诗歌也记载了中华民族所遭受的前所未有的国难。

---

① 钱基博：《现代中国文学史》，第281页。

② 吴宓：《天山曲评语》，载《江山万里楼诗词钞》，第364页。

③ 杨圻：《哭孚威上将军》自注，载《江山万里楼诗词钞》，第476页。

④ 杨圻：《寿孙师郑》自注，载《江山万里楼诗词钞》，第386页。

《哀广州》记曰："去岁至今，倭飞炸广州三百余次，死良民无算。戊寅十月，广州不战而陷，难民百数十万不及逃，则仓猝流离道路，至九龙者数万，多妇孺，天寒露宿，衣食无着，多生老病死之事。"① 而《巴山哀》则叙述了民国二十八年（1939）五月日寇轰炸重庆造成万余人死难的严重后果："一夕备万棺，梓人工弗给。崇朝一路哭，哀声出万室。"② 这次国难还与杨圻的家仇紧密关联，他在常熟的故园石花林遭日军洗劫焚毁："丁丑十一月，倭寇陷江南，大掠而东，至常熟。其军官某喜宅幽雅，入据之。初颇相安，居十余日，于书室见余撰印之《打开说亮话》文二百册，盖沈阳之变，余撰此文，劝各党各军合力抗日者也。某乃大震怒，谓杨某抗日分子，当膺惩。余固世家也，多藏书籍字画玩好，而家具帏帐衣服，亦颇精，于是命其军士扫数洗劫两日夜，运沪东行。既毕，以硫磺弹纵火焚烧，顷刻都尽，鼓掌欢笑而去。实则利余物之夥颐，以火掩劫掠之迹耳。于是石花林及余身而片楮无存，此后无屋可仰矣。"③

　　但是，杨圻对抗战的胜利抱有必胜的信念。因此，凡坚持抗战者，杨圻都加以热情讴歌。其《苍梧军歌》是赠坚守广西之白崇禧将军。而《雁门军歌》的写作背景则是"自丁丑中秋，雁门失守，寇遂入晋。第八路军抗战年半，寇终不得逞。作军歌，谱以今乐，以赠晋北朱、毛两将军"，诗云："斜月西飞渡燕门，枕戈万幕照黄昏。明朝北向弯弓去，三晋云山接五原。"④ 以这样高亢激昂的旋律来结束其毕生的诗歌创作，应该是非常圆满的。

---

①　杨圻：《哀广州》，载《江山万里楼诗词钞》，第 546 页。
②　杨圻：《巴山哀》，载《江山万里楼诗词钞》，第 561 页。
③　杨圻：《纪石花林之被焚》，载《江山万里楼诗词钞》，第 544—545 页。
④　杨圻：《雁门军歌》，载《江山万里楼诗词钞》，第 542—543 页。

第三编

理想中的诗歌

论晚清浙派诗人袁昶

浙江袁昶是近代一位有争议的人物，又是一位有成就、有影响的诗人。狄葆贤《平等阁诗话》云："袁爽秋太常，气节文章，一世推仰，而尤以诗名。"[①] 汪辟疆《光宣诗坛点将录》冠以"天勇星大刀关胜"，[②] 钱仲联《近百年诗坛点将录》则称其为"天捷星没羽箭张清"，并推为"浙派后期巨匠"。[③] 袁昶诗名显赫，可见一斑。

但是，"五四"运动以来，特别是中华人民共和国成立后文学界对袁昶很少论及，评价也不高。无疑，袁昶作为封建官僚，其思想有着保守消极的一面。他的诗歌创作，在中国古典诗歌行将发生巨大变革之际，主要沿袭旧诗传统而缺乏创新精神，与同时的"诗界革命"相比，就更显出其诗重学古、重规模。然而，如果我们把袁昶及其诗歌置入晚清那个充满矛盾和变局的特定社会政治和文化背景之中，就不难发现袁诗的现实意义和艺术价值，同时也能理解其局限所在。

---

① 狄葆贤：《平等阁诗话》，西北大学出版社，2019，第48页。
② 汪辟疆：《汪辟疆文集》，上海古籍出版社，1988，第337页。
③ 钱仲联：《梦苕庵论集》，中华书局，1993，第361—362页。

袁昶（1846—1900），字重黎，号爽秋，一号渐西村人，浙江桐庐人。光绪二年（1876）进士，授户部主事，充总理各国事务衙门章京。累官徽宁池太广道、江宁布政使、太常寺卿，光绪二十六年（1900）因上疏主张镇压义和团见杀。著有《渐西村人初集》十三卷、《安般簃诗》十卷、《于湖小集》六卷附《金陵杂事诗》一卷等。

一

晚清复杂的社会政治环境为诗人的创作提供了广阔的天地，所谓"国家不幸诗家幸，赋到沧桑句便工"，诗歌的价值首先在于能够反映现实、抒写真情。评价袁昶的诗歌，也应从此入手。

袁昶是张之洞门生，二人关系甚密。张之洞过芜湖曾借寓袁昶住所，赠诗有云："为政有道道有根，佳人读书袁使君。"① 袁昶和作亦颇有知己之感："还捧吾师诗句妙一世，传衣有记法乳资来昆。"② 袁昶殁后，张之洞又为诗悼之。因而一般的看法是袁昶受张之洞影响，当属晚清洋务派而非维新派。

洋务派与维新派最大的区别在于学习西方科技的同时，是否引进西方的政治思想和国家机制。洋务领袖张之洞提出的口号是'中学为体，西学为用"，维新派则不同，在教育、军事乃至政治体制方面制定了一系列仿效西方国家的改良方案。由于袁昶长期在总理各国事务衙门任职，对西方比较熟悉，在其为驻外使节送行的诗中可以看出，他不但倾慕西方先进的科学技术——"早擅多闻笺豹鼠，亲图异

---

① 张之洞：《过芜湖赠袁兵备昶》，载《张之洞诗文集》（增订本），上海古籍出版社，2015，第 139 页。

② 袁昶：《过芜湖枉临廨舍宴集赐以佳章误奖愧未敢荷谨次韵补呈一首》，载《于湖小集》诗五，光绪袁氏水明楼刻本，第 2 页。

物到邛虚。工名几勒黄龙舰（自注：德厂督造铁舰），国语新衔赤雀书"，[①]而且还向往西方新异的思想和开明的政治。他的《送张樵野太常奉使墨利加洲长句三首》《寄酬张通副时奉使美日秘三国即题其羊城话别图后》《送黄公度再游欧西绝句十首》诸诗，都赞扬了美国的政治制度，有所谓"名王崛起西牛贺，天使争看东马才"、[②]"佛说西牛货（贺）洲好，汉家戊尉十年栖"（自注：为旧金山领事最久）[③]的诗句，魏源以美洲之地视为佛经中的"西牛贺洲"，袁昶采用此说融入其赞美美洲诗中。对于日本明治维新以后出现的崭新局面，袁昶也在《送许竹篔侍讲奉使日本》等诗中加以高度肯定。因此，简单地把袁昶归于洋务派是不符合事实的。

此外，袁昶与维新派人士如文廷式、黄遵宪、张謇、张荫桓等均交往密切，相与酬唱之作特多。其《张季直捷京兆以诗贺之》有云："草檄论诗挟二奇，鸡林海客已闻知。论交孰是腰忘带，发解真如颔摘髭。"[④]俨然引张謇为同志。而《酬文道希二首》又云："扶疏未尽豫章奇，小中惊人示戠支"，"诛茅佳处真堪隐，释地编成莫浪传"。[⑤]《题黄公度集后》则称："陋儒拘于方，不信龙可醢。奢然失故步，鹑鸰越鸡殆。谁知四极之外六经表，大有丹丘逸人在。"[⑥]文、黄二人都因参与戊戌维新运动而被清廷罢免官职，袁昶却在诗中对他们介绍异域、引进西学的种种作为大加赞赏。而最能说明其维新倾向的，可从他与维新派大纛翁同龢的交往见之。光绪二十三年（1897），

---

① 袁昶：《送洪文卿阁学奉使俄德诸国》，载《安般簃集》诗续丁，光绪十八年小沤巢刻本，第18页。

② 袁昶：《安般簃集》诗续乙，第33页。

③ 袁昶：《安般簃集》诗续己，第12页。

④ 袁昶：《安般簃集》诗续乙，第30页。

⑤ 袁昶：《安般簃集》诗续己，第16—17页。

⑥ 袁昶：《于湖小集》诗四，第25页。

翁同龢入朝主大政，袁昶曾上诗十二章，陈述自己的政治看法。前此中日甲午（1894）战争时，他已有《上虞山尚书》一诗，其中写道："久应朝望推迁叟，敕以时艰相弱翁。三独坐依仙掌露，十思疏写御屏风。指麾渐欲清裨海，履屐由来仰至公。今夜月明堪北望，戴匡星傍紫微宫。"① 显然，他对翁同龢改善政治局面寄予厚望。

当然，袁昶现存诗中所表现的变革思想，与维新派的代表人物如康有为、梁启超、谭嗣同等还有距离。其原因之一，固然是因为袁昶诗集编年仅至光绪二十三年（1897），而他在戊戌政变前后，即维新派与顽固派之间矛盾冲突最为激烈时的诗歌，已经无从得见。因这一时期诗歌的缺存，就很难证明袁昶诗中表达的政治观念是否有巨大的飞跃，不过戊戌年六月的上疏中，还是反映出他鲜明而强烈的改革愿望，他提出的请筹八旗生计、清理屯田等事项，都是当时亟待解决的社会经济问题，受到过光绪帝的重视。原因之二，则与袁昶的哲学观念和独特经历有关。据谭献《资政大夫太常寺卿袁府君墓碑》记载，袁昶在光绪二年（1876）成进士后，"几欲终隐"，只是在"师友敦劝"下，方就总理各国事务衙门章京。② 其实，袁之所以要隐退，在于他受了老庄思想的影响。他在《渐西村人初集自叙》中称："走既未窥丹诀，要亦虚费墨工。虽多奚尚，自卜颇审。"③ 他的避世思想，无疑在一定程度上限制了他改造现实的理想，并反映在他的诗作中。

光绪年间倡言维新者，如康有为、梁启超等，多是书生，没有治理国事的实际经验。即如文廷式、刘光第，也不过点翰林、充部曹，对中国国情同样缺乏深刻的了解。因此，他们的维新计划，或搬自西方，或凭空想象，虽炫人耳目，却很难付诸实用。这也是维

---

①　袁昶：《于湖小集》诗三，第39页。

②　谭献著，罗仲鼎、俞浣萍点校《谭献集》，浙江古籍出版社，2012，第343页。

③　袁昶：《渐西村人初集叙》，载《渐西村人初集》，光绪二十年避舍盖公堂刻本，第1页。

新变法失败的原因之一。袁昶则不然，他少时适逢太平天国运动，"辛壬邑被兵，癸甲家毁难。阴阳寇莫大，水火蹈几烂。"[①] 他对民生疾苦自幼便有深切的感受。步入仕途后，曾任安徽徽宁池太广道道员凡六阅岁，长期的地方官经历，使他比较熟悉中国的实际状况。袁昶的改良愿望偏重在解决中国的具体问题，并不如康、梁一班人那样夸夸其谈。

袁昶重实的治国理想在诗中的表现，主要在于同情、关注底层百姓的痛苦遭遇。

清末水利失修，旱涝灾害频仍，袁昶的诗笔屡屡及此。《奉送黄丈典试闽中感时书事有述二章》云："使车所莅处，应洒甘雨来。疲农田墝兆，三辅旱为菑。丈欲披心胸，回望天门开。一陈民疾苦，再陈划奸回。"[②] 这是对光绪十四年（1888）西北大旱的真实观感。《致仕瑞安黄丈寿宴诗十有四首》则记载了光绪十六年（1890）西北的水涝："举国漭浮若泛凫，谁论根本巩黄图。愿箴衮阙淮阳守，欲系强胡贾大夫"，"木饥水毁无中气（自注：去年三辅水灾最甚），夏潦秋蒸有杜鹃。吾欲拂衣从此隐，公真解帙迹超然"。[③] 诗中透露了作者的焦虑心情，也揭示了人祸是加重天灾的根本原因。当时连年征战，当权者贪污挥霍、横征暴敛，更使清末社会民不聊生。同治十年（1871），袁昶路经曾是太平天国旧战场的安徽滁、和间，面对战争遗痕尚存的荒芜景象，他在诗中感慨道："菭衣下覆龙骨卧，兵后荒畛连年蘙。草树青红多瑹细，怒苗地上生豪毛。"[④] 虽然他无法理解太平

---

① 袁昶：《上冢作诗呈诸从兄并示弟侄》，载《渐西村人初集》诗一，第4页。

② 袁昶：《安般簃集》诗续戊，第12页。

③ 袁昶：《安般簃集》诗续辛，第26页。

④ 袁昶：《小车行滁和间大雨骤至是夕宿西潨用去年北谯诗韵作一首》，载《渐西村人初集》诗三，第8页。

天国运动的性质，并本能地站在这场农民革命的对立面，但他在诗中对战争残酷性的揭露却是很客观的，具有一定程度的警世作用。其《黄提督秉均蒙县守城图》一诗，展示了一幅"围城中死骸枕藉，创残饿羸之余，士卒裁余百二十许人"[①]的惨酷图景，诚可谓触目惊心。

"四海酿兵气，谁分禾绢忧。"[②]接连的社会动荡，百姓迭受艰辛，统治者却无动于衷，依然寻欢作乐："层城歌吹殷春雷，曲罢云飞夜举杯。苍鹘妆成都讲促，火城明处录公来。芙蓉幔隐花枝笑，竹节丹和玉色醅。烛炧参横人半醉，不知何处桂宫灾。"[③]袁昶的《层城》诗辛辣地嘲讽了这番花天酒地、醉生梦死的景象。作为清王朝最高统治者的慈禧更是不思恤民，几次三番欲修圆明园和颐和园，遭到一些有识之士的反对。袁昶的《座主阿鲁特文山先生寿宴诗》《侍郎李仲约先生视学畿辅感时述事奉呈八章》，对同治末上疏谏止议修淀园诸臣表示倾慕。

与此相对照的是，为满足统治者欲海，苛捐杂税日趋繁重，老百姓不胜负担，袁昶曾在诗中作了强烈的抨击："苛税等牛毛，疲氓疴生肉。"[④]他幻想着去除重税、政通人和的太平盛世的到来：'欲回劫运狄泉鹅，荡涤章程去吏苛。还见雍乾全盛日，尽蠲关市重征诃。"[⑤]确实袁昶在徽宁池太广道任上，也尽其所能，推行了许多革除政弊的改良措施，并办了一些减轻百姓负担的实事，如整治商旅、清理关税，筑堤修桥、防旱泄洪等，因而深得民心。

当然，对袁昶其人其诗的再认识，还有赖于对他在庚子事变中的

---

① 袁昶:《于湖小集》诗二，第 31 页。

② 袁昶:《傚泖上墅将成寄师徐》，载《于湖小集》诗四，第 39 页。

③ 袁昶:《安般簃集》诗续己，第 23 页。

④ 袁昶:《读袁康沙船叹欷以赠之》，载《渐西村人初集》诗二，第 7 页。

⑤ 袁昶:《楚白复叠前章韵挑战再奉和》，载《安般簃集》诗续壬，第 15 页。

立场做深入的探究，因为袁昶的招来非议，在于他对义和团运动持否定态度。袁昶虽然算得上统治集团中比较明了国情者，但他却无法理解当时农民深受帝国主义欺凌剥削而产生的反抗情绪，尽管他对帝国主义的经济侵略也有所抵触，如对本国水上运输的沙船受外国买办经营的火轮的排挤时，曾抱怨道："海舶何年来火轮，青铜舳舻衔尾起，烟突如山日千里。从此沙船生事微，篙工零落各东西。沙船一半沙中卧，樯折篷穿船腹破。"① 问题的复杂性在于，袁昶反对义和团，竟然与外国帝国主义站在同一立场上了。

我们必须看到的是，庚子事变的发生，并不是孤立的政治事件。特别是慈禧等对义和团的支持，决不能说成是出于爱国目的；同样，袁昶的反义和团立场，也不能简单地视为反动。据罗惇曧《庚子国变记》所称，庚子事变其实是戊戌变法时期政坛角逐的延续：康梁遁逃，得到了英、日等国人士的帮助，而慈禧欲废光绪，又遭到各国公使的反对。慈禧深藏着的祸心，不过是想利用义和团剿灭维新派。袁昶与最高统治层有较多接触，他完全明了慈禧的用心。据载，"在废立问题上，他密商诸公，避免与列强决裂。"② 可见，袁昶的反对义和团，很大程度上是坚持维新变法立场的体现，当然由此也暴露了他思想的局限。袁昶还与贪生怕死的卖国者不同，他敢于以死相争，倒能看出几分为国事不计个人安危的坦荡胸怀。

再观袁昶的诗集，他对近代外国列强历次侵华战争都持谴责态度，表现出较高的爱国情操。蒋敦复在鸦片战争中游林则徐幕，助其筹划兵事，袁昶《书宝山蒋剑人集后》对此大加渲染，褒扬有加："犹闻少时挟策游，曾干抚部侯官公。公来一尉东南屯，黔夫罗

---

① 袁昶：《读袁康沙船叹歌以赠之》，载《渐西村人初集》诗二，第 8 页。

② 苑书义、潘振平主编《清代人物传稿》（下编·第四卷），辽宁人民出版社，1988，第 182 页。

祭夷无人。"① 当然，使袁昶产生更深感触者，还数他亲历的光绪十年（1884）的中法战争和光绪二十年（1894）的中日战争。袁昶的《寄张学士闽中》诗，作于甲申战争爆发前夕，东南沿海处于紧张的临战状态，朝廷内部倾轧不已，会办福建军务的张佩纶书生气十足。袁昶在诗中作了淋漓尽致的描述："一朝直言不安席，去作无诸台前钓龙客。空持使节护楼船，不遣兵符摧大敌。上岸剸犀犀欲脯，入水斫鲸鲸未腊。自披忠信格天阍，那恤波涛溅儒帻。"② 战争失败，自在情理之中，袁昶对此只能发出这般叹息："兵气连苍海，天全问紫芝。感时余涕泪，削迹敢忘危？"③ 袁昶吟咏甲午战争之作更是连篇累牍，有的诗颂扬中国军士英勇抗敌，赢得暂时胜利："北军萧斧刈蒿蓬（自注：闻帮办宋公庆在海城大获胜仗），使节新传简上公。飞将不教南下马，楼船重整水中龙。"④ 大多诗作声讨了侵略者的强盗行径，如《近事书愤和友人作》和《重有感四首》，其中有云："海气昏昏泽若蕉，天何此醉岛夷骄。毒蓼竟遣流东社，狡计俄传起北条（自注：倭执政有北条氏）。绝塞苍鹅朝撼岸，严更元菟夜闻刁。当时只恨童男女，遗种流传獍一枭。"⑤ 另《闻金州陷》《哀旅顺口》《哀威海卫》诸诗，深刻揭示了清军指挥者惊慌失措、临阵脱逃导致战事失利的种种事实，有所谓"虏噬主者先遁逃，利器尽入倭奴手"⑥ 之句。袁昶感慨最深者，为清政府的丧权辱国以求和求荣。"蜻蜓洲上千奴笑，辱酒从污宰相须""和璧难期秦柱返，鸿毛肯换太山轻"，⑦ 读袁昶《马关

---

① 袁昶：《渐西村人初集》诗二，第2页。

② 袁昶：《渐西村人初集》诗十三，第8页。

③ 袁昶：《秋日思鼎父》，载《渐西村人初集》诗十三，第11页。

④ 袁昶：《怀宁杂诗》，载《于湖小集》诗四，第6页。

⑤ 袁昶：《于湖小集》诗三，第10页。

⑥ 袁昶：《于湖小集》诗四，第4页。

⑦ 袁昶：《于湖小集》诗四，第26—27页。

四首》，就能知其对李鸿章之辈的痛恨。

二

袁昶在近代诗坛影响颇大，与他在"同光体"中占有一席之地密不可分，而对他评价的或褒或贬，也与论者对"同光体"的毁誉有关。

"同光体"是近代以学宋为主的重要诗歌流派。被归入"同光体"的诗人，虽并不明言废弃唐诗，但更推尊宋诗。陈衍《石遗室诗话》卷一云："上元开元、中元元和、下元元祐也……今人强分唐诗、宋诗，宋人皆推本唐人诗法，力破余地耳。"[①] 此语为论者反复引用，视作"同光体"诗歌主张的重要组成部分。"同光体"主将陈三立对黄庭坚也是推崇备至："驼坐虫语窗，私我涪翁诗。镵刻造化手，初不用意为。"[②] 陈三立读了范当世《甲午客天津中秋玩月》诗后，又感叹道："吾生恨晚生千岁，不与苏黄数子游。得有斯人力复古，公然高咏气横秋。"[③] 袁昶论诗，其宗趣亦在宋人。他在《渐西村人初集叙》中说："姑溪集隘，端叔未必发坡公之禅；落木庵空，徐波或许挂蒙叟之咏。故知不烦绳削，惟数夔州后诗；风致超然，雅重渭南一老。涪皤有真解，晦翁非妄叹。"[④] 可见袁昶对苏轼、黄庭坚、陆游，以及清初倡导学宋的钱谦益，均赞叹不已。特别是黄庭坚，袁昶在诗

---

① 陈衍：《石遗室诗话》，朝华出版社，2017，第 10 页。
② 陈三立：《漫题豫章四贤像拓本·黄山谷》，载《散原精舍诗文集》（增订本），上海古籍出版社，2014，第 119 页。
③ 陈三立著，李开军校点《散原精舍诗文集》（增订本），第 51 页。
④ 袁昶：《渐西村人初集叙》，载《渐西村人初集》卷首，第 1 页。

集中屡加颂扬，有"涪皤言语妙天下"[①]之说，又称"涪翁晚困，编管宜州……文字性存，皮肤剥尽"。[②]他的"论诗妙得涪翁髓"[③]和"诗传山谷道人衣"[④]等句，分别从理论和创作两方面对有学黄倾向的诗人作了高度评价。正因为袁昶规模宋诗，尤致力于黄庭坚，故论其诗者，大多能从此入手道出其特点，如叶昌炽《缘督庐日记》说他"诗笔精清旷朗，不着尘氛。在宋人集中，于涪陵为近"。[⑤]潘飞声《在山泉诗话》亦说他"诗格清癯幽峭，乃在柳州、山谷之间"。[⑥]当然，论者对袁昶学黄庭坚并不尽是赞语，如张之洞就有微词，其《过芜湖吊袁沤簃四首》云："江西魔派不堪吟，北宋清奇是雅音。双井半山君一手，伤哉斜日广陵琴。"[⑦]以为袁昶诗近僻涩，"在所不解之列"。[⑧]

应该指出的是，在"同光体"内部，诗学宗趣不尽相同。陈衍以"三元"之说著名诗坛，而沈曾植另有"三关"之说，其《与金潜庐太守论诗书》云："吾尝谓诗有元祐、元和、元嘉三关。公于前二关，均已通过，但着意通第三关，自有解脱月在。"[⑨]"三关"比之"三元"，乃以元嘉取代开元。虽一"元"之别，内容大相径庭。"三元"重在宗宋，而推本杜、韩；"三关"则上溯颜、谢，要人着意通此关，做到"活六朝"，才算解脱。后人论诗，以为陈衍代表着"同

---

① 袁昶：《山谷道人宴坐处》，载《于湖小集》诗六，第 14 页。

② 袁昶：《兀兀腾腾》，载《安般簃集》诗续戊，第 6 页。

③ 袁昶：《集槐庐斋中作山谷道人生日》，载《渐西村人初集》诗九，第 8 页。

④ 袁昶：《仙蘜金事生日》，载《于湖小集》诗四，第 6 页。

⑤ 叶昌炽：《缘督庐日记抄》，载《续修四库全书》（五七六），上海古籍出版社，2002，第485 页。

⑥ 潘飞声：《在山泉诗话》，载张寅彭选辑《清诗话三编》（十），上海古籍出版社，2014，第 6883 页。

⑦ 张之洞著，庞坚校点《张之洞诗文集》（增订本），第 176 页。

⑧ 陈衍：《石遗室诗话》，第 264 页。

⑨ 沈曾植著，钱仲联编校《海日楼文集》，广东教育出版社，2019，第 29 页。

光体"闽派，沈曾植代表着"同光体"浙派，二者主要分别便在此。论者一般也将袁昶作为"同光体"浙派中人，如钱仲联在《论"同光体"》一文中便谓"沈（曾植）的同派是袁昶，继承者是金蓉镜，都是浙西人"。① 其实，除地域上的原因外，更重要的一点，在于其诗学观点与沈曾植有声息相通处。沈曾植所撰《安般簃集序》就赞许袁昶的诗"脱落陶谢之枝梧，含咀风骚之推激"。② 袁昶论自己的学诗道路，说"少时读《选》苦不烂"，③ 又说以后"颇宗尚阮籍、孙绰、许询、帛道猷、高允、颜黄门、王无功、柳子厚"。④ 即使对身受后人较多诟语的徐陵，他也称"天遣徐陵工采撷，人如班蒨隔飞沈"。⑤ 袁昶还与当时诗坛宗学汉魏六朝的湖湘派代表作者，如王闿运、邓辅纶、邓绎、高心夔均有往来，在诗歌中也对他们倍加推许。袁称王闿运"文字绵兼雄，甄椎幸得公"，⑥ 又在追忆邓辅纶"遗我一卷诗"时，说道："泫峥思入神，和陶脱畦町，宗趣资清新。"⑦

在宋代以后传统诗歌的主轴始终环绕着宗唐还是宗宋转动的背景之下，"同光体"浙派能将诗学渊源溯至汉魏六朝。其理论依据便是金蓉镜所谓的"乙庵（沈曾植）论诗，不取一法，不坏一法，此为得髓"，⑧ 其实也就是杜甫"转益多师是汝师"的翻版。袁昶论诗同样取兼容的态度。尽管张之洞对袁诗多有不满之处，而袁昶念及视学蜀

---

① 钱仲联：《梦苕庵论集》，第 424 页。

② 沈曾植：《安般簃集叙》，载《安般簃集》，第 1 页。

③ 袁昶：《怀宁杂诗》，载《于湖小集》诗四，第 6 页。

④ 袁昶：《于湖小集题词》，载《于湖小集》，第 1 页。

⑤ 袁昶：《送华农典山西试二首》，载《安般簃集》诗续己，第 19 页。

⑥ 袁昶：《湘翁赠唐重建阿育王寺常住田碑即用于使君范处士唱和韵奉谢》，载《安般簃集》诗续己，第 8 页。

⑦ 袁昶：《邓弥之山长挽诗》，载《于湖小集》诗一，第 21 页。

⑧ 郭绍虞、钱仲联、王蘧常编《万首论诗绝句》，人民文学出版社，1991，第 1562 页。

中的张之洞还是说"濯锦江潮重回首，风流儒雅属吾师"。^① 其题张
之洞《广雅堂诗》又称"玉帐军符妙拯钺，雕镌余事句文参"。^② 如
果说袁昶与张之洞有师生之谊而不无奉承之意，那么袁昶在与李慈
铭、樊增祥等人的众多酬唱之作中对他们多有溢美，便不能作如是观
了。汪辟疆的《近代诗派与地域》一文，将李、樊二人归入宗唐一
派，显然视其与袁昶异趣，但袁昶《寄莼老》诗却称："百年词章有
盟主，前宣城梅后越李。"^③《答人问京华耆旧》又说："同光耆旧谁最
贤，李公（莼客）词翰周公（荇农先生）笔。梅（柏岘）邵（位西
丈）而后接斯人，风格萧然存野逸。"^④ 袁昶崇拜梅曾亮，是因为梅氏
属桐城派后起之秀，论诗宗尚宋诗，又特别推尊江西派，这正与袁昶
宗旨相合，而盛赞李慈铭，恐怕只能解释为他在以"不取一法，不坏
一法"的标准来衡其诗了。又《云门五十有一初度以诗为寿》有云：
"越缦楼如白雪莹，一生低首事沧溟。苦心搜拾遗珠玉，仗有樊山老
眼青。"^⑤ 将樊增祥看作李慈铭同道。李、樊因作诗有浮滑轻率之嫌，
在当时曾受抨击，如王葆图《适园残墨》云："近人得诗之多，无如
樊樊山。陈石遗老人谓其以诗为茶饭，无乃太便乎？"^⑥ 虽然陈衍和袁
昶同属"同光体"，都提倡学习江西派瘦硬清峻的诗风，但在对樊的
评价上，却意见相左。袁昶云："诗人例以渭南名，老学庵真心太平。
八十六翁诗万首，胸无蒂芥又长生。"^⑦ 将樊增祥比之多产的陆游而加
以肯定，袁昶转益多师的诗学态度，于此可见一斑。

---

① 袁昶：《次韵张桐将之济南别》，载《渐西村人初集》诗六，第 19 页。

② 袁昶：《于湖小集》诗三，第 20 页。

③ 袁昶：《渐西村人初集》诗十三，第 10 页。

④ 袁昶：《渐西村人初集》诗十二，第 8 页。

⑤ 袁昶：《于湖小集》诗五，第 16 页。

⑥ 转引自钱仲联主编《清诗纪事》（十八），江苏古籍出版社，1989，第 12605 页。

⑦ 袁昶：《云门五十有一初度以诗为寿》，载《于湖小集》诗五，第 16 页。

袁昶在宗宋的基础上，出入于众多的诗歌流派，形成了既平淡清新自然、又闳丽奇崛诡诙，而总体比较开阔的诗歌风格。

“超然但爱清远句”，[①]这与“同光体”清苍幽峭或生涩奥衍的风格有所不同，袁昶拈出了“清远”二字，尤其明显地表现在他的写景之作中。其《晦岩村》云：“谷花藏古寺，溪柳覆渔矶。鼠食松子香，鸡衔稻孙肥。人家西崦里，烟火隔云微。曾作源中客，春归人未归。”[②]笔调流畅，描绘出了山村之美、农家之乐，使人联想起苏轼的名句：“西崦人家应最乐，煮葵烧笋饷春耕。”袁昶“诗境清明淡沱烟”，[③]其与李慈铭、樊增祥交往，李、樊二人宗尚白居易、陆游的诗风，也影响了袁昶。另外，他还能够借鉴民歌的创作方法。其《清溪谣》五首，篇章简短，语言极其凝练，如其第四首只有十三字：“罗带子，大似清溪水，回环抱山驶。”[④]是通过民歌所惯用的形象比喻来表现清溪一带的旖旎风光。正因得益于民歌，袁昶一些写民间风俗的诗歌便愈显生动，如《戏作俳句》：“人人不识扬州乐，我道扬州乐事真。蚝面汁和甜笋美，鹿车痕碾软沙匀。弥陀巷里寻高菽，夹翦桥西觅李宾。晚向东圈门外过，小桃放了亦风神。”[⑤]平淡中洋溢着泥土气息和平民真趣。

当然，袁昶毕竟深受江西派影响，黄庭坚等“无一字无来历”的诗学主张，还是给他打下难以消除的印记。袁昶所说的“清远”，实际上追求的是诗歌经过锤炼的浑成之境。他在《卓笔峰》自注中说：“尝论文笔用秃，如黄泥裹锐笋，外枯而其中生气蓊然，文之圣

---

① 袁昶：《正月十六日游虎丘》，载《渐西村人初集》诗一，第8页。

② 袁昶：《渐西村人初集》诗十二，第5页。

③ 袁昶：《画蝶》，载《安般簃集》诗续己，第6页。

④ 袁昶：《渐西村人初集》诗四，第5页。

⑤ 袁昶：《渐西村人初集》诗六，第1页。

者也。"①欧阳修《水谷夜行寄子美圣俞》论梅尧臣诗曾谓"梅翁事清切，石齿漱寒濑……初如食橄榄，真味久愈在"，而袁昶所造之诗境就在"谏果隽味，徐含始知"。②其《北郭外最乐亭留题二首》之一云："洲渚渺绵连远山，危亭摄取景萧闲。流杯朝吸青霞饮，檐树昏招翠羽还。欲把浮丘回左袖，平看佛屋窟屠颜。留连谁使予忘适，便卜诛茅野水湾。"看似平常，却凝聚着作者独具匠心的构思，即通过居高临下的眺望，使一派山村野景充满清远旷朗的韵味。诗句并不陌生，而词语搭配却有生硬之处，因而，诗歌在平淡中掺入了奇崛，诚如凌子舆所评："凌云常景耳。一入君手写境，便觉窈异超廓。"③形成这种意境和风格的原因，袁昶以为在于"诗因变态清新出，道信忘机寂寞求"；④用陈衍的话来归结，就是："字皆人人能识之字，句皆人人能造之句，及积字成句，积句成韵，积韵成章，遂无前人已言之意、已写之景，又皆后人欲言之意、欲写之景。"⑤袁、陈所述也与黄庭坚的论证相符："熟观杜子美到夔州后古律诗，便得句法。简易而大巧出焉，平淡而山高水深，似欲不可企及，文章成就，更无斧凿痕，乃为佳作耳。"⑥

　　我们必须注意这样一个事实，以上所举袁昶诗歌风格"清远"者，都是他早年所作。中年以后，其诗风已有了转化。陈衍《近代诗钞》论袁昶诗："爽秋诗根柢鲍、谢，而用事遣词，力求僻涩，则纯乎祧唐抱宋者。"⑦其《石遗室诗话》又云："余谓爽秋五言古，实以

---

①　袁昶：《渐西村人初集》诗五，第4页。
②　钱仲联：《近代诗评》，载《梦苕庵诗文集》，黄山书社，2008，第512页。
③　袁昶：《于湖小集》诗一，第24页。
④　袁昶：《屋西》，载《渐西村人初集》诗十一，第1页。
⑤　陈衍：《石遗室诗话》，第57—58页。
⑥　黄庭坚：《与王观复书》，载《黄庭坚全集》（一），四川大学出版社，2001，第471页。
⑦　陈衍编辑《近代诗钞》，商务印书馆，1935，第769页。

潘、陆、颜、谢骨格，傅以北宋诸贤面目，故觉其僻涩苦碎，然工力甚深，终不愧雅音也。"[①] 僻涩苦碎，显然已不同于清远。陈衍是针对"同光体"浙派学宋而上溯六朝的诗学观而得出这一结论的。袁昶的论诗名句云："哦诗韵似霜中磬，作字艰如濑上船。"[②] 刻意尖新，诗风当然趋于艰深。李慈铭也以为："（爽秋）诗多为别调，一意求新。佳处在此，病亦在此。"[③] 以往评袁昶诗者，常举"日铸半瓯南埭汲，风漪八尺北窗凉"、[④]"神禹久思穷亥步，孔融真遣案丁零"、[⑤]"大千人为物之盗（自注：为，母猴也，故借虚字对实字），十二辰虫如是观"[⑥]等句为例，褒之者说"不嫌生造"，[⑦] 贬之者则谓"此种诗真是走入魔道"，"追寻祸首，当然不会忘记江西派的初祖黄庭坚"。[⑧] 后一说实本张之洞"江西魔派不堪吟"之评。总之，袁诗僻涩是毋庸讳言的。

袁昶诗风的变化，与他中年后读书既多、学问益博有密切关联。冯煦《榆园杂兴诗序》云："重黎于学无不窥，左右采获，以昌其诗，搴芳树轨，益闳且肆。"[⑨] 正因他"平生博极群书，出入仙释"，[⑩]"好用道藏佛典"，[⑪] 在一定程度上决定了诗作的艰涩难解。袁昶的《宿留》诗云："墓前告誓竟何如，员石台卿远逊渠。寒夜起挑将炧煣，斋心

①　陈衍：《石遗室诗话》，第 271 页。

②　袁昶：《时参》，载《渐西村人初集》诗六，第 21 页。

③　李慈铭著，张寅彭、周容编校《越缦堂日记说诗全编》，凤凰出版社，2010，第 339 页。

④　袁昶：《莫嗔》，载《安般簃集》诗续乙，第 15 页。

⑤　袁昶：《送洪文卿阁学奉使俄德诸国》，载《安般簃集》诗续丁，第 18 页。

⑥　袁昶：《观蚕池口旧胡神祠中所藏鸟兽虫豸数百具胡巫以药絮装渍毛骨未腐植立如生亦异观也戏缀以诗》，载《安般簃集》诗续丁，第 25 页。

⑦　汪辟疆：《汪辟疆文集》，第 337 页。

⑧　陈子展：《中国近代文学之变迁　最近三十年中国文学史》，上海古籍出版社，2013，第 135—136 页。

⑨　冯煦：《蒿庵类稿》，《清代诗文集汇编》（七五七），上海古籍出版社，2010，第 210 页。

⑩　徐世昌：《晚晴簃诗汇》，中华书局，1990，第 7444 页。

⑪　钱仲联：《梦苕庵论集》，中华书局，1993，第 362 页。

懒对半残书。悬疣来日终须决,病叶经秋偶未除。纵挈鸿毛难比并,何方针孔一逃虚。"① 这首诗抒写身受为官与隐退矛盾困扰的心情,几乎句句用典,如不加诠释,一般读者不易明了其意。如末句便融会《大般涅槃经》"诸佛大身庄严,所坐之处,如一针锋,多众围绕,不相障碍"和《庄子·徐无鬼》"夫逃虚空者,藜藿柱乎鼪鼬之径"语意,借以表达远离尘世的愿望。

前述袁昶曾受老庄思想影响,而其诗风也有此痕迹。金天羽《再答苏戡先生书》说袁昶"能从山谷溯太白,而得蒙庄之神"。② 袁昶自道作诗体会云:"胸无凡语能惊俗,笔有千秋信入神。"③ 可知袁昶诗一方面萧远简淡,有天际真人之想;另一方面又矜才使气,呈斑驳陆离之状。而后者也使其诗趋于奥僻,这能在袁昶一些长篇巨制中得到印证。凌子舆评点其诗,以为《答刘默庵何霞客》"借失马一事起兴,创意精辟,造言诙奇",④《里人箑叟新示一札云云櫽括为韵语适可讽诵录而存之以铭座隅》"亦诙诡有致"。⑤ 谭献则谓其《葱岭雪山间界务未定杨荬裳侍卿宜治奋然请行戏作诗趣之》"有波谲云委之趣"。⑥ 袁昶最有代表性的奇作是《地震诗》,是诗记同治十一年(1872)维扬地震,又暗刺时政,言当时秉中枢者,如李鸿章、文祥、奕䜣、宝鋆、沈桂芬、李鸿藻等,皆非栋梁之材。该诗语言之怪诞诡谲,意思之曲折隐晦,虽卢仝、马异复生,亦不能过。钱仲联视比作"刘基《二鬼诗》所望而却步也"。⑦

---

① 袁昶:《安般簃集》诗续癸,第 5 页。

② 金天羽著,周录祥校点《天放楼诗文集》,上海古籍出版社,2007,第 798 页。

③ 袁昶:《简仲修》,载《渐西村人初集》诗六,第 3 页。

④ 袁昶:《安般簃集》诗续壬,第 22 页。

⑤ 袁昶:《安般簃集》诗续癸,第 8 页。

⑥ 袁昶:《安般簃集》诗续癸,第 7 页。

⑦ 钱仲联:《梦苕庵论集》,第 362 页。

　　以上是对袁昶诗歌思想性、艺术性所作的简单阐述。袁昶不是时代的落伍者，当然也称不上推动历史前进的先驱者。袁昶的诗留下了社会变革的投影，发出了改良的呼声，也试图走出一条诗歌的新变之路，但毕竟只是在传统的束缚下，搬弄学古套路而已。认识到这些，才能对包括袁昶在内的旧式诗人作出客观、公正的评价。

近代诗坛的后起之秀

——论许承尧《疑庵诗》

　　在近代诗坛，许承尧是后起之辈。正因为"后"，所以，随着"五四"新文化运动对旧体诗歌的冲击，他没有引起研究者的足够重视。但是，独具慧眼的评诗者尚有人在：20世纪30年代，汪辟疆撰《光宣诗坛点将录》，曾将他目为地空星小霸王周通，并称其诗"风骨高秀，意境老澹，皖中高手。"[1] 中华人民共和国成立后，钱仲联在《近百年诗坛点将录》《论近代诗四十家》等文中亦有论及，而推崇之高，令人仰慕。

　　许承尧（1874—1946），字际唐，一作霁塘，又字讷生，别署疑庵，晚号笔叟，安徽歙县人。生平为诗甚多，早年之作由陈宝琛序而增价，晚岁又重订其稿，厘为《疑庵诗》十卷、《诗续》四卷。

一

　　要正确评价许承尧的诗歌成就，首先要剖析他的政治倾句及其

---

①　汪辟疆撰，王培军笺证《光宣诗坛点将录笺证》，中华书局，2008，第347页。

在诗中的表现，而这似乎非常困难：一方面，许承尧活动的跨径相当长。《疑庵诗》编年始自光绪二十四年戊戌（1898），终于民国三十五年（1946），前后思想并不十分统一，发展中时有矛盾。另一方面，他生活在中国历史上空前复杂的社会背景中，戊戌政变后，晚清进入了政治最黑暗、最腐败的年代，保守派、改良派和革命党的互相角逐，亦更趋尖锐。辛亥革命的成功，并没有带来安定、民主，相反出现了军阀混战和各派政治力量间斗争交织的局面。这些难免导致以往论者专据一事，偏执一词，作出与许承尧思想本义不尽符合的结论。例如，曾有人以为许承尧早年热衷清朝科名、后期与陈宝琛等遗老过从甚密，并由此称其为保守派。其实，将许承尧定为保守派，实属武断。

许承尧确曾追求过科名，其《七十生日作二十四首》有这样的回忆："科举儿时尚，生当作秀才。热怜逾夏日，名喜动春雷。"而且，终于在光绪三十年（1904）中国历史上的最后一次科举中成为进士。但是，这只能说明许承尧当时对清廷尚存幻想，以及急于实现自己政治抱负的愿望。而对于黑暗的政治局面，他显然是非常不满的，同诗写道："壮耻安孤陋，因思友俊雄。出门观海水，投袂驾天风。"[1]他同情戊戌六君子，其《题康更生所为书镜后十首》之三云："海内惊呼侧目看，横刀燕市血光寒。谭林二士尤英绝，社鬼于今泪未干。"[2]他特别推尊因变法而遭杀身的谭嗣同、林旭，并对顽固派屠杀维新和革命人士的暴行痛加谴责。钱仲联《论近代诗四十家》谓："余特重其诗中多新意境，而对时事之迁变，忧愤太息无聊不平之气，往往于诗发之。如《寄庐泥饮》《沧海篇》《言天》《灵魂》《过菜市口》皆是也。"[3]许承尧集中还有《屠人二首》，与《过菜市口》同

---

[1]　许承尧撰，汪聪、徐步云点注《疑庵诗》，第343页。

[2]　许承尧撰，汪聪、徐步云点注《疑庵诗》，第158页。

[3]　钱仲联：《梦苕庵论集》，中华书局，1993，第350页。

调，他对刽子手的丧尽天良表示极度愤慨："日日言戒杀，日日复食肉。何尝无天良，所累在有欲！"而对当时百姓的麻木不仁也深感痛心："屠人屠大豕，刳腹决其首。众豕从旁观，亦有凄泪否？"① 这与后来鲁迅的小说《药》，似乎表达了同一主旨。

专横颠顸的清廷根本无视诗人善良的规劝，而以变本加厉的行动，迫使许承尧"掬水洗心除爱恋，热肠渐冷渐酸辛"，② 他终于打消了对清王朝的最后一丝幻想，投身革命，考取进士次年，便辞去翰林院编修一职，回乡办学，任新安中学堂和紫阳师范学堂两校监督。继与陈去病、黄宾虹等同盟会同志倡建秘密革命组织"黄社"。以"黄"名社，为纪念明遗民黄宗羲，取反清排满之意。许自任"黄社"理事，与吴中"南社"遥相呼应。并创办《群学》，宣扬革命主张，而吟咏之间，也不时流露革命情绪："宰屠尔所甘，畏死非壮夫。独怜荆与屈，彼亦堂堂躯。"③ 据作者自注，知比荆轲、屈原而加以讴歌者乃革命志士徐锡麟和陈天华。许承尧所为，曾衔恨于当时之保守派："光绪乙巳余创新学，为金壬劫持，几陷大戮。赖先生与沈公（曾植）力争于皖抚恩铭，得缓其事。"④

对辛亥革命的爆发，诗人倍感欢欣鼓舞，《九月记事四首》之二云："积厚凭潜力，青萍万里风。冥冥天尽墨，杲杲日初东。剑欲吹头白，烽先浴血红。倾危惊百变，瞬息未能同。"⑤ 可见，对这场改写中国历史的大风暴，许承尧早有预料，或者说是盼望已久的，因此，

---

① 许承尧撰，汪聪、徐步云点注《疑庵诗》，第10页。

② 许承尧：《岁暮词六首》，载《疑庵诗》，第19页。

③ 许承尧：《盲行二首》，载《疑庵诗》，第81页。

④ 许承尧：《怀人诗七首》，载《疑庵诗》，第194页。

⑤ 许承尧撰，汪聪、徐步云点注《疑庵诗》，第46页。

徐仁初说他"抒发了光复故国，再缔神州的夙愿和热忱"。^①而他在同时所作《酒醒六首》中，也有"楚弓应楚得，狐撱笑狐埋""神州吾故土，不产首阳薇"^②这样的诗句。与清末许多人一样，许承尧庆贺辛亥革命，在相当程度上基于汉民族的排满情绪，但是，透过这些诗篇，我们也可以知道他本是革命志士，绝非清朝之遗老。

　　在《疑庵诗》中，也确有一些与陈宝琛等人的唱和之作，但多属谈艺，同样不能据以说明许承尧转向保守。入民国，许承尧先后担任安徽都督府高级参谋，甘肃省长府秘书长和甘肃渭川道尹，这已经与那帮感叹黍离麦秀、宁可饿死首阳而不食周粟的遗老有了本质区别。此外，他在诗中对封建余孽的作祟表示了愤慨和忧虑，他批评民国后日趋保守的康有为"生平真可谥愚忠，神智消沉九死中"，嘲讽他"手稿千金悬市贵，餐薇几辈叹君贤"。^③他讽刺袁世凯"未应嘲操莽，彼亦自权奇。不是庸庸辈，乘时便尔为"，并欢呼反袁斗争的胜利："谁能管收获？且自问耕耘。我为嘉禾庆，新经一度勤。"^④而对于张勋导演的丁巳复辟闹剧，许承尧亦有诗记之："彼黍离离殷社墟，沧桑百感入微吁。先机昔已征曹鬼，妖梦今应恕杞愚。一姓再兴原不许，万方多难更谁纾？独怜白发遗臣在，毁室声中泪点枯。"^⑤如果说作者对袁世凯主要是指责他的狡诈和专擅，那么对张勋的批判，则目标在愚昧和封建。确实，复辟清王朝，使之一姓再兴，在当时不过如杞人之愚罢了。

<hr>

①　徐仁初：《疑庵诗述评》，转引自钱仲联主编《清诗纪事》（二十），江苏古籍出版社，1989，第14148页。

②　许承尧撰，汪聪、徐步云点注《疑庵诗》，第47页。

③　许承尧：《题康更生所为书镜后十首》，载《疑庵诗》，第158—159页。

④　许承尧：《未应四首》，载《疑庵诗》，第80页。

⑤　许承尧：《彼黍四首》，载《疑庵诗》，第86页。

许承尧投身反对清王朝的伟大事业，至老未悔，他晚年回首这一段往事，显得非常自得："祸闵朝衣酷，妖征国祚终。毅然捐故支，击楫气如虹！"[①]在历史的潮流中，许承尧显示了他进步的政治倾向。

二

"满眼好河山，寸寸俱锦绣。奈何付沉霾，永不返清昼。"[②]民国的建立，实现了许承尧的政治初衷。然而，中国的政治和经济状况却没有丝毫改善。当他奔走"百怪千灾道，从容叱驭还"，[③]他不但看到了满目青山，更看到了遍地疮痍，而他充任地方官的经历，又使他有机会深入底层了解疾苦，体恤下情。读许承尧入民国后的诗歌，不难发现这样一个变化——追求革命理想的激昂吟唱，已被反映社会现实的深沉感叹所取代。

民国九年（1920）十一月初七夜，诗人在甘肃定西行馆中遇上陇西大地震，劫后余生，他在诗中描绘了一派地震惨状："崖崩谷塞官路断，损耗牲畜伤氓萌。市人千余尽路宿，彻夜瑟缩心怦营"，"夫哭其妻子哭父，毙牛残砾当衢横。宿粮爬梳灶火灭，背倚败堵支寒更"。[④]百姓在残酷无情的自然灾害面前无能为力，损失深重。然而，天灾又何及人祸，连年战乱不已，人民倍受其苦，许承尧的《万国》《与家柣言灞桥遇乱兵事》《飞檄四首》诸诗，均感此而发。诗人曾借石壕村父老之口控诉民国元年的战争浩劫："去岁造共和，此地嗟麈兵。一战崤陵东，再战渑池城。奇事怵心目，千骶排纵横。旷野撑枯

---

① 许承尧：《七十生日作二十四首》，载《疑庵诗》，第343页。
② 许承尧：《题画寄陶思安》，载《疑庵诗》，第346页。
③ 许承尧：《由兰州赴京师途中杂诗二十七首》，载《疑庵诗》，第75页。
④ 许承尧：《十一月初七夜地震时在甘肃定西县行馆》，载《疑庵诗》，第100—101页。

骷，群乌日飞鸣。龙蛇既已起，鸡犬安得宁？至今闾里间，两日一食并。"言者固然悲伤之极，闻者亦凄楚不安："我闻父老言，怳立心怦怦！述之为歌谣，以俟仁者听。"① 可是，歌谣既成，仁者何在？军阀为争夺地盘，不可开交，地方官吏则乘机贪赃枉法，鱼肉百姓。民国十一年（1922）许承尧终于无法忍受种种腐败现实，因拒受赃款而愤然辞官归里，不复出仕。晚年虽穷途潦倒，甚至以鬻书自给，但他谈及这段故事，却感到心安理得："戏遣有涯生，勇为无益事。不使造孽钱，且煮充饥字"，"心安理亦得，廉惠两无伤。酒食先生馔，腾腾墨沈香"。② 时世浊沌，不失其清贫之志。当然，许承尧家乡也不是世外桃源，家居之日，诗人与百姓接触更多，对他们的痛苦也有进一步的体察，著名的新乐府《痛定篇六首》——《寡母哭》《征夫死》《县长米》《老估叹》《乡长寿》和《官拥兵》，淋漓尽致地勾画了旧中国黑暗和贫困的惨象。

许承尧早年鼓吹革命的爱国主义精神，贯穿了他的一生，他始终注意到帝国主义侵略是中国灾难的外部原因。晚年，其写于抗日战争时期的《忧旱四首》云："外患凭陵久，停辛七载过。瘥遗曾有几？生息亦无多。未敢求宽敛，那堪更荐瘥！公私俱岌岌，呵手待云何？"③ 言在叹天灾，意在写外祸。对"七七"事变后的形势，诗人忧心忡忡："老夫倚危楼，东望两眼黑。恨一蚁破堤，滔天不能塞。北方已沦丧，南事尤可惜！竟孚焦土谶，危祸压眉迫。念初战吴淞，死咋地咫尺。尽扫精锐卒，切齿抵锋镝。"但是，他热情歌颂抗战的爱国志士，更表现了积极的抗争："卫国不返顾，慷慨赴戎行。丈夫有躯干，掷去何堂堂。雷霆万钧力，誓以血肉当。扴身伺车窦，纳弹拼

---

① 许承尧：《石壕村》，载《疑庵诗》，第 52 页。

② 许承尧：《题佣书帖三首》，载《疑庵诗》，第 366 页。

③ 许承尧撰，汪聪、徐步云点注《疑庵诗》，第 350 页。

偕亡。"① 另《偶作四首》有云:"吾国终亡定不然,曙光一线在均田。救亡何道先廉耻,太息艰辛国士贤。"② 则显然受了共产党救亡主张的影响。抗战胜利的消息传出,许承尧又得《盟国制原子弹爆力雄酖敌惧乞降时八月十日也》一诗,尽管对抗战胜利原因的认识有不足之处,但是,其中流露的喜悦,几与杜甫《闻官军收河南河北》相埒。同时,无数次政治动荡的经历,使他在诗中仍未放弃对时局的担忧:"智先德不副,战祸只暂平。堤溃倘横流,凶鸷那能撄?"③ 许承尧谢世后不久,爆发的中国全面内战,便验证了他的先见之明。

三

许承尧一生奔走四方,浪迹天涯。萍踪所至,留下众多讴歌祖国大好河山的诗作。如《过严滩》三首对越中旖旎风光的描绘:"竹节滩头滟滪堆,子陵祠畔石崔嵬。卖鱼声里春江碧,无数山花笑客来。"④ 江南春天所特有的绚丽和烂漫,既富天趣,又饶人情。再如《登潼关凤凰山》所反映的北国景色:"凭临苍茫潼关道,访古双城迹已湮。蒜屋千家比鳞甲,长河一白化云烟。北横尚见中条尾,西眷微瞻太华尖。失笑昌黎亦从事,短衣盘马日高悬。"⑤ 雄奇和壮美是诗中所写之景,也是诗歌本身风格的体现,并收到了情景交融的艺术效果。《颐和园词》《后颐和园词》则写尽皇家禁苑雕琢之精致和布置之豪华,其中又不乏兴衰之叹。

---

① 许承尧:《惰民八首》,载《疑庵诗》,第 280—281 页。
② 许承尧撰,汪聪、徐步云点注《疑庵诗》,第 287 页。
③ 许承尧撰,汪聪、徐步云点注《疑庵诗》,第 361 页。
④ 许承尧撰,汪聪、徐步云点注《疑庵诗》,第 8 页。
⑤ 许承尧撰,汪聪、徐步云点注《疑庵诗》,第 55 页。

许承尧山水诗模写最多、最见魅力的还是家乡的黄山，他生于斯长于斯，由于熟悉黄山，动笔时便显得心应手。《黄山杂诗二十首》云："松乃肖石形，石亦似松族。支离不可名，鲜秀出新沐。随肩互参差，摩顶各庄肃。如聚万蛟螭，幽之于一谷。吾今抚有之，戏以儿孙畜。一笑谢黄山，不负茧吾足。"[1] 亲历黄山者，读此诗，会感到此石此松非黄山而不见。诗人造如此境界，除必需深厚的艺术功力外，还需有供细致观察、反复揣摩的客观条件，而后者正是许承尧的得天独厚处。黄山孕育了诗人，陶冶了诗人的诗情，更影响了他的诗风，汪青《疑庵诗序》犹说他"晚年居黄山，渐即萧淡，故发为诗歌，弥复闲适"。[2]

当然许承尧山水诗价值所在，更主要的一点，是他能够借景抒情，即在模山范水中抒写理想，具有浓烈的感情色彩。他早年踌躇满志，有着宏伟的抱负，在写下的大量黄山诗中反映了积极奋发的精神。光绪三十三年（1907）所作《游黄山归途中杂诗五首》云："普门神力凿巉岩，险绝莲花构石庵。欲挽沦胥了悲愿，径思持钵咒龙潭。"[3] 少年盛气，发露殆尽。再如前论其《后颐和园词》不乏兴衰之叹，至"征敛张海军，何如事娱戏？岁寒求堁户，金碧销兵气"，由眼前之景而联想到慈禧挪用海军经费修筑颐和园，而"专听召群荧，尊居遂荒恣。况逢江海决，哀诏天人弃"，则直斥清朝因此而覆亡。[4]

值得一提的是，许承尧集中还有不少咏物诗，陈宝琛《疑庵诗序》云："天运人事之俱穷，诚有足深感痛慨者。君则径情肆陈，亦或托物寓讽，要使读者按节寻求，可得其所为言之故，异于不病之呻者矣。"[5]

① 许承尧撰，汪聪、徐步云点注《疑庵诗》，第255页。

② 汪青：《疑庵诗序》，载《疑庵诗》，"序"第19页。

③ 许承尧撰，汪聪、徐步云点注《疑庵诗》，第19页。

④ 许承尧撰，汪聪、徐步云点注《疑庵诗》，第49页。

⑤ 陈宝琛：《疑庵诗序》，载《疑庵诗》，"序"第18页。

道出了许诗兼具托物言志的特点。许承尧乡中有老树一株，相传为唐时遗物，光绪二十六年（1900）八国联军进攻北京，恣意劫掠，许承尧作《诘老树》《老树对》二诗，以拟人手法，通过作者与老树的一诘一对，表达其痛苦和愤慨："吁嗟老树尔勿哈，一朝斧斤兵火来，任尔葱葱郁郁亦复摧成灰。"诗中老树显然为中国之象征，而老树对语所云："浩劫但凭天，立脚不移地。冰霜雨露平等观，区区兵火斧斤乌足避？"[①] 正是作者坚信中国不亡的内心表白，抗日战争全面爆发次年所写《观物十首》，分咏蛾、蚊、蚕、蛛、蝉、蚁、狨、狸、蛾、鸡，可作国难临头时各类人物的形象写照。其中言蝉"隐身资一叶""号呼声久枯"，是对徒唱抗日，不见行动之辈的讥刺；写鸡"引吭破沉梦""啼云曙光来"，则是对力挽民族命运的志士仁人的赞颂。[②]

　　许承尧咏物诗值得一读者，另有一些介绍自然科学知识的诗篇。愚昧和迷信笼罩下的晚清社会，许承尧能够接受被一部分人视为奇谈怪论的科学道理，并在诗中加以阐发，确实难能可贵，而这比"五四"倡导科学还早一二十年。这类诗的代表作是《言天》和《灵魂》。前者叙述宇宙的运动变化，虽参有中国传统的儒、道、佛等学说，但全诗推本世界之原，深蕴哲理，言之有据，"在我国古典诗歌内容的革新和开拓上，是一个大胆的尝试"；[③] 后者从生物属性的角度议论人类的生长发育："稚子脑未长，亦解行跂跂。神荄甫萌芽，尚未繁厥枝。渐壮渐发达，襞积岐复岐……我观各植物，实缘光热滋。"[④] 从而否定了千百年来占主宰地位的唯心主义人类学学说。当时读这样的诗，可说是在接受科普知识的教育。

---

① 许承尧撰，汪聪、徐步云点注《疑庵诗》，第4页。

② 许承尧撰，汪聪、徐步云点注《疑庵诗》，第289—290页。

③ 钱仲联选，钱学增注《清诗三百首》，岳麓书社，1985，第90页。

④ 许承尧撰，汪聪、徐步云点注《疑庵诗》，"附录一"第6页。

四

就中国古典诗歌而论，师学前人为一大特征。一意倡学古者，当然不乏模拟之迹，而言变化创新者，也难脱规范。因此，要论述许承尧诗歌之艺术特色，必须先了解其诗歌的宗趣所在。

在《疑庵诗自序》中，许承尧有一段颇为清晰的表白："余为诗，初爱长吉、义山，继乃由韩入杜，冀窥陶、阮，于宋亦取王半山、梅圣俞、陈简斋。明清二代，时复旁撷。无偏嗜，故无偏肖。因时变迁，惟意所适，取足宣吾情，自娱悦耳。"[①]同光之际，诗歌流派纷呈，择其要者：或倡言汉魏六朝，如王闿运、邓辅纶辈，称湖湘派；或推尊盛唐，如张之洞、樊增祥辈，称盛唐派；或模仿西昆，如李希圣、曾广钧辈，称晚唐派；或标榜不专宗盛唐，实力学宋人，如陈三立、陈衍辈，称"同光体"。而许承尧所谓"无偏嗜，故无偏肖"，似乎在清末众多的诗学流派中自处于一个不偏不倚的位置，许承尧列举他推崇的诗人，也囊括汉魏至唐宋各代。

但是，我们根据他人的论述，以及诗人流露于自己笔端的倾向，可以断言，许之诗学宗趣实与"同光体"相近。陈衍在《石遗室诗话续编》中谈到："疑庵诗最为吾乡陈弢庵、何梅生、李次贡三人所深赏。余为君作诗序及之，并言君诗即酷似三人之诗，能兼其长。"[②]陈宝琛、何振岱、李宣龚都是"同光体"诗人，这在汪辟疆《近代诗派与地域》一文中叙述甚明。而许承尧在《疑庵诗》中对他们诗歌的赞赏也比比皆是。《怀人诗七首》论陈宝琛："一代中朝宿，千诗薄海传。"论何振岱："绝代论诗格，如君叹庶几。"[③]又《寄拔可（李宣

---

① 许承尧：《自序》，载《疑庵诗》，"序"第21页。
② 陈衍著，钱仲联编校《陈衍诗论合集》，福建人民出版社，1999，第692页。
③ 许承尧撰，汪聪、徐步云点注《疑庵诗》，第195页。

龚）》云：“文章到真境，刻意成苍坚。”① 而对“同光体”的其他一些重要诗人，如沈曾植、袁昶、陈三立、陈衍等，许承尧也给予了高度评价。

当然，说其诗学宗趣与“同光体”一致，更主要表现在诗学主张上的吻合。首先，陈衍论诗有“三元”之说，即诗歌应该取径上元开元、中元元和、下元元祐。所谓下元元祐，自然是以黄庭坚为代表的江西派，而上元开元与中元元和，陈衍明言是“开、天之少陵、摩诘，元和之香山、昌黎”。② 许承尧崇尚杜甫，自不必说，因为杜甫以后几乎无人不言学杜诗者。而《疑庵诗》中对白居易、韩愈的高度评价便可窥见其学诗路径。他以“偶吟元白句，字字能清真”，③ 来推尚白居易。言人诗，有“高吟白乐天，晚岁愈凄异”之说，④ 言己诗，有“敢拟香山老居士，自歌自哭又逢春”之句，⑤ 可算是处处以白居易为楷模。许承尧于韩愈称：“生平最爱赏，实数昌黎诗。坦然逞胸臆，浅率愈崛奇。”⑥ 至于元祐诗人，许承尧虽未直言学黄庭坚，然前文所引“于宋亦取王半山、梅圣俞、陈简斋”一句，即可明了其对江西派诗人之态度，因为梅被后人视作开江西派之先声者，而陈则与黄庭坚同列江西派三宗。

其次，江西派论诗规模陶渊明，黄庭坚多有论述。“同光体”步江西派后尘，也将师法对象推到陶，陈三立《漫题豫章四贤象拓本》陶渊明首云：“此士不在世，饮酒竟谁省？想见咏荆轲，了了漉巾

---

① 许承尧撰，汪聪、徐步云点注《疑庵诗》，第232页。
② 陈衍：《剑怀堂诗草序》，载陈衍撰，陈步编《陈石遗集》，福建人民出版社，2001，第523页。
③ 许承尧：《水南三叟诗寄澹甫笃庵辅钦》，载《疑庵诗》，第274页。
④ 许承尧：《题张勋老霭宅诗后》，第229页。
⑤ 许承尧：《壬午除夕四首》，载《疑庵诗》，第336页。
⑥ 许承尧：《和鞠卣论诗六首仍次前韵》，载《疑庵诗》，第157页。

影。"① 许承尧自言"间窥陶阮",并在《山居杂诗十首》《由杭归歙途中杂诗五十五首》和《读程顼诗》中论及陶渊明时,均表祈向之心。特别是其《怀古人诗四首》有云:"陶潜非忘世,龙德世谁知? 坐使嵚崎人,迟暮常苦饥"。② 这与陈三立肯定陶渊明诗作与政治相关、是愤世而非出世的观点相一致。

再次,"同光体"诗人高张学人之诗和诗人之诗合一的旗帜,以此评判清代诗人。陈衍《近代诗钞》云:"有清一代,诗宗杜韩者,嘉道以前推一钱萚石侍郎,嘉道以来,则程春海侍郎、祁春圃相国,而何子贞编修、郑子尹大令皆出程侍郎之门,益以莫子偲大令、曾涤生相国。诸公率以开元、天宝、元和、元祐诸大家为职志,不规规于王文简之标举神韵,沈文悫之主持温柔敦厚,盖合学人诗人之诗二而一之也。"③ 许承尧《读郑子尹巢经巢诗江弢叔伏敔堂诗书其后四首》,比较郑、江二家诗:"经巢谒少陵,谈笑径入室。伏敔昵东野,絮语喜接膝。经巢如老梅,古香发盘郁。伏敔如晚菊,寒姿泫霜日。"④ 并声言"吾尤嗜经巢",他之所以对陈衍奉为大纛的郑珍也如此偏爱,究其原委,就在郑诗"万卷满而溢",富于书卷气,这与"同光体"诗恰气味相投。

不过,我们也不能据此断定许承尧完全囿于"同光体"之诗说,他也有偏出之处,譬如"同光体"诗人对王士禛颇有微词,许则多有赞辞。他自称"渔洋冶春篇,昔颇数回读",⑤ 他批评题诗不满渔洋

---

① 陈三立著,李开军校点《散原精舍诗文集》(增订本),上海古籍出版社,2014,第119页。

② 许承尧撰,汪聪、徐步云点注《疑庵诗》,第222页。

③ 陈衍编辑《近代诗钞》,商务印书馆,1935,第1页。

④ 许承尧撰,汪聪、徐步云点注《疑庵诗》,第153页。

⑤ 许承尧:《得明清间乡人遗墨分装之各系二诗二十首》,载《疑庵集》,第205页。

的夏敬观"酒边善谑取相娱，何必申申似女婆"，[①]认为江春和程晋芳"诗各有风致"，"用意如渔洋"，[②]"风致"二字，是王士禛神韵说的精髓所在，许承尧也以此要求"同光体"诗人在着重于炼字造句的同时，不能破坏诗歌的风韵，因而他说："论诗我亦解梅酸，棐取韩豪与孟寒。春泪晚枝仍不恶，嫣然权当女郎看。"[③]其意在调和"神韵说"和"同光体"。

五

许承尧诗学宗趣与"同光体"相近，固然说明他注重学古，强调从前人的艺术创作中发掘吸收养料，另外也是许承尧力图在学古基础上形成自己独特诗风的佐证。陈衍鼓吹"三元"说，云"宋人皆推本唐人诗法，力破余地耳"，[④]所谓"推本唐人诗法"，就是学古，而"力破余地"，则是变古而开辟新境，自成新貌。南社著名诗人林庚白本与"同光体"有隙，但对"同光体"学古而能化古这一点却有所肯定："郑珍、范当世、郑孝胥、陈三立，虽囿于古人之藩篱，犹能屹然自成其一家之诗。"[⑤]

许承尧在艺术上的自成一家，主要是撷取了"神韵说"和"同光体"之长后，融会成了其高远的诗风，也就是汪辟疆所说"风骨高秀，意境老澹"。[⑥]

---

① 许承尧：《题王渔洋手书诗稿后五首》，载《疑庵集》，第228页。
② 许承尧：《题所得乾隆时人汪晴崖听秋图》，载《疑庵集》，第201页。
③ 许承尧：《题王渔洋手书诗稿后五首》，载《疑庵集》，第228页。
④ 陈衍：《石遗室诗话》，朝华出版社，2017，第10页。
⑤ 林庚白：《今诗选自序》，载《丽白楼自选诗》，开明书店，1946，第92页。
⑥ 汪辟疆撰，王培军笺证《光宣诗坛点将录笺证》，上海古籍出版社，2008，第347页。

　　造成许承尧诗风高澹的原因，首先是诗情真切。许承尧写诗立足在"因时变迁，惟意所适，取足宣吾情，自娱悦耳"。故自称其诗一如"劳者歌"，"生平哀乐，略见于是"。[①] 无论记叙国家时事，还是抒写朋辈交谊，均能出自肺腑，不蹈袭古人。其《念梅叟二首》，围绕思念好友何振岱，抒发了诗人处抗日激战之时，抱平安度日之望的真情，第一首写道："举目惊烽火，悬心望报书。数旬无一字，近状复何如？或已支行榻，多应弃故庐。茕茕持老恙，残喘祝能余。"[②] 浮思联翩，一唱三叹，以多种手法渲染对友人的怀恋之情。一般以为此诗脱胎于杜甫《春望》，而许承尧的高明更在用自己的心声发杜甫诗意，切时切境。就其诗歌情真意切的特点而言，许承尧较"同光体"诗人还高出一筹。

　　善于以平淡之景出奇崛之情，是许诗自成风貌的又一关键。其《灞桥》云："折尽长条与短条，西风斜日柳飘摇。迷濛尚有唐时泪，自古销魂是此桥。"[③] 首二句，写离别时常见之景，信手写来，漫不经意，但与后二句一接合，就给人以突发奇思的感觉，眼前景与"唐时泪"巧妙联系，超时空地托出自古以来种种离愁别恨，并暗示作者或思乡或怀友的"自苦"心绪。此诗正可谓"皆人人心理之公，而究为人人所不能者"。[④] 这种平淡之中见不平凡的手法，尤突出运用于许承尧写景诗。他晚年居黄山，作《光明顶》云："蹑仗光明顶，飘然一老夫。万峰俱肃立，元气与相扶。奇秀抢髯得，苍茫振臂呼。百年何鼎鼎，珍重此须臾。"[⑤] 又《出山》云："壮怀怜伤意，

---

① 许承尧：《自序》，载《疑庵诗》，第21页。

② 许承尧撰，汪聪、徐步云点注《疑庵诗》，第320页。

③ 许承尧撰，汪聪、徐步云点注《疑庵诗》，第56页。

④ 高寿恒：《疑庵诗序》，转引自钱仲联主编《清诗纪事》（二十），第14141页。

⑤ 许承尧撰，汪聪、徐步云点注《疑庵诗》，第332页。

去如鹰脱鞲。此游诚倦矣，他日更来不？鉴此捐灵窟（此行未至松谷），观迁悟幻楼。故庐堪抱膝，一壑敢轻谋！"[①] 笔下黄山之崄峻，恰为此山所独有，又为他人所未言。而诗人登山奇情，也在文从字顺中透出。故汪青评其黄山之作，称其"晚年居黄山，渐即萧淡，故发为诗歌，弥复闲适。然于淡远之中，时有嵲兀之致，神采峿峿，几使人手不可扪"。[②]

许承尧还通过炼字造句来追求高远的诗意。炼字造句是"同光体"学江西派的重要内容之一。许对自己的推敲苦吟并不掩饰，甚至有些沾沾自喜："苦吟不得谀，客嘲吾亦乐。本未食马肝，胡劳转蓬脚？"[③] 而他对别人的苦吟亦加褒扬："君诗镵刻破余地，浅睨微呻俱有意"，[④] "垂老意未衰，喜君犹能诗。捻断髭几茎，出语乃尔奇！"[⑤] 但是，"同光体"诗人诸如陈三立，其炼字造句主要在多用生僻字，以形成艰涩的诗风。而许承尧则通过字词搭配的选择，使原来平易的诗句收到"点铁成金"的艺术效果。其《寄剑平》云："秋来闲煞故人情，剩有凉阶梦味萦。苦恨吟秋传好咏，牵牛蔫尽子初生。"[⑥] "闲煞"二字，在诗中似略显生硬，但细细品味，则不仅描述了作者秋来乡居的百无聊赖，同时烘托出思念故人的急切。这就是许承尧诗作炼字的奇效。

以上是对许承尧诗歌主要艺术特色的大体勾勒。许承尧诗风的形成乃是其毕生艺术追求的结果，我们还须在近现代诗歌的进一步研究中，进行更深入地探讨。

---

① 许承尧撰，汪聪、徐步云点注《疑庵诗》，第332页。

② 汪青：《疑庵诗序》，载《疑庵诗》，第19页。

③ 许承尧：《和鞠卣论诗六首仍次前韵》，载《疑庵诗》，第157页。

④ 许承尧：《答李骏孙》，载《疑庵诗》，第237页。

⑤ 许承尧：《寄汪鞠卣六首》，载《疑庵诗》，第154页。

⑥ 许承尧撰，汪聪、徐步云点注《疑庵诗》，第220页。

曾广钧与《环天室诗集》

曾广钧（1866—1927），字重伯，号馺庵，又号伋安，别署中国之旧民。湖南湘乡人。光绪十五年己丑（1889）进士，授翰林院编修。甲午战争后，官广西知府。有《环天室诗集》五卷、《后集》一卷，宣统二年（1910）刊行。又有《外集》《支集》各一卷，分别载《学衡》第32期和第35期。他是近代一位重要诗人。汪辟疆《光宣诗坛点将录》以天巧星浪子燕青当之，钱仲联《近百年诗坛点将录》则以天慧星拼命三郎石秀当之，可见其地位之重要。本文试对曾广钧及其《环天室诗集》作一些简单的介绍和评述。

一

作为曾国藩之孙，曾广钧对奕䜣、李鸿章、左宗棠、潘祖荫等所谓"咸同中兴功臣"，执礼甚严。在《环天室诗集》中，寿诗挽章连篇累牍，且多有溢美之词。因此，过去对曾广钧其人其诗的评价，多持贬斥的态度。其实，除了结交比较保守的老辈，曾广钧也与许多思想新异的维新派人物交好。他与梁启超、文廷式、黄遵宪、陈三立等均有酬唱之作。其《与梁任甫》诗云："近闻南海饶奇士,尽欲因君得往还。"[1]而黄遵宪《酬曾重伯编修》诗之一云："废君一月官书力,读我连篇新派诗。风雅不亡由善作,光丰之后益矜奇。文章巨蟹横行日,世变群龙见首时。手撷芙蓉策虬驷,出门惘惘更寻谁?"[2]也隐然引曾广钧为同路人。

曾广钧复杂的交往,是其思想同样比较复杂的反映。

自龚自珍、魏源提倡公羊学"经世致用"的精神后,近代维新派人物继承了这一旗帜。公羊学在当时已成为新旧之分的标志。那么,曾广钧对此的态度如何呢?在《环天室诗集》中有《读公羊绝句》十一首,全面阐述了他对公羊学的看法。其一云:"天人相接理精微,禘祖郊天示不疑。阙里不持无鬼论,非愚黔首乃真知。"[3]这是曾广钧对《春秋公羊传》的总的评价。所谓"天人相接理精微",可见他是充分肯定的。而其四云:"遍刺诸侯责备贤,一空凡圣扫群仙。不徒五霸为羞道,大抵三王未泊然。"[4]则又赞叹公羊学讲求微言大义和经世致用的精神。

平心而论,对公羊学的褒贬,毕竟只是具有浓烈政治色彩的学术思想分歧。要真正认识曾广钧政治思想观的进步、落后甚至反动,必须考察他对维新运动的看法。通过《环天室诗集》,我们可以对此勾勒出一个大致的轮廓。

清末的维新运动,一言以蔽之,就是学习西方。他们所做的事,一是宣扬西方新异的思想,二是提倡西方先进的科技。洋务派只赞成后者而反对前者,与维新派相左,也因此与保守派产生矛盾。曾广钧

---

[1]　曾广钧:《环天室诗集》卷四,宣统二年刻本,第13页。

[2]　黄遵宪著,钱仲联笺注《人境庐诗草笺注》,上海古籍出版社,1981,第762页。

[3]　曾广钧:《环天室诗集》卷五,第7页。

[4]　曾广钧:《环天室诗集》卷五,第7页。

与"咸同中兴功臣"及当时一般名宦交往，在诗中赞美他们，主要着眼他们推行洋务这一点，即肯定他们提倡运用西方先进的科技。在武昌花园山的一次诗人聚会上，曾广钧曾作一首吟咏新建的粤汉铁路的长诗献给张之洞，在这首诗的诗题中，他谈到："收还此路非独关东南衰盛，实黄种存亡所系。"① 而其《合肥相国属试火车至塘沽口占》云："缩地神通出西极，夺天大巧创东行。仁王护国金轮固，圣相筹边铁骑精。骥子鱼文惭后劲，虎皮鸳兽载前旌（进止车以红蓝白色旗为号令）。要求周道平如砥，当筑铜鞮达洛京。"② 此诗作于光绪十五年（1889），是时火车在中国尚属新鲜事物。作者在充满新奇和神秘感中大加礼赞，难能可贵。再如其《论矿赠邹沅帆代钧》一诗，又大谈特谈采矿之重要："湘煤湘铁遍寰宇，黄金可使贱如土。"③

但如果因此而把曾广钧目为洋务派，那是不符合实际的。因为曾广钧对西方的新异思想同样是倾心的。其《和侍郎伯次韵答王壬丈》诗中有云："六经以外非无学，九海区中别有人。往复赪书释诸子，征求西说证奇新。"④ 而他在《于长沙奉送端尚书奉使西欧列国考求宪法》诗中所表现出的欢欣鼓舞，则是一般倡导"中学为体，西学为用"的洋务派所不可能具有的。并且，当维新党人在湖南"筹办新式水陆交通、开矿、设武备学堂、练民团，又设南学会，出版《湘

---

① 曾广钧：《在武昌花园山粤汉铁路诸公张雨三祖同席沅生汇湘易实甫顺鼎寓焉余九日十一诣之排日置酒赋诗以采菊东篱下悠然见南山为韵余分韵得悠字诸公咸为短篇余独以为收还此路非独关东南衰盛实黄种存亡所系其间始谋终事远虑毅力皆少保南皮公一人之力方事之殷变幻危险首尾五年文电数百万言惟余知之最详不可无大纪之乃以一百二十韵献南皮专言此路之重欣收复之美云》，载《环天室诗后集》，宣统二年刻本，第18页。

② 曾广钧：《环天室诗集》卷四，第6页。

③ 曾广钧：《环天室诗集》卷二，第12页。

④ 曾广钧：《环天室诗集》卷四，第4页。

学新报》及《湘报》，湖南成为全国最富朝气的一省"①时，曾广铨实参与其事。其民国后所作《天运篇赠湖南水利局长邹价人湘江道尹向乐谷兼寄谭组安督军李佑芝明府》一诗，对此有所忆及："一别湘州事势新，其间岁月颇嶙峋。前辈将才余几个，义宁孤立古君臣。我时谒告游巡署，日接黄（遵宪）梁（启超）一辈人。健者谭（嗣同）唐（才常）时抵掌，论斤麻菌煮银鳞。廖（树蘅）梁（焕奎）诗伯兼攻矿，一洗骚人万古贫。沅水黄（忠浩）熊（希龄）来应梦，双珠（朱萼生、鞠生兄弟）盐铁佐经纶。"②显然，他是怀着兴奋的心情在回忆往事。

而曾广钧对于戊戌政变所持的态度，也可以说明他属于维新派，至少对维新党人极端同情，尽管他此时身在千里之外的广西任知府。他有《怀任公》一诗："海外鹍鹏怀鸑鸠，蟪蛄朝菌各春秋。多君诗界新无敌，容我潮音擅一沤。难与浏阳争甲首，况闻巨子泛辛头。嗟余五岳嶙峋气，偃蹇中原过十愁。"由于梁启超流亡海外，因此，他没有机会把这首写在戊戌变法失败之后的诗作寄给梁启超，而是书写在另一友人狄葆贤的扇面之上。虽然梁启超此时遭清廷通缉，曾广钧还是在诗中表达了钦佩和怀念，比之海外鹍鹏。而对谭嗣同，他更是崇敬不已，这是需要勇气的。难怪当梁启超读到此诗后，直叹："故人拳拳之意，致可感也。"③

二

晚清政局风起云涌，动荡不安。究其原委，一是围绕着国内政

---

① 范文澜：《中国近代史》，人民出版社，1955，第301页。

② 曾广钧：《环天室诗支集》，民国初年环天室铅印本，第36页。

③ 梁启超：《饮冰室诗话》，人民文学出版社，1959，第74页。

治制度改革引起的斗争，另一则是外国列强入侵中国所造成的战争。在前者问题上，曾广钧倾向维新，对待后者，他是爱国主义者。

中日甲午战争爆发后，曾广钧随李光久率湘军赴辽东增援，因此得以参与军事。其诗中叙述最多的是牛庄之役。对于中国军队的英勇奋战，他曾热情讴歌："苦为朝廷争一角，共知飞将突围来。连春七战殷犀甲，夺阵双旌脱鳄腮。汤寿几冤云蔽日，娲皇垂问雪惊雷。我驱千骑迎残卒，犹惨辽河清角哀。"[①] 对于因指挥失当而造成的失利和伤亡，他也有沉痛的感叹。牛庄战败，提督谭桂林以身殉国，谭桂林向他所借百名炮兵只有二十六人生还，其中伤重仍死者有七人，伤轻残废者又有四人，目睹惨状，他赋诗哀之："将军殉国兵殉主，楚人忠义懔千古……兵头老铁尔何酷，杀敌不成身衅鼓。岂无诸葛制连珠，亦有将军号强弩……小雅群材脑沙漠，残兵廿六血杵橹……何日修门礼国殇，祠堂肃穆神灵雨。"[②] 最使曾广钧感到难受的，是战争失败后残兵败将对百姓的骚扰："路旁量蕉万蚁僵，头上飞丸饿鸱叫。妇人负色组垂颈，孺子何辜血殷窍？"对此，作者感情激越："见此令人悲战场，不教而诛岂天道？将军不守爱民歌，何堪谬应勤王诏？"他严厉惩处了这些遇敌如鼠、遇民如虎的溃兵："横刀怒搤倒潮兵，且免流波洗燕赵。"[③]

"降敌将军化鹤归，和戎丞相排鸾去。"[④] 战争失败后清政府屈膝求降的卖国行径，令曾广钧气愤。无可奈何之际，他在诗中宣泄了内

---

① 曾广钧:《以军事交李健斋》，载《环天室诗集》卷四，第30页。

② 曾广钧:《谭提督桂林有格林炮四尊从余假炮兵百人牛庄之败谭君殉焉百人者生还二十六人其中伤重仍死者七人伤轻残废者四人惨极哀之》，载《环天室诗集》卷二，第10页。

③ 曾广钧:《督队抵双台子是日见湘豫溃兵四五万人焚劫为食余策马弹压诸君始能收队》，载《环天室诗集》卷二，第10页。

④ 曾广钧:《读藏园诗有感》，载《环天室诗集》卷二，第16页。

心的痛苦，《次韵题李介人篋即送其之西征幕》《次韵江少谷》《以军事交李健斋》等篇中每每咏及。当然，不足之处是他对李鸿章与日人订《马关条约》来收拾残局表示了谅解。落后就要挨打，腐败保守则会不经打。对曾广钧而言，他参与了战事，实在是无可奈何。

　　庚子事变亦是曾广钧亲身经历过的大事。通过《环天室诗集》，可以窥见他对事变的态度。首先，对慈禧等借机、借刀翦灭异己的阴谋，曾广钧在诗中有所揭露并深表反对。在知道事变发生后，他就一直关心着光绪皇帝——这位维新派偶像人物的安危，因为在这以前就已传说慈禧欲废皇帝。曾广钧当时作有《闻各国已合军趋京师忧危杂言六解》一诗，自叙"忧武卫军未必能守，因上缓急六策于黄植廷中丞、李勉林方伯兴锐"。急策二曰：车驾宜速巡狩，或漠北，或青海，愈趋陆路艰远之地愈善。曰：天子自将一军以防意外。"① 在这首诗中，也传达出了作者得知光绪皇帝已驻跸怀来消息后的欢欣鼓舞。而对被慈禧趁乱残杀的珍妃，则深为哀悼。集中有《庚子落叶词》十二首，均因此而作。狄葆贤《平等阁诗话》誉之曰："摹玉溪之妍辞，继谢家之哀诔。"② 袁祖光《说元室述闻》也称其"尤为哀艳，未尝为孝钦少讳"。③ 正因为锋芒直指慈禧，所以此组诗最早以其侧室华金婉名传之于世。

　　其次，对八国联军的入侵给京畿一带百姓带来的灾难，曾广钧也根据自己的见闻加以反映。他在广西听到八国联军入京的消息后，不无忧虑地感叹道："周室衰微，四夷交侵，敌骑必入京师。战士不能战，又不能守，徒使北方民之弱者捐沟壑、负创痍。悲哉北方，北方

---

① 曾广钧：《环天室诗后集》，第 1 页。

② 狄葆贤：《平等阁诗话》，西北大学出版社，2019，第 9 页。

③ 袁祖光：《说元室述闻》，见吴士鉴等著《清宫词》，北京古籍出版社，1986，第 194 页。

良可悲。"① 而当他赴北京路经通州见广西同僚王芝祥故宅已片瓦无存，他有诗云："但添战伐新残垒，无复人家近水楼。华屋重来无片瓦，主人作吏在横州。"② 北京城内等待他的更是一片狼藉："祖帐东郊旧客星，劫余风景太伶俜。承平鸡犬留遗少，衢路乌鸢啄食腥。禾黍甚穰人甚瘠，茱萸非醉我非醒。合留凋壤供宸览，莫骋涂鞯误在庭。"③

三

曾广钧自署"中国之旧民"，辛亥革命后又寓居上海，与一般遗老酬唱往还，过从甚密。因此，过去的研究者亦多以遗老目之。其实，这是缺乏根据的。

"旧民"之号，最早见梁启超《饮冰室诗话》："在楚卿箧上见有曾重伯广钧见怀之作，自署曰中国之旧民。"④《饮冰室诗话》是梁启超戊戌政变后流亡日本所作，最初连载于 1902 年至 1907 年的《新民丛报》上。曾广钧之所以自署"旧民"，是因为见清末政治腐败、国力衰极而心生失望，并非出于对清廷的留恋。事实上，曾广钧对革命党人是抱有希望并充满同情的。秋瑾早年侍父宦居湖南时，曾随曾广钧学诗。曾广钧现存咏及秋瑾的诗篇凡二首，均作于辛亥革命之后。其中对秋瑾的赞美，溢于言表。如《和秋璇卿遗墨》云："蕊珠仙客白鸾衫，云笈流传碧玉簪。残锦仙机唐韵府，练裙家法卫和南。沧波并叹人琴逝，光岳长留鬼斧镵。一样井华埋铁史，千年碧血在瑶函。"⑤

---

① 曾广钧：《环天室诗后集》，第 1 页。

② 曾广钧：《九日到通州过王铁珊芝祥故宅无片瓦》，载《环天室诗后集》，第 7 页。

③ 曾广钧：《驱车入东便门》，载《环天室诗后集》，第 7 页。

④ 梁启超：《饮冰室诗话》，第 74 页。

⑤ 曾广钧：《环天室诗支集》，第 10 页。

所谓秋瑾遗墨，指其所作《赠曾筱石夫妇并呈毅师》。曾广钧在是诗自序中称："时正中日战后，师夷舰熠，而江海市场，繁华日盛，璇卿新嫁，赀妆过十万，池馆甲潭州，乃系怀家国，情见乎词，知其初心不减少陵忠爱。及后绝望，乃谋舍身救世，芳心曲折，竟陷王难，尤可悲也。"[①] 而其《过昭潭经秋璇卿故宅》诗亦有云："红粉两仪生间气，蛮靴万里便鲸涛。兰亭血绣苔科斗，镜水坟荒草孟劳。"[②]

同样，曾广钧对辛亥革命也是理解和支持的。武昌起义爆发后二十余日，他在长沙登天心阁，有诗云："海鹤存亡六十秋，西风独上驿南楼。马殷霸业同残照，崔颢佳篇在上头。倏忽陵风朱点鲤，须臾失势白符鸠。秦丝已应柯亭尾，何止骊珠得益州。"[③] 据钱仲联《梦苕庵诗话》诠释，三句指张之洞，四句指武昌起义，五句指黎元洪，六句指庆亲王奕劻，八句指辛亥七月四川成立保国同志会，反对清政府宣布铁路国有。都是客观的叙述和描写，并不见袒护清廷，更无依恋之处。相反，他以骊珠比革命党人，倒是有褒扬的感情色彩。而且《哀江南》诗："虎踞龙盘地宛然，孝陵鬼语痛降船。"[④] 则揭露了当时南北和议、袁世凯夺取革命果实等事。

最能说明曾广钧倾向革命的，是他曾作《纥干山歌》讽刺张勋复辟。这场闹剧，几乎纠集了所有遗老，包括那些在上海与曾广钧日相往还者，如沈曾植、陈曾寿等。曾广钧此诗以美人香草之词，寓隐文谲喻之义，表现了中国近代史上这起重大事件，堪称诗史。如"老子西行去不回，山人南海闻风起。寺主鸳央且等闲，侍郎碧落先除拟。一经两海旧封疆，八座三貂议宪章。广召散仙登秘殿，还将一赍

----

① 曾广钧：《和秋璇卿遗墨并序》，载《环天室诗续集》，第9—10页。
② 曾广钧：《环天室诗续集》，第9页。
③ 曾广钧：《辛亥九月十一日登天心阁》，载《环天室诗续集》，第9页。
④ 曾广钧：《环天室诗续集》，第9页。

宠华阳"一节，讥遗老粉墨登场，春秋笔法，贬褒自在其中。再如
"舞经泪眼损横波，酒入愁肠蹙眉妩。此错原非铸六州，重来未必无
三户。精卫虽填尚绿波，重华不见空瑶圃。当时不杀任蛮奴，至今枉
恨韩擒虎。黛谢红零觅赏音，人间只有稽延祖"，更是写尽他们庸妄
荒诞之丑态。[1]

如果说曾广钧在民国后仍然愁肠未舒，主要是因为帝制虽被取
消，但政治依旧黑暗，社会依旧腐败，民生疾苦依旧充斥诗人耳目。
其诗笔屡屡触及于此。如《山寺》云："霜日寺门苦，炊稀清磬长。
风萍摇犬影，晴瓦乱鸦光。法义求贫子，年华问匿王。儒门原淡泊，
寥落几羲皇？"[2]再如《茅屋》云："老叟立茅屋，负暄贪冷晖。雪催
残槿尽，风逼败萝飞。车脚故堪爨，露葵犹自肥。中庭有骑客，遮莫
笑无衣。"[3]确实，连年的军阀混战，既耗费了大量的社会财富，又使
百姓生活无法安定，这与晚清别无二样。

四

近代湘中诗坛，王闿运、邓辅纶的出现为一大关捩。他们高言
复古，倡导汉魏六朝诗，特别是王闿运，撰《湘绮楼说诗》，以其完
整的理论影响了湖南一带的诗歌风尚。汪辟疆即言："当湘绮昌言复
古之时，湘楚诗人，闻风兴起。"[4]因而形成了所谓湖湘派。曾广钧与
邓辅纶、王闿运关系都很密切，《环天室诗集》中和他们的赠答之作
屡见不鲜。曾广钧幼年曾随王闿运学诗，受其赏识，《湘绮楼日记》

---

① 曾广钧：《环天室诗支集》，第42—43页。

② 曾广钧：《环天室诗支集》，第11页。

③ 曾广钧：《环天室诗支集》，第12页。

④ 汪辟疆：《近代诗派与地域》，载《汪辟疆文集》，上海古籍出版社，1988，第296页。

光绪八年（1882）十月十六日记有云："曾郎送诗，共看赏之，以为今神童也。"[①] 因此，曾广钧受湖湘派的影响是不言而喻的。王闿运《湘绮楼说诗》就说："看曾皈庵诗，浸淫六朝，格调甚雅，洣中又一家也。"[②] 后题《环天室诗集》，又谓其"蕴酿六朝三唐，兼博采典籍，如蜂酿蜜，非沉浸精专者不能"。[③]

但是，曾广钧自有其家学渊源。其祖曾国藩是近代宋诗运动的倡导者，论诗推重黄庭坚，而将黄庭坚与李商隐调和。李希圣日后对此作出评定，以为"曾侯老眼分明在，解道涪翁学义山"。[④] 所以，与王闿运恪守汉魏六朝有所不同，曾广钧诗能够兼学李商隐和黄庭坚。汪辟疆《光宣诗坛点将录》就说他"奥缓光莹称此词，涪翁原本玉溪诗。君家自有连城璧，后起应怜圣小儿"。[⑤] 当然，与曾国藩也有不尽相同之处，这就是曾广钧更致力于取径李商隐，故汪辟疆虽将曾广钧列入湖湘派，但又说他"始终为义山，沉博绝丽，又出入于牧斋、梅村之间"。[⑥]

此外，曾广钧在与诗界革命诗人诸如黄遵宪、梁启超以及"同光体"诗人诸如陈三立、陈衍的交往中，也受到了他们的一定影响。前面我们已谈到黄遵宪赠诗曾隐然引其为同路人。而曾广钧光绪十一年（1885）赠文廷式的诗中称"义宁陈兄（三立）有奇策"，[⑦] 以后怀

---

① 王闿运：《湘绮楼日记》，岳麓书社，1997，第1153页。

② 王闿运：《湘绮楼说诗》，载《湘绮楼诗文集》（四），岳麓书社，1996，第2324页。

③ 王闿运：《环天室诗集题辞》，载《环天室诗集》卷首。

④ 李希圣：《题山谷集》，载《李希圣集》，华东师范大学出版社，2011，第6页。

⑤ 汪辟疆：《光宣诗坛点将录》，载《汪辟疆文集》，第370页。

⑥ 汪辟疆：《近代诗派与地域》，载《汪辟疆文集》，第295页。

⑦ 曾广钧：《乙酉十月赠文道希孝廉将由江南入畿辅》，载《环天室诗集》卷二，第3页。

陈三立诗，又说"相逢日下陈公子，来读鲛绡帕上诗"，[①] 他们切磋诗艺，互相的感染是不可避免的。其《次韵冒鹤庭赠陈叔伊因题陈著元诗纪事后》就云："论诗常恨无周谱，喜得因君获导师。"[②] 这种"转益多师"的学诗态度，使曾广钧的诗歌达到了较高的艺术境地。

首先，曾广钧诗歌笔力雄浑，境界开阔。这不同于湖湘派一般诗人意境恬淡的特点，更没有晚唐派一般诗人重辞藻而少风骨的通病。如其《阳朔舟中寄刘谷怀》诗云："武慎勋名照百蛮，我来访古悼河山。桓文霸业埋芳草，景武功臣继将坛。纵酒须教三日醉，尝羹先遣两姑欢。雍门古调无人识，不遇钟期莫便弹。"[③] 不论是从时间，还是从空间来看，跨度都相当大，从中又寄托了豪迈的情绪，作为一首怀人诗，博大精深的气势在当时罕见其俦。因此，王闿运《环天室诗集题辞》谓："湖外数千年，唯邓弥之得成一家，重伯与骖而博大过之，名世无疑。"[④] 而狄葆贤说"余浏览近人佳句，有动魄回肠而不能自已者，摘记之于此。悲慨则……曾重伯'上寿百年能几日，芳春三月未还家'。"[⑤] 也是就此而言。

其次，曾广钧诗歌浓丽绝艳，词谲意曲。如果说他对以黄庭坚为代表的江西诗派不愿苟合，主要是反对他们的以文为诗而缺乏诗意。他说游智开诗格奇，就是因为游诗"上采八代下及三唐，严杜宋贤以文为诗及西江拗体之弊"。[⑥] 曾广钧《游仙诗和璧园艳体》四首，

---

① 曾广钧：《由上海赴威海乘坐北洋经远兵轮适罗伯坚郑蕉农袁叔荑三孝廉皆自福州来同轮赴会试天涯旧雨忽漫相逢时遇飓风海浪如山几案皆浮夜不能眠燃电灯吟诗三君既各有赠答之篇辄依韵以供覆瓿并怀京师萧希鲁陈伯严》，载《环天室诗集》卷五，第6页。

② 曾广钧：《环天室诗后集》，第8页。

③ 曾广钧：《环天室诗集》卷四，第34页。

④ 王闿运：《环天室诗集题辞》，载《环天室诗集选》卷首。

⑤ 狄葆贤：《平等阁诗话》，第20页。

⑥ 曾广钧：《读藏园诗有感并序》，载《环天室诗集》卷二，第15页。

便华丽温雅，借以讽刺当时权贵之暴黜者瞿鸿禨、岑春煊、袁世凯和端方，脍炙人口，被郑文焯叹为"得义山《无题》之旨"。[①] 如其三云："圣女祠前宝扇回，元君墀下绣帘开。相从诸娣鸾为佩，第一仙人凤作钗。妒雪未消栀子结，行云翻罢牡丹鞋。洛滨明月漳滨雨，不踏金莲不肯来。"[②] 写袁世凯的专权和狡诈，翻云覆雨，可谓由护尽意。而读其《庚子落叶词》，与此题也有异曲同工之感。

再次，曾广钧诗歌工于用典，最佳处在不露痕迹。显然，他的这一特点与其取径李商隐有重要关系。同时，与其读书渊博、深通释道也有关。狄葆贤《平等阁诗话》说他"博览群籍，于世界各宗教学派莫不精研贯彻。故有时托之吟咏，微言妙谛，迥出人表"。[③] 前所举其《辛亥九月十一日登天心阁》诗，咏辛亥革命事，尽管句句皆及时事，但都以典故隐言之，若无诠释，一般读者很难明了其深刻内涵。即使是记游写景之作，如《观音岩》："宝山珠殿插青天，万朵红莲礼白莲。一片空岚罩云海，全家罗袜踏苍烟。烧香愿了花侵马，扫塔人归月上弦。更忆海南千叶座，天风引舰近真仙。"[④] 第二句从白居易"半采红莲半白莲"化出，因南岳衡山之神为赤帝，故以红莲比之，因佛教称观音为白衣大士，故以白莲比观音岩。以此写自观音岩俯视，南岳诸峰环伏其下，犹如万朵红莲向白莲顶礼膜拜，真埒妙绝，无怪乎钱仲联叹为"窑变观音，出香山之上矣"。[⑤]

---

① 郑文焯：《樵风杂纂》，《青鹤》第 5 卷第 6 期，1937 年 2 月。

② 曾广钧：《环天室诗后集》，第 32 页。

③ 狄葆贤：《平等阁诗话》，第 8 页。

④ 曾广钧：《环天室诗集》卷四，第 15 页。

⑤ 钱仲联：《梦苕庵诗话》，《民国诗话丛编》（六），上海书店出版社，2002，第 308 页。

"古诗十九题"与民族主义革命

——章太炎早期诗歌的政治意义

　　我们今天评价章太炎先生，多从政治和学术的角度加以考察，故称之为革命先驱，或者国学大师。至于文学，固非其用力所在。然而，尽管是用作宣扬革命主张和阐述学术见解的载体，章太炎之文学成就，也足以确立其在近代文学史上的地位。胡适即称"章炳麟的古文学是五十年来的第一作家，这是无可疑的"。[①] 正是实用的考虑，章太炎对文，甚至是文学的定义非常宽泛，其《国故论衡·文学总略》称"文学者，以有文字箸于竹帛，故谓之文。论其法式，谓之文学"。[②] 由于诗歌也是"以有文字箸于竹帛"，所以章太炎亦将其包含在文之内。民国初年，他自己厘定的《太炎文集初编》，便是诗文合编。经过严格的筛选，章太炎摒弃了所有的近体之作，仅保留古体诗歌十九题，也有学者称二十题。只是《艾如张》和《董逃歌》都为模仿汉代乐府民歌的拟题之作，又合在一篇《自序》之下，姑算一

---

　　① 胡适：《胡适古典文学研究论集》，上海古籍出版社，1998，第127页。

　　② 章太炎：《国故论衡》，商务印书馆，2010，第73页。

题。我们可称之为"古诗十九题"。章太炎的文学观念，与其文学宗趣有关。汉魏六朝之时，《典论·论文》《文赋》《文心雕龙》等论文之作，甚至被披以《文选》之名的总集，均涉及诗歌。但是，文学形式的复古，并不等于思想的守旧。"古诗十九题"的内容，凡在辛亥革命以前所作，多记述章太炎投身民族主义革命的所作所为，当然还有所见所闻，以及所感所想。这也应该是《太炎文集初编》编选的重要原则。本文所论，侧重于此。

一

百年以来，对章太炎在文学方面的评价，以胡适《五十年来中国之文学》影响最大。是文作于 1922 年，洋洋洒洒数万字，共分十个部分，其中第七部分专论章太炎，这是因为胡适将"章炳麟的述学的文章"，作为五十年来古文学变化史的重要环节，而与"严复、林纾的翻译的文章""谭嗣同、梁启超一派的议论的文章"，以及"章士钊一派的政论的文章"[①] 相提并论。胡适称："这五十年是中国古文学的结束时期。做这个大结束的人物，很不容易得。恰好有一个章炳麟，真可算是古文学很光荣的结局了。"[②] 胡适是从学术史出发，来肯定章太炎在文学史之影响的。胡适的结论不能说不合理，但仅从"述学"考量，理由并不充分。胡适所陈列的四派之代表人物，或倡导维新，或主张革命，在中国近代史上都占有一席之地。但就推动中国社会变革所起的积极作用而言，章太炎无疑是影响最大，也是厥功至伟者。

况且，讨论到章太炎的诗歌，胡适的评价似乎也并不十分正面：

---

① 胡适：《胡适古典文学研究论集》，第 89 页。

② 胡适：《胡适古典文学研究论集》，第 123 页。

他的韵文（《文录》二，页八六以下）全是复古的文学。内中也有几首可读的，如《东夷诗》的第三四首……这种诗的剪裁力确是比黄遵宪的《番客篇》等诗高的多，又加上一种刻画的嘲讽意味，故创造的部分还可以勉强抵销那模仿的部分。此外如《艾如张》，如《董逃歌》，若没有那篇长序，便真是"与杯珓谶辞相等"了……这种诗使我们联想到《易林》，《易林》是汉朝的一种"杯珓谶辞"，其实一千几百年前的"杯珓谶辞"未必就远胜一千几百年后的"杯珓谶辞"。①

"与杯珓谶辞相等"，出自章太炎《国故论衡·辨诗》，是对曾国藩为代表的近代宋诗派之批评。胡适是以其人之道还治其人之身。细细品味胡适的这一段话，总体的感觉，胡适是用文学革命的观念，抹杀了章太炎诗歌之政治革命的特点。其突出的一点就是对章太炎诗歌模拟汉魏，其形式上的"杯珓谶辞"而导致内容上的艰奥晦涩多有不满。而胡适有所肯定的，如所言《东夷诗》的"剪裁力确是比黄遵宪的《番客篇》等诗高的多，又加上一种刻画的嘲讽意味，故创造的部分还可以勉强抵销那模仿的部分"，也只是从诗歌的形式对于内容的理解，所起到的帮助作用入手的。其实，"古诗十九题"之中最具"杯珓谶辞"特征的作品，就是《艾如张》和《董逃歌》。当章太炎投身革命后，诗歌成为其鼓动民众之工具时，就不那么艰涩了。并且，只有当章太炎他们所追求的政治革命胜利之后，才有胡适他们展开文学革命的条件。胡适站在自己所能达到的新的高度，去苛求前人，所以他说："这四个运动，在这二十多年的文学史上，都该占

---

① 胡适：《胡适古典文学研究论集》，第129—130页。

一个重要的地位。他们的渊源和主张虽然很多不相同的地方，但我们从历史上看起来，这四派都是应用的古文……这四派都可以叫做'古文范围以内的革新运动'。但他们都不肯从根本上做一番改革的功夫……章炳麟的古文，在四派之中自然是最古雅的了，只落得个及身而绝，没有传人。"① 章太炎的古文，正是因为"应用"的需要，多发表在当时流行的报刊上，因此在知识界广为传布。其对于激励民气、号召革命，有着极为重要的作用。如果真如胡适所言，那么《革命军序》《驳康有为论革命书》《讨满洲檄》等，在当时也就不会激起如此巨大的反响，从而招致清朝统治者极大的恐惧和疯狂的剿杀。章太炎也不会有牢狱之灾，并流亡海外。

胡适所言"章炳麟的古文"，是包括了他的诗歌等韵文的。但章太炎从来就没有认可自己诗人的身份，也没有专刊的诗集。而胡适《五十年来中国之文学》评价章太炎诗歌的依据，也不脱章太炎的'古诗十九题'。因《太炎文录初编》刊入上海右文社出版的《章氏丛书》，已是 1915 年。这是中国历史上言论较为自由的时期，并不需要太多忌言，特别是涉及民前革命的话题。所以，选录作品，政治方面的避讳，已经不是主要的考量因素。当然，就人际关系而言，还是有一些值得注意的地方。如汤志钧《章太炎年谱长编》即云："章氏一方面怕人'恣罄相讦'，而多刊落，如《秋瑾集序》即以为'关系观云（蒋智由）名誉'，而在'删除之中'。"② 由此可见，只要章太炎认为合适的，应该都被保留其中。"古诗十九题"也大概反映了章太炎从戊戌变法到辛亥革命这一时期的思想变化。学界通常有一种做法，就是尽量网罗作者的所谓佚作，而且往往会得出佚作更有价值的结论。抬升佚作

---

① 胡适：《胡适古典文学研究论集》，第 89—90 页。

② 汤志钧：《章太炎年谱长编》（增订本），中华书局，2013，第 295 页。

的价值，无非是要强调辑佚的功劳。佚作应该研究，也必须研究，但作品的价值不在于是否"佚"。因为"佚"，有着各种各样"佚"的原因。但需要注意的是，如果是作者故意使之"佚"，除了因为忌言而必须避讳以外，更多是随着时间的推移，有些作品在思想内容或者艺术风格方面，已经不合乎作家后来的标准。当然，也有一些未经认真思考的言论会脱口而出，因此也就会出口即悔。如汤志钧《章太炎年谱长编》所称："钱须弥编《太炎最近文录》出版……《例言》谓'是编所搜集之文字，以辛亥返国后所作者为断'；'是编文字，与右文社近刊之《章氏丛书》，无一重复'；'是编文字，散见报端者什居八九，惟书牍栏中，亦有未经刊布者，读者当能辨别，不待注明也'。其实只是掇拾一些章氏在1911年11月到1913年间，于报刊上发表的宣言、函电、演说辞……章氏对此书意见很大。"① 尽管号称"最近"，但却是章太炎不想收入《太炎文录初编》的随性而发之弃物。

　　章太炎选定"古诗十九题"，也一定有着政治的标准。所以，我们研究章太炎的诗歌成就，特别是其在民族主义革命之中所记录的思想变化，所发挥的宣传作用，首先就要从"古诗十九题"入手，是为关键。以此为经，我们才能更好地把握章太炎诗歌创作的总体倾向。当然，我们也不能忽略"古诗十九题"以外的诗歌之研究价值，也要以此为纬，全面了解章太炎在诗歌的扬弃过程中，其政治观和诗学观所发生的变化。

二

　　确实，"古诗十九题"多涉及政治题材。其最早的作品为写

---

① 汤志钧:《章太炎年谱长编》(增订本)，第288页。

于 1898 年的《艾如张》和《董逃歌》。是诗《自序》称"永历既亡二百三十八年春，余初至武昌，从主者张之洞招也"。[①]"艾如张"是汉乐府《铙歌十八曲》第三首之诗题，现在一般的解释为："艾"是除草，"张"是布网。而明代诗人罗颀同题诗作，有云"艾而张罗，鹰鹯罔过"，可算是比较贴切的题解。但章太炎借用诗题进行拟作，虽有诗学宗趣的因素，然回到现实，其"张"者，是否有影射张之洞之意，因"艾"，也可以引申为《离骚》"何昔日之芳草兮，今直为此萧艾也"的"艾"。解诗本来是见仁见智之事，读者可以自己领会。另外，他不用清代纪年，却称"永历既亡"，这已表露了反清复明的心迹。是与其后来由于羡慕顾炎武而更名"绛"，并取号"太炎"是一致的。据此可以推测，《自序》并非作于当时，而是后补。因为当时章太炎的思想境界，并没有达到革命的高度，尚属于比较激进的维新派范畴。他离开武昌后，宋恕曾写信给他们的老师俞樾，恳请其推荐章太炎给湖南巡抚陈宝箴："同门余杭章枚叔炳麟，悱恻芬芳，正则流亚，才高丛忌，谤满区中。新应楚督之招，未及一月，绝交回里，识者目为季汉之正平，近时之容甫。今湘抚陈公，爱士甚，师可为一言乎？"[②]陈宝箴是著名的维新党人，在其倡导下，新政得以实践并卓有成效，故"湖南成为全国最富朝气的一省"。[③]至于《自序》究竟补作于何时，当在庚子事变爆发以后。汤志钧《章太炎年谱长编》即称"章氏在义和团运动发生和自立军失败的影响下，思想有重大转变"，并言："他在《訄书》手校本的《客帝》第二十九的上面写了一条眉校：'辛丑后二百四十年，章炳麟曰：余自戊、己违难，与尊清者游，而作《客帝》，弃本崇教，其流使人相食。终寐而颖，著

① 章太炎：《章太炎全集》(四)，上海人民出版社，1985，第240页。

② 宋恕撰，胡珠生编《宋恕集》，中华书局，1993，第588页。

③ 范文澜：《中国近代史》，人民出版社，1955，第301页。

之以自劾录，当弃市。'……这段眉校，标志了章太炎反清思想的发展。"[1] 此处所言"辛丑后二百四十年"，与《自序》的纪年相近，因为"永历既亡"就是"辛丑"。而"尊清者"，当是康、梁等保皇派。1902 年，章太炎还在日本召开"支那亡国纪念会"，并撰有《中夏亡国二百四十二年纪念会书》，今载《太炎文录初编》。由于《自序》最早刊于 1914 年出版的《雅言》第 1 卷第 10 期，也有可能是编纂"文录"时所作的说明。

　　然而，章太炎后补的《自序》所记诗歌创作的历史背景，却是真实可信的，即"是时，青岛、旅顺既割，天下土崩。过计者欲违难异域，寄籍为流民。计不终朝，民志益涣，骀骀似无傅丽"。[2] 是已有亡国之忧患。当然，如果循以顾炎武"亡天下"之论，即为"天下土崩"。至于张之洞延聘章太炎的原因，据汤志钧《章太炎年谱长编》是年所记有云："春，章太炎跑到武昌，谒张之洞。据《自定年谱》，张之洞'不喜公羊家，有以余语告者，之洞属余为书驳难'，因而赴鄂。'有以余语告者'，指张之洞幕僚钱恂。赴鄂后，张之洞嘱他帮办《正学报》。章太炎办《正学报》，是想正'迂儒之激'，而张之洞则是假装维新骗取政治资本。斗争的现实，使他认识了张之洞虚伪的嘴脸，从而公开驳斥张之洞胡说的'三纲五常'是'中国所以为中国'的荒谬呓语。"[3] 二人的分歧随之而起。《艾如张》所言"谁令诵诗礼，发冢成奇功？今我行江汉，候骑盈山丘。借问仗节谁？云是刘荆州"，[4] 刘荆州当谓张之洞。其《自序》有云：

---

① 汤志钧:《章太炎年谱长编》(增订本)，第 64 页。
② 章太炎:《章太炎全集》(四)，第 240 页。
③ 汤志钧:《章太炎年谱长编》(增订本)，第 37 页。
④ 章太炎:《章太炎全集》(四)，第 241 页。

或椓之张之洞。之洞使钱恂问故。且曰："足下言《春秋》主弑君，又称先皇帝讳，于经云何？"应之曰："《春秋》称国弑君者，君恶甚。《春秋》，三家所同也。清文帝名皇太极，其子孙不为隐。当复为其子孙讳耶？"之洞谢余，归自夏口，沿于大江，而作《艾如张》一篇，以示孙宝瑄，宝瑄韪之；以示宋恕，宋恕阳为发狂，不省。其夏，康有为以工部主事笀朝政，变更法度，名为有条贯，能厌民望。海内夸者，曲跳陵厉，北向望风采，以为雪国耻、起民瘼有日！而余复为《董逃歌》一篇以示宋恕，宋恕复阳狂不省。①

这里谈到了张之洞与章太炎在《春秋》之理解上的差异。是时，康有为以《春秋公羊传》为思想基础来倡导维新的主张，而张之洞则以《春秋左氏传》所宣扬的忠君之旨相与抗衡。在时任湖北自强学堂提调钱恂的推荐之下，便将对《左传》深有研究、并已撰成 50 万字之《春秋左传读》的章太炎招至幕下。其用心是显而易见的。1896 年底，章太炎应汪康年、梁启超之邀，赴上海参与《时务报》的编辑。但随后即与康氏门徒因《春秋》的古今之争而闹得不可开交。章太炎《自定年谱》"1897 年"记："春时在上海，梁卓如等倡言孔教，余甚非之。或言康有为字长素，自谓长于素王。其弟子或称超回轶赐，狂悖滋甚。余拟以向栩，其徒大愠。"② 只是在维新方面，章太炎却与康有为、梁启超等还是有通声息的地方，是令张之洞非常不满。汪康年、梁启超等创办《时务报》，其宗旨即为宣扬变法。即使是戊

① 章太炎：《章太炎全集》（四），第 240 页。
② 章太炎撰，马勇整理《章太炎全集·太炎文录补编》，上海人民出版社，2017，第 754 页。

戌政变以后，章太炎避居台湾，尚在 1899 年 3 月 12 日出版的《清议报》第 8 册发表诗作《台北旅馆书怀寄呈南海先生》，其云"一读登楼赋，悠然吾土思。回头忆畴昔，搔首愈踟蹰。早岁横江汉，谈经侍不其"，①亦非后来革命党与保皇派之间的剑拔弩张。《艾如张》与之同时在《清议报》发表，而诗题则是《泰风一首寄赠卓如》。因章太炎身在台湾，故署名"台湾旅客"。及至 1901 年，梁启超在澳洲所作《广诗中八贤歌》，尚称"枚叔理文涵九流，五言直逼汉魏道。蹈海归来天地秋，西狩吾道其悠悠"，②还是将章太炎引为同道。也正因其日后思想的变化趋于革命，《台北旅馆书怀寄呈南海先生》没有收入《太炎文录初编》。在章太炎明确表示不能苟同张之洞的政治主张以后，张之洞遂下达了逐客令。章太炎离开武昌，其实也是意料之中的事情，所谓"道不同，不相为谋"。

但是，《艾如张》诗中所言"昔我行东冶，道至安溪穷。酾酒思共和，共和在海东"，马强才校注《章太炎诗集》（注释本）称："东冶，西汉闽越王城，今福建省福州市……安溪，有二，一今浙江永嘉，一今福建安溪。此处当指后者。案：戊戌变法失败，清政府下'钩党令'，章氏乃避地台湾。"③只是此诗的写作时间，要早于章太炎赴台之时。章太炎《自序》称"归自夏口，沿于大江，而作《艾如张》一篇"。而《宋恕集》则有《束发篇——答枚叔〈幽人行〉之赠》一首，写作时间署为"1898 年 8 月末"。而附录章太炎《幽人行》，即《艾如张》诗，其时间记以"1898 年 6、7 月间"，④则戊戌政

---

① 章太炎撰，马勇整理《章太炎全集·太炎文录补编》，第 133 页。

② 梁启超：《广诗中八贤歌》，载《饮冰室合集》文集之卷四十五（下），中华书局，1989，第 13 页。

③ 马强才校注《章太炎诗集》（注释本），上海人民出版社，2020，第 12 页。

④ 宋恕撰，胡珠生编：《宋恕集》，第 813-814 页。

变尚未爆发。故诗中之"共和"，并非后来同盟会所言"建立共和"之含义，更不是今天意义上的民选制度。而是《史记》和《竹书纪年》所记载的上古时期较为开明的执政时期。现实世界中的范例，则为日本的"君主立宪制"，故有"共和在海东"之语。这还是维新变法所追求的目标。章太炎收在"古诗十九题"中的诗作，并无当时维新派诗人新名词入诗的习气。所以，诗中的"共和"，当有古代史志的出典。而在章太炎其他的文字中，亦曾出现过"共和"一词。如前述汤志钧所引之《客帝》眉校，最终定稿为《客帝匡谬》："共和二千七百四十一年，章炳麟曰：余自戊、己违难，与尊清者游，而作《客帝》。饰苟且之心，弃本崇教，其违于形势远矣！"①公元前841年为"共和元年"，这是中国有确切的历史纪年的开始。故章太炎《客帝匡谬》所称纪年转换成公历，就是1900年。

至于《董逃歌》，章太炎只是借用了汉末讥刺权臣董卓的民谣诗题。至于诗歌的内容和形式，两者绝无相似之处。有论者以为《董逃歌》作于庚子，因慈禧挟光绪逃往西安，当时诗人多有以"董逃"作讽者。但章太炎在《自序》中明言是为康有为变法而作。康有为作为臣子，似乎更贴近董卓的身份。而戊戌政变爆发，康、梁亡命海外，章太炎亦遭通缉。其《口授少年事迹》称"戊戌，三十一岁，康、梁事败，长江一带通缉多人，余名亦在其内，乃避地台湾"。②其实，在庚子事变之前，他的政治理想，乃至内心情感，都和康、梁比较接近。但《董逃歌》充斥着维新失败的悲观情绪，先言"变风终陈夏，生民哀以凉。自昔宋南徙，垢氛流未央"，反思中国的羸弱，其溯源追寻到女真族侵入中原的宋代，可以窥见其民族主义思

---

① 章太炎:《章太炎全集》(三)，上海人民出版社，1984，第119—120页。
② 章太炎撰，马勇整理《章太炎全集·太炎文录补编》，第939页。

想的萌蘖。而所谓"九域尊委裘，安问秦与羌？眇我一朝菌，晦朔徒烟黄。百年遭大剂，揄袂思前皇。前皇已蒿里，怀糈谁陈辞"，此处的"前皇"，应该是戊戌政变后传言很多、生死未卜的光绪。康有为四处宣传的《衣带诏》，即言"今朕位几不保，汝康有为、杨锐、林旭、谭嗣同、刘光第等，可妥速密筹，设法相救"。①是还在1898年10月24日之《字林西报》登载。并且，章太炎对当时维新派人士的处境，亦深表关心和哀怜，所以他说"吾衰三百年，刑天炙舞干。狼弧又横怒，绛气殷成山。微命非陈宝，畀鸩良独难。秦帝不蹈海，归薜千竹竿"。②当时，章太炎还撰有《祭维新六贤文》，痛悼殉难的戊戌六君子。至于诗歌，不在"古诗十九题"之列的，尚有《杂感》。是诗发表在1899年11月19日之《台湾日日新报》，有自注云："此去秋将东渡台湾作也。今中星一币，复自江户西归，书此不胜今昔之感。"诗歌所言"丁此沧海决，危苦欲陈言。重华不可遭，敷衽问九天。溟涬弟尧舜，而不訾版泉。版泉竟何许？志违时亦迁"，③其哀婉之志、凄切之情，与《董逃歌》是一致的。不过，是诗也依旧停留在维新的旧梦之中，并没有明志推翻清王朝的革命。章太炎流亡台湾期间，在台湾报刊发表的诗作，都没有收入《太炎文录初编》，如《饯岁》《玉山吟社席上即事》《正月朏日即事》《儿玉爵帅以帝国名胜图见赠赋呈一首》《玉山吟社雅集分韵得冬》《将东归赋此以留别诸同人》等。此诗也不例外。就诗歌的数量而言，这是章太炎早期创作的高峰。

　　我们要特别关注一下章太炎《自序》谈到的他将《艾如张》"以示孙宝瑄，宝瑄韪之；以示宋恕，宋恕阳为发狂，不省"，以及"而

---

① 梁启超：《戊戌政变记》，载《饮冰室合集》专集之一，中华书局，1989，第65页。

② 章太炎：《章太炎全集》（四），第241页。

③ 章太炎撰，马勇整理《章太炎全集·太炎文录补编》，第193页。

余复为《董逃歌》一篇以示宋恕，宋恕复阳狂不省"。"詟之"和
"阳狂不省"，关键在于两人的政治态度。章太炎结识宋恕和孙宝瑄，
是在他离开杭州诂经精舍、赴上海入职《时务报》以后。其《自定年
谱》"1897 年"称："春时在上海……会平阳宋恕平子来，与语，甚相
得。"① 而是时孙宝瑄亦寓居上海，叶景葵《忘山庐日记序》谓其"居
沪后，获交章太炎、贵翰香、严几道、谭壮飞、梁任公、夏穗卿、蒋
观云、汪穰卿、欧阳石芝、邵二我诸君"，所举多为当时维新派之中
坚。叶景葵又云孙宝瑄"于清代大儒，服膺梨洲与习斋，故留心时
事，嫉朝政之不纲，主张民权，进为君主立宪。佩太炎之文学，而
反对其逐满论，但未尝不主革命"。② 故"宝瑄詟之"，说明他与章太
炎在政治思想方面的差异早已有之。须知，孙宝瑄是"官二代"，其
父孙诒经曾任户部左侍郎，而岳父李瀚章则是李鸿章的长兄，官至
两广总督。所以，其言行当有所忌讳。而宋恕在 1892 年 5 月 30 日所
作《上李中堂书》，即倡言变法："变法之说，更仆难终，请为相公先
陈三始：盖欲化文、武、满、汉之域，必自更官制始；欲道君、臣、
官、民之气，必自设议院始；欲兴兵、农、礼、乐之学，必自改试令
始。三始之前，尚有一始，则曰：欲更官制、设议院、改试令，必自
易西服始。"这在当时是非常大胆的设想，故宋恕又言："与人谈三
始，犹有然之者；谈一始，则莫不掩耳而走，怒目而骂，以为背谬已
极，名教罪人。夏虫不可与语冰，井蛙不可与语天，举国皆狂而狂
不狂，若之何哉？"③ 但宋恕在读到此二首诗后，却屡屡阳狂不省。可
见，章太炎在诗中所表现的思想，也已经超越了宋恕之维新的底线。
章太炎曾因言辞激烈，被人戏称为"章疯子"。这其实是真疯与装疯

① 章太炎撰，马勇整理《章太炎全集·太炎文录补编》，第 754 页。
② 孙宝瑄：《忘山庐日记》，上海人民出版社，1983，"序"第 1 页。
③ 宋恕撰，胡珠生编《宋恕集》，第 502 页。

的冲撞。因为此前，宋恕"全盘西化"的主张，在"举国皆狂"的反对声中，就已经有所缓和。《马关条约》签署以后，他应孙宝瑄之兄宝琦之请，代拟《光绪皇帝罪己诏》。而戊戌政变以后，宋恕逐步淡出江湖，1905 年，应山东巡抚杨士骧之聘，担任山东学务处议员。他还曾代理山东编译局坐办，从此专事教育和著述工作。所以《宋恕集》"编者的话"称："戊戌以后，宋恕和章炳麟之间的分歧日益突出。早先，原曾因商鞅和张之洞问题'大辩攻'，宋尊孔尊孟，章薄孔尊荀；宋切齿痛恨鞅、斯，章极力替商鞅辩护。此后，宋仍主议会立宪，章转向排满革命。宋承认章是真正的爱国者，但为了章的安全，劝说一月，'莫为稼轩词'。"①今查《宋恕集》，赠答章太炎的诗词之作凡七题，最早是作于 1898 年 7 月 13 日的《赠章枚叔》。而 1901 年 2 月 3 日最后所作《赠别章太炎》，序称"太炎先生，评人论事与仆多歧，偏怒偏悲，性亦稍异，或遇使然"。又有句云"岂不知辛子？其如惜范生"，②是以辛弃疾喻之。另 1899 年 7 月所作《寄余杭》二绝，其一云："甬东一夜猿声断，终古《黄书》泪万行。借问幼安无寸土，欲将何术拯姬姜？"③是亦"莫为稼轩词"之意。或许，宋恕便是将《艾如张》和《董逃歌》视作"稼轩词"，但章太炎恰恰以为，这是他民族主义思想开始萌蘗，甚至是其革命征途的起点。从此，章、宋二人渐行渐远，在政治上开始分道扬镳。而《太炎文录初编》也没有收录与宋恕相关的赠答之作。

这也许就是《艾如张》和《董逃歌》能够采入《太炎文录初编》并成为"古诗十九题"开篇最主要的理由。

---

① 宋恕撰，胡珠生编《宋恕集》，第 3 页。
② 宋恕撰，胡珠生编《宋恕集》，第 844 页。
③ 宋恕撰，胡珠生编《宋恕集》，第 820 页。

三

入选"古诗十九题"的诗歌，在《艾如张》和《董逃歌》之后，时间上有一个很长的空白，直到1907年以后创作的《鹈鹕案户鸣》和《山阴徐君歌》。《鹈鹕案户鸣》题下有注，称"为刘道一作也"。而山阴徐君，乃是徐锡麟。章太炎还撰有《徐锡麟陈伯平马宗汉传》和《刘道一传》，可帮助读者解读诗作。《鹈鹕案户鸣》除题目有些"杯珓谶辞"以外，诗歌本身并不艰涩，因其诗体为模仿汉乐府的五言古诗，而汉乐府起于民歌。《山阴徐君歌》为四言体。正是二诗拟古的形式，得以采入"古诗十九题"。当然，入选"古诗十九题"，内容应该是更重要的因素。

《鹈鹕案户鸣》最早见诸1908年4月25日出版的《民报》第20号。同时发表的文章，还有寄生《刘道一碑文》和运甓《刘烈士道一像赞》，这是一个纪念刘道一的专栏。寄生、运甓分别是汪东和黄侃的笔名，二位都是章太炎的学生。章太炎当时是《民报》的主编，应该是他组的稿。当然，在编辑的过程中，编者如果感到意犹未尽，撰写相关的稿件以充实版面，或扩大影响，这在当时也习以为常。章太炎与刘道一及其兄长刘揆一，关系都不错。刘揆一在1903年赴日本留学，即与黄兴参加拒俄义勇队。次年春，又和黄兴发起成立华兴会，任副会长。1907年以后还曾代行同盟会总理职务，主持东京本部工作。就在《民报》的第19号，章太炎还刊发了《与刘揆一书》。这不是一般的书信，而是声讨宪政的檄文。缘起是王闿运的学生杨度，在湖南鼓吹立宪，传言王闿运为湖南宪政支部会长。在革命的大纛下，这是一个大是大非的问题。故而章太炎在信中称："意者宪政诸子，建王翁为表旗，因以矜耀，不吝余名以覆露诸夸者。八十老翁，名实偕至，亢而有悔，自堕前功，斯亦可悼惜者也！立宪者，岂足以张国威、舒民气，突厥、波斯建置议院，无救于衰微，纵得一二成效，编户齐民，愈益失其职姓。"由于刘揆一也是王闿运的学生，故其最后说"足下不以此匡谏，值百年之大齐，遭神龟之尽期。世有明达，生刍一束，终已不来王翁之殡宫矣。心所谓危，亦以告也"。①由此可见，章太炎和刘揆一之间，似乎也有少许误解。当然，他们总体的目标还是一致的。而对于并肩作战的同志之牺牲，章太炎则充满悲痛和景仰之情。嗣后，他又在 1908 年 8 月出版的《复报》发表《刘道一传》。

据汪东《刘道一碑文》所记："岁维丙午十一月二十日，毕命于浏阳门之外，年二十有二。"②知刘道一牺牲于 1907 年 1 月 4 日。而章太炎《刘道一传》称："丙午……十一月十六日，狱吏呼道一，浏阳会党有引者，令传至浏阳质之。以竹轿舆道一。出长沙东南浏阳门渡隍，遂曳以下，仓卒未反缚，魁剑举刀斫之，四击乃断其头。道一死时，年二十二矣。"③其牺牲之日则为 1906 年 12 月 31 日。汪、章二人所述略有出入。细细考量，后出之章太炎的"传"当更为可靠。章太炎读过汪东的"碑文"，并加以褒扬。汪东《题〈青溪旧屋仪征刘氏五世小记〉后》即云："尝作《刘道一碑》，章先生甚奖藉之。"④如果没有更可征信的材料，章太炎是不会修正汪东之记载的。然据汪、章二人所述，则陈旭麓主编《中国近代史词典》、马强才校注《章太炎诗集》(注释本)等称刘道一生于 1884 年，亦有舛谬。按中国传统计算年龄之方法，即以农历为准且计以虚岁，其生年当为1885 年。

①　章太炎：《章太炎全集》(四)，第 186—188 页。

②　钱仲联：《广清碑传集》，苏州大学出版社，1999，第 1425 页。

③　章太炎撰，马勇整理《章太炎全集·太炎文录补编》，第 320 页。

④　汪东撰，薛玉坤整理《汪东文集》，河南文艺出版社，2016，第 358 页。

徐锡麟的殉难日，则为公历 1907 年 7 月 7 日。所以，《太炎文录初编》是按刘、徐两人牺牲之时间，来排序二诗。但是，诗歌实际的创作时间，《山阴徐君歌》可能要早于《鹡鸰案户鸣》。当时，徐锡麟领导的安庆起义，因刺杀了安徽巡抚恩铭，且革命党人亦牺牲众多，故其造成的社会影响，要大于刘道一参与的萍乡、醴陵、浏阳起义。况且，刘道一参与起义并没有当场被抓。据章太炎《刘道一传》，他是因"父病偏枯甚，遂趋赴家"。然"乡里无赖疑为揆一，欲呵取金钱，不与，乃致之有司。有司亦不省，呼以揆一"。① 所以，刘道一的被捕，纯属意外。就个人感情而言，徐锡麟和章太炎都是浙江人，且原先就是光复会的同志，在革命党内部时有矛盾的派系之中，属于同一派别，相互之间关系比较亲密。所以，徐锡麟牺牲以后，章太炎随即撰写了《祭徐锡麟陈伯平马宗汉秋瑾文》，发表在 1907 年 10 月 25 日出版的《民报》第 17 号之上。同时刊发的还有《秋瑾集序》。《秋瑾集序》是章太炎最早纪念安庆起义的文字，在《民报》刊发"祭文"之前，已经先行在 1907 年 8 月 10 日出版的《天义报》第 5 册发表，题为《秋女士遗诗序》。而汤志钧《章太炎年谱长编》在介绍了《秋瑾集序》之刊布情况以后，称其"旋又撰《祭徐锡麟陈伯平马宗汉秋瑾文》，末谓：'浙虽海滨，实兴项楚。其亡其亡，系于三户。谁云黄鹄，谶语无语。'1913 年，章氏在《稽勋意见书》中，以徐锡麟'为官吏革命之始'；秋瑾'为女子革命之始'。"② 此后，痛定思痛，章太炎又撰《徐锡麟陈伯平马宗汉传》，记述英烈之生平。与此同时，创作了《山阴徐君歌》。但均未在当时的报刊登载，只是在民国以后编纂《太炎文录初编》的时候，才予以采录。而汤志钧《章太炎年谱

---

① 章太炎撰，马勇整理《章太炎全集·太炎文录补编》，第 320 页。

② 汤志钧：《章太炎年谱长编》（增订本），第 143 页。

长编》之"著作系年",其"传"和"歌",均系入 1907 年。

《鸤鹊案户鸣》借鉴了《孔雀东南飞》的形式。首先,《孔雀东南飞》和《鸤鹊案户鸣》的首句均为诗题。其次,《孔雀东南飞》收入《玉台新咏》的时候,最初诗题"古诗为焦仲卿妻作"。后人将其首句改作诗题后,原题便成为题下注。《鸤鹊案户鸣》的题下注,与之相仿。另外,章太炎模拟《孔雀东南飞》,或许还有一个原因,便是刘道一死后,其妻曹庄即欲殉节,而为人所救。但两年以后还是自缢身亡。这与焦仲卿"徘徊庭树下,自挂东南枝"的结局,也有相似之处,只是男女主角颠倒了一下。诗歌开篇即云"鸤鹊案户鸣,似闻楚声歔。问鹊何能尔,云受杞梁妻",章太炎是借曹庄之口,叙述了其丈夫投身革命而最终被害的经历。刘道一聪明绝伦,且英俊潇洒,即所谓"缭缭善方言,白皙无髯髭"。其天赋特别表现在语言方面,章太炎《刘道一传》亦称"道一聪听而有口,所至数月,辄能效其方俗语言,至湖北即为湖北语,至上海即为上海语。声气密合,莫审其何所人"。[1] 章太炎对此加以强调,这或许是从事革命之地下工作的优越条件。随后,诗歌记载了光绪末年刘道一参加的两次湖南起义,且均以"不知何老公"起兴,先是"屯聚湘水湄"。据章太炎所述,知其是在兄长刘揆一的引导下走上革命之路,参与了华兴会在湖南策划的"甲辰起义":"阿兄好交游,蓬头著麻鞋。传呼良家子,步入郭门西。刘矛长八尺,空弮张弩机。一朝事不就,铩翼各分飞。阿兄走吴会,小弟逃东夷。"此后,则描写了刘道一从日本潜回,侍奉中风的父亲,强调了革命者至孝的家庭情怀:"阿翁年七十,风痹不可医。家室空无人,墙上生蒿藜。良人念当归,归来一何迟。上山请玉兔,捣药丹沙衣。父病霍然已,辞去下堂阶。"而诗歌第二次的"不

---

① 章太炎撰,马勇整理《章太炎全集·太炎文录补编》,第 319 页。

知何老公"，则是"手持三尺徽"。是时的刘道一，已加入同盟会，且被黄兴委任为萍浏醴起义的负责人。据汪东《刘道一碑文》所述，在"郡中大吏命游击熊道寿系君，下按察司狱"①以后，刘道一除了"孝"以外，还表现出了"悌"。当时刘道一是被误作揆一而遭逮捕，这在前引章太炎《刘道一传》中也有记载。官方随后也知道有误，但欲罢难休：

> 后知其非是，无以罪也。欲藉虚言，罗织其事，以刑具示之。道一呼曰："士可杀，不可辱。"乃罢。狱中与人书，曰："道一必不忍父母所受之躯为毒刑所坏，彼若刑讯，吾则自承为刘揆一，以死代兄，吾志决矣。"有司既得道一事，视其所佩印文曰"锄非"，遂以定狱。②

"以死代兄，吾志决矣"，刘道一的操守，对于追求民族主义革命、强调传统道德的章太炎来说，特别值得称颂。当然，此亦可见清政府的草菅人命。故章太炎诗云："系颈出门去，相将入圜扉。问我得何罪？云子字锄非。上堂乃无语，欸已召屠魁。按条当弃市，衔冤欲诉谁？"③文和诗在细节上的高度吻合，也说明两者写作时间相近。

"中国既亡，几三百年。哀此黎民，困不得伸。胡虏滔天，政日益专。"《山阴徐君歌》开篇所述，就充满着民族主义之情绪。这也是徐锡麟投身革命的动因。此时的章太炎，已经是职业革命家，其编撰报刊文章，甚至创作诗歌，都是为了宣扬革命，激励民气，服务于他的政治目的。既然是以宣传为宗旨，诗歌就必须通俗易懂，故

---

① 钱仲联：《广清碑传集》，第 1425 页。
② 章太炎撰，马勇整理《章太炎全集·太炎文录补编》，第 320 页。
③ 章太炎：《章太炎全集》（四），第 242 页。

其风格与《艾如张》《董逃歌》就有了很大的不同。现在一般的读者，见四言诗，就以为摹古，尚未阅读即畏其艰涩。这在讨论章太炎诗歌的文章之中，不时可见。其实，章太炎在当时还尝试着用白话作文，陈平原即编有《章太炎的白话文》一书。《山阴徐君歌》对徐锡麟的表彰，也很直白："山阴徐君，生当其辰。能执大义，以身救民。手歼虏酋，名声远闻。"随后是言徐锡麟策划和指挥安庆起义之全过程，其中亦不乏传奇色彩。譬如徐锡麟遇难以后，刽子手曾残忍地剖其心肝。章太炎《徐锡麟陈伯平马宗汉传》只有"虏杀山阴徐锡麟于安庆市，刳其心，祭恩铭"①这样简单的一句，而诗歌则通过作者充分调动的想象力而大肆渲染："脰其心鬲，以富淫昏。心跃起，直上栋间。胡鬼告言，我腹已穿，不能啖饭，何用炮炙心肝？诸虏闻之，忧心惸惸；异域闻之，竞与称传；我民闻之，莫不悲叹！贤哉？贤哉！山阴徐君。"②诗歌至此戛然而止，而读者悲愤和崇敬之情，则油然而生。

其实，章太炎当时悼念牺牲之同志的诗歌，并不止《鹎鹎案户鸣》和《山阴徐君歌》二首。但其他所作都是近体，故没有收入《太炎文录初编》。如《狱中闻沈禹希见杀》云："不见沈生久，江湖知隐沦。萧萧悲壮士，今在易京门。螭魅羞争焰，文章总断魂。中阴当待我，南北几新坟！"③据许寿裳《纪念先师章太炎先生》介绍，时任《浙江潮》编辑的许寿裳，从蒋智由处获得此诗手迹，遂刊发于1903年9月11日出版的《浙江潮》第七期，是诗注明写作日期为"六月十二日"，④即公历8月4日。沈禹希名荩，早年在长沙与谭嗣同、唐

---

① 章太炎：《章太炎全集》（四），第219页。
② 章太炎：《章太炎全集》（四），第242页。
③ 章太炎撰，马勇整理《章太炎全集·太炎文录补编》，第243页。
④ 参见许寿裳《纪念先师章太炎先生》，载陈平原、杜玲玲编《追忆章太炎》，生活·读书·新知三联书店，2009，第41—48页。

才常交好，戊戌政变后东渡日本留学。1900 年回国，与唐才常组织正气会，参加自立军。1903 年，因在天津的英文报纸上披露〈中俄密约〉的卖国条款，引发国内的抗议浪潮，遂被清廷逮捕，且遭杖杀。而此时的章太炎因《苏报》案身陷囹圄。其实，是诗最早发表在 1903 年 8 月 14 日之《国民日日报》，署名"西狩"，诗题为〈重有感〉，文字除首句"不见此君久，江湖久隐沦"略有出入以外，余皆相同。而同时发表的还有邹容的《和西狩》，署名"庸儿"："中原久陆沉，英雄出隐沦。举世呼不应，抉眼悬京门。目瞑负多疚，长歌召国魂。头颅当自抚，谁为墨新坟？"[1] 当是二人在狱中的唱和之作。嗣后，8 月 23 日沈荩追悼会于上海豫园召开，章太炎为撰《祭沈禺希文》，发表于 1903 年 11 月 18 日出版的《浙江潮》第九期。《太炎文录初编》收入时改称《沈荩哀辞》。

被许寿裳同时收入《浙江潮》第 7 期的，还有章太炎的《狱中赠邹容》和《狱中闻湘人杨度被捕有感》二首，也都是五言近体。前首注明写作日期是"闰月廿八日"，是年为闰五月。后首则是"六月十八日"。章太炎在狱中和邹容有关的诗作，还有《狱中与威丹联句》《狱中与威丹唱和诗》，则是七言绝句。因章、邹二人同为"苏报案"坐牢，在狱中又相互照应，其感情至深。邹容卒后，章太炎尚有《邹容传》《邹容画像赞》，以及后来据《邹容传》修改而成的《赠大将军邹君墓表》。及至 1934 年，回忆往事，章太炎《题邹容〈革命军〉》，对邹容犹有极高评价："蔚丹著《革命军》以兴汉满之讼，而判决者则清外务部会同各国公使，由是汉满对峙，革命之局始定。"[2] 至于诗作，章太炎在辛亥革命之后回国，还有《展亡友邹蔚丹墓因与印泉议

---

[1]　邹容：《和西狩》，《国民日日报》1903 年 8 月 14 日。

[2]　章太炎撰，马勇整理《章太炎全集·太炎文录补编》，第 884 页。

治墓道》《重过威丹墓》等作。前首手迹今存上海图书馆，上题"乙丑"，是为 1925 年所作，由章氏国学讲学会刊入《太炎文录续编》。而后首作于 1924 年清明："落魄江湖久不归，故人生死总相违。只今重过威丹墓，尚伴刘三醉一围。"[1] 因为是七言绝句，故只在 1936 年出版的《制言》第 25 期发表。是时，章太炎刚刚去世，本期还登载了大量哀悼章太炎的诗文。刘三为刘季平，别署"江南刘三"。据章太炎《赠大将军邹君墓表》称，因对邹容死因"内外皆疑有佗故，于是上海义士刘三收其骨，葬之华泾，树以碣，未封也"。[2] 是诗虽为邹容所作，但亦可看作是章太炎的自哀之诗。其实，抛弃了体裁的偏见，是为章太炎与邹容相关的诗歌中，最真挚、最感人的作品。

四

1906 年 6 月 29 日，章太炎刑满出狱，随即前往日本。直到 1911 年 10 月辛亥革命爆发才回到国内。其实，这是他第三次赴日。戊戌政变以后，章太炎避居台湾，曾借道日本回到上海。其《自定年谱》"1899 年"有记："五月，渡日本，游览东西两京。时卓如在横滨，余往候之。值清廷遣刘学询、庆宽等摄录康、梁，为东人笑。香山孙文逸仙时在横滨，余于卓如坐中遇之，未相知也。七月，返至上海。"[3] 而《自定年谱》"1902 年"又记，因其"在东吴大学，言论恣肆。江苏巡抚恩铭赴学寻问"，友人吴保初"惧有变"，劝其"亟往日本避之"。于是章太炎再次东渡。当时孙中山也在横滨，又与之见面，"逸仙导余入中和堂，奏军乐，延义从百余人会饮，酬酢极欢。

---

① 章太炎撰，马勇整理《章太炎全集·太炎文录补编》，第 633 页。

② 章太炎：《章太炎全集》（五），上海人民出版社，1985，第 229 页。

③ 章太炎撰，马勇整理《章太炎全集·太炎文录补编》，第 756 页。

自是始定交"。而章太炎"留日本三月，复归"。[①]前二次赴日的收获分别是相遇、相知孙中山，即与之结识和定交，因此投身有组织的革命活动。但走马观花，对日本并没有深度的了解。第三次在日本整整居住了5年多，章太炎对日本的认识也由表及里、由浅入深。就诗歌而言，其看法主要反映在《东夷诗十首》之中。这是"古诗十九题"中篇幅最长、字数最多的一组五言古诗，也是在艺术方面博得最多赞语的章太炎诗作。我们前引胡适《五十年来中国之文学》有关章太炎的论述，将其与黄遵宪《日本杂事诗》进行比较，特别肯定了《东夷诗十首》的创造性多于模仿性。而金东雷《章太炎先生诗辨论旨》则称："曩在日本，咏有《东夷诗》，以写素怀，曾记其第一首……格调高古，不同凡响。此非弟子私言，盖诵者靡不叹服也。"[②]

《东夷诗十首》最早发表在上海右文社1915年2月5日出版的《雅言》第一卷第十二期（题作"□□诗"）。是时，右文社正在选编的《太炎文录初编》，基本杀青，而是诗已经入选。故在《雅言》刊登，只是为了让读者先睹为快。至于《东夷诗十首》的具体写作时间，其在《雅言》发表时有"编者按"称："右十首诗，为太炎先生海外旧作。"[③]是与金东雷所论一致。马强才称"各首写作时间不一。《章太炎年谱撷遗》对组诗作年有所推论，认为作于'一九〇八至一九一一年间'"。[④]而《章太炎年谱撷遗》"1910年"所记，则"暂把太炎此一诗作系在本年项下"[⑤]，大概是取其中间值。此组诗为章太炎第三次去日本期间的创作，其主题都是吟咏日本之风土人情和文化渊

---

① 章太炎撰，马勇整理《章太炎全集·太炎文录补编》，第757页。

② 转引自钱仲联主编《清诗纪事》（二十一），江苏古籍出版社，1989，第15018页。

③ 《雅言》第1卷第12期，1915年2月。

④ 马强才：《章太炎诗集》（注释本），第34页。

⑤ 谢樱宁：《章太炎年谱撷遗》，中国社会科学出版社，1987，第54页。

源。既追述历史，又记叙现实。而在编纂文稿的时候，章太炎将其集在一起，遂成一题。诗歌反映了作者写作时的心态，也体现了选录时的标准。至于更为具体的创作时间，尚值得推敲。马强才曾引《中国哲学》第九辑所刊章太炎写给宋恕的信件残页，因其首言"仲容先生殁，既为位哭"，故马强才以为"信中所言，恰为《东夷十首》的主旨。联系孙诒让逝世于光绪三十四年（1908）五月，则此组诗大部分当作于1909年前后"。[①] 而信中又有言"浮海一年，日处岛夷中"，则此信当写于得知孙诒让噩耗不久。在此之前，章太炎曾致书孙诒让，请其规劝投靠端方的刘师培能够回头，并致力于学术。但孙诒让尚未收到其书信即已去世。其实，章太炎对日本印象的改变有一个过程。而新的印象一旦形成，在短时间内就很难再变。所以，此组诗的大部分可作于1908年，亦可作于1909年，甚至更晚。当然，《东夷诗十首》最早的作品，可以是1907年所作。当章太炎定居下来以后，他对日本的看法，一定不同于过去的匆匆过客。而《太炎文录初编》将此组诗编次在《秋夜与黄侃联句》的前面，故其最晚也应该在黄侃1910年秋天归国之前。

《东夷诗十首》的第一首，先言自己早年对日本的美好印象，而前二次的走马观花也没有多少改变："昔年十四五，迷不知东西。曾闻太平人，仁者在九夷。陇首余糇粮，道路无拾遗。少壮更百忧，负继来此畿。车骑信精妍，朦朣与天齐。穷兵事北狄，三载燔其师。"由于光复会的成员多持拒俄的态度，他们在上海成立了对俄同志会，还创刊《俄事警闻》专事反俄宣传。故章太炎在日俄战争中的态度，也是倾向日本的。日俄战争的正式爆发，是在1904年2月，而诗中所言"三载"，其起讫也不知于何时。但诗的后半首，则是写作者对

---

① 　马强才：《章太炎诗集》（注释本），第34页。

日本好感的改变:"将率得通侯,材官耗山鸡。帑藏竟涂地,算赋及孤儿。天骄岂能久?愁苦来无沂。偷盗遂转盛,妃匹如随廉。家家怀美疢,骭间生疡微。乃知信虚言,多与情实违。"[1]确实,耳听为虚,眼见为实。章太炎在日本所见,使其对日本有了更真实的了解和更客观的反映。而胡适《五十年来中国之文学》特别称赞《东夷诗十首》的第三、四首,则在于通晓流畅的风格,是合乎胡适"五四"前后的文学主张。二诗多反映日本的市井生活,不太牵涉宏大的政治题材。其三云:

> 客从海西来,上堂结罗袜。长跪著席上,对语忘时日。
> 仰见玉衡移,握手言离别。下堂寻革鞮,革鞮忽已失。
> 回头问主人,主人甫惊绝。乞君一两靴,便向笼间掇。
> 笼间何所有?四顾吐长舌。[2]

这是一个有趣的故事。"客从海西来,上堂结罗袜",是言刚去日本到友人家中访问。初来乍到,作者还是有新异感。但出门之时鞋子丢失,即"下堂寻革鞮,革鞮忽已失",主客之窘境,跃然纸间。而判断《东夷诗十首》非一时所作,恰恰就在于其内容和风格的不统一,这也是胡适不作整体评价的原因。如第五首言日本文字之起源,以及与汉字的渊源关系:"海隅无书契,其来自营州。后有黠桑门,小复规佉卢。下读更上移,文采相离娄。真草为符号,声类乃绝殊。刘曹不可识,略晓唐人书。时作宛平语,一字一萦纡。"诗之最后还谈到了近代日本文字走拼音化的主张:"转向大秦去,稗贩穷镏

---

[1]　章太炎:《章太炎全集》(四),第243页。

[2]　章太炎:《章太炎全集》(四),第243页。

铢。自言海西好，未若东人姝。"①章太炎在语言文字方面的研究和造诣，其中所积累的知识和情感因素，致使其不会赞同日本文字西化的改革。正因为涉及学术，体现了学人之诗的特点，是诗生涩奥衍，与第三、四首的平易晓畅迥然有别。故马强才注释《东夷诗十首》之后，补笺引钱仲联评价语："有阮籍诗的风格，读来佶屈聱牙。"②这应该是注诗时的切身体会。但此组诗汇成整体，却从方方面面记述了日本之风俗和文化。

也就是在章太炎写作《东夷诗十首》的同时，在日本发生了一件对革命党，特别是对章太炎本人影响很大的事情：由其担任主编的同盟会机关报《民报》遭禁，这让革命党失去了重要的宣传阵地，也使章太炎没有了生活的主要来源。1908 年 10 月，清廷派唐绍仪赴美商订中美同盟，途经日本。章太炎在《民报》第 24 号发表《清美同盟之利病》，言清政府意"欲借极东之美以掣日本"。唐绍仪遂要求日本政府封禁《民报》，并禁售第 24 号。黄侃《太炎先生行事记》言及《民报》被禁之事，更谈到了章太炎在日本的生活状况：

> 后革命党稍涣散，党之要人或他适，《民报》馆事独委诸先生。日本政府受言于清廷，假事封《民报》馆，禁报不得刊鬻。先生与日本政府讼，数月，卒不得胜，遂退居。教授诸游学者以国学。睹国事愈坏，党人无远略，则大愤。思适印度为浮屠，资斧困绝，不能行。寓庐至数月不举火，日以百钱市麦饼以自度，衣被三年不浣。困厄如此，而德操弥厉。其授人以国学也，以谓国不幸衰亡，学术不绝，

---

① 章太炎：《章太炎全集》（四），第 243 页。
② 马强才：《章太炎诗集（注释本）》，第 50 页。

民犹有所观感，庶几收硕果之效，有复阳之望。故勤勤恳恳，不惮其劳，弟子至数百人。①

可见，章太炎的生活十分清苦。他在日本招收中国学生而"授人以国学"，其目的还是革命，即所谓"国不幸衰亡，学术不绝，民犹有所观感，庶几收硕果之效，有复阳之望"。当然，这也可以适当地解决生计问题。就学术而言，黄侃则是章太炎所收授的学生之中最重要、亦最著名的一位。黄侃也是革命党人。所以，"古诗十九题"之中所保留的《秋夜与黄侃联句》和《游仙与黄侃联句》，是他们师生之间交流思想的真实写照。古人好悲秋，所谓"自古逢秋悲寂寥"，六朝之鲍照和谢朓均有《秋夜诗》。至于《游仙》作为诗歌的主题，有人追溯到屈原的创作。而魏晋最著名的《游仙诗》，乃郭璞所作。后人亦常拟议之，实质是借着神话故事来抒发自己对现实世界的看法，以及对理想境界的追求。章太炎、黄侃借用古题来进行联句，抒发的还是今情。

《秋夜与黄侃联句》和《游仙与黄侃联句》的写作时间，学术界至今没有确凿的考订。无论是汤志钧精心磨砺的《章太炎年谱长编》，抑或马强才新近出版的《章太炎诗集》（注释本），均语焉不详。二诗最早发表在《学林》第 1 号，署名"章绛"。而汤志钧以为《学林》第 1 号出版于 1910 年，故将其系于此年。② 但彭春凌《另一侧的潜流：清末国学变迁与章太炎的明治汉学批判》认为，《学林》第 1 号出版于 1911 年 6 月。③ 其实，他们只是讨论了发表时间。至于二诗的

---

① 陈平原、杜玲玲编《追忆章太炎》，第 16—17 页。

② 参见汤志钧《章太炎年谱长编》（增订本），第 193 页。

③ 彭春凌：《另一侧的潜流：清末国学变迁与章太炎的明治汉学批判》，《北京大学学报》（哲学社会科学版）2020 年第 6 期。

写作时间，并没有确定。因为是联句，章、黄二位应该在一起时才能完成。由于黄侃于 1910 年秋回国，故诗歌的创作应该在此之前。而《秋夜与黄侃联句》，黄侃首唱"中原乱无象，被发入蛮夷"，章太炎随即称"忍诟既三岁，裘葛从之移"。① 从章太炎 1906 年夏天到达日本推算，是诗当作于 1909 年秋天。然苏曼殊《燕子龛随笔》云："余巡游南洲诸岛，忽忽二岁，所闻皆非所愿闻之事，所见皆非所愿见之人。茫茫天海，渺渺余怀。太炎以素书兼其新作《秋夜》一章见寄，谓居士深于忧患。"② 查苏曼殊去南洋，是在 1909 年。柳无忌《苏曼殊年谱》是年记："九月，《拜伦诗选》出版。撰《英文潮音自序》。南巡星加坡诸岛。"③ 既言"忽忽二岁"，又称《秋夜》为"新作"，那写作时间似乎又不太可能为 1909 年。但是，由于苏曼殊此前没有见过此诗，是对读者、也就是苏曼殊而言为"新作"，而不一定真是作者、即章太炎的"新作"。况且，苏曼殊所录《秋夜》，已经隐去了与黄侃联句的形式，成了章太炎个人的诗歌作品。有一些诗句，亦有改动。我们是否可以假设，萧瑟秋风又起之时，章太炎思念远在南洋的故友，将《秋夜与黄侃联句》略作修订，寄给苏曼殊以表问候。"忽忽二岁"，如果从实算来，则为 1911 年的 9 月，那就是辛亥革命的前夕。但此时，诗歌已经发表。

武昌起义来得有些突然。其实，在此之前的几年，革命形势并不乐观，诚所谓"黎明前的黑暗"。故《燕子龛随笔》称其"深于忧患"，还是出于对国家和民族之前途的担忧。我们从前引《秋夜与黄侃联句》二人一开始的唱答，便可以感受到。黄侃随后又说"登楼望旧乡，天柱亦已颓""夏民竟何罪，种类将无遗"，主要是抒写晚清社会

---

① 章太炎:《章太炎全集》(四)，第 244 页。

② 苏曼殊撰，柳亚子编《苏曼殊全集》(二)，北京市中国书店，1985，第 56 页。

③ 苏曼殊撰，柳亚子编《苏曼殊全集》(四)，第 327 页。

之动荡、政治之腐败，以及民生之凋敝。而章太炎与之回应，也反映了作者精神层面的困惑，以及物质层面的困窘："谁言乐浪乐，四海无鸡栖""邦家既幅裂，文采复安施"。① 自 1906 年去国后，客居他乡，远离祖国和亲人，其生活的艰辛，外加革命党内部的矛盾，以致实现理想的过程也不顺畅。种种因素叠加，章太炎的意志有些消沉。这在随后所作的《游仙与黄侃联句》中表现得更为明显。余冠英曾云："郭璞的《游仙诗十四首》不像一般的游仙诗专写想象中的仙山灵或，往往自叙怀抱，辞多慷慨。其歌咏神仙实际是歌咏隐遁，而歌咏隐遁的地方往往见出忧生愤世之情。"② 如果将余先生此言移论《游仙与黄侃联句》，亦十分合适。说到隐遁，章太炎在日本的时候，也有去印度出家的想法，黄侃就谓其"思适印度为浮屠，资斧困绝，不能行"。此诗章太炎先说"上国有名山，海外无瀛洲"，黄侃答以"将寻不死乡，言至昆仑丘"，因此，就时间而言，其作于黄侃回国的前夕也有可能。师生俩随后借用《淮南子》的故事，又杂以《楚辞》《吕氏春秋》《列子》《山海经》等古代著作上的神话记载。章太炎和黄侃都是知识渊博的国学大师，许多典故信手拈来，却非常贴切。诗歌给人的感觉是海阔天空，逍遥游览，其虚设的神仙世界，实质是一个逃避现实的理想王国。但章、黄二人时时放心不下的，却还是现实世界。所以黄侃最后说"钧天奏广乐，万灵不少留。谁言龟鹤寿，千岁仍浮游"。③这与《秋夜与黄侃联句》结尾处章太炎所言"及尔同沉渊，又恐罹蛟螭。愿言息尘劳，无生以为师"，④ 是同一种心境。入世和遁世的矛盾，是他们"游仙"的主题，也是他们内心无法排遣的痛苦。刘熙载《艺

---

① 章太炎：《章太炎全集》（四），第 244—245 页。

② 余冠英：《汉魏六朝诗选》，人民文学出版社，1978，第 177 页。

③ 章太炎：《章太炎全集》（四），第 245 页。

④ 章太炎：《章太炎全集》（四），第 245 页。

概》卷二称"嵇叔夜、郭景纯皆亮节之士，虽《秋胡行》贵玄默之致，《游仙诗》假栖遁之言，而激烈悲愤，自在言外，乃知识曲宜听其真也"，[①] 我们读此诗，是否也有"激烈悲愤，自在言外"的体会呢？虚构的世界或许不尽相同，因为理想和追求也总是因人而异、因时而异。而现实之中经历的苦难，如果有相似之处，在于历史的轮回。

五

一般以为，《太炎文录初编》中的《夏口行》，作于武昌起义之时。此诗并没有表露出"初闻涕泪满衣裳"的惊喜，或者"漫卷诗书喜欲狂"的狂欢。这应该是起义尚未成功、胜负也没有最后分出之时所作。所以章太炎会说"朔风忽陵厉，白露转为霜"，北方的清军甚至还短暂地占据上风。究其原因，则是"赤松既云远，谁能无他肠"。这里所言赤松子，即那位相传对中华历史之发展，曾起过关键作用的上古仙人，应该是暗喻起义之时尚在海外的革命领袖。但到底是孙中山，还是言其自己，诗人没有明说，我们也不能妄自猜测。而最后所说"良言不见听，思之泪沾裳"，[②] 则章太炎或有什么意见并未被起义者采纳。

总之，武昌起义的胜利，帮助章太炎实现了投身革命的终极目标，他终于回到了阔别已久的祖国。而以后所作的诗歌，不再是其民族主义革命心路历程的记录，因此就不在本文所讨论的范畴之内。但是在"古诗十九题"之中，《夏口行》之后的《广宁谣》，是1912年冬袁世凯任命章太炎为东三省筹边使，其赴任途中所作。此诗之主

---

① 刘熙载：《艺概》，上海古籍出版社，1978，第54页。

② 章太炎：《章太炎全集》（四），第245—246页。

题是清朝之兴起与明朝之覆亡的历史，且作于辛亥革命之后不久，故多有感慨。所以，我们对《广宁谣》作一概述，以结束本文。

筹边使署设在长春，而广宁则为明代军事重镇，在锦州附近。在此赋诗，于"驱除鞑虏，恢复中华"有着特殊的象征意义。《广宁谣》先说"步出医无闾，文石正累累。神丛亦时见，不知祀何谁"。其实，章太炎是知道祭祀之对象的，即天启年间曾任辽东经略的熊廷弼。作者先是自问，接着便是自答。在他看来，东三省筹边使的职责大概相当于辽东经略。故诗歌便围绕着熊廷弼的故事展开："惟昔熊飞百，楚材为之魁。临关建牙旗，长驾安东维。置堠亘千里，两军无交绥。"可见其以防守为主的戍边之策还是卓有成效的。但是，皇帝昏庸、奸臣当道、阉党专权，明王朝的崩溃之势，已经不可逆转："神京有左肘，故老知怀归。谁令斗筲子，居中相残摧。付卒不盈万，虚位隆旌麾。"而直接掣肘熊廷弼的，是辽东巡抚王化贞。其不愿韬光养晦，而好大喜功、力主冒进，结局是可想而知的："一朝剅河西，泰山为尔颓。彼昏岂不醉，轻战忘其危。何意千载下，弃地如遗锥？"[①] 章太炎在这个时候回顾清兵入关的前因后果，其更深层次的含义便是防止重蹈覆辙，也是一种自我告诫和自我激励，毕竟俄国和日本正虎视眈眈，环伺左右。

现在评价章太炎，多强调其国学之成就，这是无可厚非的。但是，作为章太炎的学生，鲁迅哀悼和缅怀老师时却说："我以为先生的业绩，留在革命史上的，实在比在学术史上还要大。"并且他追随章太炎的目的，也就是革命："我的知道中国有太炎先生，并非因为他的经学和小学，是为了他驳斥康有为和作邹容的《革命军》序，竟被监禁于上海的西牢。"而章太炎鼓动革命的诗歌，也激发了鲁迅他们的热

---

① 章太炎:《章太炎全集》(四)，第246页。

情："那时留学日本的浙籍学生，正办杂志《浙江潮》，其中即载有先生狱中所作诗，却并不难懂。这使我感动，也至今并没有忘记。"但至言"革命之后，先生亦渐为昭示后世计，自藏其锋铓。浙江所刻的《章氏丛书》，是出于手定的，大约以为驳难攻讦，至于忿詈，有违古之儒风，足以贻讥多士的罢，先前的见于期刊的斗争的文章，竟多被刊落"，[①] 这自然是鲁迅的看法。而章太炎刊落过去的作品，一定也有章太炎后来的标准。就诗歌言，其《太炎文录初编》所收，特别是辛亥革命前的作品，还是突出了章太炎民族主义革命之经历和理想的。其"多被刊落"，更重要的原因，是不符合宗尚汉魏六朝的诗学观。在章太炎看来，近体诗就是游戏的笔墨，是不登大雅之堂的。

这其实也是我们今天讨论章太炎"古诗十九题"的意义所在。毕竟，那是中国历史上一个少有的翻天覆地的时代。

---

① 鲁迅:《关于太炎先生二三事》，载《鲁迅全集》(六)，人民文学出版社，2005，第565—567页。

理想、政治、学术与诗歌

——诗解刘师培

对于刘师培的认识，普通的民众很难从记忆之中找到相关的碎片。其实，真正的学者不可能、也不应该成为大众娱乐的对象。过去常说，坐得冷板凳，吃得冷猪肉，两个"冷"字，其中的因果关系，可以概括学者的身前身后。不过，刘师培年轻的时候鼓吹革命，也算是追风少年。他在当时报刊发表了诸多诗文，成为晚清一代知识青年的偶像。当然，刘师培以后的沉沦，与他首鼠两端，转而投靠清廷有关，这也是咎由自取。只是其学术研究方面的成就，我们也不能因人废言。辛亥革命爆发后，追随端方入川的刘师培被四川军政府拘押，已经和他反目成仇的章太炎，曾发电报给四川都督尹昌衡救下刘师培。据刘文典《回忆章太炎先生》称："我记得电文上有这几句话：'姚广孝劝明成祖：殿下入京，勿杀方孝孺，杀孝孺则读书种子绝矣。'又说：'申叔若死，我岂能独生？'"[①] 随后章太炎发表《宣言九则》，其中称"今者文化陵迟，宿学凋丧，一二通博之材如刘光汉

---

① 陈平原、杜玲玲编《追忆章太炎》，生活·读书·新知三联书店，2009，第52页。

辈，虽负小疵，不应深论。若拘执党见，思复前仇，杀一人无益于中国，而文学自此扫地，使禹域沦为夷裔者，谁之责耶？"①可见刘师培在太炎先生心目中的学术地位。

刘师培（1884—1919），字申叔，江苏仪征人。有关其学问和著述，只消读蔡元培《刘君申叔事略》，便可略知一二："所著书经其弟子陈钟凡、刘文典诸君所搜辑，其友钱君玄同所整理，南君桂馨聘郑君裕孚所校印者，凡关于论群经及小学者二十二种，论学术及文辞者十三种，群经校释二十四种。"蔡先生随即又感慨道："除诗文集外，率皆民元前九年以后十五年中所作，其勤敏可惊也。向使君委身学术，不为外缘所扰，以康强其身，而尽瘁于著述，其所成就宁可限量？惜哉！"②即便如此，今检阅南桂馨等刊印的《刘申叔先生遗书》，成74册之巨，而所涉经史子集，无所不有，令人叹为观止。须知，其生命的轨迹，只留下36载的年轮。昔曹丕《典论·论文》言"文非一体，鲜能备善"，又云"夫文本同而末异……故能之者偏也，唯通才能备其体"。③据此，刘师培堪称通才。恕我直言，当今学界能涵盖各方面之见识而读通读懂刘师培全部著述者，罕值其人，亦诚可谓"能之者偏也"。余也不敏，不能读其书，更不能求得甚解。所以，只能勉强颂其诗，以此略知其人，略论其世，并管窥其思想之一二。

---

① 章太炎撰，马勇整理《章太炎全集·太炎文录补编》，上海人民出版社，2017，第390页。

② 蔡元培：《刘君申叔事略》，载陈引驰编校《刘师培中古文学论集》，中国社会科学出版社，1997，第276页。

③ 郭绍虞主编《中国历代文论选》（一卷本），上海古籍出版社，2001，第60页。

一

我们首先要关注的，是刘师培诗歌中所记述的革命行述，以及所表现的革命理想。现在讨论刘师培，多言其好变。而其一生的争议之处，则是辛亥之前与端方、辛亥之后与袁世凯的关系。譬如方光华所著《刘师培评传》，第二章的标题是"民族革命的闯将"，第三章即为"铤而走险的叛徒"。①其中的反差，是常人所无法体会，甚至无法接受的。其实，当生活在被称为"数千年来未有之变局"②的当时之中国，这种变化是不足为奇的。而作为吟咏情性的诗歌，也一定是作者思想和情绪的反映。但是，刘师培最早出现在国人的视野中，却是一位激进的革命党人。我们读其诗，也有这样的感受。

刘师培投身民族革命，应在庚子事变之后。从鸦片战争开始，中国便积贫积弱，但大多数人还沉醉在东方帝国的春梦之中，以为大清的皇帝非但统治着中国，还主宰着世界。梁启超《五十年中国进化概论》谈到这样一件事："光绪二年记得有位出使英国大臣郭嵩焘，做了一部游记。里头有一段，大概说现在的夷狄和从前不同，他们也有二千年的文明。哎哟！可了不得。这部书传到北京，把满朝士大夫的公愤都激动起来了，人人唾骂，日日奏参。"这部游记便是《使西纪程》。狂妄自大可以美其名曰"自信"，最后的结果当然是"奉旨毁版才算完事"。③但甲午战争的失利，终于让中国的知识分子感受到了前所未有的危机。因为他们实在无法接受败在东亚邻国日本的手

_____

①　方光华：《刘师培评传》，百花洲文艺出版社，1996，"目录"第1—2页。

②　李鸿章：《筹议海防折》，载顾廷龙、戴逸主编《李鸿章全集》（六），安徽教育出版社，2008，第159页。

③　梁启超：《五十年中国进化概论》，载《饮冰室合集》文集之三十九，中华书局，1989，第43页。

下。谭嗣同曾在南学会成立大会上发表演讲，其题目就是《论中国情形危急》。开篇即云："溯自道光以后，通商诸事，因应失宜，致酿成今日之衰弱。日本乃亚细亚之小国，偶一兴兵，即割地偿款，几不能国。而德国又起而乘之，瓜分豆剖，各肆侵凌，凡有人心，其何以堪？"① 在他们的心目中，日本的开化是因为受到中国文化的熏染。现在徒弟打倒师父，着实令人震惊。此后的中国，又经历了戊戌政变和庚子事变的内忧外困。刘师培早年留存的诗作，如《湘汉吟》《燕》《宫怨》等，均与当时之政局有关。此时的诗人，年少气傲。其1901年所作《有感》，是一首托物起兴、表达志向的诗歌："鲔鱼蛰遐淑，偶歧文禽霏。羽翼一朝傅，溟瀛何时归。冥尘积四维，敢愆虞人机。不见鲲与鹏，嬗易靡休时。"② 他所期待着的鲲鹏展翅，实质就是"燕雀安知鸿鹄之志"的青春期骚动。不过，这种骚动，和当时许多的志士仁人一样，是建立在救亡图存的抱负之上的。就刘师培而言，最早的想法就是"广开智识、输入文明"的启蒙教育。在1903年3月赴开封参加会试之前，刘师培撰写了《留别扬州人士书》。其中有云：

> 仆闻文明诸国之盛也，人无不学，学无不成，而野蛮之国则反是。中国数十年来，所习非所用，所用非所习，故列强目为无教之民，而社会无复日新之望。近者诸志士耻为亡国之民，知非学无以立国，于是或游学东京，或私立学塾，务祈广开智识，输入文明，诚盛举也。③

现在有一种揣测，如果刘师培会试上榜，他的人生轨迹和理想

---

① 谭嗣同撰，蔡尚思、方行编《谭嗣同全集》（增订本），中华书局，1981，第397页。

② 刘师培：《刘申叔遗书》，江苏古籍出版社，1997，第1912页。

③ 万仕国辑校《刘申叔遗书补遗》，广陵书社，2008，第38页。

是否会发生变化呢？对于过往的历史，再去假设条件以寻求新的结果，是没有意义的事情。尽管如此，我们还是相信，刘师培的人生轨迹或有变化，而人生理想则大同小异。我们可以参照刘师培毕生引为知己的蔡元培之行迹，从中寻得答案。蔡氏就是先考中进士而后投身革命的。何况，刘师培将《留别扬州人士书》寄给当时鼓吹革命之重要阵地《苏报》，而《苏报》于 3 月 10 日在"学界风潮"栏目刊发，要早于当年会试的发榜之日。这是刘师培与革命党人的较早联系。虽然文章只是强调教育救国，并不涉及民族革命的内容，甚至亦无保存国故的主张。春闱落榜后，他返回扬州，去了上海，因此结识正在鼓吹革命的章太炎、蔡元培等中国教育会的骨干，他们的新思想感染了刘师培。于是，他从迷茫和彷徨中警醒，从此有了革命的动念。刘师培最早自己厘定的诗稿为《匪风集》，成书当在 1904 年 9 月之前。《诗经·桧风》有《匪风》一篇，《毛诗正义》谓"桧国既小，政教又乱，君子之人，忧其将及祸难，而思周道焉"。[1] 而刘师培更名'光汉'，其所忧所思，也与"思周道"吻合，因为此时他的政治理想，就是弘扬中国传统的汉学精义，并以此为武器，推翻被革命党人认作"鞑虏"的清朝统治。所以，其诗歌对坚持反清复明的清初大儒多有褒扬和嘉奖，如《读王船山先生遗书》言"黍离麦秀悲遗墟，举世谁复知申胥。井中心史传遗书，所南忠愤古所无"，[2]《书顾亭林先生墨迹后》则称"胡尘没中原，虏骑密如织。先生经世才，文采华南国"。[3] 这与章太炎、蔡元培等所倡导的民族革命思想是高度一致的。特别是其《阅赵扝叔诗集诋吕晚村甚力因作二绝正之》，对吕留良为清廷文字狱残害深感悲愤，而对赵之谦冥顽不化、维护清王朝近似疯

---

① 阮元校刻《十三经注疏》，中华书局，2009，815 页。

② 刘师培：《刘申叔遗书》，第 1910 页。

③ 刘师培：《刘申叔遗书》，第 1910 页。

狂的行径，给予了无情的嘲讽：

> 东南文网密于织，党祸谁怜瓜蔓抄。
> 堪笑宋廷禁伪学，考亭名共嵩华高。

> 文祸早偕胡（中藻）戴（名世）著，儒名犹共陆（稼书）张（考夫）齐。（当时以吕、陆、张及劳麟书为四大儒。）如何言更因人废，此论吾嗤赵会稽。（魏默深先生谓"留良言不可废"，而赵氏诗则曰："如何言不因人废，此论吾嗤魏邵阳。"故此句反之，以存公论。）①

　　是诗现实的背景便是发生在 1903 年的"苏报案"。与刘师培志同道合的挚友章太炎等，因鼓吹革命，被上海租界当局逮捕。是年所作，还有发表在《江苏》第 7 期上的《咏晚村先生事》，其云"凤皇翔九霄，悲哉网罗投。缇骑下越山，惨淡神鬼愁"，是因章炳麟和吕留良同为浙江人，故其诗中还说"呜咽浙江潮，逝水空悠悠"。至谓"区区匡复心，志与王（船山）顾（亭林）侔"，② 章氏曾几易其名，终因倾慕顾炎武的反清复明之志，复更名绛，取号太炎。此后的刘师培，加入光复会，成了狂热的革命党人。他的表现非常激进，1904 年曾在《中国白话报》第 6 期发表《论激烈的好处》一文，自称是"激烈派第一人"。他将当时的立宪派称之为平和的人，说"激烈派的好处，那种平和的人，是断断没有的。大约中国亡国的原因，都误在'平和'两字；这平和的原因，又误在'待时'两字"。传统

---

① 刘师培：《刘申叔遗书》，第 1909 页。
② 万仕国辑校《刘申叔遗书补遗》，第 62 页。

的夷夏之辨，是其激烈的思想基础。刘师培以"驱除鞑虏"为革命的第一要务，因此反对君主立宪。在他看来，如果保留了清廷的皇帝，即使是仅存象征的意义，其意义并不能象征着"恢复中华"之目标的实现。刘师培以为，只要赶走了满族的皇帝就能万事大吉。所以他又说"哪晓得现在还有一种治新学的人，看了几部《群学肄言》等书，便满嘴的说平和的好处。看见这激烈的人，不说他不晓得进化的层次，就说他不晓得办事的条理"。[①]刘师培甚至还非常勇敢，直接参与了 1904 年秋天发生在上海的刺杀广西巡抚王之春的行动。据黄翼云《闽县林白水先生传略》介绍，时任《警钟日报》主编的林獬"偕刘光汉、万福华谋刺杀"，是因王之春"潜通俄人，又为主张卖粤路之有力者"。须知，《警钟日报》初名《俄事警闻》，由刘师培和蔡元培等创刊，目的就是专事揭露俄国侵华暴行。当行动失败、万福华被逮，又是林獬"与刘光汉集资延律师，为万力争。万因得免死，监禁十年"。[②]可见，刘师培是最早预事者，又是敢负责任者。当然，刘师培在革命队伍中发挥的作用，主要还是在上海的进步刊物上发表政论和学术之文，以宣扬民族革命和国学保存之思想。而这一时期的诗歌创作，也多在《警钟日报》《中国白话报》《政艺通报》和《国粹日报》刊发，既抒发情绪，又鼓动民众。当邹容瘐死，刘师培即在《国粹学报》发表《闻某君卒于狱作诗哭之》哀悼："七字凄凉墨迹新，当年争说自由神。（某君前赠余箑，隶书'中国自由神出现'七字。）草间偷活吾滋愧，奇节而今属故人。（梅村词云：'故人慷慨多奇节，恨当日，沉吟不断，草间偷活。'）"[③]是时，刘师培正从

---

① 万仕国辑校《刘申叔遗书补遗》，第 118 页。

② 黄翼云：《闽县林白水先生传略》，载章伯锋、顾亚主编《近代稗海》（第十二辑），四川人民出版社，1988，第 523 页。

③ 刘师培：《刘申叔遗书》，第 1933 页。

事着革命的伟业，与清初屈节降清、名不符实之吴伟业，有着本质的不同。他甚至也可算"慷慨多奇节"。倒是日后背叛了革命的刘师培，却从来没有"草间偷活吾滋愧"的自责。

《国粹学报》是1905年2月成立于上海的国学保存会的机关报。同盟会在日本创办的《民报》，曾为《国粹学报》登载广告，以为"粤自通古斯入寇以来，二百六十年中，国粹泯之殆尽。讵意人心不死、顿放光明者，则《国粹学报》之显于宇内也"。[①] 因满文属于阿尔泰语系通古斯语族，此处所言通古斯代指满人，是可见《国粹学报》在弘扬国粹背后的反清目的。有关刘师培之于《国粹学报》的重要意义，或者说《国粹学报》之于刘师培的巨大影响，郑师渠《晚清国粹派：文化思想研究》谓其"加入国学保存会，主撰《国粹学报》。是时，刘师培不仅已成著名革命党人，且成国粹派的主将之一和《国粹学报》之巨擘。他一生著书74种，民元前43种，其中在《国粹学报》上连载的就有33种。该报共出82期，除两期之外，每期都有他的文章"。[②] 就诗歌而言，最能反映刘师培这一时期之思想的，是刊载在《国粹学报》的《宋故宫》《文信国祠》《黄天荡怀古》等作。其主题都是借古喻今，用宋代抗击女真族和蒙古族的历史来演绎排满的情绪，也合乎其倡导国粹的宗旨。可以说，这都是作为主笔的刘师培为《国粹学报》量身定制的。而此类作品最具代表性者，则是七言歌行《台湾行》。此诗先言台湾自古属于中国："九州分壤海波环，圆峤方壶碧浪间。声教昔时沾四海，神仙何处访三山？"而且文化也与大陆相通："入贡曾缘海水来，卜居或等桃源避。文物声名古来通，鲸波千顷日轮东。"只是后来由于外国入侵，被占领实行殖

---

① 《民报》第5号，1906年6月。

② 郑师渠：《晚清国粹派：文化思想研究》，北京师范大学出版社，1997，第18页。

民统治。而郑成功收复宝岛，并以此作为反清复明的基地。由于作者是站在排满的立场上来叙述台湾的这一段历史，他希望明王朝册封的延平郡王郑成功及其家族能够统一中国，所以对康熙的夺回台湾表现出了懊丧的情绪："沧海桑田几迁变，丹青无复延平殿。边防从此撤三藩，故国何妨夷九县！"又回到刘师培所处的现实世界，他对垂涎台湾的日本予以严厉谴责："东邦地隔沧溟水，谓此区区应予畀。横海楼船一矢加，河山寸土千金拟。"因为甲午战争的失败致使台湾的割弃，刘师培对无能的清政府更加愤怒："沧海何曾禹贡归？边城终类维州弃。禹迹茫茫又变移，神州亦有陆沉悲。"①

清末之"报案"，除了众所周知的《苏报》案以外，影响较大的还有发生在 1905 年的《警钟日报》案。据冯自由《记上海志士与革命运动》记载，《俄事警闻》更名《警钟日报》之后，"出版数月，销路日广，旋以批评清廷外交失地，持论过激，至乙巳年（1905）二月二十日，遂为德国领事照会当道强行封禁，并有令拘捕主笔刘光汉，光汉预匿他处得免"。② 其所"预匿他处"，是去了嘉兴，躲藏在党人敖嘉熊家，据冯自由《记刘光汉变节始末》又记："时敖方创设温台会馆，为浙西党人之交通机关，因光汉来投，引为臂助。"③ 当然，刘师培还继续参与着上海报刊的撰稿工作。而同盟会在沪成立分会之时，他即入会。其间，刘师培在嘉兴，离开了国内革命之中心的上海，特别是远离此前朝夕相处的同志，虽然也有短暂的返沪经历，但在情绪上难免有些迷茫和彷徨。他游览嘉兴胜景，留下《烟雨楼》小诗二首，其二云："尘海茫茫一局棋，侧身天地更何之。何当散发鸳

---

① 刘师培：《刘申叔遗书》，第 1931 页。

② 冯自由：《革命逸史》，金城出版社，2014，第 213 页。

③ 冯自由：《革命逸史》，第 289 页。

湖里，一舸鸱夷逐范蠡。"①诗歌应该写在是年春天，他将其从事的革命事业称之为"尘海茫茫一局棋"，自己则是"侧身天地更何之"。最后两句化用杜牧"西子下姑苏，一舸逐鸱夷"诗意，经历挫折之后，刘师培似乎萌生了退隐的想法。他自比泛舟五湖之范蠡，西施当然是其外表秀丽而性格彪悍的妻子何震。有学者认为，刘师培后来与革命党人的分道扬镳，与其迁就强势的何震有很大的关系。

此时的刘师培，情绪之变化，思想之波动，是因一时之狂热，甚至狂躁而投身革命的知识青年，在经历挫折之后的正常表现。但他并没有脱离革命，更不消说背叛革命。一旦局势有新的变化而加以刺激，就像炉火添薪，他的热情还会高涨。1906 年的春天，应陈独秀之邀，刘师培离开嘉兴，去到芜湖，在安徽公学等学校执教。许多革命同志诸如柏文蔚、陶成章、张通典、苏曼殊等又聚到一起，刘师培似乎又满血复活。据辛亥革命以后曾任安徽都督的柏文蔚《五十年经历》记载："是时所延请教师，有精于汉学之刘光汉君，化名金少甫，组织黄氏学校，专门从事暗杀工作。"②刘师培在上海就从事过暗杀。而次年发生的刺杀安徽巡抚恩铭事件，主谋即为刘师培光复会的同志徐锡麟。在芜湖日，刘师培还发展了与徐锡麟、秋瑾关系密切、也曾担任过《警钟日报》主笔的陈去病加入同盟会。柳亚子《南社纪略》称陈去病"一九〇六年（清光绪三十二年），应徽州府中学校之聘，道出芜湖，由刘申叔介绍，加入中国同盟会。这样，便正式成为革命团体的一员了"。③而他们取名黄氏学校，是表明为炎黄子孙。刘师培曾撰写《黄帝纪年论》，收入 1903 年 7 月出版的《黄帝魂》一书。同时也是尊奉以反清复明为职志的黄宗羲。陈去病到徽州后，亦与黄

---

① 刘师培：《刘申叔遗书》，第 1933 页。

② 柏文蔚著，文明国编《柏文蔚自述》，人民日报出版社，2011，第 113 页。

③ 柳亚子著，柳无忌编《南社纪略》，上海人民出版社，1983，第 6 页。

宾虹、许承尧等发起黄社，其《盟词》即为"尊梨洲之旨，取新学以明理，忧国家而为文"。[①]意气风发的刘师培再一次赢得同志们的高度评价。1906 年春夏之交，刚从日本归国的同盟会员李元唐，署名棣臣，在《国粹学报》第 16 期发表诗作《题国粹学报上刘光汉兼示同志诸子》。其中云"刘生今健者，东亚一卢骚。赤手锄非种，茝魂赋大招"，[②] 刘师培俨然成了思想界之革命大纛。他们在芜湖的所作所为，被清廷警视，外加肺病发作，身体每况愈下，刘师培因此返回上海。离开芜湖日，他写下《芜湖赭山秋望》：

> 浪迹涉艰阻，颇讶游瞩移。缘麓瞰蒙密，陟岨涤尘鞿。
> 金风泛寒色，毁阳戕炎晖。仰眺霄汉昭，俯眒川原肥。
> 掬壤辨鹊陵，涌流渺长淝。麻蘖苗故垒，芳华辉曲碕。
> 临幽感虑惄，睇景衷怀违。且尼新亭哀，未忘柴桑归。[③]

登高望远，极目所见，作者的情绪似乎有些低落。而遥想长江上下，东边为周𫖮感叹"风景不殊，正自有山河之异"的南京新亭，寄托了理想和抱负；而西边则是陶潜归隐田园、怡然自得的柴桑之地，承载着家庭和生活。而后途经南京，所作《燕子矶》《清凉山夕望》等诗，有关入世和出世，继续分裂着矛盾之中的刘师培。

二

　　1907 年 2 月 13 日，即农历丁未年元旦，刘师培偕夫人何震，还

---

① 陈去病著，张夷主编《陈去病全集》（六），上海古籍出版社，2009，第 70 页。
② 棣臣：《题国粹学报上刘光汉兼示同志诸子》，《国粹学报》第 2 卷第 4 期，1906 年 4 月。
③ 刘师培：《刘申叔遗书》，第 1913 页。

有何震之表弟汪公权，以及友人苏曼殊等同去日本。现在都以为，刘师培思想的变化，甚至趋于反动，始于赴日本之后。其实，与章炳麟那样相对比较纯粹的研习和宣传国粹相比，刘师培还是有所不同的。即使是早年，他也并不完全拒绝西学。在戊戌维新以后，国人阅读严复翻译的西方学术思想名著，成为一时风尚。鲁迅回忆在江南陆师学堂的时候，说"看新书的风气便流行起来，我也知道了中国有一部书叫《天演论》"，自己是"一有闲空，就照例地吃侉饼，花生米，辣椒，看《天演论》"。[①] 而年到半百的陈三立，当时也在南京，同样也是一位严粉。尽管他已经遭到清廷严谴，但《散原精舍诗》还是有《读侯官严复氏所译英儒穆勒约翰群己权界论偶题》和《读侯官严氏所译社会通诠讫聊书其后》等作。其《送严几道观察游伦敦》称"餔啜糟醨数千载，独醒公起辟鸿濛。抚摩奇景天初大，照耀微尘日在东"。[②] 刘师培《匪风集》亦存有《读天演论二首》，所谓"园柳转微黄，堤草弄新翠。感此微物姿，亦具争存志"，[③] 他是用身边草木之枯荣，来感受"物竞天择，适者生存"的自然法则。而在其《台城柳》一诗中，也有类似的感叹："人事苟不施，会见天行强。细绎天演篇，怀古心茫茫。"[④] 是将《天演论》"苟人事不施于其间，则莽莽榛榛"[⑤] 句，融入诗意，真有倡导诗界革命者所谓"镕铸新理想以入旧风格"[⑥] 之气象。而《天演论》也俨然成了刘师培从事民族革命的枕中鸿宝，其所著《中国民族志》即云："今太西哲学大家创为天择物

① 鲁迅：《琐记》，载《鲁迅全集》（二），人民文学出版社，2005，第305—306页。

② 陈三立著，李开军校点《散原精舍诗文集》（增订本），上海古籍出版社，2014，第138页。

③ 刘师培：《刘申叔遗书》，第1907页。

④ 刘师培：《刘申叔遗书》，第1932页。

⑤ 赫胥黎著，严复译《天演论》，《严复全集》（一），福建教育出版社，2014，第9页。

⑥ 梁启超：《饮冰室诗话》，人民文学出版社，1959，第2页。

竞之说，物竞者，物争自存也，天择者，存其宜种也……中国当蛮族入主之时，夷族劣而汉族优，故有亡国而无亡种。"① 赵慎修讨论刘师培《攘书》和《中国民族志》二书之差异，也谈到其民族主义立场在不同场景也有不同表述："《攘书》是以中原地区的汉族为中心，以其他民族为四裔，主张严格区分华夷之界，其意在于唤起汉族人民的反清意识。《中华民族志》是在探讨中国各民族的斗争与融合，以及中国人民与帝国主义的矛盾，唤起国人的反帝意识。"② 是二书均为 1903 年在上海所作，时间差不多，只能说明刘师培思想的多元化。所以，如果以此作为刘师培思想转变的轨迹来考察，似乎也不是非常恰当。

刘师培赴日的主要考量，应该是基于国内日益恶劣的政治环境。特别是从 1905 年避居嘉兴开始，他的生活就不是十分安定和安全。所以，刘师培在离开芜湖的时候，已经有了赴日本的打算，他多有赠别皖中朋友的诗作，如《留别二首》《赠李诚庵二首》《留别邓绳侯先生》等，他也为此做了准备。其《留别二首》之一云：

> 沉冥自晦中山酒，去住无心不系舟。
> 三载饥驱战冰蘖，万重哀怨悟浮沤。
> 风潇雨晦增萧瑟，絮果萍因任去留。
> 江上云帆催我去，欲从沧海挟沙鸥。③

所谓"三载饥驱战冰蘖，万重哀怨悟浮沤"，可见其投身革命以后的艰辛。至于"江上云帆催我去，欲从沧海挟沙鸥"，则隐言其即将东渡扶桑。确实，当时许多革命党人都流亡日本，同盟会即成立于东京，

---

① 刘师培：《刘申叔遗书》，第 629 页。

② 赵慎修编著《刘师培》，中国文史出版社，1998，第 21—22 页。

③ 刘师培：《刘申叔遗书》，第 1936 页。

他们将其视作海外活动的基地。除此以外，刘师培早先亦曾把留学日本看作是跟上时代潮流和融合世界文明的主要选择，其《留别扬州人士书》所谓"近者诸志士耻为亡国之民，知非学无以立国，于是或游学东京，或私立学塾，务祈广开智识，输入文明"，便是此意。而刘师培本人，也有过留学日本的设想。其1904年所作的《甲辰自述诗》即云："瀛海壮游吾未遂，有人招我游扶桑。欲往从之复洄溯，天风浪浪海山苍。"[1] 去到日本，无论是眼前所迫，或者为长久所虑，对刘师培都不失为一种明智的选择。所以，今天我们见到的刘师培到达日本后的第一首诗《日本道中望富士山》，乃是刘师培一生中罕见的快诗。"庞薄衍峻壤，崛崎培峣峰。冰液凝夏条，雪尘涴春丛"，生活在江南的诗人，初见富士山的奇异景色，不禁叹为观止。而日本旖旎的春色，也令他赏心悦目："吐曜逴龙艳，委羽仙禽翀。冈冢草罢绿，嵚碒樱燃红。"刘师培说自己是"侧观拭游目，遐览愉旅衷"。只是作为民族主义的革命者，他还是要和中国古代的历史拉扯上关系，故有"颇疑嬴氏臣，瞷影标瀛蓬。逋士有坏丘，仙俦无遗踪"[2] 的诗句。

带着这样的理想和心情来到日本，早年埋藏于刘师培心中探究西学的种子，在明治维新后渐趋开放的日本之土壤，便有了萌发的机会。汪东《刘师培传》即称其"旋遭名捕，亡命至日本，复遘炳麟，同编辑《民报》。炳麟经术笃守古文，师培虽旁通，亦以古文为主，故论议益相得，其为人，恂恂儒雅，然颇近名。闻社会主义、无政府主义新说，皆驰骛焉。劬学，每至夜分不辍，精气疲苶"。[3] 所以，到日本后对新思想、新事物的好奇心，使得刘师培从民族主义者，转而成为无政府主义者。是时，何震以女子复权会的名义创办《天义报》，

---

[1]　万仕国辑校《刘申叔遗书补遗》，第390页。

[2]　刘师培：《刘申叔遗书》，第1913页。

[3]　汪东：《刘师培传》，载陈引驰编校《刘师培中古文学论集》，第277页。

自任主编，而幕后策划则是刘师培。柳亚子《南社纪略》即称刘、何"是当时有名的革命夫妻，曾在日本发刊《天义杂志》，提倡无政府主义，表面上主干是志剑，实际却是申叔在揽"。[①] 其 1907 年 6 月 10 日出版的《天义报》创刊号，登载《天义报启》称："以破坏固有之社会，实行人类之平等为宗旨。于提倡女界革命外，兼提倡种族、政治、经济诸革命，故名曰'天义报'。"[②] 这其实就是宣扬带有无政府主义色彩的所谓社会主义，但还没有背离民族革命。因此，刘师培又筹划并组织了社会主义讲习会。而当刘师培的社会主义和无政府主义混为一谈的时候，其至多就是空想的社会主义。他曾经谈到举办社会主义讲习班的"吾辈之宗旨"，"不仅以实行社会主义为止，乃以无政府为目的者也"，[③] 并称"若于政府尚存之日，则维新不如守旧，立宪不如专制"。[④] 是时，其革命的目标已经有所变化。只是有政府不如无政府，有立宪之政府不如有专制之政府，其逻辑的混乱可见一斑。

　　其实，在去日本之前，刘师培已经显现对民族主义革命的动摇。登船渡海前夕，他将《偶成》《杂赋》诸诗留给《政艺通报》编辑部，随后发表在 1907 年 1 月 28 日出版的《政艺通报》第五年丙午第 25 号。《偶成二首》，其一谓"子瞻正叔皆贤哲，党论纷拏本激成"，是将当时各种政治力量的分歧，甚至斗争，比作北宋苏轼与程颐之间无谓的洛蜀党争。而"翻笑史臣工左袒，至今贝锦尚纵横"，[⑤] 则以为其中的恩怨情仇、曲折是非，今后的评价也只能凭借史学家的一面之词。而《杂赋》更云：

---

① 柳亚子著，柳无忌编《南社纪略》，第 3—4 页。

② 万仕国辑校《刘申叔遗书补遗》，第 662 页。

③ 汪公权：《社会主义讲习会第一次开会纪事》，《天义报》1907 年第 6 卷。

④ 刘师培：《论新政为病民之根》，载万仕国辑校《刘申叔遗书补遗》，第 794 页。

⑤ 刘师培：《刘申叔遗书》，第 1936 页。

馸馸游侠士，意气凌盛都。杀人长安中，挟刃游交衢。

一朝禁网严，伏尸城西隅。古人尚力竞，赴义甘捐躯。

今人竞以心，翻嗤古人愚。力竞敌一人，心竞敌万夫。

万矢纷相集，万刃厉以须。肠毂日九回，变境生斯臾。

下伤万民仁，上启造物吁。造物亦辅强，心强天所趋。

遂令贤与豪，生共愚忠俱。老氏识此旨，治化陈虚无。[①]

作者从"力竞敌一人"的"激烈派第一人"，蜕变成了"心竞敌万夫"的追寻仁义的救世者。这是刘师培到达日本后能够很快接受社会主义学说的思想基础。1907 年 6 月 25 日出版的《天义报》第 2 号，刊登了他和张继共同署名的《社会主义讲习会广告》，其中有云："近世以来，社会主义盛行于西欧，蔓延于日本，而中国学者则鲜闻其说。虽有志之士，知倡民族主义，然仅辨种族之异同，不复计民生之休戚。即使光复之说果见实行，亦恐以暴易暴，不知其非。"[②]所谓"有志之士"，当然是昔日在上海一起倡导民族革命的光复会同仁。刘师培说他们"知倡民族主义，然仅辨种族之异同，不复计民生之休戚"，则表明刘师培开始怀疑最初投身革命之时，所效忠的"光复汉族，还我河山，以身许国，功成身退"的光复会誓言。并与昔日的同路人，心生罅隙，渐行渐远，终致分道扬镳。当时的同盟会是由兴中会、华兴会、光复会等革命团体合并而成，其"驱除鞑虏，恢复中华，创立民国，平均地权"的政治纲领，即后来被孙中山简化为"民族、民权、民生"的三民主义，也是照顾到了不同团体提出的革命目标。而刘师培则从强调民族，转而主要关心民生。客观地说，在

---

① 刘师培：《刘申叔遗书》，第 1936 页。

② 万仕国辑校《刘申叔遗书补遗》，第 699 页。

当时的历史背景下，刘师培和其他革命党人之间的矛盾，也算不上背叛，因为很少有人能够准确地辨别民族主义和社会主义之优劣。刘师培几乎参与了历次的社会主义讲习会之集会，除了其间短暂返回上海之时。据汪公权《社会主义讲习会第一次开会纪事》所记，在 8 月 31 日的第一次集会上，刘师培倡议"今日开会后，拟每星期中，举行讲习会一次。其讲习之科目，一为无政府主义及社会主义学术，一为无政府党历史，一为中国民生问题，一为社会学"。① 随后，刘师培分别发表了《中国民生问题》《宪政之病民》《中国财产制度之变迁》等讲演。刘师培这一时期的诗歌创作，笔触多涉及底层人民的痛苦生活，如《滇民逃荒行》，讲述了一位逃荒的病妇弃子路旁的悲惨故事：

> 小车行辚辚，黄埃暗其颠。病妇无完裙，捐子逵路边。
> 儿奔呼母前，百啼母不旋。问妇来何方？答言籍南滇。
> 曩岁愆阳多，飞螽翼盈天。粒米未入甑，撮粟或万钱。
> 使君报有秋，责租若靡煎。为言余粟罄，胥日鬻尔田。
> 无田奚眷乡？去乡今期年。昨宵雪花寒，裳薄无轻棉。
> 顾兹总角僮，颇复饕粥馆。儿生母殒饥，母死儿谁怜？
> 道旁有征夫，闻言泪沦涟。寄言鼎食者，请诵滇民篇。②

不到万般无奈，作为母亲绝不可能如此狠心。经历了蝗灾，农民食不果腹。但苛政猛于虎，上至使君，下到胥吏，个个如狼似虎。在刘师培看来，这样的政府，有还不如无。同样，其《从军行》所言"主将委肉粱，军士餍葵藿"，主将的糜费无度与军士的野菜充饥，形

---

① 汪公权：《社会主义讲习会第一次开会纪事》，《天义报》1907 年第 6 卷。
② 刘师培：《刘申叔遗书》，第 1913 页。

成了强烈的反差。而"主将若朝华，军士同秋箨。朝华孕红蕤，秋箨歌黄落。黄落秋为期，春转嫣红灼"，[①]一将成名，万骨成灰，诗歌的宗旨也是宣扬无政府主义。类似的作品，还有反映近代工业兴起以后，纺织工人遭受残酷压榨的《女工怨》等。工农兵之题材，刘师培都书写到了。在日本，他还在《天义报》上发表了《穷民俗谚录征材启》，是仿上古之《诗经》和中古之《乐府》，通过征集民间歌谣来体察民情："谣谚之兴，由于舆诵，发于天籁。盖人民意有郁结，不能通其志，则不得不托诸韵语，以抒其怨愤之忧。成于文士者为诗歌，成于齐氓者为谣谚。而里谚之词，尤足表民间之疾苦。"[②]其辑成的《穷民俗谚录》，随后亦在《天义报》陆续刊载。

由于是乌合而成，此时的同盟会内部，意见也常常不得统一，甚至闹到不可开交。譬如就在1907年2月，孙中山和黄兴发生冲突，表面上两人是因国旗的设计而起，但深层次还是思想差异。孙中山主张青天白日，当然是反对专制。黄兴不认可，以为是"以日为表，是效法日本，必速毁之"。[③]而黄兴则要以井田为社会主义之象征。嗣后，章太炎和孙中山又在资助革命的经费分配上产生矛盾，以致章氏一度有去印度出家的想法，并传出其让刘师培联系端方筹措旅费。而刘师培的日后倒向端方，据说就和此次筹款有关。刘师培与章太炎，都竭诚用传统之国学集结民心，在日本的时候也都接受了无政府主义的政治主张。刘师培在《国粹学报三周年祝辞》中，还对所谓"中邦之籍，学与用分；西土之书，学与用合"[④]的观点，进行了批驳。但是，章太炎的倾向无政府主义，并没有放弃推翻清政府。而

---

① 刘师培：《刘申叔遗书》，第1914页。
② 万仕国辑校《刘申叔遗书补遗》，第859页。
③ 章太炎撰，马勇整理《章太炎全集·太炎文录补编》，第760页。
④ 刘师培：《刘申叔遗书》，第1791页。

刘师培的倡导无政府主义，其直接的后果，就是与清廷妥协。在刘师培看来，在当时的社会环境，只能是天下乌鸦一般黑，所有的政府都难以有为，那新政权和旧政权就没有了区别，也就没有了改朝换代的必要。一般认为，刘师培真正成为革命之叛徒的标志，是1908年主动投书时任两江总督的端方。平心而论，当时的革命党人，以书生为主。在革命不很顺利的时候，意志消沉和意气用事会成为他们的流行病。当然，刘师培好变而不能坚守的个性，以及严重肺疾导致的身体孱弱，则使之成为流行病中的重症者。也有论者以为刘师培与章太炎的生分，甚至反目成仇，导致后来的背叛革命，与何震的生活不检点有关。汪东《刘师培传》说其“不暇察迩言，妻何震以他事恨炳麟，与汪公权者交相谗构，始与炳麟绝。公权假师培名，告密两江总督端方，方因招致之”。[①] 所谓“迩言”，当是所传何震与汪公权之不正当关系，章太炎曾提醒刘师培注意。但刘师培或许因为身体的原因，对何震十分依赖以致过分相信，听不进也容不得章太炎之忠告。何、汪苟且之事，在汪东的另一篇文章《同盟会和〈民报〉片断回忆》中有详述。尽管如此，刘师培昔日之同志多有劝其回岸者。章太炎曾致书当时的经学大师孙诒让，称刘师培“素治古文《春秋》，与麟同术，情好无间”，但“自今岁三月后，谗人交构，莫能自主，时吐谣诼，弃好崇仇，一二交游，为之讲解，终勿能济”。而“先生于彼，则父执也，幸被一函，劝其弗争意气，勉治经术，以启后生，与麟戮力支持残局，度刘生必能如命”。[②] 只是此信寄达时孙诒让已经过世，而刘、章交恶终致无法挽回。《左庵诗》留存的这一时期所作，尚有《答梁公约赠诗》《得陈仲甫书》等，据诗中内容，知梁菼、陈独秀等

---

① 汪东:《刘师培传》，见陈引驰编校《刘师培中古文学论集》，第277页。

② 章太炎撰，马勇整理《章太炎全集·书信集》，上海人民出版社，2017，第266页。

亦曾好言告诫，而刘师培则在诗中和他们吐露心迹。嗣后，他又有《咏史》四首，分咏李陵、冯衍、陈琳和颜之推。此四位如果以儒家"从一而终"的道德标准来要求，都是大节有亏的人。但刘师培都为他们进行了辩解，如咏李陵首云："少卿偾军将，泪迹单于台。帛书弗渡漠，酪浆犹盈杯。河梁愁云逝，冥野玄冰开。击柱郁孤痛，抚环空低回。"[①] 其实就是借他人之酒杯，浇自家之块垒。

刘师培一意孤行，甚至开始出卖同志。但终因告密行迹败露，竟致无有容身之地。他害怕被革命党人追杀，遂厕身端方幕府，直到辛亥保路运动爆发后，继续跟随被清廷任命为督办粤汉、川汉铁路大臣的端方入川。端方被革命党人处死，而系于狱的刘师培，如本文前面所述，还是由当年的同志章太炎等救下。当蔡元培执掌北京大学，聘其为教授，既是念及旧情，亦是爱惜人才，和章太炎是同一意思。而刘师培日后的名列筹安会，参与袁世凯复辟帝制之闹剧，也不过是政治僵尸妄想复活，对其一生的评价，已经没有意义。即便如此，刘师培还是不甘寂寞。其所作《书扬雄传后》一诗，依其最后数言，知当是辛亥革命后在四川国学院任教时所作。其中有云：

> 紫阳作《纲目》，笔削更口诛。惟据美新文，遂加莽大夫。
> 吾读华阳志，雄卒居摄初。身未事王莽，兹文将无诬？
> 雄本志淡泊，何至工献谀？班固传信史，微词雄则无。
> 大纯而小疵，韩子语岂疏？宋儒作苛论，此意无乃拘！
> 吾读扬子书，思访扬子居。斯人今则亡，吊古空踌躇。[②]

① 刘师培：《刘申叔遗书》，第 1915 页。
② 刘师培：《刘申叔遗书》，第 1932 页。

所谓"紫阳作《纲目》",是指朱熹所撰《资治通鉴纲目》言扬雄曾为王莽新朝大夫,且上《剧秦美新》一文献媚。刘师培依据《汉书》竭力为扬雄翻案,其实也就是为了洗刷自己背叛革命的罪名。

三

讨论刘师培的学术地位,主要是国学成就。而其早年治学的相关文献资料少之又少。万仕国所著《刘师培年谱》,虽"发愤广收材料,悉心排比,历二十年而成",[①] 但于刘师培光绪二十八年(1902)考中举人之前的行迹记录,记述极为简略。有关其启蒙教育,只是说"刘师培从未入塾。幼年与其女兄刘师铄,均由母亲李汝蘐亲授《尔雅》《说文解字》《诗经》等,后向从兄刘师苍、刘师慎问业"。[②] 旧时代才女所谓的"才",主要展示在诗词等文艺方面,与经史之学关系不大,那是男人们参加科举和进入仕途的敲门砖。但刘师培的外家是个例外。其外祖母叶蕙心就有《尔雅古训斠》三卷行世,今收入齐鲁书社刊印的《清经解全编·四编》。故李汝蘐能够讲授《尔雅》《说文解字》等经学著作,也就不足为奇。而刘师培的父亲刘贵曾,也是经学名家,尽管魏豁所撰《墓志铭》称其"中岁以后,痰湿竞作",[③] 体弱多病,但指点孩子的学习应该还是力所能及的。方光华《刘师培学行系年》即称其"在其父亲的督责下读毕四书五经,并对家传《左传》学有所研究"。[④] 由于试帖诗也是清代科举考试的科目,母亲对刘

---

① 徐复:《刘师培年谱序》,载万仕国编著《刘师培年谱》,广陵书社,2003,"序"第3页。

② 万仕国编著《刘师培年谱》,第7页。

③ 魏豁:《清故副榜贡生候选直隶州判刘君墓志铭》,转引自万仕国编著《刘师培年谱》,第8页。

④ 方光华:《刘师培评传》,第262页。

师培姐弟二人的发蒙，更多着眼于诗词方面的内容。蔡元培《刘君申叔事略》谓其"初习为试帖诗。一夜，月色皎然，讽诵之顷，恍然有悟，遂喜为诗赋，曾作《水仙花赋》。又穷一二日之力，成《凤仙花诗》一百首"。[①] 蔡氏所言，当是听自刘师培亲述。而刘师培外甥梅鹤孙《青溪旧屋仪征刘氏五世小记》谈及此事，又为另外一道风景：

> 申叔舅氏天资颖异，过目不忘。母亲说有一年初秋，偶取庭前凤仙花汁染指甲。舅氏才十一岁，在旁看见，也要母亲替他染。母亲未允，叫他做一首诗方可。舅氏在一个下午，就做了六十几首凤仙花绝句，第二天又足成一百首。当时亲友传诵，称为神童。此事蔡元培先生采入《事略》中，但是不知道缘起的。[②]

梅鹤孙所记，是得自其母亲刘师铄讲述。姐姐长弟弟 13 岁，同怀之间的亲情，溢于字里行间。既然姐弟俩戏谑于诗歌创作，那就应该是在李汝薇课后的余兴。11 岁的孩子，能够在一二天内完成百首诗歌，好像有点不可思议。当然，"童子雕虫篆刻"，这只是形式上的完成。由于这些诗赋已经散佚，其质量多高或价值多大，已经无法见证。我们今天所能见到的刘师培最早的诗歌创作，是作于光绪二十五年（1899）的《和阮文达公秋桑诗并序》。是诗 2007 年方被发现并刊布，然后被万仕国收入《刘申叔遗书补遗》。故而 2003 年出版的《刘师培年谱》，是将刘氏 1900 年所作的《湘汉吟》等诗，称之为

---

① 蔡元培：《刘君申叔事略》，见陈引驰编校《刘师培中古文学论集》，第 275 页。
② 梅鹤孙著，梅英超整理《青溪旧屋仪征刘氏五世小记》，上海古籍出版社，2004，第 26—27 页。

"是目前已查知的刘师培存世最早的作品"。[①] 阮元是扬州学派后期的领军人物，钱穆以为"芸台犹及乾嘉之盛，其名位著述，足以弁冕群材，领袖一世，实清代经学名臣最后一重镇"。[②] 刘师培只是谈到了阮元在农桑方面对家乡的贡献，其诗序云："己亥暮秋，泛舟小金山，见隔岸秋桑千余株，叶已黄落，皆有秋意，盖课桑局之意也，为之盘桓久之。因取阮文达集中《秋桑》诗以和之。"阮元《秋桑》诗凡四首，嘉庆二年（1797）作于吴兴，时任浙江学政。吴兴为著名的蚕桑之乡，袁枚路经此地，曾有"人家门户多临水，儿女生涯总是桑"[③]的感叹。阮元是一位注重农桑的循吏，潘焕龙《卧园诗话》曾引其第三首，以为三联"但教天下轻绵暖，何惜林间坠叶凉"句，"慈惠之心，溢于言表"。[④] 所以，阮元治学，和乾嘉一般学者有所不同，重在经世致用之目的。刘师培是诗所谓"一径香风人取斧，三竿晓日女携筐。野扬伐处逢蚕月，处处幽民植女桑"，[⑤] 揄扬阮元之传统，也算和经学有点间接的关系。还应该说明一下，《古籍整理研究学刊》2012 年第 4 期登载了杨丽娟《扬州新见刘师培十七首佚诗》，其中也有《和阮文达公秋桑》诗。并且，与《刘申叔遗书补遗》所收一样，也是押七阳韵，但内容全然不同。可见刘师培和韵所作，不止一次。

当然，刘师培早年一定是浸淫于家乡之扬州学派的。而扬州学派以古文经学为宗尚，以考据训诂为职志，与惠栋为代表的吴派和戴震为代表的皖派鼎足而三，构成了能够抗衡汉学与宋学的清学。光绪三十年（1904），刘师培作有《甲辰自述诗》64 首，诗之自序，称缘

---

① 万仕国编著《刘师培年谱》，第 11 页。

② 钱穆：《中国近三百年学术史》，中华书局，1986，第 478 页。

③ 袁枚著，周本淳标校《小仓山房诗文集》，上海古籍出版社，1988，第 451 页。

④ 潘焕龙：《潘焕龙文集》，中国致公出版社，2018，第 289 页。

⑤ 万仕国辑校《刘申叔遗书补遗》，第 1 页。

于"昔江都汪氏作《自序》篇,而仁和龚氏亦作诗自述"。[①] 是谓其形式上模仿龚自珍《己亥杂诗》,内容上则参照扬州学派另一位标志性人物汪中的古文名篇《自序》,而实质是刘师培早年研习和探究学术的总结。此组诗前面几首是介绍自己的治学渊源和发蒙过程。所谓"飞腾无术儒冠误,寂寞青溪处士家""桓子著书工自序,潘生怀旧述家风",是言其祖辈乐于清贫,潜心学术,心无旁骛。至于他自己,则是"回忆儿时清境乐,青灯风雨读奇书""童蒙学《易》始卦变,爻象昭垂非子虚",其自注云"余八岁即学变卦之法,日变一卦"。当然,扬州学派最精于《易经》者,是焦循。故其溯之源头,也说"旁通隐识理堂说,互象参考端斋书"。端斋,则是扬州学派另一位易学名家方申的字。随后的几首诗,刘师培强调了自己在小学方面的收获,这更是扬州学派所擅长者,也是清代乾嘉学者奠定经学地位的成就所在。因此,刘师培在诗中一再提及扬州学派著名学者的学术成就。如"高邮王氏洛山刘,解字知从辞气求。试证西文名理学,训辞显著则余休",是言王念孙、王引之父子在文字和训诂方面的开疆裂土;而"许君说字重左形,我今偏重右旁声。江都黄氏发凡例,犹有王朱并与衡",则谈到了黄承吉的"右文说",其影响刘师培至深。刘氏自注称"余著《小学释例》,发明字以右旁之声为主"。诗中所言"王朱"之"王",还是主张以古音求古义的王引之。有关扬州学派之成就的整体评价,刘师培则云:"东原立说斥三纲,理欲分明仁道昌。焦阮继兴恢绝学,大衢朗朗日重光。"是诗自注更谓"余最服《孟子字义疏证》,及焦氏《释理》《释欲》,阮氏《论仁》等篇,曾采其说入《罪纲篇》"。而寻找古文经学的源头,刘师培又说"正名大义无

---

① 万仕国辑校《刘申叔遗书补遗》,第 377—390 页。本节下涉《甲辰自述诗》,不一一列注。

人识，俗训流传故训湮。析字我师荀子说，新名制作旧名循"。这里谈到了荀子，因《荀子》有《正名》一篇。刘师培所著，与之相关的，除了在自注中举到的《正名篇》和《中国文字流弊论》以外，还有《析字篇》《荀子名学发微》《正名隅论》等。其实，乾嘉学者凡言古文经学者，多推尊荀子。所以，晚清维新党人倡言今文经学，则将矛头直指荀子。夏曾佑《赠任公》诗，即言"冥冥兰陵门，万鬼头如蚁。修罗（一作"质多"）举只手，阳乌为之死"，^①兰陵为荀子，因其曾经担任过楚国的兰陵令。梁启超《亡友夏穗卿先生》对此有过解释："'兰陵'指的是荀卿；'质多'是佛典上魔鬼的译名，——或者即基督教经典里头的'撒旦'。'阳乌'即太阳，——日中有乌是相传的神话。清儒所做的汉学，自命为'荀学'。我们要把当时垄断学界的汉学打倒，便用'禽贼禽王'的手段去打他们的老祖宗——荀子。"^②夏曾佑和康、梁等维新派倡导今文经学，鼓吹"三世说"，缘于他们政治变革并不彻底的改良主义。由于刘师培写作《甲辰自述诗》的时候，已经投身革命，与康、梁所持政见不同，其学术分歧也显而易见。他说"申受渊源溯二庄，常州学派播川湘。今文显著古人晦，试为移书让太常"，自注称"此言近代今文学派之非"。是将晚清讲求今文经学之风气的开创，归为受庄存与、庄述祖叔侄以及刘逢禄为代表的常州学派影响所致。事实也确实如此，龚自珍有《杂诗己卯自春徂夏在京师作得十有四首》，其六云："昨日相逢刘礼部，高言大句快无加。从君烧尽虫鱼学，甘作东京卖饼家。"^③刘礼部就是刘逢禄。作为乾嘉学派著名学者段玉裁的外孙，龚自珍因结识刘逢禄而表

① 赵慎修：《夏曾佑诗集校》，载中国社会科学院文学研究所《近代文学史料》编辑部编《近代文学史料》，中国社会科学出版社，1985，第38页。

② 梁启超：《亡友夏穗卿先生》，《晨报副刊》1924年4月29日。

③ 龚自珍：《龚自珍全集》，上海人民出版社，1975，第441页。

现得欣喜若狂，甚至要改弦更辙，叛离家门。而张之洞《学术》诗则称："理乱寻源学术乖，父仇子劫有由来。刘郎不叹多葵麦，只恨荆榛满路栽。"自注谓："二十年来，都下经学讲《公羊》，文章讲龚定庵，经济讲王安石，皆余出都以后风气也。遂有今日，伤哉！"[1]看来，追求"中学为体，西学为用"的洋务派，因不希望政治上的变革，所以维护着以乾嘉学派为代表的旧学。可刘师培却是为了倡导民族主义的革命，从而反对风靡京城、影响全国的今文经学。日后，刘师培在联系端方之前，也曾联系过张之洞，他们在保存旧学方面，是否也有契合之处呢？尽管最早的目的截然相反。

　　当然，刘师培最为自豪的，是其家族成员对《春秋左氏传》的传统癖好，以及刘师培本人对此的传承。这也是刘氏祖上对扬州学派的重大贡献。他自号左庵，其《甲辰自述诗》亦谓"丘明亲授孔门业，公穀多凭口耳传。独抱麟经承祖业，礼堂写定待何年"。又言"攘狄《春秋》申大义，区别内外三《传》同。我缵祖业治《左氏》，贾服遗书待折衷"。所谓"攘狄"，其自注云"余著《春秋左氏传夷狄谊》，未成"，可见其早期的《左传》研究，也掺杂着反清之理想。我们甚至可以认为，在刘师培从事民族革命之时，是将《春秋》作为斗争之武器的。他曾写信给端方，劝其"舍逆从顺"，直言"光汉幼治《春秋》，即严夷夏之辨，垂髫以右，日读姜斋、亭林书，于中外大防尤三致意。窃念天下兴亡、匹夫有责；《春秋》大义，九世复仇"。[2]光绪三十一年（1905），刘师培在《国粹学报》开始连载《读左札记》，这应该是其从事《左传》研究之最早发布的成果。而当其自日本归来，已经脱离，或者说背叛了革命，刘师培又决心要回归学

①　张之洞著，庞坚校点《张之洞诗文集》，上海古籍出版社，2008，第153—154页。

②　参见王凌《有关刘师培一则早期反清史料》，《历史档案》1988年第3期。

术之路，去从事祖上几代人孜孜不倦、倾心而为的"左学"。仉作有《励志诗》：

> 麟经殿六艺，素臣属左丘。劝惩史托鲁，替凌道愍周。
> 藻文绚云彩，萧斧森霜秋。兰陵轩谊搴，北平贯绪抽。
> 汉例崇便秩，晋说乃督犹。洸洸贾服书，祖考劬纂修。
> 贱子悾恫姿，竦标先业休。迨时失播获，曷云酬芸获？
> 踵武歧似续，腾词祛蒙雺。阐同节龠符，掇异置区沟。
> 栉句在理棽，诠诂崇缒幽。辟若纯朴樽，无侈丹腹流。
> 迁史谊拣差，歆历洞迪縻。庶俾壁经业，永杜何范捂。
> 黾勉戒税志，磻错伤寡俦。锲金古有训，勉哉屏息游。^①

刘师培首先是简单回顾了《春秋》最早的传承历史。其中地位最高的当然是左丘明，故称"麟经殿六艺，素臣属左丘"。孔子既被后世尊为素王，左氏在《春秋》方面的巨大贡献，自然是"素臣"。而"兰陵轩谊搴，北平贯绪抽"，是言荀卿曾经以《春秋》授张苍。荀卿曾为兰陵令，而张苍因辅佐高祖建功立业，被封北平侯。孔颖达《春秋左传正义》引刘向《别录》，叙述了《春秋》之流传经过："左丘明授曾申；申授吴起；起授其子期；期授楚人铎椒；铎椒作《抄撮》八卷，授虞卿；虞卿作《抄撮》九卷，授荀卿；荀卿授张苍。"^②有人据《荀子·大略》所言"礼者，本末相顺，终始相应……《易》曰：'复自道，何其咎？'《春秋》贤穆公，以为能变也"，^③认定是荀子最早推尊了《春秋》。而《汉书·儒林传》则称："汉兴，北平侯

---

① 刘师培：《刘申叔遗书》，第1915页。
② 阮元校刻《十三经注疏》，中华书局，1980，第1703页。
③ 王先谦：《荀子集解》，国学整理社，1935，第328页。

张苍及梁太傅贾谊、京兆尹张敞、太中大夫刘公子皆修《春秋左氏传》。"①刘师培说"汉例崇便秩",他认为以张苍为代表的汉儒有关《春秋左氏传》的诠释,还在简明扼要的正道上。当然,这里也包括了东汉贾逵和服虔所做的工作,即刘师培所谓"祖考勤纂修"的"洗洗贾服书"。至于"晋说乃瞀犹",乃是指杜预的《春秋左氏经传集解》,刘师培对此并不十分认可,也是受家学渊源影响所致。刘氏先祖有关《春秋左氏传》之研究,应该是始于其曾祖刘文淇。《清史稿》有《刘文淇传》,称"文淇稍长,即研精古籍,贯串群经。于毛、郑、贾、孔之书及宋、元以来通经解谊,博览冥搜,折衷一是"。又说他"尤肆力《春秋左氏传》,尝谓左氏之义,为杜注剥蚀已久,其稍可观览者,皆系袭取旧说。爰辑《左传旧注疏证》一书,先取贾、服、郑三君之注,疏通证明。凡杜氏所排击者纠正之,所剿袭者表明之"。但文淇之事业未竟而身先卒。于是,刘氏以后几代人决心以接力的形式,来续成此项工作。《清史稿·刘文淇传》通过"附传",记载了他们研究《左传》所作的努力和所付的心血。首先是文淇子毓崧,即刘师培之祖父:"以文淇故,治《左氏》缵述先业,成《春秋左氏传大义》二卷。"然后是文淇孙寿曾,是为刘师培之伯父。《清史稿》称:"初,文淇治《左氏春秋长编》,晚年编辑成疏,甫得一卷,而文淇没。毓崧思卒其业,未果。寿曾乃发愤以继志述事为任,严立课程,至'襄公四年'而卒。"②尽管《清史稿》没有谈到刘师培父亲贵曾,但是,梅鹤孙《青溪旧屋仪征刘氏五世小记》却记述了他在这方面之成就:"早年问业于宝应成蓉镜先生,尽通三统四分之术。撰《左传历谱》至昭公二年,以下属草未竣……其著《春秋左传历谱》推衍朔闰，正杜氏之失，也是为《左传旧注疏证》而作的。"①诗的后半部分，是刘师培的自我激励："贱子悾恫姿，竦标先业休。迨时矢播获，曷云酬芸茯？"最后说"锲金古有训，勉哉屏息游"，切合诗题，是真正的"励志"宣言。据方光华《刘师培学行系年》记载，刘师培在 1906 年完成《读左札记》以后，于《左传》研究稍有松懈。及至 1910 年又作《春秋左传时月日古例考》。而后，1912 年撰成《春秋左氏传答问》《春秋左氏传古例诠微》《春秋繁露斠补》，1913 年写成《春秋左氏传传例解略》，1916 年又完成《春秋左传例略》，至 1918 年，"在北京大学授课。继续整理《左传》旧注和古文经源流"。②而生前未见传播、后来收入《刘申叔先生遗书》的，尚有《春秋古经笺》《春秋古经旧注疏证零稿》等。可见，《励志诗》既出，刘师培并没有食言。

早期的刘师培，虽然信奉儒家之说，但反对将其宗教化。其《甲辰自述诗》有云："祭礼流传自古初，尼山只述六经书。休将儒术侪耶佛，宗教家言拟涤除。"自注谓"余主张孔子非宗教之说，著《孔教与中国政治无涉论》"。他是将孔孟之学当作"兼济天下"的思想武器。只是身体一直欠佳的刘师培，在考虑"独善其身"的时候，往往又有皈依佛门的闪念。故其《甲辰自述诗》又说："一臼正心服大雄，众生普度死何功？欲知物我相忘说，三界唯心万象空。"自注谓"著有《读释典札记》一卷"。大雄者，佛之德号，寺庙中供奉佛像之正殿，被称为"大雄宝殿"。刘师培早年即与杨文会多有联系，杨氏是近代中国佛学研究和传播最为重要的推动者，其主要的功绩，就是主持金陵刻经社四十多年，刊印经典二千余卷，流通经书百万

---

① 梅鹤孙著，梅英超整理《青溪旧屋仪征刘氏五世小记》，第 26 页。

② 方光华：《刘师培评传》，第 263—266 页。

余卷、佛像十余万帧。刘师培《赠杨仁山居士四首》，其中有谓"震旦扶桑原忱尺，多君海国访经回。何当更放光明藏，无量群生慧业开"，[①] 是言杨氏通过日本僧人南条文雄，在东瀛购得唐代以后中国已经散佚的佛经注疏近三百种，于弘扬佛法，功德无量。而刘师培自己对佛学亦有兴趣，且有心得。然其所称"著有《读释典札记》一卷"，却遍寻不得。今所见刘师培有关佛学之文字，只有旅居日本时为好友苏曼殊《梵文典》所作序。《梵文典》是学习梵文的字典。刘师培所遵从的治学方法，最重要的一点，即为原典的阅读，这是扬州学派的传统。即使是钻研佛学，他也以此作为不二法门。所以，刘师培说"傥曼殊有志西行，纵览鹫岭龙庭之盛，校理遗经，踵事译述；使法音流布，横遍十方，西土光明，广昭震旦，则此书特其权舆耳"。[②] 而著述繁多的刘师培，其研究佛学的缺憾，恰恰是因为不懂梵文。于是，他就不能像乾嘉学者以深湛的小学功底去治经那样，来解读佛典，并形成创见。故其《甲辰自述诗》又言："西籍东来迹已陈，年来穷理倍翻新。只缘未识佉卢字，绝学何由作解人？"不过，对佛学的信奉，致使刘师培诗歌具有一大特点，就是好用且善用佛典，有些诗篇甚至以佛学精义之议论为诗。如《题照相片》所云"人相我相众生相，无人无我无众生。现身偶说出世法，大千世界开光明"，[③] 几近佛家偈语。类似的作品，尚有《忆昔》《杂咏》《杂诗》等。

四

如果仅以刘师培的诗歌，作为其人生的注脚，我们虽然可以管

---

① 刘师培：《刘申叔遗书》，第 1908 页。
② 苏曼殊：《苏曼殊全集》（四），北京市中国书店，1985，第 10 页。
③ 刘师培：《刘申叔遗书》，第 1908 页。

窥蠡测时代的风云变幻，也可以唏嘘其政治上可憎可恨又可怜的一生，但是，我们就无法理解章炳麟所谓"杀一人无益于中国，而文学自此扫地，使禹域沦为夷裔"的深刻内涵。毕竟，刘师培在近代中国的学术史和文学史上，还是有一席之地的。只是通过解读刘师培关涉学术的诗歌，来剖析其学术之成就，肯定不如直接研读其学术著述来得透彻，所以，这只能是研究刘师培学术的辅助手段。而我们通过对《左庵诗录》的文本阅读，来认识其诗歌之特点，确定其诗坛之地位，相对比较容易。惮于政治或其他方面的原因，过去对刘师培诗歌之研究非常粗略，即使是其诗歌创作反映在诗学理论方面的矩矱，也缺少基本的认知。譬如，20世纪有关近代诗歌最重要的两部选本：陈衍和钱仲联先生的同名著作《近代诗钞》，都没有选录刘师培的诗作。

　　一般认为，刘师培诗宗汉魏六朝。汪辟疆《近代诗派与地域》讨论湖湘派，奉王闿运为领袖，又说"湖外诗人之力追汉、魏、六朝、三唐，与王氏作桴鼓之应者，亦不乏人"。其中便举到了高心夔、文廷式、李瑞清、章太炎和刘师培。说他们"虽不出于王氏，然其卓然自立，心摹手追于六朝三唐之间，又所谓越世高谈自辟户牖者也"。而论及章太炎和刘师培，则谓："余杭章氏、仪征刘氏，笃守贾服，旁及文史，箸书满家，卓然宗师。早年同斥客帝，并为当道所嫉，百折不挠，世多知之。诗则出其余事，心仪晋宋，朴茂渊懿，足称雅音，今人不能有也"。[①]可见章、刘二人之政见、治学和诗风，都比较接近。而刘师培在近代众多诗家之中，似乎也对王闿运情有独钟。其《左庵诗自序》云：

---

① 汪辟疆：《汪辟疆文集》，上海古籍出版社，1988，第296—297页。

　　　　晚近作家，所习滋涝。其有攗比兴之奥，蠢吁谐之音，
　　唯江都黄承吉氏、阳湖张琦氏、荆溪周济氏、泾包世臣氏、
　　甘泉杨亮氏、仁和谭献氏、丹徒庄棫氏、湘潭王闿运氏而
　　已。然黄氏迪矞，仅觎庚徐；谭庄述轨，复未靳骖；张周
　　包杨，蹈辙未倳，扢词谢道。王氏晚出，乃轹众家。①

　　刘师培在北京大学曾主讲中国中古文学史，但今所见其讲义，
以论文为主。个中原因当然是刘师培更擅长古文，特别是风靡六朝的
骈文。其《甲辰自述诗》即云："桐城文章有宗派，杰作无过姚刘方。
我今论文主容甫，采藻秀出追齐梁。"自注则称"予作文以《述学》
为法"。②可见其接踵汪中而远追齐梁，排斥笼盖清代文坛的桐城派
之古文主张。钱基博《现代中国文学史》谈到章太炎和刘师培，用了
很大的篇幅。但不是讨论他们的诗歌，而是文。阐述"魏晋文"时的
主角是王闿运和章太炎；而讲谈"骈文"时重点则是刘师培和李详。
另外一个原因，则是与刘师培同时被聘为北京大学教授的，还有黄
节。他们早年都在上海参与国学保存会的活动和《国粹学报》的编
撰，曾与蔡元培一起鼓吹民族革命，故相互熟稔。由于黄节专授中
国诗学，留存至今的是其《诗学诗律讲义》。黄节关注的重点，则
是中古诗歌，人民文学出版社近年就出版了《黄节注汉魏六朝诗六
种》。所以，刘师培的讲课必须另择内容。当然，刘师培的《中国中
古文学史》虽然偏重古文，但也会涉及诗歌，因为诗歌在六朝是包
括在"文"之内的。《文心雕龙》和《文选》名为"文"，也都分别
有诗论和诗选。刘师培称"中国文学，至两汉、魏、晋而大盛"，③这

---

　　① 刘师培：《刘申叔遗书》，第1911页。
　　② 万仕国辑校《刘申叔遗书补遗》，第387页。
　　③ 刘师培：《中国中古文学史》，商务印书馆，2010，第74页。

是宏观层面的阔论，至于具体而微的诗之评价，比较接近汪辟疆所谓的"心仪晋宋"：

> 晋宋之际，若谢混、陶潜、汤惠休之诗，均自成派，至于宋代，其诗文尤为当时所重者，则为颜延之、谢灵运。颜、谢而外，文人辈出，以傅亮、范晔、袁淑、谢瞻、谢惠连、谢庄、鲍照为尤工。若陆展、何长瑜、何承天、何尚之、沈怀文、王诞、王僧达、王微、张敷、王韶之、王淮之、殷淳、殷冲、殷淡、江智深、颜竣、颜测、释慧琳，亦其次也。①

在这份看似名录的榜单中，其所称"均自成派""其诗文尤为当时所重""为尤工""亦其次也"，言简意赅之中，已见好恶，已有高下。刘师培善治《春秋》，亦善用《春秋》笔法，但这也确实反映了他的诗学祈向。在其《左庵诗自序》中，刘师培亦称："诗教幽暗，基胎中唐。伪体图徽，正声阒响。盖炎汉而降，臻迄唐初，篇章充昳，延演万殊。然歌咏情志，抒渫哀愉。覃覃塞渊之思，煇煇廖清之什，辟彼肥泉，归异出同。由柔厚之旨未毗，故怨诽之怀可绎。"②这也合乎汪辟疆"心抚手追于六朝三唐之间"之说。

可是，倡言学习汉魏六朝之诗，并不是归入近代湖湘派的唯一标准。同光体诗人沈曾植，就有所谓的"三关说"，他和诗弟子金蓉镜论诗，说："吾尝谓诗有元祐、元和、元嘉三关。公于前二关均已通过，但着意通第三关，自有解脱月在"。③而同光体的另一位代表

---

① 刘师培：《中国中古文学史》，第76—77页。
② 刘师培：《刘申叔遗书》，第1911页。
③ 沈曾植：《与金潜庐太守论诗书》，载《海日楼文集》，广东教育出版社，2019，第29页。

诗人陈三立，也曾有诗吟咏陶渊明："此士不在世，饮酒竟谁省。想见咏荆轲，了了漉巾影。"[①] 钱仲联先生《论同光体》谈到此诗，则说陈三立是"把江西派的渊源，上推到陶渊明。特别强调陶诗于平淡中郁风雷之声的特点，诗作与政治紧密结合的特点，实际就是三立点明自己作诗的宗趣"。[②] 而刘师培与同光体的学习汉魏六朝，其差异的关键之处是出发点不同。按照钱仲联先生的说法，陈三立是"上推"，即其起点是学习江西派进而寻根溯源，顺藤摸瓜，最终到达陶渊明。而沈曾植的"三关说"的第一关也是北宋元祐，然后经历中唐元和，最后的理想王国才是刘宋元嘉。故沈曾植告诫金蓉镜，会说"但着意通第三关，自有解脱月在"。以后评价沈曾植的诗风，除了强调其学宋之倾向而外，也会注意到其与六朝的渊源。陈衍在《石遗室诗话》中论及沈曾植《秋斋杂诗》八首，便称其"以平原、康乐之骨采，写景纯、彭泽之思致"。[③] 刘师培与同光体诗人是相向而行，其学诗之肇始，便是从汉魏六朝入手的。其《甲辰自述诗》即称"少年颇慕陶元亮，诗酒闲情亦胜流。壮志未甘终为隐，巢由毕竟逊伊周"。[④]

但是，刘师培所生活的时代，毕竟要比王闿运晚半个世纪。20世纪初，讨论到讲求传统的诗派，同光体已然是诗坛的主流。柳亚子在 1944 年称："从晚清末年到现在，四五十年间的旧诗坛，是比较保守的同光体诗人和比较进步的南社派诗人争霸的时代。"[⑤] 而汪辟疆《光宣诗坛点将录》更是将同光体的大纛陈三立和郑孝胥列为诗坛都

① 陈三立：《漫题豫章四贤像拓本·陶渊明》，载《散原精舍诗文集》（增订本），第 119 页。

② 钱仲联：《论同光体》，载《梦苕庵论集》，中华书局，1993，第 423 页。

③ 陈衍：《石遗室诗话》卷二十六，朝华出版社，2017，第 640 页。

④ 万仕国辑校《刘申叔遗书补遗》，第 389 页。

⑤ 柳亚子：《介绍一位现代的女诗人——为双五新诗人节作》，载《磨剑室文录》，上海人民出版社，1993，第 1414 页。

头领，分别以宋江和卢俊义当之。而王闿运只是已经过气的诗坛旧头领，当以晁盖。汪氏谓其"门生遍湘蜀，而传其诗者甚寡。迨同光体兴，风斯微矣"。① 所以，刘师培与同光体诗人亦有交往。除了我们前面提到的《答梁公约赠诗》以外，他还有《题梁公约诗册二首》。梁公约即梁蒸，是扬州江都人。寄居南京日，多与陈三立等游，所作诗，深得江西风味，亦深得同光体诗人首肯，陈衍《石遗室诗话》即称其与陈三立诗弟子胡朝梁"可相伯仲"。② 刘氏题诗，其一是对梁氏人品的认可："过江名士多于鲫，风雅如君真可师。我亦风尘苦行役，与君同唱横江词。"其二则是言其诗学宗趣和诗歌成就："论诗未觉西江远，宗派茫茫付与谁？淮海文章溯流别，涪坡嗣响属君诗。"③ 刘师培尚有《赠兴化李审言二首》，虽主要讨论李详学术，表达了钦佩之意，其实李氏之学诗之路，与刘师培颇为相近。汪辟疆《光宣诗坛点将录》谓："审言本精选学及杜韩，益以博览，及为'同光体'，言皆有物，迥异乎妙手空空者矣。"④ 李详是扬州兴化人，与梁蒸都可算是刘师培的同乡。朋友交往帮助点赞，或有情谊的成分在。故赠答之诗的溢美之词，应该在信与不信之间。而刘师培《甲辰自述诗》对黄庭坚的赞叹，却是由衷而发的："山谷吟诗句入神，西江别派倍清新。只缘生硬堪逃俗，终异西昆艳体陈。"并且，在这首诗后，作者特意标注"余著《匪风集诗词》"。⑤ 这无非是想说明，自己的诗歌受江西派的影响。

　　况且刘师培与同光体诗人在不同的出发点相向而行，也有交汇点。

① 汪辟疆:《汪辟疆文集》，第 327 页。

② 陈衍编辑《近代诗钞》，商务印书馆，1935，第 1108 页。

③ 刘师培:《刘申叔遗书》，第 1908 页。

④ 汪辟疆:《汪辟疆文集》，第 363 页。

⑤ 万仕国辑校《刘申叔遗书补遗》，第 388 页。

他说"少年颇慕陶元亮",强调"壮志未甘终为隐",则与陈三立的"想见咏荆轲,了了漉巾影"精神相合。而沈曾植在《与金潜庐太守论诗书》中,告诫金蓉镜如何"着意通第三关,自有解脱月在",曾云:

> 尤须时时玩味《论语皇疏》(自注:与紫阳注止是时代之异耳),乃能运用康乐,乃亦能运用颜光禄。记癸丑年同人修禊赋诗,鄙出五古一章,樊山五体投地,谓此真晋宋诗,湘绮毕生何曾梦见。虽谬赞,却惬鄙怀。其实止用《皇疏》"川上"章义,引而申之。湘绮虽语妙天下,湘中选体,镂金错采,玄理固无人能会得些子也。

所以,沈曾植以为"在今日,学人当寻杜、韩树骨之本,当尽心于康乐、光禄二家。(自注:所谓字重光坚者。)康乐善用《易》,光禄长于《诗》。(自注:兼经纬。)经训菑畬,才大者尽容耰获",[①]而这与刘师培所谓"至于宋代,其诗文尤为当时所重者,则为颜延之、谢灵运",应该是不谋而合。正因为锲入了同光体的元素,在同光体拥趸者眼里,刘师培与湖湘派诗人就有了些许不同。汪辟疆《近代诗派与地域》即云:"至余杭、仪征平生论学,颇不满于湘潭。诗虽同宗汉魏,亦不类王氏之字橅句拟,非学术深醇学古而不为古所囿者欤?"[②]众所周知,王闿运为诗专事汉魏六朝,其诗弟子王简辑成《湘绮楼说诗》,序称"其论诗,先唐人近体,次六朝,殿以《诗经》评语,由浅而深,引人入胜。以师不用唐后名名书,改为《说诗》"。[③]钱仲联先生《论近代诗四十家》更言王闿运"宗法八代,下

---

① 沈曾植:《海日楼文集》,第29—30页。
② 汪辟疆:《汪辟疆文集》,第297页。
③ 王闿运:《湘绮楼诗文集》,岳麓书社,1996,第2099页。

及盛唐"，^①可见，中晚唐诗歌，也不在其法眼之中。而刘师培与王闿运的差异，除了对江西派的认可以外，其诗歌创作，早年还从学习晚唐诗人李贺、李商隐等入手。《匪风集》卷首即为《铜人辞汉歌》，是仿李贺《金铜仙人辞汉歌》所作。其后又有《效长吉》诗云：

> 芙蓉泣湘江，幽兰愁澧浦。水弄洛神佩，竹啼湘妃苦。
> 帝子苟不来，白云冷玄圃。巫咸下云旗，飒飒风吹雨。
> 洞庭八千里，风浪谁能渡。江头明月黑，来照青枫树。
> 薜萝风萧萧，夜深山鬼语。^②

是诗多用《楚辞》之典故和语词，抒发了作者落寞孤寂的情绪。但究竟是效仿李贺哪首诗作，却很难定论。杜牧序李贺诗，称其"盖骚之苗裔，理虽不及，辞或过之"。^③而叶葱奇在《李贺诗集》疏注后记中则说："李贺承袭了'楚辞'的精神，创造出他独有的奇崛愤激、凄凉幽冷的诗歌，形式是唐代一般的古诗歌，而意境、风调却完全承继了'楚辞'"。^④此语似乎亦可移来评论刘师培这一类的诗歌，所以，刘师培的所谓"效"，是对李贺总体诗风的效仿。刘师培相近的作品，尚有《古意》："杨柳扫纤眉，芙蓉映褒衣。秋草罢残绿，春英懒不飞。离堂竟岑寂，佳期归弗归？"^⑤据题下自注"用李樊南《效长吉》诗韵"，知这首诗模拟的对象，即为李商隐的《效长吉》。而李商隐究竟是效法了李贺的哪首作品，过去论者亦无定论，

---

①　钱仲联：《梦苕庵论集》，第338页。

②　刘师培：《刘申叔遗书》，第1907页。

③　李贺著，叶葱奇疏注《李贺诗集》，人民文学出版社，1998，第380页。

④　李贺著，叶葱奇疏注《李贺诗集》，第395页。

⑤　刘师培：《刘申叔遗书》，第1912页。

一般以为是袭其宫体。朱自清《李贺年谱》即言："李贺乐府歌诗盖上承梁代宫体，下为温庭筠、李商隐、李群玉开路。详宫体之势，初唐以太宗之好尚，至盛唐而寝衰，至贺而复振焉。"[①] 刘师培此诗也确实是宫体。宫体的"上承梁代"，也合乎其汉魏六朝之旨趣，而加入了李商隐的元素，则诗风更偏向宋人而与江西派接近。晚清学宋的曾国藩《读李义山诗集》，即称李商隐诗"渺绵出声响，奥缓生光莹"，以致"太息涪翁去，无人会此情"，[②] 似乎唯有黄庭坚才是李商隐的第一知己。这里要特别强调一下的，是刘师培这几首效法李贺之诗歌的写作时间，都在其参加 1903 年春闱考试落榜以后。这是因为他与李贺在科举考试方面的经历有相似之处。韩愈《讳辩》谈到："愈与李贺书，劝贺举进士。贺举进士有名，与贺争名者毁之，曰：'贺父名晋肃，贺不举进士为是，劝之举者为非。'"[③] 所以，李贺也是与进士失之交臂。而他们诗歌创作的学习《楚辞》，则与《史记》所云屈原的"忧愁幽思而作《离骚》"[④] 有关。

只是刘师培的学习《楚辞》，似乎又契合了湖湘派的诗学宗趣。钱仲联先生《近代诗评》将清末民初之诗歌分为四派，其中言汉魏六朝一派则云："远规两汉，旁绍六朝，振采蜚英，骚心选理。"[⑤] 所谓"骚心"，就是指在诗学观念上把《楚辞》作为源头。这是对《离骚》为代表的诗歌作品在精神层面的认可，而不是停留在形式层面的学习。王闿运所作《忆昔行与胡吉士论诗因及翰林文学》诗，有句云：

---

① 朱自清：《李贺年谱》，载《朱自清全集》（八），江苏教育出版社，1993，第 234 页。

② 曾国藩著，王澧华校点《曾国藩诗文集》，上海古籍出版社，2005，第 40 页。

③ 韩愈撰，马其昶校注《韩昌黎文集校注》，上海古籍出版社，1986，第 61 页。

④ 司马迁：《史记》，中华书局，1959，第 2482 页。

⑤ 钱仲联：《梦苕庵诗文集》，黄山书社，2008，第 511 页。

"我年十五读《离骚》，塾师掣卷飘秋叶。"[1] 而其日后对《楚辞》研究之深入，同样为世所重。王闿运著有《楚辞释》，姜亮夫《楚辞书目五种》以为"清人《楚辞》之作，以戴东原之平允、王闿运之奇邃，独步当时，突过前人，为不可多得云"。[2] 而刘师培也时时展读《楚辞》。其现存的诗歌之中，就有《读楚辞》《楚辞》《读楚辞集杜》等。他还有不少诗作，题目中虽没有冠以"楚辞"，但内容却与《楚辞》相关，如《幽兰吟》：

> 幽兰生湘江，孤芳正可采。采之寄所思，所思在东海。
> 余情苟信芳，忍令瑶华萎？幽香閟空谷，迟暮复何悔。
> 一卷《离骚》词，此意灵均解。[3]

诗歌通过"湘江"和"东海"，穿越时空，将屈原与自己在情感上建立起了联系。而所谓"灵均解"，隐含的就是作为《离骚》读者的刘师培，与《离骚》作者屈原的心灵沟通。不仅如此，刘师培还撰写了有关《楚辞》的研究著述。其《甲辰自述诗》云："小雅哀音久不作，奇文郁起楚《离骚》。美人香草孤臣泪，缀玉编珠琐且劳。"自注云："予著《楚词类对赋》一卷。"[4] 由于甲辰年刘师培正在上海从事民族革命活动，其对《离骚》的理解，也寄托着他的理想，所以他会说"奇文郁起楚《离骚》"，是可以让人联想到龚自珍的诗歌《夜读番禺集书其尾》。《番禺集》的作者，是以反清复明而闻名于世的遗民诗人屈大均，故龚自珍会说"灵均出高阳，万古两苗裔。郁郁文

---

① 王闿运：《湘绮楼诗文集》，第 1588 页。

② 姜亮夫编著《楚辞书目五种》，中华书局，1961，第 247 页。

③ 刘师培：《刘申叔遗书》，第 1933 页。

④ 万仕国辑校《刘申叔遗书补遗》，第 387 页。

词宗，芳馨闻上帝"。而所谓"奇士不可杀，杀之成天神。奇文不可读，读之伤天民"，[①] 则表明龚氏对嘉道年间的社会现实，怀有强烈的不满。在封建时代，凡有异见又自称爱国者，都会亮出尊奉屈原的旗号，屈大均、龚自珍也不例外。而刘师培诗歌之中的"奇文"和"孤臣"，其实也就是刘师培这一时期理想的寄托。当然，所谓"缀玉编珠琐且劳"，是否也可以引申为他们所编撰的革命之刊物和文章呢？见智见仁，读者对诗歌的理解，与作者所要表达者，不会完全吻合，这也就是所谓的"诗无达诂"。

　　本文写作的初衷，是由于传记、年谱等文献资料详于客观之史实，而很难体会研究对象主观之情愫。因此，试图通过解读刘师培的诗歌作品，来考察其政治理想和参与革命之时的所思所为，以及叛变之思想动机。而刘师培在诗歌中，也抒写了其从事学术研究的兴趣所在。当然还有其没有公开宣示于人的学术评价，包括自我的评判，这或许更接近其真实的想法。阅读刘师培之诗集，我们也可以体会刘师培的诗学宗趣和诗歌风格。再通过梳理其诗友，判断其在晚清众多的诗歌流派中，所受湖湘派和同光体的影响，从而确定其在近代诗坛之地位。过去说文史不分家，关键在于"诗史互证"的实践。我们研究刘师培，不妨也可以作一些新的尝试。至于效果如何，不是谁用谁知道，而是谁看谁知道。我们期待着大方之家的不吝赐教。

---

① 龚自珍:《龚自珍全集》，第455页。

陈寅恪诗歌的历史意义

　　陈寅恪是近现代最有成就的史学家之一，也是著名的诗人。因其诗学观受到史学观的影响，故其《柳如是别传》讨论钱兼益《投笔集》之价值，曾云："《投笔集》诸诗摹拟少陵，入其堂奥，自不待言。且此集牧斋诸诗中颇多军国之关键，为其所身预者，与少陵之诗仅为得诸远道传闻及追忆故国平居者有异。故就此点而论，《投笔》一集实为明清之诗史，较杜陵尤胜一筹，乃三百年来之绝大著作也。"①可见，陈寅恪衡量诗歌高下优劣的标准，重在抒写的历史背景之真实，即身预和传闻的区别。这是他以诗证史的需要。故而陈寅恪的史学研究，又多从文学着手。如《元白诗笺证稿》，作者最后说"浅人不晓文义，不考年月，妄构诬说，殊为可恨"，②知其笺诗的目的，在于还原历史的本来面貌。并且，陈寅恪自己的诗歌创作，也强调对现实的反映，其目的也就是要给后人留下真实的历史记录。这是今天阅读陈寅恪诗歌最大的感受。

---

　　① 陈寅恪：《柳如是别传》，上海古籍出版社，1980，第1168—1169页。

　　② 陈寅恪：《元白诗笺证稿》，上海古籍出版社，1978，第345页。

陈寅恪之诗集，最早见于蒋天枢整理《寒柳堂集》之附录《寅恪先生诗存》，由上海古籍出版社于 1980 年出版。而其女儿流球、美延搜集遗存，汇成的《陈寅恪诗集》，由清华大学出版社于 1993 年出版。嗣后再予增葺，由生活·读书·新知三联书店于 2001 年刊印第二版。而胡文辉又有辑补，并加以笺解，2008 年由广东人民出版社印行《陈寅恪诗笺释》。今见陈寅恪存诗，始自 1910 年，而终于 1966 年。我们又可将其分为三个阶段：第一阶段至 1937 年全面抗日战争的爆发；第二阶段到 1945 年抗战胜利；其后则为第三阶段。陈寅恪诗歌之内容在不同阶段各有侧重，但总能把住历史发展的脉搏。从中亦可见其思想的变化。

一

今所见陈寅恪诗集诸种版本，开篇均为《庚戌柏林重九作》，是 1910 年在欧洲访学时所作，其年方弱冠。表面看，"独在异乡为异客，每逢佳节倍思亲"，登高望远是自古以来身处他乡的诗人，在这一天所要例行的公事。但作者此次的眺望故乡，一个重要原因，便是离祖国咫尺之近的朝鲜半岛，发生了重大变故：本已名存实亡的朝鲜，终于连名也不能保。是年 8 月，根据日韩签订的《日韩合并条约》，朝鲜半岛的主权归属日本。而日本将韩国统监府改成朝鲜总督府。故陈寅恪在其诗题下自注云："时闻日本合并朝鲜。"其时，作者周边的欧美人，一般不会对此过分在意。在交通和资讯都不发达的年代，西方的普通民众可能对朝鲜完全没有概念，更不消说具体的地理位置。但这却关乎中国未来的局势和命运。从此，日本就有了陆地做跳板，中国必须直面其挑衅和入侵。所谓"唇亡齿寒"，就是这个道理。而后三十年的历史，也充分证明了这一点。作者先是交代自己的背景和心情："今来西海值重阳，思问黄花呼负负。登临无处觅龙山，闭置高楼若新妇。偶然东望隔云涛，夕照苍茫怯回首。"随后以通透历史的眼光聚焦现实："警闻千载箕子地，十年两度遭屠剖。玺绶空辞上国封，传车终叹降王走。欲比虞宾亦未能，伏见犹居昌德右。"朝鲜的亡国之耻，陈寅恪又有自注云："日本并朝鲜，封其主为昌德君，位列伏见宫下。"但作者也是无可奈何花落去，故其最后云："陶潜已去羲皇久，我生更在陶潜后。兴亡今古郁孤怀，一放悲歌仰天吼。"① 陈声聪《兼于阁诗话》以为此诗"意气慷慨，笔力苍凉。时清政窳败，列强环伺，神州有陆沉之惧，闻邻国之见并，起同情之哀鸣，不觉其言之悲切。以诗论，家学渊源，甫冠之年，功力已深粹至此"。② 陈寅恪诗歌一以贯之的爱国之情，即始于此。

辛亥革命爆发以后，陈寅恪曾经有过短暂的回国经历。比次在国内所作，其遗存仅《自瑞士归国后旅居上海得胡梓方朝樑自北京寄书并诗赋此答之》一首。而对于辛亥革命以后的局势，陈寅恪似乎并不乐观："千里书来慰眼愁，（陈后山诗云：书来慰愁眼。）如君真解殉幽忧。优游京洛为何世，转徙江湖接胜流。萤嘒乾坤矜小照，蛩心文字感长秋。西山亦有兴亡恨，写入新篇更见投。"③ 有人以此认为陈寅恪也有遗老之情结。特别是此前还有一首注明"时将归国"的作品，诗题尚称《宣统辛亥冬大雪后乘火车登瑞士恩嘉丁山顶作》。确实，如果是革命党人，诸如章太炎，会以"永历既亡××年"替代清王朝之纪年。章氏著作中称 1900 年，还曾用"辛丑后二百四十年"，以及"共和二千七百四十一年"，主要是出于反清的

---

① 陈寅恪：《陈寅恪诗集：附唐篔诗存》，生活·读书·新知三联书店，2015，第 3 页。

② 陈声聪：《兼于阁诗话》，上海古籍出版社，1985，第 177 页。

③ 陈寅恪：《陈寅恪诗集：附唐篔诗存》，第 7 页。

目的。何况"宣统辛亥冬"，武昌起义已经取得了决定性的胜利。但是，如果我们仔细考察光宣之时陈氏家族与清政府的恩恩怨怨，陈寅恪应该不会哀悯行将覆亡的清王朝。其至多是对其祖、父辈曾经努力尝试的维新变法之失败，从而导致中国没能及早以平和的方式摆脱专制而感到惋惜。陈寅恪所忧者，只是中国的未来走向并不明朗。故《陈寅恪诗集》所记其返欧诗作，第一首即为《法京旧有选花魁之俗余来巴黎适逢其事偶览国内报纸忽睹大总统为终身职之议戏作一绝》："岁岁名都韵事同，又惊啼鴂唤东风。花王那用家天下，占尽残春也自雄。"[①]选美本是西方的大众娱乐活动，由此联想到袁世凯欲以终身大总统变中国为家天下，并称"岁岁名都韵事同"，在陈寅恪眼里，袁氏的所作所为，也不过是一场类似选美的闹剧。《陈寅恪诗集》是其晚年失明后指导夫人唐篔誊抄整理。故其用宣统纪年，只是遵从历史的真实。

1925年，陈寅恪学成回国。其学成，不仅是深厚的学识，更在于治学之方法，甚至是观世和为人的态度，具体见于其后来为清华大学撰写的《海宁王先生之碑铭》所揭橥的"独立之精神，自由之思想"。除碑文以外，当王国维沉水自尽之时，陈寅恪先有《挽王静安先生》一诗："敢将私谊哭斯人，文化神州丧一身。越甲未应公独耻，湘累宁与俗同尘。吾侪所学关天意，并世相知妒道真。赢得大清干净水，年年呜咽说灵均。"在"越甲"句下有自注云："甲子岁冯兵逼宫，柯、罗、王约同死而不果。丁卯，冯部将韩复榘兵至燕郊，故先生遗书谓'义无再辱'，意即指此。遂践旧约，自沉于昆明湖，而柯、罗则未死。余诗'越甲未应公独耻'者，盖指此

---

① 陈寅恪：《陈寅恪诗集：附唐篔诗存》，第8页。

言。王维《老将行》'耻令越甲鸣吾君'，此句所本。"① 是与其《王观堂先生挽联》"十七年家国久魂销，犹余剩水残山，留与累臣供一死"，② 亦可参读。过去对王国维之死因有各种猜测和推断，莫衷一是。我们解读陈寅恪此诗，关键在"文化神州丧一身"，即王国维的赴死，在陈寅恪看来，是出于维系自己的信念。故其《海宁王先生之碑铭》称："先生以一死，见其独立自由之意志，非所论于一人之恩怨，一姓之兴亡。"可见，当时颇为风行、至今依然流传的王国维或死于和罗振玉的交恶，或是为清室逊帝尽忠殉节的种种说法，陈寅恪都不以为然。而其对王国维的哀悼，除了景仰其学识以外，更在于借题发挥，是为中国知识分子构筑起新的道德标准和学术操守，这也就是《海宁王先生之碑铭》所说的"士之读书治学，盖将以脱心志于俗谛之桎梏，真理因得以发扬。思想而不自由，毋宁死耳"。

正是出于如此之信念，陈寅恪又创作《王观堂先生挽词并序》加以进一步的吟咏和感叹。是诗颇为作者自重，其弟子蒋天枢甲午（1954）元夕补记称："癸巳秋游粤，侍师燕谈，间涉及晚清掌故及与此诗有关处，归后因记所闻，笺注于诗句下。"③ 故而今所见《陈寅恪诗集》，惟《王观堂先生挽词并注》有蒋天枢根据作者所述而补充的详细夹注。而其好友吴宓所著《空轩诗话》，也仅录陈寅恪此诗，谓"此篇即效王先生《颐和园词》之体"，并称"此诗包举史事，规模宏阔，而叙记详确，造语又极工妙，诚可与王先生《颐和园词》

---

① 陈寅恪：《陈寅恪诗集：附唐篔诗存》，第 11 页。

② 陈寅恪：《陈寅恪诗集：附唐篔诗存》，第 180 页。

③ 陈寅恪：《陈寅恪诗集：附唐篔诗存》，第 12 页。

并传矣。"①是言其历史之价值。《王观堂先生挽词并注》有作者自序，其回答"观堂先生所以死之故"，曾明确表示："近人有东西文化之说，其区域分划之当否，固不必论，即所谓异同优劣，亦姑不具言；然而可得一假定之义焉。其义曰：凡一种文化值衰落之时，为此文化所化之人，必感苦痛，其表现此文化之程量愈宏，则其所受之苦痛亦愈甚；迨既达极深之度，殆非出于自杀无以求一己之心安而义尽也。"②吴宓《空轩诗话》亦认同此说，谓自序"发明中国文化中之纲纪仁道，皆抽象理想之通性。如柏拉图所谓 Eidos 者，而非具体之一人一事。（予平日所言殉道殉情，亦即此义。）陈义甚精。"③在陈寅恪看来，王国维是中国旧文化的殉葬者。至于陈寅恪如此同情王国维，实质是文化观念的相近相通。胡文辉《现代学林点将录》论及陈寅恪，有云："在中西思潮激荡的近代历史处境中，陈氏持论偏于保守，认同'中学为体，西学为用'的中国文化本位论；但他在饮食方面则甚西化，喜吃牛奶、面包、牛油……在思想文化方面坚持中国本位，在物质文明方面接受西方事物，此即陈寅恪的'中体西用'欤？"④而王国维治学之经历，与之有相似处。钱仲联《近代诗钞》即称王国维"戊戌变法时，因拥护新政，始习日、英、德等多国语言，留学日本，悉心研究哲学、心理、伦理等学，深受尼采思想影响"，但王、陈二位又都是"中体西用"的拥趸。只是王国维在政治方面更趋保守。钱仲联评价《颐和园词》，将其与王闿运《圆明园词》并称为"近代诗苑中的一对奇花异葩"，但也指出"诗中美化

---

① 吴宓：《空轩诗话》，吴宓著，吴学昭整理《吴宓诗话》，商务印书馆，2005，第 193—196 页。

② 陈寅恪：《陈寅恪诗集：附唐篔诗存》，第 12 页。

③ 吴宓：《空轩诗话》，吴宓著，吴学昭整理《吴宓诗话》，第 193—194 页。

④ 胡文辉：《现代学林点将录》，广东人民出版社，2010，第 27 页。

慈禧太后，结尾处的'却忆年年寒食节，朱侯亲上十三陵'，反映了他的遗老思想"。①《颐和园词》作于1912年春天，其对清王朝的眷恋不言而喻，凡读此诗者亦不无感受。而陈寅恪对《颐和园词》赞不绝口，不仅在形式，更在于内容："曾赋连昌旧苑诗，兴亡哀感动人思。岂知长庆才人语，竟作灵均息壤词。"其所赞语之背后，正是王、陈二人在张之洞所倡导的"中体西用"方面的趋合："依稀廿载忆光宣，犹是开元全盛年。海宇承平娱旦暮，京华冠盖萃英贤。当日英贤谁北斗，南皮太保方迁叟。忠顺勤劳矢素衷，中西体用资循诱。（文襄著《劝学篇》，主中学为体，西学为用。）总持学部揽名流，朴学高文一例收。"而其诗序，则说得更为明确："近数十年来，自道光之季，迄乎今日，社会经济之制度，以外族之侵迫，致剧疾之变迁；纲纪之说，无所凭依，不待外来学说之掊击，而已销沉沦丧于不知觉之间；虽有人焉，强聒而力持，亦终归于不可救疗之局。"这里所言"道光之季"，即谓鸦片战争以后因西方列强的入侵，以致中国传统的思想文化体系趋于崩溃。强调"迄乎今日"，则再一次将王国维的自沉，归于殉道："盖今日之赤县神州值数千年未有之巨劫奇变；劫尽变穷，则此文化精神所凝聚之人，安得不与之共命而同尽，此观堂先生所以不得不死，遂为天下后世所极哀而深惜者也。"而序之最后，陈寅恪对坊间的流言蜚语亦再一次表明不屑一顾的态度："至于流俗恩怨荣辱委琐龌龊之说，皆不足置辨，故亦不之及云。"② 从深层次解析，这其实也是陈寅恪面对辛亥革命的爆发，没有喜形于色的原因。

---

① 钱仲联编选《近代诗钞》，江苏古籍出版社，2001，第1852—1853页。

② 陈寅恪：《陈寅恪诗集：附唐篔诗存》，第13—14页。

二

当然，陈寅恪所强调的"迄乎今日"，是因为"外族之侵迫"有愈演愈烈之势。而危险的迫近，主要是日本由蚕食转为大规模地入侵中国。在《陈寅恪诗集》中，最早反映抗日战争的诗篇是《辛未九一八事变后刘宏度自沈阳来北平既相见后即偕游北海天王堂》："曼殊佛土已成尘，犹觅须弥劫后春。（天王堂前有石牌坊，镌'须弥春'三字。）辽海鹤归浑似梦，玉溁龙去总伤神。（耶律铸《双溪醉隐集》有'龙飞东海玉溁春'之句。）空文自古无长策，大患吾今有此身。欲著辨亡还阁笔，众生颠倒向谁陈。"[①]刘宏度为刘永济，时任东北大学教授，"九一八"事变以后南归。而近代日本对中国的领土侵占，则始自甲午战争。陈寅恪的舅父俞明震，在甲午战争爆发后奉台湾巡抚唐景崧奏调，出任台湾布政使。未几清廷与日本签署《马关条约》割让台湾。俞明震与唐景崧等抗争未果，遂成立"台湾民主国"，坚持抗日。他们推举唐景崧为总统，而俞明震则出任内务大臣。陈寅恪后娶唐景崧女孙唐篔为夫人。当"七七事变"爆发，其父陈三立在北平沦陷后绝食身亡。蒋天枢《陈寅恪先生编年事辑》记其第七次交代底稿云："七七事变，北京沦陷。八十五岁的老父亲因见大局如此，忧愤不食而死。"[②]故国难对陈寅恪而言，也是家仇。且陈三立之死，在当时引起了极大的关注和震动。汪东尝有《义宁陈伯严丈挽诗四首》，其序云："二十六年秋，倭陷北平，欲招致先生，游说百端皆不许。诇者日伺其门，先生怒呼佣媪操篝帚逐之，因发愤不食五日

---

① 陈寅恪：《陈寅恪诗集：附唐篔诗存》，第20页。
② 蒋天枢：《陈寅恪先生编年事辑》（增订本），上海古籍出版社，1997，第112页。

死，时年八十有六。"其诗则谓"天地诗名隘，春秋大义完。海藏真朽骨，那作等伦看"。而自注云："郑孝胥诗故与先生齐名，先生殉国后，未几孝胥亦死长春。"① 汪东是革命党人，且是南社诗人。与其抱相同看法者，还有同样与陈三立分属不同政治阵营、不同诗歌流派者，譬如柳亚子。其《赠陈寅恪先生伉俪》即云："少愧猖狂薄老成，晚惊正气殉严城。"句下也有自注："散原老人与海藏齐名四十余年，晚节乃有薰莸之异，余少日论诗，目郑陈为一例，至是大愧。"可见，在民族大义面前，凡正义之辈都能捐弃前嫌而同仇敌忾。柳诗最后所言"潘杨门第尤堪媲，战垒台澎郁未平"，② 则涉及唐景崧在台湾抗日旧事。

但是，《陈寅恪诗集》并未留存"七七"事变以后的即时实录之诗，尽管陈寅恪身在北京。即使是父亲在其家中去世，也未见其哀婉之词。整个 1937 年，陈寅恪没有诗歌流传下来。直到次年清华迁址云南，与北大、南开成立西南联大。他有《七月七日蒙自作》纪念抗战周年："地变天荒意已多，去年今日更如何。迷离回首桃花面，寂寞销魂麦秀歌。（徐骑省李后主挽诗：'此身虽未死，寂寞已铄魂。'）近死肝肠犹沸热，偷生岁月易蹉跎。南朝一段兴亡影，江汉流哀永不磨。"③ 诗中弥漫着失望和悲愤的情绪。所以，《寒柳堂集》所附《寅恪先生诗存》，并无此作。蒋天枢《陈寅恪先生编年事辑》（增订本）之"出版说明"中说：《陈寅恪先生编年事辑》作为《陈寅恪文集》附录，曾于 1981 年由本社出版。当时因种种原因，原稿个别地方有

---

① 汪东著，薛玉坤整理《汪东文集》，河南文艺出版社，2016，第 294 页。
② 柳亚子：《磨剑室诗词集》，上海人民出版社，1985，第 893 页。
③ 陈寅恪：《陈寅恪诗集：附唐篔诗存》，第 24 页。

所删节。"① 不知此诗是否属于因种种原因删节者，抑或《寅恪先生诗存》原稿由于难言之隐即已剔除。与是诗同样保存在吴宓钞存稿和《吴宓诗集》之中，而后辑入《陈寅恪诗集》的，尚有作于同年 5 月的《残春》二首和《蓝霞》。其中《残春》第一首题作《戊寅春晚蒙自楼居作》，已收入《寅恪先生诗存》："无端来此送残春，一角危楼独怆神。读史早疑今日事，对花还忆去年人。渡江愍度饥难救，弃世君平俗更亲。解识蛮山留我意，赤榴如火绿榕新。"② 只是个别字句与《陈寅恪诗集》所录略有不同，如第二句"危"作"湖"、第三句"疑"作"知"、第五句"渡"作"过"。是可见陈寅恪用词遣字的严谨，亦合乎陈衍《石遗室诗话》所称"散原奇字"的家风。而《蓝霞》一诗意象晦涩难解。所幸《吴宓日记》当时所记，对诗之阅读提供了极大便利："战事消息复不佳，五月十九日徐州失陷。外传中国大兵四十万被围，甚危云云。于是陈寅恪先有《残春》(一)(二)诗之作，而宓和之。(均另录。)因忧共产党与国民党政府不能圆满合作，故宓诗中有'异志同仇'之语，而寅恪又有《蓝霞》一诗。(另录。)蓝霞二字出吴文英《莺啼序》末端。〔李岳瑞丈《烛影摇红》词已用之(别录)。〕而寅恪用之则指蓝衫党(通称蓝衣社)及红军。寅恪之意，吾能识之。吾爱国并不后人，而极不慊今日上下之注重'革命'等观念，而忽略中国历史文化之基本精神。(日兵俘虏，亦有能言此者，见报。)此则二十余年来学术思想界所谓'领袖'所造之罪孽，及今而未已也。"③ 可见，陈、吴二人出于民族大义，期盼着阋于墙之国共两党，能够携起手来，外御其侮。并且，他们对民国时期

---

① 蒋天枢：《陈寅恪先生编年事辑》(增订本)，上海古籍出版社，1997，"出版说明"页。

② 陈寅恪：《寒柳堂集》附《寅恪先生诗存》，上海古籍出版社，1982，第 13 页。

③ 吴宓著，吴学昭整理《吴宓日记》(六)，生活·读书·新知三联书店，1998，第 334 页。

之政坛，以革命的名义神化领袖，以致只辨立场、不谈是非的陋习也深恶痛绝。

抗战兴起，陈寅恪因躲避战祸四处颠沛流离。其诗歌对其行程多有记述。前引数诗都作于蒙自。而后随西南联大文学院迁徙昆明，又从昆明到香港，原拟赴英国讲学，因故未能成行，遂应香港大学之聘，任客座教授，然亦往返于香港和内地之间。每有诗作，不但抒写旅途之疲惫，也是其心路历程的反映。陈寅恪在 1940 年春，有《庚辰暮春重庆夜宴归作》诗云："自笑平生畏蜀游，无端乘兴到渝州。千年故垒英雄尽，万里长江日夜流。食蛤那知天下事，看花愁近最高楼。行都灯火春寒夕，一梦迷离更白头。"吴宓钞存稿此诗后有吴宓附注云："寅恪赴渝，出席中央研究院会议，寓俞大维妹丈宅。已而蒋公宴请中央研究院到会诸先生。寅恪于座中初次见蒋公，深觉其人不足为，有负厥职，故有此诗第六句。"[1] 陈寅恪第一次见到蒋介石，竟一个"愁"字了得。而愁的原因，则是"行都灯火春寒夕，一梦迷离更白头"，他对时局并不乐观，关键在于对战争的中国领导人缺乏信心。一年以后，又依此诗韵作《辛巳春由港飞渝用前韵》，所云"人间春尽头堪白，未到春归已白头"，[2] 消沉的心境就如同诗韵一样并无变化，而战局的起色更无从谈起。

随着太平洋战事的爆发，中国的抗日战争，终于正式纳入世界大战的战局。陈寅恪虽困顿香港，但对战局的未来却有了新的看法。其《壬午元旦对盆花感赋》说"云昏雾湿春仍好，金瓯元兴梦未回"，毕竟，中国已经不再是孤军奋战，胜利的希望也大大提高。可作者

---

① 陈寅恪：《陈寅恪诗集：附唐篔诗存》，第 30 页。

② 陈寅恪：《陈寅恪诗集：附唐篔诗存》，第 31 页。

自比盆花，缘其生活的愈发艰辛："乞米至今余断帖，埋名从古是奇才。劫灰满眼看愁绝，坐守寒灰更可哀。"[①]虽然不久以后陈寅恪便以难民的身份离开香港，但心中的阴影却挥之不去。对当时之情景，直到二十多年以后写作《李德裕贬死年月及归葬传说辨证》时，因谈及李商隐《汉南书事》，其文末尚云："寅恪昔年于太平洋战后，由海道自香港至广州湾途中，曾次韵义山'万里风波'无题诗一首，虽辞意鄙陋，殊不足道，然以其足资纪念当日个人身世之感，遂附录之于下。"[②]是诗收入《陈寅恪诗集》时，题为《壬午五月发香港至广州湾舟中作用义山无题韵》。诗云："万国兵戈一叶舟，故丘归死不夷犹。袖间缩手嗟空老，纸上刳肝或少留。此日中原真一发，当时遗恨已千秋。读书久识人生苦，未待崩离早白头。"[③]其所谓"当日个人身世之感"，首先是兵荒马乱之际，能够回归故土实属万幸。而三尺微命，一介书生，陈寅恪对国策的制定和实施，均无能为力。因此，著述或许是他排遣自我、贡献社会的唯一可行之事。这就是所谓"袖间缩手嗟空老，纸上刳肝或少留"的真实涵义。虽然万般辛苦，却又万般无奈。陈声聪《兼于阁诗话》论及陈寅恪，曾云："太平洋战事发生，余与先生同陷于香港，翌年五月海道通，乃同乘舟至广州湾，自粤西之赤坎转入内地。至桂林又同住一旅馆，一住数月，执手甚欢。"随后也录其上述二诗，以及在桂林所作《予挈家由香港抵桂林已逾两月尚困居旅舍感而赋此》《壬午桂林雁山七夕》等，谓其"脱身虎口，重入国门，原为可喜，然前路渺茫，行旅已倦，数诗于平淡中不胜其

①　陈寅恪：《陈寅恪诗集：附唐筼诗存》，第 31 页。

②　陈寅恪：《金明馆丛稿二编》，上海古籍出版社，1980，第 51 页。

③　陈寅恪：《陈寅恪诗集：附唐筼诗存》，第 32 页。

家国存亡、身世飘零之感"。①

其实，陈寅恪到达桂林、并应广西大学之聘以后，相对此前的奔波，还算安定。当然，国家仍处在战乱之中，外加官员的无能和商贾的贪婪，知识分子的生活普遍比较拮据和清苦。先前在昆明时，其《庚辰元夕作时旅居昆明》，即有"淮南米价惊心问，中统银钞入手空"②之句。而在桂林所作《挽张荫麟二首》之二云："大贾便便腹满腴，可怜腰细是吾徒。九儒列等真邻丐，五斗支粮更殒躯。世变早知原尔尔，国危安用较区区。闻君绝笔犹关此，怀古伤今并一吁。"③哀人亦是自哀，其境遇可见一斑。1945 年，是陈寅恪在民国时期作诗最多的一年。随着抗战的形势日趋好转，陈寅恪也看到了胜利的曙光，心情也有所改观。而当胜利的消息传来，陈寅恪写下了堪称平生第一快诗的《乙酉八月十一日晨起闻日本乞降喜赋》："降书夕到醒方知，何幸今生见此时。闻讯杜陵欢至泣，还家贺监病弥衰。国仇已雪南迁耻，家祭难忘北定诗。（丁丑八月，先君卧病北平，弥留时犹问外传马厂之捷确否。）念往忧来无限感，喜心题句又成悲。"④就作者而言，顷刻之间，国仇家恨都得到了偿还。其后，又有《连日庆贺胜利以病目不能出女婴美延亦病相对成一绝》《乙酉九月三日日本签订降约于江陵感赋》等诗。他还创作了《春帆楼》一诗，对台湾的收复也是感慨万分："取快恩仇诚太浅，指言果报亦茫然。当年仪叟伤心处，依旧风光海接天。"其自序云："光绪乙未，李合肥与日本订约于马关之春帆楼，吴桐城题其处曰'伤心之地'。仪叟者，合肥晚岁

---

① 陈声聪：《兼于阁诗话》，第 177—178 页。

② 陈寅恪：《陈寅恪诗集：附唐筼诗存》，第 29 页。

③ 陈寅恪：《陈寅恪诗集：附唐筼诗存》，第 34—35 页。

④ 陈寅恪：《陈寅恪诗集：附唐筼诗存》，第 49 页。

自号也。"①确实，台湾之失与得，对于陈寅恪夫妇及双方家族而言，都有着特殊的意义。其盼望胜利的另一个原因，是日趋严重的目疾困扰着他。这对于每天需要读书写字的学者来说，眼睛就是生命存在的重要保障。他当时所想，就是一俟战争结束，他便可去英国治疗。其所作《阜昌》《甲申除夕自成都存仁医院归家后作》《甲申除夕病榻作时目疾颇剧离香港又三年矣》《目疾久不愈书恨》《乙酉春病目不能出户室中案头有瓶供海棠折枝忽忆旧居燕郊清华园寓庐手植海棠感赋》《目疾未愈拟先事休养再求良医以五十六字述意不是诗也》等，均与此有关。

三

　　战争已经把中国的经济拖到了崩溃的边缘。抗战后期，战场上的胜利并不能改善物质的匮乏。而通货膨胀，物价腾贵，已经严重影响了陈寅恪这样的学界名流之生活，其诗中所谓"日食万钱难下箸，月支双俸尚忧贫"，②乃是真实写照。况且，中国在收复台湾的同时，陈寅恪又在担心北方边疆的安全。《乙酉八月二十七日阅报作》云："目闭万方愁，蛙声总未休。乍传降岛国，连报失边州。大乱机先伏，吾生命不犹。可怜卅载后，仍苦说刀头。"③所谓"连报失边州"，是指苏军的出兵东北。毕竟20世纪初，在这片土地上就爆发过争夺在华利益的日俄战争。当时的革命党人，就是打着"拒俄"的旗号来倡导革命的。陈三立也曾有《小除后二日闻俄日海战已成作》《短歌寄

---

①　陈寅恪：《陈寅恪诗集：附唐筼诗存》，第52页。

②　陈寅恪：《陈寅恪诗集：附唐筼诗存》，第41页。

③　陈寅恪：《陈寅恪诗集：附唐筼诗存》，第50页。

杨叔玫时杨为江西巡抚令入红十字会观日俄战局》等诗，所谓"早成
觥卧榻，弥恐祸萧墙。举国死灰色，流言缩地方"，① 近代割占口国领
土的邻国，唯有日本和沙俄，故陈寅恪的担忧不无道理。这是其重点
关注的问题，仅在 1945 年七八月间，其所作《乙酉七七日听人说水
浒新传适有客述近事感赋》《玄菟》《漫夸》《余昔寓北平清华园尝取唐
代突厥回纥土蕃石刻补正史事今闻时议感赋一诗》《漫成》等诗，都
涉此话题。所以，抗战的胜利，陈寅恪对时局的观察和考量，是忧喜
参半，甚至忧过于喜。即使是"喜赋"之作，其最后也说"念往忧来
无限感，喜心题句又成悲"。

　　这是从外交而言。至于内政，尽管抗战胜利，但按照陈寅恪所
信奉的"独立之精神，自由之思想"，他是很难听命于独裁之国民党
政权的。还在 1943 年，朱家骅曾经策划过一出向蒋介石献九鼎的闹
剧，陈寅恪得闻以后，便有《癸未春日感赋》加以嘲讽："沧海生还
又见春，岂知春与世俱新。读书渐已师秦吏，钳市终须避楚人。九
鼎铭辞争颂德，百年粗粝总伤贫。周妻何肉尤吾累，大患分明有此
身。"② 竺可桢日记曾言及是诗之创作背景："寅恪对于骝先等发起献
九鼎、顾颉刚为九鼎作铭惊怪不止。谓颉刚不信历史上有禹，而竟信
有九鼎。因作诗嘲之。"③ 朱家骅字骝先，时任国民政府教育部部长。
所以，抗战胜利以后，陈寅恪对国共两党的谈判合作并不抱太大希
望。其《报载某至重庆距西安事变将十年矣》云："铁骑飞空京洛收，
会盟赞普散边愁。十年一觉长安梦，不识何人是楚囚。"④ 而随着内战

---

① 陈三立著，李开军校点《散原精舍诗文集》(增订本)，上海古籍出版社，2014，第 96 页。
② 陈寅恪：《陈寅恪诗集：附唐篔诗存》，第 35 页。
③ 竺可桢：《竺可桢全集》(六)，上海科技教育出版社，2004，第 691 页。
④ 陈寅恪：《陈寅恪诗集：附唐篔诗存》，第 51 页。

的爆发，陈寅恪对此的认识更为清晰。其 1947 年所作《丁亥元夕用东坡韵》有句云"观兵已抉城门目，求药空回海国船"，[①] 前句用《史记·伍子胥列传》故事。伍子胥在吴王命其自刭时，曾告其舍人曰："必树吾墓上以梓，令可以为器；而抉吾眼县吴东门之上，以观越寇之入灭吴也。"[②] 是暗喻蒋家王朝行将覆亡。而后句则言自己赴英国医治目疾失败。1949 年夏天，已在广州的陈寅恪曾有《哀金圆》之作。这是其诗集中除《王观堂先生挽词》以外，仅存的另一首七言歌行。国民党政权发放金圆券，名为拯救崩溃的金融和经济，而陈寅恪感到，其实质就是进一步地搜刮民脂民膏："金圆条例手自订，新令颁布若震雷。金银外币悉收兑，期限迫促难徘徊。违者没官徒七岁，法网峻密无疏恢。"由于推行过程中的不择手段，致使起码的人伦道德也丧失殆尽："更置重赏奖揭发，十取其四分羹杯。子告父母妻告婿，骨肉亲爱相仇猜。"随着金圆券不断贬值，物价腾贵，官方又出台限价政策，从而引发了更为惨酷的社会危机："米肆门前万蚁动，颠仆叟媪啼童孩。屠门不杀菜担匮，即煮粥啜仍无煤。人心惶惶大祸至，谁恤商贩论赢亏。"民不聊生已经到了惨不忍睹的地步。而其分析金圆券发行失败的原因，则归结于 20 年来国民党一党专政的独裁统治："金圆数月便废罢，可恨可叹还可咍。党家专政二十载，大厦一旦梁栋摧。乱源虽多主因一，民怨所致非兵灾。譬诸久病命未绝，双王符到火急催。"[③] 诚可谓鞭辟入里，一针见血。所以，陈寅恪离开北京，又没有飞赴台湾，其留在广州的重要原因就是对国民党的绝望。而他对共产党又不甚了解，故希望能够远离政治的漩涡。

---

① 陈寅恪:《陈寅恪诗集: 附唐筼诗存》，第 58 页。

② 司马迁:《史记》，中华书局，1959，第 2180 页。

③ 陈寅恪:《陈寅恪诗集: 附唐筼诗存》，第 67—68 页。

陈寅恪此后的经历，陆键东称："这是一段很值得表述的历史，这也是一段不易表述的历史。"[1] 所谓"表述"的"值得"或者'不易'，关键是不同寻常，无论国家，还是个人。陈寅恪也曾试图去适应无定的变化，但就其个性而言，实在不是一件容易的事。定居广州伊始，他每年都有几篇论文发表。而以后的很长一段时间，是将有限的精力主要用以完成学术研究的未竟之事。陈寅恪曾有《乙未除夕卧病强起与家人共餐感赋检点两年以来著作仅有论再生缘及钱柳因缘诗笺释二文故诗语及之也》："身世盲翁鼓，文章浪子书。(《东林点将录》以钱谦益当《水浒传》之浪子燕青。)无能搜鼠雀，有命注虫鱼。遮眼人空老，蒙头岁又除。那知明日事，蛤蜊笑盘虚。"[2]《论再生缘》的写作，与其失明以后生活情趣的改变有关，陈寅恪曾有《用前题意再赋一首年来除从事著述外稍以小说词曲遣日故诗语及之》。正因为如此，蒋天枢《陈寅恪先生编年事辑》于 1957 年下记："本年前后，先生喜听京剧、昆曲等，藉抒思古之幽怀，如遇京中名角来穗，时驱车市内欣赏之。"[3] 其实，陈寅恪到广州以后，听戏观剧，便成其日常爱好。1949 年中华人民共和国成立前后，他曾作《报载某会中有梅兰芳之名戏题一绝》《歌舞》等诗。其所关注，后人解读多牵涉政治。而作为历史学家，陈寅恪在鼎革之际，既不能出世，又无法入世，因此只能观世。但其选择的角度，却与戏曲等文艺有关，则另有隐情。在开始写作《论再生缘》之前的 1952 年，陈寅恪就有《壬辰广州元夕收音机中听张君秋唱祭塔》《男旦》《偶观十三妹新剧戏作》等诗。而其自述《论再生缘》的写作缘起，便称："衰年病目，废书

---

[1]　陆键东:《陈寅恪的最后 20 年》，生活·读书·新知三联书店，1995，"前言"第 1 页。

[2]　陈寅恪:《陈寅恪诗集:附唐筼诗存》，第 120 页。

[3]　蒋天枢:《陈寅恪先生编年事辑》(增订本)，第 164 页。

不观，唯听读小说消日，偶至《再生缘》一书，深有感于其作者之身世，遂稍稍考证其本末，草成此文。"当然，陈寅恪本人也将其局限在文艺研究的范畴："承平日久，无所用心，忖文章之得失，兴窃窕之哀思，聊作无益之事，以遣有涯之生云尔。"① 只是文艺评论也有着很强的主观性，其蕴藏的情感，或许只能在其诗歌中找到答案。在开始写作《论再生缘》的 1953 年，陈寅恪有两首关涉《再生缘》的诗作，其诗题逾百字，透露了其内心的真实想法："癸巳秋夜，听读清乾隆时钱唐才女陈端生所著《再生缘》卷十七第六十五回中'惟是此书知者久，浙江一省遍相传。髫年戏笔殊堪笑，反胜那、沦落文章不值钱'之语，及陈文述《西泠闺咏》卷十五《绘影阁咏家□□》诗'从古才人易沦谪，悔教夫婿觅封侯'之句，感赋二律。"绘影阁为陈端生室名。回应诗题，其诗歌第一首所言"文章我自甘沦落，不觅封侯但觅诗"，是"独立之精神，自由之思想"的诗性表达。况且，在第二首诗中，作者旧事重提，也谈到了当年为王国维所作挽词："论诗我亦弹词体，恨忘千秋泪湿巾。"其自注云："寅恪昔年撰《王观堂先生挽词》，述清代光宣以来事，论者比之于'七字唱'也。"② 据陆键东《陈寅恪的最后 20 年》，1963 年左右，在人民文学出版社将《论再生缘》纳入出版计划以后，是康生加以否定。其理由之一便是"《论再生缘》中陈寅恪那几首旧体诗词情调很不健康，这是作者不满现实、反对共产党反对社会主义的表现"。③《论再生缘》最后附录的陈寅恪诗凡 7 题 9 首。除此二首以外，其余都为 1949 年之前旧作，很难牵涉到"反党反社会主义"。即此二首，陈寅恪有些个人情绪在

① 陈寅恪：《寒柳堂集》，上海古籍出版社，1980，第 1 页。
② 陈寅恪：《陈寅恪诗集：附唐篔诗存》，第 99 页。
③ 陆键东：《陈寅恪的最后 20 年》，第 369 页。

所难免，但也不至于上纲上线。而涉及《论再生缘》的诗歌，陈寅恪还有《甲午春朱叟自杭州寄示观新排长生殿传奇诗因亦赋答绝句五首近戏撰论再生缘一文故诗语牵连及之也》，其最后一首云："丰干饶舌笑从君，不似遵朱颂圣文。愿比麻姑长指爪，傥能搔着杜司勋。"① 其情绪激烈之程度，要甚于前者。是诗当作于《论再生缘》完成之后，所以后来被录入《柳如是别传》。胡文辉《陈寅恪诗笺释》尚有佚诗诗题《癸巳阳历除夕作时撰文论再生缘犹未毕稿也》，作者所思所言，惜已不复知。

80多万字的《柳如是别传》，几乎凝聚了作者的全部心血。早在抗战时期，陈寅恪就有撰写此书的动念。1955年，他曾赋《咏红豆并序》一诗："东山葱岭意悠悠，谁访甘陵第一流。送客筵前花中酒，迎春湖上柳同舟。纵回杨爱千金笑，终剩归庄万古愁。劫灰昆明红豆在，相思廿载待今酬。"其自序云："昔岁旅居昆明，偶购得常熟白茆港钱氏故园中红豆一粒，因有笺释钱柳因缘诗之意，迄今将二十年，始克属草。适发旧箧，此豆尚存，遂赋一诗咏之，并以略见笺释之旨趣及所论之范围云尔。"② 陈寅恪曾将此诗刊布在《柳如是别传》之首，作为"缘起"的介绍。不过，《柳如是别传》的开始写作，要早于《咏红豆》。在《论再生缘》基本完成后，陈寅恪便着手准备。检《陈寅恪诗集》，有关钱谦益和柳如是，以及他们那个时代的诗作，在1954年就有不少。如《题初学集》《钱受之东山诗集末附甲申元日诗云衰残敢负苍生望自理东山旧管弦戏题一绝》《黄皆令画扇有柳如是题陈卧子满庭芳词词云无非是怨花伤

---

① 陈寅恪：《陈寅恪诗集：附唐筼诗存》，第106页。
② 陈寅恪：《陈寅恪诗集：附唐筼诗存》，第116页。

柳一样怕黄昏感赋二绝》《读梅村题鸳湖闺咏戏用彩笔体为赋一律》
等。此外，陈寅恪是年还有《戏集唐人成句》："霸才无主始怜君，
（温飞卿《过陈琳墓》。寅恪案：'君'指河东君，从顾云美《河东
君传》之先例也。）世路干戈惜暂分。（李义山《杜工部蜀中离席》。
寅恪案：陈卧子于崇祯七年，即程松圆赋《朝云诗》之年，其为河
东君作《早梅》诗云：'干戈绕地多愁眼。'）两目眵昏头雪白，（韩
退之《短灯檠歌》。）枉抛心力画朝云。（元微之《白衣裳二首》之
二。）"胡文辉《陈寅恪诗笺释》按语云："此篇本非陈氏独立的正
式作品，而是附录于学术论著中的游戏作品，见《柳如是别传》第
三章……由《柳如是别传》内容的次序看，此篇犹在以下钱受之
诗、黄皆令画扇诗等三绝之前；故此篇之作更可能在《柳如是别
传》写作的初期而非末期。"[①] 由此可见，《柳如是别传》应该始撰于
1954 年《论再生缘》完稿以后不久。有关此书的写作进程，陈寅恪
起初几乎每年都有诗歌记录：1955 年作《乙未阳历元旦作时方笺释
钱柳因缘诗未成也》；1956 年作《乙未除夕卧病强起与家人共餐感
赋检点两年以来著作仅有论再生缘及钱柳因缘诗笺释二文故诗语及
之也》；1957 年作《丁酉阳历七月三日六十八岁初度适在病中时撰
钱柳因缘诗释证尚未成书更不知何日可以刊布也感赋一律》；1958
年作《笺释钱柳因缘诗完稿无期黄毓祺案复有疑滞感赋一诗》。因
不能完稿而产生的焦躁情绪，可以想见。此后陈寅恪在诗歌中不再
提及《柳如是别传》的写作，有可能是政治的原因。其 1966 年的
第三次交代底稿有云："一九五八年，全国有厚今薄古运动。我当

---

① 胡文辉：《陈寅恪诗笺释》（增订本），广东人民出版社，2013，第 736 页。

时也受到批判。我便不再上课，但仍旧作文。"① 也有可能是身体的原因。1959 年 6 月 7 日陈寅恪回复中华书局上海编辑所催稿信件时说："残躯自去年至今疾病缠绵，以致整理旧稿工作完全停顿。前次预拟交稿之期未能实行，曷胜歉疚。但俟健康稍复，自当继续整理旧稿工作。何时能告一段落，现尚未敢预言也。"②

　　1963 年冬天，《柳如是别传》终于完成初稿。《陈寅恪诗集》有《十年以来继续草钱柳因缘诗释证至癸卯冬粗告完毕偶忆项莲生鸿祚云不为无益之事何以遣有涯之生伤哉此语实为寅恪言之也感赋二律》，是对全书内容的总结。其中对钱谦益的评价，则是一个全新的视角。1928 年中华书局出版的《清史列传》，钱谦益名列"贰臣传"。这基本代表了 300 年来的主流评价。乾隆三十四年（1769）六月，曾有上谕："钱谦益本一有才无行之人，在前明时身跻膴仕。及本朝定鼎之初，率先投顺，洊陟列卿。大节有亏，实不足齿于人类。"③ 并且，乾隆明令禁毁钱氏所有著述。而陈寅恪在《柳如是别传》中，则充分展示了钱谦益与张煌言、郑成功、瞿式耜等坚持抗清之志士仁人的并肩作战。他们互通声息，钱氏甚至一直在出谋划策而予以帮助，《投笔集》自称"廿年薪胆心犹在，三局揪枰算已违"，④ 即为实录。故陈诗第一首云："横海楼船破浪秋，南风一夕抵瓜州。石城故垒英雄尽，铁锁长江日夜流。惜别渔舟迷去住，封侯闺梦负绸缪。八篇和杜哀吟在，此恨绵绵死未休。"最后两句是对《投

---

① 蒋天枢：《陈寅恪先生编年事辑》（增订本），第 165—166 页。
② 参见卞僧慧纂，卞学洛整理《陈寅恪先生年谱长编》（初稿），中华书局，2010，第 310 页。
③ 王锺翰点校《清史列传》，中华书局，1987，第 6577 页。
④ 钱谦益：《钱牧斋全集》（七），上海古籍出版社，2003，第 66 页。

笔集》的评价。在陈寅恪看来，是为"以诗证史"，或者往更大处说是"诗史互证"的典范，这也是其将《投笔集》赞为"三百年来之绝大著作"的重要原因。而诗题所引项鸿祚"不为无益之事，何以遣有涯之生"语，与第二首诗最后所言"明清痛史新兼旧，好事何人共讨论"① 相合，暗喻陈寅恪在当时知音难觅之心境，令人唏嘘不已。今日观《柳如是别传》，同样是"三百年来之绝大著作"。而在《柳如是别传》正式完成后，陈寅恪又作《稿竟说偈》附于《柳如是别传》之最后，是其对此书的自我评价："刺刺不休，沾沾自喜。忽庄忽谐，亦文亦史。述事言情，悯生悲死。繁琐冗长，见笑君子。失明膑足，尚未聋哑。得成此书，乃天所假。卧榻沉思，然脂暝写。痛哭古人，留赠来者。"② 作为阅尽沧桑、又历尽沧桑的史学家，陈寅恪的留赠来者，给人以遐想和希望。

所以，我们对陈寅恪其人其诗的解读，"痛哭古人，留赠来者"，也不失为明智的选择。

---

① 陈寅恪:《陈寅恪诗集:附唐篔诗存》，第 147 页。
② 陈寅恪:《陈寅恪诗集:附唐篔诗存》，第 153 页。

第四编

实践中的诗学

同光体视野下的陈三立之"诗人之诗"

讨论同光体的诗歌理论和诗歌创作，绕不开的一个话题就是"学人之诗"与"诗人之诗"。陈衍在《近代诗钞》"祁寯藻"名下所撰《石遗室诗话》中，探究了同光体在清代的源头。其中有云："有清一代，诗宗杜韩者，嘉道以前推一钱择石侍郎，嘉道以来则程春海侍郎、祁春圃相国，而何子贞编修、郑子尹大令皆出程侍郎之门，益以莫子偲大令、曾涤生相国。诸公率以开元、天宝、元和、元祐诸大家为职志，不规规于王文简之标举神韵，沈文悫之主持温柔敦厚，盖合学人诗人之诗二而一之也。"① 这里所列举的钱载、程恩泽、祁寯藻，以及何绍基、郑珍、莫友芝、曾国藩等，都被后来的同光体诗人视作先驱，尊为宗师。而陈衍强调他们"合学人诗人之诗二而一之"的理论建树和创作成就，甚至突破了清代影响极大的王士禛之"标举神韵"和沈德潜之"主持温柔敦厚"，可见陈衍是要将此作为同光体的标志加以宣扬和推广的。然而，陈衍自己的创作，既不是典型的"学人之诗"，也不是中国传统意义上的"诗人之诗"。钱仲联先

① 陈衍编辑《近代诗钞》，商务印书馆，1935，第1页。

生《论同光体》甚至以为，以陈衍为代表的"闽派诗更不是'学人诗人之诗二而一之'的一派"。而且，钱先生还说"至于'同光体'诗人，只有沈曾植是著名学人"。[①]当然，如果要讨论"诗人之诗"，在同光体的代表诗人中，则首推陈三立。刘衍文即云："散原能营造气氛，为诗人之诗。"[②]所谓"诗人之诗"，是指诗人继承了《诗经》传统的"风人之旨"。在中国历史上，谈到"诗人之诗"，就会有这样的理解。而身处"数千年来未有之变局"的晚清，陈三立的"诗人之诗"尤其彰显出其社会价值和艺术价值。

一

我们先来解释一下同光体诗人所谓"学人之诗"以及"诗人之诗"的内涵，因为这是探讨陈三立"诗人之诗"的前提。陈衍以为，在清代最早能够体现"合学人诗人之诗二而一之"的诗人，是钱载。但是，钱锺书先生并不认可。其《谈艺录》讨论到钱载，就说：

> 蒋石处通经好古、弃虚崇实之世，而未尝学问，又不自安于空疏寡陋。宜其见屈于戴东原，虽友私如翁覃溪，亦不能曲为之讳也。然其诗每使不经见语，自注出处，如《焦氏易林》《春秋元命苞》《孔丛子》等，取材古奥，非寻常词人所解征用。原本经籍，润饰诗篇，与"同光体"所称"学人之诗"，操术相同，故大被推挹。夫以蒋石之学，为学人则不足，而以为学人之诗，则绰有余裕。此中关捩，

---

① 钱仲联：《梦苕庵论集》，中华书局，1993，第 422 页。

② 参见王培军《记寄庐先生》，载钱汉东主编《寄庐梦痕：刘衍文学术思想辨踪》，上海古籍出版社，2022，第 257 页。

煞耐寻味。①

这里所说的钱载与戴震的恩怨，在翁方纲《与程鱼门平钱戴二君议论旧草》中有记载："昨荦石与东原议论相诋，皆未免于过激……荦石谓东原破碎大道。荦石盖不知考订之学，此不能折服东原也。诂训名物，岂可目为破碎？学者正宜细究考订诂训，然后能讲义理也……今日钱、戴二君之争辨，虽词皆过激，究必以东原说为正也。"② 翁方纲认为，钱载于考据之学，纯属外行，外行批评内行，说戴震所做学问是"破碎之学"。所以翁方纲说"究必以东原说为正也"。其实钱载和翁方纲关系还是很不错的，二人是乾隆十七年（1752）同榜进士，平时多有相互帮衬。翁方纲还曾从钱载三十六卷的《荦石斋诗集》中选录诗作，编成《诗钞》四卷刊之，所作《荦石斋诗钞序》称"其诗浓腴淡韵，若画家赋色，向背凹凸，东坡谓于王维千枝万叶，一一皆可寻源者也"。③ 翁、钱两人诗歌宗趣都在黄庭坚，当然，就创作成就言，钱载远在翁方纲之上。

钱锺书先生接下来所说的钱载"其诗每使不经见语，自注出处"，所举《焦氏易林》《春秋元命苞》《孔丛子》等著作，也不是常人都读过的。所以钱锺书先生谓其"取材古奥，非寻常词人所解征用。原本经籍，润饰诗篇，与'同光体'所称'学人之诗'，操术相同，故大被推挹"，而其有关钱载的结论，则是"夫以荦石之学，为学人则不足，而以为学人之诗，则绰有余裕"。也就是说，做学人恐有不足，但其学问用来写诗，那还是绰绰有余的。接此，钱锺书先生对陈衍"学人之诗"的观点进行了大家熟悉的"钱式"批评：

---

① 钱锺书：《谈艺录》（补订本），中华书局，1984，第176—177页。

② 翁方纲：《复初斋文集》卷七，道光十六年刻本，第20页。

③ 翁方纲：《复初斋文集》卷四，第1页。

钟记室《诗品·序》云："大明、泰始，文章殆同书抄，拘挛补衲，蠹文已甚。虽谢天才，且表学问。"学人之诗，作俑始此。杜少陵自道诗学曰："读书破万卷，下笔如有神"；信斯言也，则分其腹笥，足了当世数学人。山谷亦称杜诗"无字无来历"。然自唐迄今，有敢以"学人之诗"题目《草堂》一集者乎？同光而还，所谓学人之诗，风格都步趋昌黎；顾昌黎掉文而不掉书袋，虽有奇字硬语，初非以僻典隐事骄人……盖诗人之学而已。①

在冷嘲热讽的这段话里面，钱锺书先生提出"学人之诗"和"诗人之学"的概念。所谓"学人之诗"是学者所为诗：在诗当中卖弄"学人之学"——也就是经史百家之学，甚至是金石考据之言直接入诗。当年钟嵘就加以抨击，故有"学人之诗，作俑始此"之说。至于"诗人之学"，其典型便是"读书破万卷，下笔如有神"的杜甫。在钱锺书先生看来，就学问而言，当今号称的"学人"，几个加起来还不如一个杜甫，但杜甫的学问是用来写诗的，是用以增强诗人底蕴，陶冶诗人情操的，只能算作"诗人之学"。因此，自唐迄今，"有敢以'学人之诗'题目《草堂》一集者乎？"而陈衍的所谓"学人之诗"，是用来标榜的，诚如钱仲联先生所云："在旧社会，一般文人却怀有学人高出一筹的偏见。陈衍正是用这样的眼光来谈什么'学人之诗'以抬高'同光体'诗人的地位。"钱先生认为，除了沈曾植以外，"陈衍本人，虽也博览经史，毕竟只是诗人、古文家，是'文苑传'中人物。此外，'同光体'诗人，或是以政治活动家而为诗人，或是从事

---

① 钱锺书：《谈艺录》（补订本），第177页。

文学专业的诗人，在那些代表人物中，却举不出学人"。① 这里，陈衍应该属于"从事文学专业的诗人"，而陈三立则是"以政治活动家而为诗人"。如果说他们都能为"诗人之诗"，其区别就在于此。

所以，陈衍倡导"合学人诗人之诗二而一之"，除了借"学人之诗"自我抬高以外，主要是从文学的特性出发的。譬如，他对严羽《沧浪诗话·诗辨》中"夫诗有别材，非关书也；诗有别趣，非关理也"的观点，并不认可。在《瘿庵诗叙》中，陈衍说：

> 严仪卿有言："诗有别才，非关学也。"余甚疑之，以为六义既设，风雅颂之体代作，赋比兴之用兼陈。朝章国故，治乱贤不肖，以至山川风土，草木鸟兽虫鱼，无弗知也，无弗能言也。素未尝学问，猥曰吾有别才也，能之乎？汉魏以降，有风而无雅，比兴多而赋少，所赋者眼前景物，夫人而能知而能言者也，不过言之有工拙。所谓有别才者，吐属稳、兴味足耳……故余曰：诗也者，有别才而又关学者也。少陵、昌黎，其庶几乎？然今之为诗者，与之述仪卿之言则首肯，反是则有难色。人情乐于易，安于简，别才之名，又隽绝乎丑夷也。②

在陈衍看来，"有别才"是"诗人之诗"，"又关学也"则是"学人之诗"。而"合学人诗人之诗二而一之"，是建立在读书的基础上的。陈衍认为，写诗容易，好诗难得。要写出好诗，必须有过人之处，而具有过人之处的先决条件是读书。杜甫之所以为杜甫，在于

---

① 钱仲联：《论同光体》，载《梦苕庵论集》，第 422 页。
② 陈衍：《陈石遗集》，福建人民出版社，2001，第 520—521 页。

他的"读书破万卷"之后才能"下笔如有神"。这里，陈衍也掇出了《诗经》作者，但只强调他们是"又关学"的典范："六义既设，风雅颂之体代作，赋比兴之用兼陈。朝章国故，治乱贤不肖，以至山川风土，草木鸟兽虫鱼，无弗知也，无弗能言也。"是把他们纳入了"学人之诗"的范畴。至于中国文学批评史上有关《诗经》作者"兴观群怨"，在反映社会现实方面的功能，即传统意义上的"诗人之诗"，陈衍基本没有涉及。而其解释"有别才"，则是举"汉魏以降，有风而无雅，比兴多而赋少，所赋者眼前景物，夫人而能知而能言者也，不过言之有工拙。所谓有别才者，吐属稳、兴味足耳"。在陈衍看来，"吐属稳、兴味足"，这就是"有别才"的全部内涵，这就把"诗人之诗"全部停留在文学层面。

涉及具体作品，陈衍在《石遗室诗话》中评价祁寯藻《题饙飦亭集》诗，说"证据精确，比例切当，所谓学人之诗也；而诗中带着写景言情，则又诗人之诗矣"，[①] 可见其对于"学人之诗"和"诗人之诗"的诠释，都只是从诗歌的形式方面考量的。这种脱离了广阔的社会现实之背景的"诗人之诗"，在中国古代文论中，实则并不很受待见。扬雄《法言·吾子》曰："或问：吾子少而好赋？曰：'然。童子雕虫篆刻。'俄而曰：'壮夫不为也。'"[②] 这一段话常被视作对文学的蔑视。其实，扬雄舍弃的是"雕虫篆刻"，而不是文学的全部。郭绍虞先生认为，荀子奠定了"明道、征圣、宗经"的传统的文学观，而"荀子以后再度发挥传统的文学观的是扬雄"。[③]"明道、征圣、宗经"，在诗歌创作方面的体现，就是要求发扬光大《诗经》传统，突出诗歌的社会改造功能。所以，陈衍的"诗人之诗"，是大大异乎我们所要

① 陈衍著，郑朝宗、石文英校点《石遗室诗话》，人民文学出版社，2004，第 434 页。
② 汪荣宝：《法言义疏·吾子卷第二》，中国书店，1991，第 1 页。
③ 郭绍虞：《中国文学批评史》，上海古籍出版社，1979，第 32 页。

讨论的陈三立之"诗人之诗"的。

二

我们说陈三立的诗是"诗人之诗",立足于其继承了《诗经》以来的优秀的现实主义诗歌传统。这与他积极入世的政治态度有关。陈三立一生在政治上最辉煌、最值得称颂的是在湖南辅助他的父亲、时任湖南巡抚陈宝箴推行新政。当时,湖南作为维新的实验基地,聚集了梁启超、黄遵宪、谭嗣同、唐才常等维新党人,他们创办南学会和时务学堂,出版刊行《湘学新报》和《湘报》,并陆续筹办水陆交通,开矿,设武备学堂,练民团,按照范文澜《中国近代史》的说法,他们使湖南成为当时"全国最富朝气的一省"。① 这其中当然与陈宝箴父子的积极谋划、赞助和活动是分不开的。梁启超《饮冰室诗话》就将陈三立与谭嗣同相提并论,说:"陈伯严吏部,义宁抚军之公子也。与谭浏阳齐名,有'两公子'之目。义宁湘中治迹,多其所赞画。"② 湖南以后革命家层出不穷,不管是旧民主主义革命,还是新民主主义革命,这和维新时期所开创的风气有关。而陈三立在政治上另外一件让我们应该铭记的事情,就是卢沟桥事变爆发后,寓居北平的陈三立目睹山河沦亡,不胜悲愤,以八十五岁高龄绝食殉国,晚节让人尊重。

陈三立既然是政治活动家,而不是从事文学专业的诗人,所以,钱仲联先生《论同光体》就说他"工于为诗而不像陈衍那样标榜声气,也没有写过整套的理论"。③ 但是,他倡导"诗人之诗",就是要和《诗经》作者一样,"迩之事父,远之事君",他需要突出诗歌

---

① 范文澜:《中国近代史》,人民出版社,1955,第301页。
② 梁启超:《饮冰室诗话》,人民文学出版社,1959,第10页。
③ 钱仲联:《梦苕庵论集》,第423页。

的"兴观群怨"的功能，需要表达他在诗歌的社会作用方面所持有的肯定的意见——也就是所谓的"诗言志"。检阅《散原精舍诗文集》，我们就会发现，陈三立为他人诗集所作的序文，多强调诗歌与社会政治的密切关系。他为友人廖树蘅诗集撰《廖笙陔诗序》，就明言"余尝愤中国士夫耽究空文而废实用"。[①]什么是"空文"？他在《刘裴村衷圣斋文集序》中的解释是"凡非涉富强之术、纵横之策，固皆视为无用之空文"。[②]刘裴村即刘光第，当年因陈宝箴之荐举而授军机章京，因此成为"戊戌六君子"之一。《刘裴村衷圣斋文集序》也谈到此事："当光绪戊戌之岁，余父官湖南巡抚，会天子方锐意变法，与天下更始，屡诏举人才，备佐新政，余父则务进端笃学有根柢之士，疏列君与杨君锐二人。旋召入直，并杨君及谭君嗣同、林君旭，皆充军机章京，仅累日，难作，君遂遇害。"[③]刘光第与陈三立属志同道合者，对其遇害，陈三立因此一直心怀内疚。慈禧在政变后下旨谓陈宝箴父子因"滥保匪人"和"招引奸邪"，"著即行革职，永不叙用"。[④]可见，除了共同的政治理想，他们还有着相似的政治命运。当然，陈三立是为其文集作序，在这里所说的"空文"，就文体言，当是概言诗文。而对诗歌内容的具体要求，则如他在《余尧衢诗集序》中所说的："《诗》曰：'心之忧矣，云如之何？'诗者，写忧之具也，故欧阳公推言穷而后工，诚信而有征者。"[⑤]所谓"写忧之具"，突出了"兴观群怨"的"怨"，这和《诗经》的"风人之旨"是高度一致的。

---

① 陈三立著，李开军校点《散原精舍诗文集》（增订本），上海古籍出版社，2014，第831—832页。

② 陈三立著，李开军校点《散原精舍诗文集》（增订本），第907页。

③ 陈三立著，李开军校点《散原精舍诗文集》（增订本），第906—907页。

④ 陈宝箴著，汪叔子、张求会编《陈宝箴集》，中华书局，2003，第861页。

⑤ 陈三立著，李开军校点《散原精舍诗文集》（增订本），第956页。

因此，他认为优秀的诗歌作品，基本上都是"穷而后工"的产物。陈三立《梁节庵诗序》有云：

> 当是时，天下之变盖已纷然杂出矣。学术之升降，政法之隆污，君子小人之消长，人心风俗之否泰，夷狄寇盗之旁伺而窃发。梁子日积其所感所营，未能忘于心，幽忧徘徊，无可陈说告语者。而优闲之岁月，虚寥澹漠之人境，狎亘古于旦暮，觌万象于一榻，上求下索，交萦互引，所以发情思荡魂梦，益与为无穷。梁子之不能已于诗，傥以是与？傥以是与？虽然，梁子之诗既工矣，愤悱之情，噍杀之音，亦颇时时呈露而不复自遏。吾不敢谓梁子已能平其心一比于纯德，要梁子志极于天壤，谊关于国故，掬肝沥血，抗言永叹，不屑苟私其躬，用一己之得失进退为忻愠。此则梁子昭昭之孤心，即以极诸天下后世而犹许者也。[①]

此文作于光绪十九年（1893）。因为梁鼎芬是陈三立的朋友，早年在政治上也有共同的追求，所以，陈三立借写序的机会，以梁诗为案例，在理论上系统阐述了自己有关诗歌与政治之间相互影响的看法。梁鼎芬光绪六年（1880）成进士，二十四岁授编修，属于少年得志。但在光绪十一年（1885）二十七岁的时候，即因指责李鸿章在中法战争议和中处置失当、以六大可杀之罪提出弹劾，得罪慈禧，招致连降五级的处分，遂愤而辞职。所以，陈三立谓其目睹晚清"学术之升降，政法之隆污，君子小人之消长，人心风俗之否泰，夷狄寇盗之旁伺而窃发"，"愤悱之情，噍杀之音，亦颇时时呈露而不复自

---

① 陈三立著，李开军校点《散原精舍诗文集》（增订本），第824—825页。

遏"，他"志极于天壤，谊关于国故，掬肝沥血，抗言永叹，不屑苟私其躬，用一己之得失进退为忻慴"。在本文的最后，陈三立甚至预言"日迈月征，徙倚天地，吾恐梁子之诗将益工，且多行交讥"。当然，陈三立也不忘把自己垫上："梁子不幸终类于余也。"

在陈三立看来，诗歌如果具有积极的内容，能够表达真性情，是可以超越艺术方面不同的宗趣和形式，而产生永恒的魅力的。他在《顾印伯诗集序》中就说：

> 自周汉以来，积数千余岁之诗人，固应风尚有推移，门户有同异，轻重爱憎，互为循环，莫可究极。然尝以谓凡托命于文字，其中必有不死之处，则虽历万变万哄万劫，终亦莫得而死之，而有幸有不幸之说不与焉。①

其言"自周汉以来，积数千余岁之诗人"，知陈三立论诗的源头的确是上溯《诗经》传统的。我们要注意的是"风尚有推移，门户有同异"，而"凡托命于文字，其中必有不死之处"。

当然，陈三立的"诗人之诗"，以《诗经》作者为楷模，除了"兴观群怨"，还遵循"温柔敦厚"。据李勤合等介绍："1929年，陈三立之女陈新午与时任军政部参事的俞大维结为伉俪，陈三立将手书《散原诗稿》一册和'温柔敦厚诗之教，慈俭劳谦福所基'对联一幅送给女儿陈新午作为纪念。"② 可见，陈三立是将"温柔敦厚"作为诗礼传家之箴言的。在儒家思想影响下，过去诗人一直以"兴观群怨"和"温柔敦厚"并重。对此发起挑战的也有，但不是很多，譬如袁

---

① 陈三立著，李开军校点《散原精舍诗文集》（增订本），第1090页。
② 李勤合、滑红彬：《陈新午藏〈散原诗稿〉述略》，《九江学院学报》（社会科学版）2021年第2期。

枚。他在《答沈大宗伯论诗书》中，针对沈德潜提出的"诗贵温柔"提出了质疑："至所云'诗贵温柔，不可说尽，又必关系人伦日用'。此数语有褒衣大祒气象，仆口不敢非先生，而心不敢是先生。何也？孔子之言，《戴经》不足据也，惟《论语》为足据。"①不过，袁枚质疑的理由也仅仅是戴圣所编纂的《礼记》可能是伪书，所以《礼记》所载的孔子之言"温柔敦厚，诗教也"，是靠不住的，不一定真的是孔子说的。而陈三立在《沧趣楼诗集序》中先是叙说了同光体诗人、并且还是晚清重臣的陈宝琛之坎坷经历，然后说：

> 公生平遭际如此，顾所为诗终始不失温柔敦厚之教，感物造端，蕴藉绵邈，风度绝世，后山所称"韵出百家上"者庶几遇之。然而其纯忠苦志，幽忧隐痛，类涵溢语言文字之表，百世之下，低徊讽诵，犹可冥接遐契于孤悬天壤之一人也。②

相似的评价还体现在他给同为晚清重臣冯煦的《蒿庵类稿》所作的序中：

> 独就所为文诗词为余所及知推之，吐辞结体，一出于冲淑尔雅，盎然粲然，盖导引自具之性情，以与古之能者相迎，讨原究变，溉泽典籍，衷于物则，不诬其志，庶几尤为滔滔斯世所系之能者欤？坚苦树立，成一家之言，先生固所可自信，且信之于天下后世而无愧也。③

---

① 袁枚著，王英志编纂校点《袁枚全集新编》（三），浙江古籍出版社，2018，第322页。
② 陈三立著，李开军校点《散原精舍诗文集》（增订本），第1112页。
③ 陈三立著，李开军校点《散原精舍诗文集》（增订本），第895页。

陈三立肯定了冯煦所作文诗词各种文体"冲淑尔雅，盎然粲然"的风格，这种风格在诗歌方面，就是"温柔敦厚"的具体表象。陈三立还说明了这种风格与性情有关，当然，作者多读书、好思考，其深厚的文化底蕴也是风格形成的原因之一。陈三立读清末名儒关棠诗并跋其遗集，也谈到了关棠的"怀抱幽异，学道观化，求自直于己"，故其所为诗"类皆根据理要，质厚峻雅，颇不愧古之立言者"。①

总而言之，"兴观群怨"和"温柔敦厚"，是陈三立作为"诗人之诗"之诗论的两大准则，前者侧重内容，后者侧重风格。而其核心，便是被朱自清推为中国诗论"开山的纲领"的"诗言志"。

三

陈三立的诗歌创作，也实践了其"风人之旨"的诗歌理论。梁启超《广诗中八贤歌》咏陈三立颔联云"啮墨咽泪常苦辛，竟作神州袖手人"，自注谓"君昔赠余诗，有'凭栏一片风云气，来作神州袖手人'之句"。②是诗题曰《高观亭春望》，收录在陈方恪所藏《陈三立诗录》，经潘益民、李开军整理，收入《散原精舍诗文集补编》。诗凡二首，此为第一首后二句。依编次，此诗当作于光绪十九年（1893）。整理者认为："第一首诗后两句曾在士人中广为流传，多从梁启超《广诗中八贤歌》……得知，误为是戊戌变法失败后陈三立的心境流露。"③但是，梁启超说"君昔赠余诗"，一般不会记错。最大的可能是陈三立此后曾将是诗抄录赠送给梁启超，且未著明诗题。故

---

① 陈三立著，李开军校点《散原精舍诗文集》（增订本），第894页。

② 梁启超：《饮冰室合集》文集之四十五（下），中华书局，1989，第13页。

③ 陈三立著，潘益民、李开军辑注《散原精舍诗文集补编》，江西人民出版社，2007，第83页。

梁启超只知是陈三立赠诗，而此诗也一定与陈、梁二人当时的心境相合。这种心境，有人以为是陈三立戊戌维新失败后淡出江湖的写照，类似于陶渊明的归赋田园。但是钱仲联先生《近代诗钞》却以为此诗"表现了从新潮流退出以后，仍然压抑不下的风云之气，愤激郁勃之情"。[1] 这使我们联想起陈三立所作《漫题豫章四贤像拓本·陶渊明》诗："此士不在世，饮酒竟谁省。想见咏荆轲，了了漉巾影。"[2] 这里的陶渊明形象，与传统的"采菊东篱下，悠然见南山"，或者"结庐在人境，而无车马喧"，很是不同。倒是和鲁迅在《"题未定"草（六）》所说的陶渊明"就是诗，除论客所佩服的'悠然见南山'之外，也还有'精卫衔微木，将以填沧海，形天舞干戚，猛志固常在'之类的'金刚怒目'式，在证明着他并非整天整夜的飘飘然"，[3] 同一个意思。这也应该是强调"诗言志"的体现。

今日所见《散原精舍诗》，经陈三立手自厘定，存诗始自辛丑，即光绪二十七年（1901）。其辅助陈宝箴推行新政期间所作，并未收入集中。即使是潘益民、李开军筚路蓝缕所成《散原精舍诗文集补编》，收录了以前很难见到的陈三立早期作品，但也仅止于光绪二十二年（1896），而其一生最为关键的戊戌变法前后数年之诗，还是无法一睹为快。雪泥鸿爪，我们依据他人著述中的记述，只能窥出大概。如《饮冰室诗话》中所录《赠黄公度》七律一首，作于光绪二十一年冬（1895）："千年治乱余今日，四海苍茫到异人。欲挈颓流还孔墨，可怜此意在埃尘。劳劳歌哭昏连晓，历历肝肠久更新。同倚斜阳看雁去，天回地动一沾巾。"[4] 钱仲联先生《近代诗钞》以为"三立早年所

---

① 钱仲联编著《近代诗钞》，江苏古籍出版社，1993，第 900 页。
② 陈三立著，李开军校点《散原精舍诗文集》（增订本），第 119 页。
③ 鲁迅：《鲁迅全集》（六），人民文学出版社，2005，第 436 页。
④ 梁启超：《饮冰室诗话》，第 10 页。

为诗，颇有陶渊明《咏荆轲》的气概"，而此诗"可以代表"。①

陈三立诗歌的言志，值得关注的，是其宣扬维新变法的思想。虽然陈三立出生在封建士大夫的家庭，自幼受中国传统的思想熏陶。他早年撰写的《读荀子五首》《读论语四首》所表达的观点，都说明其思想的主要部分是孔孟之学。我们今天定位陈三立"诗人之诗"，将其与中国最古老的诗学观"诗言志"挂起钩来，也是因为这个原因。但是，陈三立所处的 19 世纪末 20 世纪初，毕竟是西学东渐的时代，而其父亲、时任湖南巡抚的陈宝箴，又是比较务实的开明官僚。这与其并非进士出身、主要是通过辅助席宝田镇压太平天国起家、叙功升迁的经历有关。在父亲的安排下，陈三立在湘中曾随郭嵩焘学，陈隆恪等撰《散原精舍文集识语》即云："先君壮岁所为文，多与湘阴郭筠仙侍郎嵩焘、湘潭罗顺循提学正钧辈往复商榷。"② 郭嵩焘是洋务派的骨干，曾经作为中国第一位驻外使节出使英、法。海外的经历，开阔了眼界，郭嵩焘的思想甚至已经超越了洋务派"中学为体，西学为用"的底线。其《日记》曾云："西洋立国二千年，政教修明，具有本末，与辽、金崛起一时，倏盛倏衰，情形绝异。"③ 所以，他对传统的夷夏之辨提出了自己的不同看法，以为"茫茫四海，含识之人民，此心此理，所以上契于天者，岂有异哉？而猥曰：'东方一隅为中国，余皆夷狄也。'吾所弗敢知也"。④

受此影响，陈三立日后成为维新派的中坚，他在自己的诗歌中也直接表达了对当时西方政治、哲学思想的理解。陈三立尝有《送严几道观察游伦敦》一诗，对严复翻译西方学术名著，介绍和传播西方

---

① 钱仲联编著《近代诗钞》，第 900 页。
② 陈三立著，李开军校点《散原精舍诗文集》（增订本），第 1532 页。
③ 郭嵩焘：《郭嵩焘日记》，湖南人民出版社，1982，第 124 页。
④ 郭嵩焘：《伦敦与巴黎日记》，岳麓书社，1984，第 961 页。

资本主义政治、经济和文化思想，作了充分肯定：

> 餔啜糟醨数千载，独醒公起辟鸿濛。
>
> 抚摩奇景天初大，照耀微尘日在东。
>
> 聊探睡驷向沧海，稍怜高鸟待良弓。
>
> 乘桴似羡青牛去，指点虚无意未穷。①

　　作者借用《楚辞·渔父》"众人皆醉，何不餔其糟而啜其醨"意，对当时保守派意图恪守几千年来中国传统思想中的陋习而无意变革进行抨击，并将严复比作"众人皆醉我独醒"的屈原，把他对西方民主和科学思想的宣扬誉为开辟鸿濛。陈三立还有《读侯官严复氏所译英儒穆勒约翰群己权界论偶题》和《读侯官严氏所译社会通诠讫聊书其后》二诗，高度评价了严译著作。约翰·斯图亚特·穆勒（John Stuart Mill），是19世纪英国著名的思想家，所著《群己权界论》又译作《论自由》，主要论述了三个议题：思想自由和讨论自由；个性自由；社会对个人自由的控制。这是西方鼓吹民主和自由的政治学经典著作。陈三立对其学说非常向往，诗中感叹："卓彼穆勒说，倾海挈众派。砭懦而发蒙，为我斧天械。又无过物忧，绳矩极显戒。萌芽新道德，取足持善败。"他甚至以为对"侵寻狃糟粕，滋觉世议隘。夭阏缚制之，视息偷以惫"②的中国政治与学术，有着"起死"之用。而且，严复亦非常尊重陈三立，他把自己的译稿交陈三立审阅。范罕《六十自谶诗》自注有云："予初游两湖，于陈伯严先生处，见严又陵先生新译赫氏《天演论》，尚未出版，乃惊告先子，以为卓越周秦诸

---

① 陈三立著，李开军校点《散原精舍诗文集》（增订本），第138页。

② 陈三立著，李开军校点《散原精舍诗文集》（增订本），第83—84页。

子。"① 据李开军《陈三立年谱长编》考订，陈三立读《天演论》在光绪二十年（1894）。而《天演论》在天津《国文汇编》刊出，已是光绪二十三年（1897）年底的事情。

　　除了宏观的呐喊以外，陈三立有关维新改良，还提出了许多具体的建议。譬如女权和教育，这在其诗中都有反映。庞树柏《今妇人集》记云："周衍巽，亦南昌人，少即肄业于某女校，精蟹行文字，而尤注意于家庭教育。陈散原亦有诗赠之曰：'日手东西新译编，鸾姿虎气镜台前。家庭教育谈何善，顿喜萌芽到女权。'则周之为人亦可见矣。"② 岂止"为人可见"，直是新女性形象跃然纸上。蟹形文字是指西文，而诗中所谓"日手东西新译编"，是言其忙于译著。此诗收入《散原精舍诗集》，题为《题寄南昌二女士·周衍巽》。其实，有关妇女解放，早在戊戌变法之前，陈三立就在湖南支持谭嗣同等创办不缠足会。而他的女儿都得到了良好的教育，其《视女婴入塾戏为二绝句》云："两三间屋小如舟，唤取诸雏诵九流。莫学阿兄夸手笔，等闲费纸帧沟娄"，"公宫化杳国风远，图物西来见典型。安得神州兴女学，文明世纪汝先声"。③ 这是陈三立送女儿入学时所作，时为光绪二十七年（1901）。诗的最后两句是作者将兴办女学看作新世纪文明之标志，这在当时一定是引领时代潮流的。过去论者有将陈三立归入封建遗老，我实在不敢苟同。是否是遗老，最关键的衡量标准是其在思想方面是否能够革故鼎新，与封建体制决裂。

　　中国在甲午战争中的惨败，让中国的知识界痛定思痛。陈三立以为日本明治维新后教育的现代化，是造成中日在国力方面差距的重要原因。光绪二十八年（1902）中秋后，陈三立在江宁见到了来江南

---

① 范曾编《南通范氏诗文世家》（六），河北教育出版社，2004，第116页。

② 见《妇女杂志》第5卷第4号，1919年4月。

③ 陈三立著，李开军校点《散原精舍诗文集》（增订本），第8页。

陆师学堂考察的日本学者嘉纳治五郎，抚时感事，他赋长诗《日本嘉纳治五郎以考察中国学务来江南既宴集陆师学堂感而有赠》相赠。由于刚刚经历了庚子事变，所以开篇就说"国家丧败余，颇复议新政"。而教育则是新政的重要内容："仍遵今皇谟，喋喋诵甲令。四海学校昌，教育在厘正。"但是，中国的事情多停留在形式上，有关教育的根本问题没有得到解决："所恨益纷庞，末由基大命。去圣日久远，终古一陷阱。礼乐坏不修，侈口呓孔孟。譬彼涉汪洋，航筏失导迎。盲僮拊驹犊，旷莽欲何骋。"由此，陈三立希望能够借鉴日本的做法："陶铸尧舜谁，多算有借镜。东瀛唇齿邦，泱泱大风盛。亦欲煦濡我，挟以御物竞。群士忽奔凑，有若细流进。"随后，作者表彰了嘉纳治五郎对教育的贡献："觥觥嘉纳君，人伦焕斗柄。创设师范章，捷速日还并。归置游钓地，瞬息变讴咏。"席间，还和嘉纳讨论了救治中国的教育方案："起死海外方，抚汝支那病。"陈三立真诚希望能够得到嘉纳的帮助："君既洞症结，反拟施括襮。色下语益纯，孰云杂嘲评。余乃执爵兴，种祸岂能更。诱掖振厉之，先觉顺其性。大同无町畦，天人互相庆。唏嘘立歧路，仰视纤云净。持此谢嘉宾，且以证后圣。"[①]陈三立倾心于日本之教育成就，是年曾安排长子衡恪、三子寅恪自费东渡留学。二年后，寅恪与二兄隆恪又考取官费留日。而陈三立日后在江苏、江西等地创办师范学校，可以看作是他这种思想的实践。

四

风人之旨，除了"言志"，也就是对理想的抒写以外，还在于对

---

① 陈三立著，李开军校点《散原精舍诗文集》（增订本），第51—52页。

现实的反映。陈三立的"诗人之诗"，在诗歌创作方面，也体现在忧国忧民，这与"兴观群怨"也是一致的。

首先，在《散原精舍诗集》中，有许多反映民生疾苦的诗作。作为封建的官僚，要和封建的最高统治者保持一致，粉饰太平是基本要求，然陈三立并不循规蹈矩。他在弱冠之前居于乡，踪迹不出义宁州。而后侍父湖南，及至光绪六年（1880），陈宝箴补授河南河北道，陈三立随从赴武陟。其诗歌较成规模的存留，始于此时。此前，清王朝鼓吹所谓"同治中兴"，给人以世事太平的印象。其实，在北方，特别是陈三立此次的旅行目的地河南，则刚刚经历了震惊世界的丁戊奇灾，百年难遇的严重干旱，造成饿殍遍野，万户萧疏的惨烈景象。陈三立居武陟日，有《武陟官廨赠杜俞》《赠陈凤翔一首》《过次吴绩凝一首》等诗，杜俞、陈凤翔、吴绩凝都是陈宝箴的幕僚，也是陈三立的朋友，据其《陈芰潭翁遗诗序》记载，"初，余父由长沙之官河北，挈翁与偕。时居幕同为客者，有湘乡杜云秋、平江吴骧云、清江杨海春，皆擅文学，皆喜言经世方略"，[①] 可见，他们平时议论，是将文学和政治紧密相连的。陈三立当时所作《偕友游观郭外还经丛冢间慨然作》，所言"偕友"，当是杜、陈、吴诸位。诗歌一开始，说"罢酒忽不乐，招携出城闉"，即为后续打下伏笔。诗歌接着虽然也描写郊外景色宜人，但缺少了赏景的心情，一切就显得并不那么美好。所以作者说"冲衿惨寒日，枉渚栖孤烟。良游洽昔赏，妍虑逐今迁。穸林窜饥狸，荒墟渗阴泉。萧条劲风来，肝心苦抽崩"，[②] 凄美之景愈加烘托出了愁苦之音。光绪八年（1882）春，陈三立南返准备参加当年乡试，途中作《渡黄河作》诗云：

①　陈三立著，李开军校点《散原精舍诗文集》（增订本），第910页。
②　陈三立著，潘益民、李开军辑注《散原精舍诗文集补编》，第7页。

冲风绝昆仑，洪流荡万里。潺湲缓水维，泛滥啮地纪。

禹功既已遥，殷患自兹始。萧条瓠子歌，弥缝卫薪耻。

哀哉宣防劬，沉璧讵虚美。时隆道无污，顺轨遵北徙。

其鱼屯忧衰，乃粒烝民喜。回车霜霰交，廓寥叹观止。

高波赋冥天，鲸鼍驾洄洄。乾坤眩须臾，精灵聚恢诡。

聊持寸抱宽，坐纳百川委。逍遥河上情，离心复何企。[①]

是年正月十五，已是公历 3 月 4 日。古人出门一般要待元宵过后，但诗中没有透露出丝毫的春意。我们特别需要留神"冲风绝昆仑，洪流荡万里。潺湲缓水维，泛滥啮地纪。禹功既已遥，殷患自兹始。萧条瓠子歌，弥缝卫薪耻。哀哉宣防劬，沉璧讵虚美"等句，作者思接千载，视通万里，将天灾与人祸，紧密地联系到了一起。所以，即使晚清真有"中兴"其事，也只是昙花一现。读其此次北行一系列的诗作，陈三立所见所闻所思所感，与元代曲家张养浩《山坡羊·潼关怀古》所咏十分相似："伤心秦汉经行处，宫阙万间都做了土。兴，百姓苦；亡，百姓苦。"可见在封建统治下，不管什么朝代，无论兴亡与否，百姓的艰难困苦，都难有起色。

此后，内忧外患日盛，黎民百姓更是生活在水深火热之中。光绪二十七年（1901）春，江南大雨成灾，哀鸿遍野，人民流离失所。时陈三立往来江宁与南昌之间，路途亲见水灾之惨象，写下了一系列诗篇。如《次韵黄知县苦雨二首》：

掀海横流谁比伦，拍天又见涨痕新。

东南灾已数千里，寂寞吟堪三两人。

---

① 陈三立著，潘益民、李开军辑注《散原精舍诗文集补编》，第 8 页。

坐付蛟鼍移窟宅，只余鸥鹊叫城闉。

陆沉共有神州痛，休问柴桑漉酒巾。

据床瞠目忧天下，如此沉沉朝暮何。

八表同昏拚中酒，余黎待尽况无禾。

空怜麟凤为时出，稍觉鱼虾乱眼多。

行念浮生任漂泊，瓦盆尘案日蹉跎。①

  面对在洪水中挣扎的受灾民众，作者充满怜悯和同情，但又束手无策，即所谓"东南灾已数千里，寂寞吟堪三两人"，但是，统治者的麻木不仁，赈灾无方，他们继续沉湎于花天酒地，与黎民的衣食全无，形成了鲜明的对比。黄知县名彝凯，字蓉瑞，号孟乐，湖南长沙人，时任江宁知县。陈三立与其诗歌唱和，多关时事，如《黄知县过谈嘲以长句》："首下尻高利走趋，初春丽日照泥涂。嗟君骩骳百僚底，过我恢疏一事无。撑腹诗书得穷饿，填胸婚嫁苦追呼。人闲富贵换头白，何处煮茶眠老夫。"②全诗诙谐幽默，生动形象地鞭挞了当时谀上欺下的官场风气。而黄知县的出污泥不染，豁达开朗，乃是不可多得的佼佼者。言及自然灾害，陈三立总是将造成的原因归结到人为，其《悯灾》其二即言："妖氛缠禹域，浲水警尧年。"其三又云："疮痍消息外，寇盗梦魂边。势欲亡无日，灾仍降自天。"③虽不无迷信色彩，但政治不善，致使水利失修，旱涝频频发作，这是不争的事实。尽管自然灾害已经给芸芸苍生带来了无尽的苦难，但统治者在享受奢靡生活、无度挥霍财富的同时，还要穷兵黩武，通过狂征暴敛来

---

① 陈三立著，李开军校点《散原精舍诗文集》（增订本），第22页。

② 陈三立著，李开军校点《散原精舍诗文集》（增订本），第1页。

③ 陈三立著，李开军校点《散原精舍诗文集》（增订本），第23页。

填满欲海。对此，陈三立曾有《寄调伯弢高邮榷舍》诗二首加以无情的揭露和嘲讽。其二云："闻道津亭傍胜区，唱筹挝鼓捋髭须。露筋祠畔千帆尽，税到江头鸥鹭无。"① 榷舍指征收专卖税的机关，清代纳入专卖的商品，主要是百姓用于日常生产和日常生活的重要物资，诸如盐和铁之类。高邮榷舍应该是设置在京杭大运河上的税收关卡，附近的苏北沿海，是当时中国最为重要的盐场。伯弢是其好友陈锐的字，时在榷舍任职。最后一联言税赋之重：雁过拔毛，导致大运河上千帆尽、鸥鹭无，显露一片萧条的景象。龚自珍当年也是在扬州一带的运河畔，有感清廷的"不论盐铁不筹河"，即不考虑基本的国计民生，不重视水利的治理兴修，以致"独倚东南涕泪多"。当然，最终的结果是"国赋三升民一斗，屠牛那不胜栽禾"，② 绝望中的民众是没有生路的。

陈三立在戊戌政变后交游的主要对象是同情维新变法的普通知识分子。他们一般都以教职谋生，或者充当幕僚，即使涉足官场，也多为下层的小吏。他们穷苦的处境和低下的地位，陈三立也只能在道义上声援。如前文所涉黄彝凯，就是作者志同道合的好友，光绪二十八年（1902）遽逝，坊间传言因参与戊戌政变遭暗杀。无风不起浪，陈三立有《孟乐大令出示纪愤旧句和答二首》诗。此诗作于辛丑早春，过去论者解读，把注意力集中在庚子事变上。但我们应该留神诗题中所言"纪愤旧句"。所谓"旧句"，则不是最近所作，故其"纪愤"，只能是三年前纪戊戌政变之愤了。旧事重提，关键在于庚子事变的爆发，与戊戌政变有着直接的关联。慈禧为代表的保守派，利用农民仇视洋人的狭隘的民族主义情绪，想借此彻底剿灭得到西方国

---

① 陈三立著，李开军校点《散原精舍诗文集》(增订本)，第 117 页。
② 龚自珍：《己亥杂诗》，载《龚自珍全集》，上海人民出版社，1975，第 521 页。

家支持的维新派残余力量。陈三立诗所谓"早知指鹿为灾祸，转见攀龙尽婵婀"，是言在戊戌政变时即知保守派指鹿为马、颠倒黑白、无中生有，他们中伤、镇压维新运动，终致今日之灾祸。而"愚儒邦有苞桑计，白发疏灯一梦醒"，[①] 作者感慨遭受迫害以后，无力救国，空有一腔悲愤而已。

再如《得邹沅帆武昌书感赋》。邹沅帆名代钧，曾主持出版过近代重要的地图集《中外舆地全图》，是中国近代地图学的奠基人之一。早在光绪十一年（1885），邹沅帆就随刘瑞芬出使英、俄，他熟悉洋务，倾向维新，曾在湖南变法期间主讲南学会，创办《湘报》，改与陈三立交好。诗云：

> 嗟君横舍冷如水，寄食看人行老矣。
> 乃敢张目论世事，弄笔渍泪洒此纸。
> 洞庭东流江拍天，鳣鲔昼徙蛟龙渊。
> 螳螂黄雀皆眼前，李代桃僵亦可怜。[②]

此诗不同于应酬之作，完全是陈三立情感的自我释放。"嗟君横舍冷如水，寄食看人行老矣"，是关心邹沅帆的生活之潦倒，"乃敢张目论世事，弄笔渍泪洒此纸"，乃感慨其不忘维新之初心。最后两句言"螳螂黄雀皆眼前，李代桃僵亦可怜"，则抨击了当时恶劣的政治环境。其他诗作如《挽周伯晋编修》《哭季廉》《过天津戏赠瘿公》等，在叙述作者与他们的交往与情谊时，渲染了他们郁郁不得志、不能为世重的坎坷际遇。其《陈次亮户部以去岁五月卒于京师追哭一首》云

---

① 陈三立著，李开军校点《散原精舍诗文集》（增订本），第9页。
② 陈三立著，李开军校点《散原精舍诗文集》（增订本），第6—7页。

"亘古伤心剩不归，谁怜此士死长饥"，[①] 对协助康有为创强学会、办《时务报》，曾经的变法干将陈炽死于贫病之中，悲愤不已。当然，陈三立也时常会借他人之酒杯，浇自己之块垒，在诗中寄托被清廷贬斥后的孤愤心情。这些诗，曾经被论为"感伤无力，曲折隐晦""对那些失望颓丧的士大夫是别具一种颇耐咀嚼的滋味的"。[②] 其实，在令人窒息的时代，写出知识分子的绝望，总比刻意粉饰太平或沉湎纸醉金迷的诗歌，要有价值得多，因为这是一个时代的真实反映。

五

"诗人之诗"，反映外患，实录列强侵略和蹂躏之野蛮行径，即所谓表达爱国思想，也是重要内容。我们前面介绍过陈三立于卢沟桥事变以后，在沦陷的北平城里绝食身亡，以示不做亡国奴的决心。其实，纵观陈三立一生，其爱国之志，从未销蚀。陈三立倡导维新，主张学习西方先进的思想和技术，这只是其寻求的强国之途径，并且是承袭魏源"师夷长技以制夷"，并加以变化发展而来的。可是，在一个以自我为中心、极度封闭的国家，倡导学习西方，就会被认作卖国。譬如我们前面提到过的陈三立的老师郭嵩焘，在出使英、法的时候依据自己的见闻，写下的日记《使西纪程》。虽然都是客观的描述，但在满朝文武眼里，无异于卖国。而且，此时绝无道理可说，谁爱国的口号喊得响，谁就是真理的化身。梁启超《五十年来中国进化概论》是这样记载《使西纪程》出版以后在官场上的反应的："记得光绪二年，有位出使英国大臣郭嵩焘，做了一部游记。里头有一段，

---

① 陈三立著，李开军校点《散原精舍诗文集》（增订本），第 5 页。

② 游国恩、王起、萧涤非、费振刚主编《中国文学史》（四），人民文学出版社，1964，第1198 页。

大概说：'现在的夷狄和从前不同，他们也有二千年的文明。' 嗳哟！可了不得。这部书传到北京，把满朝士大夫的公愤都激动起来了，人人唾骂，日日奏参，闹到奉旨毁版才算完事。"① 确实，一旦极端的民族主义情绪被煽动起来，是很难平息的。

　　但是，晚清中外开衅，战争的地点都在国内，其正义和非正义一目了然。陈三立的诗歌凡涉及此类题材，都洋溢着爱国主义的精神。至于在战争的策略方面，陈三立还是通过客观地分析和认真地思考，来提出理性的看法。他成年以后，首先经历的是中法战争。其所作《清故湘阴县廪贡生吴君行状》，间接表明了他当时的态度。此前，法军不断挑衅，彭玉麟奉旨赴广东办理防务。光绪十年（1884），"除夜置酒大会，尚书故忠勇，及夷事，辞气慷慨，有末弁举杯避席言曰：'公无忧夷，夷易与耳，行会徐公破灭之。'尚书大悦，诸将宾客欢呼相和"。此时只有一人保持沉默，这就是这篇《行状》的主人、当时在彭玉麟军幕之中的吴光尧。吴光尧随后即写信给陈三立，和他探讨战争的走向，关键是认为徐公——广西巡抚徐延旭"虚夸好大言，误国家者必此人也"。战争的结果不幸被他们言中："已而延旭果败。"② 陈三立甚至还将吴光尧的信件交郭嵩焘阅，以为"粤防一无可恃，虎门天险亦甘心弃之。不料一时重臣，昏悖至于此极"。③ 其好友罗正谊当时亦在广州军幕之中，因劝彭玉麟而意见不为采纳，遂归。次年再赴两广总督张之洞幕，陈三立赠诗《送罗布衣游广州军府》有"江海今无险，楼船去不还"④ 语。而光绪十一年（1885）春节，陈三立又有《人日送吴光尧游江南》诗二首，其二云：

---

① 梁启超：《饮冰室合集》文集之三十九，第 43 页。

② 陈三立著，李开军校点《散原精舍诗文集》（增订本），第 772 页。

③ 郭嵩焘：《郭嵩焘日记》（四），湖南人民出版社，1983，第 488 页。

④ 陈三立著，潘益民、李开军辑注《散原精舍诗文集补编》，第 32 页。

> 海上方龙斗，斯人独掉头。还轻公府辟，去作莽苍游。
>
> 孤梦回千里，悲歌横九州。慎休说时事，冠盖满清流。①

　　诗歌犹言及此前故事，可见其胸中不平之气尚未平息。"慎休说时事，冠盖满清流"，痛定是不能思痛的，否则便有汉奸之嫌疑。

　　如我们前面所言，陈三立《散原精舍诗集》之存诗，始自光绪二十七年（1901），此前发生的中法战争、中日战争，甚至是庚子事变的前期，在其诗集中的记载多有缺失，我们现在通过其后裔所藏之篇幅不多的《诗录》，以及偶然发现的零星篇章，还是很难窥得全貌。譬如，陈三立与甲午战争应有特殊之关系，其父亲陈宝箴在清廷宣布与日宣战以后，先是受张之洞委派，赴江宁与刘坤一等会商长江防务，后期赴京与枢臣翁同龢等讨论京畿防务，极获称赏，得光绪皇帝召见，又奉旨督办湘军东征粮台。陈三立虽然留在武昌侍奉母亲，但其长期赞画父亲政事，也一定关心着战局的进展。而其在战争初期曾有《范大当世由天津寄示和曾广钧诗感而酬之末章并及朝鲜兵事》三首，其三云：

> 羿弓堕尽榑桑下，突兀龙蛇发杀机。
>
> 自倚仙槎探斗极，欲提溟渤溅征衣。
>
> 穷边梦寐歌初动，下士心肝欧更稀。
>
> 还念武昌城畔柳，挂残日影待鸥飞。②

　　甲午战争爆发后，曾广钧曾随李光久率湘军赴辽东增援。是时

---

① 陈三立著，潘益民、李开军辑注《散原精舍诗文集补编》，第31页。
② 陈三立著，潘益民、李开军辑注《散原精舍诗文集补编》，第115页。

前方战局不利的消息还没有传到武昌，所以，陈三立在诗中期盼着捷报，也透露出投笔从戎的志向。随着战事的失利，陈三立在诗中所表现的情绪也有很大的变化。光绪二十二年（1896），甲午战争尘埃落定，割地赔款已经成为所有中国人心中的痛。是年，丘逢甲已从台湾抵抗日军侵占的硝烟中返回大陆，他无法忍受家乡的沦陷，还在抒发着"四百万人同一哭，去年今日割台湾"①的春愁。而陈三立却在冷峻思考中国失败的原因。他为梁鼎芬题写"莫愁湖四客图"，突然宕开一笔，想到中国军队的如此不堪一击："饱闻胡骑肆狼突，驱逐大将如凫鹥。"诗人认为是奸庸之辈把持着朝政，他们无德无能，又专横跋扈，才导致了战争失利："握齪儿曹戏国柄，坐令穰浩生疮痍。"中国哪有不衰、不败、不亡之理！更让陈三立感到悲哀的是权贵们并不反省："酣嬉四海遵一轨，自堕人纪非天私。"所以诗人感到了自己该负的责任，《莫愁湖四客图为梁节庵题》说："吾侪虽贱士之一，江山今昔看成痴。因君颠倒念行乐，悬瓢应许寒鸥窥。"②也就是所谓"天下兴亡，匹夫有责"。黄遵宪在读到此诗后，留下评语："极沉郁顿挫之致。揩眼细读，复抚膺坐思，为之废寝忘食矣。"③他们的共同感受和思考，让他们承担起共同的使命，于是，他们共同投身随之而来的维新变法事业。

在经历了中日战争和戊戌政变以后，中国的政治日趋黑暗，国力日益衰弱，而列强侵略中国的野心也日益暴露，他们对中国的内政干涉日甚一日。各种矛盾的激化，终于酿成了庚子事变。《散原精舍诗集》存诗之始，事变尚未结局。时陈三立寓居江宁，其卷首《书感》一诗，即感慨八国联军进犯北京。首联"八骏西游问劫灰，关河中断

---

① 丘逢甲：《春愁》，载《岭云海日楼诗钞》，上海古籍出版社，1982，第29页。

② 陈三立著，潘益民、李开军辑注《散原精舍诗文集补编》，第118页。

③ 陈三立著，潘益民、李开军辑注《散原精舍诗文集补编》，第119页。

有余哀"，言慈禧挟光绪西狩长安，关河阻隔，作者已无皇帝的音信。颔联"更闻谢敌诛晁错，尽觉求贤始郭隗"，则谓朝廷为与列强媾和，被迫将支持义和团的重臣载漪、刚毅、赵舒翘等作为牺牲品，同时也为一些维新派人士开复原官。颈联"补衮经纶留草昧，干霄芽蘖满蒿莱"，是说至今伏处民间的政治人物，既能安邦定天下，也可能鼓动民众形成反抗朝廷的燎原之势。尾联"飘零旧日巢堂燕，犹盼花时啄蕊回"，① 表达了作者作为旧臣，还是希望国家重回正轨，重启新政。编次在此诗之后的作品也多涉庚子事变。辛丑年元宵过后，他邀请曾经一起推动变法的王景沂担任塾师，二人多交流消息，多议论时政，也多有唱和。集中留存，即有《次韵答王义门内翰枉赠一首》《次韵答义门题近稿》《次韵再答义门》《园居即事次韵答义门》《次韵和义门感近闻一首》《王义门陶宾南两塾师各有赠答之什次韵赘其后》《次韵答宾南并示义门》等。及陈三立二月初十回南昌西山扫墓，又作《侵晓舟发金陵次韵答义门赠别并示同舍诸子》。相关题材的最后一首是《江上读王义门黄孟乐赠答诗因次韵寄和》。这些诗篇，作于一个月之内，所记事态的发展有连续性，其表达的思想也有系统性。《散原精舍诗集》中，从诗题就可以看出是涉及庚子事变的作品，则为《罗顺循大令官定兴以受代仅免团匪外兵之难冬间将家避河南为书上先公言祸变始末甚备盖尚未及闻先公之丧也发书哀感遂题其后》和《十月十四夜饮秦淮酒楼闻陈梅生侍御袁叔舆户部述出都遇乱事感赋》。后首是名篇，论者多已详述，不再赘言。前首云：

> 三千道路书初到，百万生灵汝尚存。
> 天发杀机应有说，士投东海更何冤。

---

① 陈三立著，李开军校点《散原精舍诗文集》（增订本），第1页。

破橡骨肉生还地，残烛文章惨澹痕。

哭向九泉添一语，旧时宾客在夷门。①

有关陈宝箴之死，因陈三立《皇授光禄大夫头品顶戴赏戴花翎原任兵部侍郎都察院右副都御史湖南巡抚先府君行状》称"忽以微疾卒"，②又适逢庚子之变，国内政局极度不稳，故引起不少猜测。有以为乃是"太后密旨，赐陈宝箴自尽"，描述其死时细节活灵活现，如亲眼所见："宝箴北面匍伏受诏，即自缢。"③但终无确凿证据而成为疑案。只是戊戌政变后陈宝箴被罢黜，侘傺失意之心境可以想见，言其"抑郁而卒"应该没有疑义。陈三立诗所谓"哭向九泉添一语，旧时宾客在夷门"，隐含的意思或许是：不该死的陈宝箴死了；可能死的罗正谊没死。是哀伤，抑或庆幸，乱世之中实在是世事无常、世事难料。

什么是诗人？诗人对周边环境的感受，要更为敏感，记以文字也更为情绪化。就诗歌创作成就而言，陈三立在近代同光体诗人中不说独领风骚，至少也是凤毛麟角。这与其性情有关，也是其所接受的教育使然。但更重要的一点，便是陈三立身处动荡至极的清末民初，因非同寻常的家庭变故，使其对国家所面临的前所未有的灾难和变局有着更为深切的体会。"诗人之诗"既然是"兴观群怨"，他将所见、所闻、所感、所思，倾注在吟唱之中，其诗歌的价值也就自然得到极大的提升，这也再一次印证了赵翼的论诗名言："国家不幸诗家幸，赋到沧桑句便工。"只是陈三立在自己的诗歌创作中，也领会了"兴观群怨"的重要性，在不多的讨论诗歌创作的文字中，

---

① 陈三立著，李开军校点《散原精舍诗文集》(增订本)，第 18 页。

② 陈三立著，李开军校点《散原精舍诗文集》(增订本)，第 855 页。

③ 宗九奇：《陈三立传略》，《江西文史资料选辑》第 3 辑，文史资料出版社，1932，第 119 页。

也强调了这一点。当然，作为世家子弟，"温柔敦厚"也一定是诗教的重要内容，陈三立于此，同样进行了探讨，也同样付之于实践。而在目睹了清末民初道德沦丧、政治黑暗、经济崩溃的怪现状以后，有一点是可以肯定的，那就是陈三立是同光体"诗人之诗"最具代表性的诗人。

陈衍"三元说"与沈曾植"三关说"之理论差异

同光体代表诗人中最有理论建树者，是陈衍。汪辟疆《光宣诗坛点将录》虽仅以地魁星神机军师朱武当之，然亦称石遗老人"曰年以诗名，顾非甚工。至说诗，则居然广大教主矣。朱武在山寨中，虽无十分本事，却精通阵法，广有谋略"。① 陈衍《石遗室诗话》等诗学著作，以及《近代诗钞》等诗歌选本，在当时影响就很大，现在仍是研究者的枕中鸿宝。1999 年，福建人民出版社出版了钱仲联编校的《陈衍诗论合集》，凡 150 多万字。除收录《石遗室诗话》《石遗室诗话续编》《宋诗精华录》《近代诗钞述评》等十余种诗学专著外，还从《石遗室诗集》和《石遗室文集》中辑取了大量论述诗歌的诗文单篇著述。就诗学理论的系统性、严密性、完整性而言，在同光体代表诗人中，无有出其右者。而其最为重要的诗歌主张，就是"三元说"。过去甚至有学者认为，沈曾植受其影响，提出"三关说"，只是"三元说"的补充，其内涵大同小异。其实，"三元说"和"三关说"在本质上有很大不同，我们必须加以区别，才能进一步认识同光

---

① 汪辟疆：《汪辟疆文集》，上海古籍出版社，1988，第 333—334 页。

体闽派和浙派的诗风异趣。

　　"三元说"者，盖出自陈衍《石遗室诗话》卷一："余谓诗莫盛于三元，上元开元、中元元和、下元元祐也。"[1]以后学者，往往将"三元说"作为陈衍最重要的诗学主张。1986年版《中国大百科全书·中国文学》"陈衍"条即言：

> 　　他提倡"三元"之说，即"上元开元、中元元和、下元元祐"。他认为这是古近体诗的三个演变阶段，第一个高峰在唐玄宗开元年间，第二个高峰在唐宪宗元和年间，第三个高峰在宋哲宗元祐年间。而继承"三元"的就是清代同治、光绪间的"同光体"，也即他所倡导的诗风。[2]

　　但是，"三元说"是否是陈衍一人提出，或者说是以陈衍为主提出，过去有过争议。在《石遗室诗话》中，陈衍谈到"三元说"，有如此语境：他先是说"子培有《寒雨积闷杂书遣怀襞积成篇为石遗居士一笑诗》八十余韵，余与君论诗语，略具其中"，然后全文引用沈氏此诗。我们摘沈氏诗与"三元说"相关者如下：

> 开天启疆域，元和判州部。奇出日恢今，高攀不输古。
> 韩白柳刘骞，郊岛贺籍佽。四河道昆极，万派播溟渚。
> 唐余逮宋兴，师说一香炷。勃兴元祐贤，夺嫡西江祖。
> 寻视薪火传，皙如斜上谱。中州苏黄余，江湖张贾绪。
> 譬彼鄱阳孙，七世肖王父。中泠一勺泉，味自岷觞取。

---

①　陈衍著，钱仲联编校《陈衍诗论合集》，福建人民出版社，1999，第9页。
②　《中国大百科全书·中国文学》，中国大百科全书出版社，1986，第78页。

沿元虞范唱，涉明李何数。强欲判唐宋，坚城捍楼橹。
咄嗟盛中晚，帜自闽严树。氏昧荀中行，谓句弦俉矩。①

接着陈衍再作解释："盖余谓诗莫盛于三元，上元开元、中元元和、下元元祐也。君谓三元皆外国探险家觅新世界、殖民政策、开埠头本领，故有'开天启疆域'云云。余言今人强分唐诗宋诗，宋人皆推本唐人诗法，力破余地耳。庐陵、宛陵、东坡、临川、山谷、后山、放翁、诚斋，岑、高、李、杜、韩、孟、刘、白之变化也。简斋、止斋、沧浪、四灵，王、孟、韦、柳、贾岛、姚合之变化也。故开元、元和者，世所分唐宋人之枢幹也。若墨守旧说，唐以后之书不读，有日蹙国百里而已。故有'唐余逮宋兴'及'强欲判唐宋'各云云。"②由此得知，"三元说"是陈衍提出，而沈曾植同意，并加以进一步阐发。但王蘧常编撰《沈寐叟年谱》，谓沈曾植"与陈石遗、郑太夷创诗有'三元'之说，盖谓开元、元和、元祐，以为皆外国探险家觅新世界、开埠头本领"，又有按语云：

> "三元"之说，《石遗室诗话》以为发自石遗。然考公《遣怀》诗云："郑侯凌江来，高论天尺五。画地说三关，撰杖策九府。"郑侯谓太夷也，则"三元"不廑石遗发之，且比下公《答金甸丞太守论诗书》观之，益审非石遗一人之言，盖公与陈、郑一时言论所定也。③

而后，陈衍的学生王真在《续编陈侯官年谱跋》中，称"惟一

① 陈衍著，钱仲联编校《陈衍诗论合集》，第7—8页。
② 陈衍著，钱仲联编校《陈衍诗论合集》，第9页。
③ 王蘧常编著《沈寐叟年谱》，商务印书馆，1938，第35页。

时海内著述，于师之言论，有传闻异词，不可不辨者"，于是对王蘧常之说竭力加以申辩和驳斥：

> 王蘧常撰《沈寐叟年谱》，据叟《与金甸丞书》，言元和、元祐、元嘉为诗中"三关"云云，谓"三元"之说实寐叟创之，非创自师。不思师所标举者"三元"，指自唐至宋之开元、元和、元祐，撇却六朝也。寐叟所标举者"三关"，有元嘉而无开元，杂六朝于唐宋中，宗旨不同，焉得指鹿为马乎？[①]

沈曾植《与金潜庐太守论诗书》涉及"三关"说之文字为：

> 吾尝谓诗有元祐、元和、元嘉三关。公于前二关均已通过，但着意通第三关，自有解脱月在。元嘉关如何通法？但将右军《兰亭诗》与康乐山水诗打拼一气读。刘彦和言："庄老告退，而山水方滋。"意存轩轾，此二语便堕齐梁人身份。须知以来书意、笔、色三语判之，山水即是色，庄老即是意。色即是境，意即是智。色即是事，意即是理，笔则空、假、中三谛之中，亦即遍计、依他、圆成三性之圆成实性也。康乐总山水庄老之大成，开其先支道林。此秘密平生未尝为人道，为公激发，不觉忍俊不禁。勿为外人道，又添多少公案也。尤须时时玩味《论语皇疏》，（自注：与紫阳注止是时代之异耳。）乃能运用康乐，乃亦能运用颜光禄。记癸丑年同人修禊赋诗，鄙出五古一章，樊山五体投地，谓此

---

① 陈衍：《陈石遗集》，福建人民出版社，2001，第1937页。

真晋宋诗，湘绮毕生何曾梦见。虽谬赞，却惬鄙怀。其实上用《皇疏》"川上"章义，引而申之。湘绮虽语妙天下，湘中选体，镂金错采，玄理固无人能会得些子也。其实两晋玄言、两宋理学，看得牛皮穿时，亦只是时节因缘之异，名文身句之异，世间法异，以出世法观之，良无一无异也。以色而言，亦不能无抉择，奈何！不用唐后书，何尝非一法门，（自注：观《刘后村集》，可反证。）无如目前境事，无唐以前人智理名句运用之，打发不开，真与俗不融，理与事相隔，遂被人称伪体。其实非伪，只是呆六朝，非活六朝耳。凡诸学古不成者，诸病皆可以呆字统之。在今日，学人当寻杜韩树骨之本，当尽心于康乐、光禄二家。（自注：所谓字重光坚者。）康乐善用《易》，光禄长于《诗》。（自注：兼经纬。）经训畜畚，才大者尽容耰获。韩子因文见道，诗独不可为见道因乎？（自注：欧公文有得于《诗》。）鄙诗蚤涉义山、介甫、山谷，以及韩门，终不免流连感怅。其感人在此，障道亦在此。①

钱仲联谓王真"力争'三元'之说为石遗所独创"，"其论甚辨，殆出石遗所示意"。可见陈衍对"三元说"为自己所发明之专利的珍重。其实，王蘧常对自己所引用材料之理解有误，才得出"三元"之说是沈氏"与陈、郑一时言论所定"之错误结论。钱仲联《王蘧常沈寐叟年谱按语》云：

"九府"，周指九种官，后世指九卿之官府，与"三关"

---

①　沈曾植著，钱仲联编校《海日楼文集》，广东教育出版社，2019，第29—30页。

为对，可知此时公诗所谓"三关"，初不指诗，而是指中国
古代的重要关隘。郑孝胥好谈经世，故云"画地说三关，
撰杖策九府"。王君牵合"三元"之说，指为谈诗，误矣。①

综上观之，沈曾植所创为"三关说"，陈衍所创则为"三元说"。
陈衍创"三元说"，与沈曾植讨论，沈氏予以诠释，并当面附和说：
"三元皆外国探险家觅新世界、殖民政策、开埠头本领。"沈曾植创
"三关说"，不知起于何时，但绝不晚于《与金潜庐太守论诗书》，因
其云"吾尝谓诗有元祐、元和、元嘉三关"。二者文字相似，二人又
交流心得，故引起一段公案。

王蘧常简单地认为沈曾植与陈三立共创"三元说"后，"又易开
元为元嘉，称'三关'，常以此教人，谓通此始可名家"。②其实，"三
元说"与"三关说"在本质上有很大差异。"三元说"是宋代江西派
"一祖三宗"的传统路数。我们现在说"一祖三宗"，所谓"一祖"是
杜甫，也就是开元的代表，"三宗"最重要的是黄庭坚，也就是元祐
的代表，其与"三元说"相比，似乎缺了元和。陈衍论诗，强调开
元、元和与元祐，如其《近代诗钞》就谓"嘉道以来……诸公率以开
元、天宝、元和、元祐诸大家为职志"，而江西派的诗学宗趣，其实
也是脱离不了元和的。黄庭坚《与洪驹父书》说"老杜作诗，退之作
文，无一字无来历"，作为崇尚的最高境界，虽然是论韩愈古文，而
诗歌的师承关系又如何呢？郭绍虞《中国文学批评史》谈到杜甫诗歌
所具有的多种多样的艺术风格及其对中晚唐的影响：杜甫诗"老去
诗篇浑漫与"，开了元稹、白居易诗风的平易一格；又杜甫诗"语不

---

① 王蘧常编著《沈寐叟年谱》，江苏师范学院明清诗文研究室油印本，第38页。
② 王蘧常编著《沈寐叟年谱》，商务印书馆，1938，第35页。

惊人死不休"，开了韩愈、孟郊一流豪健奇警奥涩等风格；而杜甫诗
"晚节渐于诗律细"，则又开了李商隐一流的细腻纤秾风格。那么，这
与宋代诗歌有什么关系呢？郭绍虞又指出：

> 宋诗是不是完全接受白居易所高喊的现实主义呢？那
> 又不尽然。与其说宋诗是由接受白诗现实主义的精神，元
> 宁说宋诗接受韩愈反现实主义的技巧为来得更恰当些。韩
> 愈是文人，不是诗人，所以他做不到李杜豪放雄浑之格，
> 于是为了掩盖他的以散文为诗，不得不创为"横空盘硬语，
> 妥贴力排奡"的作风，以豪气来慑服人。但是这一类的横
> 空硬语，正同老妪能解的熟语一样，用于古诗还可以，施
> 于律体就成为怪癖或奇诡。宋人一方面不要用熟语成为庸
> 俗，但是一方面又反对西昆体，不要用丽辞成为雕锼：要
> 避免这两种而再要用于律体，所以只能学老杜的夔州以后
> 之作，一方面好似"老去诗篇浑漫与"，一方面却依然是
> "语不惊人死不休"，这才成为宋诗特殊的风格。所以清代
> 学宋诗者有"三元"之称，就是于开元宗杜甫、于元和宗
> 韩愈，于元祐宗苏轼和黄庭坚。[①]

郭绍虞所述宋诗，其实就是江西派。他在解宋诗与盛唐杜甫、
中晚唐韩愈、白居易、李商隐等关系的时候，实际上已经解了陈衍
"三元说"的真谛。只是陈衍在中晚唐诗人中，并不排斥李商隐，这
种观点其实与江西派诗人是一脉相承的。江西派诗人并不是"反对西
昆体，不要用丽辞成为雕锼"的。宋人"学老杜的夔州以后之作"，

---

① 郭绍虞：《中国文学批评史》，上海古籍出版社，1979，第 204—205 页。

其实也学了他的"晚节渐于诗律细"。朱弁《风月堂诗话》说黄庭坚"用昆体工夫而造老杜浑成之地"，①而曾国藩《读李义山诗集》更是说："渺绵出声响，奥缓生光莹。太息涪翁去，无人会此情。"②陈衍一直把曾国藩作为道光以来倡导宋诗运动的领袖之一，在诗学理论的宏观层面上，不会与曾氏相左。

如果说"三元说"主要是以诗论诗，而"三关说"更多可以理解为以学论诗，这显然与沈曾植的学人身份相契。"三元说"是顺时而下，主张先学习杜甫，然后再学习中晚唐学杜而有变化的韩愈等诗人，再学习"皆推本唐人诗法，力破余地"的宋代江西派诗人。"三关说"则是逆时而上，且"关"字非常重要：要通过一关，然后再向下一关进发，必须循序渐进，是不能跳越、也无捷径可寻的。"三关"，本是禅语，即指初关、重关、牢关，代表悟道、修道和证道，是言禅宗修行之途。沈曾植深研佛理，晚年甚至以居士自称。在其修道过程中，豁然开朗，明白世理与佛理的相通，甚至是诗理与佛理的相通：即学诗之路，与禅宗修行一样，也是要一关一关过的——先是学习元祐诗人，臻化后，才能学习元和诗人，再完善后，方可学习元嘉诗人。在沈曾植看来，元嘉境界最高，亦最难通过，故他说金蓉镜"于前二关均已通过。但着意通第三关，自有解脱月在"，和他所认识的中国学术之发展过程有关，特别是诗歌与学术之发展关系有关。沈曾植是将诗之历程与学之历程，紧密相连的。

在阐述"三关说"过程中，沈曾植非但讨论了诗歌与学术之关系，还讨论了诗歌与时代之关系，也就是诗歌的现实意义。这是陈衍就诗论诗的"三元说"所欠缺的。钱仲联《论同光体》对沈曾植《与

① 朱弁：《风月堂诗话》，蔡镇楚编《中国诗话珍本丛书》（一），北京图书馆出版社，2004，第265页。

② 曾国藩著，王澧华校点《曾国藩诗文集》，上海古籍出版社，2005，第40页。

金潜庐太守论诗书》中"须知以来书意、笔、色三语判之，山水即是色，庄老即是意。色即是境，意即是智。色即是事，意即是理，笔则空、假、中三谛之中，亦即遍计、依他、圆成三性之圆成实性也"这段话进行了具体解释：

　　　　沈氏与金氏信中所论，尤其值得注意的，是借用佛家天台宗所宣扬的《中论》"空、假、中"三观和慈恩宗所宣扬的《瑜伽师地论》《显扬圣教论》《成唯识论》等的"遍计、依他、圆成实"三性以论诗，沈氏就金氏信中"意、笔、色"三点作分析，用今天的话说，意相当于思想性，色相当于诗篇所反映的现实，而笔则是客观现实、主观情思与艺术性的统一。客观现实反映在诗中，是通过诗人主观认识的媒介的，它已不等同于现实的本身，可以约略相当于《中论》的"众因缘生法"的假名，思想性即在诗篇反映的现实境界中显示，是虚处体现而不是实发议论，可以约略相当于《中论》的"众因缘生法，我说即是空"的"空"。《中论》的"亦是中道义"的"中"，是"空""假"的统一，所以用来比拟前者与艺术性的统一。用慈恩宗术语，意思也是这样。遍计本是指周遍地虚妄分别种种无实相、实名空华般的事物，沈氏用来比拟"空"和"意"；依他指意识所变现的一切，众缘所生，有如幻事，非有似有，沈氏用来比拟"假"和"色"；圆成实是不执着于遍计、依他，所显圆满成就诸法实性，与依他起非一非异，沈氏用来比拟"中"和"笔"。这种理论，和单纯着眼艺术性的，显然不同。[①]

---

① 钱仲联：《梦苕庵论集》，中华书局，1993，第 427 页。

　　当然，沈曾植还分析了以王闿运为代表的湖湘派"虽语妙天下，湘中选体，镂金错采"，以及明七子李、何"不用唐后书"，同样是学六朝，但所为诗还是"被人称伪体"的原因。在沈曾植看来，"其实非伪，只是呆六朝，非活六朝耳"。究其所以，在于除要以"唐以前人智理名句运用之"，还要有"目前境事"。这其实也涉及诗歌与现实的关系问题。沈曾植说"韩子因文见道，诗独不可为见道因乎"，就是强调韩愈的"文以载道"，甚至诗歌也应该"载道"。

　　综上所述，陈衍"三元说"与沈曾植"三关说"，首先是学习的对象不同，"三元说"有开元，而"三关说"将其易为元嘉。其次是学习的时序不同，"三元说"是顺下，"三关说"是逆上。再次是学习的内容不同，"三元说"仅局限在诗歌的范围内，而"三关说"则将写诗之功夫，拓展到儒学、玄学和佛学，即学术的范畴。同时，又与时代之现实内容挂起钩来，这当然与沈曾植热衷政治有关，在入民国后仍以遗老自居、矢志复辟清王朝，而陈衍则好为人师，在晚清至民国多从事教职。因此，同光体浙派的诗歌，较之闽派，因其学术化的倾向，更受以旧式知识分子为代表的传统诗人追捧，而其因卖弄学问而造成艰涩的诗风，则遭到主张诗歌革新的民国时期的新派诗人的嘲讽和唾弃。即使像由云龙这样的对同光体并不反感的诗人，论到沈曾植时也说："沈乙庵深于内典，故诗中常见佛法，然多晦僻不可解者，不如钱牧斋、桂伯华之精富浑脱也。"而论同光体浙派的另一位代表诗人袁昶亦云："渐西村人袁爽秋昶诗，亦学宋体者，而好用僻典，与嘉兴沈乙庵有同调焉。"①

----

　　①　由云龙：《定庵诗话》，张寅彭主编《民国诗话丛编》(三)，上海书店出版社，2002，第583页。

陈衍"学人之言与诗人之言合"论

一、"学人之言与诗人之言合"析

有关"学人之言与诗人之言合",是同光体诗论家陈衍提出的与"三元说"有着同样重要意义的诗学理论观。如果说"三元说"表明了同光体的诗学渊源祈向,那么,"学人之言与诗人之言合",则是陈衍关于诗人修养、创作目的和诗歌风格的原则性主张,当然,也包含了诗学宗趣。其实,陈衍最早提出这一观点,也是基于对前代诗人的学习的。陈衍选《近代诗钞》,其《叙》中首次谈到了"学人之言与诗人之言合"的问题:

> 文端(祁寯藻)学有根柢,与程春海侍郎为杜,为韩,为苏、黄,辅以曾文正、何子贞、郑子尹、莫子偲之伦,而后学人之言与诗人之言合,而恣其所诣。于是貌为汉魏六朝盛唐者,夫人而觉其面目性情之过于相类,无以别其

为若人之言也。①

陈衍认为，祁寯藻的"学人之言与诗人之言合"，是"为杜，为韩，为苏、黄"的结果，也就是实践了"三元说"才达到的境界。此处的"学人之言与诗人之言合"，可以理解为诗歌创作，也可以理解为诗学理论。而《近代诗钞》中首列祁寯藻，其名下"诗话"亦云：

> 有清一代，诗宗杜、韩者，嘉道以前，推一钱箨石侍郎，嘉道以来，则程春海侍郎、祁春圃相国。而何子贞编修、郑子尹大令，皆出程侍郎之门。益以莫子偲大令、曾涤生相国。诸公率以开元、天宝、元和、元祐诸大家为职志，不规规于王文简之标举神韵，沈文悫之主持温柔敦厚，盖合学人诗人之诗二而一之也。②

其再一次点明"合学人诗人之诗二而一之"的基础，就是"以开元、天宝、元和、元祐诸大家为职志"的"三元说"。这里说"合学人诗人之诗二而一之"，突出"诗"字，是明言诗人之作品特点。究竟何为"学人之诗"，又何为"诗人之诗"，过去多有争议。相对"学人之诗"，"诗人之诗"容易理解。就陈衍所举嘉道以前能"合学人诗人之诗二而一之"的唯一典范——钱载而言，钱锺书《谈艺录》有云：

> 箨石处通经好古、弃虚崇实之世，而未尝学问，又不

---

① 陈衍编辑《近代诗钞》，商务印书馆，1935，"叙"第1页。
② 陈衍编辑《近代诗钞》，第1页。

自安于空疏寡陋。宜其见屈于戴东原，虽友私如翁覃溪，亦不能曲为之讳也。然其诗每使不经见语，自注出处，如《焦氏易林》《春秋元命苞》《孔丛子》等，取材古奥，非寻常词人所解征用。原本经籍，润饰诗篇，与"同光体"所称"学人之诗"，操术相同，故大被推挹。夫以搉石之学，为学人则不足，而以为学人之诗，则绰有余裕。此中关捩，煞耐寻味。钟记室《诗品·序》云"大明、泰始，文章殆同书抄，拘挛补衲，蠹文已甚。虽谢天才，且表学问。"学人之诗，作俑始此。杜少陵自道诗学曰："读书破万卷，下笔如有神"；信斯言也，则分其腹笥，足了当世数学人。山谷亦称杜诗"无字无来历"。然自唐迄今，有敢以"学人之诗"题目《草堂》一集者乎。同光而还，所谓"学人之诗"，风格都步趋昌黎；顾昌黎掉文而不掉书袋，虽有奇字硬语，初非以僻典隐事骄人……盖诗人之学而已。[①]

据此，我们定义"学人之诗"，应该首先区分"学人之学"与"诗人之学"。其实，陈衍所谓"学人之诗"，强调的是以学问来增强诗人底蕴，陶冶诗人情操，也就是要有做诗之学，即"诗人之学"，并不是要求诗人先要成为学人，即具有"学人之学"，然后再来写诗。陈衍此说，其实是继承了宋代江西派在此方面的主张，也是批判宋代严羽《沧浪诗话》鼓吹"诗有别材，非关书也"并以此反对江西派的论调。陈衍在为李详《学制斋诗钞》所作序中言：

　　余屡言，诗之为道，易为而难工。工也者，必有异乎

---

① 钱锺书：《谈艺录》(补订本)，中华书局，1984，第176—177页。

众人之为，则读书不读书之辨也。诗莫盛于唐，唐之诗，莫盛于杜子美。子美曰："读书破万卷，下笔如有神。"子美之言信，则严沧浪"诗有别才非关学"之言，误矣。[①]

这里，他的"学人之诗"的典范就是杜甫，他所谓的"诗人之学"，不过也就是要求像杜甫一样的"读书破万卷，下笔如有神"，也就是说，读书的目的是写诗。历史上，很少有人认为杜甫是可以载入"儒林传"的学人，依钱锺书之说"自唐迄今，有敢以'学人之诗'题目《草堂》一集者乎？"就像钱仲联在《论同光体》中评价陈衍"虽也博览经史，毕竟只是诗人、古文家，是'文苑传'中人物"。而陈衍在《瘿庵诗序》中又说：

> 严仪卿有言："诗有别才，非关学也。"余甚疑之，以为六义既设，风雅颂之体代作，赋比兴之用兼陈。朝章国故，治乱贤不肖，以至山川风土，草木鸟兽虫鱼，无弗知也，无弗能言也。素未尝学问，猥曰吾有别才也，能之乎？汉魏以降，有风而无雅，比兴多而赋少，所赋者眼前景物，夫人而能知而能言者也，不过言之有工拙。所谓有别才者，吐属稳、兴味足耳……故余曰：诗也者，有别才而又关学者也。少陵、昌黎，其庶几乎？然今之为诗者，与之述仪卿之言则首肯，反是则有难色。人情乐于易，安于简，别才之名，又隽绝乎丑夷也。[②]

---

① 陈衍：《学制斋诗钞序》，载李详著，李稚甫编校《李审言文集》，江苏古籍出版社，1989，第1165页。

② 陈衍：《陈石遗集》，福建人民出版社，2001，第520—521页。

他将《诗经》与汉魏以后诗歌作比较，说"汉魏以降，有风而无雅，比兴多而赋少"，其隐含的意思是：风是"诗人之诗"，雅是"学人之诗"；比兴是"诗人之诗"之特点，赋是"学人之诗"之特点。但他没有否定《诗经》的风，也没有否定《诗经》的比兴，他只是强调《诗经》"风雅颂之体代作，赋比兴之用兼陈"。有关《诗经》作者，过去多有争论，基本以民间创作为主，或者说为肇始，如陆侃如、冯沅君《中国诗史》将《诗经》定性为"民间男女所歌、公卿列士所献、而经鲁国师工谱为乐章的总集"。①《诗经》作者，特别是风的作者，在当时肯定算不上学人，倒是《诗经》的解读者，因为要诠释《诗经》所反映的当时的风土人情甚至典章制度，注定要成为学人。

陈衍对严羽"诗有别才，非关学也"的批评，只是强㵲"诗也者，有别才而又关学者也"。别才就是"诗人之诗"，学就是"学人之诗"。在钱仲联编校的《陈衍诗论合集》所收《诗评汇编》中，陈衍评价钱载手批《樊榭山房诗》"虽不尽当，而近于饾饤处，多数不满，自是正论"。②甚至钱载也反对厉鹗"偷来冷字骗商人"③的故作深奥的伎俩。故正如我们前面所引，陈衍《石遗室诗话》综论清代诗歌，对厉鹗也有"喜用冷僻故实，而出笔不广"的评价。

在《石遗室诗话》卷二十八中，陈衍还专举祁寯藻来说明其"学人之言与诗人之言合"之说：

　　　祁春圃相国，有《题馒䭔亭集》诗及《自题馒䭔亭图诗》并序，已见前第十一卷，证据精确，比例切当，所谓

---

　① 陆侃如、冯沅君：《中国诗史》，人民文学出版社，1983，第12页。

　② 钱仲联编校《陈衍诗论合集》，福建人民出版社，1999，第957页。

　③ 董伟业：《扬州竹枝词》，民国年间《扬州丛刻》本，第3页。

学人之诗也。而诗中带着写景言情，则又诗人之诗矣。①

由于祁寯藻"为道咸间巨公工诗者，素讲朴学，故根柢深厚，非徒事吟咏者所能骤及"，所以，谓其所作是"学人之言与诗人之言合"，较有说服力。我们看陈衍所引《自题馤訒亭集》：

> 规橅《台斋集》，仿佛鲒埼亭。奇字得《家训》，故乡存地形。
> 诗名卑不称，宦味老曾经。惭愧香山社，闲吟任醉醒。②

此诗是典型的议论为诗，《台斋集》为祁寯藻老师黄钺之诗集。又交代"馤訒"二字得之《颜氏家训》，对普通人而言，也可算作"学"。总体感觉该诗形式平稳而内容并不艰涩，这可能就是陈衍所说的"证据精确，比例切当，所谓学人之诗也"。而"惭愧香山社，闲吟任醉醒"二句，或许在陈衍看来是"带着写景言情"，也就是"诗人之诗矣"。这样的"学人之言与诗人之言合"，还是比较容易做到的。而《石遗室诗话》卷二十八又引祁寯藻《次韵树斋夏夜步月越王山麓》诗：

> 江路微茫见远郊，山城睥睨俯危巢。
> 万家得月楼台出，一径连云草木包。
> 坐客胡床聊与共，参军蛮语渐能教。
> 何人为写仙屏句，记取森森碧玉梢。③

---

① 钱仲联编校《陈衍诗论合集》，第382页。
② 钱仲联编校《陈衍诗论合集》，第161—162页。
③ 钱仲联编校《陈衍诗论合集》，第382页。

此诗则更多是写景言情，按陈衍标准，"诗人之诗"之谓也。而陈衍又对此诗加以评价："盖写景之工者，与柳州'城上高楼'一律有不似之似处，第二联尤写得出。"① 可见，即使是对祁寯藻这样的学人型诗人，陈衍所肯定的也是：在"读书破万卷"（"学人之诗"）的基础上，又可以"下笔如有神"（创作"诗人之诗"）。

黄霖《近代文学批评史》曾经介绍过陈衍"学人之言与诗人之言合"观点的历史源流：

> 以苏、黄为代表的宋诗，本有以才学为诗的特点。清初自钱谦益、吴伟业、黄宗羲、朱彝尊起，到乾嘉时期的姚鼐、翁方纲等不少名家都重视学问，因此早有"诗人之诗"与"儒者之诗"（钱谦益）或"诗人之诗"与"文人之诗"（黄宗羲）的提法。乾隆初，方世泰在《辍锻录》中更明确地将诗分成"诗人之诗""学人之诗"与"才人之诗"三种类型。道咸间的宋诗派，大都是学问家，又企图以标榜宋诗来救神韵、格调、性灵之弊，故一般都重视"秩理养气"，以考据入诗。陈衍本人，亦重经史学问，故在总结历史经验的基础上，自然地提出了"学人之言与诗人之言合"的理论。②

既然历史上有此论述，"学人之言与诗人之言合"就不是陈衍为标榜同光体，甚至抬高自己而发明的。所以，钱仲联在《论同光体》中说"在旧社会，一般文人却怀有学人高出一筹的偏见。陈衍正是用

---

① 钱仲联编校《陈衍诗论合集》，第382页。
② 黄霖：《近代文学批评史》，上海古籍出版社，1993，第130页。

这样的眼光来谈什么'学人之诗'以抬高'同光体'诗人的地位"，①
那么，钱谦益、吴伟业、黄宗羲、朱彝尊，以及姚鼐、翁方纲等人，
又是何种心态来谈诗歌与学问的关系呢？陈衍只不过是以"诗人之
学"来批评"诗人无学"，并不是倡导把"学人之学"卖弄到诗中。
何况，陈衍对公开叫嚣"士生今日经学昌明之际，皆知以通经学古为
本务，而考订诂训之事与词章之事，未可判为二途"，②主张"史家文
苑接儒林，上下分明鉴古今。一代词章配经术，不然何处觅元音"③
的清代以学问入诗的代表诗人翁方纲，并无好感，在《石遗室诗话》
中几不涉及，尽管翁方纲诗学路径与陈衍相似，也主张学宋，特别是
以江西派为宗，而陈衍在《翁评王渔洋诗平议一卷》按语中云："覃
溪自命深于学杜，其实所知者山谷之学杜处耳，只可以傲门下谢蕴
山、冯鱼山辈。至其考据，所精在金石书画。于音韵之学，则未有
知，故常以翰林院试帖诗科律律古近体诗。"④当时也有人对翁方纲此
类诗作有很高的评价，如陶樑《国朝畿辅诗传》即云：

> 《复初斋诗集》大概体分两种：金石碑版之作，偏旁
> 点画剖析入微，折衷至当；品题书画之作，宗法时代，辨
> 订精严。瓣香在苏黄二家，间取元裕之、虞道园，征文考
> 典，几于无一字无来历，而雄杰之气、峭拔之笔相辅以行，
> 摆脱町畦，别开奥窔，举神韵风格性灵诸说皆不足以囿之，
> 匪独为畿辅诗人一大宗，实近日文章家所未有也。⑤

---

① 钱仲联：《梦苕庵论集》，中华书局，1993，第422页。
② 翁方纲：《蛾术集序》，载《复初斋文集》卷四，道光十六年刻本，第17页。
③ 翁方纲：《书空同集后十六首》，载《复初斋诗集》卷十八，道光二十五刻本，第6页。
④ 钱仲联编校《陈衍诗论合集》，第978—979页。
⑤ 陶樑：《国朝畿辅诗传》卷三十九，道光十九年刻本，第2页。

陈衍并不欣赏以考据直接入诗，他所谓"学人之诗"与抄书入诗不能画等号。更重要的原因是，在陈衍看来，学人之诗必须与诗人之诗相合才有价值。在《石遗室诗话》卷二十八中，陈衍指出"郑、莫并称，而子偲学人之诗，长于考证，与子尹有迥不相同者。"[①]郑珍迥不同于莫友芝在于：莫友芝是学人之诗，而郑珍是学人之诗，更是诗人之诗，因此，在"学人之言与诗人之言合"方面，郑珍更为出色。陈衍《近代诗钞》论及郑珍云："子尹先生以道光乙酉选拔贡，及程春海侍郎之门。侍郎诏之曰：'为学不先识字，何以读三代、秦、汉之书？'乃致力于许、郑二家之学……窃谓子尹历前人所未历之境，状人所难状之状，学杜、韩而非摹仿杜、韩，则多读书故也。此可与知者道耳。"[②]是肯定郑珍之为学，此与论莫友芝无不同，不同在于多读书而能够"历前人所未历之境，状人所难状之状，学杜、韩而非摹仿杜、韩"，究其原委，则在"子尹盖颇经丧乱，其托意命词，又合少陵、次山、昌黎而镕铸之，故不同乎寻常之为也"。[③]

二、同光体其他代表诗人对"学人之言与诗人之言合"的不同理解

在钱仲联《论同光体》中，将所有同光体诗人都排斥在学人之外，说他们"或是以政治活动家而为诗人，或是从事文学专业的诗人，在那些代表人物中，却举不出学人"。有之，唯一沈曾植。钱仲联说"'同光体'诗人，只有沈曾植是著名学人"，并引月了王国维《沈乙庵先生七十寿序》对沈氏的学术评价：

---

① 钱仲联编校《陈衍诗论合集》，第 382 页。
② 陈衍编辑《近代诗钞》，第 127—128 页。
③ 陈衍：《秋蟪吟馆诗跋》，载《陈石遗集》，第 587 页。

先生少年固已尽通国初及乾、嘉诸家之说；中年治
辽、金、元史，治四裔地理，又为道、咸以降之学，然一
秉先正成法，无或逾越。其于人心世道之污隆，政事之利
病，必穷其源委，似国初诸老；其视经史为独立之学，而
益探其奥突，拓其区宇，不让乾、嘉诸先生；至于综览百
家，旁及两氏，一以治经史之法治之，则又为自来学者所
未及。①

那么，像沈曾植这样的学人，在阐述诗学主张的时候，有没有
体现"学人之言"的眼光呢？也就是说，是否苟同陈衍"学人之言与
诗人之言合"的观点呢？这也就是我们接着要解答的问题。

首先，沈曾植作为学人，甚至作为信仰佛学的居士，谈学诗途
径，认为与治学途径，甚至修道途径，是一致的。沈曾植在附和陈衍
"三元说"的同时，自己又提出学诗需打通元祐、元和、元嘉的所谓
"三关说"。"三关"本是言禅宗修行之道，即指初关、重关、牢关，
代表悟道，修道和证道。王蘧常《沈寐叟年谱》引金蓉镜语云："'三
关'之说，始见《瀛奎律髓》，其说未彁，至师确指元嘉、元和、元
祐，皆据变以复正。"②而我的学生张智慧在其学位论文《沈曾植诗歌
研究》中则云：

诗学"三关"与各个时代的主流学术有极大的关联：
元祐时期儒学发生新变，经学进入一个新的时代，摆脱前
代注疏的传统束缚而直承经典本义，重在发挥经典之微言

---

① 钱仲联：《梦苕庵论集》，第422页。
② 王蘧常编著《沈寐叟年谱》，商务印书馆，1938，第35页。

大义，形成与汉学相对的宋学，即理学成型；元和时期，
经历初盛唐大昌的佛学，逐渐冷却，与儒学逐渐融合并共
同影响文学创作，原来的汉学在此时也发生变化，传统意
义的经学家在减少，士人普遍重视诗歌辞章而非学术专著，
这与唐代的科举制度有着密切关系，故以唐人而言，学人
诗人多二而为一，而诗人的成分要远远超过学人；元嘉时
期玄学炽热之后与佛学融合，形成新的玄学，儒学和佛学
也初次碰撞，这是一个儒、佛、玄三道共存交融的时代。
这三个时代的主流学术与诗发生的联系，便是沈曾植"三
关"说的依据。①

　　是亦为我之意见。据此我们可知，沈曾植的"三关说"，不是简
单地借用禅语，而是注意了元祐、元和、元嘉三个时期学术对诗歌影
响的紧密关系，这是最高层次的"学人之言"的诗歌理解，与陈衍
"三元说"就诗论诗，着眼于"古近体诗的三个演变阶段，第一个高
峰在唐玄宗开元年间，第二个高峰在唐宪宗元和年间，第三个高峰在
宋哲宗元祐年间"，② 有很大不同。
　　其次，是学问入诗问题。陈衍的"学人之言与诗人之言合"，主
要还是通过读书提高诗人修养的问题，也就是杜甫《八哀》诗所说的
"阅书百纸尽，落笔四座惊"。③ 而与之不同，沈曾植的"学人之言"，
是主张融经入诗的。在沈曾植《与金潜庐太守论诗书》中，其所得意
的，就是"时时玩味《论语皇疏》，乃能运用康乐，乃亦能运用颜光
禄"。他说："记癸丑年同人修禊赋诗，鄙出五古一章，樊山五体投

① 张智慧：《沈曾植诗歌研究》，硕士学位论文，苏州大学中文系，2007，第43—44页。
② 《中国大百科全书·中国文学》"陈衍"条，中国大百科全书出版社，1986　第78页。
③ 杜甫著，钱谦益笺注《钱注杜诗》，上海古籍出版社，1979，第203页。

地，谓此真晋宋诗，湘绮毕生何曾梦见。虽谬赞，却惬鄙怀。其实止用《皇疏》"川上"章义，引而申之。"[①]他制胜王闿运、樊增祥的法宝，说白了就是融经入诗。但是，沈曾植的融经入诗与翁方纲抄书入诗是有很大区别的，主要是间接还是直接的问题。其癸丑年同人修禊赋诗所作五古一章，即《海日楼诗集》中《三月再赋五言分韵得天字》，诗云：

> 适去不自我，有来孰非天。寓形同庶物，观化循徂年。
> 复此赤奋纪，缅怀永和篇。东风煦庭户，巾履来群贤。
> 仰见太虚净，俯玩晨葩鲜。彭殇齐可论，尧桀忘谁先。
> 云藻发谈麈，时珍乐嘉筵。偶然具觞咏，久已屏管弦。
> 今视喟殊昔，后感宁同前。乐缘兹土尽，冥寄他方延。[②]

如果沈曾植不透露，读者很难联想到其与"《皇疏》'川上'章义"之关系。钱仲联《沈曾植集校注》在"寓形同庶物，观化循徂年"联下引《论语》"川上"章皇侃《义疏》云：

> 孔子在川水之上，见川流迅迈，未尝停止，故叹人年往去，亦复如此。向我非今我，故云逝者如斯夫；日月不居，有如流水，故云不舍昼夜也。江熙云："言人非南山，立德立功；俯仰时过，临流兴怀，能不慨然！圣人以百姓心为心也。"孙绰曰："川流不舍，年逝不停，时已晏矣，而道犹不兴，所以忧叹也。"[③]

---

①　沈曾植著，钱仲联编校《海日楼文集》，广东教育出版社，2019，第 29 页。

②　沈曾植著，钱仲联校注《沈曾植集校注》，中华书局，2001，第 562 页。

③　沈曾植著，钱仲联校注《沈曾植集校注》，第 562 页。

这就是与"殆同书抄"有天壤之别的"引而申之"。

除沈曾植以外，我们还可以探讨同光体另一位代表诗人陈三立对"学人之言与诗人之言合"的看法。按钱锺书等挑剔的眼光来衡量，陈三立不能算学者，因此，其诗学主张和诗歌创作，不能算是"学人之言"。而照钱仲联所说的同光体代表作家除沈曾植外，"或是以政治活动家而为诗人，或是从事文学专业的诗人"，那么，前者应该包括陈三立，而陈衍只能列入后者。沃丘仲子《现代名人小传》说陈三立"既秉家学，少掇高科，志在用世"，[①]而其一生最辉煌、也最有价值者，是戊戌变法前在湖南辅助其父——时任湖南巡抚的陈宝箴推行新政。因此，陈三立既没有沈曾植的资格来高谈阔论"学人之言"，也没有像陈衍这种"从事文学专业的诗人"专致于思考纯粹的诗学理论问题，因而高唱什么"学人之言与诗人之言合"。所以，不同于陈衍的强调诗人文学修养，也不同于沈曾植的强调诗人学术修养，陈三立更多的是关注诗人之道德修养。

关于陈三立注重诗人之道德修养，还可以引两条材料佐证，一是徐一士在《一士类稿》中提到其兄徐彬彬对陈三立的评价：

> 散原老人之诗，标格清俊。新派海派固不通唱和，即在京式诸吟侣中，亦似落落寡合，每见离群孤往。昔年北政府盛时，闽赣派诗团优游于江亭后海，或沽上之中原酒楼，往来频数，酬唱无虚；陈则驻景南天，荧荧匡庐、钟阜间，冥索狂探，自饶真赏。及戊辰首会迁移，故都荒落，诗人泰半南去，此叟忽尔北来，省其师陈弢庵，得"残年小聚"之欢。壬子间杨昀谷赠诗："四海无家对影孤，余生

---

① 沃丘仲子：《现代名人小传》，中国书店，1988，第160页。

犹幸有江湖。"足为诗人写照。曩者春明胜流云集，则苏、赣间有江湖；今日南中裙屐雨稠，则旧皇城为江湖。颇闻北徙之故，乃不胜要津风雅之追求。有介挈登堂者，有排闼径入者，江干车马，蓬户喧阗，悉奉斗山，愿闻玄秘。解围乏术，乃思依琼岛作桃源。此中委曲，殆非世俗所能喻，而其支离突兀，掉臂游行，迥异常人，尤可钦焉。①

另一是郑孝胥《散原精舍诗序》：

余窃疑诗之为道，殆有未能以清切限之者。世事万变，纷扰于外，心绪百态，腾沸于内，宫商不调而不能已于声，吐属不巧而不能已于辞。若是者，吾固知其有乖于清也。思之来也无端，则断如复断，乱如复乱者，恶能使之尽合？兴之发也匪定，则倏忽无见，惝恍无闻者，恶能责以有说？若是者，吾固知其不期于切也。并世而有此作，吾安得谓之非真诗也哉？噫嘻！微伯严孰足以语此？②

其实，陈三立所关注的诗人之道德修养问题，在中国传统的诗歌理论范畴中，还是属于"诗人之言"，即属于被朱自清认作中国古代诗论的"开山的纲领"的"诗言志"的范围。在此问题上，陈衍对陈三立曾有误解。《石遗室诗话》卷一有云：

伯严论诗最恶俗恶熟，尝评某也纱帽气，某也馆阁气。

---

① 徐一士：《一士类稿》，辽宁教育出版社，1997，第97—98页。

② 郑孝胥：《散原精舍诗序》，载陈三立著，李开军校点《散原精舍诗文集》（增订本），上海古籍出版社，2014，第1530页。

余谓亦不尽然。即如张广雅之洞诗，人多讥其念念不忘在督部（时督武昌），其实则何过哉！此正广雅诗长处。①

陈三立不喜张之洞诗歌的"纱帽气"，主要是反对其故作矜持的官僚习气，即体现在诗歌的风气方面。而不是反对其与自己身份相契合的内容。所以，陈衍引张之洞《正月十七日发金陵夕至牛渚》《九曲亭》《胡祠北楼送杨舍人》《秋日同宾客登黄鹄山曾胡祠望远》《九月十九日八旗馆露台登高赋呈节庵伯严诸君》等诗，又进一步解释：

> 以上数诗，皆可谓绵邈尺素，滂沛寸心，《广雅堂集》中之最工者。然东来温峤，西上陶桓，牛渚江波，武昌官柳，文武也，旆旌也，鼓角也，汀州冠盖也，以及岘首之碑，新亭之泪，江乡之梦，青琐湛辈之同浮沉，秋色寒烟之穷塞主，事事皆节镇故实，亦复是广雅口气，所谓诗中有人在也。②

按照陈衍接下来的说法，是"伯严不甚喜广雅诗，故余语以持平之论，伯严亦以为然"。而"伯严亦以为然"者，是张之洞诗歌中难得一见的合乎身份的真情流露。陈三立在《关季华遗集跋》中言：

> 萧晨寥夜，始稍稍从读先生文，若诗今且尽读之，类皆根据理要，质厚峻雅，颇不愧古之立言者。士之怀抱幽异，学道观化，求自重于己，诚不期表襮于天下后世，然

① 钱仲联编校《陈衍诗论合集》，第16页。
② 钱仲联编校《陈衍诗论合集》，第16页。

　　　　使有志于学者，因其言益得其人之真，又幸能矫厉末俗，
　　　　示所向往，而坚其艰贞树立，抑亦后死者之心。俯仰今昔，
　　　　所不能忘。①

　　关季华即关棠，是清末名儒。陈衍《石遗室诗话》卷二十五谓
其"留心经世之学，未用而卒，士论惜之"，②是其也向往成为"政治
活动家"，与陈三立惺惺相惜，故陈三立说他的诗"皆根据理要，质
厚峻雅，颇不愧古之立言者"。当然，陈三立认为关棠诗能得此成
就，是因为其怀抱，也就是与品德修养有关。
　　在人格化的诗歌创作要求前提下，陈三立提出了"恶俗恶熟"
的诗学主张。但是"恶俗恶熟"是不能归于"学人之诗"的。"恶俗
恶熟"，其实与陈三立宗趣江西派的诗学蕲求是一致的。其《漫题豫
章四贤像拓本·黄山谷》诗云："驼坐虫语窗，私我涪翁诗。镵刻造
化手，初不用意为。"③"镵刻造化"是手段，"恶俗恶熟"就是目的。
"镵刻造化"是说黄诗特点，而黄庭坚所追求的就是"恶俗恶熟"。
黄庭坚《答洪驹父书》中云：

　　　　文章最为儒者末事，然索学之，又不可不知其曲折，
　　　　幸熟思之。至于推之使高，如泰山之崇崛，如垂天之云；
　　　　作之使雄壮，如沧江八月之涛，海运吞舟之鱼，又不可守
　　　　绳墨令俭陋也。④

---

①　陈三立著，李开军校点《散原精舍诗文集》（增订本），第894页。
②　钱仲联编校《陈衍诗论合集》，第344页。
③　陈三立著，李开军校点《散原精舍诗文集》（增订本），第119页。
④　郭绍虞主编《中国历代文论选》（二），上海古籍出版社，2001，第317页。

我们细品黄庭坚这段最为著名的论诗文字，其归结到最后的
"又不可守绳墨令俭陋"，就是要求"恶俗恶熟"。绳墨者，熟也；俭
陋者，俗也。

那么，陈三立的"恶俗恶熟"，与"生涩奥衍"之关系又如何
呢？陈衍将陈三立和沈曾植都归入"生涩奥衍"一派，说"散原奇
字，乙庵益以僻典"，二人是否因此都具有"学人之诗"的倾向呢？
按照陈衍的逻辑，陈三立"恶俗恶熟"而力求"生涩奥衍"，就是益
之以奇字。其实，陈三立学黄庭坚，而黄庭坚并不主张以奇字来足成
"恶俗恶熟"。其《与王观复书》三首之二云：

> 所寄诗多佳句，犹恨雕琢功多耳。但熟观杜子美到夔
> 州后古律诗，便得句法简易，而大巧出焉，平淡而山高水
> 深，似欲不可企及，文章成就，更无斧凿痕，乃为佳作耳。[①]

黄庭坚要求，诗歌或文章要经过千锤百炼，但又必须看似天成，
即"句法简易""无斧凿痕"。陈三立远承黄庭坚，当然也不主张刻意
雕琢的表面文章，故他云"镵刻造化手，初不用意为"。事实上，这
种"恶俗恶熟"还是强调诗人功力之陶冶，甚至是包括了诗人之生活
经历的，否则，黄庭坚就不会说"杜子美到夔州后古律诗，便得句法
简易，而大巧出焉"。在陈三立看来，"恶俗恶熟"也是与作者的政
治理想有所关联。其《漫题豫章四贤像拓本·陶渊明》诗云："此士
不在世，饮酒竟谁省。想见咏荆轲，了了漉巾影。"[②]我们熟知的鲁迅
在《"题未定草"（六）》说陶渊明"就是诗，除论客所佩服的'悠然

---

① 黄庭坚著，刘琳、李勇先、王蓉贵校点《黄庭坚全集》，四川大学出版社，2001，第
471页。

② 陈三立著，李开军校点《散原精舍诗文集》（增订本），第119页。

见南山'之外，也还有'精卫衔微木，将以填沧海，形天舞干戚，猛志固常在'之类的'金刚怒目'式，在证明着他并非整天整夜的飘飘然"，[①] 其实不过是陈三立是诗的翻版。这与我们把陈三立当作政治活动家来讨论他的"诗人之言"是一致的。

---

① 　鲁迅：《鲁迅全集》(六)，人民文学出版社，2005，第436页。

王国维：中国文学与西方思想的桥梁

在研究近代西方文学思想的涌入冲击时，有一个人称得上是中国文学与西方思想之间的桥梁，他就是王国维。

光宣时期，就介绍西方文学思想的系统性而言，无人出王国维之上。王国维早年是从研讨西方哲学入手的。他说自己"始读汗德之《纯理批评》（按，即康德《纯粹理性批判》），苦其不可解，读几半而辍。嗣读叔本华之书而大好之。自癸卯之夏，以至甲辰之冬（1903—1904），皆与叔本华之书为伴侣之时代也。其所尤惬心者，则在叔本华之知识论，汗德之说得因之以上窥。然于其人生哲学，观其观察之精锐与议论之犀利，亦未尝不心怡神释也"。是时，王国维论文学，基本上是依据康德、叔本华乃至尼采的哲学原理，"后渐觉其有矛盾之处，去夏所作《红楼梦评论》，其立论虽全在叔氏之立脚地，然于第四章内已提出绝大之疑问"。[①] 从 30 岁以后，王国维的爱好从哲学转向文学，他自称"余疲于哲学有日矣。哲学上之说，大都可爱者不可信，可信者不可爱。余知真理，而余又爱其谬误……知其可信而不

① 王国维：《静庵文集自序》，载《王国维文学论著三种》，商务印书馆，2010，第216页。

能爱，觉其可爱而不能信，此近二三年中最大之烦闷，而近日之嗜好所以渐由哲学而移于文学，而欲于其中求直接之慰藉者也"。[1] 正是这种哲学移于文学，且是西方哲学移于中国文学，这就使王国维在当时借鉴西方文学思想的浪潮中，处于高屋建瓴的境地。他的文学思想，也就有了振聋发聩的轰动效应。

王国维引进并加以改造的西方文学思想，主要有以下几点。

首先，关于美的本质的探讨。王国维思想的基础，是叔本华的哲学。因此，王国维对美的诠释，也本叔本华之说。叔本华有关美的定义，按照王国维的翻译，是"夫美术者，实以静观中所得之实念，寓诸一物焉而再现之"。[2] 所谓实念，照今天的译法，就是理念。这里"静观中所得之实念"，主要是谈审美客体对主体的影响，而"寓诸一物焉而再现之"，则是审美主体对客体的反映。王国维继承叔本华的观点，认为美是审美主体的意志的体现，但是，审美主体只有超越功利，才能把握美：

> 唯美之为物，不与吾人之利害相关系；而吾人观美时，亦不知有一己之利害。何则？美之对象，非特别之物，而此物之种类之形式；又观之之我，非特别之我，而纯粹无欲之我也。[3]

这种超越功利的美学观，引导了当时"为艺术而艺术"的文学潮

---

[1]　王国维：《自序二》，载《王国维文学论著三种》，第225页。

[2]　王国维：《叔本华与尼采》，载方麟选编《王国维文存》，江苏人民出版社，2013，第110页。

[3]　王国维：《叔本华之哲学及其教育学说》，载谢维扬、房鑫亮主编《王国维全集》（一），浙江教育出版社，2009，第39页。

流。王国维说："美之性质，一言以蔽之曰：可爱玩而不可利用者是已。虽物之美者，有时亦足供吾人之利用，但人之视为美时，决不计及其可利用之点。其性质如是，故其价值亦存于美之自身，而不存乎其外。"① 这实质是对延续了数千年的儒家的文学功用观的挑战。儒家的文学功用观的核心是"征圣、宗经、明道"，也就是强调文学的社会功能与道德教化，而王国维对此进行了猛烈的抨击：

> 披我中国之哲学史，凡哲学家无不欲兼为政治家者，斯可异已！……诗人亦然……至诗人之无此抱负者，与夫小说、戏曲、图画、音乐诸家，皆以侏儒、倡优自处，世亦以侏儒、倡优畜之，所谓"诗外尚有事在""一命为文人便无足观"，我国人之金科玉律也。呜呼，美术之无独立之价值也久矣！此无怪历代诗人，多托于忠君爱国、劝善惩恶之意以自解免，而纯粹美术上之著述，往往受世之迫害，而无人为之昭雪者也。此亦我国哲学、美术不发达之一原因也。②

任何事物有积极的一面，也往往会有消极的一面。光宣时代，维新派和革命派是把文学作为战斗的武器的。王国维"为艺术而艺术"的观点，对其冲击和负面影响是可想而知的。这也就是过去王国维美学思想评价不高的重要原因。

其次，关于"情"与"景"关系之探讨。有关王国维的"境界说"，主要见其《人间词话》，实质是讨论了文学中"情"与"景"的

---

① 王国维：《古雅之在美学上之地位》，载方麟选编《王国维文存》，第126页。

② 王国维：《论哲学家与美术家之天职》，载方麟选编《王国维文存》，第121页。

关系。学术界过去对"境界说"有很多的理解和评价，理解不一定全部准确，但评价却都非常之高。即使是出版于"文革"前夕这一特定历史背景之下的游国恩等主编的《中国文学史》，在批评了"他受西方资产阶级哲学的影响，反对哲学和艺术为政治服务，是一个反动流派"时，也承认《人间词话》，提出了'写真景物、真感情'的'境界'说，以及'有造境，有写境'不同的创作方法，接触到文学艺术上一些根本理论问题，表现了与过去诗话、词话不同的精神面貌，发生了相当大的影响"。① 而近年出版的章培恒、骆玉明主编的《中国文学史》，则以为王国维的"境界说"，"在争取个性解放的历史背景下，要求文学彻底摆脱工具性的附属地位，在'人'的意义上确立文学的价值观，这是必然的、不断增进的趋势。而王国维的贡献，是通过引入西方学说把这种要求高度理论化了"。②

那么，王国维"境界说"中又是如何论述"情"与"景"的呢？王国维以为，"文学中有二原质焉：曰景，曰情。前者以描写自然及人生之事实为主，后者则吾人对此种事实之精神的态度也。故前者客观的，后者主观的也；前者知识的，后者感情的也"。③ 而优秀的文学作品，必须情景交融："文学之事，其内足以摅己而外足以感人者，意与境二者而已。上焉者意与境浑，其次或以境胜，或以意胜，苟缺其一，不足以言文学。"④ 在"情"与"景"中，王国维更重"情"，而且，必须是真情："境非独谓景物也，喜怒哀乐，亦人心中之一境界，

---

① 游国恩、王起、萧涤非、费振刚主编《中国文学史》（四），人民文学出版社，1964，第1230页。

② 章培恒、骆玉明主编《中国文学史》，复旦大学出版社，1996，第646页。

③ 王国维：《文学小言》，载《王国维文学论著三种》，第218页。

④ 樊志厚：《人间词乙稿序》，载《王国维文学论著三种》，第193页。

故能写真景物、真感情者，谓之有境界，否则谓之无境界。"①

　　在王国维的"境界说"中，比较著名的观点还有"有我之境"和"无我之境"，两者产生的艺术风格是截然不同的："无我之境，人唯于静中得之。有我之境，于由动之静时得之。故一优美、一宏壮也。"②王国维还举古人诗句作例解释，说"泪眼问花花不语，乱红飞过秋千去""可堪孤馆闭春寒，杜鹃声里斜阳暮"是有我之境；"采菊东篱下，悠然见南山""寒波澹澹起，白鸟悠悠下"是无我之境。其中区别在于"有我之境，以我观物，故物皆著我之色彩；无我之境，以物观物，故不知何者为我，何者为物。古人为词，写有我之境者为多，然未始不能写无我之境，此在豪杰之士能自树立耳"。③可见，王国维更看重无我之境，黄霖以为这是受叔本华哲学思想的影响："人莫不有生活之欲，受意志之支配。只有绝灭意欲才得解脱。然一般人难以达到这一境界，往往带着'我'的意志观物，常与外物处于对立状态，作品总是带着欲望和意志的色彩，表现'有我之境'。"④

　　还有，关于文体代变的看法。晚清思想界最流行的西方学术观点，是进化论。从康有为、梁启超到严复，甚至后来的鲁迅等，都深受其影响。王国维对西方哲学多有研究，受进化论的影响也是无可避免的。郭延礼就认为王国维文体代变的观点，就是"带有历史进化论的见解"。⑤王国维有关文体代变的看法，主要见其《宋元戏曲考·序》，是常被论者引用：

---

① 王国维：《人间词话》，载《王国维文学论著三种》，第26页。

② 王国维：《人间词话》，载《王国维文学论著三种》，第25—26页。

③ 王国维：《人间词话》，载《王国维文学论著三种》，第25页。

④ 黄霖：《近代文学批评史》，上海古籍出版社，1993，第846页。

⑤ 郭延礼：《中国近代文学发展史》（三），人民文学出版社，2017，第2018页。

> 凡一代有一代之文学，楚之骚、汉之赋、六代之骈语、唐之诗、宋之词、元之曲，皆所谓一代之文学，而后世莫能继焉者也。

王国维此话的原意，在于通过进化的学说，提高元曲的地位，故他接着有"往者读元人杂剧而善之，以为能道人情，状物态，词采俊拔而出乎自然，盖古所未有，而后人所不能仿佛也"[1]的说法。但是，文体之间是代变代胜，而每一文体本身，却因"后世莫能继焉者也"而遭受劣汰的命运。诗歌也不能例外，以致在"唐之诗"之后，宋诗失去了原有的光泽而被废弃。王国维在《人间词话》中又有进一步的阐述："诗至唐中叶以后，殆为羔雁之具矣。故五代、北宋之诗，佳者绝少。"[2]这一观点，对当时同光体的学宋，无疑是极大的刺讥。而鲁迅继之说"我以为一切好诗，到唐已被做完，此后倘非能翻出如来掌心之'齐天大圣'，大可不必动手"，[3]宋诗至今评价不高，与之有密切的关系。

王国维对于近代文学思想的贡献，不仅在于对西方文学观念的整理和介绍，以及其诗作中的流露和传达，如钱锺书所推崇的"老辈惟王静安，少作时时流露西学义谛，庶几水中之盐味，而非眼里之金屑"，[4]还在于将中西文论融会贯通。他说："世界学问不出科学、史学、文学，故中国之学，西国类皆有之；西国之学，我国亦类皆有之……余谓中西二学，盛则俱盛，衰则俱衰，风气既开，互相推助。且居今日之世，讲今日之学，未有西学不兴而中学能兴者，亦未有中

---

① 王国维：《王国维文学论著三种》，第46页。
② 王国维：《王国维文学论著三种》，第37页。
③ 鲁迅：《致杨霁云》，载《鲁迅全集》（十三），人民文学出版社，2005，第307页。
④ 钱锺书：《谈艺录》（补订本），中华书局，1984，第24页。

学不兴而西学能兴者。特余所谓中学，非世之君子所谓中学；所谓西学，非今日学校所授之西学而已。"[1] 正因为他的这种融合，才使得西方文学思想也能够成为中国诗歌创作的指导思想，即所谓"洋为中用"。

---

[1]　王国维:《国学丛刊序》，载谢维扬、房鑫亮主编《王国维全集》(十四)，第131页。

名在当代　功在后世

——钱仲联先生清代诗学研究之贡献

　　无论是诗歌创作，还是诗学研究，钱仲联先生都堪称一代宗师。冯永军《当代诗坛点将录》以梁山泊总兵都头领天魁星呼保义宋江当之，而胡文辉《现代学林点将录》则以天寿星混江龙李俊当之。须知，胡氏论现代学林，是以胡适和王国维为总兵都头领，几乎囊括了20世纪新旧学界所有精英，而天罡星36人中，以诗学著称于世的寥寥无几，且少有出钱仲联先生之右者。

　　当今之世，清代诗学之研究已成显学。相关论文连篇累牍，相关专著汗牛充栋，相关会议此伏彼起。然四十年前，则很少有人关注。钱仲联先生毕生从事古代诗学研究，且其重点始终在清代诗学。因此，钱仲联先生可算是清代诗学研究的拓荒者和领军者。其对诗歌流变的总体把握、对文献资料的发掘整理、对作家作品的评判选择，显示其高屋建瓴的眼界和筚路蓝缕的功绩。

一、对清诗流变的整体把握

　　钱仲联先生之学术研究，我们所见最早的文章是民国十五年

（1926）发表在《学衡》第 52 期的《近代诗评》。依照现代学术规范，严格意义上说，此文尚不可算研究论文，只是仿效洪亮吉《北江诗话》评价乾嘉诗人之体例，对清末民初 100 位诗人各作了形象风趣的八字评价。此可见其在方法论上受旧学影响之深。只是 1986 年《梦苕庵诗话》刊印时，钱仲联先生以江湜替换了曾国藩，而在 1999 年出版《钱仲联学述》时，又将沈曾植替换了陈曾寿，这一方面是时代的烙印，另一方面，而且是更重要的原因，反映了作者本人的诗学观念的变化与发展。陈衍论近代诗，称江湜是"咸同间一诗雄也"，[①]而称沈曾植则为"同光体之魁杰"。[②] 只是依照曾国藩和陈曾寿的创作成就和诗坛影响，二人似乎也不该出局。

　　20 世纪 80 年代，钱仲联先生先后编撰出版了两部清诗选本《清诗三百首》和《清诗精华录》。其两篇前言，均对清诗的特点和成就做了具体分析和总体评价。

　　在写于 1983 年的《清诗三百首》前言中，作者认为"清诗继宋、元、明诗以后，有它独具的特色"，并说清诗"在总结明代复古逆流经验教训的基础上，在继承发展前代遗产的实践中，在二百六十多年的社会现实的土壤上，开出了超明越元，抗衡唐宋的新局面"，[③]但其最后的结论却说"清诗总的倾向是学古而不是复古"，"清诗作者，绝大部分是封建士大夫，诗篇中精华与糟粕杂陈，这就需要对它们作去芜存精的抉择，不应把毒草当作香花"。[④] 四年以后，钱仲联先生在《清诗精华录》前言中评价清诗略有变化："清代诗学，超越

---

① 陈衍编辑《近代诗钞》，商务印书馆，1935，第 414 页。

② 陈衍：《沈乙庵诗序》，载沈曾植著，钱仲联校注《沈曾植集校注》，中华书局，2001，第 12 页。

③ 钱仲联选，钱学增注《清诗三百首》，岳麓书社，1985，第 1—3 页。

④ 钱仲联选，钱学增注《清诗三百首》，第 9—10 页。

元明，上追唐宋。二百六十余年间，伴随着清王朝的兴盛衰亡，诗坛上百花齐放，五彩纷呈，涌现出许多有影响的流派，有创见的理论和有成就的作家。"① 这其实不是作者观点的转变，而是伴随着 80 年代的思想解放和学术自由，钱仲联先生表达了自己对清诗的真实看法。因为在《近代诗评》中，他即言"诗学之盛，极于晚清，跨元越明"。② 钱仲联先生讨论清诗，一般分清初、乾嘉、鸦片战争前后和晚清四个发展时期加以阐述。

其评价清诗，首先是以内容为标准的。钱仲联先生肯定了清初钱谦益、黄宗羲、王夫之等人的理论建树，对他们"强调作诗必须有感而发，'抒写性情'""主张诗歌必须反映现实生活，揭露社会弊端，以求有补于世""认为时代在变，诗歌也要变"的诗学观，予以了高度评价："这种具有唯物观点的诗歌理论，继承了自《诗经》所开创的中国古典诗歌的优良传统，给明代诗风以有力的扫荡，为清诗的发展奠定了正确的方向和扎实的基础。"涉及创作，则称"在清初诗坛上闪耀着异彩的，是爱国的遗民诗人的大量作品"，③ 而其着眼点，也是遗民作品中所记述的抗清的史迹和清军的暴行，以及黍离麦秀的故国之思。正是出于内容的考虑，他对乾嘉时期的诗歌提出批评："由于那个令人窒息的时代，诗人大多数脱离现实，脱离生活，局限于形式上的追求，因此越往后，诗作的肤廓、滑腻以及涂泽词藻的流弊也越明显。清诗至此，又到了'穷则变'的时候了。"④ 而他评价鸦片战争以后的清诗，则说："鸦片战争诗歌注入了时代精神的新内容，它的爱国主义的特色……从而决定了这一时期的清诗不同于前代，成为

---

① 钱仲联、钱学增选注《清诗精华录》，齐鲁书社，1987，"前言"第 1 页。

② 钱仲联：《近代诗评》，《学衡》第 52 期，1926 年 4 月。

③ 钱仲联、钱学增选注《清诗精华录》，"前言"第 3—4 页。

④ 钱仲联、钱学增选注《清诗精华录》，"前言"第 11 页。

后期清诗的先驱。"① 其次，就艺术的标准而言，钱仲联先生重视的是创新。即便是乾嘉诗坛，他也充分肯定了厉鹗、杭世骏的取径宋人，言其刻琢研练和幽新隽妙的诗风"对脑满肠肥的伪唐诗，有洗涤腥膻的作用"；又高度评价了胡天游、王昙的奇情逸藻，博衍幻诞，以为他们"极波谲云诡之奇观，成为后来龚自珍的先导"；他还不废学习江西诗派的钱载、王又曾，说他们"造语拗折盘硬，专于章句上争奇"；而对袁枚"性灵派"，钱仲联先生一反洪亮吉"通天神狐，醉即露尾"② 的传统评价，认为"在浙诗中，更是苍头突起的异军，他们打破传统束缚，而又比较全面地立论的诗歌理论，对当时诗坛，起了一定的影响"。③ 这是言清中叶的浙江诗歌，钱仲联先生对清代其他阶段、其他地区诗人诗派的评判，也大体基于内容的现实性和形式的创新性原则。

钱仲联先生把握清诗的总体评价，多以江、浙为例，这主要是就空间而言，清诗成就最高的是江、浙诗人。徐世昌《晚清簃诗汇》所选诗人共 6082 人，其中江苏籍诗人 1270 人，浙江籍诗人 1300 人，几近一半。中华人民共和国成立以后，钱仲联先生有两篇论文是专门讨论清代江、浙诗歌的：一篇是《三百年来江苏的古典诗歌》，发表在《江海学刊》1962 年第 11 期；另一篇为《三百年来浙江的古典诗歌》，发表在《文学遗产》1984 年第 2 期，此文在《钱仲联学述》中误题为《三百年来浙江的诗歌》，发表处亦误为《光明日报·文学遗产》。而这篇文章最早的一些想法，以文言文的形式发表在民国二十四年（1935）的《学术世界》，题为《浙派诗论》。当然，将近半个世纪以后，他对浙江诗歌的认识，也发生了很大变化。

---

① 钱仲联选，钱学增注《清诗三百首》，第 7 页。

② 洪亮吉著，陈迩冬校点《北江诗话》，人民文学出版社，1998，第 4 页。

③ 钱仲联、钱学增选注《清诗精华录》，"前言"第 10 页。

在《三百年来江苏的古典诗歌》中，钱仲联先生先是讨论了"明末清初江苏诗坛的三大流派"，即以陈子龙为首脑的云间派、以钱谦益为领袖的虞山派和以吴伟业为代表的娄东派。其中对钱谦益的评价尤其值得关注。他说"后人因为谦益降清，有亏民族气节，几乎置于不齿之列。其实谦益于明亡后曾实际从事于秘密抗清活动，与爱国英雄郑成功、瞿式耜都有联系"，"特别是《投笔》一集，从郑成功进军长江写起一直写到桂王殉国，中间贯穿了自己与柳如是策划支援义军等事迹，极为沉郁苍楚"。[①] 这和陈寅恪《柳如是别传》中对《投笔集》的评价相吻合："《投笔集》诸诗摹拟少陵，入其堂奥，自不待言。且此集牧斋诸诗中颇多军国之关键，为其所身预者，与少陵之诗仅为得诸远道传闻及追忆故国平居者有异。故就此点而论，《投笔》一集实为明清之诗史，较杜陵尤胜一筹，乃三百年来之绝大著作也。"[②] 只是钱仲联先生写作此文时尚有所顾忌，所以与陈寅恪相比，其对钱诗肯定之高度还有距离。由于《柳如是别传》虽竣稿于1963年，然最早出版于1980年，可算是英雄所见略同了。在"文革"前的政治氛围中，此论真是难能可贵。浙江是清代宋诗派的大本营，钱仲联先生抓住了这一关捩，其《三百年来浙江的古典诗歌》，虽是纵论清代浙江诗歌的发展流变，叙述却不脱其学宋的主轴。自清初黄宗羲和吕留良倡导学宋、朱彝尊的兼取宋诗，以及查慎行的高举宋诗的旗帜，到清中叶厉鹗的借径宋人创立浙派、金德瑛和钱载为首的秀水派步武江西派，直至晚清袁昶和沈曾植学习元祐而溯源元和和元嘉，俞明震和诸宗元学宋而于袁、沈之外别树一帜，基本勾勒了清代学宋的大势，也基本说明了清代"唐宋之争"的焦点所在，对我们学习清

①　钱仲联：《三百年来江苏的古典诗歌》，《江海学刊》1962年第11期。

②　陈寅恪：《柳如是别传》，上海古籍出版社，1980，第1168—1169页。

诗，甚至理解宋诗，都有极大帮助。因此，讨论宋诗在清代的接受情况，此文是一篇不可或缺的经典之作。

就时间而言，钱仲联先生最为关注的还是晚清。民国时期，他发表了《近代诗评》和《十五年来之诗学》，均为开创性的二作。"文革"以后，又陆续发表了《论同光体》《论近代诗四十家》《近代诗坛鸟瞰》和《近代古典诗词蠡测——〈近代文学大系·诗词集〉弁言》等论文，对近代诗歌作了进一步的深入研究。前两篇最为学界关注，也为钱仲联先生所重，先后收入《梦苕庵清代文学论集》和《梦苕庵论集》。后两篇为所选《近代诗钞》和《近代文学大系·诗词集》的前言，分别发表在《社会科学战线》1988 年第 1 期和《社会科学辑刊》1989 年第 2、3 期。同光体无疑是近代影响最为广泛的继承传统的诗歌流派。柳亚子在《介绍一位现代的女诗人——为双五新诗人节作》一文中说："从晚清末年到现在，四五十年间的旧诗坛，是比较保守的同光体诗人和比较进步的南社派诗人争霸的时代。"[①] 其实，南社诗人是集结在反清的政治旗帜下的，不说政治上以后分化严重，就其诗歌主张而言，也是各执其端，不少南社诗人都曾倾向于同光体的诗学观，其中就包括柳亚子所介绍的"现代的女诗人"林北丽的夫婿林庚白。《论同光体》一文最早发表在 1981 年出版的《文学评论丛刊》第 9 期。由于钱仲联先生和同光体的不少诗人如陈衍、李宣龚、夏敬观等都有交往，"经常参加他们的宴会和论诗"，[②] 因此，钱仲联先生对同光体的创作特点也就有了切身体会。《论同光体》是大陆专述同光体的最早论文，许多对同光体所建立的标准和体系的讨论，都由此文发轫。譬如将同光体分为闽派、江西派和浙派，就诗学

---

① 柳亚子：《磨剑室文录》，上海人民出版社，1993，第 1414 页。

② 钱仲联：《钱仲联自传》，巴蜀书社，1993，第 9 页。

宗趣而言，这是非常合理的。只是江西派之名称，改为赣派似乎更妥：既可以和另外二派一致，也避免了和宋代江西派混淆。有关同光体的评价，钱仲联先生在当时的政治和文化背景下，说"不应用几句话骂倒的简单办法。特别是'同光体'诗的艺术，对我们今天怎样做到诗是精练的语言这方面，还有可以借鉴的地方"，[①] 虽客观中允，但作者谨慎的表达方法，可见其经历"文革"后的心有余悸。讨论到具体问题，如"三元说"和"三关说"的演变和异同，则分析得丝丝入扣，合情合理。[②] 这是同光体最重要的诗学观之一。而谈到陈衍提出的另一重要理论主张"学人诗人之诗二而一之"时，则明确指出了其舛谬之处："陈衍'学人之诗'的说法，不仅在理论的本身，还值得商榷，即使就事论事，也不符合实际，闽派诗更不是'学人诗人之诗二而一之'的一派。当然，学人之诗还是诗人之诗，也不是品诗高下的标准。"[③] 可算切中肯綮。民国二十四年（1935），钱仲联先生赋诗四十首，专论近代诗家，题《论诗四十首》，后收入《梦苕庵诗存》。而《论近代诗四十首》一文，是其对《论诗四十首》加以文字的注释而成，最早发表在《社会科学战线》1983 年第 2 期。所选包罗了近代各种学古诗派的代表诗人，以龚自珍打头，而以金天羽收尾，则表明了其对创新诗人的更多认可。

二、对清诗文献的发掘整理

钱仲联先生最早的学术影响，是由笺注清人诗集而逐渐形成。他晚年回顾自己的学术起步时说："对于风靡一时的黄山谷诗、吴梦

---

①　钱仲联:《梦苕庵论集》，中华书局，1993，第 436 页。

②　参阅钱仲联、严明《沈曾植诗歌论》，《文学遗产》1999 年第 2 期。

③　钱仲联:《梦苕庵论集》，第 422 页。

窗词，我也曾一度特别下功夫研读，颇有心得，并且作过笺注。其中《山谷诗任注补初稿》于1936年发表于《国专月刊》9卷5期，（按，实为《山谷诗任注补序》，于1936年发表于《国专月刊》4卷4期）该刊同年三卷一册中还保存着《梦窗词笺释序》一文。那些文章篇幅比较小，也无甚影响。称得上是我学术活动中的第一个里程碑，并使我在学术界成名的，是同年由上海商务印书馆出版的《人境庐诗草笺注》。"①

　　钱锺书在《谈艺录》中曾经谈到《人境庐诗草笺注》，说："钱君仲联笺注《人境庐诗》，精博可追冯氏父子之注玉溪、东坡。"②笺注古人著作，即使是老一辈的学者，也将此看作是学问功力的体现，不仅仅是"寻究作家作品中借鉴前人作品的'脚跟'"。在《钱仲联学述》中，作者曾经介绍过《人境庐诗草笺注》最早的成书过程："为避免'冬烘'肤浅的就诗说诗，还必须全面掌握作者的家庭身世、政治经历、文化思想和文学理论，以及交游唱酬情况等，写出资料翔实、内容丰满的作家年谱。因此，这项工作从上海起步，一直持续到回无锡国专任教之后，花费了整整五年时间。"其间，正在梅县县长任上的钱仲联先生的同门学兄彭忻邮寄来许多方志书籍，黄遵宪的从弟黄遵庚还专程从广东赶到无锡，提供了许多珍贵的手稿资料，其中就包括康有为光绪三十四年（1908）夏所作《人境庐诗草序》。黄遵庚还依据自己的亲身经历，口述了黄诗中大量不为人知的本事背景，相当于我们今天所说的"口述历史"。这在《钱仲联学述》□都有介绍。钱仲联先生认为："这使我的笺注大大提高了学术质量。"③《人境庐诗草笺注》出版以后，学界好评如潮，当时无锡国专的教授王蘧常

① 钱仲联著，周秦整理《钱仲联学述》，浙江人民出版社，1999，第61页。

② 钱锺书：《谈艺录》（补订本），中华书局，1984，第347页。

③ 钱仲联著，周秦整理《钱仲联学述》，第62页。

和冯振均为作序，王序谓黄遵宪"所为诗忧深思远，其庶几有（屈）原之心也夫"，而此书"为之笺注至数十万言，而尤详于国难"。[①] 冯序则称"知人论世与以意逆志，非诗人注诗，莫能合二为一"，故《人境庐诗草笺注》与牧斋《钱注杜诗》，"其所成就，异代而同符"，"足以激发末世之人心，为救亡之一助，是尤注者微意所在"。[②] 这些评价，与钱锺书《谈艺录》所论相契。当然，一部学术著作问世以后，还会发现其不足甚至错误之处，特别是在研究黄遵宪诗歌，已有学者尊之为"黄学"而备受学界关注的背景下。钱仲联先生也在每次再版时加以修正。故作者晚年感叹："我在 30 年代开始为黄诗作笺注时，是一个血气方刚的风华少年，而今已变成了步履蹒跚的白发老翁，但工作却远未结束。一个课题做了六十多年，这也再次印证了'笺注不易'这句古训。"[③] 在钱仲联先生去世 20 年后，今天的学者对笺注黄诗也会有新的发现和新的发明，但我们不能沾沾自喜，因为我们新的进步，都是建立在钱仲联先生辛勤劳动的基础之上的。所以，我们不能由此贬低《人境庐诗草笺注》的价值。

　　钱仲联先生一生笺注古诗词著作很多，而最后出版的一部，则是《沈曾植集校注》。当 2001 年中华书局出版此书时，他已是 94 岁高龄的老人了。钱仲联先生称，是书工作之艰辛、投入精力之巨大，"要远远超过《人境庐诗草笺注》"，因为沈曾植不但是好用典故、诗风佶屈聱牙的同光体浙派的大蠹，还是近代首屈一指的学者。他曾被胡先骕推为"清同、光朝第一大师"，说"章太炎、康长素、孙仲容、

---

①　王蘧常:《人境庐诗草笺注序》,《国专月刊》第 3 卷第 2 号，1936 年 3 月。

②　冯振:《人境庐诗草笺注序》,《国专月刊》第 3 卷第 2 号，1936 年 3 月。

③　钱仲联著，周秦整理《钱仲联学述》，第 64 页。

刘左庵、王静安诸先生，未之或先也"。^①其实，王国维对沈曾植的学问也是推崇备至。在《沈乙庵先生七十寿序》中谓："先生少年固已尽通国初及乾嘉诸家之说，中年治《辽》《金》《元》三史，治四裔地理，又为道咸以降之学……其视经史为独立之学，而益探其奥窔，拓其区宇，不让乾嘉诸先生；至于综览百家、旁及二氏，一以治经史之法治之，则又为自来学者所未及。"^②钱仲联先生于20世纪40年代初开始此项工作。为正确诠释沈曾植融入诗歌之中的经学、史学、玄学和佛学知识，他也涉猎这些学术领域，通过广泛阅读，深入领会，在完成《沈曾植集校注》的同时，也成了博学的专家。关于佛学，钱仲联先生称"虽不敢说通达佛法精蕴，佛学知识却已通盘掌握。不仅用于《海日楼诗集》的笺注，而且借此撰写并发表了《柳诗内诠》《佛教与中国古代文学的关系》等重要论文"，^③其中《柳诗内诠》短短3000来字，引用佛教典籍约30种，已成探讨柳宗元佛理入诗之艺术特点的经典之作。而在研读史学著作帮助笺注《海日楼诗集》之余"还撰写出了《读北魏书崔浩传书后》《读宋书札记》等史学论文，这大概可算作不期而遇的'副产品'，但其中甘苦，恐怕只有自己心中明白"。^④如今，当我们借助这部倾注钱仲联先生大量心血的《沈曾植集校注》，尚要用心，方能理解沈曾植诗歌作品的时候，不能不对老一辈学者那种一丝不苟、兢兢业业的治学精神感到由衷的感动和无限的敬佩。当我们有些年轻学者抱怨和指摘笺注所用引文与原著在个别文字上有所差异，并因此感到自己好像完成了伟大发现的时候，应

---

①　胡先骕：《海日楼诗跋》，载沈曾植著，钱仲联校注《沈曾植集校注》，中华书局，2001，第22—23页。

②　方麟选编《王国维文存》，江苏人民出版社，2013，第708页。

③　钱仲联著，周秦整理《钱仲联学述》，第65页。

④　钱仲联著，周秦整理《钱仲联学述》，第67页。

该知道老辈学者按照传统的笺注办法，许多材料都是烂熟胸中、凭记忆出之，我们今天已经望尘莫及了。

有关清人诗集，中年以后的钱仲联先生还完成了《吴梅村诗补笺》和《钱牧斋诗补笺》。吴伟业和钱谦益都生活于苏州地区，可算钱仲联先生的乡贤，也是明末清初堪称双峰并峙的诗坛领袖。他们的诗集在清代都有笺注本。特别是吴伟业诗，已有吴翌凤、靳荣藩、程穆衡三家注。钱仲联先生在研读各家之注的基础上，进行补笺，意在"补正吴翌凤笺注本的注典而不及本事；靳荣藩《集览》注典多疏陋，本事较详而有错误；程穆衡《编年诗笺》多遗闻坠故，可资津逮，而又缺注典实，编年亦有错误"。[1] 适逢武进董氏诵芬堂据旧抄本刊印《梅村家藏稿》问世，其编年可纠正三家注在作品写作时间上的舛误。同时，《梅村家藏稿》又有三家注本未录之诗，钱仲联先生也一一进行笺注。该书依照《梅村家藏稿》分前后集体例编为二卷，在完稿三十多年后，由中国社会科学出版社收入《梦苕庵专著二种》，于1984年出版。钱谦益诗由其族侄孙钱曾加注，但囿于当时的政治环境，许多本事未敢昭揭。清中叶以后钱氏著作曾遭禁毁。《钱牧斋诗补笺》主要是补钱曾"'慎不敢出'者，旨在为钱牧斋抗清事迹发微探隐，有些内容还超出金鹤冲《钱牧斋先生年谱》以及陈寅恪《柳如是别传》，间及释典、道籍与舆地，及钱曾注有缺误者，悉为补苴"。[2] 钱仲联先生将此补笺按钱谦益诗集《初学》《有学》《投笔》，厘为三卷，惜书稿毁于"文革"浩劫之中。稍可弥补的，是钱仲联先生在"文革"后，克服年老、体弱、多病之困难，接受了上海古籍出版社之托，历时十余年完成近300万字的《钱牧斋全集》的点校工

---

[1] 钱仲联：《钱仲联自传》，第17页。

[2] 钱仲联著，周秦整理《钱仲联学述》，第68—69页。

作。其校语便有两万多条，就钱谦益著述版本言，被陈祥耀誉为"最完备"①者。钱仲联先生还曾对徐嘉所注顾炎武诗进行了补笺，在王蘧常从事《顾亭林诗集汇注》时交付。《顾亭林诗集汇注》中有"钱云"，即钱仲联云。因编辑疏忽，本书出版时未在《编例》中说明，故一般读者至"钱云"，真不知所云。如《海上》第一首注四："钱云：徐笺非。颈联用海上三神山事，明指日本，盖即徐氏于第三首'万里风烟通日本'所笺鲁王命使往日本乞师事也。《小腆纪年》云：论者谓日本承平既久，其人多好诗书、法帖、名画、玩器，故老不见兵革之事，本国且忘备，岂能渡海为人复仇乎？此先生之所以致虑于'只恐难酬烈士心'欤？"辨析徐嘉以为此诗乃言张肯堂"请出募舟师，出海道抵江南，倡义旅，而（唐）王由浙江相与声援。（郑）芝龙怀异心，阴沮之，不成行"②之误。此事在《梦苕庵诗话》中言及："余曩年曾为《亭林诗补笺》，补徐嘉笺注所未及者，原稿旋失去，幸录副与吾友王瑗仲。瑗仲为《亭林诗集集注》，于徐注外采掇黄节、汪国垣诸家之笺，余笺亦收入，而没余名，此非瑗仲所为。"③老辈交谊如此，这也可算当今学界逸闻趣事。

钱仲联先生晚年对保存清诗文献所作的最大贡献，是《清诗纪事》的编纂。自1981年春开始筹划，至1989年夏全书出版，凡一千余万字。《清诗纪事》为学界所肯定，首先是体现"纪事"的特点。诗歌的功能无非是抒情和叙事。中国古典诗歌擅长抒情却拙于叙事，而清诗在叙事方面卓有进步，我在李亚峰《近代叙事诗研究》一书的序中曾经讨论过此问题。④在钱仲联先生所为《清诗纪事》前

①《中国大百科全书·中国文学》，中国大百科全书出版社，1986，第619页。

② 顾炎武著，王蘧常辑注《顾亭林诗集汇注》，上海古籍出版社，1983，第112—113页。

③ 钱仲联：《梦苕庵诗话》，齐鲁书社，1986，第289页。

④ 李亚峰：《近代叙事诗研究》，中国社会科学出版社，2015，"序"第2页。

言中，对计有功《唐诗纪事》，厉鹗《宋诗纪事》和陆心源《宋诗纪事补遗》，陈衍《辽诗纪事》《金诗纪事》《元诗纪事》，陈田《明诗纪事》，都有评价，所指出的不足之处均为所录诗歌有许多并非纪事诗，以致名不副实。其特别指出，邓之诚以史学家治诗，所撰《清诗纪事初编》，"学术性自要高出前人，但似脱离诗歌纪事传统体例的要求而更近于名人传记的史学专著"。《清诗纪事》前言在列举了大量叙事的清诗经典作品后称："可以说，叙事性是清诗的一大特色，也是所谓'超元越明，上追唐宋'的关键所在。《清诗纪事》的作用，将会通过检阅清诗的独特成就来确立它在中国诗歌史上的恰当地位。"① 其次，《清诗纪事》以能力所及最大限度保留甚至是抢救了文献资料。《清诗纪事》凡例中说其"辑录反映清代政治历史和社会生活的诗篇作为全书主干"，而"诗歌作品和纪事材料主要采自清人及近人所撰的诗话词话、笔记小说、日记尺牍、档案目录、史乘方志等有关文献，并从总集、别集中补充若干内容重要而诗话笔记等失载的纪事诗歌，另找材料或自加按语说明其本事背景"。② 正是要从诗集以外的浩如烟海的著述中去大量收集材料，其耗费的人力精力是可以想见的，其文献价值也是学界公认的。编纂之时，苏州大学明清诗文研究室的几位青年教师在钱仲联先生的指挥下，数年间走遍了大江南北，而各地图书馆的工作人员也给予了极大的便利和帮助。《清诗纪事》出版后，王元化说"这部书的长处，不仅在于收罗弘富，编例精审，远迈同类工作，更在于以事系诗，以事彰诗，突出地显示了清代诗歌叙事纪史的一大优点"。季镇淮称其"填补了中国古典文学研究领域中的一个空白，意义重大，洵为传世之作"。钱锺书曾两次给明清诗文研究室

---

① 钱仲联主编《清诗纪事》(一)，江苏古籍出版社，1987，"前言"第1—5页。

② 钱仲联主编《清诗纪事》(一)，"凡例"第1—2页。

来信，先说"体例精审，搜罗弘博，足使陈松山却步，遑论计、厉"，后又言："宏编巨著，如千尺浮屠，费时无多，竟能合尖。钱先生与诸君子之愿力学识，文史载笔，当大书而特书"。①《清诗纪事》出版后，也有批评意见和纠谬文章发表，这对《清诗纪事》以后的修订极有裨益。其实，还有一些比较大的舛谬之处尚未有人提出，譬如太平天国的领导人石达开、李秀成、洪仁玕等收入"光绪朝卷"，诸人皆死于同治初，而至光绪年间早已墓木拱矣。这么大型的著作，错误是难免的，就像《全唐诗》《四库全书》等，在清朝是倾国力而为之，但后人亦多有勘误。只是有个别人在批评时意气用事，甚至进行刻薄的人身攻击，这实质上反映了评论者的素质，至少是动机不纯。

三、对诗人诗作的评价分析

20 世纪 30 年代，钱仲联先生曾撰《梦苕庵诗话》，连载于当时的《国专校友会集刊》《中央时事周报》《国专月刊》。1986 年，钱仲联先生略事修改后交齐鲁书社结集出版。《梦苕庵诗话》主要讨论作家作品，而尤为关注清诗。钱仲联先生以日积月累的读诗心得，传承和改造了欧阳修所开启的收集诗人诗作传闻故事"以资闲谈"的诗话特点。他说："我在《梦苕庵诗话》中尽力避免个人琐事纠缠，而将重点放在系统地详论清代名家与作品、介绍与考订有诗史价值的杰构上。"②其实，写作《梦苕庵诗话》之时，钱仲联先生正在无锡国专任教，与他相邻而居的就是大名鼎鼎的陈衍。虽然钱仲联先生非常尊重陈衍其人其学，他晚年书斋里一直悬挂着陈衍手书的"梦苕庵"匾

---

① 参见钱仲联著，周秦整理《钱仲联学述》，第 96—98 页。
② 钱仲联著，周秦整理《钱仲联学述》，第 31 页。

额。但是，钱仲联先生对于《石遗室诗话》，尤其是《续编》，认为"也不无可议之处，主要是落入了记述友朋琐事的窠臼，有时未免标榜失实"。[①] 因此，《梦苕庵诗话》"尽力避免个人琐事纠缠"，实际上是为了防止重蹈《石遗室诗话》之覆辙。

由于《梦苕庵诗话》是读诗心得，且在刊物连载，因此是钱仲联先生读什么、写什么，就发表什么。其前后次序，既不按成就大小，也不按时代先后，更不按地域分布。当然，其对作家作品的评价标准，还是注重诗歌内容和艺术创新，并不偏袒某宗某派。出于内容的考虑，《梦苕庵诗话》选录作品多七言古诗和乐府古诗。仅是以长庆体或梅村体记叙庚子事变的作品，他评价樊增祥前后《彩云曲》"哀感顽艳"，[②] 并录王甲荣《彩云曲》、薛绍徽《老妓行》、张怀奇《颐和园词》、孙景贤《宁寿宫词》、金兆蕃《宫井篇》等作。《梦苕庵诗话》还选录了姚燮、朱琦、鲁一同、金和等人反映鸦片战争的许多诗歌。他说"道光辛壬间，英夷之难，奇耻大辱"，而姚燮"身丁其乱，出入干戈，备尝艰苦。空山拾橡，歌啸伤怀。其诗苍凉抑塞，逼近少陵"。[③] 又谓朱琦《怡志堂诗》"感时念乱之作，无愧一代诗史，不独桂中诗人之冠而已"。[④] 有关民生疾苦的优秀诗篇，《梦苕庵诗话》也多有抄录，如被其称为"惊心动魄"之作的鲁一同《荒年谣》五首。[⑤] 而邓辅纶的《鸿雁篇》三章，则被称作《白香亭诗集》中的"最胜之作，沉痛入骨，少陵下笔，不能过也"。[⑥]

---

① 钱仲联著，周秦整理《钱仲联学述》，第31页。
② 钱仲联：《梦苕庵诗话》，第1页。
③ 钱仲联：《梦苕庵诗话》，第271页。
④ 钱仲联：《梦苕庵诗话》，第278页。
⑤ 钱仲联：《梦苕庵诗话》，第266—267页。
⑥ 钱仲联：《梦苕庵诗话》，第130页。

《梦苕庵诗话》讨论篇幅较多的诗人，既有被誉为"以旧格律运新理想，诚不愧为诗界之哥伦布"①的黄遵宪，以及与黄遵宪齐名的新派诗人丘逢甲，也有被学界认作近代诗派中最为保守的汉魏六朝派的代表诗人邓辅纶和高心夔。他说清代诗人"以八代为宗尚者，当推邓弥之、高陶堂为二杰。此外若王壬秋，虽名掩一时，然摹仿之意多，自得之趣少"。显然，考虑到对古人承袭程度之差异，其于王闿运和邓、高二人也有不同的看法。他认为高心夔"五古多得力于大谢，七古多学杜，而皆不袭其貌"，而邓辅纶"凝练万象，出语高华"。但总体而言，钱仲联先生还是认为"邓弥之、高陶堂二家，其病在终编只是此副面目，无多大变化，故成就不大"。②这是以创新来衡量，是对创新的强调。正是这种追求创新的理念，《梦苕庵诗话》对被誉为诗界革命的总结者和南社精神的引导者的金天羽有高度评价。钱仲联先生《南社吟坛点将录》将其点为"旧头领托塔天王晁盖"，并称"南社魁首柳亚子，实金门弟子，承其师教。天羽与南社，貌离而神合"。又说"诗界倡革命，堂堂立汉帜。人境庐，陈胜王；天放楼，赤帝子"。③当然，金天羽先生于钱钟联先生，有一种特殊的知遇之恩。早在民国二十五年（1936），金氏序《梦苕庵诗》，称"余序仲联诗，犹之自序也，非谓仲联之诗之一似余焉，诗心相印也"。他又勉励钱仲联先生："异日者图王即不成，退亦足以称霸，夫霸，亦诗人之隆轨也已。"④

《梦苕庵诗话》论述的诗人有三个重点群体：近代宋诗派诗人、浙江诗人，还有常熟诗人。由于宋诗派在近代的影响最大，《梦苕庵

---

① 钱仲联：《梦苕庵诗话》，第 7 页。

② 钱仲联：《梦苕庵诗话》，第 126—130 页。

③ 钱仲联：《南社吟坛点将录》，《苏州大学学报》（哲学社会科学版）1994 年第 1 期。

④ 金天羽著，周录祥校点《天放楼诗文集》，上海古籍出版社，2007，第 1306 页。

诗话》所涉这个群体的人数也最多，其中包括道咸时期宋诗运动的代表诗人祁寯藻、程恩泽、曾国藩、郑珍、莫友芝、何绍基、江湜等，以及同光体诗人陈三立、郑孝胥、陈宝琛、陈衍、沈曾植、袁昶、范当世、俞明震、李宣龚、夏敬观、金蓉镜、胡朝梁等。钱仲联先生出生在常熟，而祖籍是浙江湖州，这是"梦苕庵"得名的原因。对浙江的感情寄托和在常熟的朋友交往，致使《梦苕庵诗话》多论浙江和常熟诗人。前者如朱彝尊、厉鹗、胡天游、钱载、王又曾、钱仪吉、谭献、李慈铭、王国维、王甲荣，还有一些同光体浙派的诗人。除王甲荣是其同学挚友王蘧常之父亲外，其余都是清代具有全国影响的著名诗人，《梦苕庵诗话》议及他们，给人的感觉是娓娓道来，如数家珍。后者如翁同龢、沈汝瑾、赵石农、张鸿、徐兆玮、孙景贤、黄人、杨无恙、庞树柏、庞树阶、杨圻、汪佑南、孙雄、金鹤翔、萧蜕、张同咏等，其中不少人与钱仲联先生是亦师亦友的关系。钱仲联先生对他们的介绍和推广，是出于朋友的情谊，而更重要的原因是希望能够重振清初钱谦益等开创的虞山诗派。他本人也曾被寄予如此的厚望，正如张鸿《题钱梦苕诗稿》所期许的那样："蒙叟文章绝代称，二冯奔走作疑丞。愿君重振虞山派，含咀西昆入少陵。"[1] 当然，钱仲联先生即使是评判其精神家园中的诗人诗作，还是能够坚持自己的诗学标准。所以，他也不是一味地恭维。杨圻被陈衍称作"当代名诗人"，[2]钱基博论其诗，亦谓"欲以力振唐音，不落宋人哑涩之体"。[3] 而《江山万里楼诗钞》中，有《得仲联自桂林寄诗报以四绝句》，杨、钱二人可谓交情匪浅。然《梦苕庵诗话》说："杨云史圻《江山万里楼诗

① 张鸿：《蛮巢诗稿》，《清代诗文集汇编》（七九一），上海古籍出版社，2010，第 879 页。

② 陈衍：《石遗室诗话续编》，载钱仲联编校《陈衍诗论合集》，福建人民出版社，1999，第 582 页。

③ 钱基博：《现代中国文学史》，商务印书馆，2011，第 281 页。

钞》，五律颇有唐人格调，嫌少真味。七古多长庆体，《天山曲》长一千九百三十二字，为前此诗家所未有。咏香妃事，美人碧血，沁为词华，惜其稍乏剪裁耳。"[①] 其称李慈铭诗"功力既不深，终编亦无出人处。其意其格其句其字，咸家常茶饭，香涛评以明秀二字最当"，并言"陈石遗诗话称沈乙庵先生深服莼客，窃所未解"。[②] 尽管钱仲联先生对沈曾植是心悦诚服到崇拜的地步，但评价李慈铭，也没有人云亦云。

　　将《梦苕庵诗话》的诗人诗作之评价，转化为对作家作品的具体选择，是其《近代诗钞》。《近代诗钞》同名之作，先有陈衍所为，初版于民国十二年（1923）。陈衍选取近代诗人凡 370 人，总体而言是合乎其同光体之诗学观的。但钱仲联先生在《梦苕庵诗话》中即言："阅陈石遗《近代诗钞》一过，未能满意。石遗交游遍海内，晚清人物，是集已得大半。然名家如丘逢甲等皆未入选。而选录诸家，如魏源、姚燮、朱琦、鲁一同、王锡振、邓辅纶、高心夔、黄遵宪、袁昶、沈汝瑾、范当世、刘光第、康有为、金天羽，皆未尽所长。"所举诗人，除袁昶、范当世外，皆非同光体诗人，即使是袁、范二人，也与陈衍的闽派异趣。正是这种推崇同光体的眼光，使陈衍对晚清反映重大历史事件的长庆体有一种偏见："至于樊增祥之《彩云曲》，王国维之《颐和园词》，皆誉满艺林，无愧诗史者，岂得以长庆体之故，遂屏不录。"[③] 因对陈衍选诗之不足而心生遗憾，促成了其另起炉灶，再编一部《近代诗钞》的愿望。当 20 世纪 80 年代钱仲联先生着手选编《近代诗钞》的时候，中国文学研究的主流观点和方法，甚至研究的环境和氛围，较之半个世纪前又发生了根本的变化。这个

---

① 钱仲联：《梦苕庵诗话》，第 71 页。

② 钱仲联：《梦苕庵诗话》，第 109 页。

③ 钱仲联：《梦苕庵诗话》，第 22 页。

时代是不能宽容落伍者的，钱仲联先生也必须跟上时代的步伐。其《近代诗钞》依吴之振选《宋诗钞》例，选择了 100 家诗人来采录其诗，竟有 30 家为陈衍《近代诗钞》所未收。他们是：张维屏、林则徐、龚自珍、张际亮、汤鹏、黄燮清、贝青乔、释敬安、金蓉镜、夏曾佑、丘逢甲、蒋智由、黄人、张鸿、金兆蕃、章炳麟、王瀣、陈去病、许承尧、秋瑾、杨圻、孙景贤、程潜、苏曼殊、郁华、黄侃、柳亚子、陈隆恪、胡光炜、杨无恙。除 5 家是钱仲联先生常熟乡贤外，其余基本上都是爱国诗人、诗界革命派诗人和南社诗人。以诗人是否爱国作为衡量作品高下的标准，倒也不是我们这个时代所特有的。陈衍在民国二十四年（1935）重版《近代诗钞》时，就删去了当时已经出任伪满洲国总理、成了汉奸的郑孝胥。而王蘧常在无锡国专与钱仲联先生共事时，也曾仿林昌彝《射鹰楼诗话》例，撰成《国耻诗话》，专收爱国题材的近代诗歌作品。当然，前述 30 家中，有些诗人卒于咸丰六年（1856）陈衍出生之前，有悖陈衍"是钞时代断自咸丰初年生存之人为鄙人所及见者"[①] 的标准，如林则徐、龚自珍、张际亮、汤鹏。也有一些近代诗坛的后起之秀早年还没有进入陈衍的法眼，如王瀣、程潜、陈隆恪、胡光炜等。

　　对于清代诗人诗作的评品，钱仲联先生最为系统的，是其看似游戏文字的一系列"诗坛点将录"之作。明代天启年间，王绍徽仿《水浒》点将之例，撰成《东林点将录》，是为"点将录"之肇始。但这只是一份魏忠贤阉党准备迫害东林党人的名单，并不言诗艺。及清嘉庆年间，舒位有《乾嘉诗坛点将录》，其点评诗人所用诙谐之文笔，遂成此类文字的标签。至民国，汪辟疆又有《光宣诗坛点将录》连载于《甲寅》杂志。但是，钱仲联先生对汪氏之作颇有微词。《梦

---

① 　陈衍编辑《近代诗钞》，商务印书馆，1935，"凡例"第 1 页。

苕庵诗话》曾有云:"汪国垣《光宣诗坛点将录》,大致尚切合。惟其文词了无生气,为诗话之变相。持较铁云山人《乾嘉点将录》瞠乎后矣。杨无恙劝余重作。"[①]20世纪80年代,钱仲联先生旲然撰《近百年诗坛点将录》,最先发表于中山大学1983年和1985年所编《中国近代文学研究》第1辑和第2辑。后略事修改后收入《梦苕庵论集》。只是"重作"的理由从对其形式的不满转而为内容:"汪国垣先生《光宣诗坛点将录》,以'同光体'为极峰之点将录也。鄙意不能苟同。"[②]这是钱仲联先生所作最早的清诗点将录。由此上溯,他又先后完成了《道咸诗坛点将录》和《顺康雍诗坛点将录》,分别发表于《苏州大学学报》1989年第4期和1991年第1期。钱仲联先生尝有意将己作汇集舒位和汪辟疆所为,成《清诗坛点将录合编》。

　　钱仲联先生的"诗坛点将录"之作,均是"文革"结束以后所为,其所选诗人,与其早年在《梦苕庵诗话》中的评价,发生了很大变化。如《近百年诗坛点将录》于李慈铭,则以"诗坛旧头领一员托塔天王晁盖"当之。须知,汪辟疆《光宣诗坛点将录》之旧头领是王闿运,而陈衍"不谓然,以为当属张之洞"。但钱仲联先生坚持认为"王仅能为湖湘诗派之首领,张则官高而初非旧派诗人多奔走其门者"。李慈铭当仁不让的理由则是"李自夸其诗'精深华妙,八面受敌而为大家'。樊增祥谓'国朝二百年诗家坛席,先生专之'"。并说"李氏博学雅才,望倾朝野,晚清名士,群推祭尊,良非浪得名也"。当然,这只是肯定其诗坛地位,讨论到诗歌成就,钱仲联先生一如从前,还是略有微词,说他"能兼综汉、魏以来,下迄明七子、清渔洋、樊榭、复初斋各派之长,而不能自创新面目者。樊为李门人,推

---

①　钱仲联:《梦苕庵诗话》,第161页。

②　钱仲联:《近百年诗坛点将录》,载《梦苕庵论集》,第356页。

重其师，固无足怪"。^① 这表明，钱仲联先生晚年评诗的标准，是更能兼容了。而时代的烙印，也留在了他的"诗坛点将录"里面。譬如，在诗歌的内容方面，更强调爱国主义精神。其《顺康雍诗坛点将录》，选录了大量遗民诗人，如顾炎武、陈恭尹、李邺嗣、许友、孙枝蔚、邵长蘅、沈谦、毛先舒、董以宁、恽格、钱秉镫、屈大均、杜濬、吴嘉纪、黄周星、邝露、潘柽章、冒襄、邢昉、方文、魏耕、万寿祺、阎尔梅、陆世仪、李世熊、王夫之、黄宗羲、费密、冯舒、冯班、吴乔、归庄、陆圻、傅山、曾灿、邓汉仪等，占三分之一多。而评价岭南三大家，因梁佩兰仕清，故言"药亭非屈、陈之敌，此言志事也"，当然，接着又说"若诗则梁亦有可传者在"。^② 钱仲联先生早年就注重诗歌在艺术方面的创新，正因为如此，他才会选择黄遵宪作为自己笺注清诗的突破口。而其晚年，则更加偏爱诗界革命派诗人。根据其自己统计，《近代诗钞》收入的诗界革命派诗人有八位，已超过除宋诗派以外的其他各个学古诗派。^③ 须知，宋诗运动统治了近代诗坛整整 80 年，而诗界革命从出现到落幕，只有短短十数年。钱仲联先生《近百年诗坛点将录》的"诗坛都头领二员"，天魁星呼保义宋江和天罡星玉麒麟卢俊义，则分别以黄遵宪、丘逢甲当之，并称"即使宋派诗人，于遵宪亦不能不推服。统领近代诗坛，夫复何疑"。又称丘逢甲《岭云海日楼诗钞》，其深到之作，魄力雄厚，情思沉挚，人境亦当缩手"。^④

　　2018 年是钱仲联先生诞辰 110 周年。他的生日是农历九月初三，应了白居易的著名诗句："可怜九月初三夜，露似真珠月似弓。"所

---

①　钱仲联：《近百年诗坛点将录》，载《梦苕庵论集》，第 356 页。

②　钱仲联：《顺康雍诗坛点将录》，《苏州大学学报》（哲学社会科学版）1991 年第 1 期。

③　参见钱仲联编著《近代诗钞》，江苏古籍出版社，1993，"前言"第 26 页。

④　钱仲联：《近百年诗坛点将录》，载《梦苕庵论集》，第 357 页。

以，他天生就和诗歌有缘。他早年好写诗，因写诗而钻研清代诗学，所以，我曾经在一篇文章中说他是"余事作学者，不想竟成了著名学者"，[①] 钱仲联先生看到后并不为怪，还认为"话虽说得俏皮，却不无道理"。[②] 正因为他自己喜欢写诗，他在诗歌创作方面的实践和经验，乃至成就，使得他研究清代诗学如鱼得水，得心应手，绝不会停留在皮相方面。这是值得我们今天的学者思考和借鉴的。当然，宏观的发挥，必须倚重微观的深入研究，钱仲联先生曾经和我们说过"笺注也是一门学问"，他那么多精湛的诗歌笺注著作，是他无数遍研读前人诗集的结晶，这也是他理论把握的基础和梁柱。所以，研究钱仲联先生有关清代诗学的著述，给我们最大的启发是：先多读书，后发议论。

---

① 马卫中：《为霞尚满天——访钱仲联教授》，《苏州杂志》1996 年第 6 期。

② 钱仲联著，周秦整理《钱仲联学述》，第 60 页。

钱仲联先生早期诗歌创作论

因新文学成为主流以后所造成的文化阻隔，以致过去我们研究民国文学的视野，对当时旧体诗歌之创作，多有缺失。其实，在当时的知识界和文化圈，写作旧体诗歌还是很有市场且很有影响的。就作家论，钱仲联先生无疑是非常重要的诗人。本文断自"七七"事变，以钱仲联先生 30 岁以前的诗歌创作为考察对象，着重探讨其学诗所走之路径，其诗歌对社会现实的反映，以及因此对诗风所产生的影响。当然，当旧体诗歌成为学界客厅的清供之物后，其存在和流行的方式，也是本文研究的兴趣所在。这不仅可以完整地观照和评价民国文学，所谓"圆照之象，务先博观"，也对今日渐次复苏或者说复兴的旧体诗歌创作，应该有借鉴之意义。

一

1908 年一个非常具有诗意的日子——白居易诗中吟诵的"露似真珠月似弓"的九月初三，钱仲联先生出生在江苏常熟一个显赫的仕宦家庭，这似乎昭示其日后要成为诗人。其祖父钱振伦为道光十八年

（1838）进士，与大名鼎鼎的曾国藩同年。但钱振伦文人的性格，或者说诗人的气质，导致其不谙官道，故而以教职谋生。钱振伦是折江归安人，娶体仁阁大学士翁心存之女翁端恩为妻。钱振伦过世后，翁同龢在老家常熟购宅一所赠予姐姐翁端恩，钱家也就寄籍常熟。钱仲联先生的室名"梦苕庵"也充满诗情，寄托了他对先世故土——苕溪的向往。当然，和其生命一样，钱仲联先生能够成为诗人的真实起点是在常熟。何况，他的母亲是著名诗人沈汝瑾的从妹。钱仲联先生曾经深情地回忆：

> 我四五岁时，常依母怀，听母亲柔声唱吴语山歌、吟诵唐诗、讲弹词故事。我至今记得的第一首歌是母亲唱的"白米饭好吃田难种，鲜鱼汤好喝网难扳"的吴歌，读到的第一首诗是贺知章的"少小离家老大还"那一首，都是母亲亲授的。"青灯有味是儿时""童心来复梦中身"，深深在我脑海中留下烙印，成为一种永久的记忆。[1]

《梦苕庵诗》今所存诗，始于壬戌，也就是 1922 年。是年，钱仲联先生考入常熟县立师范学校。当时常熟籍的著名诗人，如张鸿、徐兆玮等，都退居乡里，且以重振清初虞山诗派为职志。所谓虞山诗派，以钱谦益和冯舒、冯班昆弟为代表。他们的诗学宗趣"沉酣六代"，推尊杜甫而"出入于义山、牧之、庭筠之间"，[2] 当然，他们身处明清易代之际，山河破碎，时世艰危，故其论诗首及内容。钱谦益曾云：

---

① 钱仲联著，周秦整理《钱仲联学述》，第 7 页。
② 钱谦益：《冯定远诗序》，载《牧斋初学集》，上海古籍出版社，1985，第 939 页。

夫文章者，天地之元气也。忠臣志士之文章，与日
月争光，与天地俱磨灭。然其出也，往往在阳九百六、沦
亡颠覆之时。宇宙偏沴之运，与人心愤盈之气，相与轧磨
薄射，而忠臣志士之文章出焉。有战国之乱，则有屈原之
《楚词》，有三国之乱，则有诸葛武侯之《出师表》，有南
北宋、金、元之乱，则有李伯纪之奏议、文履善之《指南
集》。忠臣志士之气日昌，文章之流传者，使小夫妇孺俳优
走卒，皆为之徘徊吟咀，唏嘘感泣。①

缘此，钱谦益所作《读梅村宫詹艳诗有感书后四首》，反映南明
覆亡故事，被阎若璩叹为"神矣圣矣，义山复生，无以加之矣，七百
年无此诗也"。②此后，常熟诗人摹仿温李，代不乏其继承者。然及
至清中叶，诗人惧政治之专制，安生活之闲适，所作唯存浓艳之躯
壳，已无战斗之精神。直到晚清甲午战争前后，张鸿、徐兆玮、孙景
贤等在北京，面对复沓纷扰的社会政治，与吴下诗人曹元忠、汪荣宝
等互相唱和，咏怀纪事，诗风哀婉，而调近西昆。他们曾拟以张鸿北
京所居胡同为名，刊刻《西砖酬唱集》，收录他们的诗歌作品。他们
的诗学宗趣和诗歌创作，标志着虞山诗派的重新崛起。

但是，学诗伊始的钱仲联先生养尊处优，他"两耳不闻窗外事"，
所为诗并没有驶入虞山诗派的航道。常熟师范在县城西门附近的锦峰
别墅内，为其舅祖翁同龢旧宅，依山傍水，风景如画。所以，钱仲联
先生留下的最早的诗歌都是山水诗，如《秋夜锦峰别墅坐月》：

①　钱谦益：《纯师集序》，载《牧斋初学集》，第 1085 页。
②　阎若璩：《潜丘札记》卷五，《清代诗文集汇编》（一四一），上海古籍出版社，2010，第
180 页。

夜色沐千峰，天水一气警。坐令幽独人，投身藐姑顶。

空翠入肺肝，风露非人境。玉龙忽飞翻，白晓吐东岭。

秋月皎春月，滟滟生澹静。楼台冰玉壶，万象析形影。

身心化寒碧，梦觉不知省。①

　　意境非常空灵秀美，反映出钱仲联先生在诗歌创作方面过人的天赋。但远离社会，无非是"少年不识愁滋味"的吟诵。他自己也说："当时写诗学王孟韦柳一路，下及明阮石巢、清厉樊榭，心情生活与山水环境相协调，风格上力求幽雅精致，艺术上趋于成熟。但少年生活，眼界狭窄，与世隔绝，诗歌内容无非吟咏常熟山水，抒发个人情致，基本不涉及社会生活、国家时事。"②

　　1924 年，钱仲联先生从常熟师范毕业，考入无锡国学专修馆。这是一所培养国学精英的学校，无论经史，抑或诗文，以馆长唐文治为首的师资堪称一流。钱仲联先生深厚的家学渊源，使其在无锡国专的学习显得驾轻就熟，游刃有余。当然，除了读书，诗酒娱乐，也成为师生和同学交往与交流的绝佳手段。其同窗好友王蘧常字瑗仲，二人曾合刊《江南二仲诗》。因王蘧常为晚清硕儒沈曾植的学生，受其影响，钱仲联先生也"产生了对沈氏的崇拜心情，学习沈氏之诗，并初步探索沈氏治学途径"。③ 而同光体一词最早的出现，即与沈曾植有关。由于沈曾植曾被陈衍叹为"同光以来诗人不墨守盛唐"的"同光体之魁杰"，④ 所以此时钱仲联先生的诗歌创作，受到同光体的影响

---

① 钱仲联著，周秦、刘梦芙编校《梦苕庵诗文集》，黄山书社，2008，第6—7页。

② 钱仲联著，周秦整理《钱仲联学述》，第9页。

③ 钱仲联：《钱仲联自传》，巴蜀书社，1993，第8页。

④ 陈衍：《沈乙庵诗序》，载沈曾植著，钱仲联校注《沈曾植集校注》，中华书局，2001，第12页。

是不言而喻的。其当年所作《论诗与汪启东先生》云：

> 东坡内静外豪放，双井貌韩心义山。
> 当时两雄不并立，各穷其力拔一关。
> 眼前尔我亦奇绝，纸上英灵相唤还。
> 诗统直将二子续，绝境不许千人攀。①

　　陈衍论诗，倡导学习开元、元和、元祐的"三元说"，沈曾植则稍异，另有"三关说"，即谓"诗有元祐、元和、元嘉三关"。②钱仲联先生所言"东坡内静外豪放，双井貌韩心义山"，与二者均合。而其自称"诗统直将二子续"，说明钱仲联先生之宗趣已经接武同光体而崇尚宋诗。他这一时期的诗风，也体现了这一祈向。如其自己所说学生时代唯一"与时事有关"的《十二月十三避乱离锡雪夜作于姑苏城外四首》，③写江浙军阀战乱之中的心绪，其体制或有沈曾植记辛亥武昌起义之《长啸》四首的印迹。而他如《二泉亭》《晓起楼望》《维摩寺望海楼月夜》等写景诗，也在努力实践沈曾植融通"右军《兰亭诗》与康乐山水诗"的所谓"活六朝"的秘诀。④在领会六朝诗学方面，钱仲联先生既有悟性，也有基础。还是孩提时候，小学放学后，他便在父亲的督责下抄写、背诵其祖父钱振伦的著述，其中就有《鲍参军集注》。

　　钱仲联先生与同光体诗人有更多交往，对其诗学有更深认识，是

---

① 钱仲联著，周秦、刘梦芙编校《梦苕庵诗文集》，第13页。
② 沈曾植：《与金潜庐太守论诗书》，载沈曾植著，钱仲联编校《海日楼文集》，广东教育出版社，2019，第29页。
③ 钱仲联：《钱仲联自传》，第9页。
④ 沈曾植：《与金潜庐太守论诗书》，载《海日楼文集》，第29—30页。

1927 年在他毕业离开无锡国专、来到上海以后。先是处馆于富商之家，后改任经文公学、大夏大学教职。民国初期，对封建王朝心怀一丝眷恋之情的陈三立、沈曾植、沈瑜庆等曾聚居上海，他们成立逸社，诗酒唱酬，上海也俨然成了同光体的大本营。及钱仲联先生初到上海时，同光体晚辈诗人李宣龚、夏敬观、冒广生、陈诗、梁鸿志、黄公渚等尚留处沪渎，他们与钱仲联先生过从甚密，其诗名亦为他们所赏识，《钱仲联学述》说："经常参与他们的宴饮和诗会，视野得到了较大的开拓。这时，也迎来了我一生中的创作高峰期。"① 令人困惑的是，作者手自厘定的《梦苕庵诗存》中未见其 20 年代末初到上海几年中与他们的唱和之诗，唯有《登先施屋顶花园》《雨后再至龙华万花已败白桃一树独存怃然有作》等，疑是偕游所遗留。此时其大量的作品还是写景诗，特别是 1929 年夏游览杭州西湖，留下了 36 首诗作，表现出对同光体之创作手法的借鉴更趋娴熟。其《初到西湖》：

> 一角残山劫外支，淡烟冷翠不成诗。
> 我来初见西湖影，却共垂杨照鬓丝。②

又《雨过三潭望晚虹挂南屏如画》：

> 半湖雨过日痕青，如梦青峰绿满亭。
> 一道晚虹圆到水，荷风吹面酒人醒。③

其实，沈曾植、陈三立、俞明震、夏敬观等经常去西湖小住，

---

① 钱仲联著，周秦整理《钱仲联学述》，第 17 页。
② 钱仲联著，周秦、刘梦芙编校《梦苕庵诗文集》，第 19 页。
③ 钱仲联著，周秦、刘梦芙编校《梦苕庵诗文集》，第 20 页。

他们流连忘返于西湖的美景之中，也有不少佳作。如沈曾植有脍炙人口的《西湖杂诗》十六首，其七：

> 雪湖游罢思月湖，月来可惜云模糊。
> 天公不请亦饶假，放汝烟波充钓徒。[①]

　　只是沈曾植此诗写于 1910 年冬，时已年届花甲，且他所效忠的清王朝也已日薄西山，危在旦夕，故诗风比较消沉。钱仲联先生的诗作则尚留有学习王孟韦柳的痕迹，故沈、钱之作可谓异曲而同工，各擅其妙。缘此，陈衍《石遗室诗话续编》讨论《江南二仲诗》，说"瑗仲祈向乙庵，喜锻炼字句"，而仲联"多隽句，雅似吾乡何梅生"，录其佳句亦多出自游赏西湖之诗，如《宋庄》"林亭先我成秋气，鸥鹭供人入小诗"、《花港观鱼》"鱼声聚水都成雨，荷意吹香不在花"、《晨自湖滨放舟往苏堤》"湿钟动水寺，败云犹在天。千峰余夜碧，湖气生空妍"等，陈衍评价"则又甚似海藏"。[②]当"文革"结束，历尽沧桑的钱仲联先生七十岁时再游西湖，所作《丁巳西湖杂诗二十首》，则更接近沈曾植诗风，这显然是年龄、心境使然。

二

　　然而，面对日寇侵略，国土一天天沦亡的严峻局势，钱仲联先生在诗歌创作的实践过程中，明显感受到了同光体与时代精神的脱节。这不仅表现在内容上，也反映在艺术手法上。他说：

---

①　沈曾植著，钱仲联校注《沈曾植集校注》，第 386 页。
②　钱仲联编校《陈衍诗论合集》，福建人民出版社，1999，第 488—489 页。

　　步入 20 世纪 30 年代的古老中华，内忧外患，积弱贫穷，国势日蹙，民不聊生。1931 年秋，震惊中外的"九一八"事变爆发了。日寇几乎是兵不血刃，长驱直入，一举侵占了东北三省。国家危亡的严酷现实，迫使我打破过去个人的书斋天地，奋力跃出"同光体"和山水风光的狭窄圈子，参用虞山诗派和清末诗界革命的创作方法，写出了一批反映现实、感咏国事的诗篇。①

　　晚清复兴的虞山诗派，张鸿他们用手中的诗笔，对遭遇"数千年来未有之变局"的中国之动荡社会和混乱政局加以深刻地反映。徐兆玮序张鸿《蛮巢诗稿》，称："君自甲午登朝，亲见戊戌之变政、庚子之构乱、辛亥之让位。遽弃官归隐，又直齐卢内讧、淞沪抗战。耳目睹闻，有触即发，或微文刺讥，或长言咏叹，皆足企风人之逸旨，追变雅之余音。知人论世，考史者将于是参证焉，世之读君诗者必有取于予言也。"②钱仲联先生对他们反映时世的诗作亦推崇备至。他评价孙景贤，说："虞山论近诗，心折《龙吟草》。几家学樊南，谁真天下好？"又称其"集中《宁寿宫词》以西后、李奄事为经，纬以晚清史事，与王国维《颐和园词》、金兆蕃《宫井篇》可以鼎立。《客有道秋舫故妓事者感叹赋成四律》，感赛金花事而作，比之樊山前后《彩云曲》，古近体制不同，而孙诗为雅音矣。牧斋再世，为之亦不能过"。③

　　从甲午战争开始，日本觊觎中国领土，一直在做精心谋划。当 20 世纪初中国陷入混乱不堪的政治局面而自顾不暇的时候，中国的

① 钱仲联著，周秦整理《钱仲联学述》，第 17 页。
② 徐兆玮：《虹隐楼诗文集》，华东师范大学出版社，2015，第 965 页。
③ 钱仲联：《梦苕庵论集》，中华书局，1993，第 354 页。

政治家，甚至民众，都放松了对随着国力日益增强而野心不断膨胀的邻居岛国的警惕。"攘外必先安内"，便是最好的注释。终于有一天——1931 年 9 月 18 日，日本为实现其蚕食中国的计划又一次挑起事端。枪炮声惊醒了国人沉睡的漫漫长梦，知识分子也终于把手中的笔当作刀枪投入了战斗。钱仲联先生这一时期所作，亦从自然山水的描摹，转而为现实时事的抒写。这与虞山诗派的精神相合。其纪"九一八"事变，有《北事》《中秋月蚀》《哀沈阳》《哀长春》《马将军歌》《书愤》《哀锦州》《椎秦》等作。《哀沈阳》痛恨东北军之不抵抗："沈阳城中十万兵，城南城北屯严营。夜半贼来兵尽走，四天如墨无战声。"闻此，作者内心充满愤懑和感慨："森罗武库亦资敌，飞天莫问奇肱车。吾闻东师号劲旅，奈何一朝虎变鼠。将材不生壮士悲，家山入破泪如雨。莫唱边城白雁谣，大帅河上方消摇。"[1] 与之相反，《哀长春》则以浓墨重彩对孤军奋战、勇敢杀敌的 221 名中国守军进行讴歌：

> 贼军所向如偃草，长春以南无完堡，降贼苦多杀贼少。
> 危城独以孤军当，二百廿人无一降，城存与存亡与亡。
> 万骑压城城欲动，城上健儿气山涌，浴血应战无旋踵。
> 一夫奋臂百夫从，上马斫阵如飞龙，同拼一死为鬼雄。
> 见贼便刺刀锋利，左盘右辟恣我意，贼兵来者俱伏地。
> 千声万声呼杀倭，倭杀不尽来益多，我力尽矣将奈何？
> 苦战终日命同毕，血刃在胡眦犹裂，愧尔衣冠厕朝列。[2]

① 钱仲联著，周秦、刘梦芙编校《梦苕庵诗文集》，第 39 页。

② 钱仲联著，周秦、刘梦芙编校《梦苕庵诗文集》，第 40 页。

根据战后日本方面公布的数据，其偷袭长春南岭和宽城子两处兵营的战斗中，日军死 66 人，重伤 142 人；而在整个"九一八"事变中，沈阳只有 2 名日军战死，另有重伤 25 人。[1]

嗣后的"一·二八"淞沪抗战，先是钱仲联先生因春节临近已返回常熟，其所作《回家五日闻沪变》《近闻四首》《贯一自海上脱难回里相见有作》等诗，表现了其对战争的关切。整个新年之中，他始终心系战事。《初二栗里茶寮偕友坐雪》云"劫后飞云各自还，来依高阁照孱颜"；《五日偕汪丈启东逍遥游茗话》谓"湖山乱后皆残照，菩旧年来半白云"；初七日在家枯坐，作《人日》诗则说"欲和草堂人日作，梅花正傍战尘开"。[2]而其《上元》云：

> 严城灯火冷千门，不信今宵是上元。
> 寒气压江春未动，战云团夜月初昏。
> 踏歌谁念贫家哭，剪纸愁招故国魂。
> 差喜防倭诸将在，梦中犹报夺昆仑。[3]

常熟离上海不远，作者担心的除了国土的沦亡以外，就是侵略者的铁蹄不知会不会踏入家乡。春节过后，钱仲联先生返回沪渎，其《二十一日乱中抵申江》谓"重来生死成孤注，如此风波托漏舟"。[4]他虽然还未放下忐忑之心，但又把视野投向了抗日战场。主要是歌颂爱国的英雄，如《飞将军歌》《李营长死事诗》《胡烈士诗》《虹口义屠

---

[1] 参见金凯《"九一八"事变长春抵抗中国死伤军警名单披露》，《新文化报》2014 年 9 月 15 日。

[2] 钱仲联著，周秦、刘梦芙编校《梦苕庵诗文集》，第 44—45 页。

[3] 钱仲联著，周秦、刘梦芙编校《梦苕庵诗文集》，第 45 页。

[4] 钱仲联著，周秦、刘梦芙编校《梦苕庵诗文集》，第 46 页。

诗》等，其所纪者，地位都不高，多为浴血战场的下级官兵，甚至是平民中的引车卖浆者流，但牺牲都非常壮烈。"几辈肉食皆不如，乱世英雄出市屠"，其《虹口义屠诗》有序云："屠夫某，佚其姓名，设肉肆于北四川路底。一日见贼兵十余劫一女于途，大忿，持屠刀跃出，立毙一贼，余贼群起与斗，又连毙六贼。贼众大集，屠夫以身殉。"[①] 当然，他对淞沪抗战也做了全方位的记录和审视。《淞乱杂述十首》《国军撤淞防感书一百韵》《有感四首》《重有感四首》，或为组诗，或是长篇。容量的扩大，是为详尽地叙述史事，也可酣畅地抒发情感。

钱仲联先生淞沪抗战时期所作，当时多刊登在《申报》副刊。全民关注着抗战，诗歌又激励了全民的情绪。日后成为他学生的黄汉文说："'九一八''一·二八'以后，我还在读小学，教师曾把钱先生的感时之作对我们讲。当时有一位汽车司机胡阿毛，曾被日本侵略军连人带车抓住，强迫他运军火。车行至黄浦江边，胡阿毛将车驶入江中，一车军火和押运的日军全部沉入江中，胡阿毛亦以身殉国。钱先生的《胡烈士诗》传诵一时，'死我一人生百人，一死乃不负厥身……今日江心添白骨，明日战场少白骨'，同学们都能背诵。"[②] 而钱仲联先生自己则回忆：

> 黄炎培（字任之）先生每从报刊上读到我的诗，拍案叫绝，剪报保存，常以传示友人，广为宣扬……经黄炎培先生介绍，我结识了"诗界革命"的重要人物、吴江著名诗人金天翮（字松岑）先生。金天翮先生也对我的诗作

---

① 钱仲联著，周秦、刘梦芙编校《梦苕庵诗文集》，第50页。

② 黄汉文：《钱仲联先生的诗学、诗作、诗教》，载江苏省政协文史资料委员会编《江苏近现代历史人物（第二集）》，江苏文史资料编辑部，1991，第224页。

赞赏不已，将其选登在他所主编的《文艺捃华》上，评谓
"才雄骨秀，独出冠时，老夫对此，隐若敌国"。①

事实上，这些诗歌的写作、发表和传播，让钱仲联先生在当时
的诗坛声名鹊起。

1933 年日寇侵略华北，占据热河，长城抗战因此爆发。钱仲联
先生也以极大的热情加以关注。《五百死士歌》《哀冷口》等诗记喜峰
口战事，将士的同仇敌忾、共赴国难，甚至以死报国，既震撼着作
者，也感染着读者。《热河失守感赋五首》则在大敌当前之下，冷峻
分析了当前局势，并思索着国家未来的前途。"天眼愁胡久，人心思
汉同。长驱三百万，何日下辽东？"②作者期盼着胜利到来的那一天。
而卢沟桥事变的发生标志着全面抗战的开始，钱仲联先生又创作了
大量的诗歌。1937 年其生日，当晚所作《九月初三敌机轰炸无锡夜
妻挈置酒祝余三十生辰》有云："下箸可无胡虏肉，忘忧稍泛鞠花杯。
灯前儿女休相祝，野哭今宵几处哀？"③三十而立，钱仲联先生从此面
对更加复杂的人生选择，这将留待我们以后作文再来思考和分析。

就艺术表现手法而言，钱仲联先生说自己在这一时期"参用虞
山诗派和清末诗界革命的创作方法，写出了一批反映现实、感咏国事
的诗篇"，其受虞山诗派的影响是不言而喻的，故而张鸿《题钱梦苕
诗稿》曾期许："蒙叟文章绝代称，二冯奔走作疑丞。愿君重振虞山
派，含咀西昆入少陵。"④钱仲联先生接受诗界革命的影响，则是作者
的自觉行为。就治学言，钱仲联先生最擅长笺注古人诗集。而其最早

---

① 钱仲联著，周秦整理《钱仲联学述》，第 24 页。

② 钱仲联著，周秦、刘梦芙编校《梦苕庵诗文集》，第 63 页。

③ 钱仲联著，周秦、刘梦芙编校《梦苕庵诗文集》，第 131 页。

④ 张鸿：《蛮巢诗稿》，《清代诗文集汇编》（七九一），第 879 页。

笺注的，便是被誉为近代诗界革命巨擘的黄遵宪的《人境庐诗草》。《钱仲联学述》说《人境庐诗草笺注》"称得上是我学术活动中的第一个里程碑，并使我在学术界成名"。至于为何选择笺注黄遵宪诗作为治学之路的扬帆起航，除了黄、钱"两家有世交渊源"外，钱仲联先生给出的进一步的理由就是创作反映现实的诗歌的需要：

> 黄遵宪是晚清时代首先吹响古典诗歌改革运动号角的新派诗人的领袖人物，而《人境庐诗草》正是晚清诗歌革新的代表，爱国诗歌的典型。其诗以旧格律运新思想，诚不愧诗世界之哥伦布。我选取他作笺注，不仅由此可以探索诗家的用典奥秘，具体了解中国近代历史的发展过程，并可借鉴黄诗，使自己写出反映同样国难深重年头的作品来。①

借鉴黄诗，其所作也真有几分神似黄诗。黄遵宪从弟黄遵庚评价1937年无锡国专所刊《梦苕庵诗存》，说"集中如《国军撤淞防感书一百韵》《寓斋杂诗》《五百壮士歌》《哀冷口》《淞乱杂述》等篇，均极似'人境庐'"，并谓"继'人境'而起者，舍公莫属"。② 其实，钱仲联先生受诗界革命影响尚有一源，为金天羽之《天放楼诗》。《钱仲联学述》云："钱锺书先生曾这样评价我的《梦苕庵诗》：'天海伟观，一集兼备，盥诵数过，倾倒无极。'语中'天'谓金天翮，其《天放楼诗》雄伟奇谲，气象万千，洋溢着爱国主义精神，杰构至多。"③ 而钱锺书先生所言"海"，则是沈曾植之《海日楼诗》，这也无须再赘言了。

---

① 钱仲联著，周秦整理《钱仲联学述》，第61—62页。
② 钱仲联著，周秦整理《钱仲联学述》，第47页。
③ 钱仲联著，周秦整理《钱仲联学述》，第47页。

三

民国时期，除了国家发生的重大历史事件而加以实录、加以感慨外，旧体诗歌的功能在很大程度上已收缩为客厅文化的点缀。孔子论诗，有所谓"兴""观""群""怨"，如果说本文前面所论，属于"兴""观"和"怨"的范畴，那么，我们接下来所要讨论的，则属于"群"。有关"群"，孔颖达的解释是"群居相切磋"。《梦苕庵诗存》中，其早年所作，有大量记录朋友交往、抒写亲友交谊的诗篇，这对我们了解当时文化圈的文化、教育界的教育，有很大帮助。

钱仲联先生于1933年作《病榻怀人绝句二十六首》。所涉师友凡26人，基本包含了其早期交游的重要对象。其中称"师"或"丈"者11位，都是前辈，不失景仰之情。"唐文治"和"曹元弼"二首云：

> 绝学千秋继洛闽，文章韩柳更精醇。
> 自怜琐碎虫鱼际，钻仰难为磊落人。
>
> 阔绝师门七八年，礼经文义两茫然。
> 白头臣甫千行泪，东向犹应拜杜鹃。[①]

唐、曹二人都是其在无锡国专学习时的老师。《钱仲联自传》中回忆无锡国专的教育体制和教学方法，说："唐先生办国专，教学方法类似旧时代的书院，主要讲授五经、四书、宋明理学、桐城派古文、旧体诗，旁及《说文》《通鉴》和先秦诸子。义理、词章、考据，

---

① 钱仲联著，周秦、刘梦芙编校《梦苕庵诗文集》，第72页。

学生可以就性之所近偏重，汉、宋学兼采，故曾派我与唐兰、王蘧常、吴其昌、毕寿颐几位同学，先后到苏州从汉学家曹元弼学《仪礼》《孝经》。"[1] 如今，当我们的高等教育质量每况愈下的时候，常常会反思在教育制度方面是否有可改进的地方，也往往会把视野投向培养了众多人才的类似无锡国专的民国高校。其实，除了教师之敬业和学生之潜心而外，因材施教的灵活的培养方法，是否比"引绳墨，立椎刑，如村塾之训蒙，如琐院之课士，俾千形一貌，百喙一声"[2] 的所谓标准化教育更适合人才的成长呢？因为钱仲联先生就选择了自己更有兴趣、更擅长的词章。这里顺便解释一下，他们同学初到苏州曹元弼家是 1924 年秋，适逢冯玉祥修正清皇室优待条件，命溥仪移出宫禁自由选择住居。钱仲联先生到达曹元弼宅第后，首见便是其面北行礼，哭喊"皇帝蒙尘"之类。"白头臣甫千行泪，东向犹应拜杜鹃"，即是言此。

《病榻怀人绝句二十六首》所怀，还有著名画家张大千。苏轼说"诗画本一律，天工与清新"，[3] 诗题画意、画写诗境，或者说诗人为画家题诗，画家为诗人作画，是中国传统的风雅之事。钱仲联先生结识张大千，当是诗友谢玉岑介绍，因为谢玉岑也是大千好友。钱仲联先生曾有《谢玉岑斋中见张大千画黄山巨幅长歌赠之》，中云："天下几人称画宗，刻画崖嶙夸能工。石涛精魂不复作，近来独数虬髯公。"[4]

张大千则赠予《梦苕行吟图》。同时著名画家黄宾虹亦为之绘，其《自题梦苕庵图黄宾虹先生画》二首之二云：

---

① 钱仲联：《钱仲联自传》，第 7 页。

② 黄人：《国朝文汇序二》，载沈粹芬等辑《清文汇》，北京出版社，1996，"序"第 2 页。

③ 王文诰辑注，孔凡礼点校《苏轼诗集》，中华书局，1982，第 1525—1526 页。

④ 钱仲联著，周秦、刘梦芙编校《梦苕庵诗文集》，第 68 页。

清远吴兴水，先人此闭关。移家嗟葛令，乞墅又东山。

越纽书随劫，吴趋梦未闲。永怀天目乳，何日鹤飞还？①

　　清新隽永，读其诗如见其画。二图惜皆毁于"十年浩劫"，钱仲联先生自撰《学术年表》"1966年"记："本年夏，'文化大革命'爆发。我的大部分藏书、手稿及陈毅同志论诗长函、黄宾虹画《梦苕庵图》、张大千立轴等俱被中文系个别人劫去。'四人帮'统治结束后，中文系发还原物时，已残破不全，黄、张之画俱无下落。"② 因肵友中善画者不少，题画也成了钱仲联先生这一时期诗歌创作的重要主题之一。有些画是表明持画者心迹的，题画也就重在明志，如《题顾振宇秋江独钓图》《为表兄翁忍华题陶云伯邹巷古藤图》《拂水山居图为戒非上人题即次其韵》《题永嘉夏瞿禅北堂吟韵图》；有些画蕴藏着不同寻常的故事，题画也就重在发掘本事，如《题金丈惺斋亡子剑影图》《题金母纺纱图为叔远丈》《题仙游李云仙抱琴独立图》；有些是古书画的展示，或古书画的临摹，题画也就成了论艺，如《惺斋丈以孙子潇画山水席夫人画兰合为双真逸韵手卷属题》《题李楞伽先生临蒋文肃公百花卷》《题黄丈宾虹为陈师守玄摹盉鼎铭长卷》。

　　当然，钱仲联先生主要交游的，是学界人士。因此，学术之研究，一定是他们交流的重要话题。《病榻怀人绝句二十六首》'王蘧常'一首，谓"不知一代商书稿，本纪新修得几篇"，自注云"君为《商书》，未完稿"。③ 早在1926年，钱仲联先生即有《读瑷仲屈子作骚时代考证引精确定为南迁后所作一扫千载积误》，为好友取得的研究成果而感到高兴：

---

①　钱仲联著，周秦、刘梦芙编校《梦苕庵诗文集》，第125页。

②　钱仲联：《钱仲联自传》，第48页。

③　钱仲联著，周秦、刘梦芙编校《梦苕庵诗文集》，第75页。

屈子呼天意，千秋竟郁沉。古魂如可作，落纸接骚心。

钩索灯窥户，辉光月在襟。南云无限泪，添与楚江深。①

陈衍论诗，其重要的诗学观便是"合学人诗人之诗二而一之"，②这也被认为是同光体在诗学理论方面的标志性创见。过去学界对何为"学人之诗"多有分歧，关键在学人之标准，钱仲联先生认为"'同光体'诗人，只有沈曾植是著名学人"，此外，"在那些代表人物中，却举不出学人"。③钱锺书《谈艺录》则提出了"学人之诗"与"诗人之学"的概念，④予以界定。按"诗人之学"来评判，此诗倒也符合"学人之诗"的标准，尽管此时钱仲联先生年方18岁。但是，就是这一年，他以第一名的成绩从无锡国专毕业，并在民国时期最有影响的学术刊物《学衡》上发表了自己的第一篇论文《近代诗评》，而骈文的形式也是其学养的充分体现。当然，这只是预示其诗风的走向。随着他日后治学日渐成熟，学殖更加深厚，其诗歌则愈发彰显"学人之诗"的特点。值得一提的是钱仲联先生《病榻怀人绝句二十六首》，尚有"家叔父玄同"一首，说钱玄同"少接余杭讽籀书，晚表新异骇群愚"，⑤对其放弃早年追随章太炎所研习的国学，而热衷于倡导新文学，似乎并不十分认可。这不仅是学术分歧，也反映了文学方面的新旧之争，毕竟钱仲联先生所擅长的旧体文学，在钱玄同眼里属于打倒之列。

当然，钱仲联先生自己也认为，"在学诗与治学、做诗人或是当

---

① 钱仲联著，周秦、刘梦芙编校《梦苕庵诗文集》，第12页。

② 陈衍编辑《近代诗钞》，商务印书馆，1935，第1页。

③ 钱仲联：《梦苕庵论集》，第422页。

④ 钱锺书：《谈艺录》（补订本），中华书局，1984，第176页。

⑤ 钱仲联著，周秦、刘梦芙编校《梦苕庵诗文集》，第74页。

学者的选择中，青年时代的我似乎更倾向于前者。"①他醉心于诗歌创作，其交游者亦多能诗者。诗歌唱和，切磋诗艺，成了他们在客厅里主要的活动内容。《病榻怀人绝句二十六首》所及陈衍、潘飞声、张鸿、金天羽、杨无恙、谢玉岑、顾佛影，都是名重一时的诗人。其"顾佛影"一首云：

> 尺五城南识面迟，狂名合署虎头痴。
> 沈园柳老花飞日，一榻江风记咏诗。②

顾佛影是 20 世纪 30 年代上海滩的名诗人，《梦苕庵诗话》称："海上诗友谢玉岑、王瑗仲、朱大可、顾佛影、钱小山、陈器伯、庄昌尘、徐澄宇、陈秀元夫妇，年来结吟社于海上曰鸡鸣，既而以其名不雅，易之曰变风。大可、佛影兴会最浓。"③"沈园"二句则记当时流传沪上的凄美的爱情故事：顾佛影与鸳鸯蝴蝶派作家陈蝶仙女儿陈小翠相恋，然陈蝶仙嫌贫爱富，将陈小翠嫁给浙江督军汤寿潜之孙汤彦耆为妻。婚后陈小翠并不幸福，还时常与顾佛影诗歌往还，可有情人终究没成眷属。

诗人聚会，当然要写诗。钱仲联先生有《八月十二日吴门惠荫园秋禊会者陈丈石遗金丈松岑凡二十八人》，记 1933 年秋日在苏州的一次大型聚会，参加人数多，且领衔者是陈衍、金天羽这样的诗坛硕儒耆旧。诗云：

> 秋色园林取次黄，做将雨意罨金阊。

---

① 钱仲联著，周秦整理《钱仲联学述》，第 60 页。
② 钱仲联著，周秦、刘梦芙编校《梦苕庵诗文集》，第 76 页。
③ 钱仲联：《梦苕庵诗话》，齐鲁书社，1986，第 96 页。

　　　　低回乐府清商曲，如此年华结客场。

　　　　劫后江山还历历，酒边人物故堂堂。

　　　　欲明时节因缘理，请向群贤一举觞。

　　据诗人自注，"酒后石遗丈高歌稼轩《永遇乐》词"，更添置了
"劫后江山还历历"[①] 的悲壮氛围。次年春，夏敬观在上海招饮。赴宴
人数或许不多，但赴宴者在诗界均极有地位。钱仲联先生所作《四月
十日夏丈剑丞汤丈定之招饮映园》可窥见一斑。诗歌凡二首，第一首
主要是介绍宴会的略况，说夏敬观"选客常矜严，一饭乃及余。万绿
不知门，肃客赖长须。入座几名宿，标格过江初"，自注则谓"陈子
言、冒鹤亭、梁众异、李拔可、黄公渚诸先生俱在座"。杯觞交错之
余，众人天真呈露，逸兴勃发："清谈谷帘水，形骸忘虚拘。酒罢起
扪腹，徐行好风俱。"最后说"百年有今日，玄赏能同符。载咏川上
章，不乐复何如"。[②] 此言及"川上章"，是感叹韶华易逝，也暗合沈
曾植《与金潜庐太守论诗书》论诗宗趣。

　　另外，这一时期，钱仲联先生还有一组自己非常珍视的诗
歌——《论诗四十首》，所论诗人起自道光，而迄于民国。47 年后他
略事增删，每首诗下又添加详尽阐释，更名为《论近代诗四十首》，
发表在《社会科学战线》1983 年第 2 期。同年收入由齐鲁书社出版
的《梦苕庵清代文学论集》，又更名为《论近代诗四十家》。1993 年，
中华书局出版《梦苕庵论集》，又予以收录。因此，这组诗贯穿了他
毕生对近代重要诗人诗作的阅读和理解。总体而论，钱仲联先生不紧
随同光体，也不步趋虞山诗派。他所向往的，是诗歌创新的理想和变

---

①　钱仲联著，周秦、刘梦芙编校《梦苕庵诗文集》，第 70 页。

②　钱仲联著，周秦、刘梦芙编校《梦苕庵诗文集》，第 79 页。

革的实践。其至为推崇的，近代早期是龚自珍，嗣后是黄遵宪，最终是金天羽。其"金天羽"首云：

> 南风何不竞，骚坛鼓声死。突起苍头军，所向无坚垒。
> 人境陈胜王，公其赤帝子。①

对黄、金二人的赞誉，溢于言表。同样是在 1936 年，金天羽为《梦苕庵诗存》作序，称："余序仲联诗，犹之自序也，非谓仲联之诗之一似余焉，诗心相印也。仲联勉乎哉！异日者图王即不成，退亦足以称霸，夫霸，亦诗人之隆轨也已。"② 钱仲联先生卒于 2003 年，斗转星移，匆匆又过二十载。平心而论，钱仲联先生是现当代旧体诗坛非常有影响的重要作家，如果一定要为是"成王"还是"称霸"追讨说法，则非常困难。这既取决于作者的主观因素，叶燮言以在我之"才、胆、识、力"，衡在物之"理、事、情"，"合而为作者之文章"，③ 钱仲联先生应该具有这方面的能力；但也取决于现实的各种客观因素，赵翼论诗，有所谓"国家不幸诗家幸，赋到沧桑句便工"，④ 个中滋味，自可品尝。当然还有评判者的标准，见智见仁，作者不能投其所好，但读者肯定是各有所好。无论如何，钱仲联先生诗歌创作最为重要的阶段，一定是我们今天所讨论的"早期"——其 30 岁之前。甚至有人认为这是其诗歌创作的黄金时期，其实，这也是中国近现代文学繁荣的黄金时期。

---

① 钱仲联：《梦苕庵论集》，第 354 页。
② 金天羽著，周录祥校点：《天放楼诗文集》，上海古籍出版社，2007，第 1006 页。
③ 叶燮著，霍松林校注《原诗》，人民文学出版社，1979，第 23—24 页。
④ 赵翼：《题元遗山集》，载赵翼著，李学颖、曹光甫校点《瓯北集》，上海古籍出版社，1997，第 772 页。

后记

读完三校后的清样，如释重负，但又忐忑不安。

之所以忐忑不安，是因为书稿还存在一些问题。由于是论文的合集，前后写作的时间跨度有点长。我现在的想法，与当时的观点在某些问题上也不尽相同。众所周知，文学史的研究，学术观点的准确与否，排除了主观的偏见和客观的干扰，主要取决于历史文献的支撑。坦率地说，有些文献资料，我在当时并没有看到。譬如，我曾经应上海古籍出版社之约，在2003年整理出版了杨圻的《江山万里楼诗词钞》，诗歌部分主要依据中华书局1926年出版的《江山万里楼诗钞》13卷。钱仲联先生告诉我，太平洋战争爆发后杨圻死于香港，与之相衔的《江山万里楼诗续钞》稿本，由其爱妾狄美男携带，间关赴重庆。未几，狄氏客死山城，稿本遂无下落。故杨圻后期所作，除《青鹤》杂志1936年刊载的《江山万里楼诗选》以外，均已散佚。尽管我也努力做了一些辑佚的工作，如在常熟图书馆寻找到了《杨云史先生侨港诗文钞》的陈文锺抄本，另外还搜集了少量的断简残章。但当时撰写《杨圻诗歌的社会意义和艺术价值》一文，对其后期诗歌的阐述，就显得不够全面和深入。十年以后，先是见到了香港中文大学程中山教授辑校的《江山万里楼诗词钞续编》，收录杨圻后期诗词作品达 1300 多首。主要是翻检大量的民国时期之报纸期刊等，特别是香港三四十年代的报刊所得。其用心之深、用力之勤，实为杨圻研究之功臣。而后，复旦大学周兴陆教授又在上海图书馆发现了《江山万里楼诗钞》续编稿本，是杨圻 1926 年至 1937 年所作，编目也与 13 卷本相接，为 14 至 20 卷。但我以为，此与狄美男所携诗稿，还是有所不同，因狄美男离开香港，是在 1941 年的冬天，其一定存有 1937 年以后的杨圻诗作。程、周二位先生，都是我许多年的好朋友，我们曾经相约，共同来整理全新的《江山万里楼诗词钞》。或许将来，我会据今日所见的更多杨圻之诗，写出较为完备的研究论文。记得当年，我将上海古籍出版社出版的《江山万里楼诗词钞》，送赠时任《文学遗产》编辑部主任的李伊白女士，她告诉我，其父亲李慎之先生也很是喜欢《江山万里楼诗》，转言希望我能对杨圻作出更为深入的研究。但此次还是收录了旧文，并没有作太大的修改。类似的情况，在书稿中还有一些。我以为，所有的人文学科之研究，都不可能穷尽。就像人们常说的，永远在路上，永远会有新的发现，新的进步。所以，缺憾甚至错误，都是研究的一部分。这也就是我自己"走在理想和现实的边上"的记录。只是我不能以此作为借口，放任错误的存在。

而读完三校样，让我如释重负的，则是江西教育出版社从上到下的认真负责。在审稿的过程中，他们帮我作嫁衣裳，已经完全排除了功利的目的。举一个很细微的事情。部分几十年前发表的文章，当时引文出处，多用夹注说明。一般只有作者和书名，并没有版本的具体情况，也不注明页码。而担任此书责任编辑的田远先生，居然书海捞针，一一找出，一一核对，其耗费了大量时间，也倾注了大量心血。这不仅仅是工作态度，也彰显了业务能力。而此种能力，是需要学术功底来奠定的。所以，所见三校样之完备，完全出乎我的预料。也正因为如此，当田远先生转达出版社的意见，询问是否有新书出版计划的时候，我毫不犹豫地禀告最近主要做的两件事情：一是近代诗派的研究，另一是20世纪学人之诗的研究。所谓20世纪的学人之诗，比如沈曾植、王国维、章太炎、刘师培、陈寅恪，还有我的老师钱仲联先生，他们都是学人，又是诗人。这是我做过研究、写过论文的。准备着手的，应该还有柯劭忞、康有为、梁启超、马一浮、黄侃、钱锺书、饶宗颐等等。挂一漏万，标准是诗歌要写得好。这个标准带有我的主观性——其实人文学科所有的研究都是有主观性的。至于近代诗派的研究，我是重操旧业。当年博士论文，我做的题目就是《光宣诗派研究》，后由苏州大学出版社出版时，改成《光宣诗坛流派发展史论》。之所以要重操旧业，是因为感觉当时做的不是太好，还有改进的余地。外加这几年给博士生、硕士生上课，也多讲近代诗派，更有学生将我上课的录音，转成了文字发给我。所以，我和江西教育出版社商量，可否出版一本《近代诗派讲义》。在此算是预告，或者广告。

苏州大学的陈国安教授——朋友都昵称安子，是一位古道衷肠的热心人。本书得以面世，有赖于他的策划和督促。安子也审读了清样，他建议我要写一个《后记》。我想也是。不管内容上是如何的不尽人意——因为自己就感觉本书是不能自珍的敝帚，但形式上还是要讲求有始有终，也算对来龙去脉有个交代。

这也是我所有的著作，包括我主编的书，大都有一个《后记》的原因。

马卫中

甲辰深秋草于西班牙之圣地亚哥－德－孔波斯特拉旅邸